實用成語辭典

左秀靈 編著

陳立夫 時年百歲 八八、三、吉

實用成語辭典目次

熟讀成語是提高國文程度的捷徑

—代序及體例—

有沒有一種快、好、省的方法，可以迅速提高國文程度？有，那就是熟讀成語。

因爲成語大多出自浩如煙海的中國古典名著，是精華中的精華，言談、寫作時，常被引用。您的出口成章及下筆字字珠璣，大家嘆服您學富五車。事實上，您只花極短時間，熟讀了一本成語辭典，就足以令國文教授刮目相看。

問題在坊間所售的成語辭典，汗牛充棟，令人眼花撩亂，卻很難找到有如此功能的成語辭典。

筆者長年在中央日報寫《成語出迷宮》，及《每日一典》專欄，不揣學淺，特地花了五年的時間，編撰了這本《實用成語辭典》，深信可以滿足各位快、好、省的要求。

本辭典的體例及特色如下：

(一)正文依部首順序編排，為便於查檢，另附注音符號索引及部首檢字索引。

(二)選擇常用成語，避冷僻，計約三千三百條，足供社會人士查用。

(三)成語採魏碑體排印，美觀醒目，字字附注音。

㈣成語有出處、解釋、難解字詞另加詳解。有助於徹底了解。

㈤一條成語如果有相同、相反（或近似相同、相反）者，儘量一一列出，有助於提升修辭能力。

㈥每條成語有例句，可幫助您如何引用成語言談及寫作。

㈦一般人容易寫錯字的成語，特別標明，提醒您，不要以訛傳訛。

㈧卷末附《容易寫錯字的常用成語》及《容易念錯字的常用成語》，可供各位讀者測驗自己的國文程度，也可以充作國文老師出試題的題庫。

卷末之《容易寫（念）錯字的常用成語》及《毋忘在莒是指田單復國嗎？》是比較深入的研究，而正文僅供一般程度的社會人士查用，行文比較淺易，兩者若有出入，則以卷末兩篇爲主。

筆者學淺，誤謬必多，尚祈讀者及方家賜教，以便再版時據以更正。

蒙陳立夫先生賜題封面，謹在卷首聊表謝忱。

左秀靈　敬識

一部

【一言堂】 ㄧˋ ㄧㄢˊ ㄊㄤˊ

【解釋】 指領導作風不民主，職位高的人說了就算，不給部下發表意見的機會。
【相反】 群言堂。
【例句】 現在是民主時代了，要搞「群言堂」，不要再搞「一言堂」了。

【一窩蜂】 ㄧˋ ㄨㄛ ㄈㄥ

【解釋】 比喻人多聲雜，一擁而上。
【出處】 本爲一種古代的砲名，砲口稍寬，一發百彈，故名「一窩蜂」。而後人，多改作「一窩風」，雖失本義，但已廣爲流傳，有喧賓奪主之勢。西遊記：「那些小妖，就是一窩蜂，齊齊擁上。」
【相同】 也作「一窩風」。（見孽海花：「長槍短銃，和著鐵標弩箭，一窩風的向日兵聚集處殺去。」）
【相反】 落落寡和。
【例句】 大家「一窩蜂」地圍上去，熱情地祝福他馬成功。

【一了百了】 ㄧˋ ㄌㄧㄠˇ ㄅㄞˇ ㄌㄧㄠˇ

【解釋】 表示解決了某件事，其餘的事就跟著了結。也比喻死亡。
【出處】 明·王守仁·傳習錄：「良知無前後，只知得見（現）在的幾，便是一了百了。」
【相同】 一了百斷。
【相反】 沒完沒了。
【例句】 他在影藝圈中的一切恩恩怨怨，等他一死，自然就「一了百了」了。

【一刀兩斷】 ㄧˋ ㄉㄠ ㄌㄧㄤˇ ㄉㄨㄢˋ

【解釋】 比喻徹底決裂。
【出處】 宋·朱熹·朱子語類：「觀此可見克己者是從根源上一刀兩斷，便斬絕了，更不復萌。」五燈會元·文悅禪師：「一刀兩段，未稱宗師。」
【相同】 一刀兩段。
【相反】 藕斷絲連。
【例句】 經過一次大吵後，這對情人決定「一刀兩斷」。

【一夕數驚】 ㄧˋ ㄒㄧˋ ㄕㄨㄛˋ ㄐㄧㄥ

【解釋】 形容災禍頻仍，一個晚上受到多次的驚嚇。
【字義】 數：多次。數，音朔。
【例句】 這一帶治安不好，居民「一夕數驚」是司空見慣的事。

【一之謂甚】 ㄧˋ ㄓ ㄨㄟˋ ㄕㄣˋ

【解釋】 指即使僅僅一次，也已經太過分了。
【出處】 左傳：「一之謂甚，其可再乎？」
【相同】 一之爲甚。
【例句】 他這種作爲已是「一之謂甚」，怎麼還敢再來向你借錢呢？

【一木難支】 ㄧˋ ㄇㄨˋ ㄋㄢˊ ㄓ

【解釋】 一木難支大廈。比喻艱巨的工作，非一人所能勝任。
【字義】 木：指建築物的棟柱。
【出處】 世說新語·任誕：「和（嶠）曰：『元裒（任愷）如北廈門，拉欏自欲壞，非一木所能支。』」隋·

王通·文中子：「大廈將顛，非一木所支也。」也作「一柱難支」。唐·白居易·百韻寄微之詩：「千鈞勢易壓，一柱力難支。」

【相同】獨木難支。

【相反】眾擎易舉。眾志成城。

【例句】目前可說是大勢已去，就算他盡心竭力，也是「一木難支」了。

一日九遷 ㄧˋ ㄖˋ ㄐㄧㄡˇ ㄑㄧㄢ

【解釋】形容官職提升之快。

【字義】遷：「升」、「登」的意思。

【出處】漢·焦延壽·易林：「漢車千秋一日九遷其官。」

【例句】他之所以能「一日九遷」，靠的是裙帶關係。

一日之長 ㄧˋ ㄖˋ ㄓ ㄔㄤˊ

【解釋】①年齡較人稍長（長：ㄓㄤˇ）；②才能較人稍強（長：ㄔㄤˊ）。

【出處】①論語·先進：「以吾一日長乎爾，毋吾以也。」②世說新語·品藻：「顧劭嘗與龐士元（統）宿語，問曰：『聞子名知人，吾與足下孰愈？』曰：『陶冶世俗，與時浮沉，吾不如子。論王霸之餘策，覽倚伏之要害，吾似有一日之長。』」

【例句】①在年齡上，他比我們有「一日之長」，所以我們要尊敬他。②陳先生研究西洋文學多年，總比我們多了「一日之長」，他的報告不可忽略。

一日之雅 ㄧˋ ㄖˋ ㄓ ㄧㄚˇ

【解釋】指僅有一面的情誼，相交不深。

【字義】雅：「常」、「素」。

【出處】漢書·谷永傳：「永奏書謝（王）鳳曰：『永斗筲之材，質薄學朽，無一日之雅，左右之介。』」無一日之雅，猶言素不相識。

【相同】一面之交。

【例句】我與他有「一日之雅」，對他印象還不錯。

一日三秋 ㄧˋ ㄖˋ ㄙㄢ ㄑㄧㄡ

【解釋】形容對人思念之切。

【字義】秋：代表一年。

【出處】詩·王風·采葛：「一日不見，如三秋兮。」南朝·梁·何遜爲衡山侯與婦書：「路邇人遐，音塵寂絕，一日三秋，不足爲喻。」

【相同】朝思暮想。

【相反】去者日日疏。

【例句】情人相戀，偶爾分別，總覺得「一日三秋」，日子難捱。

一日千里 ㄧˋ ㄖˋ ㄑㄧㄢ ㄌㄧˇ

【解釋】比喻進步神速，有如駿馬，一日可行千里。

【出處】荀子·修身：「夫驥一日而千里，駑馬十駕則亦及之矣。」後漢書·王允傳：「同郡郭林宗（泰）嘗見允而奇之，曰：『王生一日千里，王佐才也。』」

【相同】日新月異。突飛猛進。

【相反】老牛破車。

【例句】在老師的正確教導之下，學生學業的進步，眞稱得上是「一日千里」。

一毛不拔 ㄧˋ ㄇㄠˊ ㄅㄨˋ ㄅㄚˊ

【解釋】形容十分吝嗇自私。
【字義】毛：毫毛。
【出處】孟子·盡心：「楊子取爲我，拔一毛而利天下，不爲也。」
【相同】守財奴。愛財如命。一錢如命。
【相反】樂善好施。慷慨解囊。
【例句】他們央求了大半天，這老頭子仍舊「一毛不拔」，不肯借錢給他們。

【一文不值】ㄧˋ ㄨㄣˊ ㄅㄨˋ ㄓˊ

見「一錢不值」。

【一介不取】ㄧˊ ㄐㄧㄝˋ ㄅㄨˋ ㄑㄩˇ

【解釋】像一顆芥子那麼微小的東西，也不亂取，指廉潔。
【字義】介：同芥，即小草。
【出處】孟子·萬章：「一介不以與人，一介不以取諸人。」
【相同】廉潔奉公。
【相反】貪得無厭。貪贓枉法。
【例句】他爲官清廉，「一介不取」，被百姓所稱頌。

【一手包辦】ㄧˋ ㄕㄡˇ ㄅㄠ ㄅㄢˋ

【解釋】事情由一個人全部做妥。可以指獨斷獨行，操縱一切。也可指獨自取得多項傑出的成就。
【例句】本屆的世運會的三面游泳金牌，想不到都被他「一手包辦」了。

【一手遮天】ㄧˋ ㄕㄡˇ ㄓㄜ ㄊㄧㄢ

【解釋】比喻倚仗權勢，混淆是非，遮人耳目。
【出處】唐·曹鄴·讀李斯傳詩：「難將一人手，掩得天下目。」
【相同】隻手遮天。欺上瞞下。
【相反】下情上達。
【例句】他事事倚權仗勢，以爲可以「一手遮天」，未免太天眞了。

【一心一意】ㄧˋ ㄒㄧㄣ ㄧˊ ㄧˋ

【解釋】專心致力去做。
【相同】全心全意。專心致志。
【相反】三心兩意。心猿意馬。
【例句】只要「一心一意」，任何艱巨的工作都可能會完成的。

【一心一德】ㄧˋ ㄒㄧㄣ ㄧˋ ㄉㄜˊ 本作「一德一心」

【解釋】團結起來，同心合力。
【字義】德：心意。
【出處】尚書：「乃一德一心，立定厥功，惟克永世。」
【相同】同心同德。同舟共濟。
【相反】離心離德。朝秦暮楚。
【例句】大家要「一心一德」，爲國家盡力。

【一孔之見】ㄧˋ ㄎㄨㄥˇ ㄓ ㄐㄧㄢˋ

【解釋】喻所見狹窄，後指孤陋寡聞。
【字義】孔：小窟窿，小孔洞。
【出處】漢·桓寬·鹽鐵論：「持規而非矩，執準而非繩，通一孔，曉一理，而不知權衡。」
【相同】窺豹一斑。
【相反】盱衡全局。
【例句】其實他的這篇論文只不過是「一孔之見」，未能盱衡全局。

【一片丹心】ㄧˊ ㄆㄧㄢˋ ㄉㄢ ㄒㄧㄣ

【解釋】指忠誠爲國，盡心竭力。

【字義】 丹：朱色、赤色；丹心：指忠心。
【出處】 蘇軾・過秦嶺寄子由：「一片丹心天日下，數行清淚嶺南雲。」
【相同】 赤膽忠心。一寸丹心。
【相反】 賣國求榮。
【例句】 他「一片丹心」爲國盡力，但到了晚年卻換得是老病侵尋。

【一片冰心】
ㄧˊ ㄆㄧㄢˋ ㄅㄧㄥ ㄒㄧㄣ

【解釋】 形容心地純潔。
【出處】 唐・王昌齡・芙蓉樓送辛漸：「洛陽親友如相問，一片冰心在玉壺。」
【相同】 淡泊名利。
【相反】 名韁利鎖。
【例句】 人要淡泊名利，「一片冰心」，生活才會快樂。

【一丘之貉】
ㄧˋ ㄑㄧㄡ ㄓ ㄏㄜˊ

【解釋】 比喻同類，毫無差別。後用爲貶義，比喻同屬一路貨色。
【字義】 丘：小山；貉：獸名，似狐而善睡。
【出處】 漢書・楊惲傳：「古與今，如一丘之貉。」
【相同】 狐群狗黨。
【相反】 涇渭分明。
【例句】 他們都是「一丘之貉」，成事不足，敗事有餘。

【一世之雄】
ㄧˊ ㄕˋ ㄓ ㄒㄩㄥˊ

【解釋】 稱雄一代的傑出人物。
【出處】 宋書・武帝紀：「劉裕足爲一世之雄。」宋・蘇軾・前赤壁賦：「固一世之雄也，而今安在哉！」指曹操。
【例句】 項羽稱得上是「一世之雄」，最後卻自刎烏江，含恨而死。

【一目十行】
ㄧˊ ㄇㄨˋ ㄕˊ ㄏㄤˊ

【解釋】 形容讀書敏捷。
【出處】 宋・劉克莊・後村集：「五更三點待漏，一目十行讀書。」
【相同】 五行並下。目下十行。
【例句】 據說王氏速讀法可以把學生訓練成「一目十行」。

【一目瞭然】
ㄧˊ ㄇㄨˋ ㄌㄧㄠˇ ㄖㄢˊ

【解釋】 非常清楚明顯，一看就明白
【字義】 瞭：明白。
【出處】 朱子語錄類：「從高視下，一目瞭然。」
【相同】 一望而知。一覽無遺。洞若觀火。一目了然。
【相反】 霧裡看花。
【例句】 他的調查報告條理分明，「一目瞭然」了。

【一字一淚】
ㄧˊ ㄗˋ ㄧˋ ㄌㄟˋ

【解釋】 形容描寫得哀痛感人，看一個字就要掉下一滴淚的意思。
【例句】 這篇文章描述難民的遭遇，看得我「一字一淚」。

【一字千金】
ㄧˊ ㄗˋ ㄑㄧㄢ ㄐㄧㄣ

【解釋】 用來稱譽詩文價值很高。
【出處】 秦相呂不韋使門客著呂氏春秋，書成，公布於咸陽城門，聲言有能增刪一字者，賞予千金。見史記・呂不韋傳。又，漢・劉安著淮南子，

亦懸置千金，徵求士人意見。見文選。南朝·梁·鍾嶸·詩品：「驚心動魄，可謂幾乎一字千金。」
【字義】金：古代重量單位，秦以一溢（也作鎰，二十兩）爲一金。
【相同】擲地作金石聲。字字珠璣。
【相反】一文不值。
【例句】他文章寫得好，稿酬很高，可謂「一字千金」。

【一字褒貶】

【解釋】指記事論人用字措辭嚴格而有分寸。
【字義】褒：讚揚；貶：責備。
【出處】晉·杜預·春秋經傳集解：「春秋雖以一字爲褒貶，然皆須數句以成言。」又范甯·穀梁傳集解：「一字之褒，寵踰華衮之贈；片言之貶，辱過市朝之撻。」
【例句】這位歷史學家對人物的批評，「一字褒貶」，令人敬畏。

【一石二鳥】

【解釋】比喻做一件事同時可收到雙重效果。
【相同】一箭雙鵰。
【例句】他用的是「一石二鳥」的方法，既可討好老李，又可打擊小陳。

【一本正經】

【解釋】形容做人做事非常認眞，有時含有貶義。
【例句】他「一本正經」地專心聽課。

【一本萬利】

【解釋】商人的吉利語，指本錢小，而獲利多。
【出處】一文錢戲劇：「一本萬利財源長，倉庫豐盈箱不空。」
【例句】他一天到晚就在盤算如何才能「一本萬利」成大富翁。

【一衣帶水】

【解釋】像一條衣帶那麼寬的河流，形容其狹窄。後也泛指江河湖海不足爲阻。
【出處】南史·陳後主紀：「隋文帝謂僕射高熲曰：『我爲百姓父母，豈可限一衣帶水不拯之乎？』」
【相同】望衡對宇。一水之隔。
【相反】天南地北。天各一方。
【例句】中日兩國「一衣帶水」，文化交流自古就很興盛。

【一成不變】

【解釋】墨守成規，不加改變。
【出處】禮記·王制：「刑者，侀也；侀者，成也。一成而不可變，故君子盡心焉。」
【相同】墨守成規。原封不動。
【相反】千變萬化。變化多端。
【例句】他失敗的原因，是由於他做事「一成不變」，不知看風轉舵。

【一帆風順】

【解釋】比喻一切順利。
【相同】無往不利。萬事亨通。
【相反】一波三折。
【例句】大哥即將遠赴美國深造，我祝他「一帆風順」。

【一言九鼎】

【解釋】 形容說話有力量，具有決定作用。
【字義】 鼎：三足兩耳的金屬古器，傳國的重器。
【出處】 秦昭王十五年，秦圍趙都邯鄲，趙使平原君赴楚求救，毛遂自願同往。經毛遂對楚王曉以利害，楚王同意救趙。平原君因而贊揚說：「毛先生一至楚，而使趙重於九鼎大呂。」見史記·平原君傳。
【相同】 一言千金。
【相反】 人微言輕。
【例句】 王教授說話向來是「一言九鼎」，所以大家都聽從他的決定。

ㄧ ㄧㄢˊ ㄨㄟˊ ㄉㄧㄥˋ
【一言爲定】
【解釋】 事情決定了，就要依約，不可失信或反悔。
【相同】 一諾千金。駟馬難追。
【相反】 食言而肥。出爾反爾。言而無信。
【例句】 關於本公司和貴校建教合作的事，就這麼「一言爲定」了。

ㄧ ㄧㄢˊ ㄋㄢˊ ㄐㄧㄣˋ
【一言難盡】
【解釋】 形容事情曲折複雜，不是一句話所能說完。
【出處】 京本通俗小說·志誠張主管：「張主管道：『小夫人如何在這裡？』夫人道：『一言難盡！』」
【相同】 說來話長。
【相反】 三言兩語。
【例句】 八年抗戰的軍民死傷、骨肉離散，多少人間慘劇，眞是「一言難盡」。

ㄧ ㄅㄨˋ ㄉㄥ ㄊㄧㄢ
【一步登天】
【解釋】 比喻心急氣傲，想一下子就把事情做成功而達到高位。
【出處】 清稗類鈔：「巡檢作巡撫，一步登天。」
【相同】 一蹴即至。一蹴即就。青雲直上。
【相反】 一落千丈。
【例句】 凡事應該按部就班，不可妄想要「一步登天」。

ㄧ ㄐㄧㄢˋ ㄖㄨˊ ㄍㄨˋ
【一見如故】
【解釋】 初次相見就情投意合，像老朋友一樣。
【出處】 宋·張洎·賈氏譚錄：「李鄴侯（泌）爲相日，吳人顧況西遊長安，鄴侯一見如故。」新唐書·房玄齡傳：「太宗以燉煌公徇渭北，杖策上謁軍門，一見如舊。」
【相同】 一見如舊。傾蓋如故。
【相反】 白頭如新。
【例句】 在宴會中，我和王先生「一見如故」，相談甚歡。

ㄧ ㄐㄧㄢˋ ㄑㄧㄥ ㄒㄧㄣ
【一見傾心】
【解釋】 初次相見，就互相愛慕。
【出處】 花月痕：「兩番訪美，疑信相參，一見傾心，笑言如舊。」
【相同】 一見鍾情。相見恨晚。
【相反】 視若路人。
【例句】 他倆在舞會上「一見傾心」，便私定終身了。

ㄧ ㄕㄣ ㄕˋ ㄉㄢˇ
【一身是膽】

【解釋】 極言人的英勇無畏。

【出處】 三國志·蜀·趙雲傳：「以雲爲翊軍將軍」注引雲別傳：「先生（劉備）明旦自來，至雲營圍視昨戰處：『子龍一身都是膽也！』子龍，雲字。」

【相同】 無所畏懼。

【相反】 膽小如鼠。

【例句】 他「一身是膽」地衝入敵人陣地，視死如歸。

一技之長
ㄧˋ ㄐㄧˋ ㄓ ㄔㄤˊ

【解釋】 專精一門技藝。

【字義】 技：技能；長：長處。

【出處】 淮南子：「審於一技，可以曲說，而未可廣應也。」

【相反】 一無所長。

【例句】 在目前的工商社會之中沒有「一技之長」的人是很難找到工作的。

一枝之棲
ㄧˋ ㄓ ㄓ ㄑㄧ

【解釋】 比喻找到一份工作或棲身之所。

【出處】 莊子：「鷦鷯巢於深林，不過一枝。」

【相反】 安居樂業。

【例句】 畢業之後，希望李先生鼎力介紹，俾得「一枝之棲」。

一決雌雄
ㄧˋ ㄐㄩㄝˊ ㄘ ㄒㄩㄥˊ

【解釋】 作一次決定性的爭鬥或比賽。

【出處】 史記·項羽本紀：「願與漢王挑戰，一決雌雄。」

【相同】 一決勝負。一決高下。

【例句】 這兩隊都是優秀的國家代表隊，明天的比賽，可以「一決雌雄」了。

一改故轍
ㄧˋ ㄍㄞˇ ㄍㄨˋ ㄓㄜˊ

【解釋】 改變老習慣或壞脾氣。

【字義】 轍：車輪碾成的車道。

【例句】 在老師的協助之下，他竟然「一改故轍」，專心向學，大出同學的意料之外。

一表人才
ㄧˋ ㄅㄧㄠˇ ㄖㄣˊ ㄘㄞˊ

【解釋】 品德、容貌都出衆。

【出處】 東周·列國志：「長得一表人才，面如傅粉。」

【相同】 儀表堂堂。

【相反】 獐頭鼠目。

【例句】 她見他「一表人才」，便一見傾心。

一波三折
ㄧˋ ㄆㄛ ㄙㄢ ㄓㄜˊ

【解釋】 本指寫字筆畫曲折多姿，現指事情進行得並不順利，挫折很多。

【出處】 晉·王羲之·題衛夫人筆陣圖後：「每作一波，常三過折筆。」宣和書譜：「釋曇林莫知世貫，作小楷下筆有力，一點畫不妄作，……但恨拘窘法度，無飄然自得之態。然其一波三折筆之勢，亦自不拘。」

【相反】 一帆風順。

【例句】 這筆生意經過「一波三折」，終於談妥了。

一刻千金
ㄧˋ ㄎㄜˋ ㄑㄧㄢ ㄐㄧㄣ

【解釋】 比喻時間寶貴。

【出處】 宋·蘇軾·東坡·春夜詩：「春宵一刻值千金，花有清香月有陰。」

【相反】蹉跎歲月。

【例句】洞房花燭夜的晚上，眞是「一刻千金」。

一事無成
ㄕˋ ㄨˊ ㄔㄥˊ

【解釋】毫無成就，虛度光陰。

【出處】唐·白居易·除夜寄微之詩：「鬢毛不覺白毿毿，一事無成百不堪。」

【相同】馬齒徒增。

【相反】功成名就。

【例句】大哥常感傷自己過了而立之年，卻仍然「一事無成」。

一呼百諾
ㄏㄨ ㄅㄞˇ ㄋㄨㄛˋ

【解釋】形容權勢顯赫，侍從和奉承者衆多。

【字義】諾：答應聲。

【出處】元曲選·擧案齊眉：「堂上一呼，階下百諾。」清·孔尙任·桃花扇：「羅公獨坐當中，一呼百諾，掌著生殺之權。」

【相同】一呼百應。

【例句】她以前是位大家庭的千金小姐，「一呼百諾」的生活過慣了，想不到如今淪落到任何大小事情都要自己動手了。

一知半解
ㄓ ㄅㄢˋ ㄐㄧㄝˇ

【解釋】知識淺薄，對事情瞭解得不透徹。

【出處】宋·嚴羽·滄浪詩話：「詩道亦在妙悟，……有透徹之悟，有但得一知半解之悟。」

【相同】不求甚解。

【相反】瞭如指掌。博古通今。

【例句】他對太空科學「一知半解」，竟敢對學者專家發表演說。

一念之差
ㄋㄧㄢˋ ㄓ ㄔㄚ

【解釋】指鑄成大錯，皆因最初轉錯一個念頭而引起。

【出處】南朝·梁·沈約·卻出東西門行：「一念起關山，千里顧丘窟。」翻譯名義集時分篇：「一念中有九十剎那。」

【例句】她因「一念之差」而墜入風塵。

一往直前
ㄨㄤˇ ㄓˊ ㄑㄧㄢˊ

【解釋】勇猛前進，義無反顧。

【相同】勇往直前。

【相反】前怕龍，後怕虎。畏首畏尾。

【例句】他做事一向是「一往直前」，毫不畏懼。

一往情深
ㄨㄤˇ ㄑㄧㄥˊ ㄕㄣ

【解釋】形容對異性一直情意深長。

【出處】世說新語·任誕：「桓子野（伊）每聞清歌，輒喚奈何！謝公（安）聞之，曰：『子野可謂一往有深情。』」

【相反】寡情薄義。

【例句】他對她「一往情深」，無奈她已心如止水，古井無波。

一雨成秋
ㄩˇ ㄔㄥˊ ㄑㄧㄡ

【解釋】熱天下了一場雨，天氣便轉涼，有如秋天。

【例句】雖然是夏天，只要下一場雨，便有「一雨成秋」之感。

一命嗚呼 ㄧˊ ㄇㄧㄥˋ ㄨ ㄏㄨ

【解釋】死了（嘲諷語）。

【相同】一命歸西。

【相反】長生不老。

【例句】這守財奴病了也捨不得花錢看醫生，不到幾天就「一命嗚呼」。

一命歸西 ㄧˊ ㄇㄧㄥˋ ㄍㄨㄟ ㄒㄧ

同「一命嗚呼」。

一柱擎天 ㄧˊ ㄓㄨˋ ㄑㄧㄥˊ ㄊㄧㄢ

【解釋】喻只憑一個人的力量能擔當天下的重任。

【字義】擎：舉起，支撐。

【出處】楚辭·屈原·天問：「八柱何當」漢·王逸註：「謂天有八柱。」唐·大詔令集·賜陳敬瑄鐵券文：「卿五山鎮地，一柱擎天，氣壓乾坤，量含宇宙。」

【例句】他在明代北疆是「一柱擎天」的國家重臣。

一面之交 ㄧˊ ㄇㄧㄢˋ ㄓ ㄐㄧㄠ

【解釋】僅僅相識，瞭解不深。

【出處】晉·袁彥伯（宏）三國名臣序贊「定交一面」注引漢崔寔本論：「且觀世人之相論也，徒以一面之交，定臧否之決。」

【相同】一日之雅。一面之緣。

【相反】刎頸之交。生死之交。

【例句】我和他不過是「一面之交」，所以不能以事相託。

一面之辭 ㄧˊ ㄇㄧㄢˋ ㄓ ㄘˊ

【解釋】單方面的話，不應盡信的意思。

【字義】「辭」亦作「詞」。

【出處】紅樓夢：「據媒人一面之辭，所以派人相看。」

【相同】片面之辭。

【相反】衆口一辭。

【例句】這不過是他「一面之辭」，我們應該聽聽對方的解釋。

一哄而散 ㄧˊ ㄏㄨㄥˋ ㄦˊ ㄙㄢˋ

【解釋】形容人群一嚷就散開。

【字義】哄：吵鬧，亦作「鬨」。

【例句】這些流氓一見鬧出人命，就「一哄而散」。

一笑置之 ㄧˊ ㄒㄧㄠˋ ㄓˋ ㄓ

【解釋】不值得計較、理睬。

【出處】宋·楊萬里·觀水嘆：「出處未可必，一笑姑置之。」

【相同】付之一笑。

【例句】他對這件事能「一笑置之」，的確很有修養。

一息尚存 ㄧˋ ㄒㄧ ㄕㄤˋ ㄘㄨㄣˊ

【解釋】只要還有一口氣。（未死之前）。

【字義】息：氣息，呼吸。

【出處】論語·泰伯：「死而後已，不亦遠乎！」宋·朱熹集注：「一息尚存，此志不容少懈，可謂遠矣。」

【相同】奄奄一息。

【例句】我只要「一息尚存」，決定堅持到底。

一倡三歎 ㄧˊ ㄔㄤˋ ㄙㄢ ㄊㄢˋ

【解釋】本指宗廟奏樂，一人唱歌，

三人贊嘆而應和之。後用以形容詩文婉轉且富於情味。

【出處】荀子·禮論：「清廟之歌，一倡而三歎也。」倡，也作「唱」，一，也作「壹」。宋·蘇軾·和蔡景繁海州石室：「長篇小字遠相寄，一唱三歎神凄楚。」

【例句】我喜歡看他出版的書，因爲每本都有令人不禁「一倡三歎」的好文章。

【一差二錯】
ㄔㄚ ㄦˋ ㄘㄨㄛˋ

【解釋】出了差錯、錯誤。

【相同】差三錯四。陰錯陽差。

【相反】萬無一失。毫釐不爽。

【例句】這件事必須仔細策畫，萬不可有甚麼「一差二錯」。

【一時口惠】
ㄕˊ ㄎㄡˇ ㄏㄨㄟˋ

【解釋】口頭上說幫助別人，但沒有實際行動。

【字義】口：口頭上的；惠：恩惠。

【出處】禮記·表記：「口惠而實不至，怨災及其身。」

【相同】口惠而實不至。

【例句】他答應得倒爽快，說一定幫忙，我猜這不過是「一時口惠」罷了。

【一針見血】
ㄓㄣ ㄐㄧㄢˋ ㄒㄧㄝˇ

【解釋】比喻評語雖短但說中要害。

【相同】入木三分。一語中的。

【相反】無的放矢。隔靴搔癢。

【例句】老師的話「一針見血」，使我啞口無言。

【一氣呵成】
ㄑㄧˋ ㄏㄜ ㄔㄥˊ

【解釋】形容文章結構緊密，頭尾連貫，猶如一口氣完成。

【出處】清高宗文：「一氣呵成，句句轉筆筆靈。」

【相同】一鼓作氣。

【相反】拖泥帶水。

【例句】這篇文章自始至終「一氣呵成」，可謂緊湊之至。

【一紙具文】
ㄓˇ ㄐㄩˋ ㄨㄣˊ

【解釋】僅是紙上空言，毫無實效。

【出處】史記·張釋之傳：「然其敝徒具文耳。」

【相同】一紙空文。

【例句】他的誓言不過是「一紙具文」，不可信賴。

【一脈相承】
ㄇㄛˋ ㄒㄧㄤ ㄔㄥˊ

【解釋】以人的血緣關係，比喻事物間的承傳。也作「一脈相傳」。

【例句】這兩位大畫家的作品，畫風都是「一脈相承」的。

【一馬當先】
ㄇㄚˇ ㄉㄤ ㄒㄧㄢ

【解釋】比喻在最前頭，領先其他人。

【相同】身先士卒。

【相反】望風而逃。

【例句】公車還未靠近站牌，他就「一馬當先」衝上前去。

【一望無垠】
ㄨㄤˋ ㄨˊ ㄧㄣˊ

【解釋】遼遠廣闊，看不到邊際。

【字義】垠：邊際。

【相同】一望無際。

【相反】一隅之地。

【例句】翻過了這座山，便可以看到

「一望無垠」的大草原。

一敗塗地 ㄧˊ ㄅㄞˋ ㄊㄨˊ ㄉㄧˋ

【解釋】徹底失敗，不可收拾。

【出處】史記·高祖紀：「天下方擾，諸侯並起，今置將不善，壹敗塗地。」索隱：「言一朝破敗，便肝腦塗地。」漢書·高帝紀上作「一敗塗地」。一說古時築土爲牆，塌則泥土散落滿地，不可收拾，故以此爲喻。

【相同】一敗如水。

【相反】勢如破竹。所向披靡。

【例句】他就是太過自信了，才落得「一敗塗地」的下場。

一唱百和 ㄧˊ ㄔㄤˋ ㄅㄞˇ ㄏㄜˋ

【解釋】形容附和的人極多。

【出處】文選：宋玉對楚王問：「客有歌於郢中者，其始曰下里巴人，國中屬而和者數千人，其爲陽阿薤露，國中屬而和者數百人。」郢（ㄧㄥˇ）：楚國都城。下里，指鄉里，巴，指巴蜀，古蠻地；下里巴人，指鄉間蠻歌。薤（ㄒㄧㄝˋ）：草名。薤露：相和歌曲，古挽歌。

【相同】一呼百諾。

【相反】曲高和寡。

【例句】他的見解獨到，受人敬仰，他在會議上提任何意見，沒有一次不「一唱百和」。

一國三公 ㄧˋ ㄍㄨㄛˊ ㄙㄢ ㄍㄨㄥ

【解釋】形容政令不能統一，局面紛亂，使人無所適從。

【字義】三公：指晉獻公和他的兒子公子夷吾、重耳。

【出處】左傳：「狐裘尨茸，一國三公，吾誰適從？」

【相同】三頭馬車。

【相反】一元領導。

【例句】公司和國家一樣，萬不可「一國三公」，如此一來，叫員工聽誰的命令好呢？

一貧如洗 ㄧˋ ㄆㄧㄣˊ ㄖㄨˊ ㄒㄧˇ

【解釋】赤貧，一無所有。

【出處】元曲選·關漢卿·竇娥冤：「小生一貧如洗，流落在這楚州居住。」

【相同】貧無立錐之地。身無長物。

【相反】富可敵國。腰纏萬貫。

【例句】他以前是「一貧如洗」的寒士，現在可飛黃騰達了！

一視同仁 ㄧˊ ㄕˋ ㄊㄨㄥˊ ㄖㄣˊ

【解釋】公平看待，不分彼此。

【出處】唐·韓愈·原人：「是故聖人一視同仁，篤近而舉遠。」元曲選（蕭德祥）殺狗勸夫：「爲甚麼小的兒多貧困，大的兒有金錢，爹爹奶奶阿！你可怎生來做的個一視同仁！」

【相同】不分畛域。不分彼此。

【相反】厚此薄彼。

【例句】經理對公司內的職員都「一視同仁」，因此頗得大家的敬重。

一清二楚 ㄧˋ ㄑㄧㄥ ㄦˋ ㄔㄨˇ

【解釋】非常清楚。

【相反】糊裡糊塗。

【例句】他臨走前把事情交代得「一清二楚」，毫不含糊。

【一乾二淨】 一ˋ ㄍㄢ ㄦˋ ㄐㄧㄥˋ

【解釋】十分清潔。一塵不染。

【例句】大掃除過後，家裡被清理得「一乾二淨」。

【一掃而空】 一ˋ ㄙㄠˇ ㄦˊ ㄎㄨㄥ

【解釋】掃除或消失得乾乾淨淨。

【相同】一掃而光。

【相反】原封不動。

【例句】我的失望和消極，經心理醫師的開導後，就全都「一掃而空」了。

【一勞永逸】 一ˋ ㄌㄠˊ ㄩㄥˇ 一ˋ

【解釋】不過一個時期的勞苦，卻可獲得永遠的安逸。

【出處】北魏·賈思勰·齊民要術：「長生種者，一勞永逸。」漢·班固·封燕然山銘：「茲可謂一勞而久逸，暫費而永寧也。」

【相反】勞而無功。

【例句】水壩築成後，他們就可以「一勞永逸」了。

【一寒如此】 一ˋ ㄏㄢˊ ㄖㄨˊ ㄘˇ

【解釋】貧困已極。

【字義】寒：貧寒潦倒。

【出處】史記·范雎傳：「魏使須賈於秦，范雎聞之，爲微行，敝衣閒步之邸。……（賈）曰：『范叔一寒如此哉！』乃取其一綈袍以賜之。」元·方回·桐江續集：「類是同鄉復同味，一寒如此遽春還。」

【相同】一貧如洗。家徒四壁。

【相反】富可敵國。金玉滿堂。

【例句】他竟「一寒如此」三餐不繼。

【一朝一夕】 一ˋ ㄓㄠ 一ˊ ㄒㄧ

【解釋】一日一夜，形容時間短暫。

【出處】易·坤：「臣弒其君，子弒其父，非一朝一夕之故，其所由來者漸矣。」

【相同】一旦一夕。彈指之間。

【相反】積年累月。千秋萬世。

【例句】求學貴在有恆，不是「一朝一夕」的事。

【一場春夢】 一ˋ ㄔㄤˊ ㄔㄨㄣ ㄇㄥˋ

【解釋】比喻世事變幻無常，繁華富貴，有如一場幻夢。

【出處】南唐·張泌·寄人：「倚柱尋思倍惆悵，一場春夢不分明。」宋·趙令時·侯鯖錄：「東坡老人（蘇軾）在昌化，嘗負大瓢，行歌於田間。有老婦年七十，謂坡云：『內翰昔日富貴，一場春夢！』坡然之。里中呼此嫗爲春夢婆。」

【例句】富貴榮華眞如「一場春夢」轉眼空。

【一概而論】 一ˋ ㄍㄞˋ ㄦˊ ㄌㄨㄣˋ

【解釋】對任何問題，都視作同等性質看待。

【出處】楚辭·懷沙：「同糅玉石兮，一概而相量。」

【相同】相提並論。

【例句】她和貪慕虛榮、整天只知打麻將的人不同，我們不能「一概而論」。

一揮而就（ㄧ ㄏㄨㄟ ㄦˊ ㄐㄧㄡˋ）

【解釋】 形容文思敏捷。

【出處】 宋史·文天祥傳：「天祥以法天不息爲對，其言萬餘，不爲虆，一揮而成。」警世通言·俞仲舉題詩遇上皇：「俞良一揮而就，做了一隻詞，名過龍門令。」

【相同】 七步成詩。倚馬可待。一揮而成。

【相反】 江郎才盡。

【例句】 她文思敏捷，寫文章不必打底稿，「一揮而就」，毫不費力。

一絲一毫（ㄧ ㄙ ㄧ ㄏㄠˊ）

【解釋】 形容非常細微的事物。

【出處】 宋史·司馬康傳：「凡爲國者，一絲一毫皆當愛惜，惟於濟民則不宜吝。」

【相同】 一星半點。

【相反】 車載斗量。多如牛毛。

【例句】 大哥做起事來十分認真，「一絲一毫」也不馬虎。

一絲不苟（ㄧ ㄙ ㄅㄨˋ ㄍㄡˇ）

【解釋】 一點兒也不馬虎。

【出處】 儒林外史：「上司訪知，見世叔一絲不苟，升遷就在指日。」

【相同】 丁一卯二。

【相反】 馬虎塞責。敷衍塞責。粗枝大葉。

【例句】 他做事非常認眞，「一絲不苟」。

一絲不掛（ㄧ ㄙ ㄅㄨˋ ㄍㄨㄚˋ）

【解釋】 佛教常用來比喻不被塵俗牽累。現多用以形容身體赤裸。

【字義】 「掛」原作「挂」。

【出處】 宋·黃庭堅詩：「一絲不掛魚脫淵，萬古同歸蟻旋磨。」此言釣竿不繫絲則魚得脫，以喻人之不爲情累。宋·楊萬里詩：「放閘老兵殊耐冷，一絲不挂下冰灘。」

【相同】 寸絲不掛。赤身裸體。

【相反】 利慾薰心。衣冠楚楚。

【例句】 工地秀，爲了吸引顧客，舞女們經常「一絲不掛」，大跳脫衣舞。

一飯千金（ㄧ ㄈㄢˋ ㄑㄧㄢ ㄐㄧㄣ）

【解釋】 隆重地報答別人的恩惠。

【出處】 漢韓信少年家貧，曾得一漂絮老婦給飯充飢。後來當了楚王後，賜千金以爲報答。見史記·淮陰侯傳。（參閱「一飯之恩」）

【相同】 感恩圖報。結草銜環。

【相反】 過河拆橋。忘恩負義。

【例句】 他只要受過別人一點點的小惠，便想重重地報答，眞有「一飯千金」的胸懷。

一飯之恩（ㄧ ㄈㄢˋ ㄓ ㄣ）

【解釋】 指受過別人恩惠，當思報答。

【出處】 史記·淮陰侯傳：「一母見信飢，飯信。……漢五年正月，信爲楚王，召所從食漂母，賜千金。」

【例句】 當年陳氏夫婦對我有「一飯之恩」，如今該是我回報的時候了。

一無可取（ㄧ ㄨˊ ㄎㄜˇ ㄑㄩˇ）

【解釋】 沒有一點值得一提或稱讚的地方。

【相同】一無是處。
【相反】十全十美。
【例句】他頭腦簡單，四肢又不發達，實在是「一無可取」。

【一無所有】

【解釋】甚麼也沒有。
【出處】漢·焦延壽·焦氏易林：「商人至市，空無所有。」
【相同】空空如也。
【相反】應有盡有。
【例句】他做官清廉，卸任後，除了兩袖清風以外，「一無所有」。

【一無所長】

【解釋】甚麼技能也沒有。
【出處】明·朱之瑜·答安東守約書三十首：「不肖性行質直，一無所長，惟此與人爲善之誠，迫於飢渴。」
【相同】一無所能。
【相反】無所不能。文武雙全。多才多藝。神通廣大。
【例句】他「一無所長」，當然找不到工作。

【一無所獲】

【解釋】甚麼東西也沒得到。
【相同】寶山空回。
【相反】滿載而歸。
【例句】他四處拜託，結果卻「一無所獲」。

【一筆勾消】

【解釋】把過去的一切完全取消。
【出處】宋·名臣言行錄：「公（范仲淹）取班簿，視不才監司，每見一人姓名，一筆勾之。」
【相同】全盤否定。一筆抹煞。
【例句】他們把過去的恩怨「一筆勾消」，和好如初了。

【一筆抹煞】

【解釋】把別人的功勞或好處一下子取消。
【出處】老殘遊記：「所以天降奇災，北拳南革，要將歷代聖賢，一筆抹煞。」
【相同】一筆抹殺。
【相反】事實俱在。
【例句】他不應該一氣之下，就「一筆抹煞」了別人以前對他的恩惠。

【一意孤行】

【解釋】本謂謝絕請託，按己意執法。後指固執己見，獨斷獨行。
【出處】史記·張湯傳：「（趙）禹爲人廉倨。爲吏以來，舍毋食客。公卿相造請禹，禹終不報謝，務在絕知友賓客之請，孤立行一意而已。」
【相同】獨斷獨行。固執己見。自以爲是。剛愎自用。
【相反】從善如流。迷途知反。言聽計從。從諫如流。群策群力。
【例句】他不接受別人的勸告，「一意孤行」，結果弄得一敗塗地。

【一鼓作氣】

【解釋】古代作戰，擊鼓進軍。擂第一通鼓時，士氣最盛。後比喻趁銳氣旺盛的時候，一舉成事。
【字義】鼓：此處指擊戰鼓，古代戰爭中擊鼓使戰士前進。

【出處】左傳：「夫戰，勇氣也，一鼓作氣，再而衰，三而竭，彼竭我盈，故克之。」
【相同】趁熱打鐵。一氣呵成。
【相反】虎頭蛇尾。
【例句】開始工作時他「一鼓作氣」，但過不了多久，就沒精打采起來了。

一落千丈
ㄧˋ ㄌㄨㄛˋ ㄑㄧㄢ ㄓㄤˋ

【解釋】指琴聲陡然由高到低。後常用來比喻聲譽地位的急劇下降。
【出處】唐·韓愈·聽穎師彈琴：「躋攀分寸不可上，失勢一落千丈強。」宋·王邁·臞軒集：「失勢一落千丈強，自安蹇步；衝入決起百餘尺，坐看群飛。」
【相同】江河日下。
【相反】扶搖直上。一步登天。
【例句】十信事件，使得蔡辰洲的聲譽「一落千丈」。

一路福星
ㄧˊ ㄌㄨˋ ㄈㄨˊ ㄒㄧㄥ

【解釋】以一路福星為祝人旅途平安之語。
【字義】福星：即歲星，舊時術士謂歲星照臨能降福於民之「路」。
【出處】宋鮮于侁為京東轉運使，此行，司馬光謂人曰：「福星往矣。」見宋·秦觀·淮海集。清·翟灝·十祝誦引作「一路福星」。
【相同】一路順風。
【例句】朋友要遠行法國，我祝他「一路福星」。

一飽眼福
ㄧˋ ㄅㄠˇ ㄧㄢˇ ㄈㄨˊ

【解釋】使眼睛欣賞到美好的事物。
【例句】溪頭風景宜人，這次去那兒旅遊，眞可以「一飽眼福」了。

一葉知秋
ㄧˊ ㄧㄝˋ ㄓ ㄑㄧㄡ

【解釋】看見一片落葉，便知秋季來臨。比喻由小見大，從部分現象，推知事物的本質、全體和發展趨勢。
【出處】淮南子·說山：「以小明大，見一葉落，而知歲之將暮；睹瓶中之冰，而知天下之寒。」唐·李子卿·聽秋蟲賦：「時不與兮歲不留，一葉落兮天地秋。」唐人詩：「山僧不解數甲子，一葉落知天下秋。」
【相同】見微知著。
【相反】視而不見。
【例句】處事得熟知「一葉知秋」的道理，方能由小見大，防患未然。

一誤再誤
ㄧˊ ㄨˋ ㄗㄞˋ ㄨˋ

【解釋】已經錯了一次，現在又陸續失誤。
【出處】宋史·魏王廷美傳：「太宗嘗以傳國之意訪之趙普。普曰：『太祖已誤，陛下豈容再誤耶？』」
【相同】屢教不改。迷而不反。執迷不悟。
【相反】知過能改。迷途知反。翻然悔悟。
【例句】他把老闆交代的事「一誤再誤」，因此被炒魷魚了。

一塵不染
ㄧˋ ㄔㄣˊ ㄅㄨˋ ㄖㄢˇ

【解釋】佛教語，指佛教徒修行，排除物慾，保持身心純潔。後用以形容非常純淨或絲毫不受壞習氣影響。
【出處】佛教禪宗六祖慧能偈云：「

本來無一物，何假拂塵埃？」見景德傳燈錄。宋·張耒·柯山集：「一塵不染香到骨，姑射仙人風露身。」
【相同】六根清淨。纖塵不染。一乾二淨。
【相反】同流合污。
【例句】她有潔癖，家中整理得「一塵不染」。

【一團和氣】 ㄧˋ ㄊㄨㄢˊ ㄏㄜˊ ㄑㄧˋ
【解釋】形容和諧相處。
【出處】宋·楊無咎·逃禪詞：「看縱橫才美，雍容談笑，一團和氣。」古今雜劇元·缺名·風月南牢記：「你是箇不誠實材料，悔從前將你託，一團和氣盡虛囂，滿面春風笑裡刀。」
【相同】和藹可親。和顏悅色。平易近人。
【相反】兇神惡煞。疾言厲色。
【例句】老師希望同學們能「一團和氣」地在一起遊戲。

【一鳴驚人】 ㄧˋ ㄇㄧㄥˊ ㄐㄧㄥ ㄖㄣˊ
【解釋】比喻平時沒沒無聞，突然做出驚人的表現。
【出處】韓非子·喻老：「雖無飛，飛必沖天；雖無鳴，鳴必驚人。」史記滑稽列傳：「此鳥不飛則已，一飛沖天，不鳴則已，一鳴驚人。」
【相同】一舉成名。一飛衝天。
【相反】沒沒無聞。湮沒無聞。
【例句】別看他一副呆頭呆腦的樣子，這次智力測驗，他竟然「一鳴驚人」地得到最高分。

【一網打盡】 ㄧˋ ㄨㄤˇ ㄉㄚˇ ㄐㄧㄣˋ
【解釋】全部肅清。
【出處】宋·魏泰·東軒筆錄：「劉待制元瑜既彈蘇舜欽，而連坐者甚衆，同時俊彥，爲之一空。劉見宰相曰：『聊爲相公一網打盡！』」宋史蘇舜欽傳作王拱宸語。
【相同】一掃而光。
【相反】漏網之魚。
【例句】對於社會上那些不良分子，警方準備將他們「一網打盡」永絕後患。

【一語破的】 ㄧˋ ㄩˇ ㄆㄛˋ ㄉㄧˋ
【解釋】一句話就說中了要害。
【字義】的：箭靶的中心。
【出處】宋·洪咨夔·平齋文集：「鈞邃摘幽，神接心領，出語輒破的。」
【相同】一針見血。一語中的。
【相反】不著邊際。
【例句】只有他「一語破的」，指出問題的癥結所在。

【一語中的】 ㄧˋ ㄩˇ ㄓㄨㄥˋ ㄉㄧˋ
同「一語破的」。

【一語道破】 ㄧˋ ㄩˇ ㄉㄠˋ ㄆㄛˋ
【解釋】一句話就說穿了別人心裡所想的事。
【出處】明·陳確·與張考夫書：「自唐虞至戰國二千餘年，聖人相傳心法，一語道破。」
【相同】一語破的。一針見血。
【相反】不知所云。不著邊際。隔靴搔癢。
【例句】他原想隱瞞這件事，不料卻

被我給「一語道破」了。

【一模一樣】 ㄧˋ ㄇㄨˊ ㄧˊ ㄧㄤˋ

【解釋】 完全相同。
【出處】 明·凌濛初·初刻拍案驚奇卷二：「話說人生只有面貌最是不同。蓋因各父母所生，十支萬派，那能夠一模一樣的。」
【相同】 一般無二。
【相反】 天淵之別。迥然不同。截然不同。
【例句】 他到處騙錢，手法和他哥哥「一模一樣」。

【一髮千鈞】 ㄧˋ ㄈㄚˇ ㄑㄧㄢ ㄐㄩㄣ

【解釋】 一髮吊千鈞，比喻情況萬分危急。
【字義】 古三十斤爲鈞。
【出處】 漢書·枚乘傳：「夫以一縷之任係千鈞之重，上懸無極之高，下垂不測之淵，雖甚愚之人猶知哀其將絕也。」唐·韓愈與孟尙書書：「其危如一髮引千鈞。」
【相同】 危如累卵。千鈞一髮。
【相反】 穩如泰山。
【例句】 當面臨「一髮千鈞」的危機時，唯有迅速且正確的反應，才能化險爲夷。

【一瞑不視】 ㄧˋ ㄇㄧㄥˊ ㄅㄨˋ ㄕˋ

【解釋】 死亡的代語。「人死了眼睛閉上，自然再也看不見東西。」
【字義】 瞑：閉上眼睛，指去世。
【出處】 戰國策：「有斷頭決腹，一瞑而萬世不視，不知所益，以憂社稷者。」
【相同】 撒手人寰。
【例句】 他病了整整五年，等到兒子千辛萬苦趕回來時，已經「一瞑不視」了。

【一箭雙雕】 ㄧˊ ㄐㄧㄢˋ ㄕㄨㄤ ㄉㄧㄠ

【解釋】 本形容射藝的高明。後用來比喻一舉兩得。
【字義】 雕：一種兇猛的大鳥。
【出處】 隨長孫晟、唐高駢都有一箭射中兩雕的事，見北史新唐書本傳。續景德傳燈錄·慧海儀禪師：「萬人瞻破沙場上，一箭雙雕落碧空。」
【相同】 一舉兩得。一石二鳥。
【相反】 一無所獲。雞飛蛋打。
【例句】 他到出版社去擔任編輯，有兩個目的：一是解決了職業問題，二是可以學以致用，這眞是「一箭雙雕」之計。

【一盤散沙】 ㄧˋ ㄆㄢˊ ㄙㄢˇ ㄕㄚ

【解釋】 比喻不團結。
【出處】 清·陳天華·獅子吼：「各國的會黨，莫不有個機關報，所以消息靈通，只有中國的會黨，一盤散沙，一個機關報都沒有，又怎麼行呢？」
【相同】 烏合之衆。
【相反】 衆志成城。
【例句】 我們不能就像「一盤散沙」一樣，讓外人任意欺侮。

【一諾千金】 ㄧˊ ㄋㄨㄛˋ ㄑㄧㄢ ㄐㄧㄣ

【解釋】 指諾言之信實可貴。
【出處】 史記·季布傳：「楚人諺曰：『得黃金百斤，不如得季布一諾。』」唐·李白詩：「一諾許他人，千金雙錯刀。」錯刀，古代錢名，一刀值五千錢。
【相同】言而有信。一言既出駟馬難追。
【相反】言而無信。食言而肥。
【例句】他最守信用，是個「一諾千金」的人。

一錢不直

【解釋】指毫無價值。
【字義】「直」同「值」。
【出處】史記·魏其武安侯傳：「生平毀程不識不直一錢。」唐·張鷟·游仙窟：「少府謂言兒是九泉下人，明日在外處，談道兒一錢不直。」也作「一文不值」。明·畢魏·三報恩·罵佞「：最可悲年少科名，弄得一文不值。」
【相同】一文不值。
【相反】價值連城。
【例句】小李不識貨，竟把這贗品當作古董，其實是「一錢不直」。

一擁而上

【解釋】爭著向前去。
【相反】一哄而散。
【例句】大家「一擁而上」把小偷抓住，痛打了一頓。

一臂之力

【解釋】指不大的力量。比喻有所幫助。
【出處】黃庭堅·代人求知人書：「不愛斧斤而斲之，期於成器，捐一臂之力，使小人有黃鐘大呂之重。」
【相同】一手一足。吹灰之力。螳螂之力。
【相反】回天之力。觸山之力。九牛二虎之力。
【例句】這件事，相信大家會助你「一臂之力」。

一舉成名

【解釋】一下子就成了名。
【出處】唐·韓愈·唐故國子司業竇公墓誌銘：「公一舉成名而東。」金·劉祁·歸潛志：「故當時有云：古人謂十年窗下無人問，一舉成名天下知。今日一舉成名天下知，十年窗下無人問也。」
【相同】一鳴驚人。
【相反】名落孫山。沒沒無聞。
【例句】必須要有雄厚的實力，才能「一舉成名」。

一舉兩得

【解釋】作一件事，同時收到兩方面的利益。
【出處】東觀漢記·耿弇傳：「吾得臨淄，即西安孤，必覆亡矣，所謂一舉而兩得者也。」晉書·束皙傳：「（陽平頓丘）二郡田地逼狹，謂可遷徙西州，以充邊土，……一舉兩得，外實內寬。」
【相同】一箭雙鵰。一石二鳥。
【相反】徒勞無功。事倍功半。一舉兩失。
【例句】老王娶了一位有錢又年輕的太太，對他而言，實在是「一舉兩得」的事。

一應俱全

【解釋】一切應該具備的東西都已齊備。
【出處】何典：「活死人來到庫中，見十八般武藝一應俱全。」
【相同】應有盡有。包羅萬象。無所不有。
【相反】一無所有。寥寥無幾。
【例句】過年的用品，超級市場都「一應俱全」。

一瀉千里 ㄧˋ ㄒㄧㄝˋ ㄑㄧㄢ ㄌㄧˇ

【解釋】原指江河水勢奔騰直下，後用以形容文筆氣勢奔放。
【出處】唐·李白·贈從弟宣州長史昭：「長川豁中流，千里瀉吳會。」明·王世貞·文評：「方希直（孝孺）如奔流滔滔，一瀉千里。」唐·韓愈·貞女峽：「懸流轟轟射水府，一瀉百里翻雲濤。」
【相同】一瀉百里。行雲流水。
【相反】停滯不前。佶屈聱牙。
【例句】這篇論文的氣勢奔放，的確稱得上是「一瀉千里」的佳作。

一竅不通 ㄧˊ ㄑㄧㄠˋ ㄅㄨˋ ㄊㄨㄥ

【解釋】譏諷見聞狹隘或不明事理。
【字義】竅：孔洞。
【出處】元·張國寶·羅李郎一：「阿這老的一竅也不通。」
【相同】一無所知。
【相反】無所不知。博古通今。無所不通。
【例句】他對古詩「一竅不通」，竟敢在國文教授面前班門弄斧。

一蹶不振 ㄧˋ ㄐㄩㄝˊ ㄅㄨˊ ㄓㄣˋ

【解釋】摔了一跤之後便再也爬不起來：比喻經過一次失敗便再也不能振作。
【出處】孟子·公孫丑編上：「今夫蹶者趨者，是氣也。」說苑·談叢：「一蹶之故，卻足不行。」
【相同】一敗塗地。一落千丈。每下愈況。
【相反】重整旗鼓。方興未艾。東山再起。
【例句】這家公司自從換了老闆之後，就「一蹶不振」，無法在商場上立足了。

一蹴即至 ㄧˊ ㄘㄨˋ ㄐㄧˊ ㄓˋ

【解釋】比喻很容易就達到目標。
【字義】蹴：輕步跟在後面。
【相同】一步登天。一蹴而就。一蹴即就。
【例句】凡事要按部就班去做，不可指望「一蹴即至」。

一觸即發 ㄧˊ ㄔㄨˋ ㄐㄧˊ ㄈㄚ

【解釋】形容形勢危急萬分，隨時會產生變化。
【字義】觸：碰，觸動。
【出處】明·李開先·原性堂記：「予方有意，觸而即發，不知客何所見，適投其機乎？」清·李漁·笠翁文集：「夫鵲不果吉，烏不果凶，世人亦累驗之，無如喜怒之懷，有觸即發。」
【相同】劍拔弩張。箭在弦上。
【相反】引而不發。
【例句】兩國各自陳兵邊境，大戰就要「一觸即發」。

一言以蔽之 ㄧˋ ㄧㄢˊ ㄧˇ ㄅㄧˋ ㄓ

【解釋】總括一句。
【出處】論語·為政：「詩三百，一言以蔽之，曰：『思無邪』。」疏：「古者謂一句為一言，詩雖有三百編之多，可舉一句，當盡其理也。」
【相同】總而言之。
【例句】「一言以蔽之」，這場演講實在沒什麼可聽性。

一鼻孔出氣 ㄧˋ ㄅㄧˊ ㄎㄨㄥˇ ㄔㄨ ㄑㄧˋ

【解釋】指同一立場，利害一致的人說話做事都互相維護。
【相同】一丘之貉。
【例句】你不要上他的當，他跟那傢伙是同「一鼻孔出氣」的。

一不做，二不休 ㄧˋ ㄅㄨˋ ㄗㄨㄛˋ ㄦˋ ㄅㄨˋ ㄒㄧㄡ

【解釋】事情既已做開了頭，非幹到底，決不罷休。
【出處】唐·趙元一·奉天錄：「傳語後人：第一莫作，第二莫休。」元·王曄·桃花女：「我看那周公和這桃

一鱗半甲 ㄧˋ ㄌㄧㄣˊ ㄅㄢˋ ㄐㄧㄚˇ

【解釋】比喻零零碎碎的片斷。
【出處】唐·高仲武·中興閒氣集：「三年中作變律詩九首，上廣州李帥，其文意長於諷刺，亦有陳拾遺（子昂）一鱗半甲。」清·趙翼·甌北詩抄：「嗚呼公已騎箕去，故紙殘零亦何有。一鱗片甲及幸存，其字其詩遂不朽。」
【相同】一鱗半爪。隻鱗片甲。
【相反】渾然一體。
【例句】我此行到美國只是走馬看花，所得的不過是「一鱗半甲」的印象，實在寫不出甚麼遊記。

一去不復返 ㄧˊ ㄑㄩˋ ㄅㄨˊ ㄈㄨˋ ㄈㄢˇ

【解釋】永遠消逝。
【出處】史記·刺客列傳：「風蕭蕭兮易水寒，壯士一去兮不復還。」唐崔顥·黃鶴樓：「黃鶴一去兮不復返，白雲千載空悠悠。」
【例句】時間是「一去不復返」的，所以我們應當把握現在，即時努力。

一籌莫展 ㄧˋ ㄔㄡˊ ㄇㄛˋ ㄓㄢˇ

【解釋】束手無策。
【字義】籌：古代計算的籌碼。引申為計策。
【出處】清·孔尚任·桃花扇：「下官史可法，日日經略中原，究竟一籌莫展。」
【相同】無計可施。
【相反】急中生智。情急智生。
【例句】他面對女朋友的刁蠻，實在是「一籌莫展」無計可施。

一覽無遺 ㄧˋ ㄌㄢˇ ㄨˊ ㄧˊ

【解釋】一眼就全部看得一清二楚。
【出處】世說新語·言語：「此丞相（王導）乃所以為巧，江左地促，不如中國，若使阡陌條暢，則一覽而盡，故紆餘委曲，若不可測。」
【相同】一覽無餘。盡收眼底。
【相反】視而不見。
【例句】登上觀音山頂，台北景色可以「一覽無遺」。

花女，一不做，二不休，少不得弄出幾個人命來。」

【例句】我們既然已經打敗了敵軍，何不「一不做，二不休」乾脆把敵軍徹底殲滅，一勞永逸。

一而再，再而三

【解釋】一次又一次。

【出處】尚書·多方：「至于再，至于三。」

【相同】接二連三。

【例句】他「一而再，再而三」地犯錯，實在不能原諒。

一動不如一靜

【解釋】做起事來，除非有成功的把握，否則寧可不做。

【出處】宋·張端義·貴耳集：「（宋）孝宗幸天竺及靈隱，有輝僧相隨。見飛來峰，問輝曰：『既是飛來，如何不飛去？』對曰：『一動不如一靜。』」

【相反】靜極思動。

【例句】老年人的想法，總愛「一動不如一靜」，所以缺乏青年人的衝勁。

一傳十，十傳百

【解釋】原指疾病傳染。後泛作言語、消息輾轉相傳之意。

【出處】宋·陶穀·清異錄：「一傳十，十傳百，展轉無窮，故號義疾。」明·缺名·韋鳳翔玉環記：「吾如今一人傳十，十人傳百，那時人都知道，再不上你家的門來了。」

【例句】這件事「一傳十，十傳百」，不一會兒全班都知道了。

一蟹不如一蟹

【解釋】比喻一個比一個糟，每況愈下的意思。

【出處】舊題宋·東坡居士·艾子雜說：記艾子行於海上，初見蝤蛑，繼見螃蟹及彭越，形皆相似而體愈小，因嘆曰：「何一蟹不如一蟹也！」宋·王君玉·國老談苑二、曾慥類說·聖宋掇遺，都說是宋初陶穀出使吳越，因啖蟹借以諷刺吳越王錢俶的事，但作「一代不如一代」。金·王若虛·滹南遺老集：「晏殊以為柳勝韓，李淑又謂劉勝柳，所謂一蟹不如一蟹。」

【相同】一代不如一代。

【例句】做父親的已經一事無成，想不到他兒子比父親更不長進，嗜煙好賭，眞是「一蟹不如一蟹」。

一寸光陰一寸金

【解釋】形容時間的寶貴。

【出處】俗諺：「一寸光陰一寸金，寸金難買寸光陰。」

【相同】一刻千金。

【例句】「一寸光陰一寸金」，我們千萬要把握時間，努力用功。

一失足成千古恨

【解釋】一次錯誤就造成終身不可挽救的恨事。

【出處】明·楊儀·明良記：「唐解元寅既廢棄，詩云：『一失腳成千古笑，再回頭是百年人。』」後多作「一失足成千古恨」。

【例句】「一失足成千古恨」，她走錯了一步，眞是噬臍莫及。

【一年之計在於春】

【解釋】在年初訂定好今年的學習或工作計畫是最適當的。

【出處】俗諺：「一年之計在於春，一日之計在於晨。」

【例句】所謂「一年之計在於春」，我們現在就要作好本年度的工作計畫，爭取更好的成績。

【一將功成萬骨枯】

【解釋】形容戰爭的慘酷，將軍的勝利原是萬千士兵的性命換來的。

【出處】曹松詩：「憑君莫話封侯事，一將功成萬骨枯。」

【例句】多少人埋骨沙場，才換得他的戰功，眞是「一將功成萬骨枯」啊！

【一犬吠影，百犬吠聲】

【解釋】比喻不分青紅皀白，人云亦云。

【出處】潛夫論：「諺云：『一犬吠影，百犬吠聲。』」

【相同】人云亦云。

【例句】「一犬吠影，百犬吠聲」，這些三姑六婆，把事情說得好像親眼見到一樣。

【一夫當關，萬夫莫開】

【解釋】比喻地勢險要，易守難攻。

【出處】晉·左 思·蜀都賦：「至于臨谷爲塞，因山爲障，峻岨塍埒，長城豁險，吞若巨防。一人守隘，萬夫莫向。」唐·李白·蜀道難：「劍閣崢嶸而崔嵬，一夫當關，萬夫莫開。」

【例句】居庸關地勢險要，眞有「一夫當關，萬夫莫開」之勢，所以自古是兵家必爭之地。

【一分耕耘，一分收穫】

【解釋】付出一分勞力就得一分收益。

【例句】「一分耕耘就有一分收穫」，只要努力，一定會有成就的。

【一言既出，駟馬難追】

【解釋】指話已出口，無法收回。

【字義】駟：拉一車之四匹馬。

【出處】鄧析子·轉辭：「一聲而非，駟馬勿追；一言而急，駟馬不及。」宋·歐陽修·筆說：「俗云：一言出口，駟馬難追。論語所謂『駟不及舌』也。」元·李壽卿·伍員吹簫：「大丈夫一言既出，駟馬難追，豈有翻悔之理。」

【例句】我們就這樣決定，不許反悔，大丈夫「一言既出，駟馬難追」。

【一波未平，一波又起】

【解釋】一個問題還沒解決，另一個問題又產生了。形容波折多。

【例句】他經商失敗，太太又移情別戀，這眞是「一波未平，一波又起」。

【一登龍門，身價十倍】

【解釋】比喻一經有名氣的人評價，身價馬上便提高。

【字義】龍門：三秦記說，魚類聚龍門下，能躍登上去的便可化爲龍。

【出處】李白詩：「一登龍門，聲價十倍。」

【例句】他一經被選爲議長，馬上成爲新聞人物，正所謂「一登龍門，聲價十倍」。

七上八下（ㄑㄧ ㄕㄤˋ ㄅㄚ ㄒㄧㄚˋ）

【解釋】比喻神思不定。
【出處】水滸傳：「那胡正卿心頭十五個吊桶打水：七上八下。」
【相同】心亂如麻。忐忑不安。
【相反】心安神泰。行若無事。
【例句】對於這件事他也是「七上八下」，拿不定主意。

七手八腳（ㄑㄧ ㄕㄡˇ ㄅㄚ ㄐㄧㄠˇ）

【解釋】形容人多而忙亂。
【出處】五燈會元·德光禪師：「上堂七手八腳，三頭兩面，耳聽不聞，眼覷不見，苦樂逆順，打成一片。」紅樓夢：「衆人一聲答應，七手八腳，忙把寶玉送入怡紅院內自己床上臥好。」
【相同】手忙腳亂。
【相反】慢條斯理。
【例句】大家聽說馬上就要啓程，便「七手八腳」地收拾行李。

七折八扣（ㄑㄧ ㄓㄜˊ ㄅㄚ ㄎㄡˋ）

【解釋】形容折扣多因而實收數少。
【出處】七俠五義：「這些店用房錢草料麩子，七折八扣，除了兩錠銀子之外，倒該下五六兩的賬。」
【例句】經過「七折八扣」之後，所剩的就不多了。

七拼八湊（ㄑㄧ ㄆㄧㄣ ㄅㄚ ㄘㄡˋ）

【解釋】指胡亂或辛苦拼湊而成。
【例句】他到處張羅，「七拼八湊」才籌到孩子的學費。

七情六欲（ㄑㄧ ㄑㄧㄥˊ ㄌㄡˋ ㄩˋ）

【解釋】指人的情（喜、怒、哀、樂、愛、惡、欲爲七情）欲（眼、耳、鼻、舌、身、意所生的欲念爲六欲）。
【字義】「欲」亦作「慾」。
【出處】禮記·禮運：「何謂人情？喜怒哀懼愛惡欲，七者弗學而能。」智度論：「六欲，爲色欲、形貌欲、威儀姿態欲、言語聲音欲、細滑欲、人想欲。」又有以六賊之欲爲六欲，即眼、耳、鼻、舌、身、意之欲。
【例句】人的「七情六欲」是天生本能，有時是無法控制的。

七零八落（ㄑㄧ ㄌㄧㄥˊ ㄅㄚ ㄌㄨㄛˋ）

【解釋】形容殘破太甚因而零落不堪，或經受打擊因而凌亂不堪。
【出處】宋·釋惟白·續傳燈錄：「無味之談，七零八落。」
【相同】落花流水。亂七八糟。
【相反】井井有條。
【例句】日軍被我們兩面夾攻之後，「七零八落」，已經潰不成軍了。

七嘴八舌（ㄑㄧ ㄗㄨㄟˇ ㄅㄚ ㄕㄜˊ）

【解釋】形容人多口雜。
【出處】袁枚·牘外餘言：「署大夫七嘴八舌，冷嘲熱諷。」
【相同】七言八語。人多嘴雜。
【相反】衆口一詞。異口同聲。
【例句】會議才開始，大家就「七嘴八舌」，爭相提出相反的意見。

七顛八倒（ㄑㄧ ㄉㄧㄢ ㄅㄚ ㄉㄠˇ）

【解釋】形容顛倒錯亂。
【出處】景德傳燈錄·道匡禪師：「問如何是佛法大意，師曰：『七顛八倒。』」水滸傳：「如今不幸他歿了，已得三年，家裡的事都七顛八倒。」
【相同】顛三倒四。差三錯四。
【相反】有條有理。井井有條。
【例句】他心不在焉，說話「七顛八倒」，聽的人覺得莫名其妙。

三五成群 ㄙㄢ ㄨˇ ㄔㄥˊ ㄑㄩㄣˊ

【解釋】指人群散散落落。
【出處】唐·李白·採蓮曲：「岸上誰家遊冶郎，三三五五映垂楊。」
【例句】黃昏時候，許多人「三五成群」地在公園散步。

三三兩兩 ㄙㄢ ㄙㄢ ㄌㄧㄤˇ ㄌㄧㄤˇ

【解釋】形容疏疏落落。
【出處】樂府詩集·晉人·嬌女：「魚行不獨自，三三兩兩俱。」宋·陸游·夜興：「夜闌扶策繞中庭，雲罅三三兩兩星。」
【相同】三三五五。
【相反】成群結隊。
【例句】寒流來襲，街上行人，只有「三三兩兩」好不冷清。

三心二意 ㄙㄢ ㄒㄧㄣ ㄦˋ ㄧˋ

【解釋】心意不堅定，拿不定主意。
【出處】元·關漢卿·救風塵：「爭奈是匪妓，都三心二意。」
【相同】三心兩意。
【相反】專心致志。全心全意。一心一意。
【例句】做事如果「三心二意」，則任何事都不會成功。

三令五申 ㄙㄢ ㄌㄧㄥˋ ㄨˇ ㄕㄣ

【解釋】再三告誡。
【出處】史記·孫武傳：「約束既布，乃設鈇鉞，即三令五申之。」漢·張衡·東京賦：「三令五申，示戮斬牲。」注引尹文子：「將戰，有司請誥誓，三令五申之，既畢，然後即敵。」
【例句】政府雖然「三令五申」，不准聚賭，但偷偷摸摸去呼盧喝雉者，仍大有人在。

三生有幸 ㄙㄢ ㄕㄥ ㄧㄡˇ ㄒㄧㄥˋ

【解釋】三世修積得來的福氣，世俗用以稱頌交得良友。
【出處】傳燈錄：「有一省郎，夢至碧巖下一老僧前，煙穗極微，云：『此是檀越結願，香煙存而檀越已三生矣。第一生明皇時劍南安撫巡官，第二生憲皇時西蜀書記，第三生即今生也。』省郎，謂京師各省之吏。檀越：佛家語，謂施主也。故事成語考人事：「事有奇緣曰三生有幸。」
【相同】鴻運高照。三生之緣。
【相反】生不逢時。
【例句】能結識像你這樣的一位好朋友，那是我「三生有幸」。

三位一體 ㄙㄢ ㄨㄟˋ ㄧ ㄊㄧˇ

【解釋】三種物體或三件事情互相關聯，不可分離。
【出處】基督教稱聖父、聖子及聖靈爲三位，雖有父子的分別，但聖靈則同而為一，故稱三位一體。

【例句】政治、經濟及軍事是「三位一體」的，不能說何者較為重要。

三妻四妾 ㄙㄢ ㄑㄧ ㄙˋ ㄑㄧㄝˋ

【解釋】形容妻妾眾多。

【例句】現在的社會已經不容許男人有「三妻四妾」了。

三言兩語 ㄙㄢ ㄧㄢˊ ㄌㄧㄤˇ ㄩˇ

【解釋】說話簡潔扼要，三兩句話就把要點說清楚。

【出處】水滸傳：「小乙可惜夜來不在家裡，若在家時，三言兩語，盤倒那先生。」

【相同】三言兩句。（元·關漢卿·救風塵：「我到那裡三言兩句，肯寫休書，萬事俱休。」）。片言隻語。

【相反】長篇大論。千言萬語。

【例句】老師「三言兩語」，就把問題解釋得明明白白。

三長兩短 ㄙㄢ ㄔㄤˊ ㄌㄧㄤˇ ㄉㄨㄢˇ

【解釋】意外的事故，特指死亡。

【出處】明·范文若·鴛鴦棒傳奇：「我還怕薄情郎折倒我的女兒，須一路尋上去，萬一有三長兩短，定要討個明白。」

【相同】山高水低。一差二錯。

【相反】安然無恙。

【例句】今天風浪很大，他出海了一整天還沒回來，家人都怕他會有個什麼「三長兩短」。

三姑六婆 ㄙㄢ ㄍㄨ ㄌㄧㄡˋ ㄆㄛˊ

【解釋】泛指沒有正當職業而好管閒事，搬弄是非的婦女。

【字義】三姑原指尼姑、道姑、卦姑；六婆原指牙婆、媒婆、虔婆（鴇母）、藥婆、穩婆（接生婆）、師婆（女巫）。

【出處】見明·陶宗·儀輟耕錄。

【例句】她跟那些「三姑六婆」一樣，成天張家長李家短的撥弄是非。

三思而行 ㄙㄢ ㄙ ㄦˊ ㄒㄧㄥˊ

【解釋】採取行動之前應該再三考慮。

【字義】三：再三。

【出處】論語·公冶長：「季文子三思而後行。」

【相同】深思熟慮。

【相反】輕舉妄動。

【例句】凡事「三思而行」，才會減少錯誤。

三朝元老 ㄙㄢ ㄔㄠˊ ㄩㄢˊ ㄌㄠˇ

【解釋】三代的老元勳。比喻資格老的官或職員。

【例句】他是公司裡的「三朝元老」，連總經理都要看他的臉色行事。

三從四德 ㄙㄢ ㄘㄨㄥˊ ㄙˋ ㄉㄜˊ

【解釋】封建時代的婦女被指定要遵守的道德教條。

【字義】三從：在家從父、出嫁從夫、夫死從子；四德：婦德、婦言、婦容、婦功。

【出處】元·武漢臣·老生兒：「不學些三從四德，俺一家兒簇捧著為甚麼來。」

【例句】陳老太太思想保守，常要求媳婦們要「三從四德」。

三番四復

【解釋】屢次，一次又一次。

【相同】三番四次。三番兩次。

【例句】他「三番四復」地相勸，怎麼你還是無動於衷？

三戰三北

【解釋】打了一次一次的敗仗。

【字義】北：打敗仗。

【出處】國語：「三戰三北，乃至於吳。」

【例句】這隻隊伍雖然「三戰三北」，但仍然奮戰不懈，令人敬佩。

三頭六臂

【解釋】佛經上說佛的法相有三個頭六條臂。後用來比喻神通廣大，本領出衆。

【出處】景德傳燈錄·善昭禪師：「三頭六臂擎天地。」元·缺名·馬陵道：「總便有三頭六臂天生別，到其間那裡好藏遮。」

【相同】神通廣大。

【相反】一無所能。黔驢技窮。

【例句】就算他有「三頭六臂」，我也不怕。

三顧草廬

【解釋】形容禮賢下士。

【出處】漢末，劉備三次往隆中訪聘諸葛亮，世稱「三顧草廬」。三國·蜀·諸葛亮·出師表：「先帝不以臣卑鄙，猥自枉曲，三顧臣於草廬之中。」三國演義三七劉玄德三顧草廬即演述這一故事。

【例句】他三番兩次來向你求救，確實有「三顧草廬」的誠意，你最好考慮指點他一下罷。

三月不知肉味

【解釋】形容音樂感人之深，後也指幾個月沒吃過肉。

【出處】論語：「三月不知肉味矣。」

【例句】他們家境清寒，經常「三月不知肉味」。

三句不離本行

【解釋】說起話來不知不覺就引用到本身職業上的術語，或提到本身職業上的事。

【例句】他是歷史學家，老是「三句不離本行」，喜歡用歷史來證古論今。

三人行，必有我師

【解釋】三個人之中必定有可供學習的對象。

【出處】論語·述而：「三人行，必有我師焉，擇其善者而從之，其不善者而改之。」

【例句】古人說：「三人行，必有我師。」只要有心向學，隨時隨地都可找到學習的對象。

三更燈火五更雞

【解釋】形容讀書的刻苦，要晚睡（三更）早起（五更）。

【出處】詩譜：「二月杏花八月桂，三更燈火五更雞。」

【例句】現代的學生大多注重及時行樂，少有「三更燈火五更雞」的苦讀精神了。

三個和尚沒水喝

【解釋】有了三個人，做事就互相推搪，結果沒有一個人肯動手。

【例句】這工作交給他們去做，最後一定會弄成「三個和尚沒水喝」的地步。

三十六計，走爲上策

【解釋】謂事態已經難以挽回，別無妙計，只有一走了事。

【字義】三十六本爲虛數，重點在於一走了事，後來好事者附會湊合爲處事之計有三十六條，非原意。

【出處】南齊書·王敬則傳：「檀公（道濟）三十六策，走是上計，汝父子唯應急走耳！」當時習用此語，所以王敬則用來諷刺東昏侯父子。宋惠洪冷齋夜話九：「淵才曰：『三十六計，走爲上計。』」又見續傳燈錄·子勝禪師。也作「三十六著，走爲上著」。水滸傳：「我兒，三十六著，走爲上著，只恐沒處走。」

【例句】這事出了紕漏，小張怕經理責罵，只好「三十六計，走爲上策」，辭職了。

下里巴人

【解釋】古民間通俗歌曲。

【字義】下里，鄉里。巴，古國名，地在今川東一帶。本成語中的「下里、巴人」，皆指春秋戰國時代，楚國的鄉土歌曲。

【出處】戰國·楚·宋玉·對楚王問：「客有歌於郢中者，其始曰下里巴人，國中屬而和者數千人。」唐李周翰注：「下里巴人，下曲名也。」

【相反】陽春白雪。

【例句】他這些歌曲屬於「下里巴人」一類，雖然風靡全國，但缺乏藝術價值。

下乘之材

【解釋】劣等的馬。比喻下等人材。

【出處】陳琳書：「外廄之下乘。」

【相同】下駟之材。

【相反】上駟之材。

【例句】他雖然不怎麼出衆，但也不是「下乘之材」。

下筆成章

【解釋】形容文思敏捷。

【字義】章，也作「篇」。

【出處】三國·魏·曹植·王仲宣：「發詞詠，下筆成篇。」三國志·魏·陳思王傳：「言出爲論，下筆成章。」

【相同】下筆成文。援筆成文。

【例句】他文學造詣極高，一有靈感馬上「下筆成章」。

上下其手

【解釋】舞文玩法，串通作弊。

【出處】左傳：楚國進攻鄭國，穿封戌活捉了鄭將皇頡，公子圍要爭功，請伯州犁裁處。伯州犁有意偏袒公子圍，說：「請問于囚。」叫皇頡作證時，伯洲犁故意上其手曰：「夫子爲王子圍，寡君之貴介弟也。」下其手曰：「此子爲穿封戌，方城外之縣尹也。誰獲子？」皇曰：「頡遇王子，弱焉。」唐趙思廉墓誌：「或犯法當訊，執事者上下其手。」（金石萃編）。

【相同】通國作弊。狼狽為奸。串通一氣。

【相反】公正無私。

【例句】國家已經到了危急存亡之秋，政府的大小官員竟然還是「上下其手」貪婪不已。

上行下效
ㄕㄤˋ ㄒㄧㄥˊ ㄒㄧㄚˋ ㄒㄧㄠˋ

【解釋】上頭的人怎樣作，下面的人就照著作。多用於貶義。

【出處】漢·班固·白虎通：「教者效也，上為之，下效之。」舊唐書·賈曾傳：「良以婦人為樂，必務冶容，……上行下效，淫俗將成，敗國亂人，實由茲起。」

【例句】做主管的常常遲到早退，怎能怪部下「上行下效」呢？

上當學乖
ㄕㄤˋ ㄉㄤˋ ㄒㄩㄝˊ ㄍㄨㄞ

【解釋】吃過虧，下一次就不會再上當了。

【字義】當：當鋪。

【出處】涇諺彙錄：「上當學乖，言之虧處，即是長見識處也。」

【例句】你不必懊惱，這就叫「上當學乖」。

上駟之材
ㄕㄤˋ ㄙˋ ㄓ ㄘㄞˊ

【解釋】比喻極優秀的人材。

【字義】上駟：良馬。

【出處】史記·孫武傳：「今以君之下駟，與彼上駟，取君上駟，與彼中駟。」

【相反】下乘之材。下駟之材。

【例句】吳先生是「上駟之材」，經理一定會重用他的。

上樹拔梯
ㄕㄤˋ ㄕㄨˋ ㄅㄚˊ ㄊㄧ

【解釋】比喻誘人前行而斷絕其退路。

【出處】初學記：「殷中軍(浩)廢後，恨簡文曰『上人著百丈樓上，擔梯將去。』」宋·釋曉瑩·羅湖野錄：「……此事黃龍興化亦當作助道之緣，共出一臂，莫送人上樹拔卻梯也。」

【相同】過河拆橋。

【例句】他專做「上樹拔梯」的事，讓人有進無退。

上天無路，入地無門
ㄕㄤˋ ㄊㄧㄢ ㄨˊ ㄌㄨˋ ㄖㄨˋ ㄉㄧˋ ㄨˊ ㄇㄣˊ

【解釋】形容處境窘急，沒有出路。

【出處】宋·釋悟明·聯燈會要：「進則觸途成滯，退後即噎氣填胸，直得上天無路，入地無門。」

【例句】他身患重病無錢就醫，債主卻又臨門，眞是「上天無路，入地無門」。

不一而足
ㄅㄨˋ ㄧ ㄦˊ ㄗㄨˊ

【解釋】原指不是一事一物可以滿足。後用來表示同類事物多次出現，不可盡舉。

【出處】公羊傳：「許夷狄者不一而足也。」朱子語類：「到此已兩月，蒙先生教誨，不一而足。」紅樓夢：「賈環賈薔等愈鬧的不像事了，甚至偷典偷賣，不一而足。」

【相同】不知凡幾。不計其數。

【相反】獨一無二。絕無僅有。

【例句】現在各式各樣逃稅的方法都有，眞是「不一而足」。

不二法門
ㄅㄨˋ ㄦˋ ㄈㄚˇ ㄇㄣˊ

【解釋】　佛教語。意爲直接入道，不可言傳的法門。後用來比喻唯一的門徑、方法。
【出處】　維摩詰經·入不二法門品：「如我意者，於一切法無言無說，無示無識，離諸問答，是爲入不二法門。」元·方回·桐江續集：「鏤金鐫石切瑤琨，深入詩家不二門。」
【相同】　不二門。
【例句】　實事求是是研究科學的「不二法門」。

不了了之
ㄅㄨˋ ㄌㄧㄠˇ ㄌㄧㄠˇ ㄓ

【解釋】　不去管它，就此了結。
【出處】　維摩經·入不二法門品：「文殊師利請維摩詰。」
【相同】　草草了事。束之高閣。
【相反】　追根究底。
【例句】　這件案子因爲找不到證據，最後只好「不了了之」了。

不三不四
ㄅㄨˋ ㄙㄢ ㄅㄨˋ ㄙˋ

【解釋】　不正派，猶言不倫不類。
【出處】　水滸傳：「(魯)智深見了，心裡早疑忌道：『這夥人不三不四，又不肯近前來，莫不要攧酒家？』」
【相同】　不倫不類。非驢非馬。
【相反】　堂堂正正。正大光明。名正言順。
【例句】　他老是跟那些「不三不四」的朋友來往。

不上不下
ㄅㄨˋ ㄕㄤˋ ㄅㄨˋ ㄒㄧㄚˋ

【解釋】　形容事情尷尬。
【例句】　我把這件事現在弄得「不上不下」，眞不知怎樣收拾才好。

不毛之地
ㄅㄨˋ ㄇㄠˊ ㄓ ㄉㄧˋ

【解釋】　不能種植的荒涼貧瘠的土地。
【字義】　毛：(生長)草、或五穀。本成語中的「毛」當動詞用。
【出處】　公羊傳：「錫之不毛之地。」
【相同】　窮山惡水。寸草不生。
【相反】　膏腴之地。魚米之鄉。沃野千里。
【例句】　這裡從前是「不毛之地」，現在已變成沃野千里。

不亢不卑
ㄅㄨˋ ㄎㄤˋ ㄅㄨˋ ㄅㄟ

【解釋】　既不高傲，也不自卑。
【字義】　亢，亦作「抗」。
【出處】　紅樓夢：「他這遠愁近慮，不抗不卑，他們奶奶便不是和咱們好，聽他這一番話也必要自愧的變好了。」
【相同】　不卑不亢。
【相反】　低聲下氣。卑躬屈膝。不可一世。自高自大。妄自尊大。
【例句】　他是弱小國家的代表但出席大會時，態度「不亢不卑」，令人敬佩。

不分皂白
ㄅㄨˋ ㄈㄣ ㄗㄠˋ ㄅㄞˊ

【解釋】　不分黑白，不辨是非。
【字義】　皂白，比喻是非。
【出處】　詩·大雅·桑柔「匪言不能，胡斯畏忌。」漢鄭玄箋：「賢者見此事之是是非非，不能分別皂白之言於王也。」金·董解元·西廂：「豈辨箇是和非，不分箇皂白。」

【相同】 不分是非。
【相反】 黑白分明。涇渭分明。
【例句】 隊長常常「不分皂白」的處罰部下，令人憤憤不平。

不分晝夜 ㄅㄨˋ ㄈㄣ ㄓㄡˋ ㄧㄝˋ

【解釋】 日夜不分，可用以表示工作勤奮或埋頭去做某事。
【相同】 夜以繼日。
【例句】 他們「不分晝夜」的打麻將，連吃飯也不離開麻將桌。

不分畛域 ㄅㄨˋ ㄈㄣ ㄓㄣˇ ㄩˋ

【解釋】 不分界限或範圍。
【出處】 莊子·秋水：「泛泛乎其若四方之無窮，其無所畛域。」
【例句】 世運會選手村中的各國選手受到同等的禮遇，可以說是「不分畛域」。

不分軒輊 ㄅㄨˋ ㄈㄣ ㄒㄩㄢ ㄓˋ

【解釋】 不分厚薄或輕重。
【字義】 軒：車子前面高出的部分；輊：車後低的部分；軒輊：高低。
【出處】 後漢書·馬援傳：「居前不能令人軒，居後不能令人輊，臣所恥也。」
【相同】 一視同仁。不分伯仲。
【相反】 厚此薄彼。
【例句】 老師對待我們都一視同仁，「不分軒輊」。

不平之鳴 ㄅㄨˋ ㄆㄧㄥˊ ㄓ ㄇㄧㄥˊ

【解釋】 受到壓迫或不公平的待遇時，會提出申訴。
【出處】 唐·韓愈·送孟東野序：「大凡物不得其平則鳴。」
【例句】 黑人們受到歧視，「不平之鳴」，舉行示威是值得同情的。

不白之冤 ㄅㄨˋ ㄅㄞˊ ㄓ ㄩㄢ

【解釋】 無可分辯的不明不白的冤屈。
【出處】 福惠全書蒞任部：「幾蒙不白之誣乎？」
【例句】 他受「不白之冤」，莫名其妙地被當作是小偷。

不可一世 ㄅㄨˋ ㄎㄜˇ ㄧˊ ㄕˋ

【解釋】 形容狂妄自大。
【出處】 宋·羅大經·鶴林玉露：「王荆公少年，不可一世士，獨懷刺侯濂溪，三及門而三辭焉。」
【相同】 旁若無人。目空一切。夜郎自大。唯我獨尊。妄自尊大。目中無人。
【相反】 妄自菲薄。自慚形穢。虛懷若谷。
【例句】 他太驕傲自大了，那種「不可一世」的樣子令人起反感。

不可收拾 ㄅㄨˋ ㄎㄜˇ ㄕㄡ ㄕˊ

【解釋】 指事物敗壞到無法整頓，不可救藥的地步。
【出處】 後漢書：「而家羸弱，不能收拾者。」唐·韓愈文：「泊與淡相遭，頹墮委靡，潰敗不可收拾。」
【例句】 你還是趕快收手吧，否則一定會弄到「不可收拾」的地步。

不可多得 ㄅㄨˋ ㄎㄜˇ ㄉㄨㄛ ㄉㄜˊ

【解釋】 非常難得。
【出處】 漢·孔融·薦彌衡表：「帝室

皇居，必蓄非常之寶。若衡等輩，不可多得。」
【例句】像他這樣品學兼優的學生，實在「不可多得」。

不可企及 ㄅㄨˋ ㄎㄜˇ ㄑㄧˋ ㄐㄧˊ

【解釋】腳後跟站起來還是望不見。比喻趕不上。
【出處】唐・柳冕・答衢州鄭使君：「不可企而及之者，性也。」
【例句】大家都認爲他們的成就是「不可企及」的。

不可名狀 ㄅㄨˋ ㄎㄜˇ ㄇㄧㄥˊ ㄓㄨㄤˋ

【解釋】無法形容。
【出處】拍案驚奇：「洞房花燭之夜，兩新人原是舊相知，竟得團圓，其樂不可名狀。」
【相同】不可言狀。莫可名狀。
【例句】他中了第一特獎，高興得「不可名狀」。

不可思議 ㄅㄨˋ ㄎㄜˇ ㄙ ㄧˋ

【解釋】指事理極其奧妙神秘，想也想不到，說也說不清。
【出處】北魏・楊衒之・洛陽伽藍記：「佛事精妙，不可思議。」
【相同】不堪設想。神乎其神。
【相反】可想而知。
【例句】人類目前可以登陸月球，但是對於一百年前的人來說，的確是「不可思議」。

不可捉摸 ㄅㄨˋ ㄎㄜˇ ㄓㄨㄛ ㄇㄛ

【解釋】形容變化莫測或沒有常規可作揣測的根據。
【相同】不可思議。
【相反】可想而知。
【例句】用兵要變化多端，令敵人「不可捉摸」，才會獲勝。

不可開交 ㄅㄨˋ ㄎㄜˇ ㄎㄞ ㄐㄧㄠ

【解釋】糾纏在一起，無法擺脫。
【字義】交：糾纏在一起。
【例句】董事長這幾天應酬，忙得「不可開交」。

不可救藥 ㄅㄨˋ ㄎㄜˇ ㄐㄧㄡˋ ㄧㄠˋ

【解釋】比喻無法可以根治，救助或補救。
【出處】詩・大雅・板：「多將熇熇，不可救藥。」元・周密・癸辛雜識後集：「垢面弊衣，多烘昏潰〔瞶〕，以致靡爛漸盡而不可救藥。」
【相同】病入膏肓。
【相反】藥到病除。
【例句】他好賭成性，已經「不可救藥」了。

不可爲訓 ㄅㄨˋ ㄎㄜˇ ㄨㄟˊ ㄒㄩㄣˋ

【解釋】不足以作爲後人的教訓或模範。
【相同】不足爲訓。
【例句】他那些似是而非的議論是「不可爲訓」的。

不可勝數 ㄅㄨˋ ㄎㄜˇ ㄕㄥ ㄕㄨˇ

【解釋】數之不盡。
【出處】墨子・非攻：「百姓飢寒凍餒而死者不可勝數。」
【相同】不勝枚舉。不計其數。數不勝數。

【相反】屈指可數。寥寥無幾。
【例句】在災難發生時，捨己救人的英雄事例眞是「不可勝數」。

不可理喻 ㄅㄨˋ ㄎㄜˇ ㄌㄧˇ ㄩˋ

【解釋】無法用道理來說服。
【出處】明·沈德符·萬曆野穫編：「要之，此輩不可理喻，亦不足深詰也。」
【相同】強詞奪理。蠻橫無理。
【相反】近情近理。
【例句】他的女朋友常常對他無理取鬧，實在是「不可理喻」。

不可磨滅 ㄅㄨˋ ㄎㄜˇ ㄇㄛˊ ㄇㄧㄝˋ

【解釋】永遠不會消失。
【例句】這件事給我留下了一個「不可磨滅」的印象。

不以爲然 ㄅㄨˋ ㄧˇ ㄨㄟˊ ㄖㄢˊ

【解釋】不認爲正確。
【字義】然：對，正確。
【出處】宋·王明清·揮麈後錄：「宣和初，徽宗有意征遼，蘇元長，鄭達夫不以爲然。」
【相同】不敢苟同。
【相反】信以爲眞。
【例句】大家都認爲這是最好的辦法，可是他卻「不以爲然」。

不由分說 ㄅㄨˋ ㄧㄡˊ ㄈㄣ ㄕㄨㄛ

【解釋】不許分辯，強制執行。
【出處】元·武漢臣·生金閣：「怎麼不由分說，便將我飛拳走踢只是打。」
【相同】不由置辯。不容置喙。
【相反】暢所欲言。言無不盡。
【例句】她「不由分說」，就把他們趕出屋外了。

不由自主 ㄅㄨˋ ㄧㄡˊ ㄗˋ ㄓㄨˇ

【解釋】由不得自己作主，自然而然。
【出處】紅樓夢：「但覺自己身子不由自主，倒像有什麼人拉拉扯扯，要我殺人才好。」
【相同】情不自禁。身不由己。
【相反】獨立自主。
【例句】看到這種感傷的場面，她「不由自主」地掉下淚來。

不刊之論 ㄅㄨˋ ㄎㄢ ㄓ ㄌㄨㄣˋ

【解釋】確切不移的定論。
【字義】刊：刊正，改削。
【出處】古文苑：「是縣諸日月，不刊之書也。」（縣：古「懸」字。）
【相同】不刊之典。不刊之書。
【相反】胡言亂語。不經之談。
【例句】這位專家所說的每一句話，都是「不刊之論」。

不甘後人 ㄅㄨˋ ㄍㄢ ㄏㄡˋ ㄖㄣˊ

【解釋】不肯落在別人後面。
【例句】在捐血救人這方面，趙先生總是「不甘後人」的。

不甘示弱 ㄅㄨˋ ㄍㄢ ㄕˋ ㄖㄨㄛˋ

【解釋】不肯做弱者；指要反擊或力爭上游。
【例句】看他趾高氣揚的樣子，要求和他比賽一場。我也「不甘示弱」。

不出所料 ㄅㄨˋ ㄔㄨ ㄙㄨㄛˇ ㄌㄧㄠˋ

【解釋】不出意料之外。

【出處】三國演義：「豐在獄中聞主公兵敗，撫掌大笑曰：『固不出吾之所料。』」
【相同】所料不差。
【例句】果然「不出所料」，她昨夜沒有回家。

不打自招 ㄅㄨˋ ㄉㄚˇ ㄗˋ ㄓㄠ

【解釋】還沒用刑就自己招認了一切；指無意中透露了自己的壞主意或所幹的勾當。
【出處】警世通言：「押司和押司娘不打自招，雙雙的問成死罪，償了大孫押司之命。」
【相同】此地無銀三百兩。直認無諱。自認不諱。
【相反】苦打成招。屈打成招。
【例句】喝了兩杯之後，他就「不打自招」，把以前做的壞事和盤托出。

不共戴天 ㄅㄨˋ ㄍㄨㄥˋ ㄉㄞˋ ㄊㄧㄢ

【解釋】不共存於人間，比喻仇恨極深。
【字義】戴：頂著。
【出處】禮記·曲禮：「父之讎，弗與共戴天。」宋·李心傳·建炎以來繫年要錄：「報不共戴天之仇，雪振古所無之恥。」
【相同】你死我活。誓不兩立。勢不兩立。
【相反】相依為命。親密無間。情同手足。
【例句】他們不知有什麼「不共戴天」之仇，每次見面都怒目相視。

不亦樂乎 ㄅㄨˋ ㄧˋ ㄌㄜˋ ㄏㄨ

【解釋】本是喜悅的意思，後常用以表示極度、非常、淋漓盡致之意，並兼有詼諧意味。
【出處】論語·學而：「有朋自遠方來，不亦樂乎！」明·缺名·吳起掛帥：「吳起著我打聽秦兵去，誰想正撞著秦兵，把我一陣殺的不亦樂乎，跑將來了。」
【相同】樂不可支。不亦快哉。豈不快哉。
【相反】憂心忡忡。憂心如焚。
【例句】這幾天的活動讓他忙得「不亦樂乎」。

不在話下 ㄅㄨˋ ㄗㄞˋ ㄏㄨㄚˋ ㄒㄧㄚˋ

【解釋】用不著說了，自然可以、自然如此。
【出處】水滸傳：「仁宗准奏，賞賜洪信，復還舊職，亦不在話下。」紅樓夢：「那金釧兒含羞忍辱的出去，不在話下。」
【相同】不值一提。不言而喻。
【相反】大書特書。
【例句】一有空他就跑到球場去練球，這球技當然「不在話下」。

不成體統 ㄅㄨˋ ㄔㄥˊ ㄊㄧˇ ㄊㄨㄥˇ

【解釋】不合禮節或規矩，不像樣子。
【出處】三國演義：「刻印不及，以錐畫之，全不成體統。」
【例句】穿這種奇裝異服參加晚宴，實在太「不成體統」了。

不同凡響 ㄅㄨˋ ㄊㄨㄥˊ ㄈㄢˊ ㄒㄧㄤˇ

【解釋】指特別出色。
【相反】平淡無奇。

【例句】 她的鋼琴演奏果然「不同凡響」。

不合時宜
ㄅㄨˋ ㄏㄜˊ ㄕˊ ㄧˊ

【解釋】 不合當時的形勢、潮流。

【出處】 漢書·哀帝紀：「皆違經背古，不合時宜。」宋·費袞·梁谿漫志：「東坡一日退朝，捫腹徐行，顧謂侍兒曰：『汝輩且道是中有何物？』……朝雲乃曰：『學士一肚皮不入時宜。』」

【相同】 不入時宜。

【相反】 風行一時。風靡一時。

【例句】 她的思想過於保守，有點兒「不合時宜」。

不自量力
ㄅㄨˋ ㄗˋ ㄌㄧㄤˋ ㄌㄧˋ

【解釋】 沒有適當地估計自己的力量，即把自己的力量估計過高的意思。

【出處】 左傳：「不度德，不量力。」戰國策·齊策：「荊甚固，而薛亦不量其力。」

【相同】 螳臂擋車。蚍蜉撼樹。

【相反】 力能所及。量力而行。

【例句】 如此缺乏訓練的球隊還要出國比賽，眞是「不自量力」。

不名一錢
ㄅㄨˋ ㄇㄧㄥˊ ㄧ ㄑㄧㄢˊ

【解釋】 一文錢也沒有。

【字義】 名：佔有。

【出處】 史記·鄧通傳：「竟不得名一錢。」漢·王充·論衡：「（鄧）通有盜鑄錢之罪，景帝考驗，通亡，寄死人家，不名一錢。」鄧通是漢文帝的寵臣，准他自己鑄錢幣，名鄧氏錢。景帝時，以盜鑄罪，財產全部被沒收，不得佔有一錢。

【相同】 不名一文。

【相反】 金玉滿堂。富可敵國。腰纏萬貫。

【例句】 幾星期前他還是百萬富翁，沒想到現在竟然「不名一錢」了。

不言而喻
ㄅㄨˋ ㄧㄢˊ ㄦˊ ㄩˋ

【解釋】 不用說明，便可意會。

【字義】 喻：明白。

【出處】 孟子·盡心：「施於四禮，不言而喻。」清·王夫之·讀通鑑論：「諸葛公（亮）之感昭烈（劉備），豈僅以三分鼎足之數語哉！神氣之間，有不言而相喻者在也。」

【相同】 不言而明。心照不宣。顯而易見。

【相反】 耳提面命。千叮萬囑。

【例句】 十年生死不明，一旦重逢，內心的高興是「不言而喻」的。

不安於室
ㄅㄨˋ ㄢ ㄩˊ ㄕˋ

【解釋】 指婦人不守婦道，不安於夫家。

【出處】 詩序：「凱風，美孝子也。衛之淫風流行，雖有七子之母，猶不能安其室，故其七子能盡其孝道，以慰其母心，而成其老爾。」凱風，詩經邶風第七篇。

【例句】 他的妻子「不安於室」，他不得不和她勞燕分飛了。

不見天日
ㄅㄨˋ ㄐㄧㄢˋ ㄊㄧㄢ ㄖˋ

【解釋】 指在黑暗世界，過著悲慘生活。

【例句】 他們被關入監獄，熬了幾年

「不見天日」的日子。

不見經傳 ㄅㄨˋ ㄐㄧㄢˋ ㄐㄧㄥ ㄓㄨㄢˋ

【解釋】不是聖經賢傳上記載的。指無來歷的，不為人所熟識的。
【出處】鶴林玉露：「方寸地三字，雖不見經傳，卻亦甚雅。」
【相同】杞宋無徵。
【相反】引經據典。
【例句】這位作者的名字「不見經傳」，究竟是何方神聖？

不足為奇 ㄅㄨˋ ㄗㄨˊ ㄨㄟˊ ㄑㄧˊ

【解釋】不值得大驚小怪。
【出處】史記·律書：「同聲相從，物之自然，何足怪哉？」宋文鑑：「人樂其大而忘其私，不然則公不足為奇。」
【相同】習以為常。屢見不鮮。司空見慣。
【相反】少見多怪。難能可貴。聞所未見。
【例句】對他這種好學生來說，考一百分實在「不足為奇」。

不足掛齒 ㄅㄨˋ ㄗㄨˊ ㄍㄨㄚˋ ㄔˇ

【解釋】不值得一提。
【相同】不足道也。
【相反】大書特書。
【例句】這件小事是我應該做的，實在「不足掛齒」。

不近人情 ㄅㄨˋ ㄐㄧㄣˋ ㄖㄣˊ ㄑㄧㄥˊ

【解釋】違背常人之情。
【出處】莊子·逍遙遊：「大有逕庭，不近人情焉。」
【相同】不通人情。
【相反】通情達理。
【例句】老闆不准她請病假，實在太「不近人情」了。

不求甚解 ㄅㄨˋ ㄑㄧㄡˊ ㄕㄣˋ ㄐㄧㄝˇ

【解釋】原指讀書只求理解要旨，不刻意於一字一句的解釋。後引申為讀書不認真，略知大意，而不求深入理解。
【出處】晉·陶潛·五柳先生傳：「好讀書，不求甚解，每有會意，便欣然忘食。」
【相同】一知半解。生吞活剝。囫圇吞棗。
【相反】尋根究底。窮源竟委。融會貫通。
【例句】他讀書只求會意，「不求甚解」。

不求聞達 ㄅㄨˋ ㄑㄧㄡˊ ㄨㄣˊ ㄉㄚˊ

【解釋】不求顯貴。
【字義】聞：聲名。注意讀音。聞達：顯達。
【出處】蜀漢·諸葛亮·出師表：「苟全性命於亂世，不求聞達於諸侯。」
【例句】他「不求聞達」，只要能平凡地過一生就好了。

不即不離 ㄅㄨˋ ㄐㄧˊ ㄅㄨˋ ㄌㄧˊ

【解釋】不過於親密，亦不過於疏遠。形容冷淡態度。
【出處】圓覺經：「不即不離，無縛無脫。」
【相同】若即若離。
【相反】寸步不離。形影不離。

【例句】她的態度「不即不離」更使他爲之神魂顚倒。

不折不扣 ㄅㄨˋ ㄓㄜˊ ㄅㄨˋ ㄎㄡˋ

【解釋】十足，沒有折扣；指完全。
【例句】每次看到他都在念書，眞可以說是個「不折不扣」的書獃子。

不攻自破 ㄅㄨˋ ㄍㄨㄥ ㄗˋ ㄆㄛˋ

【解釋】不必等到敵人攻擊，自己就已破滅了。形容站不住腳。
【出處】劉粲・請殺愍帝表：「子業若死，民無所望，則不爲李矩，趙固之用，不攻而自破矣。」
【相同】理屈詞窮。不堪一擊。
【相反】堅不可摧。無懈可擊。
【例句】我們不但沒有撤退，而且現在還發動反攻，謠言自然「不攻自破」了。

不念舊惡 ㄅㄨˋ ㄋㄧㄢˋ ㄐㄧㄡˋ ㄜˋ

【解釋】不計較往日的仇恨。
【出處】論語・公冶長：「伯夷叔齊不念舊惡，怨是用希。」
【相同】犯而不較。
【相反】睚眦必報。
【例句】他過去很對不起你，難得你「不念舊惡」，幫了他一個大忙。

不拘小節 ㄅㄨˋ ㄐㄩ ㄒㄧㄠˇ ㄐㄧㄝˊ

【解釋】不拘束於生活小事。
【出處】後漢書：「論於大禮，不守小節。」隋書：「素少落拓，有大志，不拘小節。」
【例句】他對工作一絲不苟，但平常生活上卻「不拘小節」。

不知凡幾 ㄅㄨˋ ㄓ ㄈㄢˊ ㄐㄧˇ

【解釋】爲數不少。
【相同】不可勝計。不計其數。
【相反】屈指可數。寥寥無幾。
【例句】幫他競選的人「不知凡幾」。

不知好歹 ㄅㄨˋ ㄓ ㄏㄠˇ ㄉㄞˇ

【解釋】分不出好和壞、即不辨是非的意思。
【出處】西遊記：「你這猴子不知好歹。」
【相同】不知高低。
【相反】知情識趣。知高識低。知疼著熱。
【例句】我幫他忙，他「不知好歹」，反怪我多事。

不知所云 ㄅㄨˋ ㄓ ㄙㄨㄛˇ ㄩㄣˊ

【解釋】不知道說的話是甚麼意思，或不知道說些甚麼話才好。
【出處】諸葛亮・前出師表：「臨表涕泣，不知所云。」
【相同】語無倫次。不著邊際。
【相反】要言不煩。談言微中。言簡意賅。
【例句】他所發表的這篇論文，內容空洞，聽起來實在是「不知所云」。

不知所以 ㄅㄨˋ ㄓ ㄙㄨㄛˇ ㄧˇ

【解釋】不明白爲甚麼會這樣不知道原因何在。
【相同】不明所以。
【例句】不調查，不研究，自然「不知所以」。

不知所措 ㄅㄨˋ ㄓ ㄙㄨㄛˇ ㄘㄨㄛˋ

【解釋】不知道該怎麼辦，多指對突然而來的事情，無法應付。
【字義】措：安置。
【出處】三國志：「大行皇帝委棄萬國，……皇太子以丁酉踐尊號，哀喜交并，不知所措。」
【相同】手足無措。
【相反】神態自若。胸有成竹。
【例句】災變發生時，大家一時「不知所措」。

不知所終 ㄅㄨˋ ㄓ ㄙㄨㄛˇ ㄓㄨㄥ

【解釋】不知道在什麼地方。
【例句】聽說這位無名英雄在戰後就「不知所終」。

不知進退 ㄅㄨˋ ㄓ ㄐㄧㄣˋ ㄊㄨㄟˋ

【解釋】形容做事呆板而欠靈活，不懂得看風轉舵。
【例句】他正在發脾氣，你還要和他爭辯，眞是「不知進退」。

不易之論 ㄅㄨˋ ㄧˋ ㄓ ㄌㄨㄣˋ

【解釋】不可更改的正確議論
【相同】不刊之論。
【例句】勤能補拙，這句話是「不易之論」。

不屈不撓 ㄅㄨˋ ㄑㄩ ㄅㄨˋ ㄋㄠˊ

【解釋】不低頭，不屈服。
【字義】撓：彎曲。
【出處】漢書·叙傳下：「樂昌篤實，不橈不詘。」「橈」通「撓」，「詘」通「屈」。
【相同】百折不撓。堅貞不屈。
【相反】卑躬屈膝。
【例句】這支隊伍「不屈不撓」，堅持奮戰到底。

不明不白 ㄅㄨˋ ㄇㄧㄥˊ ㄅㄨˋ ㄅㄞˊ

【解釋】不明白，不清楚。
【相反】一清二楚。
【例句】他說得「不明不白」，我們不知道究竟發生了甚麼事情。

不明底蘊 ㄅㄨˋ ㄇㄧㄥˊ ㄉㄧˇ ㄩㄣˋ

【解釋】不明白事情的底細。
【字義】蘊：深奧。
【例句】這件事情複雜得很，你們「不明底蘊」，最好不要亂說。

不省人事 ㄅㄨˋ ㄒㄧㄥˇ ㄖㄣˊ ㄕˋ

【解釋】失去知覺。
【例句】車禍發生後，他完全「不省人事」，經過急救，才甦醒過來。

不相上下 ㄅㄨˋ ㄒㄧㄤ ㄕㄤˋ ㄒㄧㄚˋ

【解釋】差不了多少，分不出高低。
【相同】不分伯仲。不分軒輊。
【例句】這兩支藍球隊的球技「不相上下」，比賽過程緊張刺激。

不相聞問 ㄅㄨˋ ㄒㄧㄤ ㄨㄣˊ ㄨㄣˋ

【解釋】彼此不通音訊，沒有來往。
【例句】他們雖然比鄰而居，但是卻「不相聞問」。

不急之務 ㄅㄨˋ ㄐㄧˊ ㄓ ㄨˋ

【解釋】不必急著辦的事情。
【出處】王維·山中與裴迪秀才書：「非子天機清妙者，豈能以此不急之務相邀？」
【例句】這只是件「不急之務」，不妨暫時擱下。

不約而同 ㄅㄨˋ ㄩㄝ ㄦˊ ㄊㄨㄥˊ
【解釋】事先並沒約定，但卻一同行事。
【出處】警世通言：「轉眼又是一年，三個子弟不約而同，再尋舊約。」
【相同】英雄所見略同。不謀而合。
【相反】各行其是。各執一詞。
【例句】小陳出了車禍，下班後大家「不約而同」的到醫院去看他。

不苟言笑 ㄅㄨˋ ㄍㄡˇ ㄧㄢˊ ㄒㄧㄠˋ
【解釋】不隨便說笑；形容莊重。
【出處】禮記·曲禮：「不登高，不臨深，不苟訾，不苟笑。」
【相同】一本正經。道貌岸然。
【相反】嬉皮笑臉。謔浪笑傲。
【例句】他看起來「不苟言笑」，其實卻很幽默。

不留餘地 ㄅㄨˋ ㄌㄧㄡˊ ㄩˊ ㄉㄧˋ
【解釋】指做事不留有餘地，不留一丁點情面。
【出處】莊子·養生主：「彼節者有閒，而刀刃者無厚，以無厚入有閒，恢恢乎其於遊刃必有餘地矣，是以十九年而刀刃若新發於硎。」
【例句】你這樣當眾指責他，一點都「不留餘地」，難怪他辭職不幹了。

不計其數 ㄅㄨˋ ㄐㄧˋ ㄑㄧˊ ㄕㄨˋ
【解釋】多到無法計算數目。
【出處】老殘遊記：「船面上坐的人口，男男女女不計其數。」
【相同】不可勝數。
【相反】寥寥可數。
【例句】這次墨西哥大地震，據報導死傷者「不計其數」。

不屑一顧 ㄅㄨˋ ㄒㄧㄝˋ ㄧ ㄍㄨˋ
【解釋】不值得看一眼。
【字義】顧：看望。
【出處】後漢書馬寥傳：「盡心納忠，不屑毀譽。」
【相同】嗤之以鼻。
【相反】刮目相看。
【例句】這種低級趣味的電影，眞是令人「不屑一顧」。

不屑教誨 ㄅㄨˋ ㄒㄧㄝˋ ㄐㄧㄠˋ ㄏㄨㄟˋ
【解釋】不值得教導。
【出處】孟子·告子：「教亦多術矣，予不屑之教誨也者，是亦教誨之而已矣。」
【例句】這些頑劣學生，老師都「不屑教誨」，豈不是注定要成太保了嗎？

不值一哂 ㄅㄨˋ ㄓˊ ㄧ ㄕㄣˇ
【解釋】指對方的說話荒謬無理之極，連鄙視譏笑都不值得。
【字義】哂：微笑，含鄙視意的微笑。
【例句】他的話簡直是胡說八道，「不值一哂」，何必跟他理論？

不速之客 ㄅㄨˋ ㄙㄨˋ ㄓ ㄎㄜˋ

【解釋】 未經邀請而自行到來的客人。
【字義】 速：徵，召。
【出處】 易·需：「有不速之客三人來。」
【例句】 當我們正在促膝談心之際，突然來了一位「不速之客」，頓感掃興之至。

不時之需 ㄅㄨˋ ㄕˊ ㄓ ㄒㄩ

【解釋】 緊急時的需要，急需。
【字義】 不時：臨時，隨時。
【出處】 宋·蘇軾·後赤壁賦：「我有斗酒，藏之久矣，以待子不時之須。」
【例句】 母親常常告訴我們，平時要存一點錢，以備「不時之需」。

不恥下問 ㄅㄨˋ ㄔˇ ㄒㄧㄚˋ ㄨㄣˋ

【解釋】 不以向學識、地位不如自己的人請教為恥。
【出處】 論語·公冶長：「敏而好學，不恥下問。」集解引孔安國：「下問[illegible]者也。」
【相同】
【相反】
【一部】 [illegible]。

【例句】 他為人謙虛，常常「不恥下問」，有學者風度。

不倫不類 ㄅㄨˋ ㄌㄨㄣˊ ㄅㄨˋ ㄌㄟˋ

【解釋】 形容不成樣子、不正派或沒有條理。
【字義】 倫：類，屬；不倫不類意即不可歸類，不屬於這，亦不屬於那。
【出處】 明·吳炳·療妒羹傳可：「眼中人不倫不類，穿中人不伶不俐。」紅樓夢：「又見他說的不倫不類，也不便理他。」
【相同】 不三不四。非驢非馬。
【相反】 名正言順。
【例句】 他的論文寫得「不倫不類」，引起學術界的圍攻。

不偏不倚 ㄅㄨˋ ㄆㄧㄢ ㄅㄨˋ ㄧˇ

【解釋】 原意指儒家折中調和的「中庸之道」。現常用以不偏袒某一方。
【出處】 宋·朱熹·中庸集注：「中者，不偏不倚，無過不及之名。」
【相同】 中庸之道。無偏無黨。
【相反】 厚此薄彼。畸輕畸重。

【例句】 報社的言論「不偏不倚」嚴守中立。

不脛而走 ㄅㄨˋ ㄐㄧㄥˋ ㄦˊ ㄗㄡˇ

【解釋】 指迅速地流行、傳播。
【字義】 脛：小腿。
【出處】 漢·孔融·論盛孝章書：「珠玉無脛而自至者，以人好之也，況賢者之有足乎？」
【相同】 不翼而飛。
【相反】 祕而不宣。
【例句】 經過無數次的示範證明之後，針灸療法的功效「不脛而走」，聞名世界。

不容忽視 ㄅㄨˋ ㄖㄨㄥˊ ㄏㄨ ㄕˋ

【解釋】 千萬不可輕視。
【相同】 不容輕視。
【例句】 任何輕微的病症都「不容忽視」。

不容置疑 ㄅㄨˋ ㄖㄨㄥˊ ㄓˋ ㄧˊ

【解釋】 十分確實。
【相同】 無可置疑。

【例句】……狠殘忍凶暴，會被「不容置疑」的。

不容置喙 ㄅㄨˋ ㄖㄨㄥˊ ㄓˋ ㄏㄨㄟˋ

【解釋】不容許別人插嘴分辯。

【字義】喙：嘴。

【出處】福惠全書保甲部朔望：「安敢置喙。」

【相同】不由分說。

【例句】爸爸的話簡直就是命令，「不容置喙」，我們完全沒有辯白的機會。

不能自拔 ㄅㄨˋ ㄋㄥˊ ㄗˋ ㄅㄚˊ

【解釋】沒有辦法擺脫。

【出處】宋書·武三王傳：「世祖前鋒至新亭，劭挾義恭出戰，恆錄在左右，故不能自拔。」

【例句】他染上不良嗜好，奈何「不能自拔」，只有如此墮落下去了。

不修邊幅 ㄅㄨˋ ㄒㄧㄡ ㄅㄧㄢ ㄈㄨˊ

【解釋】指不講究個人衣著、儀表。

【字義】邊幅：布幅邊上毛糙的地方；修：修剪。

【出處】後漢書·馬援傳：「公孫（述）不吐哺走迎國士，與圖成敗，反修飾邊幅，如偶人形。此子何足久稽天下士乎？」北齊·顏之推·顏氏家訓序致：「肆欲輕言，不修邊幅。」

【例句】藝術家大多數是「不修邊幅」的。

不得人心 ㄅㄨˋ ㄉㄜˊ ㄖㄣˊ ㄒㄧㄣ

【解釋】指得不到人民的支持。

【例句】這種做法「不得人心」，一定行不通。

不得要領 ㄅㄨˋ ㄉㄜˊ ㄧㄠˋ ㄌㄧㄥˇ

【解釋】沒有掌握到事物的要點或關鍵。

【字義】要領：指事物的重點、關鍵、主要情況。

【出處】史記·大宛傳：「騫不得其要領。」清·黃宗羲·南雷文案：「鹿門（茅坤）八家之選，其指大略本之荊川（唐順之）、道思（王慎中），然其圈點勾抹，多不得要領。」

【例句】老師解釋了大半天，我們仍然「不得要領」。

不敗之地 ㄅㄨˋ ㄅㄞˋ ㄓ ㄉㄧˋ

【解釋】指穩操左券，一定戰勝。

【出處】孫子：「善戰者立於不敗之地。」

【例句】打仗，一定要先立於「不敗之地」，然後求勝。

不情之請 ㄅㄨˋ ㄑㄧㄥˊ ㄓ ㄑㄧㄥˇ

【解釋】不合理的要求，自謙語。

【例句】我知道這是個「不情之請」，希望你念在十年的交情之上，幫我一個忙。

不寒而栗 ㄅㄨˋ ㄏㄢˊ ㄦˊ ㄌㄧˋ

【解釋】形容極爲恐懼。

【字義】栗：通慄。

【出處】史記·酷吏列傳：「是日皆報殺四百餘人，其後郡中不寒而栗。」漢·楊惲·報孫會宗書：「下流之人，衆毀所歸，不寒而慄。」

【相同】毛骨悚然。懸心吊膽。膽戰

心驚。

【相反】 無所畏懼。

【例句】 在這古廟中，夜深人靜，雖然只是一聲貓叫，也會令人「不寒而栗」。

不教而誅
ㄅㄨˋ ㄐㄧㄠˋ ㄦˊ ㄓㄨ

【解釋】 不先行教導，一犯了罪便把他殺掉或處以重刑；指刑罰過於嚴峻。

【出處】 荀子：「故不教而誅，則刑繁而邪不勝。」

【例句】 對於那些問題青少年，應著重教導，不可「不教而誅」。

不辱使命
ㄅㄨˋ ㄖㄨˇ ㄕˇ ㄇㄧㄥˋ

【解釋】 達成任務。

【出處】 老子：「知足不辱，知止不殆。」論語．子路：「使於四方，不辱君命。」

【例句】 這樁事情你交給他去辦，我保證他一定「不辱使命」。

不假思索
ㄅㄨˋ ㄐㄧㄚˇ ㄙ ㄙㄨㄛˇ

【解釋】 不必費心思去想即可解決；形容迅速而有把握。

【出處】 宋．黃榦．復黃會卿：「戒懼慎獨，不得勉強，不假思索，只是一念之間，此意便在。」

【相同】 一揮而就。不加思索。

【相反】 深思熟慮。殫精竭慮。三思而行。

【例句】 孫先生反應很快，每次問他問題，他都「不假思索」馬上就能回答得出來。

不動聲色
ㄅㄨˋ ㄉㄨㄥˋ ㄕㄥ ㄙㄜˋ

【解釋】 形容冷靜；完全不把感情流露出來。

【出處】 歐陽修．晝錦堂記：「垂紳正笏，不動聲色，而措天下於泰山之安。」

【相同】 不露聲色。無動於衷。面不改色。

【相反】 喜形於色。怒形於色。形於辭色。

【例句】 他沉機應變，遇到任何突發的重大事件，都能「不動聲色」。

不堪一擊
ㄅㄨˋ ㄎㄢ ㄧˋ ㄐㄧˊ

【解釋】 禁不起打擊，形容脆弱。

【例句】 他雖然人高馬大，卻「不堪一擊」。

不堪回首
ㄅㄨˋ ㄎㄢ ㄏㄨㄟˊ ㄕㄡˇ

【解釋】 事勢變遷，回憶起從前的事就無限感慨。

【字義】 回首：回顧、回憶。

【出處】 李後主．虞美人詞：「小樓昨夜又東風，故國不堪回首月明中。」

【相反】 回味無窮。

【例句】 從大陸來臺的我們，每到中秋節都有故國「不堪回首」月明中之嘆。

不堪設想
ㄅㄨˋ ㄎㄢ ㄕㄜˋ ㄒㄧㄤˇ

【解釋】 事情發展的結果會壞到甚麼程度，簡直不能想像得到。

【出處】 孽海花：「若不是後來莊芝棟保了馮子材出來，居然鎮南關大破法軍，殺了他數萬人，八日中克復了五六個名城，算把法國的氣燄壓了下去，中國的大局正不堪設想哩！」
【相同】不可思議。
【相反】不出所料。始料所及。
【例句】你如果現在還不懸崖勒馬，後果就「不堪設想」了。

不堪造就 ㄅㄨˋ ㄎㄢ ㄗㄠˋ ㄐㄧㄡˋ
【解釋】不值得教養，沒有前途。
【例句】他又笨又不用功，眞是「不堪造就」。

不爲已甚 ㄅㄨˋ ㄨㄟˊ ㄧˇ ㄕㄣˋ
【解釋】不做得過度，適可而止。
【出處】孟子·離婁：「孟子曰：『仲尼不爲已甚者。』」
【例句】他既已承認錯誤，我就「不爲已甚」，懶得再追究了。

不期而遇 ㄅㄨˋ ㄑㄧˊ ㄦˊ ㄩˋ
【解釋】未有約定而竟在無意中相遇。
【出處】公羊傳：「遇者何？不期也。」史記·周本紀：「是時諸侯不期而會盟津者，八百諸侯。」
【相同】不期而會。
【相反】後會有期。
【例句】他們兩一南一北，想不到今天竟在臺中「不期而遇」。

不勞而獲 ㄅㄨˋ ㄌㄠˊ ㄦˊ ㄏㄨㄛˋ
【解釋】不費勞力而享受別人勞動的成果。
【出處】孔子家語·入宮：「所求邇，故不勞而得也。」
【相同】坐享其成。
【相反】自食其力。
【例句】天下那有「不勞而獲」的事？

不絕如縷 ㄅㄨˋ ㄐㄩㄝˊ ㄖㄨˊ ㄌㄩˇ
【解釋】形容萬分危急，有如一根快要斷的細線，現在多用以形容連續不絕。
【字義】縷：細線。
【出處】蘇軾·赤壁賦：「餘音嫋嫋，不絕如縷。」
【相同】間不容髮。千鈞一髮。岌岌可危。
【例句】這幾天來，美俄和平談判的消息「不絕如縷」。

不勝其煩 ㄅㄨˋ ㄕㄥ ㄑㄧˊ ㄈㄢˊ
【解釋】極言煩雜瑣碎。
【出處】宋·陸游·老學庵記：「於是不勝其煩，人情厭患（惡）。」
【例句】小孩子每天要零用錢，實在感到「不勝其煩」。

不勝枚舉 ㄅㄨˋ ㄕㄥ ㄇㄟˊ ㄐㄩˇ
【解釋】多到不能一個個列舉出來。
【出處】書經：「因其先後次第而枚舉之詞也。」
【相同】不可勝數。不計其數。
【例句】在我們這裡，好人好事簡直多得「不勝枚舉」。

不愧屋漏 ㄅㄨˋ ㄎㄨㄟˋ ㄨ ㄌㄡˋ
【解釋】行事光明磊落，雖在無人之處，也不作有愧於心的事。
【字義】屋：原指小帳；漏：原指隱蔽；屋漏：原指室內之西北隅，可設小帳安藏神像而不爲人見的所在。
【出處】詩經·大雅·抑：「相在爾室，尚不愧於屋漏（不愧面對屋漏之神）。」

【相同】不欺暗室。

【例句】吳先生行為磊落，「不愧屋漏」，獲得大家的贊賞。

不欺暗室 ㄅㄨˋ ㄑㄧ ㄢˋ ㄕˋ

【解釋】即使在沒有人會看得見的暗室內，也不做有愧於心的事；比喻光明磊落。

【出處】漢·劉向·列女傳衛靈夫人有蘧伯玉「不為冥冥墮行」語，故後稱蘧伯玉不欺暗室。唐·駱賓王·螢火賦：「類君子之有道，入暗室而不欺。」

【相同】不愧屋漏。

【例句】他是個「不欺暗室」的正人君子，絕對不會做出這類事情來。

不過爾爾 ㄅㄨˋ ㄍㄨㄛˋ ㄦˇ ㄦˇ

【解釋】不過如此。

【字義】爾：這樣。

【出處】晉書·阮咸傳：「七月七日，咸以竿掛大犢鼻褌於庭，人或怪之，答曰：『未能免俗，聊復爾爾。』」

【例句】這家貿易公司的業績「不過爾爾」，很難在商業界有大的發展。

不著邊際 ㄅㄨˋ ㄓㄠˊ ㄅㄧㄢ ㄐㄧˋ

【解釋】說話空空洞洞，挨不著邊兒。

【相同】不知所云。

【例句】他說話常常「不著邊際」，含糊其詞。

不經之談 ㄅㄨˋ ㄐㄧㄥ ㄓ ㄊㄢˊ

【解釋】荒唐無稽的說話。

【字義】不經：荒唐。

【出處】晉·羊祜·誡子書：「願汝等言則忠信，行則篤敬，無口許人以財，無傳不經之談，無聽毀譽之語。」

【相同】無稽之談。

【相反】持之有故。言必有據。引經據典。

【例句】不要相信這些沒有根據的「不經之談」。

不聞不問 ㄅㄨˋ ㄨㄣˊ ㄅㄨˋ ㄨㄣˋ

【解釋】不管事，不理事。

【出處】紅樓夢：「這李紈雖青春喪偶，且居處於膏粱錦繡之中，竟如槁木死灰一般，一概不聞不問。」

【相同】裝聾作啞。充耳不聞。置若罔聞。

【相反】噓寒問暖。體貼入微。

【例句】他雖然身為會長，但對會務卻「不聞不問」。

不落窠臼 ㄅㄨˋ ㄌㄨㄛˋ ㄎㄜ ㄐㄧㄡˋ

【解釋】不落俗套：指行文有新意。

【字義】窠：巢；臼：舂米用的石器；窠臼：老套子。

【出處】紅樓夢：「這凸凹二字，歷來用的人最少，如今直用作軒館之名，更覺新鮮，不落窠臼。」

【相同】別開生面。獨出心裁。

【相反】墨守陳規。因循守舊。

【例句】他行文「不落窠臼」，獨具特色，清新可喜。

不置可否 ㄅㄨˋ ㄓˋ ㄎㄜˇ ㄈㄡˇ

【解釋】指不給予確實的答覆。

【出處】法言·淵騫：「不夷不惠，不否之間。」

【相同】含糊其辭。

【相反】旗幟鮮明。
【例句】老師對我們所提的建議，一「不置可否」。

不厭其詳 ㄅㄨˋ ㄧㄢˋ ㄑㄧˊ ㄒㄧㄤˊ
【解釋】不怕詳細，愈詳細愈好。
【例句】他進行深入研究，蒐集資料時「不厭其詳」。

不謀而同 ㄅㄨˋ ㄇㄡˊ ㄦˊ ㄊㄨㄥˊ
【解釋】事前沒有商量，彼此意見或行動相同。
【出處】宋·蘇軾·居士集序：「士無賢不肖，不謀而同曰：歐陽子，今之韓愈也。」
【相同】不謀而合。
【相反】各執一詞。各行其是。各不相謀。
【例句】大家分組討論的結果一樣，可謂「不謀而同」。

不遺餘力 ㄅㄨˋ ㄧˊ ㄩˊ ㄌㄧˋ
【解釋】竭盡全力。
【出處】戰國策·趙策：「秦之攻我也，不遺餘力矣。」
【相同】全力以赴。盡心盡力。
【相反】漠然置之。置若罔聞。
【例句】這次畢業聯展，我們決定「不遺餘力」和學校全力配合。

不學無術 ㄅㄨˋ ㄒㄩㄝˊ ㄨˊ ㄕㄨˋ
【解釋】本是說霍光不能學古，故所行不合於道術。後泛稱沒有學問、修養為不學無術。
【字義】無：通「亡」字。
【出處】漢書·霍光傳贊：「然光不學亡術，闇於大理。」
【相同】愚昧無知。胸無點墨。目不識丁。
【相反】眞知灼見。眞才實學。滿腹經綸。
【例句】表弟從小貪玩，「不學無術」，阿姨對他實在莫可奈何。

不擇手段 ㄅㄨˋ ㄗㄜˊ ㄕㄡˇ ㄉㄨㄢˋ
【解釋】甚麼卑鄙無恥的手段都使得出來。
【例句】他為了一己私利，往往「不擇手段」，什麼鄙劣手段都會用得出來。

不辨菽麥 ㄅㄨˋ ㄅㄧㄢˋ ㄕㄨˊ ㄇㄞˋ
【解釋】分辨不出豆子和麥子，形容愚昧無知。
【出處】左傳：「周子有兄而無慧，不能辨菽麥。」
【例句】他主修植物學，卻「不辨菽麥」，實在可笑。

不聲不響 ㄅㄨˋ ㄕㄥ ㄅㄨˋ ㄒㄧㄤˇ
【解釋】不作聲。
【例句】廠長「不聲不響」地進來查看工人的工作情形。

不翼而飛 ㄅㄨˋ ㄧˋ ㄦˊ ㄈㄟ
【解釋】沒有翅膀而能飛行，比喻自然傳播。
【出處】管子·戒：「無翼而飛者，聲也。」戰國策·秦策：「衆口所移，毋翼而飛。」
【相同】無翼而飛。
【例句】回家時，他才發覺他的皮夾

已「不翼而飛」了。

不關痛癢 ㄅㄨˋ ㄍㄨㄢ ㄊㄨㄥˋ ㄧㄤˇ

【解釋】比喻沒有利益或任何關係。

【出處】紅樓夢：「這裡雖還有兩三個老婆子，都是不關痛養的。」

【相同】無關痛癢。

【相反】痛癢相關。患難與共。休戚相關。

【例句】這件事對他「不關痛癢」，他自然愛理不理了。

不識一丁 ㄅㄨˋ ㄕˋ ㄧ ㄉㄧㄥ

【解釋】連一個字也不認識。

【字義】丁：本係「个」字，因篆文和「丁」相似，所以誤作「丁」字，見王玉樹「說文拈字」。

【出處】唐書·張弘靖傳：「天下無事，而輩挽兩石弓，不如識一丁字。」

【相同】目不識丁。不識之无。

【相反】學富五車。

【例句】現在教育普及，「不識一丁」的人已經很少了。

不識擡舉 ㄅㄨˋ ㄕˋ ㄊㄞˊ ㄐㄩˇ

【解釋】辜負了別人對自己的好意。

【出處】白居易·霓裳羽衣舞歌：「妍蚩優劣寧相遠，大多只在人擡舉。」

【相同】不知好歹。

【相反】知情識趣。

【例句】他好意介紹你到他公司去上班，你卻一口回絕，眞是「不識擡舉」。

不識時務 ㄅㄨˋ ㄕˋ ㄕˊ ㄨˋ

【解釋】不認識當前的形勢和潮流。

【出處】後漢書·張霸傳：「霸名行，欲與爲交，霸逡巡不答，衆人笑其不識時務。」三國志·魏·崔琰傳：「有所不堪者，魯國孔融。」注引張璠·漢紀：「是時天下草創，曹（操）袁（紹）之權未分，（孔）融所建明，不識時務。」

【例句】「不識時務」的人，怎麼可以擔任外交鬥士？

不辭勞苦 ㄅㄨˋ ㄘˊ ㄌㄠˊ ㄎㄨˇ

【解釋】不怕勞苦。

【例句】只要是對公司有利的事，他向來「不辭勞苦」的去做。

不露聲色 ㄅㄨˋ ㄌㄡˋ ㄕㄥ ㄙㄜˋ

【解釋】一點兒風聲也不透露出來。

【出處】資治通鑑：「林甫好以甘言啗人，而陰中傷之，不露辭色。」

【相同】不動聲色。

【相反】怒形於色。喜形於色。形於辭色。

【例句】他事先「不露聲色」地決定開除兩名搗蛋的工友。

不歡而散 ㄅㄨˋ ㄏㄨㄢ ㄦˊ ㄙㄢˋ

【解釋】大家很不愉快地分手。

【例句】他們本來高高興興地去郊遊，結果「不歡而散」。

不可同日而語 ㄅㄨˋ ㄎㄜˇ ㄊㄨㄥˊ ㄖˋ ㄦˊ ㄩˇ

【解釋】指兩方大異，不能相提並論。有天淵之別。

【出處】戰國策·趙策：「夫破人之與破於人也，臣人之與臣於人也，豈可同日而言之哉？」史記：「賈誼曰：『試使山東之國與陳涉度長絜大，比權量力，則不可同年而語矣。』」

【相同】不可同年而語。

【例句】本省光復前的生活水準和現在比起來，眞是「不可同日而語」。

不足爲外人道

ㄅㄨˋ ㄗㄨˊ ㄨㄟˊ ㄨㄞˋ ㄖㄣˊ ㄉㄠˋ

【解釋】①叫人保密。②內中情形不值得對外說。

【出處】晉·陶潛·桃花源記：「此中人語云，不足爲外人道也。」

【例句】家中瑣事「不足爲外人道」也。

不知稼穡艱難

ㄅㄨˋ ㄓ ㄐㄧㄚˋ ㄙㄜˋ ㄐㄧㄢ ㄋㄢˊ

【解釋】不知道耕田種地的辛苦。

【字義】稼：種穀；穡：收割；稼穡：泛指農事。

【出處】書經·無逸：「厥父母勤勞稼穡，厥子乃不知稼穡之艱難。」

【例句】那些富家子弟既然「不知稼穡艱難」，又怎會知慳識儉？

不知鹿死誰手

ㄅㄨˋ ㄓ ㄌㄨˋ ㄙˇ ㄕㄟˊ ㄕㄡˇ

【解釋】不知道在這場競爭中誰是勝利者。

【出處】晉書·石勒載記：「脫過光武，當並驅於中原，未知鹿死誰手。」

【相同】未知鹿死誰手。

【例句】他們三人競選本屆議長，勢均力敵，「不知鹿死誰手」。

不敢越雷池一步

ㄅㄨˋ ㄍㄢˇ ㄩㄝˋ ㄌㄟˊ ㄔˊ ㄧˊ ㄅㄨˋ

【解釋】一步也不敢越過界限。

【字義】雷池：河名，在安徽省，望江縣南，即大雷水，今名楊溪河。

【出處】東晉·庾亮·報溫嶠書：「足下無過雷池一步。」

【相同】不敢越雷池半步。

【例句】我軍堅守陣地，敵人「不敢越雷池一步」。

不費吹灰之力

ㄅㄨˋ ㄈㄟˋ ㄔㄨㄟ ㄏㄨㄟ ㄓ ㄌㄧˋ

【解釋】形容完全不費氣力。

【出處】淮南子·齊俗訓：「夫吹灰而欲無眯，涉水而欲無濡，不可得也。」

【例句】他因爲能力強，經驗豐富，公司裡的任何大小事情，他都能「不費吹灰之力」辦好。

不到黃河心不死

ㄅㄨˋ ㄉㄠˋ ㄏㄨㄤˊ ㄏㄜˊ ㄒㄧㄣ ㄅㄨˋ ㄙˇ

【解釋】比喻未到最後，絕不罷休。

【例句】他信心十足，無論什麼事，他是「不到黃河心不死」的。

不能登大雅之堂

ㄅㄨˋ ㄋㄥˊ ㄉㄥ ㄉㄚˋ ㄧㄚˇ ㄓ ㄊㄤˊ

【解釋】不能走進或被擺進高雅的所在；指品質低劣，不夠高貴大方。

【出處】漢書：「夫惟大雅，卓爾不群，河間獻王近之矣！」左傳：「不登於明堂。」

【例句】這種過分粗俗的諧劇，實在是「不能登大雅之堂」。

不入虎穴，焉得虎子

ㄅㄨˋ ㄖㄨˋ ㄏㄨˇ ㄒㄩㄝˋ ㄧㄢ ㄉㄜˊ ㄏㄨˇ ㄗˇ

【解釋】比喻不冒風險，就不能取得成功。

【出處】後漢書·班超傳：「不入虎穴，焉得虎子？」

【例句】「不入虎穴，焉得虎子」，所以燕太子決定請荊軻去刺秦王。

世外桃源 ㄕˋ ㄨㄞˋ ㄊㄠˊ ㄩㄢˊ

【解釋】比喻與世隔絕的美好世界，後把虛構的逃避現實的境界稱爲世外桃源。

【出處】晉·陶潛·桃花源記：「自云，先世避秦時亂，率妻子邑人來此絕境，不復出焉，遂與外人間隔。問今是何世？乃不知有漢，無論魏晉。」

【相同】洞天福地。

【相反】人間地獄。

【例句】在現代這種工商繁忙的社會之中，實在很難找到一處「世外桃源」的地方了。

世俗之見 ㄕˋ ㄙㄨˊ ㄓ ㄐㄧㄢˋ

【解釋】世人庸俗的見解。

【出處】孟子·梁惠王：「王曰：『寡人非能好先王之樂也，直好世俗之樂耳！』」

【例句】人窮志短不過是「世俗之見」，有些人愈窮愈有骨氣。

世風日下 ㄕˋ ㄈㄥ ㄖˋ ㄒㄧㄚˋ

【解釋】社會道德愈來愈敗壞。

【出處】憶古錄：「世風日下，道德淪亡；邪說紛紛，人慾橫流。」

【例句】從前盜亦有道，現在「世風日下」，強盜竟然先殺不反抗的人再越貨。

世態炎涼 ㄕˋ ㄊㄞˋ ㄧㄢˊ ㄌㄧㄤˊ

【解釋】形容世人趨炎附勢。

【出處】梁·簡文帝·倡婦怨情詩：「俄頃變炎涼。」故事成語考歲時：「可厭者世態炎涼。」

【相同】人情冷暖。

【相反】不通世故。

【例句】現在的社會眞是「世態炎涼」，所謂人情，已變得十分澆薄了。

並駕齊驅 ㄅㄧㄥˋ ㄐㄧㄚˋ ㄑㄧˊ ㄑㄩ

【解釋】齊頭並進。用以比喻彼此力量、地位或才能不相上下。

【出處】南朝·梁·劉勰·文心雕龍：「是以駟牡異力，而六轡如琴；並駕齊驅，而一轂統輻。」

【相同】齊頭並進。並行不悖。

【相反】背道而馳。分道揚鑣。

【例句】在短短的幾年之間，我國的工商業突飛猛進，已經可以和歐美各先進國家「並駕齊驅」了。

丨部

中流底柱 ㄓㄨㄥ ㄌㄧㄡˊ ㄉㄧˇ ㄓㄨˋ

【解釋】此喻能頂住危局的堅強力量。

【字義】底柱：山名，也作「砥柱」，屹立在三門峽附近的黃河中流。

【出處】宋·朱熹·朱文公集：「而二公在朝，天下望之，屹立若中流底柱，有所恃而不恐。」底柱，又作「砥柱」。宋·陳亮集·與彭子壽祭酒：「亮向者得台翰回報之後，仰止道誼，不任此情。班行之有門下，屹然如中流之砥柱。」

【例句】在人心惶惶的時代裡，只有他作「中流砥柱」，穩定了動盪不安的社會。

中途換馬 ㄓㄨㄥ ㄊㄨˊ ㄏㄨㄢˋ ㄇㄚˇ

【解釋】此喻在危急之際更換主將，意指屬不智或迫不得已之舉。

【例句】這場比賽因主將受傷，不得不「中途換馬」。

中飽私囊 ㄓㄨㄥ ㄅㄠˇ ㄙ ㄋㄤˊ

【解釋】侵吞公款以自肥。

【出處】韓非子·外儲說右下：「薄疑謂趙簡主曰：『君之國中飽。』簡主欣然而喜曰：『何如焉？』對曰：『府庫空虛於上，百姓貧餓於下，然而姦吏富矣。』」

【相同】損公肥私。假公濟私。

【相反】兩袖清風。大公無私。廉潔奉公。

【例句】國家到了危急存亡之秋，大官竟然還盜用公款，「中飽私囊」。

丿部

久假不歸 ㄐㄧㄡˇ ㄐㄧㄚˇ ㄅㄨˋ ㄍㄨㄟ

【解釋】借東西長久不歸還。

【出處】孟子·盡心：「久假不歸，惡知其非有也。」宋·王明清·揮麈錄後錄：「煨燼之餘，所存不多，諸姪輩不能謹守，又爲親戚盜去，或他人久假不歸。」

【例句】我的那些書，他「久假不歸」，好像現在已歸他所有了。

久歷風塵 ㄐㄧㄡˇ ㄌㄧˋ ㄈㄥ ㄔㄣˊ

【解釋】經歷過很多艱苦的日子。

【相同】飽歷風霜。

【例句】他「久歷風塵」，名利對他已經沒有吸引力。

久旱逢甘雨 ㄐㄧㄡˇ ㄏㄢˋ ㄈㄥˊ ㄍㄢ ㄩˇ

【解釋】形容盼望已久，終於如願獲得的心情。

【出處】宋·洪邁·容齋隨筆：「久旱逢甘雨，他鄉遇故知；洞房花燭夜，金榜題名時。」

【例句】他窮困多時，一旦中了愛國獎券，眞如「久旱逢甘雨」，可以痛痛快快地享受享受了。

乘人之危 ㄔㄥˊ ㄖㄣˊ ㄓ ㄨㄟˊ

【解釋】趁著別人有危的時候去加以侵害。

【出處】後漢書：「謀事殺良，非忠也；乘人之危，非仁也。」

【相同】落井下石。趁火打劫。

【相反】拔刀相助。雪中送炭。濟困扶危。

【例句】發生大火時，居然有人「乘人之危」，把別人搶救出來的東西偷走了。

乘風破浪 ㄔㄥˊ ㄈㄥ ㄆㄛˋ ㄌㄤˋ

【解釋】比喻勇往直前，志向遠大。

【出處】宋書：「願乘長風破萬里浪。」

【相同】披荊斬棘。

【相反】裹足不前。停滯不前。

【例句】他挾著「乘風破浪」之勢，勇奪這次校運短跑冠軍。

乘虛而入 ㄔㄥˊ ㄒㄩ ㄦˊ ㄖㄨˋ

【解釋】趁著對方空虛不備而攻入。

【出處】 魏志·袁紹傳：「將軍簡其精銳，分爲奇兵，乘虛迭出，以擾河南。」

【相同】 攻其不備。

【相反】 無懈可擊。

【例句】 清廷忙於防備英法自海上入侵，帝俄卻在北方「乘虛而入」。

乘堅策肥 ㄔㄥˊ ㄐㄧㄢ ㄘㄜˋ ㄈㄟˊ

【解釋】 乘堅固的車子，騎著肥馬。

【字義】 策：用鞭子打馬使其前進。

【出處】 漢書·食貨志：「乘堅策肥，履絲曳縞。」

【例句】 從前作官人家「乘堅策肥」，一點也不知道百姓的疾苦。

乙部

九牛一毛 ㄐㄧㄡˇ ㄋㄧㄡˊ ㄧˋ ㄇㄠˊ

【解釋】 指在極多數中的極少數，比喻微不足道。

【出處】 司馬遷·報任少卿書：「假令僕伏法受誅，若九牛亡一毛，與螻蟻何異？」宋朱熹朱文公集十六繳納南康任滿合奏稟事狀：「此與大農之經費，不足以當九牛之一毛。」

【相同】 太倉一粟。滄海一粟。微乎其微。

【相反】 盈千累萬。舉足輕重。

【例句】 遺失了一、二百元，對像他那樣的有錢人來說，不過是「九牛一毛」，一點也不在意。

九牛二虎 ㄐㄧㄡˇ ㄋㄧㄡˊ ㄦˋ ㄏㄨˇ

【解釋】 形容力大。

【出處】 詩·邶風·簡兮：「有力如虎，執轡如組。」列子·仲尼：「吾之力者，能裂犀兕之革，曳九牛之尾。」元·鄭德輝·三戰呂布：「兄弟，你不知他靴尖點地，有九牛二虎之力，休要放他小歇。」

【例句】 吳剛費了「九牛二虎」之力，也砍不斷月中的桂樹。

九死一生 ㄐㄧㄡˇ ㄙˇ ㄧˋ ㄕㄥ

【解釋】 形容處於生死關頭，情況十分危急。

【出處】 戰國·楚·屈原·離騷：「雖九死其猶未悔」唐劉良注：「雖九死無一生，未足悔恨。」元·王仲文·救孝子之一：「您哥哥劍洞槍林快廝殺，九死一生不當個要。」

【相同】 險死還生。

【相反】 安然無恙。

【例句】 他陷入敵人重圍中，眞是「九死一生」，生還的機會微乎其微，全靠毅力、勇氣和智慧，才衝出重圍。

九霄雲外 ㄐㄧㄡˇ ㄒㄧㄠ ㄩㄣˊ ㄨㄞˋ

【解釋】 天空極高極遠的地方，指目中無人，或比喻無影無蹤，忘得一乾二淨。

【出處】 元·鄭德輝·㑳梅香：「那窮酸每一投得了官呵，胸臆在九霄雲外。」紅樓夢：「黛玉聽了這話，不覺將昨晚的事都忘在九霄雲外了。」

【例句】 弟弟一坐到電視機前，就把媽媽交代的話給抛到「九霄雲外」去了。

乳臭小兒 ㄖㄨˇ ㄒㄧㄡˋ ㄒㄧㄠˇ ㄦˊ

【解釋】 譏笑別人幼稚無知，有如尚

有乳臭的小孩。

【出處】漢書·高帝紀：「是口尚乳臭，不能當韓信。」

【相同】乳臭未乾。

【例句】這「乳臭小兒」，竟敢口出狂言！

亂七八糟 ㄌㄨㄢˋ ㄑㄧ ㄅㄚ ㄗㄠ

【解釋】凌亂不堪。

【相反】井井有條。

【例句】孩子們在這裡玩了不過半天，東西就被弄得「亂七八糟」。

亅部

事半功倍 ㄕˋ ㄅㄢˋ ㄍㄨㄥ ㄅㄟˋ

【解釋】費力小而功效大。

【出處】孟子·公孫丑：「故事半古之人，功必倍之，惟此時爲然。」六韜·龍韜：「夫必勝者，先見弱於敵而後戰者也，故事半而功倍。」

【相同】力半功倍。

【相反】事倍功半。

【例句】做事要有周密的計畫，才能「事半功倍」。

事出有因 ㄕˋ ㄔㄨ ㄧㄡˇ ㄧㄣ

【解釋】事情發生一定是有原因。

【出處】綴白裘·翡翠園：「如此說來，事出有因。不好了，這事非同小可，倘若弄假成眞，事同叛逆。」

【例句】外傳王太太紅杏出牆，無風不起浪，我想一定是「事出有因」的。

事在人爲 ㄕˋ ㄗㄞˋ ㄖㄣˊ ㄨㄟˊ

【解釋】事情會不會成功，要看人是怎麼去做。

【出處】明·朱舜水·與野博書：「答策甚佳，可勝健羨。事事皆在人爲，特患不肯用功耳。」

【相反】聽天由命。

【例句】「事在人爲」，不要心灰意冷。

事倍功半 ㄕˋ ㄅㄟˋ ㄍㄨㄥ ㄅㄢˋ

【解釋】費力，功效少。

【相反】事半功倍。

【例句】愚蠢又不願用頭腦的人，做任何事大都會「事倍功半」。

事過境遷 ㄕˋ ㄍㄨㄛˋ ㄐㄧㄥˋ ㄑㄧㄢ

【解釋】事情告一段落，情況亦跟著變遷。

【出處】王羲之·蘭亭序：「情隨事遷，感慨係之矣！」

【相同】情隨事遷。時移事易。時異事殊。

【相反】一成不變。依然如故。

【例句】二十年前這裡曾發生過大地震。但現在「事過境遷」，已經沒有人談論這件事了。

事與願違 ㄕˋ ㄩˇ ㄩㄢˋ ㄨㄟˊ

【解釋】事實與願望違背。

【出處】三國魏·嵇康·幽憤詩：「事與願違，遘茲淹留。」也作「事與心違」。宋·歐陽修·文忠集：「貌先年老因憂國，事與心違始乞身。」

【相同】適得其反。欲益反損。大失所望。

【相反】稱心如意。天從人願。如願以償。

【例句】　他本想趁著假期回鄉一趟，不料「事與願違」，因為害了一場大病而寸步難行。

事無不可對人言
ㄕˋ ㄨˊ ㄅㄨˋ ㄎㄜˇ ㄉㄨㄟˋ ㄖㄣˊ ㄧㄢˊ

【解釋】　行事光明正大，自然可以坦白交代。

【出處】　宋史·司馬光傳：「司馬光曾自言：『吾無過人者，但平生所為，未嘗有不可對人言者耳。』」

【例句】　我問心無愧，「事無不可對人言」，你有疑問，儘管問我好了。

二部

二八年華
ㄦˋ ㄅㄚ ㄋㄧㄢˊ ㄏㄨㄚˊ

【解釋】　指女子年齡十六(二乘八)。

【出處】　李白詩：「正見當壚女，紅粧二八年。」

【例句】　鄰家阿美正值「二八年華」，追求她的人可真不少啦。

井井有條
ㄐㄧㄥˇ ㄐㄧㄥˇ ㄧㄡˇ ㄊㄧㄠˊ

【解釋】　有條理而不紊亂。

【出處】　荀子·儒效：「井井兮其有理也。」宋·樓鑰·攻媿集：「試以劇煩，井井有條而不紊。」

【相同】　井然有序。有條不紊。

【相反】　亂七八糟。

【例句】　別看這孩子年紀小，媽媽不在家的時候，她把家裡收拾得「井井有條」。

井底之蛙
ㄐㄧㄥˇ ㄉㄧˇ ㄓ ㄨㄚ

【解釋】　比喻見識淺薄。

【出處】　後漢書·馬援傳：「子陽，井底之蛙。」

【相同】　坐井觀天。孤陋寡聞。

【例句】　要經常出去走走，增廣見聞，否則每天待在家中，不就變成「井底之蛙」了嗎？

五日京兆
ㄨˇ ㄖˋ ㄐㄧㄥ ㄓㄠˋ

【解釋】　官的任期短，或凡事不作長遠打算。

【字義】　京兆：古時官名。相當於今天的首都市長。

【出處】　漢·京兆尹·張敞，因和友人楊惲的罪案有牽連，被大官彈劾。他的部下賊捕掾絮舜以為敞就要罷官，拒絕執行他的命令，說：「今五日京兆耳，安能復案事？」敞當時就把舜逮捕入獄，對舜說：「五日京兆竟何如？」將舜處死。見漢書·張敞傳。宋·趙鼎臣·竹隱畸士集：「時可投劾勇去，頃刻不可留，雖子磐亦自謂五日京兆也。」

【例句】　凡事「五日京兆」的人，當然不會有成就了。

五光十色
ㄨˇ ㄍㄨㄤ ㄕˊ ㄙㄜˋ

【解釋】　形容景色煥發多彩。

【出處】　梁·江淹·麗色賦：「其少進也，如綵雲出崖，五光徘徊，十色陸離。」

【相同】　五彩繽紛。五顏六色。

【相反】　清一色。黯然失色。

【例句】　國慶日一到，通衢大道，布置得「五光十色」，令人目不暇給。

五彩繽紛
ㄨˇ ㄘㄞˇ ㄅㄧㄣ ㄈㄣ

【解釋】　形容顏色美麗而繁多。

【相同】 五色繽紛。

【例句】 為了慶祝元旦，預定晚上八時，放「五彩繽紛」的煙火。

五里霧中 ㄨˇ ㄌㄧˇ ㄨˋ ㄓㄨㄥ

【解釋】 形容迷惑的境地。

【出處】 後漢書·張楷傳：「張楷字公超，性好道術，能作五里霧，時關西人裴優，亦能做三里霧。」

【例句】 這件事突如其來，使他有如墜入「五里霧中」之感。

五花八門 ㄨˇ ㄏㄨㄚ ㄅㄚ ㄇㄣˊ

【解釋】 本是古代兵法中的陣名。後用來比喻事物花樣繁多，變化莫測。

【字義】 五花，即五行陣；八門，即八門陣。

【出處】 儒林外史：「那小戲子……跑上場來，串了一箇五花八門。」清·張潮·虞初新志：「群峰亂峙，四布羅列，如平沙萬幕，八門五花。」

【相同】 八門五花。

【例句】 現在騙子很多，騙術也「五花八門」，你千萬要留心喲。

五體投地 ㄨˇ ㄊㄧˇ ㄊㄡˊ ㄉㄧˋ

【解釋】 形容敬佩之極。

【字義】 五體：頭部和兩手兩腳；投地：伏在地上叩拜，是佛教中最恭敬的禮法。

【出處】 古印度致敬的儀式有九等，表示最尊敬的是五體投地。楞嚴經一：「阿難聞已，重複悲淚，五體投地，長跪合掌。」

【相同】 首肯心折。心悅誠服。頂禮膜拜。

【相反】 嗤之以鼻。

【例句】 校長的道德文章，學生個個佩服得「五體投地」。

五穀豐收 ㄨˇ ㄍㄨˇ ㄈㄥ ㄕㄡ

【解釋】 農作物豐收。

【字義】 五穀：黍、稻、稷、麥、菽，泛指農作物。

【出處】 六韜·龍韜·立將：「是故風雨時節，五穀豐登，社稷安寧。」

【相同】 年豐時稔。

【相反】 凶年饑歲。

【例句】 這幾年來本省「五穀豐登」，農民生活安定。

五十步笑百步 ㄨˇ ㄕˊ ㄅㄨˋ ㄒㄧㄠˋ ㄅㄞˇ ㄅㄨˋ

【解釋】 比喻程度雖不同，其本質則一，高明不了多少。

【出處】 孟子·梁惠王上：「孟子對曰：『王好戰，請以戰喻。填然鼓之，兵刃既接，棄甲曳兵而走，或百步而後止，或五十步而後止。以五十步笑百步則何如？』曰：『不可，直不百步耳，是亦走也。』」

【例句】 你比他好不了多少，何必「五十步笑百步」？

亠部

亡羊補牢 ㄨㄤˊ ㄧㄤˊ ㄅㄨˇ ㄌㄠˊ

【解釋】 比喻出了差錯後要及時補救。

【出處】 戰國策·楚策：「臣聞鄙語曰：『見兔而顧犬，未為晚也；亡羊而補牢，未為遲也。』」宋·陸游·劍南詩稿：「懲羹吹虀其非，亡羊補牢理所宜。」

【相同】賊去關門。

【相反】防患未然。未雨綢繆。

【例句】第一次競賽被殺得片甲不留，幸好還有「亡羊補牢」的機會。

亡命之徒 ㄨㄤˊ ㄇㄧㄥˋ ㄓ ㄊㄨˊ

【解釋】逃亡外地的人。

【字義】亡：沒有；命：名字。亡命：本指因逃匿而被削除名籍。

【出處】史記·張耳傳：「張耳嘗亡命遊久黃。」索隱：「晉灼曰：『命者，名也，謂脫名籍而逃。』崔浩曰：『亡，無也；命，名也。逃匿則削除名籍，故以逃爲亡命。』」漢·揚雄·解嘲：「范睢，魏之亡命也。」

【例句】對付這些「亡命之徒」，我們要十分小心，因爲他們隨時都準備殺人，毫無人性可言。

亡國之音 ㄨㄤˊ ㄍㄨㄛˊ ㄓ ㄧㄣ

【解釋】指國家將亡，人民困苦，故音樂也多哀思；或指靡靡輕浮之樂。

【出處】禮記·樂記：「亡國之音哀以思，其民困。」又：「桑間濮上之音，亡國之音也。其政散，其民流。」

【例句】我不喜歡聽那種淫靡哀怨的「亡國之音」。

交淺言深 ㄐㄧㄠ ㄑㄧㄢˇ ㄧㄢˊ ㄕㄣ

【解釋】交情雖淺，言談卻很深切。

【出處】戰國策·趙策：「客有見人於服子者，已而請其罪。服子曰：『公之客獨有三罪：望我而笑，是狎也；談語而不稱師，是倍（背）也；交淺而言深，是亂也。』客曰：『不然。夫望人而笑，是和也；言而不稱師，是庸說也；交淺而言深，是忠也。』」

【相同】交疏言深。

【例句】雖然一見如故，也不宜「交淺言深」。

交頭接耳 ㄐㄧㄠ ㄊㄡˊ ㄐㄧㄝ ㄦˇ

【解釋】形容竊竊私語。

【出處】前漢書·春秋平話：「第二，筵上不得交頭接耳。」元·關漢卿·單刀會：「大小三軍，聽我將令，甲馬不許馳驟，金鼓不許亂鳴，不許交頭接耳，不許笑語喧嘩。」

【相同】竊竊私議。竊竊私語。

【相反】高聲諠譁。

【例句】姐妹倆神祕兮兮地「交頭接耳」，不知道在談什麼機密大事？

亦步亦趨 ㄧˋ ㄅㄨˋ ㄧˋ ㄑㄩ

【解釋】原指學生向老師學習。後來指一意模仿或追隨別人。

【字義】步：慢走；趨：急步走。

【出處】莊子·田子方：「顏淵問於仲尼曰：『夫子步亦步，夫子趨亦趨，夫子馳亦馳，夫子奔逸絕塵，而回瞠若乎後矣。』」清·洪亮吉·北江詩話：「惟吾鄉邵山人長蘅，初所作詩，既描摹盛唐，苦無獨到，及一入宋南邱（犖）幕府，則又亦步亦趨，不能守其故我也。」

【例句】日本的外交，以美國馬首是瞻，一味「亦步亦趨」，不敢自出機杼。

亭亭玉立 ㄊㄧㄥˊ ㄊㄧㄥˊ ㄩˋ ㄌㄧˋ

【解釋】形容年輕女子身材高䠷，姿

態秀美。

【出處】獨孤及詩：「美人挾琴對芳樹，玉顏亭亭與花奴。」

【相同】儀態萬芳。

【例句】兩三年不見，她已長得「亭亭玉立」。

人部

人人自危 ㄖㄣˊ ㄖㄣˊ ㄗˋ ㄨㄟˊ

【解釋】恐怖不安，人人都有戒心。

【出處】史記·欒布傳：「今陛下徵兵於梁，彭王病不行，而陛下疑以爲反，反形未見，以苛小案誅滅之，臣恐功臣人人自危。」

【相同】惶恐不安。人心惶惶。提心吊膽。心驚膽戰。

【相反】高枕無憂。

【例句】自從董事長宣布要裁員，大家都「人人自危」了。

人山人海 ㄖㄣˊ ㄕㄢ ㄖㄣˊ ㄏㄞˇ

【解釋】形容聚集的人極多。

【出處】水滸傳：「如今（白秀英）見在勾欄裡說唱諸般品調，每日有那一般打散，或是戲舞，或是吹彈，或是歌唱，賺得那人山人海價看。」

【相同】比肩繼踵。

【相反】闃其無人。

【例句】每到花季，陽明山便「人山人海」，處處都是賞花人。

人亡物在 ㄖㄣˊ ㄨㄤˊ ㄨˋ ㄗㄞˋ

【解釋】見遺物而想念死去的人。

【出處】曾會·重登瀟湘樓詩：「物在人亡空有淚。」

【相同】睹物思人。

【例句】他去世整整三年了，可是「人亡物在」，每當看到他用過的東西時，免不了引起大家一陣感傷。

人之常情 ㄖㄣˊ ㄓ ㄔㄤˊ ㄑㄧㄥˊ

【解釋】人們常有的情感。

【出處】尉繚子·守權：「若彼城堅而救不誠，則愚夫蠢婦，無不守陴而泣下，此人之常情也。」

【例句】人難免有自私之心，這是「人之常情」，無可厚非。

人才輩出 ㄖㄣˊ ㄘㄞˊ ㄅㄟˋ ㄔㄨ

【解釋】人才一批又一批相繼出現。

【出處】後漢書·蔡邕傳：「孝武之世，群舉孝廉，又有賢良文學之選，於是名臣輩出，文武並興。」

【相同】人才濟濟。

【相反】青黃不接。後繼無人。

【例句】因爲是有計畫的教育，所以這些年來「人才輩出」。

人才濟濟 ㄖㄣˊ ㄘㄞˊ ㄐㄧˇ ㄐㄧˇ

【解釋】形容人才衆多。

【出處】尚書·大禹謨：「濟濟有衆。」

【相同】濟濟多士。

【相反】後繼無人。

【例句】外交使節團的成員都是一時俊彥，「人才濟濟」。

人手一冊 ㄖㄣˊ ㄕㄡˇ ㄧˊ ㄘㄜˋ

【解釋】每人都拿著一本，形容甚受歡迎。

【例句】這本書圖文並茂，全國小學

生幾乎「人手一冊」。

人心不古（ㄖㄣˊ ㄒㄧㄣ ㄅㄨˋ ㄍㄨˇ）

【解釋】現代人再不像從前那麼忠厚純樸。

【例句】每天都有詐財、強暴事件，眞是「人心不古」，世風日下。

人心叵測（ㄖㄣˊ ㄒㄧㄣ ㄆㄛˇ ㄘㄜˋ）

【解釋】別人心中懷有惡意與否，難以測度。

【字義】叵：不可。

【出處】唐書·尹愔傳：「吾門人多矣，尹子叵測也。」

【例句】「人心叵測」，你畢業初入社會千萬要小心。

人心向背（ㄖㄣˊ ㄒㄧㄣ ㄒㄧㄤˋ ㄅㄟˋ）

【解釋】人民的擁護（向）或反對（背）。

【例句】政權是否穩固，決定於「人心向背」。

人云亦云（ㄖㄣˊ ㄩㄣˊ ㄧˋ ㄩㄣˊ）

【解釋】形容毫無主見，別人說甚麼自己就說甚麼。

【出處】金·蔡松年·槽聲同彥高賦詩：「槽床過竹春泉向，他日人云吾亦云。」

【相同】亦步亦趨。隨聲附合。鸚鵡學舌。

【相反】固執己見。獨樹一幟。

【例句】這是件大事，你萬不可道聽途說，「人云亦云」。

人文薈萃（ㄖㄣˊ ㄨㄣˊ ㄏㄨㄟˋ ㄘㄨㄟˋ）

【解釋】人才和文物衆多，讚美語。

【例句】洛陽是「人文薈萃」的古都。

人生如寄（ㄖㄣˊ ㄕㄥ ㄖㄨˊ ㄐㄧˋ）

【解釋】形容人生短促，猶如暫時寄居世間，不能久留。

【出處】文選·古詩十九首：「人生忽如寄，壽無金石固。」又三國·魏文帝（曹丕）·善哉行：「人生如寄，多憂何爲！」宋書·樂志三作「人生若寄。」

【相同】人生如朝露。

【例句】他頓悟之後，覺得「人生如寄」，於是出家當和尙了。

人去樓空（ㄖㄣˊ ㄑㄩˋ ㄌㄡˊ ㄎㄨㄥ）

【解釋】懷念友人語，指故人已去，空餘所居屋子。

【出處】崔顥·黃鶴樓：「昔人已乘黃鶴去，此地空餘黃鶴樓。」

【相同】人亡物在。觸景傷情。

【例句】三年後，他登門造訪時，早已「人去樓空」了。

人地生疏（ㄖㄣˊ ㄉㄧˋ ㄕㄥ ㄕㄨ）

【解釋】初到一個地方，沒有朋友，地方又不熟悉。

【例句】他在美國「人地生疏」，不禁懷鄉心切。

人死留名（ㄖㄣˊ ㄙˇ ㄌㄧㄡˊ ㄇㄧㄥˊ）

【解釋】人雖死但仍聲名留傳世上。

【出處】五代史·王彥章傳：「彥章嘗作俚語曰：豹死留皮，人死留名。」

【例句】他爲了回饋社會，才舉辦一些慈善活動，並非爲了「人死留名」。

人言可畏 ㄖㄣˊ ㄧㄢˊ ㄎㄜˇ ㄨㄟˋ

【解釋】旁人的閒言冷語是可怕的。

【出處】詩經·將仲子：「人之多言，亦可畏也。」

【相同】三人成虎。曾參殺人。衆口鑠金。

【例句】「人言可畏」，你應多加檢點。

人困馬乏 ㄖㄣˊ ㄎㄨㄣˋ ㄇㄚˇ ㄈㄚˊ

【解釋】形容人和所乘的馬都十分疲乏。

【相同】人疲馬乏。

【相反】士飽馬騰。

【例句】他們走了一整天路，已經「人困馬乏」了。

人非木石 ㄖㄣˊ ㄈㄟ ㄇㄨˋ ㄕˊ

【解釋】指人類有感情，不像木和石的全無知覺。

【出處】晉書：「人非木石，孰能忘情？」

【例句】同窗三載，一旦分手，「人非木石」，怎會不離情依依呢？

人定勝天 ㄖㄣˊ ㄉㄧㄥˋ ㄕㄥˋ ㄊㄧㄢ

【解釋】人力一定能夠戰勝大自然。

【出處】宋·劉過·龍川集：「人定兮勝天，半壁久無胡日月。」按逸周書文傳「人強勝天」，亦此意。

【相同】人能勝天。事在人爲。

【相反】聽天由命。成事在天。天意難違。

【例句】我們把這條河改道之後，消除了水患，證明了「人定勝天」。

人面桃花 ㄖㄣˊ ㄇㄧㄢˋ ㄊㄠˊ ㄏㄨㄚ

【解釋】男女相識隨即分離，男子追念舊事，稱「人面桃花之感」。

【出處】唐·崔護·遊城南詩：「去年今日此門中，人面桃花相映紅；人面不知何處去，桃花依舊笑春風。」好事者因此詩演爲崔護和少女的戀愛故事。見唐·孟棨·本事詩·情感。

【相同】人去樓空。

【例句】五年之後，舊地重遊，小紅已不知去向，他難禁「人面桃花」之感。

人面獸心 ㄖㄣˊ ㄇㄧㄢˋ ㄕㄡˋ ㄒㄧㄣ

【解釋】本爲鄙視、辱罵匈奴的詞。後用以指人品質行爲萬分惡劣，外貌像人，內心狠毒，有如惡獸。

【出處】漢書·匈奴傳贊：「被髮左衽，人面獸心。」晉書·孔嚴傳：「又觀頃日降附之徒，皆人面獸心，貪而無親，難以義感。」

【相同】衣冠禽獸。

【相反】菩薩心腸。

【例句】世風日下的今天，多的是「人面獸心」的人，你千萬別太仁慈。

人急智生 ㄖㄣˊ ㄐㄧˊ ㄓˋ ㄕㄥ

【解釋】人在危急的時候往往能突然想出好辦法來。

【相反】束手無策。

【例句】大火燒起時，他突然「人急智生」，裹著綿被，從樓上跳下來，因此沒有受到嚴重的傷害。

人浮於食 ㄖㄣˊ ㄈㄨˊ ㄩˊ ㄕˊ

【解釋】 人的才能高於所得俸祿。後用來比喻人多而事少，與廉以自守的原意不同。今多稱「人浮於事」。
【字義】 「浮」：溢出，過多；食：俸祿。
【出處】 禮記·坊記：「故君子與其使食浮於人也，寧使人浮於食。」
【相同】 十羊九牧。粥少僧多。
【相反】 精兵簡政。一夔已足。
【例句】 現在是「人浮於食」的社會，能有枝之棲，已經很幸運了，那敢再夢想薪水高的工作。

人煙稠密 ㄖㄣˊ ㄧㄢ ㄔㄡˊ ㄇㄧˋ

【解釋】 形容居民衆多。
【相反】 地廣人稀。
【例句】 臺灣現在「人煙稠密」，和光復前完全不同。

人傑地靈 ㄖㄣˊ ㄐㄧㄝˊ ㄉㄧˋ ㄌㄧㄥˊ

【解釋】 原指地因人而著名。後多用來指傑出人物，生於靈秀之地。
【出處】 唐王勃王子安集五滕王閣詩序：「人傑地靈，徐孺下陳蕃之榻。」
【例句】 這裡風景秀麗，人才輩出，眞是「人傑地靈」的好地方。

人微言輕 ㄖㄣˊ ㄨㄟˊ ㄧㄢˊ ㄑㄧㄥ

【解釋】 指地位低微，言論、主張不爲人所重視。多用作自謙之詞。
【出處】 宋·蘇軾·東坡集續：「某已三奏其事，至今未報，蓋人微言輕，理自當爾。」
【相同】 身輕言微。
【相反】 一言九鼎。
【例句】 他在部裡不過是一名小職員，「人微言輕」，怎能替你求情呢？

人棄我取 ㄖㄣˊ ㄑㄧˋ ㄨㄛˇ ㄑㄩˇ

【解釋】 商人廉價收購滯銷物品，待機高價出售以牟取厚利。
【出處】 史記·貨殖傳：「而白圭樂觀時變，故人棄我取，人取我與。」
【例句】 你若採取「人棄我取」的政策，則可消除競爭的阻力。

人盡其才 ㄖㄣˊ ㄐㄧㄣˋ ㄑㄧˊ ㄘㄞˊ

【解釋】 充分發揮個人的才能。
【出處】 淮南子兵略訓：「若乃人盡其才，悉用其力。」
【相同】 各盡所能。野無遺才。
【相反】 英雄無用武之地。投閒置散。
【例句】 畢業之後，大家都希望能「人盡其才」，向社會貢獻一己之力。

人慾橫流 ㄖㄣˊ ㄩˋ ㄏㄥˊ ㄌㄧㄡˊ

【解釋】 爲了滿足各式各樣的慾望，不顧一切。
【出處】 憶古錄：「世風日下，道德淪亡；邪說紛起，人慾橫流。」
【例句】 這是「人慾橫流」的社會，連警察都去搶銀行。

人窮志短 ㄖㄣˊ ㄑㄩㄥˊ ㄓˋ ㄉㄨㄢˇ

【解釋】 人在窮困時免不了壯志消沉，沮喪萬分。
【出處】 宋·莊季裕·雞肋編·下引陳無己詩：「人窮令智短。」宋·釋惟白·續燈錄：「人窮志短，馬瘦毛長。」
【相同】 自慚形穢。
【相反】 人窮志不窮。

【例句】他經過多年的窮困之後，已經「人窮志短」，毫無衝勁了。

人謀不臧 ㄖㄣˊ ㄇㄡˊ ㄅㄨˋ ㄗㄤ

【解釋】事情的失敗完全是策畫得不細密所致。

【字義】臧：良好。

【出處】詩經·邶風·雄雉：「何用不臧。」易經·繫辭下：「人謀鬼謀，百姓與能。」蜀志·諸葛亮傳：「非惟天時，抑亦人謀。」

【例句】這次意外，完全是「人謀不臧」的緣故。

人聲鼎沸 ㄖㄣˊ ㄕㄥ ㄉㄧㄥˇ ㄈㄟˋ

【解釋】形容人聲嘈雜。

【字義】鼎：古代用以煮物的器具；沸：湧起，沸騰；鼎沸：指鼎內的東西沸騰，熱哄哄的意思。

【出處】醒世恆言·劉小官雌雄元弟：「一日午後，劉方在店中收拾，只聽得人聲鼎沸，他只道什麼火發，忙來觀看。」

【相同】沸反盈天。

【相反】鴉雀無聲。萬籟俱寂。

【例句】樓下市場裡，經常「人聲鼎沸」，吵得人不得安寧。

人生如朝露 ㄖㄣˊ ㄕㄥ ㄖㄨˊ ㄓㄠ ㄌㄨˋ

【解釋】形容人生短暫，有如早上的露珠，太陽一出來就消失得無影無蹤。

【出處】曹操·短歌行：「對酒當歌，人生幾何？譬如朝露，去日苦多。」漢書·蘇武傳：「人生如朝露，何久自苦如此？」

【相同】人生如寄。

【例句】「人生如朝露」，我們何不及時行樂？

人有臉，樹有皮 ㄖㄣˊ ㄧㄡˇ ㄌㄧㄢˇ ㄕㄨˋ ㄧㄡˇ ㄆㄧˊ

【解釋】比喻人都有羞恥之心。

【例句】「人有臉，樹有皮。」我們不宜當面指責他，叫他下不了臺。

人生如白駒過隙 ㄖㄣˊ ㄕㄥ ㄖㄨˊ ㄅㄞˊ ㄐㄩ ㄍㄨㄛˋ ㄒㄧˋ

【解釋】比喻生命短促，猶如駿馬馳越隙孔（狹小的空間），一瞬即逝。

【字義】白駒：指駿馬，也指日光；隙：裂縫。

【出處】莊子·知北遊篇：「人生天地之間，若白駒之過隙，忽然而已。」

【相同】光陰似箭。

【例句】「人生如白駒過隙」，我們應該珍惜光陰。

人心不同，各如其面 ㄖㄣˊ ㄒㄧㄣ ㄅㄨˋ ㄊㄨㄥˊ ㄍㄜˋ ㄖㄨˊ ㄑㄧˊ ㄇㄧㄢˋ

【解釋】人心千差萬別，像人之面貌一般，各不相同。

【出處】左傳：「人心之不同，各如其面焉，吾豈敢謂子面如吾面乎？」

【例句】「人心不同，各如其面。」並不是每個人都很誠實，我們千萬要小心。

人同此心，心同此理 ㄖㄣˊ ㄊㄨㄥˊ ㄘˇ ㄒㄧㄣ ㄒㄧㄣ ㄊㄨㄥˊ ㄘˇ ㄌㄧˇ

【解釋】人人都是這個想法，都是這般心理。

【出處】易經：「人同此心，心同此理。」

【例句】「人同此心，心同此理。」你不難瞭解他現在的感受。

人為刀俎，我為魚肉 ㄖㄣˊ ㄨㄟˊ ㄉㄠ ㄗㄨˇ，ㄨㄛˇ ㄨㄟˊ ㄩˊ ㄖㄡˋ

【解釋】比喻任人宰割，處境堪憐。
【字義】俎：切肉用的砧板。
【出處】史記·項羽本記：「人方為刀俎，我為魚肉，何辭為？」
【例句】弱小民族自然逃不掉「人為刀俎，我為魚肉。」的命運。

人無遠慮，必有近憂 ㄖㄣˊ ㄨˊ ㄩㄢˇ ㄌㄩˋ，ㄅㄧˋ ㄧㄡˇ ㄐㄧㄣˋ ㄧㄡ

【解釋】如果不為將來作長遠打算，則隨時都會發生憂患。
【出處】論語·衛靈公：「子曰：『人無遠慮，必有近憂。』」
【例句】古人說：「人無遠慮，必有近憂。」我們不要只貪圖一時的安樂。

人靠衣裝，佛靠金裝 ㄖㄣˊ ㄎㄠˋ ㄧ ㄓㄨㄤ，ㄈㄛˊ ㄎㄠˋ ㄐㄧㄣ ㄓㄨㄤ

【解釋】指世態炎涼，人的外表最能獲致別人的好印象。
【出處】沈自晉·望湖亭傳奇：「雖然如此，佛是金妝，人是衣妝，打扮也是極要緊的。」
【相同】人靠衣裝，馬靠鞍裝。
【例句】所謂：「人靠衣裝，佛靠金裝。」妳一打扮起來，的確美若天仙。

今非昔比 ㄐㄧㄣ ㄈㄟ ㄒㄧˊ ㄅㄧˇ

【解釋】今天和以前不同，無法比較。
【出處】宋·崔與之·崔清獻公集：「循為南中佳郡，今非昔比矣。」
【相同】今是昨非。昔不如今。
【相反】一成不變。
【例句】從前她是千金小姐，現在她竟然淪落風塵，「今非昔比」，能不令人浩嘆？

仁至義盡 ㄖㄣˊ ㄓˋ ㄧˋ ㄐㄧㄣˋ

【解釋】形容待人已盡情盡義。
【出處】禮記·郊特牲：「蜡之祭也……仁之至，義之盡也。」；蜡祭是周代的一種祭祀，每年十二月舉。宋·陸游·劍南詩稿：「虛極靜篤道乃見，仁至義盡餘何憂。」
【相同】義薄雲天。情至義盡。
【相反】以怨報德。
【例句】我們待他可謂「仁至義盡」，他不但不知報答，反而以怨報德。

仁者見仁，智者見智 ㄖㄣˊ ㄓㄜˇ ㄐㄧㄢˋ ㄖㄣˊ，ㄓˋ ㄓㄜˇ ㄐㄧㄢˋ ㄓˋ

【解釋】指對同一問題，各人有各人的看法。
【出處】易經：「仁者見之謂之仁，智者見之謂之智。」
【例句】對於這個案子的判決，「仁者見仁，智者見智」，目前尚無定論。

什襲珍藏 ㄕˊ ㄒㄧˊ ㄓㄣ ㄘㄤˊ

【解釋】十分珍重地當作寶物來收藏的意思。
【字義】什：同十，表多；襲：層；什襲：把物品一層層包起來。
【出處】闕子：「宋之愚人得燕石，藏以為寶；周客聞而往觀焉，主人發寶，命匱十重，緹巾什襲。」
【例句】你送他的那幅國畫他已經「什襲珍藏」，視同拱璧。

以一警百 ㄧˇ ㄧ ㄐㄧㄥˇ ㄅㄞˇ

【解釋】懲罰一個人或少數人以警戒其餘。
【出處】漢書·尹翁歸傳：「其有所取也

，以一警百，吏民皆服，恐懼改行自新。」

【相同】殺一警百。

【例句】治亂世，用重典，「以一警百」往往會收到很大的效果。

以己度人 ㄧˇ ㄐㄧˇ ㄉㄨㄛˋ ㄖㄣˊ

【解釋】用自己的想法去猜度別人。

【出處】詩經·小雅·巧言：「他人有心，予忖度之。」

【例句】你以爲他會是這麼自私嗎？你別「以己度人」了。

以牙還牙 ㄧˇ ㄧㄚˊ ㄏㄨㄢˊ ㄧㄚˊ

【解釋】你怎樣待我，我也就怎樣待你，冤冤相報之意。

【出處】舊約·出埃及記：「若有別害，就要以命償命，以眼還眼，以牙還牙，以手還手，以腳還腳。」

【相同】以眼還眼。以血洗血。

【相反】犯而不校。以德報怨。

【例句】敵人已經發動攻勢，我們一定要「以牙還牙」，堅決還擊。

以耳代目 ㄧˇ ㄦˇ ㄉㄞˋ ㄇㄨˋ

【解釋】只聽不看；指只聽信別人的話而不親自去瞭解實際情況。

【例句】總經理只會擺架子，辦起事來總是「以耳代目」，也不去調查研究，經常鬧得笑話百出。

以夷伐夷 ㄧˇ ㄧˊ ㄈㄚˊ ㄧˊ

【解釋】利用外人來制服外人。

【出處】後漢書·鄧訓傳：「議者咸以羌胡相攻，縣官之利，以夷伐夷，不宜禁護。」宋·王安石·臨川集：「兵法所謂以夷攻夷。」

【相同】以夷制夷。

【例句】英國當年的侵佔印度，就是採取「以夷伐夷」的方法來統治。

以卵投石 ㄧˇ ㄌㄨㄢˇ ㄊㄡˊ ㄕˊ

【解釋】形容以弱敵強，勢力懸殊，不自量力，必自取毀滅。

【出處】墨子·貴義：「以其言非吾言者，是猶以卵投石也；盡天下之卵，其石猶是也，不可毀也。」荀子·議兵：「以桀詐堯，譬之若以卵投石，以指撓沸。」

【相同】螳臂當車。以卵擊石。以卵敵石。

【例句】他們竟敢向我們挑戰，無異是「以卵投石」。

以佚待勞 ㄧˇ ㄧˋ ㄉㄞˋ ㄌㄠˊ

【解釋】指作戰時養精蓄銳，待敵人疲乏之後，相機出擊。

【出處】孫子·軍爭：「以近待遠，以佚待勞，以飽待飢；此治力者也。」佚也作「逸」。後漢書·馮異傳：「今先據城，以逸待勞，非所以爭也。」

【相同】用逸待勞。以守爲攻。

【相反】師老兵疲。勞師襲遠。

【例句】對方的主將已連賽兩場，我方採「以佚待勞」的戰術，必操左券無疑。

以身作則 ㄧˇ ㄕㄣ ㄗㄨㄛˋ ㄗㄜˊ

【解釋】以自己來作榜樣。

【出處】詩經：「君子是則是傚。」

【相同】言傳身教。身先士卒。桃李不言，下自成蹊。

【相反】 枉己正人。上梁不正。

【例句】 王經理事事都能「以身作則」，毫不馬虎，很快就贏得大家的信賴。

以身試法 ㄧˇ ㄕㄣ ㄕˋ ㄈㄚˇ

【解釋】 指明知法禁而仍觸犯法令。

【出處】 漢書七六王尊傳：「太守以日至府，願諸君卿勉力正身以率下，……明讁所職，毋以身試法。」

【例句】 做人要循規蹈距，千萬不要「以身試法」。

以直報怨 ㄧˇ ㄓˊ ㄅㄠˋ ㄩㄢˋ

【解釋】 別人對我有仇怨，以大公無私的態度待他。

【出處】 論語憲問：「以直報怨，以德報德。」

【例句】 孔子提倡「以直報怨」，而老子提倡以德報怨。

以怨報德 ㄧˇ ㄩㄢˋ ㄅㄠˋ ㄉㄜˊ

【解釋】 用怨恨來回報別人的恩德。

【出處】 論語憲問：「或曰：『以德報怨，何如？』子曰：『何以報德？以直報怨，以德報德。』」

【相同】 恩將仇報。

【相同】 以德報怨。

【例句】 戰後，我們對日本是「以德報怨」，而日本對我們卻是「以怨報德」。

以訛傳訛 ㄧˇ ㄜˊ ㄔㄨㄢˊ ㄜˊ

【解釋】 把不正確的話錯誤地傳開去，越傳越錯。

【字義】 訛：錯誤。

【出處】 紅樓夢五一：「這兩件事雖無考，古往今來，以訛傳訛，好事者竟故意的弄出這些古蹟來以惑愚人。」

【例句】 部長不過進醫院檢查身體，大家「以訛傳訛」，有些報紙竟說他病情嚴重到快要與世長辭了。

以理服人 ㄧˇ ㄌㄧˇ ㄈㄨˊ ㄖㄣˊ

【解釋】 用道理來使人信服。

【例句】 我們必須「以理服人」，別人才不會有怨言。

以貌取人 ㄧˇ ㄇㄠˋ ㄑㄩˇ ㄖㄣˊ

【解釋】 以外貌作爲品評人才的標準。

【出處】 春秋時魯國人澹臺滅明，字子羽。孔子嫌他長得醜陋，開始不願收爲學生，勉強收了以後發現他表現不錯，於是就說：「吾……以貌取人，失之子羽。」見大戴禮五帝德、史記六七仲尼弟子傳。

【例句】 有的人是金玉其外，敗絮其中，所以不可「以貌取人」。

以暴易暴 ㄧˇ ㄅㄠˋ ㄧˋ ㄅㄠˋ

【解釋】 以一個暴虐的人去代替另一個暴虐等人：意指除去一個壞人之後，代替他的仍是一個壞人。

【出處】 殷末伯夷、叔齊反對周武王領導的討伐紂王的正義戰爭。武王滅殷之後，他們逃避到首陽山，絕食而死，死前作歌說：「登彼西山兮，采其薇矣。以暴易暴兮，不知其非矣！」見史記六一伯夷傳。

【例句】 老國王死後，太子繼位，無異是「以暴易暴」，百姓依舊是處於水深火熱之中。

以德報怨（ㄧˇ ㄉㄜˊ ㄅㄠˋ ㄩㄢˋ）

【解釋】用恩惠來回報別人對自己的怨恨。

【出處】老子·道德經：「大小多少，報怨以德。」（注意：不少人誤以爲本成語是出自儒家思想孔子的話，詳見下引論語）論語·憲問篇：「或曰：『以德報怨何如？』子曰：『何以報德？以直報怨，以德報德。』」

【相同】以直報德。

【相反】以怨報德。

【例句】凡事「以德報怨」，就可以化解仇恨。

以子之矛，攻子之盾（ㄧˇ ㄗˇ ㄓ ㄇㄠˊ　ㄍㄨㄥ ㄗˇ ㄓ ㄉㄨㄣˋ）

【解釋】比喻用對方說的話去反駁對方。

【出處】韓非子·難勢：「人有鬻矛與楯者，譽其楯之堅，物莫能陷也，俄而又譽其矛曰：『吾矛之利，物無不陷也。』人應之曰：『以子之矛陷子之楯，何如？』其人弗能應也。」

【例句】在辯論會上，他言語矛盾等於是「以子之矛，攻子之盾。」難怪最後會失敗。

以小人之心，度君子之腹（ㄧˇ ㄒㄧㄠˇ ㄖㄣˊ ㄓ ㄒㄧㄣ　ㄉㄨㄛˋ ㄐㄩㄣ ㄗˇ ㄓ ㄈㄨˋ）

【解釋】以自己險惡之心，來猜度別人也是這樣。

【出處】左傳：「願以小人之腹，爲君子之心，屬厭而已。」

【例句】他這人常「以小人之心，度君子之腹」，認爲大家都要陷害他。

以其人之道，還治其人之身（ㄧˇ ㄑㄧˊ ㄖㄣˊ ㄓ ㄉㄠˋ　ㄏㄨㄢˊ ㄓˋ ㄑㄧˊ ㄖㄣˊ ㄓ ㄕㄣ）

【解釋】用對方慣用的辦法來對付他。

【出處】中庸十三章朱熹注。

【例句】他喜歡暗箭傷人，爲了教訓他，你不妨「以其人之道，還治其人之身」。

令人切齒（ㄌㄧㄥˋ ㄖㄣˊ ㄑㄧㄝ ㄔˇ）

【解釋】使人切齒痛恨；形容可惡之極。

【出處】史記·荊軻傳：「此臣之日夜切齒腐心也。」

【例句】他們這種卑鄙行爲，眞「令人切齒」。

令人髮指（ㄌㄧㄥˋ ㄖㄣˊ ㄈㄚˇ ㄓˇ）

【解釋】使人頭髮直豎起來，形容極爲憤怒。

【出處】史記·荊軻傳：「士皆瞋目，髮盡上指冠。」

【相同】怒不可遏。怒髮衝冠。

【相反】一笑置之。

【例句】恐怖分子在世界各地發動的種種恐怖事件，眞是「令人髮指」。

付之一笑（ㄈㄨˋ ㄓ ㄧ ㄒㄧㄠˋ）

【解釋】一笑罷了，不值得放在心上。

【出處】紅樓夢：「別人總沒解過他們四個人的話來，因此，付之一笑。」

【相同】一笑置之。

【相反】心心念念。念念不忘。付之一嘆。

【例句】對於同事們的嘲笑，宋先生都「付之一笑」，不予計較。

付之丙丁
ㄈㄨˋ ㄓ ㄅㄧㄥˇ ㄉㄧㄥ

【解釋】　指用火燒毀。

【字義】　丙丁：五行內屬火，故隱作「火」。

【相同】　付丙丁。付之一炬。

【例句】　此信閱後請「付之丙丁」，並且保密。

付諸東流
ㄈㄨˋ ㄓㄨ ㄉㄨㄥ ㄌㄧㄡˊ

【解釋】　比喻事情前功盡棄或最後落空。

【出處】　我國地勢西北高、東南低，江河東流，最後消失在大海裡。唐．李白．夢天姥吟留別：「世間行樂亦如此，古來萬事東流水。」

【例句】　這次考試一定要金榜題名，否則十年寒窗的苦讀便要「付諸東流」了。

他山之石
ㄊㄚ ㄕㄢ ㄓ ㄕˊ

【解釋】　指他人的言語，有時可以糾正自己的錯誤。

【出處】　詩．小雅．鶴鳴：「他山之石，可以為錯。」又：「他山之石，可以攻玉。」

【例句】　別人的言行，對我們會產生「他山之石」的功效。

代拆代行
ㄉㄞˋ ㄔㄞ ㄉㄞˋ ㄒㄧㄥˊ

【解釋】　上司離職時由下屬代為拆閱和批示文件，有全權代辦之意。

【例句】　主任因病請假，一切事務都由副主任「代拆代行」。

仙風道骨
ㄒㄧㄢ ㄈㄥ ㄉㄠˋ ㄍㄨˇ

【解釋】　形容人的風度神采，不同凡俗。今多作嘲諷語，指骨瘦如柴，特別是吸毒的人。

【出處】　唐．李白．大鵬賦序：「余昔於江陵見天台司馬子微（承禎），謂余有仙風道骨，可與神遊八極之表，因著大鵬遇希有鳥賦以自廣。」

【例句】　他這人「仙風道骨」，氣宇不凡，風度翩翩。

仗義執言
ㄓㄤˋ ㄧˋ ㄓ ㄧㄢˊ

【解釋】　申張正義，說公道話。

【出處】　論語集注：「仗義執言。」

【相同】　直言不諱。為民請命。義正辭嚴。

【相反】　緘口不言。默不作聲。隨聲附和。

【例句】　在惡勢力之下，眾人噤若寒蟬，唯獨他挺身而出，「仗義執言」。

仗義疏財
ㄓㄤˋ ㄧˋ ㄕㄨ ㄘㄞˊ

【解釋】　指講義氣，拿錢幫助別人。

【出處】　水滸傳：「吳用道：『這等一個仗義疏財的好男子，如何不與他相見？』」

【相同】　輕財仗義。慷慨解囊。

【相反】　一毛不拔。見利忘義。錙銖必較。

【例句】　他一生「仗義疏財」，獲得鄉人敬重。

休戚相關
ㄒㄧㄡ ㄑㄧ ㄒㄧㄤ ㄍㄨㄢ

【解釋】　形容關係密切。

【字義】　休：喜慶歡樂；戚：憂愁悲苦。

【出處】　晉書．王導傳：「吾與元規

休戚是同，悠悠之談，宜絕智者之口。」

【相同】 休戚與共。

【相反】 了不相涉。漠不關心。漠不相關。

【例句】 這兩家公司聯手合作，在國際貿易上「休戚相關」。

休養生息 ㄒㄧㄡ ㄧㄤˇ ㄕㄥ ㄒㄧ

【解釋】 在大動盪或大災患後使人民獲得長時間的休息，而恢復元氣。

【字義】 生息：繁殖人口。

【出處】 唐·韓愈·平淮西碑：「高宗、中、睿，休養生息。」

【相同】 與民休息。輕徭薄賦。養精蓄銳。

【相反】 窮兵黷武。橫徵暴斂。勞民傷財。

【例句】 二次世界大戰之後，各國都極須「休養生息」。

仰人鼻息 ㄧㄤˇ ㄖㄣˊ ㄅㄧˊ ㄒㄧ

【解釋】 依賴他人，看人臉色。

【字義】 仰：抬頭；鼻息：呼吸。

【出處】 後漢書·袁紹傳：「袁紹孤客窮軍，仰我鼻息，譬如嬰兒在股掌之上，絕其哺乳，立可餓殺！」資治通鑑：「鼻息，氣一出入之頃也。鼻息噓之溫，吸之則寒，故云然。」

【相同】 寄人籬下。

【相反】 自力更生。自立門戶。獨立門戶。

【例句】 他因為不願意「仰人鼻息」，便辭職在家。

任性妄為 ㄖㄣˋ ㄒㄧㄥˋ ㄨㄤˋ ㄨㄟˊ

【解釋】 恣意而行，毫不考慮後果。

【字義】 任性：縱任自己的性情；妄為：亂做亂幹。

【例句】 他少年時「任性妄為」，所以常常闖禍。

任重道遠 ㄖㄣˋ ㄓㄨㄥˋ ㄉㄠˋ ㄩㄢˇ

【解釋】 負擔沈重而路途遙遠；形容任務艱苦。

【出處】 論語·泰伯：「士不可以不弘毅，任重而道遠。」商君書·弱民：「背法而治，此任重道遠而無馬牛，濟大川而無舡楫也。」

【例句】 建國大業，「任重道遠」，大家必須共同奮鬥。

任勞任怨 ㄖㄣˋ ㄌㄠˊ ㄖㄣˋ ㄩㄢˋ

【解釋】 做事不辭勞苦，不避怨言。

【出處】 清·顏光敏·顏氏家藏尺牘：「惟存矢公矢慎之心，無愧屋漏，而闔中任勞任怨，種種非筆所能盡。」

【相同】 勞而無怨。不辭勞苦。

【相反】 怨天尤人。

【例句】 他在校長任內，「任勞任怨」，深得學生們的敬愛。

低三下四 ㄉㄧ ㄙㄢ ㄒㄧㄚˋ ㄙˋ

【解釋】 ①低下，下等。②低聲下氣，比喻討好別人。

【出處】 ①儒林外史：「我常州姓沈的，不是甚麼低三下四的人家！」②清·孔尚任·桃花扇：「您嫌這裡亂鬼當家別處尋主，祇怕到那裡低三下四還幹舊營生。」

【相同】 ①低人一等。②卑躬屈膝。低眉下首。

【相反】①高人一等。②不亢不卑。剛正不阿。

【例句】①你不要常和那些「低三下四」的人來往。②為了討好女朋友，他對她說話都是「低三下四」的。

低首下心 ㄉㄧ ㄕㄡˇ ㄒㄧㄚˋ ㄒㄧㄣ

【解釋】低聲下氣，逆來順受的樣子。

【出處】唐·韓愈·祭鱷魚文：「刺史雖駑弱，亦安肯為鱷魚低首下心，伈伈睍睍，為民吏羞，以偷活於此邪！」

【相同】忍氣吞聲。低聲下氣。

【相反】趾高氣揚。昂首伸眉。不為五斗米折腰。

【例句】大家對於教官的指責，全都「低首下心」，不敢吭聲。

低聲下氣 ㄉㄧ ㄕㄥ ㄒㄧㄚˋ ㄑㄧˋ

同「低首下心」。

伯仲之間 ㄅㄛˊ ㄓㄨㄥˋ ㄓ ㄐㄧㄢ

【解釋】評論人的才能時，比喻相差很小，難分優劣。

【字義】伯：兄弟之最長者；仲：兄弟之次長者。

【出處】魏·曹丕·典論·論文：「傅毅之於班固，伯仲之間耳。」唐·杜甫·詠懷古跡五首之五：「伯仲之間見伊呂，指揮若定失蕭曹。」伊呂，指伊尹、太公望；蕭、曹，蕭何、曹參。

【相同】不分軒輊。半斤八兩。旗鼓相當。

【相反】天淵之別。望塵莫及。

【例句】他們兩人的文筆技巧在「伯仲之間」，很難說誰比誰好。

伯道無兒 ㄅㄛˊ ㄉㄠˋ ㄨˊ ㄦˊ

【解釋】指別人沒有兒子。

【出處】晉·鄧攸，字伯道。先後任河東吳郡和會稽太守，官至尚書右僕射。因避石勒兵亂，帶了自己的兒子和姪子逃難，路上丟掉自己的兒子，保全了姪兒，以後他再也沒有兒子。見晉書·鄧攸傳。世說新語·賞譽：「謝大傅（安）重鄧僕射，常言天地無知，使伯道無兒。」

【例句】他雖然每天燒香拜佛，樂善好施，可是如今然是「伯道無兒」。

你死我活 ㄋㄧˇ ㄙˇ ㄨㄛˇ ㄏㄨㄛˊ

【解釋】形容爭鬥十分激烈。

【出處】元曲選·缺名·度翠柳：「世俗人沒來由，爭長競短，你死我活。」水滸傳：「既是伯伯不肯，我們日先同伯伯拼個你死我活！」

【相同】有你無我。不共戴天。勢不兩立。

【相反】生死與共。休戚相關。相依為命。

【例句】他們正要拼個「你死我活」，警察突然出現，喝令住手。

作法自斃 ㄗㄨㄛˋ ㄈㄚˇ ㄗˋ ㄅㄧˋ

【解釋】本指自己立法反而使自己受害。後喻自作自受。

【字義】斃：弊病，危害。本指商鞅自己立的法，使自己受害。後人多作「斃」，意思也起了變化。

【出處】史記·商君傳：「商君亡至關下，欲舍客舍。客人不知其是商君也，曰：『商君之法，舍人無驗者坐之。』商君喟然歎曰：『嗟乎！爲法之敝，一至此哉！』」

【相同】自食其果。作繭自縛。作法自斃。

【相反】嫁禍於人。諉過於人。

【例句】那些立法人員，假如也貪贓枉法，總有一天會「作法自斃」的。

作育英才 ㄗㄨㄛˋ ㄩˋ ㄧㄥ ㄘㄞˊ

【解釋】培養可造就的人才。

【出處】孟子·盡心篇：「得天下英才而教育之，三樂也。」

【例句】教育的任務就是替社會「作育英才」。

作威作福 ㄗㄨㄛˋ ㄨㄟ ㄗㄨㄛˋ ㄈㄨˊ

【解釋】本指統治者專行賞罰，獨攬威權。後來就用「威福」或「作威作福」表示妄自尊大，濫用權勢。

【出處】尙書·洪範：「惟辟作福，惟辟作威，惟辟玉食，臣無有作威玉食。」按史記·廣陵王傳，漢書·王嘉傳·劉向傳，後漢書·荀爽傳等引書都把「作威」置於「作福」之前。漢書·劉向傳：「大將軍秉事用權，五侯驕奢僭盛，並作威福。」晉書·劉毅傳：「嗷勃然謂（郭）彰曰：『君何敢恃寵，作威作福！』」

【相同】武斷專行。耀武揚威。橫行霸道。

【例句】他一當選省長就「作威作福」，不可一世。

作姦犯科 ㄗㄨㄛˋ ㄐㄧㄢ ㄈㄢˋ ㄎㄜ

【解釋】爲非作歹，違法亂紀。

【字義】「姦」亦作「奸」。

【出處】三國·蜀·諸葛亮·出師表：「若有作姦犯科及爲忠善者，宜付有司，論其刑賞。」

【相同】爲非作歹。惹是生非。違法亂紀。

【相反】奉公守法。

【例句】他是正人君子，決不「作姦犯科」。

作壁上觀 ㄗㄨㄛˋ ㄅㄧˋ ㄕㄤˋ ㄍㄨㄢ

【解釋】在一旁觀看。

【字義】壁：營壘。

【出處】史記·項羽本紀：「諸侯軍救鉅鹿，下者十餘壁，莫敢縱兵，及楚擊秦，諸將皆從壁上觀。」

【相同】袖手旁觀。隔岸觀火。

【相反】拔刀相助。

【例句】火災發生時，許多路人都「作壁上觀」，不但不幫忙，反而阻礙了救火車的灌救工作。

作繭自縛 ㄗㄨㄛˋ ㄐㄧㄢˇ ㄗˋ ㄈㄨˊ

【解釋】蠶吐絲作繭，把自己包在裡面。比喻自己製造麻煩。

【出處】唐·白居易·長慶集：「燭蛾誰救護，蠶繭自纏縈。」宋·陸游·劍南詩稿：「人生如春蠶，作繭自縛裏。」

【相同】作法自斃。自食惡果。

【相反】嫁禍於人。

【例句】他娶了太太之後，就變成了她的奴隸，毫無行動自由，可謂「作繭自縛」。

伶牙俐齒 ㄌㄧㄥˊ ㄧㄚˊ ㄌㄧˋ ㄔˇ

【解釋】能說會道。

【出處】元曲選（蕭德祥）殺狗勸夫：「一任你鳥樣兒伶牙俐齒，怎知大人行會斷的正沒頭公事。」元曲選．張國賓．合衫：「你休聽那廝說短論長，那般的俐齒伶牙。」
【相同】能言善辯。俐齒伶牙。
【相反】笨口拙舌。
【例句】此人雖然其貌不揚，但「伶牙俐齒」，聰敏過人。

何去何從 ㄏㄜˊ ㄑㄩˋ ㄏㄜˊ ㄘㄨㄥˊ

【解釋】比喻無法決定的意思。
【字義】從：跟隨。
【出處】屈原．卜居：「此孰吉孰凶，何去何從？」
【相同】奚去奚從。孰吉孰凶。無所適從。
【例句】事情發展到這種地步，他眞不知該「何去何從」才好？

何足掛齒 ㄏㄜˊ ㄗㄨˊ ㄍㄨㄚˋ ㄔˇ

【解釋】不值得一提。
【字義】掛齒：談論。
【出處】漢書．朱建傳：「此特群盜鼠竊狗盜，何足置齒牙間哉？」
【相同】何足道哉。
【相反】舉足輕重。
【例句】這區區小事「何足掛齒」，只要我能做到的，一定盡力幫忙。

何樂而不爲 ㄏㄜˊ ㄌㄜˋ ㄦˊ ㄅㄨˋ ㄨㄟˊ

【解釋】有什麼不願意去做呢？
【例句】這件事情既可助人，又可獲益，「何樂而不爲」？

似是而非 ㄙˋ ㄕˋ ㄦˊ ㄈㄟ

【解釋】表現相像，實際不一樣；乍看對，其實不對。
【出處】孟子．盡心：「孔子曰：『惡似而非者。』」後漢書．章帝本紀：「夫俗吏矯飾外貌，似是而非，揆之人事則悅耳，論之陰陽則傷化。」漢．王充．論衡：「世多似是而非，虛僞類眞。」
【相同】類是而非。
【相反】迥然不同。截然不同。
【例句】這個理論表面上是冠冕堂皇，其實「似是而非」，完全不合邏輯。

來日方長 ㄌㄞˊ ㄖˋ ㄈㄤ ㄔㄤˊ

【解釋】將來的日子還很長久。
【出處】文天祥．與洪瑞雲岩書：「某到郡後，頗與郡人相安，日來四境無虞，早收中熟，覺風雨如期，晚稻亦可望，惟是力綿求牧，來日方長。」
【相同】不可限量。
【相反】時不再來。日薄西山。
【例句】「來日方長」，將來我們見面的機會還多得很呢！

來龍去脈 ㄌㄞˊ ㄌㄨㄥˊ ㄑㄩˋ ㄇㄛˋ

【解釋】比喻事情的全部過程、起因和發展。
【字義】風水術稱主山爲來龍，即龍脈的來源。
【出處】宋．趙與時．賓錄：「朱文公（熹）嘗與客談世俗風水之說，因曰：『冀州好一風水，雲中諸山來龍也。』」明．吾丘瑞．運甓記：「此間岡有塊好地，來龍去脈，靠嶺朝山，種種合格。」
【相同】前因後果。

【相反】無源之水。無跡可尋。
【例句】這件事的「來龍去脈」非常曲折離奇，頗引人入勝。

依依不捨（ㄧ ㄧ ㄅㄨˋ ㄕㄜˇ）

【解釋】分手時依戀著捨不得離去。
【出處】楚辭·思傷時：「志戀戀兮依依。」
【相同】依依難捨。戀戀不捨。
【相反】拂袖而去。
【例句】畢業時大家都「依依不捨」。

依然故我（ㄧ ㄖㄢˊ ㄍㄨˋ ㄨㄛˇ）

【解釋】依然如故，沒有改變。
【出處】兒女英雄傳：「說這次必要高中了，究竟到了出榜，還是個依然故我。」
【相同】依然如故。亦復如是。一如既往。
【相反】日新月異。面目全非。面目一新。
【例句】不管別人怎麼勸他，他都「依然故我」。

依樣葫蘆（ㄧ ㄧㄤˋ ㄏㄨˊ ㄌㄨˊ）

【解釋】比喻模仿別人，毫無創見。
【出處】宋·魏泰·東軒筆錄：「（陶）穀不能平，乃俾其黨與因事薦引，以為久在詞禁，宣力實多，亦以微伺上旨。太祖笑曰：『頗聞翰林草制，皆檢前人舊本，改換詞語，此乃俗所謂依樣畫葫蘆耳，何宣力之有？』」清·黃宗羲·明儒學案：「學問之道，以各人自用得著者為眞，凡倚門傍戶，依樣葫蘆者，非流俗之士，則經生之案也。」
【相同】依樣畫葫蘆。
【相反】獨闢蹊徑。獨樹一幟。
【例句】你不必標新立異，只要「依樣葫蘆」就好了。

供不應求（ㄍㄨㄥ ㄅㄨˋ ㄧㄥˋ ㄑㄧㄡˊ）

【解釋】生產小，不能滿足需求。
【相同】求過於供。僧多粥少。
【相反】供過於求。
【例句】最近因為颱風過境，致使蔬菜「供不應求」，所以價格飛漲。

侃侃而談（ㄎㄢˇ ㄎㄢˇ ㄦˊ ㄊㄢˊ）

【解釋】理直氣壯地談論。
【字義】侃侃：剛直，從容不迫。
【出處】論語·鄉黨：「與下大夫言，侃侃如也。」
【相同】滔滔不絕。口若懸河。娓娓而談。
【相反】吞吞吐吐。支支吾吾。理屈詞窮。
【例句】他只要有理，在上司面前也敢「侃侃而談」，毫不畏縮。

信口開合·信口開河（ㄒㄧㄣˋ ㄎㄡˇ ㄎㄞ ㄏㄜˊ·ㄒㄧㄣˋ ㄎㄡˇ ㄎㄞ ㄏㄜˊ）

【解釋】隨便亂說。
【出處】元·關漢卿·魯齋郎：「你休只管信口開合，絮絮聒聒。」亦作「信口開喝」。元·張養浩·新水令辭官曲：「非是俺全身遠害，免教人信口開喝。」又作「信口開河」紅樓夢：「村老老是信口開河，情哥哥偏尋根究底。」合、河音近，今通作「信口開河」。
【相同】信口胡說。信口雌黃。

【相反】言必有據。言之鑿鑿。
【例句】他「信口開合」，胡言亂語，你千萬別相信。

信口雌黃 ㄒㄧㄣˋ ㄎㄡˇ ㄘˊ ㄏㄨㄤˊ

【解釋】隨意議論，不負責任。
【字義】雌黃：黃赤色的雞冠石。（古時寫字，錯了就用雌黃塗抹，然後再寫。）
【出處】夢溪筆談：「館閣淨本有誤書處，以雌黃塗之即滅。」
【例句】他批評時政，這樣不好，那樣不行，簡直是「信口雌黃」，一派胡說。

信手拈來 ㄒㄧㄣˋ ㄕㄡˇ ㄋㄧㄢ ㄌㄞˊ

【解釋】形容寫文章時善於運用題材，熟練敏捷。
【出處】滄浪詩話·詩法：「學詩有三節，其初不識好惡，連篇累牘，肆筆而成，既識羞愧，始生畏縮，成之極難，及其透徹，則七縱八橫，信手拈來，頭頭是道矣。」
【例句】他寫文章，「信手拈來」，皆成妙諦。

信賞必罰 ㄒㄧㄣˋ ㄕㄤˇ ㄅㄧˋ ㄈㄚˊ

【解釋】賞罰嚴明，有功者必賞，有罪者必罰。
【出處】韓非子·外儲說右上：「信賞必罰，其足以戰。」漢書·宣帝贊：「孝宣之治，信賞必罰。」三國志·魏志·杜恕傳：「立必信之賞，施必行之罰。」
【相反】賞罰不當。黨同伐異。賞罰不明。
【相同】賞罰分明。賞信罰明。賞功罰罪。
【例句】治軍要「信賞必罰」，才能提高士氣。

促膝談心 ㄘㄨˋ ㄒㄧ ㄊㄢˊ ㄒㄧㄣ

【解釋】形容好友相聚，極親密的談話。
【字義】促：靠近。
【出處】南史·王瞻傳：「嘗詣劉彥節，直登榻曰：『君侯是公卿，僕是公子，引滿促膝，惟余二人。』」梁昭明太子·答晉安王書：「省覽周環，慰同促膝。」
【例句】與知己「促膝談心」，誠屬人生一大樂事。

俗不可耐 ㄙㄨˊ ㄅㄨˋ ㄎㄜˇ ㄋㄞˋ

【解釋】鄙俗得令人無法忍受。
【出處】聊齋誌異·沂水秀才：「一美人置白金一錠，可三四兩許，秀才掇內袖中。美人取巾，握手笑出，曰：『俗不可耐。』」
【相同】俗不可醫。
【相反】風流倜儻。溫文爾雅。
【例句】這個暴發戶的言談舉止，讓人覺得「俗不可耐」。

俯仰由人 ㄈㄨˇ ㄧㄤˇ ㄧㄡˊ ㄖㄣˊ

【解釋】毫無主見，處處都得聽從別人的意見。
【出處】宋·袁燮·絜齋集：「往來濟物非無用，俯仰由人亦可憐。」
【相同】仰人鼻息。
【相反】自立更生。
【例句】他雖貴為總經理，但大小事

情都須先經董事長核可，如此「俯仰由人」令他抑鬱不樂。

俯首帖耳（ㄈㄨˇ ㄕㄡˇ ㄊㄧㄝ ㄦˇ）

【解釋】形容卑屈順從。

【出處】韓愈·應科目時與人書：「若俛首帖耳，搖尾而乞憐者，非吾之志也。」

【相同】卑躬屈膝。俯首聽命。

【相反】桀驁不馴。

【例句】他生性高傲，要他「俯首帖耳」言聽計從，恐怕辦不到。

俯拾即是（ㄈㄨˇ ㄕˊ ㄐㄧˊ ㄕˋ）

【解釋】形容多而易得。

【出處】唐·司空圖·詩品：「俯拾即是，不取諸鄰。」

【相同】唾手可得。比比皆是。

【相反】絕無僅有。鳳毛麟角。

【例句】寫作的材料「俯拾即是」。

借刀殺人（ㄐㄧㄝˋ ㄉㄠ ㄕㄚ ㄖㄣˊ）

【解釋】自己不出面，利用或挑撥別人去害人。

【出處】明·汪廷納·三祝記：「恩相明日奏（范）仲淹為環慶路經略招討使以平（趙）元昊，這所謂借刀殺人。」

【相同】借交報仇。借客報仇。

【例句】你們千萬不要中了他「借刀殺人」之計。

借屍還魂（ㄐㄧㄝˋ ㄕ ㄏㄨㄢˊ ㄏㄨㄣˊ）

【解釋】比喻已死亡的事物，現在假借著另一種形式出現。

【出處】元曲·鐵拐李：「我如今著你借屍還魂，屍骸是小李屠，魂靈是岳壽。」

【例句】這件事的轉機簡直就像「借屍還魂」般，令人不敢置信。

借花獻佛（ㄐㄧㄝˋ ㄏㄨㄚ ㄒㄧㄢˋ ㄈㄛˊ）

【解釋】比喻借用別人的物品來獻客。

【出處】過去現在因果經：「今我女弱不能得前，請寄二花以獻於佛。」元曲選·蕭德祥·殺狗勸夫：「柳（隆卿）云：既然哥哥有酒，我們借花獻佛，與哥哥上壽咱。」

【相同】借花敬佛。

【相反】卑辭重幣。卑禮厚幣。

【例句】這件禮物是朋友送給我的，我轉送給你，不過是「借花獻佛」罷了。

借題發揮（ㄐㄧㄝˋ ㄊㄧˊ ㄈㄚ ㄏㄨㄟ）

【解釋】借一個不相干的事題來表達自己的意見。

【例句】他為了賣弄才華，故意「借題發揮」，大作文章。

倚馬可待（ㄧˇ ㄇㄚˇ ㄎㄜˇ ㄉㄞˋ）

【解釋】形容文思敏捷，行文極快。

【出處】李白·上韓荊州書：「請日試萬言，倚馬可待。」

【相同】援筆立成。一揮而就。七步成章。

【相反】江郎才盡。搜索枯腸。

【例句】他是我們班上的才子，一篇五、六千字的文章，「倚馬可待」。

倒行逆施（ㄉㄠˋ ㄒㄧㄥˊ ㄋㄧˋ ㄕ）

【解釋】指做事違反常道，不擇手段。

【出處】史記·伍子胥傳：「吾日暮途遠，吾故倒行而逆施之。」索隱：「顛倒疾行，逆理施事。」漢書·主父偃傳：「吾日暮，故倒行逆施之。」
【相同】逆天違禮。
【相反】順水推舟。因勢利導。
【例句】他們不順從民意，「倒行逆施」，必將遭到失敗的命運。

倒持泰阿 ㄉㄠˋ ㄔˊ ㄊㄞˋ ㄜ

【解釋】比喻把大權授與別人，自己反受其害。
【字義】泰阿：劍名，亦作「太阿」。
【出處】漢書·梅福傳：「倒持泰阿，授楚其柄。」
【例句】部長事事都交給副部長決定，結果「倒持泰阿」，自己竟身受其害。

偷天換日 ㄊㄡ ㄊㄧㄢ ㄏㄨㄢˋ ㄖˋ

【解釋】比喻騙局之大，技倆之巧。
【出處】漁家樂傳奇：「願將身代入金屋，做個偷天換日。」
【相同】移花接木。弄虛作假。偷梁換柱。
【相反】正大光明。光明正大。光明磊落。
【例句】警方對於此事展開嚴密的調查，即使他有「偷天換日」的本事，也難逃恢恢法網。

做賊心虛 ㄗㄨㄛˋ ㄗㄟˊ ㄒㄧㄣ ㄒㄩ

【解釋】比喻做了壞事，心裡不安，疑神疑鬼。
【出處】二十年目睹之怪現狀：「這個毛病，起先人家還不知道，這又是他們做賊心虛弄穿的。」
【相同】賊膽心虛。
【相反】若無其事。
【例句】他「做賊心虛」看見我來，連忙拔腿就跑。

偃旗息鼓 ㄧㄢˇ ㄑㄧˊ ㄒㄧ ㄍㄨˇ

【解釋】①收捲軍旗，停止擊鼓，使軍中肅靜無聲。②休軍罷戰。
【出處】①三國志·蜀·趙雲傳引雲別傳：「更大開門，偃旗息鼓，公（曹操）軍疑雲有伏兵，引去。」②舊唐書·裴行儉傳：「突厥受詔，則諸蕃君長必相率而來，雖偃旗息鼓，高枕有餘矣。」
【相同】臥旗息鼓。（見諸葛亮傳注引郭沖三事）。消聲匿跡。
【相反】大張旗鼓。
【例句】當我們展開反擊時，對方卻「偃旗息鼓」，毫無動靜。

假力於人 ㄐㄧㄚˇ ㄌㄧˋ ㄩˊ ㄖㄣˊ

【解釋】求助他人以成事。
【出處】列子·湯問：「恥假力於人，誓手劍以屠黑卵。」書經·伊訓：「皇天降災，假手於我，有命。」
【相同】假手於人。
【相反】身體力行。
【例句】他事無巨細，從不「假力於人」。

假仁假義 ㄐㄧㄚˇ ㄖㄣˊ ㄐㄧㄚˇ ㄧˋ

【解釋】假裝仁慈而內心奸惡，比喻人的虛僞。
【出處】風月錄：「假仁假義，假痴假獃。」

【相同】虛情假意。貓哭老鼠。
【相反】肝膽相照。
【例句】他笑裡藏刀、「假仁假義」，你最好還是小心一點。

假公濟私 ㄐㄧㄚˇ ㄍㄨㄥ ㄐㄧˋ ㄙ

【解釋】假借公事之名，以圖個人私利。
【出處】元曲選·缺名·陳州糶米：「他假公濟私，我怎肯和他干罷了也呵！」
【相同】營私舞弊。損公肥私。
【相反】公正無私。大公無私。公而忘私。廉潔自持。
【例句】他在紅十字會工作，經常「假公濟私」，把救濟品大批送給親友。

偶一為之 ㄡˇ ㄧ ㄨㄟˊ ㄓ

【解釋】偶然做的，並非常常如此。
【相反】家常便飯。
【例句】賭博的習慣不能沾染，如果抱著「偶一為之」無傷大雅的態度，結果一定不能自拔。

側目而視 ㄘㄜˋ ㄇㄨˋ ㄦˊ ㄕˋ

【解釋】斜著眼睛，表示不敢正視或極為憤恨。
【出處】戰國策·秦策：「妻（蘇秦之妻）側目而視，傾耳而聽。」歷代名畫記：「見嫉夫妒婦，莫不側目。」
【相同】怒目而視。
【相反】相親相愛。
【例句】王科長在公司裡倚老賣老，常引起別人「側目而視」。

健步如飛 ㄐㄧㄢˋ ㄅㄨˋ ㄖㄨˊ ㄈㄟ

【解釋】足力強健，行走飛快。
【出處】三國志·魏志·田豫傳注引魏略：「豫罷官歸，會汝南遣健步詣征北，感豫宿恩，過拜之，豫為殺雞炊黍，送至陌頭，健步愍其貪贏，流涕而去。」
【相反】步履維艱。
【例句】他年已七旬，但上山下地仍然「健步如飛」。

偵騎四出 ㄓㄣ ㄐㄧˋ ㄙˋ ㄔㄨ

【解釋】探查員出動查緝或偵查案情、人犯。
【出處】明史：「遇偵騎盡殺之。」
【例句】他知道警方「偵騎四出」，打聽他的下落，因此閉門不出。

債臺高築 ㄓㄞˋ ㄊㄞˊ ㄍㄠ ㄓㄨˊ

【解釋】比喻欠債甚多。
【出處】漢書·諸侯王表序：「有逃責之臺。」注：「服虔曰：『周赧王負責，無以歸之，主迫責（通「債」）急，乃逃於此臺，後人因以名之。』」
【相同】負債纍纍。
【相反】腰纏萬貫。金玉滿堂。
【例句】他因為生意失敗，到處借錢而「債臺高築」。

傾耳細聽 ㄑㄧㄥ ㄦˇ ㄒㄧˋ ㄊㄧㄥ

【解釋】指十分留意去聽。
【出處】禮記·孔子閒居：「傾耳而聽之，不可得而聞也。」
【相同】洗耳恭聽。
【相反】馬耳東風。過耳春風。
【例句】對於前輩的教誨，他都「傾

耳細聽」，作為日後的經驗。

傾家蕩產
ㄑㄧㄥ ㄐㄧㄚ ㄉㄤˋ ㄔㄢˇ

【解釋】把家產全部花光。
【出處】三國志·蜀·董和傳：「時俗奢侈，……婚姻葬送，傾家竭產。」後漢書·童恢傳：「傾家賑卹九族。」
【相反】興家立業。
【例句】賭博能使人「傾家蕩產」。

傾盆大雨
ㄑㄧㄥ ㄆㄣˊ ㄉㄚˋ ㄩˇ

【解釋】形容雨勢很大。
【出處】杜甫詩：「白帝城中雲出門，白帝城下雨傾盆。」
【例句】外面下著「傾盆大雨」，我看他是不會來了。

傾城傾國
ㄑㄧㄥ ㄔㄥˊ ㄑㄧㄥ ㄍㄨㄛˊ

【解釋】形容絕色的女子。
【出處】漢書·外戚傳：「北方有佳人，絕世而獨立，一顧傾人城，再顧傾人國。寧不知傾城與傾國，佳人難再得。」五代·蜀·薛昭蘊·浣溪沙：「傾國傾城恨有餘，幾多紅淚泣姑蘇。」
【相同】沈魚落雁。花容月貌。
【例句】她有「傾城傾國」之貌，任何人見了都為之神魂顛倒。

傾巢而出
ㄑㄧㄥ ㄔㄠˊ ㄦˊ ㄔㄨ

【解釋】比喻出動全部人員，多指敵人或不良分子。
【相同】傾巢來犯。
【例句】敵軍若「傾巢而出」，必定殺得他們片甲不留。

傾筐倒庋
ㄑㄧㄥ ㄎㄨㄤ ㄉㄠˋ ㄐㄧˇ

【解釋】謂盡出其所有。
【字義】筐：竹製方形盛物器；庋：置物架。
【出處】世說新語·賢媛：「王右軍（羲之）郗夫人謂二弟司空（愔）、中郎（曇）曰：『王家見二謝，傾筐倒庋；見汝輩來，平平爾；汝可無煩復往。』」庋，閣，儲物室。
【相同】傾箱倒篋。傾囊倒篋。
【例句】他為了炫耀藏書豐富，當然會「傾筐倒庋」地全部拿了出來。

傾囊相贈
ㄑㄧㄥ ㄋㄤˊ ㄒㄧㄤ ㄗㄥˋ

【解釋】把錢全拿出來相贈。
【出處】雲笈七籤：「雲篆寶書，傾囊相付。」
【例句】你已經債臺高築，竟然「傾囊相贈」，怎不令人感動莫名。

傷弓之鳥
ㄕㄤ ㄍㄨㄥ ㄓ ㄋㄧㄠˇ

【解釋】受過箭傷的鳥。後引以比喻經過禍患、遇事猶有餘悸的人。
【出處】戰國·楚·春申君想起用臨武君作大將以抗秦。趙使者魏加說，臨武君曾被秦兵打敗，懾於秦兵威力，像離群受傷的鳥，聽到弓弦聲便驚慌下墜，不宜作抗秦的主將。事見戰國策楚策四。晉書·苻生載記：「傷弓之鳥，落於虛發。」
【相同】驚弓之鳥。
【例句】這些難民飽經戰亂劫掠，已成「傷弓之鳥」，只要提到戰事就談虎色變。

傷天害理
ㄕㄤ ㄊㄧㄢ ㄏㄞˋ ㄌㄧˇ

【解釋】 指行為極端殘暴，違背天道。
【相同】 喪盡天良。滅絕人性。
【相反】 樂善好施。
【例句】 做這種「傷天害理」的事，必會遭到報應的。

傷風敗俗 ㄕㄤ ㄈㄥ ㄅㄞˋ ㄙㄨˊ

【解釋】 敗壞良好的風俗。
【出處】 梁書·何敬容傳：「望白署空，是稱清貴；恪勤匪懈，終滯鄙俗。……嗚呼！傷風敗俗，曾莫之悟。」唐·韓愈·諫迎佛骨表：「傷風敗俗，傳笑四方，非細故也。」
【相反】 有傷風化。
【相反】 民淳俗厚。
【例句】 這些流氓不僅言行乖張，還經常做一些「傷風敗俗」的事。

傳誦一時 ㄔㄨㄢˊ ㄙㄨㄥˋ ㄧˋ ㄕˊ

【解釋】 形容文章大受讚賞，爭相傳誦。
【例句】 他是當代才子，每有新作，必定「傳誦一時」。

僅以身免 ㄐㄧㄣˇ ㄧˇ ㄕㄣ ㄇㄧㄢˇ

【解釋】 僅隻身逃出或幸免於難。
【出處】 戰國策·齊策：「齊王走莒，僅以身免。」
【例句】 突圍的將士百餘人全體遇害，只有王師長「僅以身免」。

僧多粥少 ㄙㄥ ㄉㄨㄛ ㄓㄡ ㄕㄠˇ

【解釋】 比喻人多而東西不夠分配。
【出處】 五代史·李愚傳：「廢帝謂愚等無所事，嘗目宰相曰：『此粥飯僧耳。』」
【相同】 供不應求。
【相反】 供過於求。
【例句】 不景氣的時候，公私機構競相裁員，謀職不易，已形成「僧多粥少」的困境。

僕僕風塵 ㄆㄨˊ ㄆㄨˊ ㄈㄥ ㄔㄣˊ

【解釋】 形容旅途勞頓。
【字義】 僕僕：旅途疲勞的樣子；風塵：比喻旅途上所受的辛苦。
【出處】 孟子·萬章：「子思以為鼎肉，使己僕僕，爾亟拜也。」
【例句】 富人家中坐，日進斗金；窮人「僕僕風塵」，而竟三餐不繼。

儀態萬方 ㄧˊ ㄊㄞˋ ㄨㄢˋ ㄈㄤ

【解釋】 謂容姿無美不備，非言語能盡形容。
【出處】 玉臺新詠·漢張衡同聲歌：「素女為我師，儀態盈萬方。」
【相同】 儀態萬千。
【相反】 呆若木雞。
【例句】 幾年不見，她已經長得亭亭玉立，「儀態萬方」了。

價重連城 ㄐㄧㄚˋ ㄓㄨㄥˋ ㄌㄧㄢˊ ㄔㄥˊ

【解釋】 指物品貴重。
【字義】 連城：連成一大片的許多座城。
【出處】 戰國時，秦王欲以十五城來換取趙國的和氏璧。三國志·魏·鍾繇傳注引魏略·曹丕·謝繇送玉玦書：「不煩一介之使，不損連城之價，……嘉貺益腆，敢不欽承。」唐·韋莊·浣花集補遺：「也知價重連城璧，一紙萬金猶不惜。」
【相同】價值連城。
【相反】一文不值。
【例句】聽說在博物館展覽的那塊古玉「價重連城」。

價廉物美 ㄐㄧㄚˋ ㄌㄧㄢˊ ㄨˋ ㄇㄟˇ
【解釋】價錢便宜而品質優良。
【例句】這家公司的產品「價廉物美」，大受歡迎。

億則屢中 ㄧˋ ㄗㄜˊ ㄌㄩˇ ㄓㄨㄥˋ
【解釋】預測準確。
【字義】億：猜度，同「憶」。
【出處】論語·先進：「賜不受命，而貨殖焉，億則屢中。」賜，子貢之名。
【例句】王先生思考縝密，任何事情「億則屢中」，絕少出錯。

優柔寡斷 ㄧㄡ ㄖㄡˊ ㄍㄨㄚˇ ㄉㄨㄢˋ
【解釋】處事猶豫，缺乏決斷力。
【出處】杜預·春秋左氏傳序：「優而柔之，使自求之。」疏：「優柔俱訓爲安，寬舒之意，優游學者之心，使自求索具其高意。」
【相同】猶豫不決。舉棋不定。
【相反】當機立斷。斬釘截鐵。
【例句】他「優柔寡斷」，很難成爲一個好的領導者。

優勝劣敗 ㄧㄡ ㄕㄥˋ ㄌㄧㄝˋ ㄅㄞˋ
【解釋】優者勝，劣者敗：進化論的一個基本論點。
【出處】達爾文·進化論學說：「物競天擇」、「適者生存，不適者滅亡」、「優勝劣敗」。
【相同】弱肉強食。
【例句】不論國家或個人，都脫離不了「優勝劣敗」的鐵則。

儿部

兄弟鬩牆 ㄒㄩㄥ ㄉㄧˋ ㄒㄧˋ ㄑㄧㄤˊ
【解釋】形容內部不和。
【字義】鬩：爭訟，不聽從。
【出處】詩經·小雅·常棣：「兄弟鬩于牆，外禦其務（侮）。」
【相同】同室操戈。煮豆燃萁。
【相反】兄友弟恭。
【例句】內部發生「兄弟鬩牆」，如何能抵禦外侮呢？

充耳不聞 ㄔㄨㄥ ㄦˇ ㄅㄨˋ ㄨㄣˊ
【解釋】不肯聽或假裝聽不到別人的話，表示置之不理。
【出處】詩經·邶風·旄丘：「叔兮伯兮，褎如充耳。」
【相同】置若罔聞。
【相反】側耳細聽。洗耳恭聽。
【例句】雖然輿論反對之聲高漲，他卻「充耳不聞」。

光天化日 ㄍㄨㄤ ㄊㄧㄢ ㄏㄨㄚˋ ㄖˋ
【解釋】本指太平盛世。以後多用以比喻大庭廣衆、人所共見的地方。
【字義】光天，光明的白天；化日，太平的日子。
【出處】書經·益稷：「帝光天之下，至於海隅蒼生。」又，陸隴其尺牘：「不才庸吏得於光天化日之下，效其馳驅。」紅樓夢：「彼殘忍乖僻之氣，不能洋溢於光天化日之下。」

【相同】　衆目睽睽。衆目昭彰。大庭廣衆。

【例句】　竟敢在「光天化日」之下搶劫？

光明磊落
ㄍㄨㄤ ㄇㄧㄥˊ ㄌㄟˇ ㄌㄨㄛˋ

【解釋】　心地坦白，行爲正大光明。

【字義】　磊落（本作「磊磊落落」）：分明。

【出處】　朱子語類：「譬如人光明磊落底便是好人，昏昧迷暗底便不是好人。」

【相同】　襟懷坦白。光明正大。

【相反】　心懷叵測。詭計多端。

【例句】　大丈夫做事「光明磊落」不怕別人說閒話！

光怪陸離
ㄍㄨㄤ ㄍㄨㄞˋ ㄌㄨˋ ㄌㄧˊ

【解釋】　光象怪異，形態離奇。

【字義】　光怪：光景怪異；陸離：參差不齊。

【出處】　淮南子：「五彩爭勝，流漫陸離。」儒林外史：「那柴燒的一塊一塊的，結成就和太湖石一般，光怪陸離。」

【例句】　看到海底世界的各種動植物，「光怪陸離」，令人嘆爲觀止。

光風霽月
ㄍㄨㄤ ㄈㄥ ㄐㄧˋ ㄩㄝˋ

【解釋】　天朗氣清時的和風，雨過天青後的明月。用以比喻人物胸襟開朗、心地坦率、或政治清明。

【字義】　光風：雨止日出而有風，因而草木都有光；霽：雨止。

【出處】　宋·黃庭堅·濂溪詩序：「春陵周茂叔（敦頤），人品甚高，胸中灑落如光風霽月。」宣和遺事·元集：「上下三千餘年，興亡百千萬事，大概光風霽月之時少，陰雨晦冥之時多。」

【相同】　月白風清。高風亮節。

【相反】　烏雲密布。卑鄙齷齪。

【例句】　林老師爲人「光風霽月」，深得大家的敬佩。

先入爲主
ㄒㄧㄢ ㄖㄨˋ ㄨㄟˊ ㄓㄨˇ

【解釋】　以先聽到的意見爲依據，形成成見，不能實事求是去聽取後來的不同意見。

【出處】　漢書·息夫躬傳：「唯陛下觀覽古戒，反覆參考，無以先入之語爲主。」

【相同】　先入之見。

【相反】　兼聽則明。

【例句】　很多人都有「先入爲主」的觀念，不容易接受新思想。

先見之明
ㄒㄧㄢ ㄐㄧㄢˋ ㄓ ㄇㄧㄥˊ

【解釋】　能預先洞察事物的眼力。

【出處】　後漢書·楊震傳附楊彪：「後子修爲曹操所殺，操見彪問曰：『公何瘦之甚？』對曰：『愧無日磾先見之明，猶懷老牛舐犢之愛。』」

【相同】　未卜先知。先知先覺。

【相反】　不知不覺。一無所知。愚昧無知。事後諸葛亮。

【例句】　他有「先見之明」，所以能料事如神。

先發制人
ㄒㄧㄢ ㄈㄚ ㄓˋ ㄖㄣˊ

【解釋】　先下手取得主動權，可以制

服對手。

【出處】 漢書·項籍傳：「先發制人，後發制於人。」史記·項羽本紀作「吾聞先即制人，後則爲人所制。」索隱：「謂先舉兵能制得人。」

【相同】 先下手爲強。

【相反】 後發制人。

【例句】 我們兵少將寡，必須「先發制人」，才能取勝。

先睹爲快 ㄒㄧㄢ ㄉㄨˇ ㄨㄟˊ ㄎㄨㄞˋ

【解釋】 謂以盡先得見爲快事。

【出處】 唐·韓愈·與少室李拾遺書：「朝廷之士，引頸東望，若景星鳳皇之始見也，爭先睹之爲快。」

【例句】 這本書未預約已轟動，人人都想「先睹爲快」。

先聲奪人 ㄒㄧㄢ ㄕㄥ ㄉㄨㄛˊ ㄖㄣˊ

【解釋】 用兵先大張聲威，挫傷敵人的士氣。

【出處】 左傳：「軍志曰：『先人有奪人之心』，薄之也。」又：「軍志有之：『先人有奪人之心，後人有待其衰』，盍及其勞，且未定也，伐諸。」注：「奪敵之戰心也。」

【相同】 先聲後實。先發制人。

【相反】 後發制人。

【例句】 我軍一日連下三城，造成「先聲奪人」的威勢，敵人無不望風披靡。

先禮後兵 ㄒㄧㄢ ㄌㄧˇ ㄏㄡˋ ㄅㄧㄥ

【解釋】 先以禮相待，迫不得已才使用武力或壓力。

【出處】 三國演義：「劉備遠來救援，先禮後兵，主公當用言答之，以慢備心，然後進兵攻城，城可破也。」

【例句】 如果他們不就範，我們只好「先禮後兵」了。

先下手爲強 ㄒㄧㄢ ㄒㄧㄚˋ ㄕㄡˇ ㄨㄟˊ ㄑㄧㄤˊ

【解釋】 採取主動以制服對方。

【出處】 隋書·元冑傳：高祖猶不悟，「曰：『彼無兵馬，復何能爲？』冑曰：『兵馬悉他家物，一先下手，大事便去。冑不辭死，死何益耶？』」元·關漢卿·單刀會：「我想來先下手爲強，後下手遭殃！」

【相同】 先發制人。

【相反】 後發制人。

【例句】 對付那樣的人，必須「先下手爲強」，否則一定吃虧。

克勤克儉 ㄎㄜˋ ㄑㄧㄣˊ ㄎㄜˋ ㄐㄧㄢˇ

【解釋】 能勤勞而節儉。

【字義】 克：能。

【出處】 尚書·大禹謨：「克勤于邦，克儉于家。」樂府詩集：「克勤克儉，無怠無荒。」

【相同】 勤儉節約。

【相反】 窮奢極侈。

【例句】 因爲他年輕時「克勤克儉」，所以老年時才能成爲百萬富翁。

兔死狗烹 ㄊㄨˋ ㄙˇ ㄍㄡˇ ㄆㄥ

【解釋】 打獵用狗，兔死則狗失作用，烹以爲食。比喻事成見棄，多指舊時的君主殺戮功臣。

【出處】 淮南子·說林：「狡兔得而獵犬烹。」史記·越王勾踐世家：「（范蠡自齊遺大夫（文）種書曰：『

蜚鳥盡，良弓藏；狡兔死，走狗烹。越王爲人長頸鳥喙，可與共患難，不可與共樂。子何不去？』」

【相同】過河拆橋。

【例句】自古開國的功臣，大多招至「兔死狗烹」的下場。

兔死狐悲 ㄊㄨˋ ㄙˇ ㄏㄨˊ ㄅㄟ

【解釋】比喻物傷其類。

【出處】元·汪元亨·折桂令：「鄙高位羊質虎皮，見非辜兔死狐悲。」水滸傳：「豈不聞兔死狐悲，物傷其類？」宋史·李全傳有「狐死兔泣」之語，義亦相同。

【相同】物傷其類。芝焚蕙嘆。

【相反】幸災樂禍。

【例句】他倆同事多年，如今小王意外死亡，他難禁「兔死狐悲」之感。

兔起鶻落 ㄊㄨˋ ㄑㄧˇ ㄏㄨˊ ㄌㄨㄛˋ

【解釋】如兔的躍起，如鶻的衝下，極言行動敏捷。也用以比喻書畫家用筆的矯健敏捷。

【出處】宋·蘇軾·篔簹谷偃竹記：「故畫竹必先得成竹于胸中，執筆熟視，乃見其所欲畫者，急起從之，振筆直遂，以追其所見，如兔起鶻落，少縱則逝矣。」

【例句】整個籃球場上，只見他「兔起鶻落」，贏得不少球迷的喝采。

兒女情長 ㄦˊ ㄋㄩˇ ㄑㄧㄥˊ ㄔㄤˊ

【解釋】指男女戀愛的感情。

【出處】南朝·梁·鍾嶸·詩品：「晉司空張華詩，……雖名高曩代，而疏亮之士，尤恨其兒女情多，風雲氣少。」

【相同】柔情密意。

【例句】在抗日期間，多少青年男女爲了中華民族的延續，慷慨赴沙場，顧不得「兒女情長」了。

入部

入木三分 ㄖㄨˋ ㄇㄨˋ ㄙㄢ ㄈㄣ

【解釋】批評中肯，見解深刻。

【出處】相傳晉·王羲之寫祝版（祭祀時寫祝詞的木板），工人事後削去，發現筆痕入木三分。見唐·張懷瓘·書斷。意謂王的筆力雄健。清·趙翼·甌北詩鈔：「入木三分詩思銳，散霞五色物華新。」

【相同】一針見血。淋漓盡致。

【相反】不著邊際。

【例句】雖然寥寥數語，但卻能「入木三分」。

入不敷出 ㄖㄨˋ ㄅㄨˋ ㄈㄨ ㄔㄨ

【解釋】收入的款項不夠開銷。

【字義】敷：足夠。

【出處】紅樓夢：「賈政看時，所入不敷所出，又加連年宮裡花用，賬上多有在外浮借的。」

【相同】左支右絀。供不應求。捉襟見肘。

【相反】綽有餘裕。

【例句】他收入微薄，經常「入不敷出」。

入主出奴 ㄖㄨˋ ㄓㄨˇ ㄔㄨ ㄋㄨˊ

【解釋】比喻思想上挾有門戶之成見

【出處】唐·韓愈·原道：「入于彼，

必出于此；入者主之，出者奴之。」韓愈以儒家正統派自居，攻擊楊、墨、佛、老爲異端。他認爲進入異端者則必然排斥儒家，以異端爲主而以儒家爲奴。清·黃宗羲·錢退山詩文序：「入主出奴，謠諑繁興，莫不以爲折衷群言。」

【相同】排斥異己。

【相反】一視同仁。百家爭鳴。

【例句】我們應該客觀一點，不要有「入主出奴」的成見。

入室操戈 ㄖㄨˋ ㄕˋ ㄘㄠ ㄍㄜ

【解釋】比喻就對方的論點反駁對方

【字義】操戈：持兵器互相追逐。

【出處】後漢書·鄭玄傳：「時任城何休好公羊學，遂著公羊墨守、左氏膏肓、穀梁廢疾。玄乃發墨守、鍼膏肓、起廢疾。休見而歎曰：『康成入吾室，操吾矛，以伐我乎！』」康成，鄭玄字。

【例句】他作夢也想不到他的學生竟會「入室操戈」，反駁他的理論。

入幕之賓 ㄖㄨˋ ㄇㄨˋ ㄓ ㄅㄧㄣ

【解釋】古時參與機密的幕僚。

【出處】晉書·郗超傳：「謝安與王坦之嘗詣（桓）溫論事，溫令超帳中臥聽之，風動帳開，安笑曰：『郗生可謂入幕之賓矣。』」參閱世說新語雅量。全唐詩：「遠避看書吏，行當入幕賓。」

【例句】趙先生學識廣博且又足智多謀，所以很快就成爲董事長的「入幕之賓」了。

入國問俗，入境問禁 ㄖㄨˋ ㄍㄨㄛˊ ㄨㄣˋ ㄙㄨˊ，ㄖㄨˋ ㄐㄧㄥˋ ㄨㄣˋ ㄐㄧㄣˋ

【解釋】初到一個國家，首先要調查這個國家的習俗，初到一處地方，先要清楚這個地方的禁忌。

【出處】禮記：「入國而問俗，入竟（境）而問禁。」

【例句】「入國問俗，入境問禁」，到一個新地方去必須先弄清楚那兒的風土民情。

全力以赴 ㄑㄩㄢˊ ㄌㄧˋ ㄧˇ ㄈㄨˋ

【解釋】將全部力量投入。

【相同】盡力而爲。盡心竭力。

【相反】敷衍了事。

【例句】這項任務關係重大，我們一定要「全力以赴」。

全心全意 ㄑㄩㄢˊ ㄒㄧㄣ ㄑㄩㄢˊ ㄧˋ

【解釋】一心一意，毫無雜念。

【相同】一心一意。

【相反】離心離德。

【例句】他「全心全意」的潛心研究科學。

全軍覆沒 ㄑㄩㄢˊ ㄐㄩㄣ ㄈㄨˋ ㄇㄛˋ

【解釋】作戰時軍隊全部被消滅。

【相同】片甲不存。隻輪不返。

【相反】大獲全勝。奏凱而歸。

【例句】前線來了個好消息，入侵的敵人已「全軍覆沒」。

全神貫注 ㄑㄩㄢˊ ㄕㄣˊ ㄍㄨㄢˋ ㄓㄨˋ

【解釋】把全副精神放進去。

【相同】聚精會神。專心致志。

【相反】心不在焉。神不守舍。

【例句】學生們「全神貫注」，極感興趣的聽老師演講。

兩小無猜　ㄌㄧㄤˇ ㄒㄧㄠˇ ㄨˊ ㄘㄞ

【解釋】指男孩和女孩童年天眞，彼此在一起玩耍，沒有嫌疑猜忌。

【出處】唐·李白·長干行：「郎騎竹馬來，遶床弄青梅，同居長干里，兩小無嫌猜。」聊齋誌異·江城：「翁有女，小字江城，與生同甲，時當八九歲，兩小無猜，日共嬉戲。」

【相同】天眞無邪。

【例句】我們小時候曾經是青梅竹馬「兩小無猜」，可是長大以後卻各自婚嫁，視同陌路了。

兩全其美　ㄌㄧㄤˇ ㄑㄩㄢˊ ㄑㄧˊ ㄇㄟˇ

【解釋】兩方面都顧慮周全。

【出處】七俠五義：「憑著相公正氣，或可勝了妖邪，豈不兩全其美呢？」

【相同】皆大歡喜。

【相反】兩敗俱傷。

【例句】你白天工作，晚上補習，既可以解決生活問題，又可繼續學習，不是兩全其美的辦法嗎？

兩面三刀　ㄌㄧㄤˇ ㄇㄧㄢˋ ㄙㄢ ㄉㄠ

【解釋】比喻挑撥離間。

【出處】元·李行道·灰闌記：「我是這鄭州城裡第一個賢慧的，倒說我兩面三刀，我搬調你甚的來？」

【相同】陽奉陰違。口是心非。

【相反】光明磊落。

【例句】他這人「兩面三刀」，極爲陰險，你千萬小心別上當了。

兩面討好　ㄌㄧㄤˇ ㄇㄧㄢˋ ㄊㄠˇ ㄏㄠˇ

【解釋】爭取兩方面的好感，圓滑的表現。

【例句】他想在老闆和員工之間「兩面討好」，結果反而弄成豬八戒照鏡子，裡外不是人。

兩袖清風　ㄌㄧㄤˇ ㄒㄧㄡˋ ㄑㄧㄥ ㄈㄥ

【解釋】①迎風瀟灑的姿態。②形容居官廉潔，囊空如洗。

【出處】①元·陳基·次韻吳江道中詩：「兩袖清風身欲飄，杖黎隨月步長橋。」元·魏初·送楊季海詩：「交親零落鬢如絲，兩袖清風一束詩。」②明·吳應箕·忠烈楊璉：「入計時，止餘兩袖清風，欲送其老母歸楚，至不能治裝以去。」

【相同】廉潔奉公。

【相反】貪贓枉法。

【例句】他退休後「兩袖清風」，可見在職時是一位清官。

兩敗俱傷　ㄌㄧㄤˇ ㄅㄞˋ ㄐㄩˋ ㄕㄤ

【解釋】比喻兩強相爭，最後雙方都受損失，給予第三者以可乘之機。

【出處】戰國策·秦策：「有兩虎諍（爭）人而鬥者，管莊子將刺之。管與止之曰：『虎者，戾蟲；人者，甘餌也。今兩虎諍人而鬥，小者必死，大者必傷。子待傷虎而刺之，則是一舉而兼兩虎也。』」史記·陳軫傳，管莊子作卞莊子。新五代史·宦者傳論：「雖有聖智不能與謀，謀之而不可爲，爲之而不可成，至其甚，則俱傷而兩敗。」

【相同】兩虎相鬥。
【相反】兩全其美。
【例句】中日相爭，必定「兩敗俱傷」，俄國則漁翁得利。

八部

八面玲瓏 ㄅㄚ ㄇㄧㄢˋ ㄌㄧㄥˊ ㄌㄨㄥˊ

【解釋】形容人處世圓滑，敷衍周到而不得罪人。
【字義】玲瓏：本指晶瑩透明，現指處世圓滑。
【出處】文苑英華：「四戶八窗明，玲瓏逼上清。」續傳燈錄·紹隆禪師：「鋒鋩不露，無孔鐵鎚，八面玲瓏，多虛少實。」
【相同】八面圓通。八面見光。面面俱到。
【相反】剛正不阿。落落難合。
【例句】他這個人「八面玲瓏」，所以在公司裡，很快就爬上高位。

八面威風 ㄅㄚ ㄇㄧㄢˋ ㄨㄟ ㄈㄥ

【解釋】形容氣勢威武。
【出處】董穀·碧里雜存：「明太祖與徐達乘小舟渡江，舟子歌曰：『聖天子六龍護駕，大將軍八面威風。』」
【相同】威風凜凜。
【相反】威風掃地。
【例句】韓信連戰皆捷，自然「八面威風」，不可一世了。

六根清淨 ㄌㄧㄡˋ ㄍㄣ ㄑㄧㄥ ㄐㄧㄥˋ

【解釋】各種慾念均已斷絕。
【字義】六根：眼、耳、鼻、舌、身、意。
【出處】觀普賢菩薩行法經：「樂得六根清淨者，當學是觀。」
【例句】要先「六根清淨」，方能悟道。

六神無主 ㄌㄧㄡˋ ㄕㄣˊ ㄨˊ ㄓㄨˇ

【解釋】心神不定，沒有主張。
【字義】六神：心、肺、肝、腎、脾、膽，六臟之神。
【出處】黃庭內景經：「俗謂人張皇失措曰：六神無主。」
【相同】六神不安。神不守舍。喪魂失魄。手腳無措。驚惶失措。心慌意亂。
【相反】從容不迫。鎮定自若。處之泰然。
【例句】不幸的消息接踵而來，他聽了之後「六神無主」，連話也說不出來了。

六親不認 ㄌㄧㄡˋ ㄑㄧㄣ ㄅㄨˋ ㄖㄣˋ

【解釋】不論甚麼親戚都一概不認：形容爲人冷酷、無情、無義。
【字義】六親：父、母、兄、弟、妻、子。（另一說則指諸父、諸舅、兄弟、姑姐、昏媾及姻亞。）
【出處】漢書·賈誼傳：「以奉六親，至孝也。」
【例句】有人說，情報人員是「六親不認」的。

六親無靠 ㄌㄧㄡˋ ㄑㄧㄣ ㄨˊ ㄎㄠˋ

【解釋】甚麼親屬都沒有；形容孤單。
【字義】六親：見「六親不認」。
【出處】鏡花緣：「今幸叔叔到此。我家現在六親無靠，故鄉舉目無親，除叔叔外，別無可托之人。」
【相同】孤立無援。舉目無親。孤苦零仃。
【例句】他自幼便「六親無靠」，全憑自己刻苦勤學，才獲得今日的成就。

公諸同好 ㄍㄨㄥ ㄓㄨ ㄊㄨㄥˊ ㄏㄠˋ

【解釋】公開給有同樣愛好的人欣賞
【出處】三國魏曹丕與楊德祖書：「雖未能藏之於名山，將以傳之於同好。」
【相同】公諸世人。公之於世。
【相反】藏之名山。祕而不宣。
【例句】他願意把祖傳的古董「公諸同好」，讓大家開開眼界。

公爾忘私 ㄍㄨㄥ ㄦˇ ㄨㄤˋ ㄙ

【解釋】爲了公事而忘記自己的利害得失。
【出處】漢書·賈誼傳：「爲人臣者，主耳忘身，國耳忘家，公耳忘私。」
【相同】公正無私。大公無私。
【相反】假公濟私。以公肥私。
【例句】他這種「公爾忘私」的精神，令人敬仰。

兵不血刃 ㄅㄧㄥ ㄅㄨˋ ㄒㄧㄝˇ ㄖㄣˋ

【解釋】形容不經激戰，就獲得勝利
【出處】荀子·議兵：「故近者親其善，遠方慕其德，兵不血刃，遠邇來服。」
【相反】血流成河。屍橫遍野。
【例句】「兵不血刃」，就令敵國俯首稱臣。

兵不厭詐 ㄅㄧㄥ ㄅㄨˋ ㄧㄢˋ ㄓㄚˋ

【解釋】在戰爭中使用智謀是可取的
【出處】韓非子·難一：「戰陣之間，不厭詐僞。」
【相同】兵不厭權。
【例句】欺騙敵人，並不是不道德，你沒有聽過古人說：「兵不厭詐」嗎？

兵連禍結 ㄅㄧㄥ ㄌㄧㄢˊ ㄏㄨㄛˋ ㄐㄧㄝˊ

【解釋】戰事持續不斷，災禍頻生。
【出處】漢書·匈奴傳：「兵連禍結三十餘年。」
【例句】戰國時代「兵連禍結」，人民苦不堪言。

兵貴神速 ㄅㄧㄥ ㄍㄨㄟˋ ㄕㄣˊ ㄙㄨˋ

【解釋】指軍事行動貴在迅速，纔能出其不意，攻其無備，取得勝利。
【出處】三國志·魏·郭嘉傳：「太祖將征袁尙及三郡烏丸。……嘉言曰：『兵貴神速。』」
【例句】「兵貴神速」，我們如果能夠出其不意，一定會反敗爲勝。

兵慌馬亂 ㄅㄧㄥ ㄏㄨㄤ ㄇㄚˇ ㄌㄨㄢˋ

【解釋】形容戰爭所造成的混亂狀態
【出處】明·陸華甫·雙鳳齊鳴記上：「亂紛紛東逃西竄，鬧烘烘兵慌馬亂，一路奔回氣尙喘。」
【相同】兵連禍結。
【相反】天下太平。
【例句】那時侯「兵慌馬亂」，母子兩人在人群中失散之後，就一直未再重逢。

其貌不揚 ㄑㄧˊ ㄇㄠˋ ㄅㄨˋ ㄧㄤˊ

【解釋】容貌並不好看。

【字義】其：他的；不揚：不好看、平庸。

【出處】史記·武安侯傳：「武安者貌寢。」三國志·魏志·王粲傳：「乃至荊州依劉表，表以粲貌寢而體弱通悅，不甚重也。」注：寢，短小也，又醜惡也。

【例句】他雖然「其貌不揚」，可是卻頗有文才。

兼收並蓄 ㄐㄧㄢ ㄕㄡ ㄅㄧㄥˋ ㄒㄩˋ

【解釋】指不拘一格、包羅多方面的人或物。

【出處】唐·韓愈·進學解：「牛溲馬勃，敗鼓之皮，俱收並蓄，待用無遺者，醫師之良也。」宋·王洋·東牟集：「錄善棄瑕，急堯帝親賢之意；兼收並蓄，無商王求備之心。」

【相同】兼容並包。兼而有之。

【相反】掛一漏萬。

【例句】他雖愛好古董，但無法辨別真僞，所以「兼收並蓄」，贋品滿屋。

冂部

冒天下之大不韙 ㄇㄠˋ ㄊㄧㄢ ㄒㄧㄚˋ ㄓ ㄉㄚˋ ㄅㄨˋ ㄨㄟˇ

【解釋】公然不顧全世界的反對。

【字義】韙：是，對。

【例句】他們竟然敢「冒天下之大不韙」，批評國家元首。

冖部

冠冕堂皇 ㄍㄨㄢ ㄇㄧㄢˇ ㄊㄤˊ ㄏㄨㄤˊ

【解釋】形容堂皇正大。

【字義】冕：古代帝王或大夫以上所戴的帽子。

【出處】左傳：「我在伯父猶衣服有冠冕。木水之有本原，民人之有謀主也。」

【相同】堂而皇之。

【例句】他說得「冠冕堂皇」，卻不知道這計畫到底能不能實行？

冠蓋相望 ㄍㄨㄢ ㄍㄞˋ ㄒㄧㄤ ㄨㄤˋ

【解釋】指官吏或仕宦的人，一路上前後不絕。

【出處】戰國策·魏策：「齊楚約而欲攻魏，魏使人求救於秦，冠蓋相望，秦救不出。」

【例句】兩國交好，因此使臣「冠蓋相望」，絡繹不絕。

冥頑不靈 ㄇㄧㄥˊ ㄨㄢˊ ㄅㄨˋ ㄌㄧㄥˊ

【解釋】不明事理，愚鈍無知。

【出處】唐·韓愈·祭鱷魚文：「不然則是鱷魚冥頑不靈，刺史雖有言，不聞不知也。」

【例句】這幾個流氓受過多次感化，仍不知悔改，眞是「冥頑不靈」已極。

冫部

冰天雪地 ㄅㄧㄥ ㄊㄧㄢ ㄒㄩㄝˇ ㄉㄧˋ

【解釋】形容氣候寒冷，遍地冰雪。

【相同】雪海冰山。天寒地凍。

【相反】炎天暑日。

【例句】這股強勁的寒流一來，整個日本都籠罩在「冰天雪地」之中了。

冰消瓦解 ㄅㄧㄥ ㄒㄧㄠ ㄨㄚˇ ㄐㄧㄝˇ

【解釋】比喻事物完全消釋或渙散、

崩潰。

【出處】 初學記—晉·成公綏·雲賦：「冰消瓦離」。三國志·魏·傅嘏傳注引司馬彪戰略：「比及三年，左提右挈，虜必冰散瓦解。」

【相同】 冰散瓦解。

【例句】 經過這次決定性的大會戰之後，敵人的勢力便「冰消瓦解」了。

冰清玉潔 ㄅㄧㄥ ㄑㄧㄥ ㄩˋ ㄐㄧㄝˊ

【解釋】 比喻人品高潔。又比喻官吏辦事清明公正。現在多用來指女子的純潔。

【出處】 三國·魏·曹植·光祿大夫荀侯誄：「如冰之清，如玉之潔，法而不威，和而不褻。」初學記—何法盛·晉中興書：「中宗踐阼，下令曰：『(賀)循冰清玉潔，行爲俗表。』」魏書·廣陵王傳：「局(廷尉五局)事須冰清玉潔，明揚褒貶。」

【相同】 冰壺秋月。冰清玉潤。

【相反】 同流合污。隨波逐流。

【例句】 王小姐「冰清玉潔」，大家都十分喜愛她。

冷言冷語 ㄌㄥˇ ㄧㄢˊ ㄌㄥˇ ㄩˇ

【解釋】 從反面或側面用言語諷刺。

【相同】 冷嘲熱諷。

【例句】 他雖然受到上司的賞識，可是同事們卻「冷言冷語」，令他無法繼續工作下去。

冷眼旁觀 ㄌㄥˇ ㄧㄢˇ ㄆㄤˊ ㄍㄨㄢ

【解釋】 漠不關心或冷靜地在旁邊觀看。

【出處】 元曲：「常將冷眼看螃蟹，看你横行到幾時。」李群玉·寄短書歌詩：「孤臺冷眼無來人，楚水秦天莽空闊。」

【相同】 作壁上觀。袖手旁觀。

【相反】 鼎力相助。助人爲樂。

【例句】 這件事情困難重重，你不要「冷眼旁觀」，趕快來幫忙！

冷嘲熱諷 ㄌㄥˇ ㄔㄠˊ ㄖㄜˋ ㄈㄥˋ

【解釋】 用明言暗語譏嘲別人。

【出處】 後漢通俗演義：「因此對著帝前，往往冷嘲熱諷，語帶蹊蹺。」

【相同】 冷言冷語。

【例句】 他有話不肯直說，儘在旁邊「冷嘲熱諷」，眞是可惡極了。

凌霄壯志 ㄌㄧㄥˊ ㄒㄧㄠ ㄓㄨㄤˋ ㄓˋ

【解釋】 出乎塵世之志，形容志向遠大。

【出處】 晉書·慕容垂載記：「風塵之會，必有凌霄之志。」

【相同】 凌雲壯志。

【例句】 他素懷「凌霄壯志」，所以才投考空軍官校。

几部

凡夫俗子 ㄈㄢˊ ㄈㄨ ㄙㄨˊ ㄗˇ

【解釋】 世俗的平庸人物，和「聖者」相對。

【字義】 子：人。

【出處】 法華經：「凡夫淺識，深著五欲。」陸游·春殘詩：「庸醫司性命，俗子議文章。」

【例句】 這種深奧的理論，我們「凡夫俗子」實在無法領悟。

凵部

凶終隙末
ㄒㄩㄥ ㄓㄨㄥ ㄒㄧˋ ㄇㄛˋ

【解釋】 指朋友間的友誼不能始終保持。後多指原為朋友後變成仇敵。

【出處】 後漢書·王丹傳：「世稱管鮑，次則王貢。張陳凶其終，蕭朱隙其末。」梁·劉峻·廣絕交論：「由是觀之，張陳所以凶終，蕭朱所以隙末，斷焉可知矣。」

【例句】 他們原是好朋友，卻為了一點小事而「凶終隙末」，實在出人意外。

出人意表
ㄔㄨ ㄖㄣˊ ㄧˋ ㄅㄧㄠˇ

【解釋】 出人意料之外。

【出處】 隋書·劉子翊傳：「每朝廷疑議，子翊為之辯析，多出眾人意表。」

【相同】 出乎意料。

【相反】 不出所料。

【例句】 他連小學都沒畢業，但分析問題卻精闢獨到，常常「出人意表」。

出人頭地
ㄔㄨ ㄖㄣˊ ㄊㄡˊ ㄉㄧˋ

【解釋】 超出他人之上。

【出處】 明·陸采·懷香記：「書生俊傑真天縱，出人頭地建奇功。」宋史·蘇軾傳：「軾以書見歐陽修，修語梅聖俞曰：吾當避此人，出人頭地。」

【相同】 出類拔萃。高人一等。頭角崢嶸。

【相反】 碌碌無能。庸庸碌碌。

【例句】 只要你努力不懈，將來一定能「出人頭地」。

出生入死
ㄔㄨ ㄕㄥ ㄖㄨˋ ㄙˇ

【解釋】 出生地，入死地。後指冒生命危險為出生入死。

【出處】 老子：「出生入死，生之徒十有三，死之徒十有三。」又見韓非子·解老。晉·潘岳·秋興賦：「彼知安而忘危兮，故出生而入死。」

【相同】 赴湯蹈火。

【相反】 貪生怕死。

【例句】 他們孤軍作戰，「出生入死」，奮勇抵抗敵人。

出言不遜
ㄔㄨ ㄧㄢˊ ㄅㄨˋ ㄒㄩㄣˋ

【解釋】 說話極不禮貌、或不講理。

【字義】 不遜：傲慢。

【出處】 三國演義：「此人出言不遜，何不殺之？」

【相同】 惡語傷人。出言無狀。

【相反】 彬彬有禮。必恭必敬。

【例句】 他常常「出言不遜」，引起同事的反感。

出言成章·出口成章
ㄔㄨ ㄧㄢˊ ㄔㄥˊ ㄓㄤ ㄔㄨ ㄎㄡˇ ㄔㄥˊ ㄓㄤ

【解釋】 本意是出言便成為規範，後多用以形容文思敏捷。

【出處】 淮南子·脩務：「（舜）作事成法，出言成章。」

【相同】 出口成章。警世通言：「此人天資高妙，過目成誦，出口成章。」

【例句】 他「出言成章」，我們都佩服得五體投地。

出沒無常
ㄔㄨ ㄇㄛˋ ㄨˊ ㄔㄤˊ

【解釋】 有時候出來活動，有時候藏匿起來，使人無法捉摸。

【相同】神出鬼沒。

【例句】流氓在這一帶「出沒無常」，連警察也束手無策。

出其不意 ㄔㄨ ㄑㄧˊ ㄅㄨˋ ㄧˋ

【解釋】行動出乎對方意料之外。

【出處】孫子·始計：「攻其無備，出其不意。」三國志·魏·杜畿傳：「吾單車直往，出其不意。」

【相同】出人意外。攻其無備。

【相反】始料所及。不出所料。

【例句】我們這次「出其不意」的攻擊，使他們措手不及，因而大獲全勝。

出奇制勝 ㄔㄨ ㄑㄧˊ ㄓˋ ㄕㄥˋ

【解釋】運用奇兵制敵取勝。

【出處】孫子·兵勢：「凡戰者，以正合，以奇勝，故善出奇者，無窮如天地，不竭如江河。」唐·李翰進·張巡中丞傳表：「以少擊衆，以弱制強，出奇無窮，制勝如神。」

【例句】在這次籃球比賽中，我隊「出奇制勝」，贏得了女子組的冠軍。

出乖露醜 ㄔㄨ ㄍㄨㄞ ㄌㄨˋ ㄔㄡˇ

【解釋】出醜：丟臉。

【字義】乖：難看的狀貌。

【出處】元·關漢卿·金線池：「幾時得脫離了舞榭歌樓，不是我出乖露醜，從良棄賤。」

【相同】出乖弄醜。（金·董解元·西廂：「已恁地出乖弄醜，潑水再難收。」）丟人現眼。當場出醜。

【例句】他常常大言不慚，今天在演講會上「出乖露醜」，引起哄堂大笑。

出爾反爾 ㄔㄨ ㄦˇ ㄈㄢˇ ㄦˇ

【解釋】原指你怎樣對待別人，人家也會同樣對待你，猶言自食其果。後指人反覆無信、前後矛盾爲出爾反爾。

【出處】孟子·梁惠王下：「曾子曰：『戒之戒之，出乎爾者，反乎爾者也。』」

【相同】朝三暮四。反覆無常。翻雲覆雨。

【相反】說一不二。言行一致。言而有信。

【例句】他說話「出爾反爾」，使人不敢相信。

出神入化 ㄔㄨ ㄕㄣˊ ㄖㄨˋ ㄏㄨㄚˋ

【解釋】形容技術奇妙，達到不可思議的境界。

【出處】警世通言：「莊生嘿嘿誦習修煉，遂能分身隱形，出神入化。」

【相同】玄妙入神。爐火純青。

【相反】出乖露醜。黔驢技窮。

【例句】他的魔術表演的確「出神入化」，觀衆屏息觀看，無不嘆爲觀止。

出類拔萃 ㄔㄨ ㄌㄟˋ ㄅㄚˊ ㄘㄨㄟˋ

【解釋】指卓越出衆的人。

【出處】孟子·公孫丑上有「出於其類，拔乎其萃」語，三國志·蜀·蔣琬傳：「時新喪元帥，遠近危悚。琬出類拔萃，處群僚之右。」

【相同】卓爾不群。出群拔萃。（唐·韓愈與崔群書：「誠知足下出群拔萃，無謂僕何從而得之也。」）

【相反】碌碌無能。濫竽充數。庸庸碌碌。

【例句】能考取醫學院的人，大多是「出類拔萃」的學生。

刀部

刁斗森嚴 ㄉㄧㄠ ㄉㄡˇ ㄙㄣ ㄧㄢˊ

【解釋】形容禁地守衛森嚴。

【字義】刁斗：古時軍中用具，日間用以燒飯，可容一斗，夜間當作更鼓。

【出處】史記·李將軍列傳：「不擊刁斗以自衛。」

【例句】那地方「刁斗森嚴」，我們不可能混進去。

刁鑽古怪 ㄉㄧㄠ ㄗㄨㄢ ㄍㄨˇ ㄍㄨㄞˋ

【解釋】有機靈、狡猾、奸詐、怪僻等意。

【出處】紅樓夢：「他素日眼空心大，是個頭等刁鑽古怪東西。」這裡指居心狡詐。又：「你看古人中，那裡有那些刁鑽古怪的題目和那極險的韻？」這裡是指怪異。西遊記中記有兩怪，一名刁鑽古怪，一名古怪刁鑽，是精靈、狡詐的意思。

【相同】古裡古怪。陰陽怪氣。

【例句】他這個人「刁鑽古怪」很難應付。

切中時弊 ㄑㄧㄝˋ ㄓㄨㄥˋ ㄕˊ ㄅㄧˋ

【解釋】指批評時事，能正確指出當時的弊病。

【例句】議員的發言「切中時弊」，揭發出社會上許多黑暗面。

切切私語 ㄑㄧㄝˋ ㄑㄧㄝˋ ㄙ ㄩˇ

【解釋】形容低聲的談。

【字義】切切：象聲詞。形容聲音輕微。

【出處】白居易·琵琶行：「大弦嘈嘈如急雨，小弦切切如私語。」

【相同】交頭接耳。

【相反】大聲疾呼。

【例句】他們兩人「切切私語」，好像商量什麼重要的事情。

切膚之痛 ㄑㄧㄝˋ ㄈㄨ ㄓ ㄊㄨㄥˋ

【解釋】比喻切身的痛苦。

【出處】虞集·張獻武王廟碑：「邃深蔽虧，群讒切膚。」

【相反】無關痛癢。

【例句】自己兄弟受到這樣無情的抨擊，他自然感到「切膚之痛」。

切齒腐心 ㄑㄧㄝˋ ㄔˇ ㄈㄨˇ ㄒㄧㄣ

【解釋】形容極度憎恨。

【出處】史記·刺客列傳：「此臣之日夜切齒腐心也。」

【相同】切骨之恨。恨之入骨。咬牙切齒。

【相反】不念舊惡。大度為懷。

【例句】對這群流氓的蠻橫無禮，李先生深感「切齒腐心」。

切磋琢磨 ㄑㄧㄝˋ ㄘㄨㄛ ㄓㄨㄛˊ ㄇㄛˊ

【解釋】比喻相互間的研討。

【字義】古時把骨器加工稱切，象牙加工稱磋，玉的加工稱琢，石的加工稱磨。

【出處】詩·衛風·淇奧：「如切如磋，如琢如磨。」三國志·蜀·霍峻傳：（霍）（劉）璿好騎射，出入無度。（霍）戈援引古義，盡言規諫，甚得切磋之體。」荀子·天論：「則日切磋而不舍也。」

【相反】不相為謀。

【例句】這門課經過和同學們「切磋琢磨」之後，很快就融會貫通了。

分工合作 ㄈㄣ ㄍㄨㄥ ㄏㄜˊ ㄗㄨㄛˋ

【解釋】各人分力做事而又互相結合，完成共同的目的。

【例句】這項工程十分浩大，大家必須「分工合作」，才會事半功倍。

分甘共苦 ㄈㄣ ㄍㄢ ㄍㄨㄥˋ ㄎㄨˇ

【解釋】大家共甘苦。

【出處】晉書·應詹傳：「初京兆韋泓，……客遊洛陽，素聞詹名，遂依託之；詹與分甘共苦，情若弟兄。」

【相同】同甘共苦。休戚與共。

【例句】他倆自小一起長大，「分甘共苦」，情同手足。

分所應為 ㄈㄣˋ ㄙㄨㄛˇ ㄧㄥ ㄨㄟˊ

【解釋】本分內所應做的事。

【例句】這些事實在是「分所應為」，你何必謝我？

分庭伉禮 ㄈㄣ ㄊㄧㄥˊ ㄎㄤˋ ㄌㄧˇ

【解釋】以平等的禮節相見。

【字義】伉：也作「抗」，對等。

【出處】古代禮節，主人的位置在東，客在西，客人與主人相見時，站在庭院的西邊向東與主人相對施禮，故稱分庭抗禮。莊子·漁父：「萬乘之主，千乘之君，見夫子未嘗不分庭伉禮。」史記·貨殖傳：「（子貢）所至，國君無不分庭與之抗禮。」後來用以比喻地位平等。南朝·陳姚最·續畫品序：「至如長康（顧愷之）之美，擅高往冊，……分庭抗禮，未見其人。」

【相同】平起平坐。

【相反】甘居下游。

【例句】在外交禮節上，雖然是小國的大使，但必須和大國的大使「分庭伉禮」。

分道揚鑣 ㄈㄣ ㄉㄠˋ ㄧㄤˊ ㄅㄧㄠ

【解釋】①分道而行，後來常用來比喻志趣不同，各走各的路。②比喻才力匹敵，各有千秋。

【字義】鑣：馬勒子。揚鑣，驅馬前進。

【出處】魏書·河間公齊傳：「子志……與御史中尉李彪爭路，俱入見，面陳得失。……高祖曰：『洛陽我之豐沛，自應分路揚鑣。自今以後，可分路而行。』及出，與彪折尺量道，各取其半。」南史·裴松之傳附裴子野：「蘭陵蕭琛言其評論，可與過秦王命分路揚鑣。」

【相同】各奔前程。各奔東西。

【相反】齊頭並進。志同道合。

【例句】在大學畢業後，因為我倆志趣不合，便「分路揚鑣」了。

分崩離析 ㄈㄣ ㄅㄥ ㄌㄧˊ ㄒㄧ

【解釋】渙散，瓦解。

【字義】民有異心曰「分」，欲去曰「崩」，不可會聚曰「離析」。

【出處】論語·季氏：「遠人不服而不能來也，邦分崩離析而不能守也。」

【相同】四分五裂。瓜剖豆分。土崩

瓦解。

【相反】　堅如磐石。完整無缺。團結一致。

【例句】　馬可仕的政權已呈「分崩離析」的局面。

刎頸之交
ㄨㄣˇ ㄐㄧㄥˇ ㄓ ㄐㄧㄠ

【解釋】　指友誼深摯，可以同生死共患難的朋友。

【出處】　史記·廉頗藺相如傳：「卒相與驩，為刎頸之交。」又張耳陳餘傳：「餘年少，父事張耳，兩人相與為刎頸交。」

【例句】　他倆是「刎頸之交」，一定不會因為貪圖富貴而出賣對方的。

別久情疏
ㄅㄧㄝˊ ㄐㄧㄡˇ ㄑㄧㄥˊ ㄕㄨ

【解釋】　離別的時期愈長則感情愈疏遠。

【例句】　幾年沒見，「別久情疏」，自然不及從前的親密了。

別出心裁
ㄅㄧㄝˊ ㄔㄨ ㄒㄧㄣ ㄘㄞˊ

【解釋】　獨創一格，與眾不同。

【出處】　清·顧觀光·武陵山人雜著：「敖繼公釋儀禮，屏棄古注，別出心裁，於經文有難通處，不以為衍文，即以為脫簡。」

【相同】　匠心獨運。

【相反】　千篇一律。

【例句】　他的作品「別出心裁」，決不抄襲，因此非常吸引讀者。

別有天地
ㄅㄧㄝˊ ㄧㄡˇ ㄊㄧㄢ ㄉㄧˋ

【解釋】　另有一種境界。

【出處】　唐·李白·山中問答：「桃花流水杳然去，別有天地非人間。」

【相同】　另有洞天。

【相反】　舊時風味。平淡無奇。

【例句】　穿過山洞之後，眼前豁然開朗，流水淙淙，林木蒼茂，「別有天地」。

別有用心
ㄅㄧㄝˊ ㄧㄡˇ ㄩㄥˋ ㄒㄧㄣ

【解釋】　另外有私心或用意。

【出處】　二十年目睹之怪現狀：「王太尊也是說他辦事可靠，哪裡知道他是別有用心的呢？」

【相同】　居心叵測。別有肺腸。

【相反】　光明磊落。襟懷坦白。

【例句】　他自告奮勇，是「別有用心」的。

別開生面
ㄅㄧㄝˊ ㄎㄞ ㄕㄥ ㄇㄧㄢˋ

【解釋】　稱能另創新格局。

【出處】　唐·杜甫·杜工部草堂詩箋：「凌煙功臣少顏色，將軍下筆開生面。」趙次公注：「凌煙畫像顏色已暗，而曹將軍重為之畫，故云開生面。」清·趙翼·甌北詩話：「以文為詩，自昌黎始，開至東坡益大放厥詞，別開生面，成一代之大觀。」

【相同】　別出心裁。別具一格。別樹一幟。

【相反】　人云亦云。千篇一律。規行矩步。

【例句】　有一對新人舉行跳傘結婚，的確是「別開生面」的婚禮。

利令智昏
ㄌㄧˋ ㄌㄧㄥˋ ㄓˋ ㄏㄨㄣ

【解釋】　一心貪圖私利，頭腦失去清醒。

【出處】史記·平原君傳·太史公曰：「鄙語曰：『利令智昏。』」

【相同】利慾熏心。

【相反】見利思義。臨財不苟。

【例句】「利令智昏」，他連朋友都出賣了。

利欲熏心
ㄌㄧˋ ㄩˋ ㄒㄩㄣ ㄒㄧㄣ

【解釋】貪圖名利的欲望迷惑心竅。

【出處】宋·黃庭堅·贈別李次翁詩：「利欲熏心，隨人翕張。」欲：同慾

【相同】利令智昏。

【相反】見利思義。臨財不苟。

【例句】這些投機商人「利欲熏心」，只求賺錢，連敵我都不分了。

初出茅廬
ㄔㄨ ㄔㄨ ㄇㄠˊ ㄌㄨˊ

【解釋】稱初次出來辦事或初入社會

【字義】茅廬：草房。

【出處】漢末諸葛亮隱居南陽，劉備三顧草廬，亮纔同意作劉備的謀主。見三國志·蜀·諸葛亮傳：敘述出山後，初掌兵權，設奇計在博望坡大破曹操兵，有「直須驚破曹公膽，初出茅廬第一功。」之句。

【相同】閱世未深。

【相反】久經世故。

【例句】他雖然「初出茅廬」，經驗固然不足，但幹勁十足。

初生之犢不怕虎
ㄔㄨ ㄕㄥ ㄓ ㄉㄨˊ ㄅㄨˋ ㄆㄚˋ ㄏㄨˇ

【解釋】比喻閱歷不深的年輕人遇事勇往直前，無所畏懼。

【字義】犢：小牛。

【出處】莊子·知北遊：「汝瞳焉如新生之犢，而無求其故。」三國演義：「俗云：初生之犢不懼虎。」綴白裘五集三國志負荊：「大哥二哥，我若罵了師父牛鼻子懶夫，是哪，正是那初生犢兒不怕恁這虎。」

【例句】這些小伙子敢向黑社會挑戰，正是「初生之犢不怕虎」，應該鼓勵。

刻不容緩
ㄎㄜˋ ㄅㄨˋ ㄖㄨㄥˊ ㄏㄨㄢˇ

【解釋】一刻也不容拖延，形容急切之極。

【出處】鏡花緣：「不獨刻不容緩，並且兩命攸關。」

【相同】急於星火。迫在眉睫。燃眉之急。

【相同】遷延時日。

【例句】革新政治是目前「刻不容緩」的事。

刻舟求劍
ㄎㄜˋ ㄓㄡ ㄑㄧㄡˊ ㄐㄧㄢˋ

【解釋】比喻拘泥成法而不講實際。

【字義】刻，一本作「契」，通「鍥」。

【出處】呂氏春秋·察今：「楚人有涉江者，其劍自舟中墜於水，遽刻其舟，曰：『是吾劍之所從墜。』舟止，從其所刻者入水求之。舟已行矣，而劍不行，求劍若此，不亦惑乎。」唐·劉知幾·史通：「夫事有貿遷，而言無變革，此所謂膠柱而調瑟，刻船以求劍也。」

【相同】按圖索驥。膠柱鼓瑟。

【相反】因事制宜。隨機應變。

【例句】在瞬息萬變的社會之中，執政者一味「刻舟求劍」脫離實際，焉有不遭批評之理？

刻骨銘心 ㄎㄜ ㄍㄨ ㄇㄧㄥ ㄒㄧㄣ

【解釋】 形容永誌不忘。

【出處】 西遊記：「雖刻骨鏤心，難報萬一，怎麼就說走路的話。」

【相同】 沒世不忘。刻肌刻骨。銘諸肺腑。銘肌鏤骨。

【相反】 置諸腦後。漠然置之。

【例句】 在一生之中，有那一件事最令你「刻骨銘心」的？

刻畫入微 ㄎㄜ ㄏㄨㄚ ㄖㄨ ㄨㄟ

【解釋】 描寫得深刻細緻。

【例句】 這本書對女人的妒忌心理「刻畫如微」。

刻薄成家 ㄎㄜ ㄅㄛ ㄔㄥ ㄐㄧㄚ

【解釋】 待人不夠寬厚，諸般剝削，靠這樣積得一點財富。

【出處】 史記·商君傳贊：「商君天資刻薄人也。」

【例句】 夫婦倆「刻薄成家」，買田置產，逐漸成爲大富翁。

刮目相待 ㄍㄨㄚ ㄇㄨ ㄒㄧㄤ ㄉㄞ

【解釋】 猶言另眼相看。

【出處】 三國志·吳·呂蒙傳注引江表傳：「（魯）肅拊蒙背曰：『吾謂大弟但有武略耳。至於今者，學識英博，非復吳下阿蒙。』蒙曰：『士別三日，即更刮目相待。』」

【相同】 另眼相看。

【相反】 睨而視之。

【例句】 一別十年，他已貴爲部長，同學們不得不對他「刮目相看」了。

刺刺不休 ㄘ ㄘ ㄅㄨ ㄒㄧㄡ

【解釋】 嘮嘮叨叨，說個不停。

【出處】 管子·白心：「孰能棄刺刺而爲愕愕乎？」

【相同】 喋喋不休。

【相反】 默默不言。噤若寒蟬。

【例句】 她總是在飯桌上「刺刺不休」，好像全家人不得胃病，她決不會甘心似的。

前仆後繼 ㄑㄧㄢ ㄆㄨ ㄏㄡ ㄐㄧ

【解釋】 本指前後跌仆，難以前進。後反其意而用之，改「踣」爲「繼」，指前面的倒下了，後面的緊跟上來。形容鬥爭的英勇壯烈。

【出處】 唐·孫樵·祭梓潼神君文：「跋馬愊僕，前仆後踣。」清末·秋瑾·弔吳烈士樾詩：「前仆後繼人應在。」

【相同】 前赴後繼。

【相反】 後繼無人。臨陣脫逃。

【例句】 爲了推翻滿清專制，烈士們奮不顧身，「前仆後繼」。

前功盡棄 ㄑㄧㄢ ㄍㄨㄥ ㄐㄧㄣ ㄑㄧ

【解釋】 謂事將成而失敗。

【出處】 戰國策·西周：「一攻而不得，前功盡滅。」史記·周本紀：「今又將兵出塞，過兩周，倍（背）韓，攻梁，一舉不得，前功盡棄。」

【相同】 功虧一簣。功敗垂成。

【相反】 大功告成。

【例句】 你現在半途綴學，不是「前功盡棄」了嗎？

前仰後合 ㄑㄧㄢ ㄧㄤ ㄏㄡ ㄏㄜ

【解釋】形容大笑時的樣子。
【例句】他的笑話，使大家笑得「前仰後合」。

前因後果 ㄑㄧㄢˊ ㄧㄣ ㄏㄡˋ ㄍㄨㄛˇ
【解釋】事情的起因和結果。
【出處】南齊書·高逸傳論：「今樹以前因，報以後果。」
【相同】來龍去脈。
【相反】無源之水。來歷不明。
【例句】事情的「前因後果」沒有弄清楚之前，千萬不可輕率下結論。

前車之鑒 ㄑㄧㄢˊ ㄔㄜ ㄓ ㄐㄧㄢˋ
【解釋】比喻以往失敗的經驗，可引為後來的教訓。
【出處】荀子·成相：「前車已覆，後未知更何覺時。」韓詩外傳：「鄙語……或曰：前車覆而後車不誡，是以後車覆也。」漢·劉向·說苑·善說：謂出周書，作「前車覆，後車戒。」戒、鑒義同。
【相同】以往鑑來。殷鑑不遠。前事不忘後事之師。
【相反】重蹈覆轍。
【例句】他們的失敗，可作為我們的「前車之鑒」。

前度劉郎 ㄑㄧㄢˊ ㄉㄨˋ ㄌㄧㄡˊ ㄌㄤˊ
【解釋】稱去而復來的人。
【出處】唐·劉禹錫·再游玄都觀絕句詩：「種桃道士歸何處？前度劉郎今又來。」
【相同】舊地重遊。舊燕歸巢。
【相反】一去不返。
【例句】今天到陽明山賞花，我是「前度劉郎」今又來。

前思後想 ㄑㄧㄢˊ ㄙ ㄏㄡˋ ㄒㄧㄤˇ
【解釋】形容想來想去，返復思慮。
【相同】左思右想。冥思苦想。
【相反】不假思索。
【例句】我「前思後想」，始終莫名其妙。

前倨後恭 ㄑㄧㄢˊ ㄐㄩˋ ㄏㄡˋ ㄍㄨㄥ
【解釋】從前傲慢而後來有禮。
【出處】史記·蘇秦列傳：「蘇秦笑謂其嫂曰：『何前倨而後恭也？』」
【相同】前倨後卑。
【例句】他之所以對你「前倨後恭」，是因為以後才知道你是董事長。

前無古人 ㄑㄧㄢˊ ㄨˊ ㄍㄨˇ ㄖㄣˊ
【解釋】前所未有的或前人所未能用到的。
【出處】陳子昂·登幽州臺歌：「前不見古人，後不見來者；念天地之悠悠，獨愴然而涕下。」
【相同】史無前例。
【例句】他在位，文治武功之盛，堪稱「前無古人」。

前程萬里 ㄑㄧㄢˊ ㄔㄥˊ ㄨㄢˋ ㄌㄧˇ
【解釋】比喻人前途遠大。
【出處】唐·崔鉉·兒時詠架上鷹，有「萬里碧宵終一去，不知誰是解絛人」之句，韓滉說：「此兒可謂前程萬里。」
【相同】鵬程萬里。前途無量。
【相反】窮途末路。山窮水盡。
【例句】他品學兼優，老師們都深信

他將來「前程萬里」。

前怕狼，後怕虎 ㄑㄧㄢˊ ㄆㄚˋ ㄌㄤˊ ㄏㄡˋ ㄆㄚˋ ㄏㄨˇ

【解釋】比喻顧慮重重。

【例句】如此「前怕狼，後怕虎」的膽小鬼怎麼適合當軍人呢？

前門拒虎，後門進狼 ㄑㄧㄢˊ ㄇㄣˊ ㄐㄩˋ ㄏㄨˇ ㄏㄡˋ ㄇㄣˊ ㄐㄧㄣˋ ㄌㄤˊ

【解釋】形容災禍分頭進迫，防不勝防。

【例句】當英國從海上侵略我國的時候，我國在陸上鯨吞蠶食，我國處於「前門拒虎，後門進狼」的困境。

前事不忘，後事之師 ㄑㄧㄢˊ ㄕˋ ㄅㄨˋ ㄨㄤˋ ㄏㄡˋ ㄕˋ ㄓ ㄕ

【解釋】不忘記以往的經驗教訓，可以作為以後作事的借鑒。

【出處】戰國策·趙策：「前事之不忘，後事之師。」

【例句】「前事不忘，後事之師。」以後他一定不會再犯同樣的錯誤。

削足適履 ㄒㄩㄝ ㄗㄨˊ ㄕˋ ㄌㄩˇ

【解釋】比喻拘泥成例，生搬硬套，不知變通。

【出處】淮南子·說林：「夫所以養而害所養，譬猶削足而適履，殺頭而便冠。」

【相同】膠柱鼓瑟。截趾適履。

【相反】因事制宜。隨機應變。

【例句】不懂靈活運用的人，往往做出「削足適履」的傻事來。

剜肉醫瘡 ㄨㄢ ㄖㄡˋ ㄧ ㄔㄨㄤ

【解釋】比喻不顧一切以救眼前之急。

【出處】唐·聶夷中·傷田家詩：「二月賣新絲，五月糶新穀；醫得眼前瘡，剜卻心頭肉。」宋·朱熹·朱文公文集：「必從其說，則勢無從出，不過剜肉補瘡，以欺天罔人。」

【相同】剜肉補瘡。飲鴆止渴。

【例句】「剜肉醫瘡」的政策，當然不管後果的問題。

剛愎自用 ㄍㄤ ㄅㄧˋ ㄗˋ ㄩㄥˋ

【解釋】任性固執，不容別人提出相反的意見。

【字義】愎：任性，頑固。

【出處】左傳：「其佐先穀，剛愎不仁，未肯用命。」

【相同】師心自用。獨斷專行。

【相反】虛懷若谷。從善如流。

【例句】他「剛愎自用」成性，從來不聽勸告。

創巨痛深 ㄔㄨㄤ ㄐㄩˋ ㄊㄨㄥˋ ㄕㄣ

【解釋】指創傷大，痛楚深。

【出處】荀子·禮論：「創巨者其日久，痛甚者其瘉遲。」禮記·三年問，巨作「鉅」，瘉作「愈」。晉·賀劭為孫皓所殺，燒鋸截頭，異常慘酷。後晉元帝以此事問其子循，循曰：「臣父遭遇無道，循創巨痛深，無以上答。」

【例句】八年抗戰，「創巨痛深」，國人自然不願再打內戰了。

割雞焉用牛刀 ㄍㄜ ㄐㄧ ㄧㄢ ㄩㄥˋ ㄋㄧㄡˊ ㄉㄠ

【解釋】比喻辦小事無須費大氣力。

【出處】論語·陽貨：「（孔）子之武城，聞弦歌之聲。夫子莞爾而笑，曰：『割雞焉用牛刀？』」

【例句】「割雞焉用牛刀」？請博士來編小學課本，不是大材小用了嗎？

劍及屨及 ㄐㄧㄢˋ ㄐㄧˊ ㄐㄩˋ ㄐㄧˊ

【解釋】比喻奮發興起，迫不及待。
【字義】屨：鞋，履。
【出處】左傳：「楚子聞之，投袂而起，屨及於窒皇，劍及於寢門之外，車及於蒲胥之市。」
【相同】屨及劍及。
【誤作】履及劍及。劍及履及。
【例句】救亡圖存的行動，必須「劍及屨及」。

劍拔弩張 ㄐㄧㄢˋ ㄅㄚˊ ㄋㄨˇ ㄓㄤ

【解釋】原是形容書法崛奇雄健。後用以比喻對立的雙方各自積極準備，形成一觸即發的緊張態勢。
【出處】南朝·梁·袁昂·古今書評：「韋誕書如龍威虎振，劍拔弩張。」
【相同】一觸即發。箭在弦上。
【相反】收兵掛刀。相安無事。
【例句】美俄雙方「劍拔弩張」，大戰似有一觸即發的跡象。

力部

力不從心 ㄌㄧˋ ㄅㄨˋ ㄘㄨㄥˊ ㄒㄧㄣ

【解釋】想作某事而力量達不到，即心有餘而力不足。
【出處】後漢書·莎車國傳：「今使者大兵未能得出，如諸國力不從心，東西南北自在也。」
【相同】心有餘而力不足。
【相反】力所能及。得心應手。隨心所欲。
【例句】我很想幫你忙，可是「力不從心」。

力有未逮 ㄌㄧˋ ㄧㄡˇ ㄨㄟˋ ㄉㄞˋ

【解釋】力量做不到。
【相同】力所不及。無能爲力。
【相反】綽有餘裕。遊刃有餘。
【例句】我想救他出險，但「力有未逮」。

力爭上游 ㄌㄧˋ ㄓㄥ ㄕㄤˋ ㄧㄡˊ

【解釋】努力爭取先進。
【字義】上游：江河的上流，比喻先進。
【出處】清·趙翼·甌北詩鈔：「所以才智人，不肯自棄暴，力欲爭上游，性靈乃其要。」
【相同】不甘後人。
【例句】我們要「力爭上游」，奪取好成績。

力排衆議 ㄌㄧˋ ㄆㄞˊ ㄓㄨㄥˋ ㄧˋ

同「獨排衆議」。

力盡筋疲 ㄌㄧˋ ㄐㄧㄣˋ ㄐㄧㄣ ㄆㄧˊ

【解釋】形容氣力用盡，無法支持下去。
【出處】唐·韓愈·論淮西事宜狀：「雖時侵掠，小有所得，力盡筋疲，不償其費。」
【相同】筋疲力盡。
【俗作】精疲力盡。
【例句】我們已「力盡筋疲」，無法再前進了。

力竭聲嘶 ㄌㄧˋ ㄐㄧㄝˊ ㄕㄥ ㄙ

【解釋】氣力已經用盡，聲音亦已嘶啞，亦作「聲嘶力竭」。
【例句】我已「力竭聲嘶」，他卻充耳不聞。

功成身退 ㄍㄨㄥ ㄔㄥˊ ㄕㄣ ㄊㄨㄟˋ
【解釋】不貪利祿，大功告成後即行引退。
【出處】老子：「功成身退，天之道。」
【例句】不戀棧的人，才能「功成身退」。

功敗垂成 ㄍㄨㄥ ㄅㄞˋ ㄔㄨㄟˊ ㄔㄥˊ
【解釋】事情將成功時遭到失敗。
【出處】晉書·謝安傳論：「降齡何促，功敗垂成，拊其遺文，經綸遠矣。」
【相同】功虧一簣。前功盡棄。
【相反】大功告成。轉敗為勝。
【例句】本可一舉殲滅敵人，沒料到作戰計畫外洩，以至「功敗垂成」。

功虧一簣 ㄍㄨㄥ ㄎㄨㄟ 一 ㄎㄨㄟˋ
【解釋】比喻事情快要完成的時侯，由於不能堅持到底而終告失敗。
【字義】簣，盛土竹器。簣，也作「匱」。
【出處】尚書·旅獒：「為山九仞，功虧一簣。」漢書·王莽傳：「綱紀咸張，成在一匱。」又作「簣」。南朝·梁·劉昭·後漢書注補志序：「為山霞高，不終踊乎一簣。」
【相同】前功盡廢。功敗垂成。
【相反】功成名就。大功告成。
【例句】做事千萬不可「功虧一簣」，必須堅持到底。

加官進祿 ㄐㄧㄚ ㄍㄨㄢ ㄐㄧㄣˋ ㄌㄨˋ
【解釋】指舊時官吏升遷。
【出處】金史·章宗元·妃李氏傳：「（鳳皇）嚮裡飛則加官進祿。」
【相同】加官進爵。
【例句】因為他深得皇上眷寵，所以不斷「加官進祿」。

助紂為虐 ㄓㄨˋ ㄓㄡˋ ㄨㄟˊ ㄋㄩㄝˋ
【解釋】比喻幫助壞人去做壞事。
【字義】紂：商朝的暴君；虐：暴行。
【出處】南朝·宋·謝靈運·晉書·武帝紀論：「昔武王伐紂，歸傾宮之女，不可助紂為虐；而世祖平皓，納吳妓五千，是同皓之弊。」
【相同】為虎作倀。
【相反】除暴安良。誅暴討逆。
【例句】他是黑社會頭子，你去幫助他，不是「助紂為虐」嗎？

劫後餘生 ㄐㄧㄝˊ ㄏㄡˋ ㄩˊ ㄕㄥ
【解釋】從大災難中逃出的生命。
【相同】虎口餘生。死裡逃生。大難不死。
【相反】在劫難逃。
【例句】他千辛萬苦回到故鄉，度過他的「劫後餘生」。

劫富濟貧 ㄐㄧㄝˊ ㄈㄨˋ ㄐㄧˋ ㄆㄧㄣˊ
【解釋】劫取富有者的財產，用來救助窮人。
【出處】蔡東藩·許廑父·民國通俗演義：「乃想學王天縱的行為，劫富濟貧，自張一幟。」

【相同】扶危濟困。鋤強扶弱。
【相反】助紂爲虐。爲虎作倀。
【例句】羅賓漢式的「劫富濟貧」，深得小老百姓的喝采，但卻觸犯法律。

勇往直前 ㄩㄥˇ ㄨㄤˇ ㄓˊ ㄑㄧㄢˊ
【解釋】勇猛前進。
【出處】宋·陸九淵·與朱之晦：「不顧旁人是非，不計自己得失，勇往直前，說出別人不敢說底道理。」
【相同】一往直前。
【相反】畏縮不前。望而卻步。
【例句】我們要有大無畏的精神，「勇往直前」。

勃然變色 ㄅㄛˊ ㄖㄢˊ ㄅㄧㄢˋ ㄙㄜˋ
【解釋】因爲惱怒而臉色大變。
【出處】孟子·萬章：「王勃然變乎色。」
【例句】議員質詢他兩句，他竟「勃然變色」，顯得沒有修養。

勉爲其難 ㄇㄧㄢˇ ㄨㄟˊ ㄑㄧˊ ㄋㄢˊ
【解釋】勉強做不願意或難做的事。
【例句】局勢危急，沒有人願意當省主席，你就「勉爲其難」罷！

動輒得咎 ㄉㄨㄥˋ ㄓㄜˊ ㄉㄜˊ ㄐㄧㄡˋ
【解釋】一有舉動，就常常得罪或受到責備。含有處境困難，常遭人無理指責的意思。
【出處】唐·韓愈·進學解：「跋前躓後，動輒得咎。」
【例句】上司對他已有成見，他做事「動輒得咎」，只好賦歸去來辭了。

動盪不安 ㄉㄨㄥˋ ㄉㄤˋ ㄅㄨˋ ㄢ
【解釋】動搖不定，極不安穩。
【例句】局勢動盪不安，大家一窩蜂向美國移民。

勞民傷財 ㄌㄠˊ ㄇㄧㄣˊ ㄕㄤ ㄘㄞˊ
【解釋】使人民勞苦，又耗費大量錢財。
【出處】論語·子張：「君子信而後勞其民。」易經·節：「節以制度，不傷財，不害民。」
【例句】漢文帝在位期間，從沒做過任何「勞民傷財」的事，因此很受人民的愛戴。

勞而無功 ㄌㄠˊ ㄦˊ ㄨˊ ㄍㄨㄥ
【解釋】費力而沒有成果。
【出處】莊子·天運：「是猶推舟於陸也，勞而無功。」管子·形勢：「與不可、強不能、告不知，謂之勞而無功。」
【相同】徒勞無功。功敗垂成。
【相反】立竿見影。事半功倍。
【例句】由於計畫欠周全，結果「勞而無功」。

勞苦功高 ㄌㄠˊ ㄎㄨˇ ㄍㄨㄥ ㄍㄠ
【解釋】辛辛苦苦立下了很大功勞。
【出處】史記·項羽本紀：「勞苦而功高如此，未有封侯之賞，而聽細說，欲誅有功之人，此亡秦之續耳！」
【相同】豐功偉績。汗馬功勞。
【例句】「勞苦功高」的人被迫退休，平庸之輩反而加官晉爵。

勞師動衆 ㄌㄠˊ ㄕ ㄉㄨㄥˋ ㄓㄨㄥˋ

【解釋】動員軍隊及民力，以後泛指動員很多人。
【出處】左傳：「穆公訪諸蹇叔，蹇叔曰：『勞師以遠襲，非所聞也。』」。封神演義：「長兄，不必勞師動眾，他自然盡絕，也使旁人知，我等妙法無邊。」
【相反】輕車減從。
【例句】這一點小事，何必「勞師動眾」？

勞燕分飛 ㄌㄠˊ ㄧㄢˋ ㄈㄣ ㄈㄟ
【解釋】稱親人或朋友離別。也指夫妻離異。
【出處】樂府詩集·東飛伯勞歌：「東飛伯勞西飛燕，黃姑織女時相見。」伯勞，鳥名。
【例句】夫妻恩愛，結果竟「勞燕分飛」。

勢不兩立 ㄕˋ ㄅㄨˋ ㄌㄧㄤˇ ㄌㄧˋ
【解釋】雙方對立，其勢不能並存。
【出處】戰國策·楚策：「楚弱則秦強，此其勢不兩立。」
【相同】勢力兩存。（三國志·吳·陸遜傳假作答逡式書：「得報懇惻，知與(文)休久結嫌隙，勢不兩存。」）
【相反】水乳交融。並行不悖。情同骨肉。
【例句】回教徒和佛教徒在印度「勢不兩立」。

勢如破竹 ㄕˋ ㄖㄨˊ ㄆㄛˋ ㄓㄨˊ
【解釋】比喻節節勝利，毫無阻擋。
【出處】晉書·杜預傳：「今兵威以振，譬如破竹，數節之後，皆迎刃而解。」宋·王楙·野客叢書：「其後以之取燕，以之拔齊，勢如破竹，皆迎刃而解者。」
【相同】所向披靡。
【相反】一敗塗地。節節敗退。望風披靡。
【例句】我軍「勢如破竹」，敵軍兵敗如山倒。

勢成騎虎 ㄕˋ ㄔㄥˊ ㄑㄧˊ ㄏㄨˇ
同「騎虎難下」。

勢均力敵 ㄕˋ ㄐㄩㄣ ㄌㄧˋ ㄉㄧˊ
【解釋】雙方力量相當。
【出處】宋書·劉穆之傳：「力敵勢均，終相吞咀。」
【相同】勢鈞力敵。（宋史·蘇轍傳：「呂惠卿始諂事王安石，……及勢鈞力敵，則傾陷安石，甚於仇讎。」）
【相反】卵石不敵。眾寡懸殊。
【例句】他倆「勢均力敵」，不知鹿死誰手？

勵精圖治 ㄌㄧˋ ㄐㄧㄥ ㄊㄨˊ ㄓˋ
【解釋】振作精神，把國家治理好。
【出處】漢書·魏相傳：「宣帝始親萬機，厲精圖治。」
【相同】平治天下。
【相反】病民害國。
【例句】日本戰敗後，「勵精圖治」不久又成爲亞洲的強國。

勹部

包藏禍心 ㄅㄠ ㄘㄤˊ ㄏㄨㄛˋ ㄒㄧㄣ

【解釋】暗藏害人之心。
【出處】左傳：「將恃大國之安靖已，而無乃藏禍心以圖之。」
【相同】居心叵測。
【相反】胸無城府。光明正大。
【例句】我早就看出他「包藏禍心」，不懷好意。

包羅萬象 ㄅㄠ ㄌㄨㄛˊ ㄨㄢˋ ㄒㄧㄤˋ

【解釋】內容豐富，無所不包。
【出處】宅經上：「所以包羅萬象，舉一千從。」宋·王洋·寄丁安詩：「鬱密林巒十丈餘，包羅萬象遍方隅。」
【相同】無所不包。應有盡有。
【相反】掛一漏萬。
【例句】博覽會中的陳列品，「包羅萬象」，目不假給。

匕部

化爲烏有 ㄏㄨㄚˋ ㄨㄟˊ ㄨ ㄧㄡˇ

【解釋】結果甚麼都沒有。
【出處】史記·司馬相如列傳中載，司馬相如在子虛賦中虛構了一位烏有先生。蘇軾·章質夫送酒六壺，書至而酒不達，戲作小詩問之：「豈意青州六從事，化爲烏有一先生。」
【相同】子虛烏有。化爲泡影。
【相反】從無到有。
【例句】他們積累了多年的財產，一場火災，全部「化爲烏有」了。

化敵爲友 ㄏㄨㄚˋ ㄉㄧˊ ㄨㄟˊ ㄧㄡˇ

【解釋】把敵人變作朋友。
【例句】誤會冰釋後，自然「化敵爲友」了。

化險爲夷 ㄏㄨㄚˋ ㄒㄧㄢˇ ㄨㄟˊ ㄧˊ

【解釋】一切險阻卒能平安度過。
【字義】夷：平安。
【出處】唐·韓雲卿·平蠻頌序：「變氛沴爲陽煦，化險阻爲夷途。」
【相同】逢凶化吉。
【相反】臨深履薄。
【例句】遇到變故時，要能鎮靜，往往能「化險爲夷」。

化整爲零 ㄏㄨㄚˋ ㄓㄥˇ ㄨㄟˊ ㄌㄧㄥˊ

【解釋】變集中爲分散，和「化零爲整」相反。
【例句】抗日時，我方游擊隊一遇上大隊日軍，就「化整爲零」，四處分散，使敵人疲於奔命。

化干戈爲玉帛 ㄏㄨㄚˋ ㄍㄢ ㄍㄜ ㄨㄟˊ ㄩˋ ㄅㄛˊ

【解釋】結束戰爭，恢復和平。
【例句】各中立國努力進行調解，希望能「化干戈爲玉帛」。

化腐朽爲神奇 ㄏㄨㄚˋ ㄈㄨˇ ㄒㄧㄡˇ ㄨㄟˊ ㄕㄣˊ ㄑㄧˊ

【解釋】把無用或普通的事物變爲美好有用的東西。
【出處】莊子：「臭復化爲神奇。」
【例句】針灸醫術過去幾乎已完全被人們所遺忘了，現在竟然又名震寰宇，「針灸」二字無人不識，不正是證明了我們有能力「化腐朽爲神奇」麼？

匚部

匹夫之勇 ㄆㄧˇ ㄈㄨ ㄓ ㄩㄥˇ

【解釋】指單憑個人的一時衝勁，這種勇敢成不了大事。
【出處】孟子·梁惠王：「此匹夫之勇，敵一人者也(只可對抗一人)。」
【相同】血氣之勇。有勇無謀。
【例句】打仗不能只憑「匹夫之勇」，要有周密的計畫才行。

匹馬單槍 ㄆㄧˇ ㄇㄚˇ ㄉㄢ ㄑㄧㄤ

【解釋】指單人獨馬，沒有同伴，亦作「單人匹馬」。
【相同】單槍匹馬。
【例句】他「匹馬單槍」，衝入敵陣，殺死了敵軍主將。

匸部

匠心獨運 ㄐㄧㄤˋ ㄒㄧㄣ ㄉㄨˊ ㄩㄣˋ

【解釋】獨創性地運用精巧的心思。多形容文學藝術方面的獨特構思。
【字義】匠心：巧妙高明的構思與設計。運：運用。
【出處】宋·計有功文：「文不按古，匠心獨妙。」
【相同】別出心裁。
【相反】因循守舊。蹈常襲故。
【例句】他「匠心獨運」地把會場布置得五光十色，與會人士莫不交口稱讚。

匪夷所思 ㄈㄟˇ ㄧˊ ㄙㄨㄛˇ ㄙ

【解釋】不是根據常理所能想像得到的。後又稱思想離奇爲「匪夷所思」。
【字義】匪：非，不；夷：平常。
【出處】易經·渙：「元吉，渙有丘，匪夷所思。」
【相同】不可思議。出人意表。
【相反】不足爲奇。可想而知。
【例句】他殺了人，反而被判無罪，這樣的法律眞是「匪夷所思」。

十部

十不得一 ㄕˊ ㄅㄨˋ ㄉㄜˊ ㄧ

【解釋】形容得來殊不容易，十個中找不出一個。
【例句】自古勇將多如過江之鯽，但是要求智勇雙全者，就「十不得一」了。

十全十美 ㄕˊ ㄑㄩㄢˊ ㄕˊ ㄇㄟˇ

【解釋】十分完美。
【出處】周禮·天官醫師：「十全爲上。」(本指良醫醫十人，十人皆痊癒。全，古「痊」字)
【相同】盡善盡美。
【相反】一無是處。一無可取。
【例句】世上沒有「十全十美」的人，任何人都有缺點。

十有八九 ㄕˊ ㄧㄡˇ ㄅㄚ ㄐㄧㄡˇ

【解釋】十分中佔了八九分，可能性

很高，雖然不中亦不遠矣的意思。
【出處】晉書·羊祜傳：「羊祜常歎天下不如意事，恆十居八九。」
【例句】依我看，他「十有八九」是中了愛國獎券。

十字街頭 ㄕˊ ㄗˋ ㄐㄧㄝ ㄊㄡˊ
【解釋】比喻平民大眾生活的地方，作為整個社會的縮影，亦比喻不知何去何從。
【出處】韋述·兩京新記：「街之四達者，形如十字，故曰十字街。」
【例句】他教導我們，要離開象牙之塔，走向「十字街頭」。

十室九空 ㄕˊ ㄕˋ ㄐㄧㄡˇ ㄎㄨㄥ
【解釋】喻苛徵暴斂、戰亂或天災造成人民貧困、流離失所的蕭條景況。
【出處】抱朴子·用刑：「徐福出而重號咷之讎，趙高入而屯豺狼之黨，天下欲反，十室九空。」王安石詩：「四方三面戰，十室九家空。」
【相同】家破人亡。
【相反】安居樂業。
【例句】戰事一起，昔日繁華似錦的城市，現已「十室九空」了。

十惡不赦 ㄕˊ ㄜˋ ㄅㄨˋ ㄕㄜˋ
【解釋】罪大惡極，無可赦免。
【字義】十惡：封建社會所定下的「十惡」是：謀反、謀大逆、謀叛、惡逆、不道、大不敬、不孝、不睦、不義、內亂。
【相同】罪該萬死。罪不容誅。
【例句】我不過是一番好意地，提出批評，難道這就犯了「十惡不赦」的大罪嗎？

十拿九穩 ㄕˊ ㄋㄚˊ ㄐㄧㄡˇ ㄨㄣˇ
【解釋】形容極有把握。
【出處】明·阮大鋮·燕子箋：「今年一定要煩老兄，與我著實設個法兒，務必中得十拿九穩方好。」
【相同】十拿十穩。穩操左券。
【相反】心中無數。
【例句】他從小就喜歡用彈弓打鳥，因此射擊比賽，得冠軍，對他來說是「十拿九穩」的事。

十萬火急 ㄕˊ ㄨㄢˋ ㄏㄨㄛˇ ㄐㄧˊ
【解釋】非常緊急。
【相同】火燒眉毛。急如星火。刻不容緩。
【例句】這封信「十萬火急」，你必須馬上送去。

十八重地獄 ㄕˊ ㄅㄚ ㄔㄨㄥˊ ㄉㄧˋ ㄩˋ
【解釋】傳說陰間有地獄，共十八重，惡人死後，入此受苦。比喻受盡折磨。
【出處】南史·扶南國傳：「有西河離石縣胡人劉薩何遇疾暴亡，……經七日更蘇。說云：『……至十八地獄，隨報重輕，受諸楚毒。』」問地獄經、法苑珠林十二皆列舉十八獄名。
【例句】我們過去所吃的苦，就是「十八重地獄」也不過如此。

十八般武藝 ㄕˊ ㄅㄚ ㄅㄢ ㄨˇ ㄧˋ
【解釋】古代使用十八種兵器（槍、戟、棍、鉞、叉、鏜、鉤、槊、環、刀、劍、拐、鞭、鐧、錘、棒、杵、斧）

的技術。

【出處】 元·楊梓敬·德不服老：「他十八般武藝都學就，六韜書看的來滑熟。」

【例句】 他非常博學，可以說是「十八般武藝」樣樣精通。

十年九不收 ㄕˊ ㄋㄧㄢˊ ㄐㄧㄡˇ ㄅㄨˋ ㄕㄡ

【解釋】 十年中有九年沒收成的荒歉地方。

【例句】 從前這兒是「十年九不收」的地方，現在已成爲魚米之鄉了。

十目所視，十手所指 ㄕˊ ㄇㄨˋ ㄙㄨㄛˇ ㄕˋ ㄕˊ ㄕㄡˇ ㄙㄨㄛˇ ㄓˇ

【解釋】 形容衆人用手指點著，看著，指受衆人監督和指責，也指做了壞事，瞞不了群衆。

【出處】 禮記·大學：「十目所視，十手所指，其嚴乎！」

【例句】 他行爲不檢，已成爲「十目所視，十手所指」的壞人了。

十年生聚，十年教訓 ㄕˊ ㄋㄧㄢˊ ㄕㄥ ㄐㄩˋ ㄕˊ ㄋㄧㄢˊ ㄐㄧㄠˋ ㄒㄩㄣˋ

【解釋】 比喻培養實力，爲報仇雪恥作長期的準備。

【出處】 左傳：「越十年生聚，而十年教訓，二十年之外吳其爲沼乎！」

【例句】 他們經過這次慘敗後，的確需要「十年生聚，十年教訓」，才可以談到復國。

十年樹木，百年樹人 ㄕˊ ㄋㄧㄢˊ ㄕㄨˋ ㄇㄨˋ ㄅㄞˇ ㄋㄧㄢˊ ㄕㄨˋ ㄖㄣˊ

【解釋】 喻培養人材爲長遠之計。

【字義】 樹：種植、培養，此處作動詞用。

【出處】 管子·權修：「一年之計，莫如樹穀；十年之計，莫如樹木；終身之計，莫如樹人。」

【例句】 「十年樹木，百年樹人」，教育工作應該有個長遠的計畫。

千人所指 ㄑㄧㄢ ㄖㄣˊ ㄙㄨㄛˇ ㄓˇ

【解釋】 做了壞事，受衆人斥責。

【出處】 漢書·王嘉傳：「里諺曰：『千人所指，無病而亡。』」

【相同】 千夫所指。

【例句】 他是「千人所指」的罪人，死有餘辜。

千山萬水 ㄑㄧㄢ ㄕㄢ ㄨㄢˋ ㄕㄨㄟˇ

【解釋】 形容山川之多，喻道路的艱險、遙遠。

【出處】 唐·宋之問詩：「豈意南中歧路多，千山萬水分鄉縣。」

【相同】 萬水千山。

【相反】 山長水遠。山遙水遠。

【例句】 蘇武「千山萬水」回到家鄉之後，老母已死，妻子也改嫁了。

千方百計 ㄑㄧㄢ ㄈㄤ ㄅㄞˇ ㄐㄧˋ

【解釋】 想盡一切辦法。

【出處】 朱子語類·論語：「譬如捉賊相似，須是著起氣力精神，千方百計去趕捉他。」

【相同】 絞盡腦汁。

【相反】 一籌莫展。

【例句】 他「千方百計」，想佔別人的便宜。

千里迢迢 ㄑㄧㄢ ㄌㄧˇ ㄊㄧㄠˊ ㄊㄧㄠˊ

【解釋】 形容路途遙遠。

【出處】 宋·法應集·吉州清源行思禪

師：「千里迢迢信不通，歸來何事太匆匆？」

【相同】迢遞千里。山長水遠。
【相反】近在咫尺。朝發夕至。
【例句】他「千里迢迢」從國外趕回來，爲的是見母親的最後一面。

千里鵝毛
ㄑㄧㄢ ㄌㄧˇ ㄜˊ ㄇㄠˊ

【解釋】比喻禮物輕而情意重。
【出處】宋·黃庭堅·山谷外集：「千里鵝毛意不輕，瘴衣腥膩北歸客。」
【例句】這些都是家鄉土產，不過「千里鵝毛」，聊表寸心罷了。

千辛萬苦
ㄑㄧㄢ ㄒㄧㄣ ㄨㄢˋ ㄎㄨˇ

【解釋】經歷很多辛苦。
【出處】元·張之翰·元日詩：「千辛萬苦都嘗遍，祗有吳淞水最甘。」元·賈仲名·對玉梳：「受了些千辛萬苦，熬了些短嘆長吁。」
【相同】艱難萬苦。含辛茹苦。
【相反】養尊處優。
【例句】「千辛萬苦」把子女養大成人，一個個都到美國去了，剩下老倆口子相依爲命。

千言萬語
ㄑㄧㄢ ㄧㄢˊ ㄨㄢˋ ㄩˇ

【解釋】本指燕鳴，現指語多。
【出處】唐·鄭谷燕詩：「千言萬語無人會，又逐流鶯過短牆。」朱子語類：「聖賢千言萬語，只是要知得守得。」
【相同】千叮萬囑。
【相反】三言兩語。一言半語。
【例句】久別重逢，「千言萬語」，不知從何處說起？

千金一擲
ㄑㄧㄢ ㄐㄧㄣ ㄧ ㄓˋ

【解釋】極言豪奢。
【出處】唐·李太白詩：「莫惜連船沽美酒，千金一擲買春芳。」
【相同】一擲千金。
【相反】一毛不拔。
【例句】他是富家子弟，「千金一擲」，從來面不改色。

千門萬戶
ㄑㄧㄢ ㄇㄣˊ ㄨㄢˋ ㄏㄨˋ

【解釋】形容屋宇廣大或人戶衆多。
【出處】史記·孝武本紀：「於是作建章宮，度爲千門萬戶。」唐·李太白詩：「春風轉入碧雲去，千門萬戶皆春聲。」
【相同】萬戶千門。（南朝·陳·徐陵·玉臺新詠序：「凌雲概日，由余之所未窺；萬戶千門，張衡之所曾賦。」唐·王維·聽百舌鳥詩：「萬戶千門應覺曉，建章何必聽鳴雞？」）
【相反】赤地千里。荒無人煙。
【例句】大直是「千門萬戶」的大社區。

千呼萬喚
ㄑㄧㄢ ㄏㄨ ㄨㄢˋ ㄏㄨㄢˋ

【解釋】呼喚多次，催促再三。
【出處】唐·白居易·琵琶行詩：「千呼萬喚始出來，猶抱琵琶半遮面。」
【相同】三顧茅廬。
【例句】她最怕見陌生男人，媒婆「千呼萬喚」，她硬是不出來。

千奇百怪
ㄑㄧㄢ ㄑㄧˊ ㄅㄞˇ ㄍㄨㄞˋ

【解釋】十分離奇古怪。
【出處】五燈會元：「如人在州縣住

，或聞或見，千奇百怪。」
【相同】稀奇古怪。無奇不有。
【相反】司空見慣。不足爲奇。平淡無奇。
【例句】動物園內的動物，「千奇百怪」，無所不有。

千軍萬馬
ㄑㄧㄢ ㄐㄩㄣ ㄨㄢˋ ㄇㄚˇ

【解釋】形容軍隊之多。聲勢浩大。
【出處】南史·陳慶之傳：「洛中謠曰：名軍大將莫自牢，千兵萬馬避白袍。」京本通俗小說：「後面一似千軍萬馬趕來，再也不敢回頭。」元·鄭廷玉·楚昭公：「早著俺千軍萬馬都驚走，急難收。」
【相同】千兵萬馬。
【相反】一兵一卒。單槍匹馬。
【例句】瀑布從百丈懸崖傾瀉而下，勢如「千軍萬馬」。

千紅萬紫
ㄑㄧㄢ ㄏㄨㄥˊ ㄨㄢˋ ㄗˇ

【解釋】形容百花齊放，顏色繁多，異常絢麗。現在也用來形容繁榮興旺的景象。
【出處】元·趙文靑·八意行詩：「千紅萬紫隨春去，獨立溪頭看荔花。」
【相同】「萬紫千紅」。（宋·朱熹·春日詩：「等閒識得東風面，萬紫千紅總是春。」）
【例句】春到人間，原野上一片「千紅萬紫」，美不勝收。

千眞萬確
ㄑㄧㄢ ㄓㄣ ㄨㄢˋ ㄑㄩㄝˋ

【解釋】形容絕對正確無誤。
【出處】說岳全傳：「千眞萬確，朝廷已差官兵前去征剿了。」
【相同】確鑿不移。
【相反】子虛烏有。
【例句】我親眼看到，絕對是「千眞萬確」的。

千鈞一髮
ㄑㄧㄢ ㄐㄩㄣ ㄧˋ ㄈㄚˇ

同「一髮千鈞」。

千絲萬縷
ㄑㄧㄢ ㄙ ㄨㄢˋ ㄌㄩˇ

【解釋】形容彼此之間有極複雜的關係。
【相同】盤根錯節。
【例句】他們是情敵，也是事業上的伙伴，兩人的關係眞是「千絲萬縷」。

千載一時
ㄑㄧㄢ ㄗㄞˇ ㄧˋ ㄕˊ

【解釋】形容機會難得，一千年之中才有一刻的機會。
【出處】王羲之·與會稽王箋：「遇千載一時之運，顧智力屈於當年。」
【相同】千載難逢。
【例句】這次學術性座談會，是表現你博學的「千載一時」的良機。

千慮一得
ㄑㄧㄢ ㄌㄩˋ ㄧˋ ㄉㄜˊ

【解釋】意謂愚人的謀慮也不是沒有可取之處。後向人進言者常用作自謙的話。
【出處】晏子·春秋雜下：「嬰聞之：聖人千慮，必有一失；愚人千慮，必有一得。」史記·淮陰侯列傳：「廣武君曰：『臣聞智者千慮，必有一失；愚者千慮，必有一得。』」
【相同】一得之見。
【相反】千慮一失。
【例句】在下的「千慮一得」，敬請

各位批評指教。

千篇一律 ㄑㄧㄢ ㄆㄧㄢ ㄧˊ ㄌㄩˋ

【解釋】 形容作品、說話的內容重複老一套，沒有變換。
【出處】 明·王世貞·全唐詩說：「（白居易）少年與元稹角靡逞博，意在警戒痛快，晚更作知足語，千篇一律。」
【相同】 「千人一律」。（宋·蘇軾·答王庠書：「今程試文字，千人一律，考官亦厭之。」）
【相反】 千變萬化。多采多姿。
【例句】 他的訓詞「千篇一律」，了無新意。

千嬌百媚 ㄑㄧㄢ ㄐㄧㄠ ㄅㄞˇ ㄇㄟˋ

【解釋】 形容女性姿態的美豔。
【出處】 唐·張文成·游仙窟：「千嬌百媚，造次無可比方；弱體輕身，談之不能備盡。」
【相同】 「千嬌百態」。（陳·徐陵·徐孝穆集：「綠黛紅顏兩相發，千嬌百態情無歇。」）
【相反】 東施效顰。
【例句】 女子縱然沒有學問，只要外表「千嬌百媚」，到處都會受人歡迎，但是男子就沒有這樣幸運了。

千頭萬緒 ㄑㄧㄢ ㄊㄡˊ ㄨㄢˋ ㄒㄩˋ

【解釋】 形容事情複雜，頭緒繁多。
【出處】 朱子全書：「人之為學，千頭萬緒，豈可無本領，此程先生所以有持敬之語。」
【相同】 茫無頭緒。
【相反】 井井有條。提綱挈領。
【例句】 事情剛開始，「千頭萬緒」，真不知從何處下手才好？

千錘百煉 ㄑㄧㄢ ㄔㄨㄟˊ ㄅㄞˇ ㄌㄧㄢˋ

【解釋】 原指寫作精益求精，所用工夫之深。現在也比喻經歷多次鬥爭和考驗。
【出處】 唐·皮日休·劉棗強碑：「自李太白百歲，有是業者，雕金篆玉，牢奇籠怪，百鍛為字，千煉成句，雖不追躅太白，亦後來之佳作也。」清·趙翼·李青蓮詩：「詩家好作奇句警語，必千錘百煉而後能成。」
【相同】 字斟句酌。精益求精。雕章琢句。
【相反】 率爾操觚。
【例句】 這些年來，他經過「千錘百煉」，經驗比以前豐富多了。

千變萬化 ㄑㄧㄢ ㄅㄧㄢˋ ㄨㄢˋ ㄏㄨㄚˋ

【解釋】 極言變化無窮。
【出處】 史記·賈誼傳·服鳥賦：「千變萬化兮，未始有極。」
【相同】 變化多端。瞬息萬變。
【相反】 一成不變。
【例句】 國際間的分分合合，看似「千變萬化」，但都以利益為依歸。

升堂入室 ㄕㄥ ㄊㄤˊ ㄖㄨˋ ㄕˋ

【解釋】 原指子路學孔子雖有成就，但還須更進一步。後因稱人學問造詣精深為升堂入室。
【出處】 論語·先進：「由也升堂矣，未入於室也。」由，仲由，即子路。三國志·魏·管寧傳：「娛心黃老，游志六藝，升堂入室，究其閫奧。」

【例句】他對太空科學的研究已經「升堂入室」了，難得還這麼謙虛。

半斤八兩 ㄅㄢˋ ㄐㄧㄣ ㄅㄚ ㄌㄧㄤˇ

【解釋】舊秤以十六兩爲一斤，半斤八兩表示輕重相等，不相上下。
【出處】宋·釋惟白·續傳燈錄：「踏著秤鎚硬似鐵，八兩原來是半斤。」永樂大典戲文三種·張協狀元：「兩個半斤八兩，各家歸去不須嗔。」
【相同】旗鼓相當。勢均力敵。
【相反】天壤之別。天淵之別。
【例句】他們兩人的棋藝眞是「半斤八兩」，不相上下。

半吞半吐 ㄅㄢˋ ㄊㄨㄣ ㄅㄢˋ ㄊㄨˇ

【解釋】形容又想說，又想不說的神態。
【出處】湯顯祖·紫釵記：「半吞半吐話周章，定是青樓薄倖郎。」
【相同】吞吞吐吐。
【相反】暢所欲言。
【例句】你不必「半吞半吐」，有話就快說！

半信半疑 ㄅㄢˋ ㄒㄧㄣˋ ㄅㄢˋ ㄧˊ

【解釋】對眞假是非不能肯定，即疑信參半。
【出處】三國·魏·嵇康·嵇中散集：「苟卜筮所以成相，虎可卜而地可擇，何爲半信半不信耶？」半不信即半疑。清詩別裁：「相逢一一爲予說，予心半信還半疑。」
【相同】疑信參半。
【相反】深信不疑。
【例句】他的疑心病很重，對任何事情都「半信半疑」。

半塗而廢 ㄅㄢˋ ㄊㄨˊ ㄦˊ ㄈㄟˋ

【解釋】比喻做事不能堅持到底。
【字義】塗，同「途」。
【出處】禮·中庸：「君子遵道而行，半塗而廢，吾弗能已矣。」
【相同】前功盡棄。中道而廢。
【相反】持之以恆。鍥而不捨。堅持不懈。
【例句】我們一定要堅持到底，萬不可「半塗而廢」。

卓爾不群 ㄓㄨㄛˊ ㄦˇ ㄅㄨˋ ㄑㄩㄣˊ

【解釋】超越一般人之上。
【出處】漢書·河間獻王傳贊：「夫唯大雅，卓爾不群。」
【相同】出類拔萃。鶴立雞群。
【例句】「卓爾不群」的人，往往朋友很少。

卑不足道 ㄅㄟ ㄅㄨˋ ㄗㄨˊ ㄉㄠˋ

【解釋】十分低微，不值得提出來談論。
【例句】在公司裡，他的能力「卑不足道」。

南柯一夢 ㄋㄢˊ ㄎㄜ ㄧˊ ㄇㄥˋ

【解釋】比喻世事有如夢幻，或指做了一場夢。
【出處】唐·李公佐·南柯記，謂廣陵淳于棼做了一場夢，夢至大槐安國，娶了公主爲妻，做了二十年南柯太守，備極榮顯，醒來才知是夢，原來所謂大槐安國就是住所中槐樹南面樹枝下的蟻洞。

【相同】黃粱一夢。一場春夢。白日作夢。
【相反】腳踏實地。
【例句】人世的富貴榮華如「南柯一夢」。

南腔北調 ㄋㄢˊ ㄑㄧㄤ ㄅㄟˇ ㄉㄧㄠˋ

【解釋】多用於指人的語音不純，夾雜南北方言。
【出處】清·趙翼·簷曝雜記：「每數十步間一戲臺，南腔北調，備四方之樂。」儒林外史：「兩邊一幅箋紙的聯，上寫著：三間東倒西歪屋，一個南腔北調人。」
【例句】國文老師說起話來竟然「南腔北調」，因此成爲我們取笑的對象。

南轅北轍 ㄋㄢˊ ㄩㄢˊ ㄅㄟˇ ㄔㄜˋ

【解釋】欲南行而車向北。比喻行動與目的相反。
【出處】戰國時魏王欲攻邯鄲，季梁以有人欲南至楚國，卻駕車北走爲喻，說魏王的行動「猶至楚而北行也」。見戰國策·魏策。後人以南轅北轍，比喻背道而馳。
【相同】背道而馳。
【相反】殊途同歸。
【例句】專制政府的言行總是「南轅北轍」，人民敢怒而不敢言。

博古通今 ㄅㄛˊ ㄍㄨˇ ㄊㄨㄥ ㄐㄧㄣ

【解釋】形容學問淵博，古今都知道得很詳盡。
【出處】孔子家語·觀周：「吾聞老聃博古知今。」東周列國志：「兼且通今博古，出口成文，因此號爲文姜。」晉書·石苞傳：「君侯博古通今，察遠照邇，願加三思。」
【相同】博極古今。博學多聞。
【相反】孤陋寡聞。
【例句】他「博古通今」，被稱爲活百科辭典。

博學多才 ㄅㄛˊ ㄒㄩㄝˊ ㄉㄨㄛ ㄘㄞˊ

【解釋】學識淵博，才能豐富。
【例句】他「博學多才」，前途未可限量。

卜部

卜晝卜夜 ㄅㄨˇ ㄓㄡˋ ㄅㄨˇ ㄧㄝˋ

【解釋】稱聚飲無度，晝夜不止爲「卜晝卜夜」。
【出處】陳敬仲爲齊工正。一次，請桓公飲酒，桓公喝得很高興，命舉火繼飲。敬仲辭謝說：「臣卜其晝，未卜其夜，不敢。」見左傳。
【例句】玩樂要適可而止，不要「卜晝卜夜」。

卩部

危在旦夕 ㄨㄟˊ ㄗㄞˋ ㄉㄢˋ ㄒㄧˋ

【解釋】形容病況危急，死亡不過是早晚的事。
【例句】國家命運已「危在旦夕」，官商勾結如故，當然加速滅亡了。

危如累卵 ㄨㄟˊ ㄖㄨˊ ㄌㄟˇ ㄌㄨㄢˇ

【解釋】把蛋堆累起來，隨時可能倒下來，比喻情況危險之極。

【出處】史記‧范睢列傳：「秦王之國，危如累卵，得臣則安。」

【相反】安如磐石。

【例句】外敵一入侵，這個原本「危如累卵」的政權，就更加搖搖欲墜了。

危言聳聽 ㄨㄟˊ ㄧㄢˊ ㄙㄨㄥˇ ㄊㄧㄥ

【解釋】用嚇人的話嚇唬人。

【字義】聳：驚動。

【例句】這是別有用心的人「危言聳聽」，我們千萬要冷靜。

危急存亡之秋 ㄨㄟˊ ㄐㄧˊ ㄘㄨㄣˊ ㄨㄤˊ ㄓ ㄑㄧㄡ

【解釋】危險至極的緊急關頭。

【出處】蜀漢‧諸葛亮‧出師表：「此誠危急存亡之秋也。」

【例句】在國家「危急存亡之秋」，他毅然出來擔任總理。

卻之不恭 ㄑㄩㄝˋ ㄓ ㄅㄨˋ ㄍㄨㄥ

【解釋】本指和人交際，別人送東西，自己盤算受還是不受，如不受，就是對人不恭敬。後來成爲接受別人禮物的客套話。

【出處】孟子‧萬章下：「卻之卻之爲不恭，何哉？」鼎峙春秋六本：「踵成厚貺，使老身卻之不恭，受之有愧。」

【例句】你既然老遠送來這麼貴重的禮物，我「卻之不恭」，只好收下了。

厂部

厚顏無恥 ㄏㄡˋ ㄧㄢˊ ㄨˊ ㄔˇ

【解釋】臉皮厚，不知羞恥爲何物。

【出處】詩經‧巧言：「巧言如簧，顏之厚矣。」

【相同】無恥之尤。恬不知恥。寡廉鮮恥。卑鄙無恥。

【相反】知羞識廉。自慚形穢。無地自容。

【例句】他「厚顏無恥」到了極點，你再罵也沒用。

厝火積薪 ㄘㄨㄛˋ ㄏㄨㄛˇ ㄐㄧ ㄒㄧㄣ

【解釋】置火於積薪之下，喻隱患。

【字義】厝，置也。

【出處】漢書‧賈誼傳：「夫抱火厝之積薪之下，而寢其上；火未及燃，因謂之安，偷安者也。」

【相同】危如累卵。燕巢幕上。

【相反】曲突徙薪。防患未然。

【例句】他任總理時，不能徹底根治積弊，老是採用「厝火積薪」的政策。

原封不動 ㄩㄢˊ ㄈㄥ ㄅㄨˋ ㄉㄨㄥˋ

【解釋】完全是原來的樣子，沒有動過。

【出處】元‧王仲文‧救孝子賢母不認屍：「(賽盧醫云)是你的老婆，這等呵，我可也原封不動，送還你罷。」

【相同】一成不變。依然如故。紋絲不動。

【相反】面目全非。

【例句】部下送的禮，他都「原封不動」地退了回去。

厶部

去僞存真 ㄑㄩˋ ㄨㄟˋ ㄘㄨㄣˊ ㄓㄣ

【解釋】排除假的，保留眞的。

【出處】續傳燈錄‧褒傳禪師：「權

衡在手，明鏡當臺，可以摧邪輔正，可以去僞存眞。」

【相同】 披沙揀金。

【相反】 魚目混珠。濫竽充數。

【例句】 考證古代文物，「去僞存眞」是最重要的工作。

去蕪存菁 ㄑㄩˋ ㄨˊ ㄘㄨㄣˊ ㄐㄧㄥ

【解釋】 除去無用之物而保存精華。

【字義】 蕪：雜草，無用之物；菁：精華。

【例句】 讀古書應該採取批判的態度，「去蕪存菁」，最忌照單全收，好壞不分。

參差不齊 ㄘㄣ ㄘ ㄅㄨˋ ㄑㄧˊ

【解釋】 長短不同。

【出處】 詩經·關雎：「參差荇菜，左右流之。」

【例句】 他們雖然是同學，但英文程度「參差不齊」。

又部

又弱一個 ㄧㄡˋ ㄖㄨㄛˋ ㄧˊ ㄍㄜˋ

【解釋】 多用爲悼念老一輩人去世之詞。

【出處】 左傳：「齊公孫竈卒，晏子曰：『惜也！……二惠競爽猶可，又弱一個焉，姜其危哉！』」

【例句】 老伯之仙逝，今後文壇前輩「又弱一個」了。

反老還童 ㄈㄢˇ ㄌㄠˇ ㄏㄨㄢˊ ㄊㄨㄥˊ

【解釋】 道家傳說卻老術的一種。爲祝頌讚美之詞。

【出處】 漢史·游急就篇：「長樂無極老復丁。」文苑英華：「既變醜以成妍，亦反老而爲少。」

【相反】 未老先衰。

【例句】 世間不可能有「反老還童」的仙丹。

反脣相稽 ㄈㄢˇ ㄔㄨㄣˊ ㄒㄧㄤ ㄐㄧ

【解釋】 表示不服氣或鄙視。

【字義】 反脣：把脣反轉以示不服；稽：查，問。

【出處】 史記·平準書：「客談：『初令下，有不便者。』(顏)異不應，微反脣。」漢·賈誼傳：「婦姑不相說，則反脣而相稽。」

【誤作】 反脣相譏。

【例句】 爲人子女的，不該對父母「反脣相稽」。

反敗爲勝 ㄈㄢˇ ㄅㄞˋ ㄨㄟˊ ㄕㄥˋ

同「轉敗爲勝」。

反躬自問 ㄈㄢˇ ㄍㄨㄥ ㄗˋ ㄨㄣˋ

【解釋】 反問自己，自我檢討。

【字義】 躬：自己。

【出處】 禮記·樂記：「不能反躬，天理滅矣。」

【相同】 反躬自省。

【相反】 諉過於人。

【例句】 常常「反躬自問」，則自然會減少錯誤。

反臉無情 ㄈㄢˇ ㄌㄧㄢˇ ㄨˊ ㄑㄧㄥˊ

【解釋】 向來友善相處，突然翻臉不念舊情。
【例句】 他富裕以後，對以前共患難的窮朋友「反臉無情」了。

反覆無常 ㄈㄢˇ ㄈㄨˋ ㄨˊ ㄔㄤˊ
【解釋】 一時順從，一時反叛，或既經答應，忽又反悔。
【出處】 漢書·韓信傳：「齊夸詐多變，反覆之國。」
【相同】 朝三暮四。
【相反】 一言既出，駟馬難追。
【例句】 他的性格「反覆無常」，所以不適合當領導人物。

及時行樂 ㄐㄧˊ ㄕˊ ㄒㄧㄥˊ ㄌㄜˋ
【解釋】 趁著好時光，好好地享受一番。
【例句】 他不管公事，只知「及時行樂」。

及鋒而試 ㄐㄧˊ ㄈㄥ ㄦˊ ㄕˋ
【解釋】 趁銳氣正盛，有所作爲。後來因稱乘有利之機，一鼓作氣爲「及鋒而試」。
【字義】 及鋒：趁著（刀劍或士氣）鋒銳。
【出處】 史記·高祖本紀：「軍吏士卒，皆山東之人也。日夜跂而望歸，及其鋒而用之，可以有大功。」
【相同】 見兔放鷹。見機行事。
【相反】 坐失良機。
【例句】 他剛從國文系畢業，就任副刊主編，碰上了「及鋒而試」的好運氣。

取之不盡 ㄑㄩˇ ㄓ ㄅㄨˋ ㄐㄧㄣˋ
【解釋】 數量極多，用不完。
【例句】 我國的地下礦藏，「取之不盡」、用之不竭。

取而代之 ㄑㄩˇ ㄦˊ ㄉㄞˋ ㄓ
【解釋】 趕跑別人，自己去佔據他的位置。
【出處】 史記·項羽本紀：「彼可取而代也。」
【相同】 拔旗易幟。鵲巢鳩居。
【相反】 各就各位。
【例句】 他羨慕當皇帝，夢想有一天自己能「取而代之」。

取快一時 ㄑㄩˇ ㄎㄨㄞˋ ㄧ ㄕˊ
【解釋】 不顧後果，只求暫時的快意。
【例句】 你若不忍耐，做「取快一時」的事，將來就悔之晚矣！

取長補短 ㄑㄩˇ ㄔㄤˊ ㄅㄨˇ ㄉㄨㄢˇ
【解釋】 取別人的長處，補自己的不足。
【出處】 孟子·滕文公上：「今滕，絕長補短，將五十里也。」
【相同】 揚長避短。捨短取長。
【相反】 吹毛求疵。求全責備。
【例句】 先要虛懷若谷，才能「取長補短」。

受寵若驚 ㄕㄡˋ ㄔㄨㄥˇ ㄖㄨㄛˋ ㄐㄧㄥ
【解釋】 受人寵愛而感到意外的驚喜和不安。
【出處】 宋·蘇軾·謝中書舍人啓：「省躬無有，被寵若驚。」官場現形記：「過道臺承中丞這一番優待，不禁受寵若驚，坐立不穩，正不知如何是好？」
【相反】寵辱偕忘。寵辱不驚。
【例句】部長親自到他家去祝壽，他難免有「受寵若驚」之感。

口部

口中雌黃 ㄎㄡˇ ㄓㄨㄥ ㄘ ㄏㄨㄤˊ

【解釋】隨口更正說得不恰當的話。如用雌黃蘸筆，塗改錯字。後來把不顧事實隨便議論叫「信口雌黃」。
【字義】雌黃：既雞冠石，古時書有誤寫處，可用雌黃塗蓋改寫，故稱隨意塗改為「雌黃」。
【出處】南朝·梁·劉孝標·廣絕交論：「雌黃出其唇吻」注引晉陽秋：「王衍字夷甫，能言，於意有不安者，輒更易之，時號口中雌黃。」
【例句】他「口中雌黃」，胡說八道。

口血未乾 ㄎㄡˇ ㄒㄧㄝˇ ㄨㄟˋ ㄍㄢ

【解釋】比喻盟約訂立沒多久就反悔了（古時訂盟必歃血）。
【出處】左傳：「與大國盟，口血未乾而背之，可乎？」
【相同】墨跡未乾。
【相反】信誓旦旦。
【例句】你和他有約在先，「口血未乾」，竟然反悔？

口角春風 ㄎㄡˇ ㄐㄧㄠˇ ㄔㄨㄣ ㄈㄥ

【解釋】比喻言語評論，如春風能使萬物生長，後來書札中常用此語比喻為人吹嘘或替人說好話。
【出處】意本後漢書·鄭太傳：「孔公緒能清談高論，嘘枯吹生。」
【相同】為人說項。
【例句】先生「口角春風」如願代為說項，此事一定成功。

口是心非 ㄎㄡˇ ㄕˋ ㄒㄧㄣ ㄈㄟ

【解釋】心裡想的和口裡說的並不一致。
【出處】抱朴子·微旨：「若乃憎善好殺，口是心非，背向異辭，反戾直正……凡有一事，輒是一罪。」
【相同】口不對心。
【相反】言行一致。心口如一。
【例句】這個人「口是心非」，不講信義。

口不對心 ㄎㄡˇ ㄅㄨˋ ㄉㄨㄟˋ ㄒㄧㄣ

同「口是心非」。

口若懸河 ㄎㄡˇ ㄖㄨㄛˋ ㄒㄩㄢˊ ㄏㄜˊ

【解釋】比喻說話滔滔不絕，善於辯論。
【出處】晉書·郭象傳：「聽象語，如懸河瀉水，注而不竭。」
【相同】侃侃而談。滔滔不絕。
【相反】沉默寡言。噤若寒蟬。張口結舌。
【例句】他「口若懸河」，語驚四座。

口誅筆伐 ㄎㄡˇ ㄓㄨ ㄅㄧˇ ㄈㄚˊ

【解釋】用言語或文字譴責他人的罪狀或錯誤言行。
【出處】明·汪廷訥·三祝記：「他損廉棄恥，向權門富貴貪求，全不知口誅筆伐是詩人句，隴上播間識者羞。」
【例句】對這種賣國求榮的漢奸，我

們必須「口誅筆伐」，使全國人民都看清楚他們的醜惡面貌。

口蜜腹劍 ㄎㄡˇ ㄇㄧˋ ㄈㄨˋ ㄐㄧㄢˋ

【解釋】 嘴甜心毒。

【出處】 資治通鑑：「李林甫爲相，……尤忌文學之士，或陽與之善，啖以甘言而陰陷之。世謂李林甫口有蜜，腹有劍。」明·王世貞·鳴鳳記：「這廝口蜜腹劍，正所謂匿怨而友者也。」

【相同】 笑裡藏刀。

【相反】 苦口婆心。

【例句】 此人「口蜜腹劍」，不可深交。

口碑載道 ㄎㄡˇ ㄅㄟ ㄗㄞˋ ㄉㄠˋ

【解釋】 指德行稱頌於衆人口中，猶如用文字刻在石碑之上，永垂不朽。

【出處】 五燈會元：「勸君不用鐫頑石，路上行人口似碑。」

【相同】 有口皆碑。

【例句】 王鄉長爲本鄉修建了很多水利工程，「口碑載道」，深受鄉人的敬愛。

口講指畫 ㄎㄡˇ ㄐㄧㄤˇ ㄓˇ ㄏㄨㄚˋ

【解釋】 以手勢助講授。

【出處】 唐·韓愈·柳子厚墓誌：「衡湘以南爲進士者，皆以子厚爲師。其經承子厚口講指畫，爲文詞者，悉有法度可觀。」

【例句】 他「口講指畫」，唯恐我們聽不明白。

口惠而實不至 ㄎㄡˇ ㄏㄨㄟˋ ㄦˊ ㄕˊ ㄅㄨˋ ㄓˋ

【解釋】 口頭上答應這又答應那，事實上一點也做不到。

【字義】 惠：對別人的照顧；實：事實。

【例句】 他不知已答應過多少次了，「口惠而實不至」，有甚麼用呢？

古今中外 ㄍㄨˇ ㄐㄧㄣ ㄓㄨㄥ ㄨㄞˋ

【解釋】 古時和今日，中國和外國；總括時間和空間的說法。

【例句】 這種英勇事跡，「古今中外」，不可多見。

古井無波 ㄍㄨˇ ㄐㄧㄥˇ ㄨˊ ㄆㄛ

【解釋】 比喻人心寂然不動，如井已枯竭，不再起波瀾。古代多用來稱夫死，妻不再嫁者。

【出處】 唐·孟郊·列女操：「妾心古井水，波瀾誓不起。」白居易·贈元稹詩：「無波古井水，有節秋竹竿。」

【例句】 她已年過五十，對往昔纏綿悱惻的戀情，早已「古井無波」了。

古色古香 ㄍㄨˇ ㄙㄜˋ ㄍㄨˇ ㄒㄧㄤ

【解釋】 形容古雅的色彩，多指古物言。

【出處】 清·黃丕烈士禮居藏書題跋記上塵史：「是書雖非毛氏所云何元朗本及伊舅氏仲木本，然古色古香溢於楮墨，想不在二本下也。」

【例句】 禮堂的布置，「古色古香」，完全是中國傳統的風味。

古往今來 ㄍㄨˇ ㄨㄤˇ ㄐㄧㄣ ㄌㄞˊ

【解釋】 從古到今。

【出處】 晉·潘岳·西征賦：「古往今

來，邈兮悠哉！」

【相同】亘古亘今。亘古通今。

【相反】彈指一瞬。

【例句】「古往今來」，不知道有多少英雄人物爲名利所累。

古稀之年 ㄍㄨˇ ㄒㄧ ㄓ ㄋㄧㄢˊ

【解釋】七十歲高齡。

【出處】杜甫·曲江詩：「酒債尋常行處有，人生七十古來稀。」

【例句】他雖然已屆「古稀之年」，但仍夜以繼日地苦讀不懈。

古道熱腸 ㄍㄨˇ ㄉㄠˋ ㄖㄜˋ ㄔㄤˊ

【解釋】有上古之道（守正不阿）和樂於助人的心腸。

【出處】禮記·檀弓：「仲子亦猶行古之道也。」

【例句】張先生「古道熱腸」，十分難得。

可有可無 ㄎㄜˇ ㄧㄡˇ ㄎㄜˇ ㄨˊ

【解釋】有也好，沒有也好，無關重要。

【相同】無關緊要。無足輕重。

【相反】舉足輕重。

【例句】化粧品「可有可無」，現在沒錢，就不必買。

可造之材 ㄎㄜˇ ㄗㄠˋ ㄓ ㄘㄞˊ

【解釋】可以造就的人材。

【例句】他天生聰慧，是「可造之材」。

可圈可點 ㄎㄜˇ ㄑㄩㄢ ㄎㄜˇ ㄉㄧㄢˇ

【解釋】形容文章或說話值得讚賞。

【例句】他的詩，只有這一句是「可圈可點」的。

可歌可泣 ㄎㄜˇ ㄍㄜ ㄎㄜˇ ㄑㄧˋ

【解釋】可以使人歌頌或哭泣；形容感動力巨大。

【出處】明·海瑞·方孝孺臨麻姑仙壇記跋：「國初方正學先生忠事建文，殉身靖難，其激烈之概，無異平原復生。追念及之，可歌可泣。」

【相同】感天動地。

【相反】無動於衷。

【例句】馬關條約把臺灣割讓給日本，臺灣同胞群起反抗，在歷史上寫下了很多「可歌可泣」的英勇事跡。

可望而不可即 ㄎㄜˇ ㄨㄤˋ ㄦˊ ㄅㄨˋ ㄎㄜˇ ㄐㄧˊ

【解釋】望之可見，但不能接近或獲得。

【字義】即：接近。

【例句】她是董事長的掌上明珠，對公司裡的小職員來說是「可望而不可即」的。

司空見慣 ㄙ ㄎㄨㄥ ㄐㄧㄢˋ ㄍㄨㄢˋ

【解釋】形容常見的事。

【字義】司空：古代官名。

【出處】唐·孟棨·本事詩記載：唐司空李紳宴請劉禹錫，讓歌女勸酒，劉即席賦詩，有「司空見慣渾閒事，斷盡江南刺史腸。」之句。唐詩紀事，作揚州大司馬杜鴻漸與劉禹錫事。草堂詩餘·蘇軾滿庭芳佳人詞：「人間何處，有司空見慣，應謂尋常。」

【相同】不足爲奇。習以爲常。屢見不鮮。

【相反】少見多怪。絕無僅有。
【例句】這種事我已「司空見慣」，何必大驚小怪？

另有洞天 ㄌㄧㄥˋ ㄧㄡˇ ㄉㄨㄥˋ ㄊㄧㄢ
【解釋】有一個不爲人知的所在。後指風景優美的山水勝地。
【字義】洞天：道家稱神仙所居的地方。
【出處】唐・杜光庭・洞天福地岳瀆名山記：「列出十大洞天，三十六小洞天，七十二福地的名稱。」
【相同】別有天地。洞天福地。
【例句】此地景色如畫，但人跡罕至，堪稱是「另有洞天」之地。

另起爐竈 ㄌㄧㄥˋ ㄑㄧˇ ㄌㄨˊ ㄗㄠˋ
【解釋】比喻從新創造或另立門戶。
【例句】他本來是報社的主編，後來「另起爐竈」，自己辦了一家大報。

另眼相待 ㄌㄧㄥˋ ㄧㄢˇ ㄒㄧㄤ ㄉㄞˋ
【解釋】特別照顧、看待。
【出處】紅樓夢：「不過仗著這些功勞情分，有祖宗時，都另眼相待，如今誰肯難爲他？」
【相同】刮目相看。
【相反】一視同仁。
【例句】他當選市長之後，同學們都對他「另眼相看」。

另謀高就 ㄌㄧㄥˋ ㄇㄡˊ ㄍㄠ ㄐㄧㄡˋ
【解釋】另外找一份職業，意即辭去現職。
【例句】由於他怠忽職守，總經理只好請他「另謀高就」了。

另請高明 ㄌㄧㄥˋ ㄑㄧㄥˇ ㄍㄠ ㄇㄧㄥˊ
【解釋】另外請一個較爲高明的人，意即敬謝不敏，不想接受委託或聘請。
【例句】這種事我辦不好，你「另請高明」罷！

史不絕書 ㄕˇ ㄅㄨˋ ㄐㄩㄝˊ ㄕㄨ
【解釋】同類的事經常發生，不斷見於記載。
【出處】左傳：「魯之於晉也，職貢不乏，玩好時至，公卿大夫，相繼於朝，史不絕書。」
【相同】不一而足。屢見不鮮。
【相反】史無前例。
【例句】國必自伐而後人伐之的這類慘痛教訓，「史不絕書」。

史無前例 ㄕˇ ㄨˊ ㄑㄧㄢˊ ㄌㄧˋ
【解釋】歷史上從來沒有發生過這樣的事。
【相同】前所未有。
【相反】史不絕書。
【例句】這是「史無前例」的創舉，值得大書特書。

叫苦連天 ㄐㄧㄠˋ ㄎㄨˇ ㄌㄧㄢˊ ㄊㄧㄢ
【解釋】形容吃苦時不斷叫喊。
【相同】叫苦不迭。呼天搶地。
【例句】你要他多做一點事，他就「叫苦連天」。

叱咤風雲 ㄔˋ ㄓㄚˋ ㄈㄥ ㄩㄣˊ
【解釋】怒喝一聲，風雲爲之變色；比喻威猛。
【字義】叱咤：怒喝聲。

【出處】駱賓王·文：「喑嗚則山岳崩頽，叱咤則風雲變色。」

【例句】他曾經是「叱咤風雲」的人物，想不到今天淪落爲乞丐！

叨陪末座　ㄊㄠ ㄆㄟˊ ㄇㄛˋ ㄗㄨㄛˋ

【解釋】受別人款宴的自謙語。

【字義】叨陪：謙詞，叨光陪侍。

【出處】唐·王勃·滕王閣序：「他日趨庭，叨陪鯉對。」

【例句】那天王經理請客，我也「叨陪末座」。

只可意會，不可言傳　ㄓˇ ㄎㄜˇ ㄧˋ ㄏㄨㄟˋ　ㄅㄨˋ ㄎㄜˇ ㄧㄢˊ ㄔㄨㄢˊ

【解釋】只能領會它的意思而無法用言語來表達，意指說不出的美妙。

【例句】這句話「只可意會，不可言傳。」難道你要我畫蛇添足多加解釋嗎？

只許州官放火，不許百姓點燈　ㄓˇ ㄒㄩˇ ㄓㄡ ㄍㄨㄢ ㄈㄤˋ ㄏㄨㄛˇ　ㄅㄨˋ ㄒㄩˇ ㄅㄞˇ ㄒㄧㄥˋ ㄉㄧㄢˇ ㄉㄥ

【解釋】形容做官的爲所欲爲，老百姓卻一點兒自由都沒有。

【出處】宋·陸游·老學庵筆記載：有位州官名叫田登，嚴禁別人叫他的名字，因登、燈同音，所以全州的人叫燈爲火。到元宵節放燈時，官府出告示：本州依例放火三日。

【例句】我們在路邊販賣東西隨時會遭取締，警察卻可以包庇賭博、色情，當眞是「只許州官放火，不許百姓點燈！」

同工異曲　ㄊㄨㄥˊ ㄍㄨㄥ ㄧˋ ㄑㄩˇ

【解釋】曲調不同，演得同樣精彩。比喻不同人的辭章具有同樣高的造詣。今多指方法不同，得到同樣效果。

【出處】唐·韓愈·進學解：「子雲相如，同工異曲。」子雲，揚雄字。相如，司馬相如。

【相同】異曲同工。

【例句】你的改編劇本和他的原著，可稱「同工異曲」，並皆佳妙。

同仇敵愾　ㄊㄨㄥˊ ㄔㄡˊ ㄉㄧˊ ㄎㄞˋ

【解釋】共同起來抵禦敵人。

【字義】同仇：共同對待仇敵；愾：憤恨；敵愾：抵禦所恨怒的人。

【出處】詩經·秦風·無衣：「修我戈矛，與子同仇。」左傳：「諸侯敵王所愾而獻其功。」

【例句】我們如不「同仇敵愾」，團結一致，國家一定會滅亡。

【相反】自相殘殺。同室操戈。

同甘共苦　ㄊㄨㄥˊ ㄍㄢ ㄍㄨㄥˋ ㄎㄨˇ

【解釋】有福同享，有難同當。

【出處】戰國策·燕策：「燕王弔死問生，與百姓同其甘苦。」

【相同】休戚與共。

【例句】他們在抗戰時「同甘共苦」，情逾骨肉。

同舟共濟　ㄊㄨㄥˊ ㄓㄡ ㄍㄨㄥˋ ㄐㄧˋ

【解釋】比喻大家處在同一困境，理應合力克服困難，互相幫助。

【字義】濟：渡河。

【出處】周易·略例：「同舟共濟，則胡越何患乎異心。」

【相同】同心協力。風雨同舟。和衷

共濟。

【相反】同床異夢。同室操戈。

【例句】大家都是被壓迫者，應該「同舟共濟」，共同反抗。

同床異夢 ㄊㄨㄥˊ ㄔㄨㄤˊ ㄧˋ ㄇㄥˋ

【解釋】比喻共同生活在一起或工作的人，意見不同，各有打算。

【出處】陳亮·與朱文晦書：「同床各作夢，周公且不能學得，何必一一論到孔明哉？」

【相同】貌合神離。同床各夢。

【相反】同舟共濟。

【例句】男的愛色，女的愛錢，兩人結成「同床異夢」的婚姻。

同室操戈 ㄊㄨㄥˊ ㄕˋ ㄘㄠ ㄍㄜ

【解釋】比喻內部鬥爭。

【出處】後漢何休專治公羊傳，鄭玄著論以難之，休歎息說：「康成入我家操吾矛以伐我乎？」康成，鄭玄字。見後漢書·鄭玄傳。清·江藩·宋學淵源記序：「爲宋學者，不第攻漢儒而已也，抑且同室操戈矣。」

【相同】兄弟鬩牆。煮豆燃萁。

【相反】兄友弟恭。同舟共濟。

【例句】在外侮日急的時侯，這兩個大黨還在「同室操戈」，實在使人浩歎。

同流合污 ㄊㄨㄥˊ ㄌㄧㄡˊ ㄏㄜˊ ㄨ

【解釋】原指隨時浮沉。後來多指與壞人爲伍。

【出處】孟子·盡心下：「同乎流俗，合乎汙世。」宋·朱熹·答胡季隨書：「細看來書，似已無可得說，……如此則更說甚講學，不如同流合污，著衣喫飯，無所用心之省事也。」

【相同】沆瀣一氣。狼狽爲奸。

【相反】潔身自好。明哲保身。

【例句】他的朋友雖然都是些流氓，但他卻能不「同流合污」。

同病相憐 ㄊㄨㄥˊ ㄅㄧㄥˋ ㄒㄧㄤ ㄌㄧㄢˊ

【解釋】比喻彼此遭遇相同而互相同情憐憫。

【出處】吳越春秋·闔閭內傳：「子不聞河上之歌乎？同病相憐，同憂相救。」

【相同】物傷其類。同憂相救。芝焚蕙嘆。

【例句】住院的病患，最能發揚「同病相憐」的精神。

同歸於盡 ㄊㄨㄥˊ ㄍㄨㄟ ㄩˊ ㄐㄧㄣˋ

【解釋】一同（多指與敵人）毀滅。

【出處】列子·王端：「天地終乎？與我皆終。」盧重玄解：「大小雖殊，同歸於盡耳。」

【相同】玉石俱焚。蘭艾同焚。

【例句】他衝進碉堡，決心與敵人「同歸於盡」。

同歸殊塗 ㄊㄨㄥˊ ㄍㄨㄟ ㄕㄨ ㄊㄨˊ

【解釋】比喻採取不同的方法得到相同的效果。

【字義】殊：不同，異。塗：同「途」。

【出處】易·繫辭下：「天下同歸而殊塗，一致而百慮。」三國·魏·嵇康·琴賦：「同歸殊途，或文或質。」

【相同】殊途同歸。異曲同工。

【相反】分道揚鑣。
【例句】不必再爭吵了，我覺得你們兩人的作法是「同歸殊塗」。

合浦珠還 ㄏㄜˊ ㄆㄨˇ ㄓㄨ ㄏㄨㄢˊ

【解釋】比喻東西失而復得。
【出處】傳說漢合浦郡不產穀實，而海出珠寶，先時郡守並多貪穢，極力搜刮，致使珍珠移往別處。後孟嘗為合浦太守，制止搜刮，革易前弊，珍珠復還。見後漢書·孟嘗傳。
【相同】失而復得。
【相反】一去不返。
【例句】這幅名畫失竊多年，今天「合浦珠還」，眞是一大喜事。

名不虛傳 ㄇㄧㄥˊ ㄅㄨˋ ㄒㄩ ㄔㄨㄢˊ

【解釋】名望和實際相符。
【出處】宋·華岳·白面渡詩：「繫船白面問谿翁，名不虛傳說未通。」
【相同】名實相副。
【相反】名不副實。有名無實。
【例句】他的技藝超凡入化，果然「名不虛傳」。

名不副實 ㄇㄧㄥˊ ㄅㄨˋ ㄈㄨˋ ㄕˊ

【解釋】徒有虛名，事實上並非如此
【相同】有名無實。
【相反】名實相副。名不虛傳。
【例句】他雖然獲得博士學位，但孤陋寡聞得很，的確「名不副實」。

名正言順 ㄇㄧㄥˊ ㄓㄥˋ ㄧㄢˊ ㄕㄨㄣˋ

【解釋】多稱言行具有充分理由。
【字義】名正：名義正當；言順：道理講得通。
【出處】論語·子路：「名不正則言不順。」三國演義：「名正言順，以討國賊。」
【相同】理直氣壯。義正詞嚴。
【相反】理屈詞窮。名不正言不順。
【例句】因為他的父親是皇帝，所以他「名正言順」地繼承大統。

名存實亡 ㄇㄧㄥˊ ㄘㄨㄣˊ ㄕˊ ㄨㄤˊ

【解釋】名義上存在，實際上已經滅亡。
【出處】唐·韓愈·處州孔子廟碑：「或不能修事，雖設博士弟子，或役於有司，名存實亡，失其所業。」
【相同】有名無實。
【相反】名副其實。
【例句】他當總司令，早已「名存實亡」，因為連小兵都不聽他指揮了。

名利雙收 ㄇㄧㄥˊ ㄌㄧˋ ㄕㄨㄤ ㄕㄡ

【解釋】既有名，又有利，二者兼而有之。
【出處】官場現形記：「因為他此番奉委，一定名利雙收，因此大家借了趵突泉地方，湊了公分備了一席，替他送行。」
【相同】名利兼收。
【相反】雞飛蛋打。
【例句】寫作算是「名利雙收」的職業嗎？

名列前茅 ㄇㄧㄥˊ ㄌㄧㄝˋ ㄑㄧㄢˊ ㄇㄠˊ

【解釋】考試成績優良，名字在前幾名之內。
【字義】前茅：古時楚國的軍隊用茅草作為報警的信號，在行軍時，前茅居先，因此用以比喻「最前」。
【出處】左傳：「前茅慮無。」
【相同】首屈一指。
【相反】名落孫山。
【例句】每學期，他都「名列前茅」。

名副其實 ㄇㄧㄥˊ ㄈㄨˋ ㄑㄧˊ ㄕˊ
【解釋】名聲或名字和實質相符合。
【字義】副：相配，相稱。
【出處】宋·范祖禹·唐鑑：「故夫子慈孫之欲顯其親，莫若使名副其實而不浮。」
【相同】名實相稱。名下無虛。名不虛傳。（也作「名符其實」）
【相反】名不副實。有名無實。名過其實。
【例句】他是位「名副其實」的好長官。

名落孫山 ㄇㄧㄥˊ ㄌㄨㄛˋ ㄙㄨㄣ ㄕㄢ
【解釋】指考試落第。
【出處】宋·范公偁·過庭錄：「吳人孫山，滑稽才子也，赴舉時，鄉人託以子偕往；榜發，鄉人子失意，山曰：『解向盡處是孫山，賢郎更在孫山外。』」
【相同】榜上無名。
【相反】名列前茅。獨佔鰲頭。
【例句】這次考試，他又「名落孫山」了。

名滿天下 ㄇㄧㄥˊ ㄇㄢˇ ㄊㄧㄢ ㄒㄧㄚˋ
【解釋】天下聞名，極言聲名之盛。
【出處】管子·白心：「名滿於天下，不若其已也。」
【相同】名高天下。（史記·魯仲連傳：「故管子不恥身在縲紲之中而恥天下之不治，不恥不死公子糾而恥威之不信於諸侯，故兼三行之過而爲五霸首，名高天下而光燭鄰國。」）
【相同】名揚四海。天下聞名。
【相反】無名小卒。沒世無稱。沒沒無聞。
【例句】他是位才子，二十歲不到，就「名滿天下」了。

名震一時 ㄇㄧㄥˊ ㄓㄣˋ ㄧˊ ㄕˊ
【解釋】當時聲名極爲震動，亦作「名譟一時」。
【相同】名噪一時。
【相反】沒沒無聞。藉藉無名。
【例句】他以寡敵衆，擊退進犯的敵軍，因而「名震一時」。

名韁利鎖 ㄇㄧㄥˊ ㄐㄧㄤ ㄌㄧˋ ㄙㄨㄛˇ
【解釋】名利像韁繩一樣束縛人。
【出處】漢·東方朔·與友人書：「不可使塵網名韁拘鎖，怡然長笑。」宋·柳永·夏雲峰詞：「向此免名韁利鎖，虛費光陰。」
【例句】必須先能擺脫「名韁利鎖」，才算入門。

各行其是 ㄍㄜˋ ㄒㄧㄥˊ ㄑㄧˊ ㄕˋ
【解釋】各人按照自己的意見去做，不強同他人。
【出處】周書·宇文孝伯傳：「尉遲運懼，私謂孝伯曰：『吾徒必不免禍，爲之奈何？』孝伯對曰：『今堂上有母，地下有武帝，爲臣爲子，知欲何之。且委質事人，本徇名義，諫而不入，將焉逃死。足下若爲身計，宜且遠之。」於是各行其志。」

【相同】各自爲政。各行其志。

【相反】同心同德。同心協力。

【例句】大家的行動必須一致，千萬不可「各行其是」。

各有千秋 ㄍㄜˋ ㄧㄡˇ ㄑㄧㄢ ㄑㄧㄡ

【解釋】各有各的長處或特點。

【字義】千秋：千年之後，亦即可以流傳千秋萬世的東西。

【例句】他們兩人的寫作風格，「各有千秋」。

各自爲政 ㄍㄜˋ ㄗˋ ㄨㄟˊ ㄓㄥˋ

【解釋】各人按照自己的主張行事，不顧整體，也不和別人協調配合。

【出處】左傳：「疇昔之羊，子爲政；今日之事，我爲政。」

【相同】各行其是。

【相反】通力合作。

【例句】各機構應先互相協調，萬不可「各自爲政」。

各奔前程 ㄍㄜˋ ㄅㄣ ㄑㄧㄢˊ ㄔㄥˊ

【解釋】各走各的路。

【出處】元曲選·爭報恩三虎下山：「方信將軍不下馬，也須各自奔前程。」

【相同】各奔東西。分道揚鑣。

【相反】殊途同歸。

【例句】他們決定分手，從此「各奔前程」。

各持己見 ㄍㄜˋ ㄔˊ ㄐㄧˇ ㄐㄧㄢˋ

【解釋】各人堅持自己不同的意見。

【相同】各執己見。

【相反】人云亦云。隨聲附和。

【例句】雙方在會議上「各持己見」，互不相讓。

各得其所 ㄍㄜˋ ㄉㄜˊ ㄑㄧˊ ㄙㄨㄛˇ

【解釋】各自得到所需求的東西。後指都得到適當的安置。

【出處】易·繫辭下：「交易而退，各得其所。」漢書·東方朔傳：「陛下行之，是以四海之內元元之民各得其所，天下幸甚！」

【相同】各得其宜。

【例句】女方愛錢，男方愛色，他倆結合，堪稱「各得其所」。

各個擊破 ㄍㄜˋ ㄍㄜˋ ㄐㄧˊ ㄆㄛˋ

【解釋】把敵人的兵力分開，然後逐一擊敗。

【例句】我們應團結一致，不要被敵人「各個擊破」。

各懷鬼胎 ㄍㄜˋ ㄏㄨㄞˊ ㄍㄨㄟˇ ㄊㄞ

【解釋】各人都打著各人的壞主意。

【例句】他們兩人「各懷鬼胎」，互相想佔對方的便宜。

向壁虛造 ㄒㄧㄤˋ ㄅㄧˋ ㄒㄩ ㄗㄠˋ

【解釋】本指對著牆壁，憑空去造不可知之書，現泛指憑空想像事物。

【字義】向：本作「鄉」，義同「向」。

【出處】說文解字叙：「而世人大共非訾，以爲好奇者也，故詭更正文，鄉壁虛造不可知之書，變亂常行，以耀於世。」清·段玉裁注：「此謂世人不信壁中書爲古文，非毀之，謂好奇者改易正字，向孔氏之壁，憑空造此不可知之書，指爲古文。」

【相同】向壁虛構。憑空捏造。

【例句】這件事完全是他無中生有，「向壁虛造」的。

吐氣揚眉 ㄊㄨˇ ㄑㄧˋ ㄧㄤˊ ㄇㄟˊ

同「揚眉吐氣」。

吉人天相 ㄐㄧˊ ㄖㄣˊ ㄊㄧㄢ ㄒㄧㄤˋ

【解釋】善人或運氣好的人一定會獲得上天的保佑。

【出處】左傳：「姞，吉人也，今令子蘭，姞甥也，天或啓之，必將爲君。」又，元曲有「吉人天相」語。

【例句】你放心，老太太「吉人天相」，一定會平安無事的。

否終則泰 ㄆㄧˇ ㄓㄨㄥ ㄗㄜˊ ㄊㄞˋ

【解釋】惡運到了盡頭，好運便來臨，指世事窮極則通。

【字義】否：惡。

【出處】吳越春秋·句踐入臣外傳：「時過於期，否終則泰。」

【相同】否極泰來。苦盡甘來。

【例句】請安心，很快就會「否終則泰」的。

否極泰來 ㄆㄧˇ ㄐㄧˊ ㄊㄞˋ ㄌㄞˊ

同「否終則泰」。

吠形吠聲 ㄈㄟˋ ㄒㄧㄥˊ ㄈㄟˋ ㄕㄥ

【解釋】一條狗叫，群犬聞聲跟著叫。沒有主見，隨聲附和。

【出處】漢·王符·潛夫論：「諺曰『一犬吠形，百犬吠聲。』世之疾此，固久矣哉。」

【相同】吠影吠聲。人云亦云。

【例句】你們是知識分子，豈可也跟著大家「吠形吠聲」？

吟風詠月 ㄧㄣˊ ㄈㄥ ㄩㄥˇ ㄩㄝˋ

【解釋】本指詩人以風月等自然景物爲題材，形容心情的悠閒自在。今多含貶義，指作品只談風月而逃避現實。

【出處】唐·范傳正·李翰林白墓誌銘：「吟風詠月，席地幕天，但貴其適所以適，不知夫所以然而然。」

【相同】吟風弄月。

【例句】現在國難當頭，不是「吟風詠月」的時候。

吹毛求疵 ㄔㄨㄟ ㄇㄠˊ ㄑㄧㄡˊ ㄘ

【解釋】喻故意挑剔。

【字義】疵：毛病，缺點。

【出處】韓非子·大體：「不吹毛而求小疵，不洗垢而察難知。」漢書·中山靖王傳：「有司吹毛疵。」

【相同】吹毛索疵。（後漢書·杜林傳：「吹毛索疵，詆欺無限。」也作「吹毛求瑕」。三國志·吳·步騭傳上疏：「伏聞諸典校擿抉細微，吹毛求瑕，重案深誣，輒欲陷人以成威福。」）

【相反】揚長避短。取長補短。

【例句】對學生應該多多鼓勵，不要隨意「吹求毛疵」。

含血噴人 ㄏㄢˊ ㄒㄧㄝˇ ㄆㄣ ㄖㄣˊ

【解釋】捏造事實，誣陷好人。

【出處】宋·惟白·建中靖國續燈錄：「若也談禪說要，大似含血噀人。」

後來寫作「含血噴人」。清·李玉·清忠譜：「你不怕刀臨頭頸，還思含血噴人！」
【相同】血口噴人。含沙射影。造謠中傷。
【例句】他不但不檢討自己的錯誤，還要「含血噴人」。

含辛茹苦 ㄏㄢˊ ㄒㄧㄣ ㄖㄨˊ ㄎㄨˇ

【解釋】忍受千辛萬苦。
【字義】茹：食，吃。
【出處】明·吳世濟·太和縣禦寇始末：「看得地方之苦，惟地方官含檗茹苦在心。」
【相同】千辛萬苦。
【相反】養尊處優。
【例句】她「含辛茹苦」地把兒子撫養成人，如今孩子卻遠走高飛，不理老娘了。

含沙射影 ㄏㄢˊ ㄕㄚ ㄕㄜˋ ㄧㄥˇ

【解釋】比喻暗中害人。
【出處】詩·小雅·何人斯：「為鬼為蜮，則不可得。」蜮又名射工、射影。相傳居水中，聽到人聲，以氣為矢，因激水，或含沙以射人，被射中的人皮膚發瘡，中影者亦病。唐·白居易·讀史詩：「含沙射人影，雖病人不知。巧言搆人罪，至死人不疑。」
【相同】造謠中傷。暗箭傷人。含血噴人。
【相反】明人不做暗事。直言不諱。
【例句】他很陰險，專做「含沙射影」的事。

含飴弄孫 ㄏㄢˊ ㄧˊ ㄋㄨㄥˋ ㄙㄨㄣ

【解釋】含著飴糖逗小孫子，形容老年人怡適的樂趣。
【字義】飴：糖漿。
【出處】東觀漢紀·明德馬皇后：「穰歲之後，惟子之志，吾但當含飴弄孫，不能復知政事。」又見後漢書·明德馬皇后傳。
【例句】退休後隱居鄉間，「含飴弄孫」，自得其樂。

吞雲吐霧 ㄊㄨㄣ ㄩㄣˊ ㄊㄨˇ ㄨˋ

【解釋】本用來形容法術之士的變幻，現用來形容吸煙的神態。
【例句】在病房中，嚴禁「吞雲吐霧」。

呆若木雞 ㄉㄞ ㄖㄨㄛˋ ㄇㄨˋ ㄐㄧ

【解釋】本指訓練鬥雞，使其見敵不驚，現在形容受驚嚇而至像木刻的雞一樣，動也不動。
【出處】莊子：「望之似木雞，其德全矣。」
【相同】目瞪口呆。瞠目結舌。
【例句】敵人進城的壞消息，嚇得他「呆若木雞」。

吮癰舐痔 ㄕㄨㄣˇ ㄩㄥ ㄕˋ ㄓˋ

【解釋】形容諂媚者不避污賤以取悅於人的可恥的行為。
【字義】吮：用口吸。
【出處】莊子·列禦寇：「秦王有病召醫，破癰潰痤者，得車一乘；舐痔者，得車五乘。」史記·佞幸傳記：「漢文帝倖臣鄧通為帝吮癰。」論語·陽貨：「苟患失之，無所不至矣。」朱熹集注：「小則吮癰舐痔。」

【例句】此人毫無氣節，是屬於「吮癰舐痔」之徒。

君子之交淡如水
ㄐㄩㄣ ㄗˇ ㄓ ㄐㄧㄠ ㄉㄢˋ ㄖㄨˊ ㄕㄨㄟˇ

【解釋】君子之間的交往，有分寸距離，看似乎淡如水，卻能互相尊敬，友情維持長久。

【出處】莊子·山木：「君子之交淡如水。」

【例句】我希望我們之間的友誼是「君子之交淡如水」，而不是小人之交甘若醴的一型。

吳下阿蒙
ㄨˊ ㄒㄧㄚˋ ㄚ ㄇㄥˊ

【解釋】譏笑別人沒有學問。

【字義】吳下：指今長江下游南岸一帶；阿蒙：三國時代打敗關公的名將呂蒙。

【出處】三國·吳·呂蒙受孫權勸，篤志力學。後魯肅過蒙，言議常爲蒙屈，因拊蒙背曰：「吾謂大弟但有武略耳，至於今者，學識英博，非復吳下阿蒙。」蒙曰：「士別三日，即更刮目相待。」

【例句】他留學回國後，非復「吳下阿蒙」，以前的同學們都要對他刮目相待了。

吳牛喘月
ㄨˊ ㄋㄧㄡˊ ㄔㄨㄢˇ ㄩㄝˋ

【解釋】形容遇見類似事物而膽怯。

【出處】太平御覽引風俗通：「吳牛望見月則喘，彼之苦於日，見月怖喘矣。」世說新語·言語：「晉滿奮畏風，在武帝座；北窗作琉璃屏，奮誤認爲空隙，有難色。帝笑之，奮答曰：『臣猶吳牛，見月而喘。』」

【例句】看見狗以爲是狼來了，嚇得要命，這種「吳牛喘月」的膽小鬼，還想去打獵？

味如嚼蠟
ㄨㄟˋ ㄖㄨˊ ㄐㄩㄝˊ ㄌㄚˋ

【解釋】形容乏味之至。

【例句】楞嚴經：「我無欲心，應汝行事，於橫陳時，味如嚼蠟。」宋·王安石·示董伯懿詩：「嚼蠟已能忘世味，畫脂那更惜時名。」

【相同】嚼蠟。味同嚼蠟。

【相反】津津有味。

【例句】這篇文章枯燥乏味，讀起來「味同嚼蠟」。

呵護備至
ㄏㄜ ㄏㄨˋ ㄅㄟˋ ㄓˋ

【解釋】極度愛護。

【例句】父母對你從小就「呵護備至」。

呼之欲出
ㄏㄨ ㄓ ㄩˋ ㄔㄨ

【解釋】形容畫像逼真，幾乎可在一聲呼喚之下，走出來，亦指明顯。

【出處】宋·蘇軾·郭忠恕畫贊序：「恕先在焉，呼之或出。」

【相同】栩栩如生。躍然紙上。

【例句】經過上述的分析之後，幕後人物即「呼之欲出」。

呼幺喝六
ㄏㄨ ㄧㄠ ㄏㄜˋ ㄌㄧㄡˋ

【解釋】賭博擲骰時，希望得彩而高聲大叫。以後形容舉動暴躁，盛氣凌人爲「呼幺喝六」。

【出處】元·張憲·詠雙陸詩：「牙骰宛轉兩叫喧，喝六呼幺破顏面。」水滸傳：「臺下四面，有三四十隻桌子，都有人圍擠著在那裡擲骰賭錢，……那些擲骰的，在那裡呼幺喝六，錢的在那裡喚字叫背。」元曲選·缺名·氣英布三：「村棒棒呼幺喝六。」

【相同】呼盧喝雉。

【例句】他們游手好閒，不務正業，幾個人聚在一起，便「呼幺喝六」。

呼盧喝雉
ㄏㄨ ㄌㄨˊ ㄏㄜˋ ㄓˋ

【解釋】形容賭徒們賭興正濃時的醜態。

【字義】削木爲子，共五個，一子兩面，一面塗黑，畫牛犢，一面塗白，畫雉。五子都黑，叫盧，得頭彩。擲子時，高聲大喊，希望得到全黑，所以叫「呼盧」。

【出處】唐·李白·少年行：「呼盧百萬終不惜，報讎千里如咫尺。」宋·陸游·劍南詩稿：「呼盧喝雉連暮夜，擊兔伐狐窮歲年。」

【例句】本社區的賭博風氣很盛，「呼盧喝雉」之聲此起彼落。

呶呶不休
ㄋㄠˊ ㄋㄠˊ ㄅㄨˋ ㄒㄧㄡ

【解釋】①多言，即嘮叨。②喧鬧聲。

【字義】呶呶：不停。

【出處】①唐·韓愈·五箴：「汝不懲邪？而呶呶以害其生邪？」②唐·盧仝·玉·苦雪奇退之：「病妻煙眼淚滴滴，飢嬰哭乳聲呶呶。」

【例句】她從早到晚「呶呶不休」，眞煩死人了！

命中注定
ㄇㄧㄥˋ ㄓㄨㄥ ㄓㄨˋ ㄉㄧㄥˋ

【解釋】命運早就注定要發生此事，指無可避免。

【例句】迷信的人，才相信「命中注定」這句不合科學的話。

命途多舛
ㄇㄧㄥˋ ㄊㄨˊ ㄉㄨㄛ ㄔㄨㄢˇ

【解釋】命運不好，遭遇不佳。

【字義】舛：錯亂。

【出處】王勃·滕王閣序：「時運不齊，命途多舛。」

【例句】她五歲時，就死了父母，長大後，又遇人不淑，眞是「命途多舛」。

和衷共濟
ㄏㄜˊ ㄓㄨㄥ ㄍㄨㄥˋ ㄐㄧˋ

【解釋】同心合力，互助幫助。

【出處】書經·皋陶謨：「同寅協恭，和衷哉。」

【相同】同心協力。同舟共濟。

【相反】鉤心鬥角。各懷鬼胎。

【例句】大家「和衷共濟」，才能度過難關。

和盤托出
ㄏㄜˊ ㄆㄢˊ ㄊㄨㄛ ㄔㄨ

【解釋】全部端出來。後來引申把意思或事情經過毫無保留的說出來。

【字義】和：連帶一起。

【出處】警世通言：「飯罷，甲氏將莊子所著南華眞經及老子道德經五千言，和盤托出，獻與王孫。」清·黃羲之·南雷文案：「觀荊川（唐順之）與鹿門（茅坤）論文書，底蘊已自和盤托出，而鹿門一生，僅得其波瀾轉折而已。」

【相同】傾箱倒篋。全盤托出。

【相反】隻字不提。一言不發。呑呑

吐吐。

【例句】他禁不起威脅利誘，終將犯罪經過「和盤托出」。

和顏悅色 ㄏㄜˊ ㄧㄢˊ ㄩㄝˋ ㄙㄜˋ

【解釋】臉色和藹可親。

【字義】色：臉色。

【出處】三國志·吳·顧雍傳：「和顏色」注引徐衆評：「雍不以呂壹見毀之故，而和顏悅色，誠長者矣。」

【相同】和藹可親。平易近人。

【相反】疾言厲色。聲色俱厲。

【例句】他雖然是總經理，但對職員總是「和顏悅色」，從不盛氣凌人。

周而復始 ㄓㄡ ㄦˊ ㄈㄨˋ ㄕˇ

【解釋】循環不息，一遍完了又重新開始。

【出處】漢書·禮樂志：「精建日月，星辰度理，陰陽五行，周而復始。」

【相同】終而復始。（管子·形勢解：「天覆萬物，制寒暑，行日月，次星辰，天之常也，治之以理，終而復始。」）

【例句】他「周而復始」地敘說同一問題，越聽越厭煩。

咄咄怪事 ㄉㄨㄛˋ ㄉㄨㄛˋ ㄍㄨㄞˋ ㄕˋ

【解釋】表示驚異的感歎語。

【字義】咄咄：呵叱或驚歎聲。

【出處】晉·殷浩被罷官後，常書空作「咄咄怪事」四字故事。

【相同】駭人聽聞。殷浩書空。稀奇古怪。

【相反】司空見慣。不足爲奇。見怪不怪。

【例句】小偷反告警察，警察竟然敗訴，眞是「咄咄怪事」。

咄咄逼人 ㄉㄨㄛˋ ㄉㄨㄛˋ ㄅㄧ ㄖㄣˊ

【解釋】①形容盛氣凌人，或②驚歎逼眞之極。

【參見】「咄咄怪事」。

【字義】世說·排調：「桓南郡與殷荆州作危語，殷有一參軍坐，云：盲人騎瞎馬，夜半臨深池。殷云：咄咄逼人。仲堪眇目故也。」法帖釋文：「衛（夫人）有弟子王逸少（羲之），甚能學術衛眞書，咄咄逼人。」

【相同】盛氣凌人。氣勢洶洶。

【相反】善氣迎人。

【例句】①你雖然是班長，也不該對小兵「咄咄逼人」。②他的寫生畫和眞的一樣，有「咄咄逼人」之感。

咄嗟立辦 ㄉㄨㄛˋ ㄐㄧㄝ ㄌㄧˋ ㄅㄢˋ

【解釋】指立刻可以辦妥，呼喚一聲之間，即可完成。

【出處】晉書：「爲客作豆粥，咄嗟便辦。」

【相同】咄嗟可辦。咄嗟而辦。咄嗟之辦。

【例句】他做這類事，已是斲輪老手，「咄嗟立辦」。

咎由自取 ㄐㄧㄡˋ ㄧㄡˊ ㄗˋ ㄑㄩˇ

【解釋】禍害由自己招惹得來，怨不得人，亦作「自取其咎」。

【字義】咎：禍。

【相同】自作自受。自食其果。

【相反】無妄之災。飛來橫禍。

【例句】他無理取鬧，結果被開除，

可謂「咎由自取」。

咬文嚼字 ㄧㄠˇ ㄨㄣˊ ㄐㄩㄝˊ ㄗˋ

【解釋】過分重視字句的斟酌，或比喻迂腐不通世務。
【出處】歧路燈：「咬文嚼字，肉麻死人。」
【相同】字斟句酌。
【相反】率爾操觚。
【例句】作文要注意內容，不可只知「咬文嚼字」。

咬牙切齒 ㄧㄠˇ ㄧㄚˊ ㄑㄧㄝˋ ㄔˇ

【解釋】形容忿恨到極點。
【出處】水滸傳：「衆多兄弟被他打傷，咬牙切齒，盡要來殺張淸。」
【例句】一提起八年抗戰的往事，大家對日本無不「咬牙切齒」。

咫尺天涯 ㄓˇ ㄔˇ ㄊㄧㄢ ㄧㄚˊ

【解釋】比喻近在眼前，卻被阻隔得像遠在天邊。
【字義】咫：八寸，古代的長度單位。咫尺：表示距離近。
【出處】唐·李白·宮詞二首：「門銷簾垂月影斜，翠華咫尺隔天涯。」元·王擧之·折桂令·蝦鬚簾：「咫尺天涯，別是乾坤。」
【相同】咫尺千里。階前萬里。
【相反】天涯若比鄰。
【例句】他心中暗戀的女孩子，就住在對面，晨夕相望，默默無語，頗有「咫尺天涯」之感。

哄堂大笑 ㄏㄨㄥ ㄊㄤˊ ㄉㄚˋ ㄒㄧㄠˋ

【解釋】衆人同時大笑。
【出處】唐代御史臺以年資最高的一人主雜事，稱雜端。平時公堂會食，雜端坐南榻，主簿坐北榻，不苟言笑。遇到雜端有失笑時，在坐其他人跟著笑，叫做哄堂。見唐·趙璘·因話錄（曾慥類說）。紅樓夢：「衆人聽了，哄堂大笑起來。」
【相反】鴉雀無聲。
【例句】他的笑話引起「哄堂大笑」。

哄動一時 ㄏㄨㄥ ㄉㄨㄥˋ ㄧˋ ㄕˊ

【解釋】事情嚴重或新奇，因而引起大家的注意。
【例句】這件政治謀殺案「哄動一時」。

呱呱墜地 ㄍㄨ ㄍㄨ ㄓㄨㄟˋ ㄉㄧˋ

【解釋】嬰孩出生。
【字義】呱呱：嬰孩啼聲。
【例句】他自從「呱呱墜地」就沒見過祖母一面。

唯利是圖 ㄨㄟˊ ㄌㄧˋ ㄕˋ ㄊㄨˊ

【解釋】只知圖謀個人的利益。
【出處】左傳：「余雖與晉出入，余唯利是視。」初刻拍案驚奇：「無見貪酷小人，唯利是圖。」
【相同】見錢眼開。見利忘義。利慾薰心。
【相反】見利思義。見義勇爲。輕財重義。
【例句】他是個「唯利是圖」的商人。

唯吾獨尊 ㄨㄟˊ ㄨˊ ㄉㄨˊ ㄗㄨㄣ

【解釋】本佛教推崇釋迦的話，後來稱人之自高自大。

【出處】五燈會元·佛：「天上天下，唯吾獨尊。」
【相同】自高自大。目空一切。妄自尊大。唯我獨尊。
【相反】自輕自賤。妄自菲薄。
【例句】他自恃有學問，所以「唯我獨尊」，不屑與他人交往。

唯命是聽 ㄨㄟˊ ㄇㄧㄥˋ ㄕˋ ㄊㄧㄥ
【解釋】絕對服從的意思。
【出處】左傳：「鄭伯肉袒牽羊以迎，曰：『孤不天，不能事君，使君懷怒，以及敝邑，孤之罪也，敢不唯命是聽。』」
【相同】唯命是從。（左傳：「今周與四國，服事君王，將唯命是從，豈其愛鼎？」）
【相反】我行我素。桀驁不馴。
【例句】統治者如果喜歡「唯命是聽」的部下，則眞正有才學的人就敬而遠之了。

唯唯諾諾 ㄨㄟˊ ㄨㄟˊ ㄋㄨㄛˋ ㄋㄨㄛˋ
【解釋】隨聲附和，不敢表示異議的樣子。
【字義】唯，諾：隨聲相應語。
【出處】禮記·曲禮：「必愼唯諾。」
【相同】諾諾連聲。俯首聽命。
【相反】桀驁不馴。
【例句】他任監察委員，只知「唯唯諾諾」，有失監察的職責。

啞口無言 ㄧㄚˇ ㄎㄡˇ ㄨˊ ㄧㄢˊ
【解釋】像啞子一樣說不出話來。
【相同】張口結舌。
【相反】口若懸河。滔滔不絕。
【例句】謊說被拆穿後，他自然「啞口無言」了。

啞然失笑 ㄜˋ ㄖㄢˊ ㄕ ㄒㄧㄠˋ
【解釋】忍不住發笑。
【字義】啞：笑聲。
【例句】他一想到自己太過多情了，不禁「啞然失笑」。

喪心病狂 ㄙㄤˋ ㄒㄧㄣ ㄅㄧㄥˋ ㄎㄨㄤˊ
【解釋】形容行爲舉動極爲荒謬。
【出處】宋史：「公不喪心病狂，奈何爲此？必遺臭萬世矣。」
【例句】這傢伙「喪心病狂」，竟當了賣國賊。

喪家之犬 ㄙㄤ ㄐㄧㄚ ㄓ ㄑㄩㄢˇ
【解釋】失去歸宿的狗；比喻逃走得十分狼狽。
【字義】喪（ㄙㄤ）家：有喪事的人家；喪（ㄙㄤˋ）家：失去歸宿。
【出處】孔子家語：「纍纍若喪家之狗。」
【相同】亡命之徒。
【例句】他好像「喪家之犬」一樣四處流浪。

喪權辱國 ㄙㄤˋ ㄑㄩㄢˊ ㄖㄨˇ ㄍㄨㄛˊ
【解釋】把國家權益送給外人，使國家蒙受恥辱。
【例句】淸末的外交大臣專做「喪權辱國」的事。

善男信女 ㄕㄢˋ ㄋㄢˊ ㄒㄧㄣˋ ㄋㄩˇ
【解釋】本指信奉佛教的人，現指一切求神拜佛的人。

【出處】 後秦·鳩摩羅什譯金剛經善現啓請分：「合掌恭敬，而白佛言：『希有世尊，……善男子，善女人，發阿耨多羅三藐三菩提心。』」

【例句】 佛誕之日，有不少「善男信女」前來上香禮拜。

喜出望外 ㄒㄧˇ ㄔㄨ ㄨㄤˋ ㄨㄞˋ

【解釋】 喜悅出於意料之外。

【出處】 儒林外史：「木耐見了蕭雲仙，喜出望外，叩請了安。」

【相同】 喜不自勝。大喜過望。

【相反】 大失所望。

【例句】 他得知竟得了冠軍，自然「喜出望外」。

喜形於色 ㄒㄧˇ ㄒㄧㄥˊ ㄩˊ ㄙㄜˋ

【解釋】 高興的心情表露在臉上。

【出處】 戰國策：「趙王不說（悅），形於顏色。」魏書·高允傳：「允喜形於色，語人曰：『天恩以我篤老，大有所賚，得以贍客矣。』表謝而已，不有他慮。」

【相同】 喜上眉梢。眉開眼笑。

【相反】 愁眉不展。

【例句】 他們聽到戰勝的消息，不禁「喜形於色」。

單刀直入 ㄉㄢ ㄉㄠ ㄓˊ ㄖㄨˋ

【解釋】 ①比喻直截了當。②禪宗語錄中，指擺脫依傍，勇猛精進。

【出處】 ①景德傳燈錄·旻德和尚：「若是作家戰將，便請單刀直入。」②又靈祐禪師：「若也單刀直入，則凡聖情盡，體露眞常，理事不二，即如佛。」

【相同】 開門見山。

【相反】 轉彎抹角。

【例句】 他一開口，就「單刀直入」地說明來意。

單槍匹馬 ㄉㄢ ㄑㄧㄤ ㄆㄧ ㄇㄚˇ

【解釋】 不賴輔助，獨自勇往直前之意。

【出處】 五代·楚·汪遵·烏江：「兵散弓殘挫虎威，單槍匹馬突重圍。」

【相同】 匹馬單槍。孤軍作戰。

【相反】 千軍萬馬。成群結隊。

【例句】 王班長「單槍匹馬」衝入敵人碉堡。

喟然長歎 ㄎㄨㄟˋ ㄖㄢˊ ㄔㄤˊ ㄊㄢˋ

【解釋】 感慨萬分而大大歎息。

【字義】 喟然：歎息的樣子。

【出處】 論語·先進：「夫子喟然嘆曰：『吾與點也。』」

【例句】 想到傷心的往事，不禁「喟然長歎」。

喧賓奪主 ㄒㄩㄢ ㄅㄧㄣ ㄉㄨㄛˊ ㄓㄨˇ

【解釋】 客人壓倒了主人，比喻次要的掩蓋了主要的。

【字義】 喧：叫鬧。

【例句】 候選人在政見發表會上，一句話也沒講，全是助選員在講話，未免太「喧賓奪主」了。

喋喋不休 ㄉㄧㄝˊ ㄉㄧㄝˊ ㄅㄨˋ ㄒㄧㄡ

【解釋】 嘮嘮叨叨說個不停。

【字義】 喋喋：說話極多。

【相同】 刺刺不休。絮絮叨叨。

【相反】 默不作聲。

【例句】 她每次在飯桌上總愛對小孩「喋喋不休」罵個沒完。

啼笑皆非 ㄊㄧˊ ㄒㄧㄠˋ ㄐㄧㄝ ㄈㄟ

【解釋】 哭不是，笑又不是。形容不知如何是好。

【相同】 哭笑不得。

【例句】 據報載某孝子知其老爸好色，特在生日宴上，送了一套春宮照祝壽，弄得老爸在賀客面前「啼笑皆非」。

啼飢號寒 ㄊㄧˊ ㄐㄧ ㄏㄠˊ ㄏㄢˊ

【解釋】 形容飢寒交迫的慘況。

【出處】 韓愈·進學解：「冬暖而兒號寒；年豐而妻啼飢。」

【相反】 豐衣足食。

【例句】 他失去了工作，妻子長年臥病，兒女「啼飢號寒」，悲慘的日子好像沒有盡頭。

嗤之以鼻 ㄔ ㄓ ㄧˇ ㄅㄧˊ

【解釋】 用鼻子發出譏笑，以示不屑。

【字義】 嗤：笑。

【相同】 睨而視之。

【相反】 刮目相看。

【例句】 對於這些幼稚的言論，他「嗤之以鼻」根本不與駁斥。

圓鑿方枘 ㄩㄢˊ ㄗㄠˋ ㄈㄤ ㄖㄨㄟˋ

【解釋】 方榫頭不能插進圓榫眼；比喻不能相容，互不匹配。

【出處】 楚辭·九辯：「圓鑿而方枘兮，吾固知其鉏鋙而難入。」

【相同】 格格不入。

【例句】 這種計畫在外國可以行得通，但在本國則「圓鑿方枘」完全不可能實現。

嗟來之食 ㄐㄧㄝ ㄌㄞˊ ㄓ ㄕˊ

【解釋】 出於憐憫而施與的飯食。

【解釋】 禮記·檀弓下：「齊大饑，黔敖為食於路，以待餓者而食之。有餓者，蒙袂輯屨，貿貿然來。黔敖左奉食，右執飲，曰：『嗟！來食！』餓者揚目而視之，曰：『予唯不食嗟來之食，以至於斯也！』從而謝焉，終不食而死。」

【例句】 這個乞丐倒很講骨氣，決不食「嗟來之食」。

嘖有煩言 ㄗㄜˊ ㄧㄡˇ ㄈㄢˊ ㄧㄢˊ

【解釋】 意見分歧，言語發生爭執。

【字義】 嘖：爭論，爭辯。煩言：責備或不滿的話。

【出處】 左傳：「會同難，嘖有煩言，莫之治也。」

【例句】 菲律賓人民對馬可仕選舉時的做票「嘖有煩言」，終至使獨裁了二十年的政權土崩瓦解。

噓枯吹生 ㄒㄩ ㄎㄨ ㄔㄨㄟ ㄕㄥ

【解釋】 形容口才好。死的說成活的，活的說成死的。

【字義】 噓：吹氣。

【出處】 後漢書·鄭太傳：「孔公緒（伷），清談高論，噓枯吹生，並無軍旅之才，執銳之幹。」

【例句】 他的辯才無礙，素有「噓枯吹生」之譽。

噓寒問暖 ㄒㄩ ㄏㄢˊ ㄨㄣˋ ㄋㄨㄢˇ

【解釋】輕輕呵出熱氣以驅寒，問他覺得冷還是暖；形容體貼入微。

【例句】她對乾女兒，「噓寒問暖」，無微不至。

唾手可得
ㄊㄨㄛˋ ㄕㄡˇ ㄎㄜˇ ㄉㄜˊ

【解釋】比喻很容易獲得。

【字義】唾：吐口液。

【誤作】垂手可得。

【出處】後漢書·公孫瓚傳注引九州春秋：「始天下兵起，我謂唾手可決。」

【相同】易如反掌。輕而易舉。俯拾即是。

【相反】談何容易。挾山超海。

【例句】日本軍閥誤以為只要攻下南京後，整個中國便「唾手可得」。

唾面自乾
ㄊㄨㄛˋ ㄇㄧㄢˋ ㄗˋ ㄍㄢ

【解釋】形容極端忍辱。

【出處】唐書·婁師德傳：「弟曰：『人有唾面，潔之乃已。』師德曰：『未也，潔之違其怒，正使其自乾耳。』」

【相同】逆來順受。忍氣吞聲。

【相反】睚眥必報。以眼還眼，以牙還牙。

【例句】他有「唾面自乾」的修養功夫，無論別人怎樣辱罵他，他還是笑臉迎人。

嘔心瀝血
ㄡˇ ㄒㄧㄣ ㄌㄧˋ ㄒㄧㄝˇ

【解釋】比喻費盡心血。

【字義】瀝：滴下。

【出處】新唐書·李賀傳：「母使婢探囊中，見所書多，即怒曰：『是兒要嘔出心乃已耳！』」

【相同】苦思冥想。殫精竭慮。

【相反】無所用心。敷衍了事。

【例句】這首詩是他「嘔心瀝血」之作。

器宇軒昂
ㄑㄧˋ ㄩˇ ㄒㄩㄢ ㄤˊ

【解釋】氣度和儀表，高雅不凡。

【出處】三國演義：「張昭等見孔明豐神飄灑，器宇軒昂，料到此人必來遊說。」

【相同】容貌非凡。

【相反】其貌不揚。尖嘴猴腮。獐頭鼠目。

【例句】他「器宇軒昂」，終非池中之物。

噬臍莫及
ㄕˋ ㄑㄧˊ ㄇㄛˋ ㄐㄧˊ

【解釋】比喻後悔已晚。

【出處】北齊·顏之推·顏氏家訓：「雖得免死，莫不破家，然後噬臍，亦復何及！」

【例句】不及時努力，以後一定「噬臍莫及」。

噤若寒蟬
ㄐㄧㄣˋ ㄖㄨㄛˋ ㄏㄢˊ ㄔㄢˊ

【解釋】像晚秋的蟬一樣，不敢作聲。

【字義】噤：閉口；寒蟬：蟬的一種，又名寒蜩，天寒則不鳴。

【出處】後漢書·杜密傳：「知善不薦，聞惡無言，隱情惜己，自同寒蟬。」

【相同】閉口無言。

【相反】暢所欲言。

【例句】民選議員在開會時，一個個竟「噤若寒蟬」，完全忘了選民對他們的囑託。

嗚呼哀哉 ㄨ ㄏㄨ ㄞ ㄗㄞ

【解釋】本指十分傷痛，悲嘆人死用語。現引伸為死亡，但語含不敬或嘲笑。

【相同】一命嗚呼。

【相反】長生不老。

【例句】像他這樣的好人，年紀輕輕地，竟「嗚呼哀哉」了。

鳴鼓而攻之 ㄇㄧㄥˊ ㄍㄨˇ ㄦˊ ㄍㄨㄥ ㄓ

【解釋】意指群起聲討。

【出處】論語·先進：「非吾徒也，小子鳴鼓而攻之，可也。」

【例句】他雖然貴為總理，只要違法，全國人民照樣可以「鳴鼓而攻之」。

嚮壁虛造 ㄒㄧㄤˋ ㄅㄧˋ ㄒㄩ ㄗㄠˋ

同「向壁虛造」。

嚴刑峻法 ㄧㄢˊ ㄒㄧㄥˊ ㄐㄩㄣˋ ㄈㄚˇ

【解釋】嚴酷的刑法。

【出處】後漢書·崔駰傳：「故嚴刑峻法，破姦軌之膽。」

【例句】在亂世，唯有「嚴刑峻法」，才能收到嚇阻犯罪的效果。

囊空如洗 ㄋㄤˊ ㄎㄨㄥ ㄖㄨˊ ㄒㄧˇ

【解釋】形容貧窮。

【出處】警世通言：「我非無此心，但教坊落籍，其費甚多，非千金不可。我囊空如洗，如之奈何？」

【相同】身無分文。一文不名。

【相反】金玉滿堂。腰纏萬貫。

【例句】他雖然「囊空如洗」，卻能安貧樂道。

口部

囚首喪面 ㄑㄧㄡˊ ㄕㄡˇ ㄙㄤ ㄇㄧㄢˋ

【解釋】髮不梳如囚犯，面不洗如居喪。

【出處】宋·蘇洵·辯姦論：「囚首喪面而談詩書，此豈情也哉。」

【相同】蓬頭垢面。

【例句】看你這副「囚首喪面」的樣子，就是倒楣相。

四大皆空 ㄙˋ ㄉㄚˋ ㄐㄧㄝ ㄎㄨㄥ

【解釋】心中了無牽掛，亦即了無一物的意思，今常借用以指身無一物。

【字義】四大：古代印度認為地、水、火、風，是構成宇宙的四大元素。佛教則稱堅、溼、暖、動的性能為四大，並認為由此四大構成人身。

【例句】他把遺產花光，現在已是「四大皆空」的人了。

四分五裂 ㄙˋ ㄈㄣ ㄨˇ ㄌㄧㄝˋ

【解釋】形容支離破碎。

【出處】戰國策·魏策：「此所謂四分五裂之道也。」宋·楊萬里·誠齋集：「隋文帝取周取陳，以混二百年四分五裂之天下。」

【相同】分崩離析。支離破碎。土崩瓦解。

【相反】完整無缺。金甌無缺。

【例句】民初，因為軍閥割據稱雄，把國土弄得「四分五裂」。

四平八穩 ㄙˋ ㄆㄧㄥˊ ㄅㄚ ㄨㄣˇ

【解釋】 比喻各方面都照顧到，非常平穩，但卻缺乏創造性和積極性。
【出處】 水滸傳：「戴宗、楊林看裴宣時，果然好表人物，生得面白肥胖，四平八穩，心中暗喜。」
【相同】 四停八當。面面俱到。
【相反】 毛手毛腳。
【例句】 他的施政報告「四平八穩」，但缺乏創新的內容。

四面八方
ㄙˋ ㄇㄧㄢˋ ㄅㄚ ㄈㄤ

【解釋】 從每一個方向、角落。
【出處】 宋·宗澤·宗忠簡公集：「呑盡三世諸佛，跳出四面八方。」
【相同】 五湖四海。
【例句】 參觀者已從「四面八方」湧進會場。

四面受敵
ㄙˋ ㄇㄧㄢˋ ㄕㄡˋ ㄉㄧˊ

同「四面楚歌」。

四面楚歌
ㄙˋ ㄇㄧㄢˋ ㄔㄨˇ ㄍㄜ

【解釋】 比喻四面受敵、孤立無援的處境。
【出處】 史記·項羽本紀：「項王軍壁垓下，兵少食盡，漢軍及諸侯兵圍之數重，夜聞漢軍四面皆楚歌，項王乃大驚曰：『漢皆已得楚乎？是何楚人之多也！』」
【相同】 十面埋伏。四面受敵。腹背受敵。
【例句】 外交政策的失敗，國內經濟的惡化，使得執政黨陷入「四面楚歌」之中。

四海爲家
ㄙˋ ㄏㄞˇ ㄨㄟˊ ㄐㄧㄚ

【解釋】 以四海爲家，指帝王的富有，現多用以指居無定所，浪跡天涯。
【字義】 四海：天下。
【出處】 荀子·議兵：「四海之內若一家，通達之屬莫不從服。」漢書·高祖紀：「天子以四海爲家。」唐·劉禹錫·西塞山懷古詩：「今逢四海爲家日，故壘蕭蕭蘆荻秋。」
【相同】 浪跡江湖。
【相反】 落葉歸根。安土重遷。
【例句】 他這幾年來一直東奔西走，「四海爲家」。

四通五達
ㄙˋ ㄊㄨㄥ ㄨˇ ㄉㄚˊ

【解釋】 形容交通暢達無阻。
【出處】 史記·酈食其列傳：「夫陳留，天下之衝，四通五達之郊也。」集解：「如淳曰：四面中央，凡五達也。」
【相同】 「四通八達」。（晉書·慕容德載記：「滑臺四通八達，非帝王之居。」）
【相反】 路絕人稀。
【例句】 廣州是南中國的大城市，「四通五達」，無論在貿易上或軍事上都極具重要性。

四海之內皆兄弟
ㄙˋ ㄏㄞˇ ㄓ ㄋㄟˋ ㄐㄧㄝ ㄒㄩㄥ ㄉㄧˋ

【解釋】 四海本指全中國，現泛指全世界，即世界各國的人民都是兄弟一樣。
【字義】 四海：天下。
【出處】 論語·顏淵：「君子敬而無失，與人恭而有禮，四海之內皆兄弟也，君子何患乎無兄弟也。」
【例句】 「四海之內皆兄弟」，我們

希望各民族一律平等。

因人成事

ㄧㄣ ㄖㄣˊ ㄔㄥˊ ㄕˋ

【解釋】依賴他人之力而成事。

【字義】因：依賴、依靠。

【出處】史記·平原君虞卿列傳：「公等碌碌，所謂因人成事者也。」

【例句】他才幹平庸，能爬到今天的高位，只是「因人成事」而已。

因小失大

ㄧㄣ ㄒㄧㄠˇ ㄕ ㄉㄚˋ

【解釋】為了小小利益而遭受重大損失。

【字義】因：因為。

【出處】初刻拍案驚奇：「這叫做『貪小失大』，所以為人切不可做那便宜苟且之事。」兒女英雄傳：「看那姑娘的見識心胸大概也未必肯吃這注，倘然因小失大，轉為不妙。」

【相同】爭雞失羊。得不償失。

【相反】亡羊得牛。

【例句】俗語說：「為尋一文錢，燃盡一支燭。」就是「因小失大」的意思。

因地制宜

ㄧㄣ ㄉㄧˋ ㄓˋ ㄧˊ

【解釋】根據各地情況而制定適宜的辦法。

【字義】因：根據；利：擬定。

【出處】吳越春秋·闔閭內傳：「夫築城郭，立倉庫，因地制宜，豈有天氣之數以威鄰國者乎？」

【例句】這個方案不是任何環境都通用的，必須「因地制宜」，靈活運用才行。

因利乘便

ㄧㄣ ㄌㄧˋ ㄔㄥˊ ㄅㄧㄢˋ

【解釋】憑藉有利的形勢。

【字義】因、乘：依靠、憑藉。

【出處】漢·賈誼·過秦論：「因利乘便，宰割天下，分裂河山。」北周·庾信·哀江南賦序：「頭會箕斂者，合縱締交；鋤耰棘矜者，因利乘便。」

【例句】趁著各部落互相殘殺的時候，何不「因利乘便」，一舉把他們併吞？

因材施教

ㄧㄣ ㄘㄞˊ ㄕ ㄐㄧㄠˋ

【解釋】針對對象的資質和興趣等等而分別施以適當的教育。

【出處】論語·雍也：「中人以上，可以語上也；中人以下，不可以語上也。」

【例句】做老師的應善於分辨學生的資質興趣，「因材施教」。

因事制宜

ㄧㄣ ㄕˋ ㄓˋ ㄧˊ

【解釋】根據事情本身的具體情況而制訂適當的措施。

【字義】因：根據；制：擬定。

【出處】漢書·韋賢傳：「朕聞明王之御世也，遭時為法，因事制宜。」

【例句】原則雖然是這樣，但具體措施仍然要「因事制宜」。

因時制宜

ㄧㄣ ㄕˊ ㄓˋ ㄧˊ

【解釋】根據各個不同時期的具體情況而制訂適當的措施。

【字義】因：根據；制：擬定。

【出處】淮南子·氾論訓：「器械者，因時變而制宜適也。」漢書·韋賢傳：「漢承亡秦絕學之後，祖宗之制因時施宜。」

【例句】推銷產品一定要「因時制宜」，才會有銷路。

因陋就簡

ㄧㄣ ㄌㄡˋ ㄐㄧㄡˋ ㄐㄧㄢˇ

【解釋】①簡陋苟且，不求改進。②利用原有條件，將就使用。

【字義】因：將就。

【出處】①漢·劉歆·移書讓太常博士：「苟因陋就寡，分文析字，煩言碎辭，學者罷老，且不能究其一藝。」②宋·李心傳·建炎以來繫年要錄：「詔荊湘關陝江淮皆備巡幸，並令因陋就簡，毋得騷擾。」

【例句】窮人的房子只好「因陋就簡」，能蔽風雨就行了。

因禍爲福

ㄧㄣ ㄏㄨㄛˋ ㄨㄟˊ ㄈㄨˊ

【解釋】變壞事爲好事。

【出處】史記·管晏列傳：「其爲政也，善因禍而爲福，轉敗而爲功。」又蘇秦列傳：「智者舉事，因禍爲福，轉敗爲功。」也作「因禍得福」。

【相同】塞翁失馬。轉禍爲福。

【相反】樂極生悲。福爲禍始。

【例句】他當初想到東吳大學去教書，卻被系主任否決了，後來專心寫作，竟成了名作家，眞是「因禍得福」。

因勢利導

ㄧㄣ ㄕˋ ㄌㄧˋ ㄉㄠˇ

【解釋】順應著事物發展的趨勢加以引導。

【字義】因：順應；勢：趨勢；利導：向有利的方向誘導。

【出處】史記·孫子吳起列傳：「善戰者，因其勢而利導之。」

【相同】因風吹火。順水推舟。

【例句】施政的原則應注重「因勢利導」，千萬勿盲目制止。

因噎廢食

ㄧㄣ ㄧㄝ ㄈㄟˋ ㄕˊ

【解釋】爲了一個小毛病或一點小挫折而廢棄了大事。

【字義】噎：食物塞著喉頭；廢：停止。

【出處】呂氏春秋：「夫有以噎死者，欲禁天下之食，悖。」

【例句】因爲有學生溺斃游泳池中，就不准學生游泳，這樣作法，不是「因噎廢食」嗎？

回天乏術

ㄏㄨㄟˊ ㄊㄧㄢ ㄈㄚˊ ㄕㄨˋ

【解釋】無法挽回天意，亦即大勢已去，無能爲力的意思。

【字義】回天：挽救危亡。

【出處】新唐書·張玄素傳：「魏徵曰：『張公論事，有回天之力』。」

【相反】扭轉乾坤。

【例句】他傷到要害，雖經醫生盡力急救，可惜還是「回天乏術」。

回心轉意

ㄏㄨㄟˊ ㄒㄧㄣ ㄓㄨㄢˇ ㄧˋ

【解釋】重新考慮之後，改變了原來的決定，多指愛情。

【出處】朱子語類：「且人一日間，此心是起多少私意，起多少計較，都不會略略回心轉意去看。」

【相同】浪子回頭。痛改前非。幡然悔悟。

【相反】固執己見。執迷不悟。死心塌地。

【例句】他喜新厭舊，風流成性，妳

想他「回心轉意」比登天還難！

回光返照
ㄏㄨㄟˊ ㄍㄨㄤ ㄈㄢˇ ㄓㄠˋ

【解釋】太陽將落時反射的光，比喻沒落或死亡之前的景象。
【字義】回：也作「迴」。
【出處】宋·悟聯燈會要：「顛倒一生，永無休歇，直須回光返照，親近明師。」
【相同】垂死掙扎。
【例句】張老伯臥病三年，有一夜突然臉色紅潤，眼睛發光，現出「回光返照」的樣子。

回味無窮
ㄏㄨㄟˊ ㄨㄟˋ ㄨˊ ㄑㄩㄥˊ

【解釋】回想或做完某一件事，有無窮盡的享受。
【字義】回味：回憶。
【相同】耐人尋味。
【相反】索然無味。
【例句】李商隱的無題詩，寫得含蓄哀怨，讀之令人「回味無窮」。

回頭是岸
ㄏㄨㄟˊ ㄊㄡˊ ㄕˋ ㄢˋ

【解釋】比喻做了壞事如肯悔改，回頭向善，仍有前途。
【字義】回頭：改邪歸正。
【出處】兒女英雄傳：「從來說孽海茫茫，回頭是岸。」
【相同】浪子回頭。痛改前非。革面洗心。悔過自新。迷途知返。放下屠刀立地成佛。
【相反】至死不悟。執迷不悟。怙惡不悛。
【例句】只要痛改前非，「回頭是岸」，父母一定會原諒你的。

困獸猶鬥
ㄎㄨㄣˋ ㄕㄡˋ ㄧㄡˊ ㄉㄡˋ

【解釋】比喻在絕望的境地裡還要拚死掙扎。
【出處】左傳：「困獸猶鬥，況國相乎？」
【相同】垂死掙扎。窮鼠嚙狸。
【相反】束手就擒。束手待斃。
【例句】敵人已被包圍，但「困獸猶鬥」，我們不可鬆懈。

囫圇吞棗
ㄏㄨˊ ㄌㄨㄣˊ ㄊㄨㄣ ㄗㄠˇ

【解釋】比喻不加分析即加以接受，含糊過去，猶如把棗子整個兒吞下肚子裡，沒細辨是甚麼味道。
【字義】囫圇：整個。
【相同】生吞活剝。
【例句】觀賞古董，要仔細品味，不可「囫圇吞棗」。

囤積居奇
ㄊㄨㄣˊ ㄐㄧ ㄐㄩ ㄑㄧˊ

【解釋】把貨物貯存起來，居為奇貨，等待價格上漲，才出售以取暴利。
【相同】奇貨可居。
【例句】抗戰時期，「囤積居奇」的商人被稱為「奸商」。

圖窮匕見
ㄊㄨˊ ㄑㄩㄥˊ ㄅㄧˇ ㄒㄧㄢˋ

【解釋】比喻陰謀已經敗露。
【字義】匕：短劍。見：同「現」。
【出處】戰國時，燕太子丹派荊軻刺秦王，軻奉燕督亢地圖求見，匕首藏於地圖中，秦王展開地圖，出現匕首，軻立即左手把秦王袖，右手持匕首刺之，不中，被殺。見戰國策·燕策、史記·刺客列傳。

【例句】俄國假裝要幫助我國，實際上想併吞我國領土，最後「圖窮匕見」，終於出兵東北。

土部

土牛木馬 ㄊㄨˇ ㄋㄧㄡˊ ㄇㄨˋ ㄇㄚˇ

【解釋】泥塑的牛，木作的馬。比喻有其名而無實用。

【出處】關尹子·八籌：「知物之僞者，不必去物，譬如見土牛木馬，雖情存牛馬之名，而心忘牛馬之實。」

【例句】他雖然名爲博士，其實「土牛木馬」，不學無術。

土生土長 ㄊㄨˇ ㄕㄥ ㄊㄨˇ ㄓㄤˇ

【解釋】在本地出生，在本地長大。

【例句】他雖然「土生土長」，但學問非常淵博。

土頭土腦 ㄊㄨˇ ㄊㄡˊ ㄊㄨˇ ㄋㄠˇ

【解釋】嘲諷鄉下人頭腦愚笨。

【相同】呆頭呆腦。

【相反】絕頂聰明。

【例句】別看他一副「土頭土腦」的樣子，其實他是博士呢！

土崩瓦解 ㄊㄨˇ ㄅㄥ ㄨㄚˇ ㄐㄧㄝˇ

【解釋】比喻天下離叛，或兵敗如山倒，大勢已去。

【出處】史記·秦本紀：「秦之積衰，天下土崩瓦解。」

【相同】四分五裂。分崩離析。

【相反】固若金湯。

【例句】馬可仕選票舞弊傳開之後，頓失民心，政權一夕之間「土崩瓦解」，只得倉惶赴美。

地大物博 ㄉㄧˋ ㄉㄚˋ ㄨˋ ㄅㄛˊ

【解釋】幅員廣闊，物產豐富。

【字義】博：豐富。

【出處】章太炎·論學會有大益於黃人亟宜保護：「中國四百兆人，識字者五分而一，賴地大物博，戶口殷賑，以分率計之，猶得八十兆。」

【相同】地大物阜。

【相反】地瘠民貧。

【例句】我國「地大物博」，資源豐富。

地廣人稀 ㄉㄧˋ ㄍㄨㄤˇ ㄖㄣˊ ㄒㄧ

【解釋】地方大而人口少，亦作「地曠人稀」。

【出處】史記·貨殖列傳：「楚之地，地廣人稀。」

【例句】新疆「地廣人稀」，往往幾十里不見人煙。

在所不免 ㄗㄞˋ ㄙㄨㄛˇ ㄅㄨˋ ㄇㄧㄢˇ

【解釋】不可避免。

【例句】漢字是極端複雜的，寫別字、讀別字，就算是受過高等教育的人也「在所不免」。

在所不惜 ㄗㄞˋ ㄙㄨㄛˇ ㄅㄨˋ ㄒㄧ

【解釋】決不計較或吝惜。

【相同】在所不計。

【相反】斤斤計較。錙銖必較。

【例句】爲了國家，就算犧牲自己的生命，也「在所不惜」。

在所不辭 ㄗㄞˋ ㄙㄨㄛˇ ㄅㄨˋ ㄘˊ

【解釋】決不推辭。
【相同】義不容辭。
【相反】推三阻四。敬謝不敏。
【例句】只要對社會有利，赴湯蹈火「在所不辭」。

在商言商 ㄗㄞˋ ㄕㄤ ㄧㄢˊ ㄕㄤ

【解釋】站在商人的一方來說話，而不顧及其他方面。
【例句】「在商言商」，這條規則有百弊而無一利，我們商界堅決反對。

坐井觀天 ㄗㄨㄛˋ ㄐㄧㄥˇ ㄍㄨㄢ ㄊㄧㄢ

【解釋】坐在井底看天，比喻所見甚小。
【出處】唐·韓愈·原道：「老子之小仁義，非毀之也。坐井而觀天，曰天小者，非天小也。」宋·劉克莊·後村集：「退之未離乎儒者，坐井觀天錯議聃。」
【相同】井蛙之見。以蠡測海。管中窺豹。
【相反】殫見洽聞。見多識廣。高瞻遠矚。
【例句】他只根據幾本雜誌，就批評歐美的政治制度，眞是「坐井觀天」。

坐立不安 ㄗㄨㄛˋ ㄌㄧˋ ㄅㄨˋ ㄢ

【解釋】形容焦急萬分或心事重重。
【出處】水滸傳：「張順見了宋江，喜從天降，便拜道：『哥吃官司兄弟坐立不安，又無路可救。』」
【相同】坐卧不寧。
【相反】行若無事。高枕無憂。處之泰然。
【例句】老師來訪問，他就「坐立不安」。

坐以待旦 ㄗㄨㄛˋ ㄧˇ ㄉㄞˋ ㄉㄢˋ

【解釋】坐著等待天亮。比喻辦事勤謹。
【字義】旦：天亮，早晨。
【出處】書·太甲上：「先王昧爽，丕顯，坐以待旦。」
【相同】坐而待旦。（三國志·吳·孫權傳：「思齊先伐，坐而待旦。」）
【相反】玩歲愒日。
【例句】他爲了怕出錯，特別「坐以待旦」地來處理這件棘手的案子。

坐以待斃 ㄗㄨㄛˋ ㄧˇ ㄉㄞˋ ㄅㄧˋ

【解釋】坐著等死。比喻遇到困難、危險，不積極設法克服，坐待災難臨頭。
【出處】清·朱佐朝·後漁家樂傳奇：「賢契既同我去，夫人在此伶仃無倚，何不同奔他途，母子終須有顧，何必坐以待斃？」
【相同】束手就擒。束手待斃。
【相反】垂死掙扎。死裡逃生。困獸猶鬥。
【例句】與其「坐以待斃」，不如冒險衝出去，也許還有一線生機。

坐吃山空 ㄗㄨㄛˋ ㄔ ㄕㄢ ㄎㄨㄥ

【解釋】不事生產，即使財物堆積如山，也會吃光。
【出處】元·秦簡夫·東堂老：「自從俺父親亡過，十年光景，只在家裡死丕丕的閒坐，那錢物則有出去的，無有進來的，便好道坐吃山空，立吃地陷。」

【相同】 坐吃山崩。（京本通俗小說·志誠張主管：「日月如梭，撚指之間，在家中早過了一月有餘，道不得坐吃山崩。」）

【例句】 他分得的大筆遺產，不到三年就「坐吃山空」了。

ㄗㄨㄛˋ ㄧㄢˊ ㄑㄧˇ ㄒㄧㄥˊ
坐言起行

【解釋】 坐能言，起能行。後稱人言行一致。

【出處】 荀子·性惡：「凡論者，貴其有辨合，有符驗。故坐而言之，起而可設，張而可施行。」

【相反】 紙上談兵。

【例句】 他是位「坐言起行」的人，絕對言行一致。

ㄗㄨㄛˋ ㄨㄛˋ ㄅㄨˋ ㄋㄧㄥˊ
坐卧不寧

【解釋】 坐著不是，躺著也不是，形容憂慮之極。

【相同】 坐立不安。坐卧不安。

【例句】 他近來「坐卧不寧」，不知發生了什麼事？

ㄗㄨㄛˋ ㄒㄧㄤˇ ㄑㄧˊ ㄔㄥˊ
坐享其成

【解釋】 不參加工作，卻安享其成果。

【出處】 戰國策·燕策：「夫使人坐受成事者，唯訑者耳。」明·王守仁·與顧惟賢書：「閩廣之役，偶幸了事，皆諸君之功，區區蓋坐享其成者。」

【相同】 不勞而獲。坐收漁利。

【相反】 自食其力。自力更生。

【例句】 他激勵子女苦讀，言明不分一文遺產，爲的是不希望子女養成「坐享其成」的惰性。

ㄗㄨㄛˋ ㄏㄨㄞˊ ㄅㄨˋ ㄌㄨㄢˋ
坐懷不亂

【解釋】 借以形容男女相處而不發生不正當的關係。

【出處】 傳說，春秋時魯國柳下惠夜宿郭門，遇見一個沒有住處的女子，怕她受凍，抱住她，用衣裹住，坐了一夜，沒有發生非禮行爲。見荀子·大略。清·李汝珍·鏡花緣：「唐敖道：『據這光景，舅兄竟是柳下惠坐懷不亂了。』」

【相同】 守身如玉。不欺暗室。不愧屋漏。

【相反】 暗室可欺。偷雞摸狗。

【例句】 他在很多女生面前很會裝出一副「坐懷不亂」的假道學模樣。

ㄗㄨㄛˋ ㄍㄨㄢ ㄔㄥˊ ㄅㄞˋ
坐觀成敗

【解釋】 旁觀別人成敗，不插手其間。

【出處】 史記·田叔列傳：「見兵事起，欲坐觀成敗，見勝者欲合從之，有兩心。」後漢書·陳蕃傳：「臣位列臺司，憂責深重，不敢尸祿惜生，坐觀成敗。」

【相同】 袖手旁觀。作壁上觀。隔岸觀火。

【相反】 拔刀相助。見義勇爲。

【例句】 兩伊戰爭激烈的時候，不少國家抱著「坐觀成敗」的心情，根本不謀求停戰之策。

ㄊㄢˇ ㄈㄨˋ ㄉㄨㄥ ㄔㄨㄤˊ
坦腹東床

同「東床坦腹」。

ㄔㄨㄟˊ ㄙˇ ㄓㄥ ㄓㄚˊ
垂死掙扎

【解釋】 在死亡之前還想拚命抗拒。

【例句】　敵軍彈盡援絕，還作困獸之鬥，不過是「垂死掙扎」罷了。

垂垂老矣 ㄔㄨㄟˊ ㄔㄨㄟˊ ㄌㄠˇ ㄧˇ

【解釋】　漸漸老去。
【字義】　垂垂：漸漸。
【出處】　貫休詩：「一缾一鉢垂垂老。」
【例句】　我當時還是翩翩少年，如今已「垂垂老矣」。

垂涎三尺 ㄔㄨㄟˊ ㄒㄧㄢˊ ㄙㄢ ㄔˇ

【解釋】　流口水，形容想吃的樣子。後來用以比喻十分羨慕。
【出處】　唐·柳宗元·三戒臨江之麋：「臨江之人，畋得麋麑畜之，入門，群犬垂涎，揚尾皆來。」宋·黃庭堅·山谷外集：「吟哦口垂涎，嚼味有餘雋。」宋·趙鼎臣·竹隱士集：「欲買青山未有錢，每逢佳處但垂涎。」
【相同】　饞涎欲滴。
【例句】　她一看見巴黎流行的服裝，就「垂涎三尺」。

垂頭喪氣 ㄔㄨㄟˊ ㄊㄡˊ ㄙㄤˋ ㄑㄧˋ

【解釋】　形容失意時沮喪不振的樣子。
【出處】　唐·韓愈·送窮文：「主人於是垂頭喪氣，上手稱謝。」新唐書·韓全誨傳：「自見勢去，計無所用，垂頭喪氣。」
【相同】　沒精打彩。
【相反】　眉飛色舞。興高采烈。意氣風發。得意揚揚。
【例句】　只輸了一場比賽，不必「垂頭喪氣」。

城狐社鼠 ㄔㄥˊ ㄏㄨˊ ㄕㄜˋ ㄕㄨˇ

【解釋】　城牆上的狐狸，土地廟裡的老鼠。比喻仗勢作惡的人。
【出處】　晉書·謝鯤傳：「及（王）敦為逆，謂鯤曰：『劉隗奸邪，將危社稷。吾欲除君側之惡，匡主濟時，何如？』對曰：『隗城始禍，然城狐社鼠也。』」意謂掘狐恐壞城垣，熏鼠恐毀社廟。
【相同】　社鼠城狐（清·洪昇·長生殿疑讖：「不隄防柙樊熊，任縱橫社鼠城狐。」韓詩外傳有「稷蜂社鼠」，劉向·說苑·善說有「稷狐社鼠」，義同。）
【例句】　要想打倒這些「城狐社鼠」不是一件容易的事。

埋頭苦幹 ㄇㄞˊ ㄊㄡˊ ㄎㄨˇ ㄍㄢˋ

【解釋】　專心致志，刻苦從事。
【例句】　凡事不可依賴別人，要靠自己「埋頭苦幹」。

執法如山 ㄓˊ ㄈㄚˇ ㄖㄨˊ ㄕㄢ

【解釋】　執掌法律，大公無私。
【出處】　歧路燈：「本道言出如箭，執法如山，三尺法不能為不肖者宥也。」
【相同】　言出法隨。
【相反】　營私舞弊。徇私舞弊。
【例句】　他「執法如山」，眾將莫不畏服。

執迷不悟 ㄓˊ ㄇㄧˊ ㄅㄨˋ ㄨˋ

【解釋】　堅持錯誤，不知悔改。
【出處】　梁書·高帝紀：「若執迷不

悟，距逆王師，大軍一臨，刑茲罔赦。」

【相同】頑固不化。迷而不返。

【相反】迷途知返。翻然悔悟。恍然大悟。

【例句】政治家要有接受批評的雅量，萬不可「執迷不悟」。

堅壁清野（ㄐㄧㄢ ㄅㄧˋ ㄑㄧㄥ ㄧㄝˇ）

【解釋】加固壁壘使敵人不易攻擊，轉移人口、物資使敵人無所獲取。戰爭中常用爲對付優勢敵人入侵的一種作戰方法。

【出處】三國志·魏·荀彧傳：「今皆已收麥，必堅壁清野以待將軍。將軍攻之不拔，略之無獲，不出十日，則十萬之衆未戰而自困耳。」

【例句】在抗日期間，我們曾經採用過「堅壁清野」的戰術。

堂而皇之（ㄊㄤˊ ㄦˊ ㄏㄨㄤˊ ㄓ）

【解釋】形容理直氣壯、氣派非凡。

【例句】他「堂而皇之」地走進來，和總經理爭吵。

堂堂正正（ㄊㄤˊ ㄊㄤˊ ㄓㄥˋ ㄓㄥˋ）

【解釋】本指軍容壯盛，現指光明正大，理直氣壯。

【字義】正正：齊也；堂堂：大也。

【出處】孫子·軍爭：「無邀正正之旗，勿擊堂堂之陳（陣）。」

【相同】光明正大。堂堂之陣。

【相反】鬼鬼祟祟。

【例句】討債是「堂堂正正」的事，有什麼不好意思呢？

塗脂抹粉（ㄊㄨˊ ㄓ ㄇㄛˇ ㄈㄣˇ）

【解釋】本指女子愛美打扮，現多用以比喻替醜惡的面貌作裝飾，藉以騙人。

【相同】傅粉施朱。濃妝豔抹。

【例句】日本人篡改歷史課本，爲的是想替死去的軍閥「塗脂抹粉」，掩飾罪惡。

塞翁失馬（ㄙㄞˋ ㄨㄥ ㄕ ㄇㄚˇ）

【解釋】比喻因禍得福。

【出處】淮南子·人間：「塞上之人，有善術者，馬無故亡而入胡，人皆弔之，其父曰：此何遽不能福乎？居數月，其馬將胡駿馬而歸，人皆賀之，其父曰：此何遽不能爲禍乎？家富良馬，其子好騎，墮而折其髀，人皆弔之，其父曰：此何遽不能爲福乎？居一年，胡人大入塞，丁壯者控弦而戰，塞上之人，死者十九，此獨跛之故，父子相保，故福之爲禍，禍之爲福，化不可極，深不可測也。」

【相同】亡羊得牛。

【相反】雞飛蛋打。

【例句】人世間很多事情都是「塞翁失馬」，是禍是福，往往很難逆料。

壁壘森嚴（ㄅㄧˋ ㄌㄟˇ ㄙㄣ ㄧㄢˊ）

【解釋】形容防守嚴密或界限分明。

【例句】這兩個政府的機構各自爲政，「壁壘森嚴」。

士部

士可殺，不可辱（ㄕˋ ㄎㄜˇ ㄕㄚ ㄅㄨˋ ㄎㄜˇ ㄖㄨˇ）

【解釋】形容讀書人重氣節，寧死不

屈。

【出處】禮記·儒行：「儒有可親而不可劫也，可近而不可迫也，可殺而不可辱也。」

【例句】「士可殺，不可辱」，我深信他是不會屈服的。

士為知己者死 ㄕˋ ㄨㄟˋ ㄓ ㄐㄧˇ ㄓㄜˇ ㄙˇ

【解釋】指從前的讀書人以一死酬答朋友。

【出處】說苑記管仲哭鮑叔牙的話：「生我者父母，知我者鮑子也，士為知己者死，而況為之哀乎？」

【例句】古人說：「士為知己者死」，你對部下沒有知遇之恩，部下怎會為你效命呢？

壯志凌雲 ㄓㄨㄤˋ ㄓˋ ㄌㄧㄥˊ ㄩㄣˊ

【解釋】形容理想宏遠。

【字義】凌雲：升到雲端。

【例句】他年輕時「壯志凌雲」，老年時，卻貪圖財利。

壽比南山 ㄕㄡˋ ㄅㄧˇ ㄋㄢˊ ㄕㄢ

【解釋】祝人長壽的習用語。

【出處】詩·小雅·天保：「如南山之壽，不騫不崩。」南史·齊豫章王嶷傳：「嶷謂上曰：『古來言願陛下壽比南山，或稱萬歲，此殆近貌言。如臣所懷，實願陛下極壽百年亦足矣。』」

【相同】壽同松喬。萬壽無疆。

【相反】地下修文。蘭摧玉折。

【例句】祝你「壽比南山」！

壽終正寢 ㄕㄡˋ ㄓㄨㄥ ㄓㄥˋ ㄑㄧㄣˇ

【解釋】指年老在家安然死去，也比喻事物的自然消亡。

【字義】正寢：停於靈柩之正廳。

【出處】封神演義：「紂王立身大呼曰：『你道朕不能善終，你自誇壽終正寢，非侮君而何！』」

【相同】嗚呼哀哉（嘲諷語）。與世長辭。

【相反】死於非命。

【例句】這個空前絕後的大計畫，不知怎的，竟然「壽終正寢」了。

夊部

夏蟲語冰 ㄒㄧㄚˋ ㄔㄨㄥˊ ㄩˇ ㄅㄧㄥ

【解釋】比喻說對方不知道的事物，徒費唇舌。

【字義】語：談論、告訴。

【出處】莊子·秋水：「夏蟲不可以語冰者，篤於時也。」

【例句】你對他詳述冰天雪地的北國風光，但他生長在熱帶，怎樣想像也想像不出，這就是「夏蟲語冰」的道理。

夕部

外彊中乾 ㄨㄞˋ ㄑㄧㄤˊ ㄓㄨㄥ ㄍㄢ

【解釋】外似強大，內實虛弱。

【字義】彊，同「強」。

【出處】左傳：「亂氣狡憤，陰血周作，張脈僨興，外彊中乾。」

【相同】羊質虎皮。色厲內荏。

【例句】他表面上，盛氣凌人，實際上卻是「外彊中乾」，色厲內荏。

多多益善 ㄉㄨㄛ ㄉㄨㄛ ㄧˋ ㄕㄢˋ

【解釋】越多越好。本就將兵而言，後來泛稱不厭其多。

【出處】史記·淮陰侯列傳：「上（漢高祖）問曰：『如我將幾何？』（韓）信曰：『陛下不過能將十萬。』上曰：『於君何如？』曰『臣多多而益善耳。』上笑曰：『多多益善，何為為我禽？』」漢書作「多多益辦」。儒林外史：「尚書公遺下宦囊不少，這位公子卻有錢癖，思量多多益善，要學我這燒銀之法。」

【相同】貪多務得。

【相反】一夔已足。寧缺毋濫。

【例句】捐款「多多益善」，請慷慨解囊！

多此一舉 ㄉㄨㄛ ㄘˇ ㄧˋ ㄐㄩˇ

【解釋】這一措施或行動毫無必要。

【出處】錢鍾書·圍城：「汪太太真是多此一舉，將來為了這件事，劉東方準對我誤會。」

【相同】畫蛇添足。

【相反】恰到好處。

【例句】我們既已決定打電話給他，那就不必再寫信，「多此一舉」了。

多材多藝 ㄉㄨㄛ ㄘㄞˊ ㄉㄨㄛ ㄧˋ

【解釋】富於才能而善長多種技藝。

【出處】書經·金縢：「予仁若考，能多材多藝。」

【相同】無所不能。博學多才。

【相反】庸庸碌碌。一無所長。

【例句】她「多材多藝」，所以老師很喜歡她。

多事之秋 ㄉㄨㄛ ㄕˋ ㄓ ㄑㄧㄡ

【解釋】國家多變故的時候。

【出處】唐·崔致遠·桂苑筆耕集：「況逢多事之秋，而乃有令患風。」

【相同】多災多難。雞犬不寧。

【相反】天下太平。國泰民安。

【例句】我國在清末時候，正處於「多事之秋」，列強虎視眈眈，國家命脈，繫於一線。

多愁善感 ㄉㄨㄛ ㄔㄡˊ ㄕㄢˋ ㄍㄢˇ

【解釋】感情過於脆弱，常常發愁，易於傷感。

【字義】善：容易。

【出處】儒林外史：「假使天下有這樣一個人，又與我同生同死，小弟也不這樣多愁善病。」

【相同】多愁多病。多情善感。

【相反】無憂無慮。怡然自得。

【例句】她像林黛玉那樣「多愁善感」，常常長嗟短歎，顧影自憐。

多管閒事 ㄉㄨㄛ ㄍㄨㄢˇ ㄒㄧㄢˊ ㄕˋ

【解釋】插手別人的事。

【例句】此事和你無關，你何必狗捉耗子，「多管閒事」？

多難興邦 ㄉㄨㄛ ㄋㄢˋ ㄒㄧㄥ ㄅㄤ

【解釋】多災多難反可促使人民發憤，國家興盛。

【出處】左傳：「或多難以固其國，啓其疆土；或無難以喪其國，失其守宇。」

【例句】目前內憂不斷，正可以激奮青年從軍，反而會「多難興邦」。

夜長夢多 ㄧㄝˋ ㄔㄤˊ ㄇㄥˋ ㄉㄨㄛ

【解釋】 比喻時間拖長後，情況就會有變化。

【出處】 清·呂留良·諭大火帖：「昨橙齋得燕中信云：『薦舉事近復紛紜，夜長夢多，恐將來有意外，奈何？』」

【相反】 始終不易。

【例句】 凡事要趁早決定，以免「夜長夢多」。

夜郎自大 ㄧㄝˋ ㄌㄤˊ ㄗˋ ㄉㄚˋ

【解釋】 妄自尊大。

【字義】 夜郎：漢時西域小國，自爲比漢還大。

【出處】 史記·西南夷列傳：「滇王與漢史者言曰：『漢孰與我大？』及夜郎侯亦然。以道不通故，各自以爲一州主，不知漢廣大。」

【相同】 自高自大。妄自尊大。

【相反】 甘拜下風。妄自菲薄。

【例句】 現在博士已經如過江之鯽了，你不過是位碩士，有什麼好「夜郎自大」的呢？

夜闌人靜 ㄧㄝˋ ㄌㄢˊ ㄖㄣˊ ㄐㄧㄥˋ

【解釋】 夜深，沒有人聲。

【出處】 杜甫·羌村詩：「夜闌更秉燭，相對如夢寐。」

【相同】 更深人靜。萬籟俱寂。

【例句】 每當「夜闌人靜」，他更想起故鄉的爹娘。

夢寐以求 ㄇㄥˋ ㄇㄟˋ ㄧˇ ㄑㄧㄡˊ

【解釋】 作夢的時候也不忘尋求，形容極度渴望獲得。

【字義】 寐：入睡。

【例句】 大家「夢寐以求」的是一個富強又民主的中國。

大部

大刀闊斧 ㄉㄚˋ ㄉㄠ ㄎㄨㄛˋ ㄈㄨˇ

【解釋】 比喻用嚴厲而爽快的手段去處理事情。

【出處】 水滸傳：「催趲軍兵，大刀闊斧，徑奔清風寨來。」

【相同】 雷厲風行。

【相反】 拖泥帶水。

【例句】 他做事向來「大刀闊斧」乾淨利落。

大千世界 ㄉㄚˋ ㄑㄧㄢ ㄕˋ ㄐㄧㄝˋ

【解釋】 指包羅萬有，變化萬千的世界。

【出處】 佛經上說，合小世界一千，曰小千世界，合小千世界一千，曰中千世界，合中千世界一千，曰大千世界，亦即世界的總稱。

【相同】 三千大千世界。（佛教語。謂以須彌山爲中心，以鐵圍山爲外郭，是一小世界，一千世界合起來就是小千世界；一千個小千世界合起來就是中千世界；一千個中千世界合起來就是大千世界。總稱三千大千世界。）

【例句】 在我們這個「大千世界」裡，希奇古怪的事情多著呢！

大公無私 ㄉㄚˋ ㄍㄨㄥ ㄨˊ ㄙ

【解釋】 公平正直，毫無私心。

【出處】 漢·馬融·忠經：「忠者中也

，至公無私。」

【相同】公正無私。公而忘私。鐵面無私。

【相反】損公肥私。自私自利。假公濟私。

【例句】他雖然脾氣暴躁，但處理事情「大公無私」，因此大家十分尊敬他。

大失所望 ㄉㄚˋ ㄕ ㄙㄨㄛˇ ㄨㄤˋ

【解釋】非常失望。

【出處】史記·高祖本紀：「項羽遂西，屠殺咸陽秦宮室，所過無不殘破，秦人大失所望。」

【相同】事與願違。

【相反】稱心如意。天從人願。如願以償。

【例句】他苦讀十年準備高考，竟名落孫山，他的父母「大失所望」。

大功告成 ㄉㄚˋ ㄍㄨㄥ ㄍㄠˋ ㄔㄥˊ

【解釋】完成了一件大事情。

【出處】明·沈德符·萬曆野獲編·賈魯河救道：「計其功費用銀不過二三萬，用夫不過三萬餘名，而大功告成矣。」

【相同】大功畢成。

【相反】功敗垂成。

【例句】只要砌最後一道牆就「大功告成」了。

大巧若拙 ㄉㄚˋ ㄑㄧㄠˇ ㄖㄨㄛˋ ㄓㄨㄛˊ

【解釋】眞正聰明的人不自驕不自誇，表面上好像笨拙。

【出處】老子：「大直若屈，大巧若拙。」注：大巧因自然以成器，不造爲異端，故若拙也。」莊子·胠篋：「毀絕鉤繩，而棄規矩，攦工倕之指而天下始人有其巧矣，故曰大巧若拙。」

【相同】大智若愚。

【例句】他得了博士學位，竟沒有朋友知道，他眞是「大巧若拙」。

大而無當 ㄉㄚˋ ㄦˊ ㄨˊ ㄉㄤˋ

【解釋】誇大而不合實際。

【出處】莊子·逍遙遊：「肩吾問於連叔曰：『吾聞言於接輿，大而無當，往而不返，吾驚怖其言，猶河漢而無極也。』」

【相同】大無當。（宋·劉克莊·後村集：「不是狂言大無當，聞之翳缺與王倪。」）

【相反】一針見血。

【例句】這個計畫「大而無當」，不切實際。

大同小異 ㄉㄚˋ ㄊㄨㄥˊ ㄒㄧㄠˇ ㄧˋ

【解釋】大體相同，稍有差異。

【出處】莊子·天下：「大同而與小同異，此之謂小同異；萬物畢同畢異，此之謂大同異。」三國志·魏·東沃沮傳：「其言語與句麗大同，時有小異。」政和證類本草三滑石引本草圖經：「今濠州醫人所供青滑石，云性微寒，無毒，主心氣澀滯，與本經大同小異。」

【相同】不相上下。

【相反】天淵之別。

【例句】兩位的看法「大同小異」，何必爭吵？

大有可為 ㄉㄚˋ ㄧㄡˇ ㄎㄜˇ ㄨㄟˊ

【解釋】事情極有前途。

【例句】只要我們同心合力，這件事「大有可為」。

大名鼎鼎 ㄉㄚˋ ㄇㄧㄥˊ ㄉㄧㄥˇ ㄉㄧㄥˇ

【解釋】極有名氣。

【字義】鼎鼎：盛大。

【出處】官場現形記：「你到京打聽人家，像他這樣大名鼎鼎，還怕有不曉得的。」

【相同】赫赫有名。舉世聞名。名滿天下。

【相反】寂寂無聞。藉藉無名。沒沒無聞。

【例句】他「大名鼎鼎」，但不知是否有眞材實學？

大材小用 ㄉㄚˋ ㄘㄞˊ ㄒㄧㄠˇ ㄩㄥˋ

【解釋】指才能高，職位低，不被重用。

【出處】宋·陸游·劍南詩稿：「大材小用古所歎，管仲蕭何實流亞。」

【相同】牛刀割雞。牛鼎烹雞。

【相反】小材大用。

【例句】他有經國濟世之材，叫他當里長，實在是「大材小用」了。

大吹大擂 ㄉㄚˋ ㄔㄨㄟ ㄉㄚˋ ㄌㄟˊ

【解釋】本指敲鑼打鼓，衆樂齊奏。後多用來譏諷人言語誇張，大肆吹噓。

【出處】元·王實甫·田丞相歌舞麗春堂：「賜與你黃金千兩，香酒百瓶，就在麗春堂大吹大擂，做一個慶喜的筵席。」

【相同】自吹自擂。

【例句】在競選期間「大吹大擂」，當選後，就一聲不響了。

大言不慚 ㄉㄚˋ ㄧㄢˊ ㄅㄨˋ ㄘㄢˊ

【解釋】口出誇大言辭，不知差恥。

【出處】史記·高祖本紀：「劉季固多大言，少成事。」

【相同】自吹自擂。大吹大擂。

【例句】「大言不慚」的人，最令人討厭。

大快人心 ㄉㄚˋ ㄎㄨㄞˋ ㄖㄣˊ ㄒㄧㄣ

【解釋】做了一件人人拍手稱快的事。

【出處】明·許三階·節俠記：「李秦授這廝，今日聖旨殺他，大快人心，兄請正坐了，就決了他，使小弟得以快睹。」

【相同】皆大歡喜。拍手稱快。

【相反】民怨沸騰。

【例句】漢奸被判死刑，「大快人心」。

大放厥辭 ㄉㄚˋ ㄈㄤˋ ㄐㄩㄝˊ ㄘˊ

【解釋】鋪張辭藻，大展文才。今含貶義，指夸夸其談，大發議論。

【字義】厥：其，他的。

【出處】唐·韓愈·祭柳子厚文：「玉佩瓊琚，大放厥辭，富貴無能，磨滅誰紀？」宋·秦觀·淮海集：「既輕車又良御兮，遂大放乎厥辭。」

【相同】大發謬論。

【相反】竊竊私議。

【例句】大家早已知道他的底細，他還在那裡「大放厥辭」。

大相逕庭 ㄉㄚˋ ㄒㄧㄤ ㄐㄧㄥˋ ㄊㄧㄥˊ

【解釋】 偏激。後稱彼此大異或矛盾很大。

【字義】 逕庭，謂激過也。唐·成玄英疏：「逕庭，猶過差，亦是直往不顧之貌也。」一說逕，指門外的路，庭，指家裡的院子，比喻二者相距甚遠。

【出處】 莊子·逍遙遊：「吾驚怖其言，猶河漢而無極也。大相徑庭，不近人情焉。」

【相同】 相去懸殊。天壤之別。

【相反】 不分軒輊。大同小異。

【例句】 他們二人雖是兄弟，而政治見解卻「大相逕庭」。

大庭廣衆 ㄉㄚˋ ㄊㄧㄥˊ ㄍㄨㄤˇ ㄓㄨㄥˋ

【解釋】 指人數衆多的場合。

【字義】 大庭，寬大的場地；廣衆，成衆的人群。

【出處】 新唐書·張行成傳：「左右文武誠無將相材，奚用大庭廣衆與之量校，損萬乘之尊，與臣下爭功哉！」

【例句】 部長愛在「大庭廣衆」的地方責備部下。

大逆無道 ㄉㄚˋ ㄋㄧˋ ㄨˊ ㄉㄠˋ

【解釋】 罪大惡極之意。舊時多指犯上謀反而言。

【出處】 史記·高祖本紀：「漢王數項王曰：『夫爲人臣而弑其主，殺已降，爲政不平，主約不信，天下所不容，大逆無道，罪十也。』」

【相同】 大逆不道。（漢書·楊惲傳：「不竭忠愛，盡臣子義，而無怨望，稱引爲訞惡言，大逆不道，請逮捕治。」）。罪大惡極。

【相反】 忠臣孝子。披肝瀝膽。

【例句】 揭發事實，並沒有犯「大逆無道」之罪。

大書特書 ㄉㄚˋ ㄕㄨ ㄊㄜˋ ㄕㄨ

【解釋】 鄭重記述。

【出處】 唐·韓愈·答元侍御書：「足下勉（甄）逢令終始其躬，而足下年尙彊，嗣德有繼，將大書特書，屢書不一書而已也。」清·周召·雙橋隨筆：「東漢書爲方士立傳，如左慈之事，妖怪特甚，君子所不道，而乃大書特書之，何甚陋也！」

【相反】 輕描淡寫。

【例句】 八年抗日的英勇事跡，很值得我們「大書特書」。

大氣磅礴 ㄉㄚˋ ㄑㄧˋ ㄆㄤˊ ㄅㄛˊ

【解釋】 形容氣勢浩大。

【字義】 磅礴：廣大，無邊無際。

【例句】 舉國上下，都獻身於轟轟烈烈的建國事業，堪稱「大氣磅礴」，史無前例。

大家閨秀 ㄉㄚˋ ㄐㄧㄚ ㄍㄨㄟ ㄒㄧㄡˋ

【解釋】 大戶人家的有教養的女兒。

【出處】 世說新語·賢媛：「顧家婦清心玉映，自是閨房之秀。」

【相反】 小家碧玉。

【例句】 他是將門之子，娶了一位門當戶對的「大家閨秀」。

大殺風景 ㄉㄚˋ ㄕㄚ ㄈㄥ ㄐㄧㄥˇ

【解釋】 敗壞興致。

【字義】殺：同「煞」。
【相同】煮鶴焚琴。
【例句】我正在書房靜靜地欣賞古典音樂，她突然排闥直入，東家長西家短，眞是「大殺風景」。

大海撈針 ㄉㄚˋ ㄏㄞˇ ㄌㄠ ㄓㄣ
【解釋】形容找尋工作極難成功。
【出處】二十年目睹之怪現狀：「這卻是大海撈針似的，那裡捉得住他。」
【相同】海底撈針。
【相反】手到擒來。易如反掌。甕中捉鱉。
【例句】一點線索還沒有之前，要想抓到兇手，簡直是「大海撈針」。

大處落墨 ㄉㄚˋ ㄔㄨˋ ㄌㄨㄛˋ ㄇㄛˋ
【解釋】比喻凡事要注重原則，不必拘泥小節，猶如作畫，先從主要方面著墨。
【出處】官場現形記：「你老哥也算得會用的了，眞正闊手筆，看你不出，倒是個大處落墨的！」
【相同】大處著墨。大處著眼。
【相反】小處著手。
【例句】當領袖的人，處理事情應該「大處著墨」，致於細節問題，可交由部下負責。

大開眼界 ㄉㄚˋ ㄎㄞ ㄧㄢˇ ㄐㄧㄝˋ
【解釋】大大增廣了見識。
【相同】增廣見聞。
【例句】這次參觀自然科學博物館，使我們「大開眼界」，增加了不少科學上的新知。

大喜過望 ㄉㄚˋ ㄒㄧˇ ㄍㄨㄛˋ ㄨㄤˋ
【解釋】因所得超出原來的期望而大喜。
【出處】史記·黥布列傳：「上方踞牀洗，召布入見，布甚大怒，悔來，欲自殺。出就舍，帳御、食飲、從官如漢王居，布又喜過望。」
【相同】喜出望外。大喜若狂。
【相反】大失所望。
【例句】獲得意外的獎金，怎不「大喜過望」？

大惑不解 ㄉㄚˋ ㄏㄨㄛˋ ㄅㄨˋ ㄐㄧㄝˇ
【解釋】本指非常糊塗，不懂什麼道理。後用爲不可理解，含有不滿或反對的意思。
【出處】莊子·天地：「大惑者終身不解，大愚者終身不靈。」
【相同】百思不解。
【相反】恍然大悟。豁然開朗。
【例句】聽了他的長篇大論，反而令人「大惑不解」。

大智如愚 ㄉㄚˋ ㄓˋ ㄖㄨˊ ㄩˊ
【解釋】才智很高而不露鋒芒，表面上好像愚笨。
【出處】宋·蘇軾·賀歐陽少師致仕啓：「大勇若怯，大智如愚。」
【相同】大智若愚。大巧若拙。
【例句】他是一位「大智如愚」的人，你萬不可輕視他。

大張旗鼓 ㄉㄚˋ ㄓㄤ ㄑㄧˊ ㄍㄨˇ
【解釋】形容堂堂皇皇，聲勢浩大。
【出處】明·張岱·石匱書後集：「漢

乃督諸將自柳園夜半渡河……遂入汴，大張旗鼓，爲疑兵，追賊至朱仙鎭，連戰皆克。」

【相同】聲勢浩大。

【相反】偃旗息鼓。

【例句】我們要「大張旗鼓」來聲討獨裁者。

大發雷霆 ㄉㄚˋ ㄈㄚ ㄌㄟˊ ㄊㄧㄥˊ

【解釋】形容發脾氣，大怒。

【出處】詩·小雅·采藝：「如霆如雷。」初刻拍案驚奇：「陳秀才大發雷霆。」

【相同】赫然震怒。暴跳如雷。

【相反】平心靜氣。心平氣和。

【例句】他一聽說打了敗仗，便「大發雷霆」，下令要槍斃師長。

大義滅親 ㄉㄚˋ ㄧˋ ㄇㄧㄝˋ ㄑㄧㄣ

【解釋】對犯罪親屬不徇私親，照樣受國法制裁。

【出處】春秋衛大夫石碏的兒子石厚，與公子州吁合謀殺衛桓公，立州吁爲君。石碏殺州吁石厚。左傳贊其爲「大義滅親」。見左傳。

【例句】明末，除了鄭成功以外，能夠做到「大義滅親」的人，少之又少。

大義凜然 ㄉㄚˋ ㄧˋ ㄌㄧㄣˇ ㄖㄢˊ

【解釋】形容嚴肅的正義行爲。

【出處】清·吳研人·痛史：「因想起文承相和謝先生，一般的大義凜然，使宋室雖亡，猶有餘榮。」

【例句】他一副「大義凜然」的樣子，令敵人不敢逼視。

大腹便便 ㄉㄚˋ ㄈㄨˋ ㄆㄢˊ ㄆㄢˊ

【解釋】形容富商巨賈腦滿腸肥，也指懷孕婦人。

【字義】便便：肥大的樣子。

【出處】後漢書·邊韶傳：「邊孝先，腹便便，懶讀書，但欲眠。」

【相同】腦滿腸肥。

【相反】面黃肌瘦。骨瘦如柴。

【例句】看他一副「大腹便便」的樣子，便知道他是富商。

大勢已去 ㄉㄚˋ ㄕˋ ㄧˇ ㄑㄩˋ

【解釋】局面惡化到無可挽救。

【出處】朱子·語類：「程子說天命之改，莫是大勢已去。」

【例句】日本軍閥知道「大勢已去」，不得不無條件投降。

大勢所趨 ㄉㄚˋ ㄕˋ ㄙㄨㄛˇ ㄑㄩ

【解釋】整個局勢都朝著這個方向發展；指絕大部分人都朝著這一方向走。

【出處】宋·陳亮·上孝宗皇帝第三書：「天下大勢之趨，非人力之所能移也。」

【例句】民族自決是「大勢所趨」，任何勢力都阻擋不了。

大搖大擺 ㄉㄚˋ ㄧㄠˊ ㄉㄚˋ ㄅㄞˇ

【解釋】形容走路時神氣十足。

【出處】儒林外史：「次日早晨，大搖大擺出堂，將回子發落了。」

【例句】他「大搖大擺」地走過來，神氣得好像縣太爺一樣。

大肆咆哮 ㄉㄚˋ ㄙˋ ㄆㄠˊ ㄒㄧㄠ

【解釋】形容高聲叫罵。

【相同】破口大罵。
【例句】流氓們一言不合，便「大肆咆哮」，繼而拳打腳踢。

大模大樣 ㄉㄚˋ ㄇㄨˊ ㄉㄚˋ ㄧㄤˋ

【解釋】形容神氣活現，目中無人。
【出處】明·徐霖·繡襦記：「這廝大模大樣，公然慢我。」
【相同】神氣活現。趾高氣揚。
【例句】他「大模大樣」地站在主席臺上，指東罵西。

大敵當前 ㄉㄚˋ ㄉㄧˊ ㄉㄤ ㄑㄧㄢˊ

【解釋】強大的敵人就在前面；指形勢危急。
【出處】老殘遊記續集遺稿：「大敵當前，全無準備，取敗之道，不待智者而決矣。」
【例句】「大敵當前」，我們要萬眾一心起來抵抗。

大器晚成 ㄉㄚˋ ㄑㄧˋ ㄨㄢˇ ㄔㄥˊ

【解釋】本指大材須積久始能成器。後多用以指人之成就較晚。
【出處】老子：「大器晚成，大音希聲。」三國志·魏·崔琰傳：「琰從弟林，少無名望，雖姻族猶多輕之，而琰常曰：『此所謂大器晚成者也，終必遠至。』」
【例句】他到了六十歲才當上教授，眞是「大器晚成」。

大聲疾呼 ㄉㄚˋ ㄕㄥ ㄐㄧˊ ㄏㄨ

【解釋】大聲呼喊，以促起注意。後多用來表示大力提倡與號召。
【出處】韓愈·後十九日復上宰相書：「蹈水火者之求免於人也，不惟其父兄子弟之慈愛，然後呼而望之也；將有介於側者，雖其所憎怨，苟不至乎欲其死者，則將大其聲疾呼，而望其仁之也。」
【例句】他在省議會上「大聲疾呼」，籲請省議員們通過這項法案。

大謬不然 ㄉㄚˋ ㄇㄧㄡˋ ㄅㄨˋ ㄖㄢˊ

【解釋】大錯特錯，與實際完全不合。
【字義】謬：差誤。
【出處】漢書·司馬遷·報任安書：「日夜思竭其不肖之材力，務壹心營職，以求親媚於主上，而事乃有大謬不然者。」
【相同】大錯特錯。荒謬絕倫。
【相反】千眞萬確。
【例句】外交部的聲明，「大謬不然」，完全不合事實。

大權在握 ㄉㄚˋ ㄑㄩㄢˊ ㄗㄞˋ ㄨㄛˋ

【解釋】手握大權。
【出處】孽海花：「他忘卻其所以，大權獨攬，只弄些小聰明，鬧些空意氣。」
【相反】大權旁落。
【例句】他一旦「大權在握」，便神氣活現，根本沒有把老同學放在眼裡。

大權獨攬 ㄉㄚˋ ㄑㄩㄢˊ ㄉㄨˊ ㄌㄢˇ

【解釋】一個人獨攬大權。
【例句】他「大權獨攬」連國王都感到惶恐不安。

大驚小怪 ㄉㄚˋ ㄐㄧㄥ ㄒㄧㄠˇ ㄍㄨㄞˋ

【解釋】過分慌張或詫異。

【出處】宋·朱熹·答林擇之書：「要須把此事來做一平常事看，樸實頭做將去，久之自然見效，不必如此大驚小怪，起模畫樣也。」元·關漢卿·蝴蝶夢：「我從未拔白悄悄出城來，恐怕外人知，大驚小怪。」
【相同】失驚打怪。少見多怪。
【相反】不足為奇。見怪不怪。
【例句】他初到本地，我們司空見慣的事，他都會「大驚小怪」。

大驚失色 ㄉㄚˋ ㄐㄧㄥ ㄕ ㄙㄜˋ

【解釋】形容驚慌得面無人色。
【出處】漢書·霍光傳：「群皆驚鄂（愕）失色，莫敢發言。」
【相同】面無人色。驚慌失措。膽戰心驚。
【相反】神色不驚。神色自若。不動聲色。
【例句】他們聽說我軍已撤退，而「大驚失色」。

大顯身手 ㄉㄚˋ ㄒㄧㄢˇ ㄕㄣ ㄕㄡˇ

【解釋】充分顯露出自己的本領。
【出處】顏氏家訓·誡兵：「頃世亂離，衣冠之士，雖無身手，或聚徒，違棄素業，徼幸成功。」
【相同】大顯神通。
【相反】英雄無用武之地。屠龍之技
【例句】他苦練多年，為的是要在比賽中「大顯身手」。

大興問罪之師 ㄉㄚˋ ㄒㄧㄥ ㄨㄣˋ ㄗㄨㄟˋ ㄓ ㄕ

【解釋】糾集多人前往清算罪狀。
【出處】北史·隋煬帝紀：「商郊問罪，周發成文王之志。」
【相同】興師問罪。
【例句】他知道他在他背後說他壞話之後，便「大興問罪之師」。

天之驕子 ㄊㄧㄢ ㄓ ㄐㄧㄠ ㄗˇ

【解釋】漢時匈奴自稱為「天之驕子」，簡稱「天驕」。後以泛稱強盛的邊地民族。現指正當得勢或境遇優越的人。
【出處】漢書·匈奴傳：「南有大漢，北有強胡。胡者，天之驕子也。」唐·李白·塞下曲六首之三：「彎弓辭漢月，插羽破天驕。」又杜甫·留花門：「北門天驕子，飽肉氣勇決。」
【例句】他品學兼優，家境又富裕，眞是「天之驕子」。

天不假年 ㄊㄧㄢ ㄅㄨˋ ㄐㄧㄚˇ ㄋㄧㄢˊ

【解釋】上天不多給一些日子，指壽命短促，悼念早逝的有才能的人用語。
【字義】假：借，給。
【例句】他天才橫溢，可惜「天不假年」，不到三十歲就與世長辭了。

天衣無縫 ㄊㄧㄢ ㄧ ㄨˊ ㄈㄥˋ

【解釋】本為神話，後用比喻詩文或事物的渾然天成、沒有一點雕琢的痕跡。
【出處】太平廣記·引靈怪錄，說太原郭翰暑月臥庭中，見有少女冉冉自空而下，視其衣，無縫。翰問故，女答道：「天衣，本非針線為也。」元·周密·浩然齋雅談：「對偶之佳者，如『數點雨聲風約住，一枝花影月移來』，……『梨園子弟白髮新，江州司馬青衫濕』，……數聯皆天衣無縫，妙合自然。」

【相同】 完美無缺。渾然天成。

【相反】 破綻百出。漏洞百出。

【例句】 他用諺語注釋成語，配合得「天衣無縫」。

天作之合

ㄊㄧㄢ ㄗㄨㄛˋ ㄓ ㄏㄜˊ

【解釋】 多用作稱頌婚姻美滿的套語。

【出處】 詩·大雅·大明：「文王初載，天作之合。」本指文王娶大姒為上天所撮合。

【相同】 天緣湊合。鸞儔鳳侶。天假良緣。

【例句】 他倆郎才女貌，堪稱「天作之合」。

天花亂墜

ㄊㄧㄢ ㄏㄨㄚ ㄌㄨㄢˋ ㄓㄨㄟˋ

【解釋】 佛教傳說：佛祖說法，感動天神，諸天神雨各色香花，於虛空中續紛亂墜。後以喻說話浮誇動聽，或以甘言騙人。

【出處】 心地觀經·序品偈：「六欲諸天來供養，天華亂墜徧虛空。」景德傳燈錄·令遵禪師：「聚徒一千二千，說法如雲如雨，講得天華亂墜，只成箇邪說爭競是非。」續傳燈錄·圓璣禪師：「雙眉本來自橫，鼻孔本來自直，直饒說得天花亂墜，頑石點頭，算來多虛不如少實。」

【相同】 頭頭是道。娓娓動聽。

【例句】 任憑他說得「天花亂墜」，我也不投他一票。

天南地北

ㄊㄧㄢ ㄋㄢˊ ㄉㄧˋ ㄅㄟˇ

【解釋】 一在天南，一在地北，極言相隔遙遠。

【出處】 唐·鴻慶寺碑：「天南地北，鳥散荊分。」見金石續編。元·關漢卿·沈醉東風：「咫尺的天南地北，霎時間月缺花飛。」

【相同】 地北天南。（元·薩都剌·薩天錫詩集：「人生聚散，信如浮雲。地北天南，會有相見。」）。天各一方。

【相反】 近在咫尺。近在眉睫。

【例句】 驪歌聲後，各自「天南地北」，要想再齊聚一堂，就很不容易了。

天香國色

ㄊㄧㄢ ㄒㄧㄤ ㄍㄨㄛˊ ㄙㄜˋ

【解釋】 指牡丹或梅花而言。後來也用來形容美女。

【出處】 唐·李正封·詠牡丹詩：「天香夜染衣，國色朝酣酒。」見唐·李璿·松窗雜錄。唐·白居易·山石榴花十二韻詩：「此時逢國色，何處覓天香。」宋·范成大·石湖集：「欲知國色天香句，須倚欄燒燭看。」明·史槃·宋璟鶼釵記：「但國色天香，未易描寫，幽懷雅趣，難以形容。」

【相同】 國色天香。傾國傾國。

【例句】 她是「天香國色」，沒有男人不為她傾倒。

天高地厚

ㄊㄧㄢ ㄍㄠ ㄉㄧˋ ㄏㄡˋ

【解釋】 ①形容恩澤的深厚。②「不知天高地厚」指不知利害，沒見過世面等等。

【出處】 詩·小雅·正月：「謂天蓋高，不敢不局；謂地蓋厚，不敢不蹐。」荀子·勸學：「故不登高山，不知天之高也；不臨深谿，不知地之厚也；不聞先王之遺言，不知學問之大也。」元·王實甫·西廂記：「這天高地厚情，直到海枯石爛時。」

【相同】天高地遠。天覆地載。恩高義重。

【例句】①你的恩德「天高地厚」永遠不忘。②這孩子眞不知「天高地厚」，他說將來要當總統。

天朗氣清（ㄊㄧㄢ ㄌㄤˇ ㄑㄧˋ ㄑㄧㄥ）

【解釋】形容晴朗天氣。

【出處】晉·王羲之·蘭亭集序：「是日也，天朗氣清，惠風和暢。」

【相同】天高氣清。日麗風和。天高氣爽。

【相反】天愁地慘。天昏地暗。天昏地黑。

【例句】今天「天朗氣清」，最宜郊遊。

天荒地老（ㄊㄧㄢ ㄏㄨㄤ ㄉㄧˋ ㄌㄠˇ）

【解釋】極言歷時久遠。

【出處】唐·李賀·致酒行：「吾聞馬周昔作新豐客，天荒地老無人識。」

【相同】地老天荒。（元·費唐臣·貶黃州：「詩吟的神嚎鬼哭，文驚的地老天荒。」）。千秋萬世。

【相反】俯仰之間。彈指之間。

【例句】縱然「天荒地老」，我對妳的愛情永遠不變。

天造地設（ㄊㄧㄢ ㄗㄠˋ ㄉㄧˋ ㄕㄜˋ）

【解釋】形容事物配合得當，如天地自然生成。

【出處】宋·陳公亮·重建貢院記：「迨丙午王正告成，……望其中則儼如，視其旁則翼如，井井繩繩，端若天造而地設焉。」宋·樓鑰·揚州平山堂記：「天造地設，待人而發。」亦作「天授地設」，宋·李格非·洛陽名園記：「天授地設，不待人力而巧者，洛陽獨有此園耳。」

【例句】他倆眞是「天造地設」的一對。

天涯地角（ㄊㄧㄢ ㄧㄚˊ ㄉㄧˋ ㄐㄧㄠˇ）

【解釋】指極邊遠的地方。

【出處】南朝·陳·徐陵·徐孝穆集：「天涯藐藐，地角悠悠。言面無由，但以情企。」唐·白居易·昆明春水滿詩：「天涯地角無禁利，熙熙同似昆明春。」也作「天涯海角」，宋·張世南·遊宦記聞：「今之遠宦及遠服賈者，皆曰天涯海角，蓋言遠也。」

【相同】海角天涯。天南地北。

【相反】近在咫尺。望衡對宇。

【例句】縱然你到「天涯地角」，我也要追隨你。

天崩地坼（ㄊㄧㄢ ㄅㄥ ㄉㄧˋ ㄔㄜˋ）

【解釋】比喻巨大變故或形容聲響的巨大。舊指帝王死亡。

【字義】坼：同「拆」，裂開。

【出處】史記·魯仲連列傳：「天崩地坼，天子下席。」

【相同】天翻地覆。震耳欲聾。

【例句】這次爆炸威力驚人，隆然一聲，有如「天崩地坼」。

天淵之別（ㄊㄧㄢ ㄩㄢ ㄓ ㄅㄧㄝˊ）

【解釋】比喻差別極大，猶如天和地（深潭）。

【出處】新編五代史平話·梁史：「今蒙大唐皇帝賜溫改名全忠，宣授河中行營招討副使，與曩時從那販鹽賊黃巢爲鼠盜日，天淵之隔。」

【相同】天壤之別。

【相反】大同小異。不相上下。半斤八兩。

【例句】姐妹倆的性情，一好靜、一好動，有如「天淵之別」。

天經地義 ㄊㄧㄢ ㄐㄧㄥ ㄉㄧˋ ㄧˋ

【解釋】理所當然，無可非議。

【出處】左傳：「夫禮，天之經也，地之義也。」晉·潘岳·世祖武皇帝誄：「永言孝思，天經地義。」

【相同】理所當然。至理名言。毋庸置疑。

【相反】不經之談。豈有此理。大謬不然。

【例句】中國人認爲養兒防老，是「天經地義」的觀念，但外國人並不以爲然。

天誅地滅 ㄊㄧㄢ ㄓㄨ ㄉㄧˋ ㄇㄧㄝˋ

【解釋】罪大惡極，爲天地所不容，現多用作誓言或咒罵語。

【出處】紅樓夢：「我心裡要有這個想頭，天誅地滅。」

【例句】他惡貫滿盈，將來一定「天誅地滅」！

天網恢恢 ㄊㄧㄢ ㄨㄤˇ ㄏㄨㄟ ㄏㄨㄟ

【解釋】比喻天道廣大，無所不包。後來借指國家法網雖寬，但不會漏掉壞人。

【字義】天網：天道之網，指上天的懲罰。恢恢：廣大的樣子。

【出處】老子：「天網恢恢，疏而不失。」

【相同】天羅地網。法網難逃。

【相反】逍遙法外。漏網之魚。

【例句】你不要心存僥倖，古人說：「『天網恢恢』，疏而不漏。」

天翻地覆 ㄊㄧㄢ ㄈㄢ ㄉㄧˋ ㄈㄨˋ

【解釋】①形容形勢的巨大變化。②形容鬧得很凶，秩序大亂。

【出處】①唐·劉商·胡笳十八拍：「天翻地覆誰得知，如今正南看北斗。」宋·文天祥·立春詩：「天翻地覆三生劫，歲晚江空萬里囚。」②紅樓夢：「寶玉一發拿刀弄杖，尋死覓活的，鬧的天翻地覆。」

【相同】天崩地裂。天塌地陷。翻天覆地。

【相反】安如泰山。

【例句】媽媽不在家，幾個小孩子把家裡弄得「天翻地覆」。

天羅地網 ㄊㄧㄢ ㄌㄨㄛˊ ㄉㄧˋ ㄨㄤˇ

【解釋】天空地面遍張羅網。比喻法禁森嚴，無法脫逃，或遭逢大難，走投無路。

【出處】元·關漢卿·單刀會：「安排下打鳳撈龍，準備天羅地網，也不是個待客筵席，則是個殺人、殺人的戰場！」水滸傳：「王進說道：『天可憐見，慚愧了，我母子兩個脫了這天羅地網之厄。』」

【相同】天網恢恢。插翅難飛。

【相反】逃之夭夭。網開一面。

【例句】我軍已撤下「天羅地網」，

敵人就算插翅也逃不掉。

ㄊㄧㄢ ㄖㄤˇ ㄓ ㄅㄧㄝˊ
天壤之別

同「天淵之別」。

ㄊㄧㄢ ㄨˊ ㄐㄩㄝˊ ㄖㄣˊ ㄓ ㄌㄨˋ
天無絕人之路

【解釋】上天不會斷絕人的生路，勸人要在困難中奮鬥。

【出處】元·無名氏·貨郎旦：「果然天無絕人之路，只見東北上搖下一隻船來。」

【例句】「天無絕人之路」，只要勤奮努力，一定會有生存機會的。

ㄈㄨ ㄔㄤˋ ㄈㄨˋ ㄙㄨㄟˊ
夫倡婦隨

【解釋】舊時男尊女卑，妻唯夫命是從，故稱夫倡婦隨。後也比喻夫婦相處和好，如言唱隨之樂。

【字義】倡，也作「唱」。

【出處】關尹子·三極：「天下之理，夫者倡，婦者隨。」明·高則誠·琵琶記：「況已做人妻，夫唱婦隨，不須疑慮。」

【相同】相敬如賓。舉案齊眉。琴瑟和鳴。

【相反】夫妻反目。蕭郎路人。琴瑟不調。

【例句】兩小口子「夫倡婦隨」，恩愛踰恆。

ㄊㄞˋ ㄘㄤ ㄧ ㄙㄨˋ
太倉一粟

【解釋】比喻極小的一分子。

【出處】莊子·秋水：「計中國之在海內，不似稊米之在太倉乎！」

【相同】九牛一毛。滄海一粟。

【例句】人在宇宙間如「太倉一粟」，實在渺小得很。

ㄊㄞˋ ㄜ ㄉㄠˋ ㄔˊ
太阿倒持

【解釋】比喻給人以權柄而自己反受控制。

【字義】太阿（亦作「泰阿」）：劍名；倒持：倒過來拿（即以劍柄給人）。

【出處】漢書·梅福傳：「倒持泰阿，授楚其柄。」

【例句】董事長授權總經理負責一切公司業務，結果董事長無置喙餘地，成了「太阿倒持」的局面。

ㄧㄠ ㄊㄠˊ ㄋㄨㄥˊ ㄌㄧˇ
夭桃穠李

【解釋】①喻少女年輕美麗。②豔麗爭春的桃李。

【字義】夭、穠：花木茂盛。

【出處】詩·周南·桃夭：「桃之夭夭，灼灼其華。」又何彼穠矣：「何彼穠矣，華如桃李。」兩詩皆詠婚嫁，後常用來贊頌新人年少俊美。唐·張說·安樂郡主花燭行：「星昂殷冬獻吉日，夭桃穠李遙相匹。」宋·張孝祥·清平樂·詠梅：「欲凍雲驕天似水，羞殺夭桃穠李。」

【例句】和尚見她「夭桃穠李」，不禁動了凡心。

ㄕ ㄓ ㄐㄧㄠ ㄅㄧˋ
失之交臂

【解釋】指往來之間，臂雖交而終失之，言其短暫。今多用以指當面錯過機會。

【字義】交臂：兩臂相交，形容面對面，十分接近。

【出處】莊子·田子方：「（孔丘對

顏淵說）：『吾終身與汝交一臂而失之，可不哀與！』」

【相同】 坐失良機。

【相反】 機不可失。

【例句】 我們的一生之中，有不少成功的機會，都「失之交臂」。

失魂落魄 ㄕ ㄏㄨㄣˊ ㄌㄨㄛˋ ㄆㄛˋ

【解釋】 形容心神不定，恍恍惚惚。

【出處】 初刻拍案驚奇：「做姊妹的，飛絮飄花，原無定主；做子弟的，失魂落魄，不惜餘生。」

【相同】 神不守舍。

【相反】 鎮定自若。

【例句】 他自從失戀之後，便「失魂落魄」，做任何事都不能專心。

失之東隅，收之桑榆 ㄕ ㄓ ㄉㄨㄥ ㄩˊ，ㄕㄡ ㄓ ㄙㄤ ㄩˊ

【解釋】 比喻初雖有失，而終得成功。

【字義】 東隅：日所出處；桑榆：落日所照處。

【出處】 東漢初，馮異與赤眉軍作戰，先敗後勝。光武帝慰勞他說：「始雖垂翅回谿，終能奮翼黽池，可謂失之東隅，收之桑榆。」見後漢書馮異傳。唐·王勃·滕王閣詩序：「東隅已逝，桑榆非晚。」即用此典。

【例句】 戰後波蘭與俄國接壤的土地，被俄國割去了一大片，卻從德國得到補償，堪稱「失之東隅，收之桑榆」。

奉公守法 ㄈㄥˋ ㄍㄨㄥ ㄕㄡˇ ㄈㄚˇ

【解釋】 敬奉公事，遵守法律。

【出處】 朱熹·辭免江東提刑奏狀：「又況今來所除差遣，仍是按察官。若復奉公守法，則恐如前所為，或至重傷朝廷事體。」

【相同】 安分守己。克己奉公。奉公執法。

【相反】 作奸犯科。違法亂紀。

【例句】 他一向「奉公守法」，是一位標準的公務員。

奇形怪狀 ㄑㄧˊ ㄒㄧㄥˊ ㄍㄨㄞˋ ㄓㄨㄤˋ

【解釋】 各種稀奇古怪的樣子。

【出處】 唐·吳融·太湖石歌：「洞庭山下湖波碧，波中萬古生幽石；鐵索千尋取得來，奇形怪狀誰能識？」

【相同】 稀奇古怪。

【相反】 平淡無奇。

【例句】 海濱的岩石，「奇形怪狀」，見所未見。

奇恥大辱 ㄑㄧˊ ㄔˇ ㄉㄚˋ ㄖㄨˇ

【解釋】 極大的恥辱。

【出處】 程道一·鴉片之戰演義：「回憶當年的議和，不止喪權失利，實為獨立國的奇恥大辱。」

【例句】 法國被德國逼訂城下之盟，舉國上下，無不認為是「奇恥大辱」。

奇貨可居 ㄑㄧˊ ㄏㄨㄛˋ ㄎㄜˇ ㄐㄩ

【解釋】 指珍奇的貨物可以囤積起來以待高價。

【字義】 居：囤積。

【出處】 戰國末，秦國子楚質於趙，趙不予禮遇，生活困頓，很不得意，陽翟大商人呂不韋在邯鄲做生意，見到他，說：「此奇貨可居。」見史記·呂不韋列傳。

【相同】 囤積居奇。操奇計贏。

【相反】公平交易。買賣公平。
【例句】他先燒冷竈，看準了此人「奇貨可居」。

奄奄一息

ㄧㄢ ㄧㄢ ㄧ ㄒㄧ

【解釋】氣息微弱，去死不遠。
【字義】奄奄：沒有生氣。
【出處】李密·陳情表：「氣息奄奄，人命危淺，朝不慮夕。」
【相同】危在旦夕。氣息奄奄。
【相反】生龍活虎。生氣勃勃。
【例句】送到醫院的時候，他已經「奄奄一息」了。

奮不顧身

ㄈㄣˋ ㄅㄨˋ ㄍㄨˋ ㄕㄣ

【解釋】勇往直前，不顧己身之安危。
【出處】漢·司馬遷·報任安書：「常思奮不顧身，以徇國家之急。」
【相同】奮不顧命。（梁任·昉·奏彈曹景宗：「故司州刺史蔡道恭率勵義勇，奮不顧命。」）
【相反】畏縮不前。貪生怕死。
【例句】他為了救人，「奮不顧身」，衝入火窟。

女部

女中丈夫

ㄋㄩˇ ㄓㄨㄥ ㄓㄤˋ ㄈㄨ

【解釋】形容有大丈夫氣概的女子中的傑出人物。
【相同】巾幗英雄。
【例句】現在男女有受同等教育的機會，因此不讓眉鬚的「女中丈夫」大有人在。

女生外嚮

ㄋㄩˇ ㄕㄥ ㄨㄞˋ ㄒㄧㄤˋ

【解釋】指女子總有一天要出嫁，生下來註定是向外的。
【字義】嚮：同「向」。
【出處】白虎通·封公侯：「男生內嚮，有留家之義，女生外嚮，有從夫之義。」
【例句】「女生外嚮」，怪不得，妳老是幫男朋友講話。

女子無才便是德

ㄋㄩˇ ㄗˇ ㄨˊ ㄘㄞˊ ㄅㄧㄢˋ ㄕˋ ㄉㄜˊ

【解釋】封建時代，重男輕女，硬說女子不必讀書識字，無才便是美德。
【相反】男生內嚮。
【例句】現在男女受教育的機會相等，已經不是「女子無才便是德」的時代了。

奴顏婢膝

ㄋㄨˊ ㄧㄢˊ ㄅㄧˋ ㄒㄧ

【解釋】低聲下氣，諂媚奉承的形狀
【出處】抱朴子·交際：「以嶽峙獨立者為澀吝疏拙，以奴顏婢睞者為曉解當世。」唐·陸龜蒙·散人歌：「奴顏婢膝真乞丐，反以正直為狂癡。」宋·王禹偁·送柳宜通判全州序：「與夫諂權媚勢，奴顏婢色，因採風謠司漕運言而得之者遠矣。」
【相同】卑躬屈膝。
【相反】剛正不阿。高風亮節。
【例句】會嚴厲責罵部下的人，對上司則極盡「奴顏婢膝」的能事，這樣他在心理上才會平衡。

妄自尊大

ㄨㄤˋ ㄗˋ ㄗㄨㄣ ㄉㄚˋ

【解釋】沒有眞才實學卻自以為了不起。
【出處】後漢書·馬援傳：「子陽井

底蛙耳，而妄自尊大，不如專意東方。」
【相同】夜郎自大。自命不凡。
【相反】妄自菲薄。
【例句】他一當了部長就「妄自尊大」，根本不把昔日的同窗放在眼裡。

妄自菲薄 ㄨㄤˋ ㄗˋ ㄈㄟˇ ㄅㄛˊ

【解釋】過分自卑，太小看了自己。
【字義】妄：胡亂；菲薄：小看。
【出處】諸葛亮·出師表：「不宜妄自菲薄，引喻失義，以塞忠諫之路也。」
【相同】自輕自賤。自慚形穢。自暴自棄。
【相反】妄自尊大。唯我獨尊。
【例句】我們不應妄自尊大，也不必「妄自菲薄」。

好大喜功 ㄏㄠˋ ㄉㄚˋ ㄒㄧˇ ㄍㄨㄥ

【解釋】愛舉大事，喜立大功。
【出處】新唐書·太宗紀贊：「至其牽於多愛，復立浮圖，好大喜功，勤兵於遠，此中材庸主之所常爲。」
【相同】居功自傲。矜功自伐。
【相反】功成身退。
【例句】漢武帝是我國歷史上最「好大喜功」的帝王罷！

好生惡死 ㄏㄠˋ ㄕㄥ ㄨˋ ㄙˇ

【解釋】人情莫不喜歡生而害怕死。
【出處】舊唐書：「陛下好生惡殺，此事請不煩出敕，乞容臣出牒處分。」
【例句】「好生惡死」，是人之常情。

好事多磨 ㄏㄠˇ ㄕˋ ㄉㄨㄛ ㄇㄛˊ

【解釋】好事多經磨折。舊時多指男女相愛，常經波折，難以如願。
【字義】磨：阻礙、困難。
【出處】金·董解元·西廂記：「眞所謂佳期難得，好事多磨。」
【例句】她本想和他終身廝守，無奈「好事多磨」，半路殺入情敵，橫刀奪愛，終使愛人變了心。

好高騖遠 ㄏㄠˋ ㄍㄠ ㄨˋ ㄩㄢˇ

【解釋】形容好大喜功的人不肯腳踏實地，切實從小處做起。
【字義】騖：追求。
【相同】好大喜功。不自量力。
【相反】腳踏實地。實事求是。
【例句】他失敗的原因是基本的學識還不夠，就「好高騖遠」。

好爲人師 ㄏㄠˋ ㄨㄟˊ ㄖㄣˊ ㄕ

【解釋】不謙遜，喜歡以教導者自居。
【出處】孟子·離婁上：「人之患，在好爲人師。」
【相反】移樽就教。
【例句】學識不夠，就「好爲人師」，很容易出洋相。

好逸惡勞 ㄏㄠˋ ㄧˋ ㄨˋ ㄌㄠˊ

【解釋】喜歡安逸，厭惡勞動。
【出處】後漢書·郭玉傳：「夫貴者……其爲療也，有四難焉……好逸惡勞，四難也。」
【相同】好吃懶做。游手好閒。
【相反】吃苦耐勞。
【例句】「好逸惡勞」的人，怎會有成就呢？

好景不常 ㄏㄠˇ ㄐㄧㄥˇ ㄅㄨˋ ㄔㄤˊ

【解釋】　美好的景況不會或不能長遠存在。

【例句】　古人秉燭夜遊，一定是深深體會到「好景不常」的人生常理罷！

如出一轍 ㄖㄨˊ ㄔㄨ ㄧ ㄔㄜˋ

【解釋】　形容情形完全一樣，就像循著車輪的軌跡而走一樣。

【字義】　轍：車輪走過的痕跡。

【相同】　一模一樣。

【相反】　大相逕庭。截然不同。

【例句】　這兩起銀行搶案，方式「如出一轍」，因此可能由同一劫匪所幹的。

如坐針氈 ㄖㄨˊ ㄗㄨㄛˋ ㄓㄣ ㄓㄢ

【解釋】　形容坐臥不安。

【出處】　晉書·愍懷太子遹傳：「舍人杜錫，……每盡忠規勸太子修德進善，遠于讒謗。太子怒，使人以針著錫常所坐氈中而刺之。」水滸傳：「且說林沖在柴大官人東莊上聽得這話，如坐針氈。」

【相同】　坐立不安。芒針在背。

【相反】　從容不迫。鎮定自若。

【例句】　他最不喜上地理課，一上地理課，他便「如坐針氈」。

如法炮製 ㄖㄨˊ ㄈㄚˇ ㄆㄠˊ ㄓˋ

【解釋】　本指依照成法炮製藥劑。比喻照樣仿作。

【字義】　炮製：用烘炒法把中藥煉製成精品，或脫除毒性。因此不可誤爲「泡製」。（詳閱附錄）

【出處】　兒女英雄傳：「等明日早走，依舊如法炮製，也不怕他飛上天去。」

【相同】　依樣葫蘆。照貓畫虎。

【相反】　匠心獨運。別出心裁。

【例句】　你不必別出心裁，只要「如法炮製」就好了。

如是我聞 ㄖㄨˊ ㄕˋ ㄨㄛˇ ㄨㄣˊ

【解釋】　（佛經的開卷語）我所聽來的便是這樣。

【出處】　傳說釋迦牟尼死後，弟子們彙集他的言論，因阿難常在釋迦牟尼身邊，聽到的最多，就推他宣唱佛說，以「如是我聞」爲開場。見佛地經論。

【例句】　「如是我聞」，信不信由你。

如虎添翼 ㄖㄨˊ ㄏㄨˇ ㄊㄧㄢ ㄧˋ

【解釋】　比喻惡勢力更增加一分力量，猶如老虎有了翅膀。

【出處】　韓非子：「毋爲虎傅翼，飛入邑，擇人而食之。」

【相同】　如虎生翼。

【例句】　流氓有了槍枝，便「如虎添翼」，更可以隨心所欲了。

如荼如火 ㄖㄨˊ ㄊㄨˊ ㄖㄨˊ ㄏㄨㄛˇ

【解釋】　本指軍容之盛，後用來形容氣勢的蓬勃旺盛。

【字義】　荼：一種開白花的茅草，苦菜。

【出處】　國語·吳：「萬人以爲方陣，皆白裳、白旂、素甲、白羽之矰，望之如荼。……左軍亦如之，皆赤裳、赤旗、丹甲、朱羽之矰，望之如火。」

【相同】如火如荼。風起雲湧。

【例句】抗戰時期，青年救亡圖存的運動「如荼如火」，瀰漫全國。

如魚得水 ㄖㄨˊ ㄩˊ ㄉㄜˊ ㄕㄨㄟˇ

【解釋】比喻得到很投契的人或很合適的環境。

【出處】三國志·蜀·諸葛亮傳：「孤之有孔明，猶魚之有水也。」新唐書·契苾何力傳：「何力入延陀，如涸魚得水，其脫必遽。」

【相同】志同道合。水乳交融。

【相反】格格不入。

【例句】他倆相處得十分融洽，「如魚得水」。

如喪考妣 ㄖㄨˊ ㄙㄤ ㄎㄠˇ ㄅㄧˇ

【解釋】①像死了爹娘一樣悲傷。今多含貶義。②引申為一心一意，不及其他。

【字義】考：父死稱考；妣：母死稱妣。

【出處】①尚書·舜典：「二十有八載，帝乃殂落，百姓如喪考妣。」②景德傳燈錄：「若是根機遲鈍，直須勤苦忍耐，日夜忘疲失食，如喪考妣相似。」

【相同】肝腸寸斷。哀痛欲絕。

【相反】歡天喜地。興高采烈。

【例句】只不過是遺失了一筆記簿，便「如喪考妣」一樣，哭了半天。

如夢初醒 ㄖㄨˊ ㄇㄥˋ ㄔㄨ ㄒㄧㄥˇ

【解釋】比喻一直胡裡胡塗，現在才明白過來。

【出處】警世通言：「（莊周）師事老子，學清淨無為之教。今日被老子點破了前生，如夢初醒。」

【相同】大夢初醒。恍然大悟、茅塞頓開。

【相反】至死不悟。執迷不悟。

【例句】我耐心分析之後，他才「如夢初醒」，知道受騙了。

如數家珍 ㄖㄨˊ ㄕㄨˇ ㄐㄧㄚ ㄓㄣ

【解釋】比喻敘述得十分詳盡，有如講述自己家裡的寶物一樣熟悉。

【出處】韓詩外傳：「仲尼去魯，送之不出魯郊，贈之不與家珍。」

【相同】瞭如指掌。

【相反】一無所知。

【例句】他在臺南土生土長，所以能夠把當地的名勝「如數家珍」一樣向觀光客講述。

如影隨形 ㄖㄨˊ ㄧㄥˇ ㄙㄨㄟˊ ㄒㄧㄥˊ

【解釋】比喻事情的因和果，像形和影，現也有用以比喻兩者關係密切得不可分割。

【出處】列子·說符：「形枉則影曲，形直則影正，然則枉直隨形而不在影。」

【相同】如膠似漆。形影相隨。

【相反】貌合神離。

【例句】他好像魔鬼一樣「如影隨形」地跟著我不放。

如箭在弦 ㄖㄨˊ ㄐㄧㄢˋ ㄗㄞˋ ㄒㄧㄢˊ

【解釋】比喻形勢緊張，猶如箭已在弦上，不得不發。

【例句】雙方的衝突已「如箭在弦」，

非打得你死我活，是無法罷休的了。

如獲至寶 ㄖㄨˊ ㄏㄨㄛˋ ㄓˋ ㄅㄠˇ

【解釋】好像得到了重寶。有大喜過望的意思。

【出處】宋·李光·與胡邦衡書：「忽蜀僧行密至，袖出寂照庵三字，如獲至寶。」

【例句】他得到這把破爛的茶壺，高興得「如獲至寶」，大家都感到莫名其妙。

如膠似漆 ㄖㄨˊ ㄐㄧㄠ ㄙˋ ㄑㄧ

【解釋】比喻感情融洽，兩者不可分離。

【出處】史記·魯仲連鄒陽列傳：「感於心，合於行；親於膠漆，昆弟不能離，豈惑於衆口哉？」

【相同】情投意合。水乳交融。以膠投漆。

【相反】水火不容。視若路人。參辰卯酉。

【例句】他們結婚之前「如膠似漆」，想不到結婚後不到一年便勞燕分飛了。

如臨大敵 ㄖㄨˊ ㄌㄧㄣˊ ㄉㄚˋ ㄉㄧˊ

【解釋】指把形勢看得過分緊張，有如面對強大的敵人一樣。

【例句】動員了軍警數百人，「如臨大敵」，封鎖現場，最後只抓到一名不良少年。

如願以償 ㄖㄨˊ ㄩㄢˋ ㄧˇ ㄔㄤˊ

【解釋】滿足了自己的心願。

【出處】官場現形記：「在撫臺面前替他說了許多好話，後來巴祥甫竟其如願以償，補授臨清州缺。」

【相同】得償所願。

【相反】難償所願。事與願違。

【例句】他終於「如願以償」，考取了留美。

如蟻附羶 ㄖㄨˊ ㄧˇ ㄈㄨˋ ㄕㄢ

【解釋】比喻爭先恐後去依附或爭取。本將百姓比「蟻」，而將舜比羊肉，今多用來指不正當的行爲。

【字義】羶：羊臭，羊脂。

【出處】莊子·徐无鬼：「羊肉慕蟻，蟻慕羊肉，羊肉羶也。」

【相同】趨之若鶩。

【例句】公司裡新來了一位女職員，這些男職員們個個「如蟻附羶」，貼著她不放。

如釋重負 ㄖㄨˊ ㄕˋ ㄓㄨㄥˋ ㄈㄨˋ

【解釋】好像放下重擔，形容心情舒暢。

【出處】穀梁傳：「昭公出奔，民如釋重負。」

【相同】若釋重負。

【相反】如牛負重。千鈞重負。

【例句】子女婚嫁之後，父母才「如釋重負」。

如入無人之境 ㄖㄨˊ ㄖㄨˋ ㄨˊ ㄖㄣˊ ㄓ ㄐㄧㄥˋ

【解釋】比喻戰無不勝，敵人全無抗拒能力。

【相同】長驅直入。

【例句】我軍乘勝追擊，「如入無人之境」。

妙不可言 ㄇㄧㄠˋ ㄅㄨˋ ㄎㄜˇ ㄧㄢˊ

【解釋】其妙處不可言狀，無法形容。

【出處】晉·郭璞·江賦：「妙不可盡之於言，事不可窮之於筆。」

【相同】妙處不傳。妙語天下。

【相反】枯燥無味。平淡無奇。

【例句】這句對白語帶雙關，「妙不可言」。

妙手空空 ㄇㄧㄠˋ ㄕㄡˇ ㄎㄨㄥ ㄎㄨㄥ

【解釋】本俠士名，現指竊賊的本領，亦指空無財物。

【出處】聶隱娘傳：「後夜當使妙手空空兒繼至，空空兒之神術，能從空虛而入冥，善無形而滅影。」

【相同】梁上君子。空空如也。

【相反】臨財不苟。腰纏萬貫。

【例句】這傢伙正在施展「妙手空空」的技倆，被我們一把揪住，人贓俱獲。

妙手回春 ㄇㄧㄠˋ ㄕㄡˇ ㄏㄨㄟˊ ㄔㄨㄣ

【解釋】比喻醫術高明，起死回生。

【出處】清·汪燮·葆兒學醫，詩以勉之：「兒既學醫，先宜保身……慎重以往，妙手回春。」

【相同】著手成春。手到病除。起死回生。

【相反】不可救藥。庸醫殺人。

【例句】當醫生的，不僅要能「妙手回春」，還要有悲天憫人的心懷才好。

妙語解頤 ㄇㄧㄠˋ ㄩˇ ㄐㄧㄝˇ ㄧˊ

【解釋】有趣的言談使人歡笑。

【字義】頤：面頰。解頤：開顏而笑。

【出處】漢書·匡衡傳：「匡說詩，解人頤。」

【相同】妙趣橫生。粲花之語。

【相反】枯燥無味。索然寡味。

【例句】他生性風趣，「妙語解頤」，只要有他在座，保證歡笑聲不絕。

委曲求全 ㄨㄟˇ ㄑㄩ ㄑㄧㄡˊ ㄑㄩㄢˊ

【解釋】不惜勉強遷就，以求完成一件事。

【出處】漢書·嚴彭祖傳：「何可委曲從俗，苟求富貴乎？」

【相同】逆來順受。

【相反】寧爲玉碎。

【例句】我對你「委曲求全」算了，留得青山在，不怕沒柴燒。

委決不下 ㄨㄟˇ ㄐㄩㄝˊ ㄅㄨˋ ㄒㄧㄚˋ

【解釋】不能下決斷。

【例句】這關係到國家存亡的大事，他實在「委決不下」。

委靡不振 ㄨㄟˇ ㄇㄧˇ ㄅㄨˋ ㄓㄣˋ

【解釋】情緒低沉，精神頹廢。

【字義】委靡：頹喪，不振作。

【俗作】萎靡。

【出處】宋·馬永卿·元城語錄：「至嘉祐末年，天下之事，似乎舒緩，委靡不振。」

【例句】這個人一年到頭「委靡不振」，怎會有成就？

姍姍來遲 ㄕㄢ ㄕㄢ ㄌㄞˊ ㄔˊ

【解釋】本指女子從容緩步的樣子。現在多指慢騰騰來晚了(男女皆可)。

【字義】姍姍：媛步而行。又讀ㄒㄧㄢ

【出處】漢武帝李夫人既死，帝命方士召其魂，恍若有見。帝因感傷作賦：「是邪非邪？立而望之，偏何姍姍其來遲。」見漢書·孝武李夫人傳。

【相同】行道遲遲。蝸行牛步。

【相反】捷足先得。超軼絕塵。爭先恐後。

【例句】她沒有守時的習慣，每次的約會，都「姍姍來遲」。

始作俑者 ㄕˇ ㄗㄨㄛˋ ㄩㄥˇ ㄓㄜˇ

【解釋】比喻領頭做極大壞事的人。

【出處】俑：古時陪葬的假人。孟子·梁惠王：「始作俑者，其無後乎？」

【例句】他是這件謀殺案的「始作俑者」。

始料未及 ㄕˇ ㄌㄧㄠˋ ㄨㄟˋ ㄐㄧˊ

【解釋】事先沒法料到。

【出處】左傳：「孤始願（志願）不及此。」

【例句】看他一副呆頭呆腦的樣子，竟然成為大科學家，實在「始料未及」。

始終如一 ㄕˇ ㄓㄨㄥ ㄖㄨˊ ㄧ

【解釋】自始至終，絲毫未變；形容能堅持到底。

【出處】荀子·議兵：「夫是之謂至臣，慮必先事，而申之以敬，愼終如始，終始如一。」梁書·劉洽傳：「明公儒學稽古，淳厚篤誠，立身行道，始終如一。」

【相同】始終不渝。一如既往。全始全終。

【相反】朝令夕改。有始無終。反覆無常。

【例句】他對你的關愛，「始終如一」。

姑妄言之 ㄍㄨ ㄨㄤˋ ㄧㄢˊ ㄓ

【解釋】姑且隨便說說。

【出處】莊子·齊物論：「予嘗為女姑妄言之，女以妄聽之。」

【例句】這不過是傳說，「姑妄言之」，姑妄聽之。

姑妄聽之 ㄍㄨ ㄨㄤˋ ㄊㄧㄥ ㄓ

表示姑且隨便聽聽。見「姑妄言之」。

姑息養奸 ㄍㄨ ㄒㄧ ㄧㄤˇ ㄐㄧㄢ

【解釋】過分的寬恕，無形中助長奸惡。

【字義】姑息：暫且容忍，免傷和氣。

【出處】清史稿：「敦知聯視為一聽，彼竟有二心，招權納賄，擅作威福，欺罔悖負，朕豈能姑息養奸耶？」

【例句】黑色會的勢力日益囂張，這是「姑息養奸」的結果。

威風凜凜 ㄨㄟ ㄈㄥ ㄌㄧㄣˇ ㄌㄧㄣˇ

【解釋】威武雄壯，聲勢逼人。

【出處】元·費唐臣·貶黃州：「見如今御史臺威風凜凜，怎敢向翰林院文質彬彬。」西遊記：「這番比前不同，威風凜凜，殺氣騰騰。」

【相同】神氣十足。不可一世。八面威風。

【相反】垂頭喪氣。沒精打彩。不可一世。

【例句】　他著戎裝，顯得「威風凜凜」。

威信掃地

ㄨㄟ ㄒㄧㄣˋ ㄙㄠˇ ㄉㄧˋ

【解釋】　完全喪失了威嚴和信譽。

【例句】　他的醜事被揭露之後，立刻「威信掃地」，再也沒有人聽他指揮了。

娓娓動聽

ㄨㄟˇ ㄨㄟˇ ㄉㄨㄥˋ ㄊㄧㄥ

【解釋】　說話婉順，使人喜歡聽。

【字義】　娓娓：形容說話動聽。

【出處】　孽海花：「就把英語來對答，倒也說得清脆悠揚，娓娓動聽。」

【相反】　不堪入耳。

【例句】　她的故事，說得「娓娓動聽」。

婦人之仁

ㄈㄨˋ ㄖㄣˊ ㄓ ㄖㄣˊ

【解釋】　小恩小惠。

【出處】　史記·淮陰侯列傳：「項王見人恭敬慈愛，言語嘔嘔。人有疾病，涕泣分食飲；至使人有功當封爵者，印刓敝，忍不能予；此所謂婦人之仁也。」

【例句】　你如此溺愛小孩，是「婦人之仁」，反而害了他。

嫁禍於人

ㄐㄧㄚˋ ㄏㄨㄛˋ ㄩˊ ㄖㄣˊ

【解釋】　把災禍轉移到別人身上。

【出處】　戰國策·魏策：「夫虧楚而益魏，攻楚而適秦，嫁禍安國，此善事也。」隨書·李德林傳：「佐門嫁禍，紛若蝟毛。」

【相同】　以鄰為壑。諉過於人。

【相反】　代人受過。

【例句】　你要小心，他慣做「嫁禍於人」的事。

嫉惡如仇

ㄐㄧˊ ㄜˋ ㄖㄨˊ ㄔㄡˊ

【解釋】　憎恨壞人壞事猶如憎恨仇人一樣。

【字義】　嫉：憎恨，同疾。

【出處】　後漢書·陳蕃傳：「又前山陽太守翟超，東海相黃浮，奉公不撓，疾（嫉）惡如仇。」

【例句】　他為人正直不阿且「嫉惡如仇」。

嫣然一笑

ㄧㄢ ㄖㄢˊ ㄧˊ ㄒㄧㄠˋ

【解釋】　形容女子笑時的美態。

【字義】　嫣然：笑得很美的樣子。

【出處】　戰國·楚·宋玉·登徒子好色賦：「嫣然一笑，惑陽城，迷下蔡。」

【例句】　她只「嫣然一笑」，就足夠顛倒衆生了。

嬉笑怒罵

ㄒㄧ ㄒㄧㄠˋ ㄋㄨˋ ㄇㄚˋ

【解釋】　才思敏捷，不拘題材形式，都能任意發揮，寫成好文章。

【出處】　宋·蘇軾自謂作文如行雲流水，無所不可，雖嬉笑怒罵之辭，皆可書而誦之。見宋史·蘇軾傳。宋·黃庭堅·東坡先生眞贊：「東坡之酒，赤壁之笛，嬉笑怒罵，皆成文章。」

【例句】　眞正文筆好的人，可以不假思索，「嬉笑怒罵」，皆成文章。

嬌小玲瓏

ㄐㄧㄠ ㄒㄧㄠˇ ㄌㄧㄥˊ ㄌㄨㄥˊ

【解釋】　本形容女子體態柔美，也可泛指一切小巧物品。

【出處】　孽海花：「頭倚繡枕，身裹

錦衣。衾衣裡面，緊貼身朝外睡著個嬌小玲瓏的妙人兒。」
【相同】小巧玲瓏。
【相反】五大三粗。容貌魁偉。
【例句】她「嬌小玲瓏」，甚得董事長的寵愛。

嬌生慣養 ㄐㄧㄠ ㄕㄥ ㄍㄨㄢˋ ㄧㄤˇ
【解釋】在過分愛憐中長成。
【字義】嬌：寵愛，也作「姣」；慣：縱容。
【出處】紅樓夢：「快帶了那孩子來，別唬著他。小門小戶的孩子，都是嬌生慣了的，那裡見過這個勢派？」
【相同】關懷倍致。養尊處優。姣生慣養。
【相反】臥薪嘗膽。
【例句】「嬌生慣養」的小孩，長大了，缺乏獨立奮鬥的精神。

子部

孑然一身 ㄐㄧㄝˊ ㄖㄢˊ ㄧˋ ㄕㄣ
【解釋】形容孤零零一個人。
【字義】孑：孤獨。
【出處】宋·周輝·清波雜誌：「歲月滋久，根深蒂結，生育男女，于義有不可負者，兼渠孑然一身，無所依倚，處性不能自立。」
【相同】孤苦伶仃。形影相弔。
【相反】三親六眷。
【例句】他現在「孑然一身」，只好住進養老院了。

孔武有力 ㄎㄨㄥˇ ㄨˇ ㄧㄡˇ ㄌㄧˋ
【解釋】勇猛而力大。
【出處】詩·鄭風：「羔裘豹飾，孔武有力。」
【例句】他「孔武有力」，幾個流氓都不是他的對手。

字裡行間 ㄗˋ ㄌㄧˇ ㄏㄤˊ ㄐㄧㄢ
【解釋】指文章的每一行，也指文章裡隱約可看出某些意思。
【出處】梁·簡文帝·答新渝侯和詩書：「垂示三首，風雲吐於行間，珠玉生於字裏。」
【例句】在他信中，「字裡行間」流露出對故鄉老母深深的懷念。

孤注一擲 ㄍㄨ ㄓㄨˋ ㄧˋ ㄓˋ
【解釋】賭徒傾其所有作賭注，以決最後勝負。常用以比喻在危急時竭盡全力作最後一次的冒險。
【字義】孤注：把所有的錢都作賭注。擲：賭錢時擲骰子。
【出處】宋·張邦基·墨莊漫錄：「博者以勝彩累注數者，至垂敗者，唯有畸零不累注數，謂之孤注。」晉書·何無忌傳：「劉毅家無擔石之儲，樗蒱一擲百萬。」元史·伯顏傳：「我宋天下，猶賭博孤注，輸贏在此一擲爾。」宋眞宗時，契丹入圍瀛州，宰相寇準請眞宗至澶州，決計親征，契丹退師。後，王欽若進讒言曰：「澶淵之役，準以陛下爲孤注，與敵博注。」見宋·司馬光·涑水記聞、宋史·寇準傳。
【例句】這次大會戰，敵人決定「孤注一擲」，集中了全部的精銳部隊。

孤芳自賞 ㄍㄨ ㄈㄤ ㄗˋ ㄕㄤˇ

【解釋】把自己比作孤高絕俗的花朵，自我讚賞。
【出處】韓愈詩：「異質忌處群，孤芳難居林。」
【相同】自命不凡。自我陶醉。
【相反】自慚形穢。
【例句】少女時期的心理，容易趨向「孤芳自賞」。

孤苦伶仃 ㄍㄨ ㄎㄨˇ ㄌㄧㄥˊ ㄉㄧㄥ

【解釋】孤單困苦，無依無靠。
【字義】伶仃：單獨無靠。
【出處】晉·李密·陳情表：「零丁孤苦，至於成立。」
【相同】孑然一身。形單影隻。舉目無親。
【相反】至親好友。三親六眷。
【例句】社會福利辦得好的國家，「孤苦伶仃」的老人都有免費的慈善機構扶養。

孤軍奮鬥 ㄍㄨ ㄐㄩㄣ ㄈㄣˋ ㄉㄡˋ

【解釋】在孤立無援的情況下奮力戰鬥，也比喻獨力支撐。
【出處】隋書·虞慶則傳：「由是長儒孤軍獨戰，死者十八九。」
【相同】孤軍奮戰。
【例句】我軍四面楚歌，但仍作「孤軍奮鬥」，以期獲得最後勝利。

孤陋寡聞 ㄍㄨ ㄌㄡˋ ㄍㄨㄚˇ ㄨㄣˊ

【解釋】學識淺薄，見聞不廣。
【字義】孤、寡：少；陋：淺薄；聞：見聞。
【出處】禮記·學記：「獨學而無友，則孤陋而寡聞。」抱朴子自敘：「貧乏無以遠尋師友，孤陋寡聞，明淺思短，大義多所不通。」
【相同】淺見寡識。
【相反】見多識廣。
【例句】編者「孤陋寡聞」，讀者發現本書有錯誤時，敬請指正。

孤掌難鳴 ㄍㄨ ㄓㄤˇ ㄋㄢˊ ㄇㄧㄥˊ

【解釋】一個巴掌拍不響，比喻勢單力薄，難以成事。
【出處】韓非子·功名：「一手獨拍，雖疾無聲。」元·戴善夫·陶學士醉寫風光好：「許下俺調琴瑟，我似難鳴孤掌，不線單絲。」水滸全傳：「（樂和）為見解珍、解寶是個好漢，有心要救他，只是單絲不成線，孤掌難鳴，只報得他一個信。」古今小說·臨安里錢婆留發跡：「看見城中已有準備，自己後軍無繼，孤掌難鳴，只得撥轉旗頭，重回舊路。」
【相同】孤立無援。單絲不成線。
【相反】眾志成城。眾擎易舉。
【例句】全體與會人士都反對我的意見，我一個人「孤掌難鳴」，只好憤而離席。

孺子可教 ㄖㄨˊ ㄗˇ ㄎㄜˇ ㄐㄧㄠˋ

【解釋】稱年輕可造就者。
【出處】漢·張良曾步游下邳圯（橋）上，有一老父故意墮履圯（橋）下，要張良取履，良強忍為老父拾取而履之。老父曰：「孺子可教矣。後五日平明，與我會此。」因授良以太公兵法。見史記·留侯世家。
【相同】後生可畏。少年有為。
【相反】不堪造就。朽木糞牆。

【例句】 年紀小，但勤奮好學，每一位老師都認爲他「孺子可教」。

學然後知不足
ㄒㄩㄝˊ ㄖㄢˊ ㄏㄡˋ ㄓ ㄅㄨˋ ㄗㄨˊ

【解釋】 學問淵溥，沒有止境，越是精心研究，越知自己的淺陋無知。

【出處】 禮記：「學然後知不足。」

【例句】 他獲得博士學位之後，才覺得學海無涯，古人說：「學然後知不足」，果然是致理名言。

宀部

守口如瓶
ㄕㄡˇ ㄎㄡˇ ㄖㄨˊ ㄆㄧㄥˊ

【解釋】 比喻說話謹慎。後稱嚴守秘密，不以告人，也叫守口如瓶。

【出處】 唐·道世·諸經要集：「防意如城，守口如瓶。」宋·晁氏客語：「留器之（安世）云：富鄭公（弼）年八十，書座屏云：『守口如瓶，防意如城。』」

【相同】 三緘其口。秘而不宣。

【相反】 洩漏天機。

【例句】 擔任情報人員的第一步要求是必須做到「守口如瓶」。

守株待兔
ㄕㄡˇ ㄓㄨ ㄉㄞˋ ㄊㄨˋ

【解釋】 比喻不知變通，或妄想不勞而獲、坐享其成。

【字義】 株：樹被砍伐後留下的樹墩子。

【出處】 韓非子·五蠹：「宋人有耕者，田中有株，兔走觸株折頸而死，因釋其耒而守株，冀復得兔，兔不可得，而身爲宋國笑。」漢·王充·論衡：「以已至之瑞，效方來之應，猶守株待兔之蹊，藏身破置之路也。」景德傳燈錄·欽山文邃禪師：「守株待兔，枉用心神。」

【相同】 守株伺兔。（後漢書·張衡傳：「世易俗異，事埶舛殊，不能通其變，而一度揆之，斯契船而求劍，守株而伺兔也。」）。刻舟求劍。坐享其成。

【相反】 通權達變。

【例句】 「守株待兔」的人一心想坐等良機，往往成爲坐失良機。

守望相助
ㄕㄡˇ ㄨㄤˋ ㄒㄧㄤ ㄓㄨˋ

【解釋】 在探察和防禦方面互相幫助，

【出處】 孟子·滕文公：「出入相友，守望相助，疾病相扶持。」

【例句】 社區裡的居民若能「守望相助」，則治安自然良好。

安分守己
ㄢ ㄈㄣˋ ㄕㄡˇ ㄐㄧˇ

【解釋】 安於本分，守著本身的範圍，不妄求分外物。

【出處】 蘇軾詩：「胡不安其分，但聽物所誘。」

【相同】 循規蹈矩。奉公守法。

【相反】 胡作非爲。違法亂紀。爲非作歹。惹是生非。

【例句】 「安分守己」的人，難望有大發展。

安步當車
ㄢ ㄅㄨˋ ㄉㄤ ㄐㄩ

【解釋】 緩步以代車；指能安貧。

【字義】 安步：從容步行。

【出處】 戰國策·齊策：「晚食以當肉，安步以當車，無罪以當貴，清淨貞正以自虞。」古代貴族出必乘車，因以安步當車稱人能安貧樂道。

【相同】以步代車。

【相反】高車駟馬。乘堅策肥。

【例句】左鄰右舍都買了歐洲進口轎車，但他每天依舊「安步當車」，很有安貧樂道的修養。

安居樂業 ㄢ ㄐㄩ ㄌㄜˋ ㄧㄝˋ

【解釋】安於居所的環境，樂於從事的職業。

【出處】漢書·貨殖傳：「各安其居而樂其業，甘其食而美其服。」後漢書·仲長統傳：「安居樂業，長養子孫。」

【相同】安家樂業。（漢書·谷永傳：「務省繇役，毋奪民時，薄收賦稅，毋殫民財，使天下黎元，咸安家樂業。」）安土樂業。（漢書·龔遂傳：「盜賊於是悉平，民安土樂業。」三國志·魏·賈詡傳：「撫安百姓，使安土樂業。」）

【相反】顛沛流離。民不聊生。

【例句】只要能夠「安居樂業」，就是執政者給人民的大恩大德了。

安貧樂道 ㄢ ㄆㄧㄣˊ ㄌㄜˋ ㄉㄠˋ

【解釋】不厭惡貧困的生活而樂於道德的修養。

【出處】文子·上仁：「聖人安貧樂道，不以欲傷生，不以利累己，故不違義而妄取。」

【例句】需要有相當學養的人，才能過「安貧樂道」的清苦生活。

安常處順 ㄢ ㄔㄤˊ ㄔㄨˇ ㄕㄨㄣˋ

【解釋】安於平穩的日子，常處順境，亦指滿足於現狀。

【例句】他自小「安常處順」，當然禁不起大風浪。

安富尊榮 ㄢ ㄈㄨˋ ㄗㄨㄣ ㄖㄨㄥˊ

【解釋】安定富足，尊貴榮華。

【出處】孟子·盡心上：「君子居是國也，其君用之，則安富尊榮。」

【例句】他是官宦世家，一向過的是「安富尊榮」的日子。

宅心仁厚 ㄓㄞˊ ㄒㄧㄣ ㄖㄣˊ ㄏㄡˋ

【解釋】心地仁厚。

【字義】宅心：居心、存心。

【例句】他「宅心仁厚」，始終不願意露骨地批評別人。

牢不可破 ㄌㄠˊ ㄅㄨˋ ㄎㄜˇ ㄆㄛˋ

【解釋】非常牢固，無法摧毀。

【出處】韓愈文：「併為一談，牢不可破。」

【相同】安如磐石。堅不可摧。

【相反】一觸即潰。不堪一擊。

【例句】敵軍再三進攻，這座城依舊「牢不可破」。

完璧歸趙 ㄨㄢˊ ㄅㄧˋ ㄍㄨㄟ ㄓㄠˋ

【解釋】把原物無損地歸還給主人。

【出處】戰國時，趙惠文王得楚和氏璧，秦昭王遺趙王書，願以十五城交換和氏璧。藺相如曰：「臣願奉璧往使。城入趙而璧留秦；城不入，臣請完璧歸趙。」相如到秦國後，見秦王得璧，無意償趙城，乃設計復取璧，使從者送回趙國。見史記·廉頗藺相如列傳。
【相同】完璧。璧還。奉趙。歸趙。
【例句】把新汽車借給他，保證會「完璧歸趙」嗎？

官官相護 ㄍㄨㄢ ㄍㄨㄢ ㄒㄧㄤ ㄏㄨˋ
【解釋】做官的互相迴護。
【出處】紅樓夢：「如今就是鬧破了，也是官官相護的，不過認個承審不實，革職處分罷。」
【相同】官官相爲。（元·關漢卿·蝴蝶夢：「你都官官相爲倚親屬，更做道國戚皇族。」喬夢符·兩世姻緣：「也是俺官官相爲，你可甚賢賢易色。」）
【相反】公正無私。守正不阿。大公無私。
【例句】你竟敢告法官？當然敗訴無疑，你不知「官官相護」的道理嗎？

官樣文章 ㄍㄨㄢ ㄧㄤˋ ㄨㄣˊ ㄓㄤ
【解釋】本謂進呈文字例須堂皇典雅，轉指有固定套式的文章。後用以比喻徒具形式的例行公事或措施。
【出處】宋·李昂英·示兒用許廣文韻詩：「官樣詞章惟典雅，心腔理義要深幾。」明·沈鯨·雙珠記：「官樣文章大手筆，衙官屈宋誰能匹。」清·郝懿行·晉宋書故：「本紀中云策封宋公加九錫，今按其文全襲潘元茂冊魏公文，官樣文章，古來皆有本頭，不獨王莽學大誥矣。」
【例句】新法律的頒布，也不過是「官樣文章」，不可能徹底實行。

家常便飯 ㄐㄧㄚ ㄔㄤˊ ㄅㄧㄢˋ ㄈㄢˋ
【解釋】家中尋常的飯食。比喻尋常的事。
【出處】宋·趙伶時·侯鯖錄：「范堯夫（純仁）丞相嘗敎子弟云：『文正公（范仲淹）有言：常調官好做，家常飯好喫。』」清·龔自珍·己亥雜詩：「五經爛熟家常飯，莫似而翁啜九流。」
【相同】①家常茶飯。（續傳燈錄：「天得一以淸，地得一以寧，君王得一以治天下，這箇說話是家常茶飯。」）②家常飯。
【相反】羊羔美酒。山珍海味。珍肴異饌。
【例句】在法治未上軌道的國家，刑求逼供，是「家常便飯」。

家破人亡 ㄐㄧㄚ ㄆㄛˋ ㄖㄣˊ ㄨㄤˊ
【解釋】形容遭遇禍患，家毀人死。
【出處】景德傳燈錄：「家破人亡，子歸何處？」
【相同】家散人亡。
【例句】八年抗戰，弄得多少中國人「家破人亡」！

家徒四壁 ㄐㄧㄚ ㄊㄨˊ ㄙˋ ㄅㄧˋ
【解釋】家中只剩四面牆壁，形容貧困。
【字義】徒：只有。
【出處】史記·司馬相如列傳：「文君夜亡奔相如，相如乃與馳歸成都，家居徒四壁立。」
【相同】家徒壁立。
【相反】金玉滿堂。腰纏萬貫。豐衣足食。

【例句】他「家徒四壁」，妄談什麼出國留學？

家給人足 ㄐㄧㄚ ㄐㄧˇ ㄖㄣˊ ㄗㄨˊ

【解釋】形容人民富庶，衣食豐足。

【出處】鄧析子·轉辭：「寂然無鞭扑之罰，漠無叱吒之聲，而家給人足，天下太平。」史記·商君列傳：「行之十年，秦民大說，道不拾遺，山無盜賊，家給人足。」

【相同】家殷人足。家衍人給。豐衣足食。

【例句】自從大興水利之後，這一帶地區「家給人足」。

家喻戶曉 ㄐㄧㄚ ㄩˋ ㄏㄨˋ ㄒㄧㄠˇ

【解釋】家家戶戶都知道。

【出處】宋·樓鑰·繳鄭熙等免罪：「而遽有免罪之旨，不可以家諭戶曉。」

【相同】家傳戶曉。

【相反】秘而不宣。不足爲外人道。

【例句】這個兒話故事早已「家諭戶曉」了。

家醜不可外揚 ㄐㄧㄚ ㄔㄡˇ ㄅㄨˋ ㄎㄜˇ ㄨㄞˋ ㄧㄤˊ

【解釋】內部的醜事，不能使外人知道。

【出處】清平山堂話本：「欲要訟之於官，爭奈家醜不可外揚，故爾中止。」元·白仁甫·牆頭馬上：「家醜事不可外揚，兀那漢子，我將你拖到官中，不道的饒了你哩！」

【例句】國內發生如此丟人的貪污案子，基於「家醜不可外揚」的原則，所以嚴禁外國記者採訪。

家家有本難念的經 ㄐㄧㄚ ㄐㄧㄚ ㄧㄡˇ ㄅㄣˇ ㄋㄢˊ ㄋㄧㄢˋ ㄉㄜ˙ ㄐㄧㄥ

【解釋】比喻家家各有不同的困難。

【例句】「家家有本難念的經」你別羨慕我家有錢，我的孩子不成器，才煩死人呢！

容光煥發 ㄖㄨㄥˊ ㄍㄨㄤ ㄏㄨㄢˋ ㄈㄚ

【解釋】面容豐潤而有光彩。

【出處】聊齋誌異：「阿繡三入門則老母無恙，大喜。繫馬入，俱道所以，母亦喜，爲女盥濯，竟妝，容光煥發。」

【相同】神采飛揚。神采奕奕。

【相反】面黃肌瘦。委靡不振。

【例句】看他「容光煥發」，便知道他一定有什麼得意的事。

害群之馬 ㄏㄞˋ ㄑㄩㄣˊ ㄓ ㄇㄚˇ

【解釋】比喻團體中的不良分子。

【出處】莊子·徐无鬼：「夫爲天下，亦奚以異乎牧馬者哉？亦去其害馬者而已矣。」

【例句】這幾個「害群之馬」，使學校的名譽掃地。

寅支卯糧 ㄧㄣˊ ㄓ ㄇㄠˇ ㄌㄧㄤˊ

【解釋】干支卯在寅後，指寅年吃了卯年的糧。比喻入不敷出，先行挪用。

【出處】寅年奏議：「大都民間止有此物力，寅支卯糧，則卯年之逋，勢也。」

【相同】寅吃卯糧。

【相反】綽綽有餘。

【例句】他收入菲薄，月月「寅支卯糧」。

寄人籬下 ㄐㄧˋ ㄖㄣˊ ㄌㄧˊ ㄒㄧㄚˋ

【解釋】比喻依賴他人。後比喻依附他人生活而不能自主。
【字義】寄：依靠、依賴。
【出處】南齊書·張融傳：「丈夫當刪詩書，制禮樂，何至因循寄籬下。」指沿襲別人的著述，無所創作。紅樓夢：「想起邢岫煙住在賈府園中，終是寄人籬下。」
【相同】仰人鼻息。
【相反】自立更生。獨立自主。
【例句】誰叫自己不努力，「寄人籬下」，還要怨天尤人。

寂寂無聞 ㄐㄧˊ ㄐㄧˊ ㄨˊ ㄨㄣˊ

【解釋】名字不爲人所知，沒有名聲。
【相反】鼎鼎大名。
【例句】同學們不是博士，就是部長，只有他「寂寂無聞」。

富貴逼人 ㄈㄨˋ ㄍㄨㄟˋ ㄅㄧ ㄖㄣˊ

【解釋】言不求富貴而富貴逼人而來
【出處】北史·楊素傳：「常令爲詔，下筆立成，詞義兼美。帝嘉之，謂曰：『善相自勉，勿憂不富貴。』素應聲曰：『臣但恐富貴來逼臣，臣無心圖富貴。』」明史·磐夢磊記傳奇：「正是百計貧賤醫不得，一朝富貴逼人來。」
【例句】他本想隆中高臥，怎奈「富貴逼人」，清閒不得。

富麗堂皇 ㄈㄨˋ ㄌㄧˋ ㄊㄤˊ ㄏㄨㄤˊ

【解釋】華麗而有氣派。
【字義】堂皇：氣勢盛大。
【出處】兒女英雄傳：「連忙燈下一看，只見當朝聖人出的是三個富麗堂皇的題目。」
【相同】金碧輝煌。
【相反】質樸無爭。
【例句】他的新居「富麗堂皇」，宛如宮殿，眞令人羨慕。

富貴不能淫 ㄈㄨˋ ㄍㄨㄟˋ ㄅㄨˋ ㄋㄥˊ ㄧㄣˊ

【解釋】個人的意志不受金錢地位所動搖。
【字義】淫：迷亂。
【出處】孟子·滕文公下：「富貴不能淫，貧賤不能移，威武不能屈。」
【例句】大丈夫要做到「富貴不能淫」，貧賤不能移。

寡不敵衆 ㄍㄨㄚˇ ㄅㄨˋ ㄉㄧˊ ㄓㄨㄥˋ

【解釋】人少難抵擋衆敵。
【出處】逸周書·芮良夫：「寡不敵衆，后其危哉！」
【相同】寡不勝衆。（後漢書：「寡不勝衆，遂見擯棄。」）衆寡懸殊。
【相反】勢均力敵。旗鼓相當。
【例句】李陵帶步卒五千深入匈奴，「寡不敵衆」，結果被俘。

寡廉鮮恥 ㄍㄨㄚˇ ㄌㄧㄢˊ ㄒㄧㄢˇ ㄔˇ

【解釋】無操守，不知恥。
【字義】鮮：少。
【出處】史記·司馬相如列傳：「寡廉鮮恥，而俗不長厚也。」
【相同】恬不知恥。厚顏無恥。無恥之尤。
【相反】澡身浴德。光明磊落。高風亮節。

【例句】「寡廉鮮恥」的人，才會認賊作父。

寢食不安 ㄑㄧㄣˇ ㄕˊ ㄅㄨˋ ㄢ

【解釋】心中憂慮，吃飯睡覺都覺不安。

【相同】坐臥不寧。寢饋不安。

【相反】無憂無慮。高枕無憂。

【例句】在比賽前夕，他一直「寢食不安」。

實至名歸 ㄕˊ ㄓˋ ㄇㄧㄥˊ ㄍㄨㄟ

【解釋】有眞才實學的人，自然會得到好名聲。

【例句】您不但有才學，又熱心教育，這次榮獲榮譽教學博士學位，是「實至名歸」，受之無愧。

實事求是 ㄕˊ ㄕˋ ㄑㄧㄡˊ ㄕˋ

【解釋】從實際出發，求得正確的結論。

【出處】漢書·河間獻王劉德傳：「修學好古，實事求是。」注：「務得事實，每求眞是也。」

【相同】腳踏實地。

【相反】弄虛作假。

【例句】我們做任何事都要「實事求是」，才會成功。

實繁有徒 ㄕˊ ㄈㄢˊ ㄧㄡˇ ㄊㄨˊ

【解釋】這樣的人很多。

【字義】繁：多；徒：衆人。

【出處】尙書·仲虺之誥：「簡賢附勢，實繁有徒。」左傳：「惡直醜正，實繁有徒。」

【相同】不乏其人。大有人在。

【相反】寥寥無幾。絕無僅有。

【例句】口惠而實不至者，「實繁有徒」。

察言觀色 ㄔㄚˊ ㄧㄢˊ ㄍㄨㄢ ㄙㄜˋ

【解釋】觀察言語臉色以揣測對方的心意。

【出處】論語·顏淵：「夫達也者質直而好義，察言而觀色，慮以下人。」三國志·吳·滕胤傳：「起家爲丹陽太守」注引吳書：「胤每聽辭訟，斷罪法，察言觀色，務盡情理。」

【相同】鑒貌辨色。鑒影度形。

【相反】視而不見。熟視無睹。

【例句】他對上司很注意「察言觀色」，並討好上司，所以升遷得最快。

寥若晨星 ㄌㄧㄠˊ ㄖㄨㄛˋ ㄔㄣˊ ㄒㄧㄥ

【解釋】像早上的星星一樣稀少。

【出處】南齊·謝朓·京路夜發：「曉星正寥落。」李善注：「寥落，星稀之貌。」

【相同】寥寥無幾。屈指可數。

【相反】恆河沙數。車載斗量。過江之鯽。

【例句】像他這樣的標準丈夫，眞是「寥若晨星」。

寥寥無幾 ㄌㄧㄠˊ ㄌㄧㄠˊ ㄨˊ ㄐㄧˇ

【解釋】數目極小，沒有幾個。

【出處】明·胡應麟·詩藪：「建安以後，五言日盛，晉宋齊間，七言歌行，寥寥無幾。」

【相同】寥若晨星。

【相反】恆河沙數。車載斗量。

【例句】贊成的人「寥寥無幾」。

寧死不辱 ㄋㄧㄥˊ ㄙˇ ㄅㄨˋ ㄖㄨˇ

【解釋】　寧願被處死也不肯受辱。

【例句】　不要認爲女人是弱者，她們往往「寧死不辱」，比男人更勇敢。

寧爲玉碎 ㄋㄧㄥˋ ㄨㄟˊ ㄩˋ ㄙㄨㄟˋ

【解釋】　比喻作有價值的犧牲。

【出處】　北齊書·元景安傳：「大丈夫寧可玉碎，不能瓦全。」

【相反】　瓦全。委曲求全。

【例句】　從前對軍人的要求是：不成功，便成仁；「寧爲玉碎」，不爲瓦全。

寧爲雞口，不爲牛後 ㄋㄧㄥˋ ㄨㄟˊ ㄐㄧ ㄎㄡˇ ㄅㄨˋ ㄨㄟˊ ㄋㄧㄡˊ ㄏㄡˋ

見「雞口牛後」。

賓至如歸 ㄅㄧㄣ ㄓˋ ㄖㄨˊ ㄍㄨㄟ

【解釋】　形容客人受到周到的招待，使他們猶如回到自己家中，忘了身爲客人。

【出處】　左傳：「賓至如歸，無寧災患，不畏盜寇，而亦不患燥濕。」

【例句】　本旅社服務親切，保證各位有「賓至如歸」之感。

寬大爲懷 ㄎㄨㄢ ㄉㄚˋ ㄨㄟˊ ㄏㄨㄞˊ

【解釋】　氣量寬大，不咎既往。

【例句】　中國人最「寬大爲懷」，所以戰後，未向日本索取一文賠償。

寵辱不驚 ㄔㄨㄥˇ ㄖㄨˇ ㄅㄨˋ ㄐㄧㄥ

【解釋】　無論獲得光榮還是受到侮辱都不當作一回事，指不以得失動心。

【出處】　老子：「寵爲天下，得之若驚，安之若驚，是謂寵辱若驚。」世說新語：「阮光祿（裕）在東山，蕭然無事，常內足於懷。有人以問王右軍（羲之），右軍曰：『此君近不驚寵辱，雖古之沈冥，何以過此？』」唐·韋絢·劉賓客嘉話錄：「有督運遭風失米，盧（承慶）考之曰：『監運損糧，考中下。』其人容色自若，無言而退。盧重其雅量，改注曰：『非力所及，考中中。』既無喜容，亦無愧詞。又改曰：『寵辱不驚，考中上。』」

【例句】　要有高深的修養，才能達到「寵辱不驚」的境界。

寶刀未老 ㄅㄠˇ ㄉㄠ ㄨㄟˋ ㄌㄠˇ

【解釋】　比喻技藝並未荒廢。

【出處】　穀梁傳：「孟勞者，魯之寶刀也。」

【相同】　寶刀不老。

【例句】　十年前，他是全國名提琴手，至今依舊「寶刀未老」，隨時可以露一手。

寸部

寸步不離 ㄘㄨㄣˋ ㄅㄨˋ ㄅㄨˋ ㄌㄧˊ

【解釋】　一寸也不離開。

【出處】　南朝·梁·任昉·述異記：「吳黃龍年中，吳都海鹽有陸東美，妻朱氏，亦有容止。夫妻相重，寸步不相離。時人號爲比肩人。」

【相同】　形影不離。如影隨形。

【相反】　遠走高飛。不即不離。

【例句】　衛士爲了保護總理的安全，一分一秒都「寸步不離」。

寸步難移
ㄘㄨㄣˋ ㄅㄨˋ ㄋㄢˊ ㄧˊ

【解釋】　形容走路困難。多用來比喻處境極艱難。

【出處】　清・李玉・清忠譜：「意慌忙，寸步難移上，一霎裡神魂驚蕩。」

【相同】　寸步難行。跼天蹐地。

【相反】　闊步前進。一帆風順。暢通無阻。

【例句】　他腿部受傷後，「寸步難移」。

寸草不留
ㄘㄨㄣˋ ㄘㄠˇ ㄅㄨˋ ㄌㄧㄡˊ

【解釋】　剷除得乾乾淨淨，大多時候用以比喻匪徒或敵軍所過之處，甚麼都被燒殺掠奪精光。

【出處】　宋・樓鑰・英老眞贊：「大地一變直叫寸草不留。」

【相同】　斬草除根、斬盡殺絕。

【相反】　留有餘地。

【例句】　日本軍閥殘暴成性，所過之處，「寸草不留」。

寸草春暉
ㄘㄨㄣˋ ㄘㄠˇ ㄔㄨㄣ ㄏㄨㄟ

【解釋】　比喻兒女（寸草）難以報答父母（春暉）的深恩。

【字義】　暉：日光。

【出處】　唐・孟郊・遊子吟：「誰言寸草心，報得三春暉？」

【例句】　等她做了母親之後，才深切體會出「寸草春暉」的含意。

寸陰尺璧
ㄘㄨㄣˋ ㄧㄣ ㄔˇ ㄅㄧˋ

【解釋】　形容光陰的寶貴，一寸光陰等於一尺璧玉。

【出處】　淮南子・原道：「故聖人不貴尺之璧，而重寸之陰，時難得而易失也。」

【相同】　一寸光陰一寸金。

【例句】　雖云「寸陰尺璧」，事實上寸陰是一去不返的，學生時代一定要珍惜光陰。

寸絲不掛
ㄘㄨㄣˋ ㄙ ㄅㄨˋ ㄍㄨㄚˋ

【解釋】　赤身裸體。佛教比喻無所牽累。

【出處】　景德傳燈錄・八池州南泉普願禪師：「師便問：『大夫十二時中作麼生？』陸（亘大夫）云：『寸絲不掛。』」

【相同】　條絲不掛。（聯燈會要・法遠禪師：「云：『如何是淸淨身？』師云：『條絲不掛。』」）

【例句】　在光天化日之下，豈可「寸絲不掛」？

專心致志
ㄓㄨㄢ ㄒㄧㄣ ㄓˋ ㄓˋ

【解釋】　一心一意，不分心。

【出處】　孟子・告子上：「今夫奕之爲數，小數也；不專心致志，則不得也。」荀子・性惡：「今使塗之仁伏術爲學，專心一致，思索熟察，加日懸久，積善而不息，則通於神明，參於天地矣。」漢・陸賈・新語懷慮：「故管仲相桓公，詘節事君，專心一意。」

【相同】　全神貫注。心無二用。

【相反】　心猿意馬。魂不守舍。

【例句】　「專心致志」，則無事不成。

將功折罪
ㄐㄧㄤ ㄍㄨㄥ ㄓㄜˊ ㄗㄨㄟˋ

【解釋】　以功勞抵銷所犯罪過。

【出處】元·李直夫·虎頭牌：「老完顏繳說他十六日上馬，復殺了一陣，將人口牛羊馬匹，都奪將回來了，做的個將功折罪。」

【相同】將功贖罪。（鼎峙春秋·棄空營計用驕兵：「我來打葭萌關，原是將功贖罪，今又輸了，如何去見主帥？」）

【例句】啓用敗軍之將，爲的是「將功折罪」。

將伯之呼 ㄑㄧㄤ ㄅㄛˊ ㄓ ㄏㄨ

【解釋】求助之意。

【字義】將：請求（注意—將：音ㄑㄧㄤ）；伯：長者，賢能者。

【出處】詩經·小雅：「將伯助予。」

【例句】他已走投無路，只得作「將伯之呼」。

將計就計 ㄐㄧㄤ ㄐㄧˋ ㄐㄧㄡˋ ㄐㄧˋ

【解釋】利用其計反治其人。

【出處】元·缺名·豫讓吞炭：「咱今將計就計，決開堤口，引汾水灌安邑，絳水灌平陽，使智氏軍不戰自亂。」西遊記：「罷，罷，罷！與他個順手牽羊，將計就計，教他任不成罷！」

【例句】敵人想偷襲我軍，我軍佯裝不知，「將計就計」，誘敵深入之後，再集中兵力把敵人殲滅。

將信將疑 ㄐㄧㄤ ㄒㄧㄣˋ ㄐㄧㄤ ㄧˊ

【解釋】半信半疑，未敢遽斷。

【出處】唐·李華·弔古戰場文：「其存其歿，家莫聞知，人或有言，將信將疑。」

【相同】半信半疑。疑信參半。

【相反】堅信不疑。信而有徵。

【例句】大家聽說古畫在嚴密保護之下竟不翼而飛了，都「將信將疑」。

將錯就錯 ㄐㄧㄤ ㄘㄨㄛˋ ㄐㄧㄡˋ ㄘㄨㄛˋ

【解釋】做錯了之後，索性遷就這個錯誤繼續做下去。

【出處】五燈會元：「將錯就錯，西方極樂。」宋·悟明·聯燈會要：「祖師已是錯傳，山僧已是錯說，今日不免將錯就錯，曲爲今時。」宋·陸游·敷淨人求僧贊：「將錯就錯也不妨，只在檀那輕手撥。」

【例句】「將錯就錯」，反而大獲全勝。

尋死覓活 ㄒㄩㄣˊ ㄙˇ ㄇㄧˋ ㄏㄨㄛˊ

【解釋】一會兒要死，一會兒要活。形容人遭受沉重打擊後，痛不欲生，要走絕路。

【出處】元·缺名·十探子大鬧延安府：「一個老人家，你這般尋死覓活的，有甚麼冤屈的事，你和我說著。」

【相同】呼天搶地。痛不欲生。

【相反】苟且偷生。好死不如賴活。

【例句】何必「尋死覓活」，應該堅強地奮鬥下去！

尋花問柳 ㄒㄩㄣˊ ㄏㄨㄚ ㄨㄣˋ ㄌㄧㄡˇ

【解釋】原指到郊外遊樂，後指浪蕩子弟找妓女鬼混。

【字義】花、柳：比喻妓女。

【出處】元·谷子敬·城南柳：「只等的紅雨散，綠雲收，我那其間，尋花問柳，重到岳陽樓。」

【相同】問柳尋花。

【例句】他白天在學校道貌然爲人師表，晚上則出入聲色場所，「尋花問柳」。

尋根究底 ㄒㄩㄣˊ ㄍㄣ ㄐㄧㄡˋ ㄉㄧˇ

【解釋】追究根由底細。

【出處】紅樓夢：「村老老是信口開河，情哥哥偏尋根究底。」

【相同】追根究底。追本溯源。

【例句】做事不可馬虎了事，要「尋根究底」。

對牛彈琴 ㄉㄨㄟˋ ㄋㄧㄡˊ ㄊㄢˊ ㄑㄧㄣˊ

【解釋】比喻同不懂道理的人講道理。

【出處】漢·牟融·理惑論：「公明儀爲牛彈清角之操，伏食如故，非牛不聞，不合其耳矣。」宋·惟白·集建中國續燈錄：「對牛彈琴，不入牛耳。」

【相同】對牛鼓簧。莊子·齊物論：「非所明而明之，故以堅白之昧終。」晉·郭象注：「是猶對牛鼓簧耳，彼竟不明，故己之道術終於昧然也。」

【例句】他只有小學程度，你竟然和他大談哲學，不是「對牛彈琴」嗎？

對證用藥 ㄉㄨㄟˋ ㄓㄥˋ ㄩㄥˋ ㄧㄠˋ

【解釋】醫生針對病人的證狀，相應用藥。後引申爲實事求是，有的放矢或用正確的方法解決問題。證：通症。

【出處】宋·陽枋·字溪集：「凡小兒關節脈理百骸九竅五臟六腑，粲然在目，故能察病論證，對證用藥，如指諸掌。」宋·袁甫·蒙齋集：「察脈觀證，對病用藥，鑿鑿精實，勿使空談。」

【相同】對證下藥。（朱子語類：「克己復禮，便是捉得病根，對證下藥。」）對症下藥。

【相反】頭疼醫腳。無的放矢。

【例句】要想解決問題，必須「對證用藥」。

小部

小人得志 ㄒㄧㄠˇ ㄖㄣˊ ㄉㄜˊ ㄓˋ

【解釋】沒有修養的人，一旦身居高位或稍有成就，就趾高氣揚，不可一世。

【出處】南朝·宋·何承天·爲謝晦檄京邑：「若使小人得志，君子道消。」

【相同】小人得勢。螻蟻得志。

【例句】他沒有才能，是靠裙帶關係當了部長，自然「小人得意」，那會把老同學放在眼裡？

小心翼翼 ㄒㄧㄠˇ ㄒㄧㄣ ㄧˋ ㄧˋ

【解釋】恭敬謹慎貌。

【字義】翼翼：恭敬或嚴正的樣子。

【出處】詩經·大雅：「維此文王，小心翼翼。」箋：「小心翼翼，恭慎貌。」管子·弟子職：「先生施教，弟子是則。……朝益暮習，小心翼翼。」

【相同】謹小慎微。小心謹慎。戰戰兢兢。

【相反】粗心大意。漫不經心。

【例句】他雖然「小心翼翼」地侍候她，但仍不得青睞。

小巧玲瓏 ㄒㄧㄠˇ ㄑㄧㄠˇ ㄌㄧㄥˊ ㄌㄨㄥˊ

【解釋】細緻精巧。

【字義】玲瓏：細緻精巧的樣子。

【出處】 宋·辛棄疾·臨江仙：「莫笑吾家巷壁小，稜層勢欲摩空。相知唯有主人翁，有心雄泰華，無意巧玲瓏。」

【相同】 嬌小玲瓏。玲瓏剔透。

【相反】 碩大無朋。龐然大物。

【例句】 這象牙球彫刻得「小巧玲瓏」，人見人愛。

小事糊塗 ㄒㄧㄠˇ ㄕˋ ㄏㄨˊ ㄊㄨˊ

【解釋】 對小的事並不計較，意指大事則毫不含糊。

【出處】 宋史·呂端傳：「或言端爲人糊塗，太宗曰：端小事糊塗，大事不糊塗。」

【例句】 他是「小事糊塗」，大事精明的人。

小家碧玉 ㄒㄧㄠˇ ㄐㄧㄚ ㄅㄧˋ ㄩˋ

【解釋】 中下階層人家的女兒。

【字義】 碧玉：本是人名，後以泛指平民家的少女。

【出處】 明·范文若·鴛鴦棒傳奇：「小家碧玉鏡慵施，趙娣停燈臂支粟。」

【相反】 大家閨秀。

【例句】 「小家碧玉」總是比不上大家閨秀的雍容華貴。

小時了了 ㄒㄧㄠˇ ㄕˊ ㄌㄧㄠˇ ㄌㄧㄠˇ

【解釋】 幼年聰明。

【出處】 東漢·孔融十歲時，進謁李膺，膺和賓客都十分賞識，獨陳韙說：「小時了了，大未必佳。」融便說：「想君小時，必當了了。」韙甚窘。見世說新語·言語。

【例句】 犬子「小時了了」，大未必佳。

小鳥依人 ㄒㄧㄠˇ ㄋㄧㄠˇ ㄧ ㄖㄣˊ

【解釋】 形容女子或小孩嬌稚可愛。

【出處】 唐·李世民(太宗)評論功臣得失，說：「(褚遂良)學問稍長，性亦堅正。既寫忠誠，甚親附於朕，譬如飛鳥依人，自加憐愛。」見舊唐書·長孫無忌傳。

【例句】 她一副「小鳥依人」的模樣，班上的男同學個個都喜歡她。

小試鋒芒 ㄒㄧㄠˇ ㄕˋ ㄈㄥ ㄇㄤˊ

【解釋】 稍微顯示一下本領。

【字義】 鋒芒：刀刃的銳利部分，比喻人的銳氣。

【例句】 他一上陣就給本隊奪了一分，不過「小試鋒芒」而已。

小題大做 ㄒㄧㄠˇ ㄊㄧˊ ㄉㄚˋ ㄗㄨㄛˋ

【解釋】 比喻把小事當作大事來辦，指無此必要。

【字義】 小題：明清科舉中的試題，有小題、大題之分。摘取四書裡的文句爲題，叫小題；摘取五經裡的文句爲題，叫大題。做小題文章使用做大題文章的章法叫「小題大做」。

【出處】 二十年目睹之怪現狀：「只騙得七千銀子，未免小題大作了。」

【相反】 大題小做。

【例句】 他故意「小題大做」，好借題發揮。

小懲大誡 ㄒㄧㄠˇ ㄔㄥˊ ㄉㄚˋ ㄐㄧㄝˋ

【解釋】 本意是說對「小人」的小過錯

加以懲誡，使他們受到教訓，不至於犯大罪，故反得福。後來指根據所犯過失的輕重而施以或輕或重的懲罰。

【出處】 易・繫辭下：「小懲而大誡，此小人之福也。」魏書・桓玄傳：「猶冀（桓）玄當洗濯胸腑，小懲大誡，而狼心弗革，悖慢愈甚。」

【例句】 給他一些「小懲大誡」，對他是有好處的。

小巫見大巫 ㄒㄧㄠˇ ㄨ ㄐㄧㄢˋ ㄉㄚˋ ㄨ

【解釋】 謂小巫的法術比不上大巫。後來引申為相形見絀。

【字義】 巫：古時替人求神祈禱作法的人。

【出處】 莊子・佚文：「小巫見大巫，拔茅而棄，此其所以終身弗如也。」三國志・吳・張紘傳注引吳書：「此間率少於文章，易為雄伯。……今景興（王朗）在此，足下與子布（張昭）在彼，所謂小巫見大巫，神氣盡矣。」

【相同】 相形見絀。

【相反】 不相上下。

【例句】 他的學問哪能和你的相比？簡直是「小巫見大巫」。

少不更事 ㄕㄠˋ ㄅㄨˋ ㄍㄥ ㄕˋ

【解釋】 年紀輕，閱歷少，因此不大懂事。

【字義】 更：經歷。

【出處】 晉書・周顗傳：「溫嶠謂顗曰：『大將軍（王敦）此舉似有所在，當無濫邪？』顗曰：『君少年未更事。』」明・張鳳翼・竊符記：「趙國有馬服君趙奢之子趙括，志大才庸，少不更事，趙王信用非常。」

【相同】 年幼無知。涉世未深。

【相反】 老成持重。少年老成。

【例句】 他雖然「少不更事」，卻勤奮好學。

少見多怪 ㄕㄠˇ ㄐㄧㄢˋ ㄉㄨㄛ ㄍㄨㄞˋ

【解釋】 見聞少，遇不常見的事物多以為怪。後常用來嘲人見聞淺陋。

【出處】 漢・牟融・理惑論：「諺云：『少所見，多所怪。睹橐駝，謂馬腫背。』」抱朴子・神仙：「夫所見少則所怪多，世之常也。」

【相同】 大驚小怪。蜀犬吠日。

【相反】 司空見慣。習以為常。見慣不驚。

【例句】 原來還有男人專用的化妝品，你不說，我根本不知道，眞是「少見多怪」。

尢部

就地正法 ㄐㄧㄡˋ ㄉㄧˋ ㄓㄥˋ ㄈㄚˇ

【解釋】 在被捕的現場立刻處死。

【出處】 曾文正公奏稿：「惡其民心之未去，黨羽之尙堅，即決計就地正法。」

【例句】 「就地正法」，已不合文明社會的法律了。

就地取材 ㄐㄧㄡˋ ㄉㄧˋ ㄑㄩˇ ㄘㄞˊ

【解釋】 在本地採取材料，不必外求。

【字義】 就地：就在原地。

【例句】 只要觀察敏銳，「就地取材」，隨處都有題目可寫。

尸部

尸位素餐 ㄕ ㄨㄟˋ ㄙㄨˋ ㄘㄢ

【解釋】居位食祿而不理事。
【字義】尸位：如尸之居位，只受享祭而不做事。素餐：不勞而食。
【出處】漢書·朱雲傳：「今朝廷大臣，上不能匡主，下亡以益民，皆尸位素餐，孔子所謂『鄙夫不可以事君，苟患失之，亡所不至』者也。」
【相同】尸祿素餐。（漢·劉向·說苑至公：「尸祿素餐，貪欲無厭。」）
【相反】忠於職守。
【例句】這些大官個個「尸位素餐」，政治怎會不腐敗！

尺布斗粟 ㄔˇ ㄅㄨˋ ㄉㄡˇ ㄙㄨˋ

【解釋】指兄弟相殘。
【出處】漢文帝弟淮南王劉長因謀反事敗，被徙蜀郡，在路上不食而死。民間作歌曰：「一尺布，尚可縫；一斗粟，尚可舂。兄弟二人不能相容。」見史記·淮南衡山列傳。晉武帝（司馬炎）出弟齊王攸於外，攸憤怨發病死。王濟譏帝：「尺布斗粟之謠，常為陛下恥之。」見世說新語·方正、晉書·王濟傳。
【例句】自古流傳「尺布斗粟」之謠，在政治上，兄弟相殘的憾事屢見不鮮。

尺璧非寶 ㄔˇ ㄅㄧˋ ㄈㄟ ㄅㄠˇ

【解釋】比喻光陰的可貴。
【出處】淮南子：「聖人不貴尺之璧，而重寸之陰。」
【例句】「尺璧非寶」，是提醒學生珍惜光陰的最好座右銘。

尾大不掉 ㄨㄟˇ ㄉㄚˋ ㄅㄨˋ ㄉㄧㄠˋ

【解釋】尾大至轉動不靈，比喻部下不聽指揮。
【字義】掉：擺動、轉動。
【出處】春秋時，楚滅蔡，楚靈王想封公子棄疾為蔡公，問於申無宇，無宇答道：「末大必折，尾大不掉，君所知也。」見左傳。
【相同】末大不掉。（唐·柳宗元·封建論：「余以為周之喪久矣，徒建空名於公侯之上耳。得非諸侯之盛強，末大不掉之咎歟！」）
【相反】強幹弱枝。
【例句】地方政府的權再日漸坐大，形成「尾大不掉」，就不聽命於中央了。

局促不安 ㄐㄩˊ ㄘㄨˋ ㄅㄨˋ ㄢ

【解釋】受拘束而致不自然。
【字義】局促：拘謹、拘束。即跼促。
【出處】官場現形記：「只見文老爺坐在那裡，臉上紅一陣，白一陣，很覺得局促不安。」
【相同】忐忑不安。惴惴不安。
【相反】舉止大方。落落大方。
【例句】她在男朋友面前，顯得「局促不安」。

居心叵測 ㄐㄩ ㄒㄧㄣ ㄆㄛˇ ㄘㄜˋ

【解釋】存心險惡，難以測度。
【字義】居心：存心；叵：不可；測：推測。
【出處】呂氏春秋·上農：「皆有遠

志，無有居心。」唐書‧尹愔傳：「我閱多人矣，尹子叵測也。」
【相同】居心莫測。心懷叵測。
【相反】光明正大。
【例句】此人「居心叵測」，最上之策，是斷絕和他往來。

居安思危
ㄐㄩ ㄢ ㄙ ㄨㄟˊ

【解釋】在安全時考慮可能發生的危險，即有備無患之意。
【出處】左傳：「書曰：『居安思危。』」逸周書‧程典作「於安思危」。
【相同】毋忘在莒。有備無患。
【相反】高枕無憂。燕雀處堂。
【例句】沒有「居安思危」的心理準備，則臨危必亂。

居高臨下
ㄐㄩ ㄍㄠ ㄌㄧㄣˊ ㄒㄧㄚˋ

【解釋】處於高處，俯臨低地。
【出處】魏書‧景穆十二王傳：「徽山立柵，分爲數處，居高視下，隔水爲營。」續資治通鑑‧宋紀：「敵居高臨下，我戰地不利。」
【相同】高屋建瓴。
【例句】陸軍野戰，最愛採「居高臨下」的戰術。

屈指可數
ㄑㄩ ㄓˇ ㄎㄜˇ ㄕㄨˇ

【解釋】形容爲數不多，可以用十個指頭計算出來。
【出處】宋‧歐陽修‧集古錄跋尾：「今文儒之盛，其書屈指可數者，無三四人。非皆不能，蓋忽不爲爾。」
【相同】寥若晨星。鳳毛麟角。
【相反】不可勝數。不勝枚舉。
【例句】班上有成就的同學寥若晨星，「屈指可數」，他便是其中之一。

屢見不鮮
ㄌㄩˇ ㄐㄧㄢˋ ㄅㄨˋ ㄒㄧㄢ

【解釋】常常見到，並不算少。
【字義】屢：常常。鮮：少。
【出處】史記：「一歲之中往來過他客，率不過再三過，數見不鮮，無久慁公爲也。」
【相同】司空見慣。層出不窮。數見不鮮。
【相反】前所未見。
【例句】每年春節，高速公路上的車禍已經「屢見不鮮」，不算新聞了。

層出不窮
ㄘㄥˊ ㄔㄨ ㄅㄨˋ ㄑㄩㄥˊ

【解釋】不斷出現，沒有窮盡。後來稱事物變化多端。
【出處】唐‧韓愈‧貞曜先生墓誌：「神施鬼設，間見層出。」
【相同】無窮無盡。屢見不鮮。
【相反】曇花一現。
【例句】敵人的詭計「層出不窮」，我們要設法對付。

履險如夷
ㄌㄩˇ ㄒㄧㄢˇ ㄖㄨˊ ㄧˊ

【解釋】在險境行走，有如走在平地一樣安全。形容逢凶化吉，絕處逢生。
【例句】他吉人天相，才能「履險如夷」，平安歸來。

山部

山明水秀
ㄕㄢ ㄇㄧㄥˊ ㄕㄨㄟˇ ㄒㄧㄡˋ

【解釋】形容風景優美。
【出處】宋‧黃庭堅‧驀山溪：「山明水秀，盡屬詩人道。」元‧不忽木‧仙呂點絳脣·辭朝曲：「則待看山明水秀，不戀你市曹中物穰人稠。」

【相同】湖光山色。山光水色。

【相反】童山濯濯。

【例句】此地「山明水秀」，怪不得遊客絡繹不絕。

山珍海錯 ㄕㄢ ㄓㄣ ㄏㄞˇ ㄘㄨㄛˋ

【解釋】名貴的野味海味食品。

【字義】錯：雜；海錯：海味錯雜非常，故曰海錯。

【出處】韋應物詩：「山珍海錯棄藩籬。」

【相同】珍肴異饌。山珍海味。

【相反】山肴野蔌。粗茶淡飯。

【例句】他心情不好，雖然滿桌的「山珍海錯」也引不起食慾。

山高水低 ㄕㄢ ㄍㄠ ㄕㄨㄟˇ ㄉㄧ

【解釋】比喻不測之遭遇。

【出處】水滸傳：「趙員外道：『若是留提轄在此，誠恐有些山高水低，教提轄怨恨；若不留提轄來，許多面皮不好看。』」

【相同】三長兩短。

【相反】安然無恙。

【例句】老母一個人住在鄉下，萬一有個「山高水低」，怎麼辦呢？

山高水長 ㄕㄢ ㄍㄠ ㄕㄨㄟˇ ㄔㄤˊ

【解釋】喻人品節操高潔，影響深遠

【出處】宋·范仲淹·桐廬郡嚴先生祠堂記：「雲山蒼蒼，江水泱泱，先生之風，山高水長。」

【例句】在我們五千年悠久的歷史之中，稱得上「山高水長」的偉大人物，眞是寥若晨星。

山陰道上，應接不暇 ㄕㄢ ㄧㄣ ㄉㄠˋ ㄕㄤˋ ㄧㄥ ㄐㄧㄝ ㄅㄨˋ ㄒㄧㄚˊ

【解釋】本指一路山川秀麗，美景使人目不暇接。後比喻事情頭緒紛繁，使人難於應付。

【出處】世說新語：「王子敬云：從山陰道上行，山川自相映發，使人應接不暇。」

【例句】萬國博覽會中的陳列品琳瑯滿目，使人有「山陰道上，應接不暇」之感。

山盟海誓 ㄕㄢ ㄇㄥˊ ㄏㄞˇ ㄕˋ

【解釋】盟誓堅定，如山海之永恆。多指男女眞誠相愛。

【出處】宋·趙長卿·賀新郎：「終待說山盟海誓，這恩情到此非容易。」

【相同】海誓山盟。

【例句】熱戀中的「山盟海誓」，是最靠不住了。

山窮水盡 ㄕㄢ ㄑㄩㄥˊ ㄕㄨㄟˇ ㄐㄧㄣˋ

【解釋】比喻走投無路，陷入絕境。

【出處】聊齋誌異：「苟不至山窮水盡時，勿望給與也。」

【相同】走投無路。日暮途窮。

【相反】柳暗花明。絕處逢生。前程萬里。

【例句】他已到了「山窮水盡」的困境，但一點兒也沒有否極泰來的跡象。

山雨欲來風滿樓 ㄕㄢ ㄩˇ ㄩˋ ㄌㄞˊ ㄈㄥ ㄇㄢˇ ㄌㄡˊ

【解釋】喻重大事變即將發生時的跡象和情勢。

【出處】唐·許渾·咸陽城東樓：「溪

雲初起日沉閣，山雨欲來風滿樓。」

【例句】「山雨欲來風滿樓」，該城失陷前夕，人心惶惶，情勢已經無法挽回了。

岌岌可危
ㄐㄧˊ ㄐㄧˊ ㄎㄜˇ ㄨㄟˊ

【解釋】形容危險之極，險峻有如高山。

【字義】岌岌：高，危險。

【出處】孟子·萬章上：「孔子曰：『於斯時也，天下殆哉，岌岌乎！』」

【相同】危如累卵。臨淵履薄。

【相反】安如泰山。

【例句】文臣愛財，武將怕死，國家「岌岌可危」。

巛部

川流不息
ㄔㄨㄢ ㄌㄧㄡˊ ㄅㄨˋ ㄒㄧ

【解釋】像河水一樣不停地流著。指事物發展永不停止。現多比喻行人、車船往來頻繁，絡繹不絕。

【出處】梁·周興嗣·千字文：「川流不息，淵澄取影。」

【相同】熙來攘往。車水馬龍。絡繹不絕。

【相反】路絕人稀。

【例句】高速公路上的車輛「川流不息」。

工部

工力悉敵
ㄍㄨㄥ ㄌㄧˋ ㄒㄧ ㄉㄧˊ

【解釋】工夫、才力相等，不分上下。

【出處】唐中宗遊昆明池賦詩，群臣應制百餘篇，命上官婉兒評選，惟沈佺期、宋之問二詩「工力悉敵」。見唐詩紀事·上官昭容。

【相同】勢均力敵。旗鼓相當。

【相反】高下懸殊。

【例句】他們兩人「工力悉敵」，比賽的結果難分軒輊。

工程浩大
ㄍㄨㄥ ㄔㄥˊ ㄏㄠˋ ㄉㄚˋ

【解釋】形容龐大的建設工程。

【例句】臺北市捷運的「工程浩大」，大概需要八年才能完成。

工於謀人，拙於謀己
ㄍㄨㄥ ㄩˊ ㄇㄡˊ ㄖㄣˊ，ㄓㄨㄛˊ ㄩˊ ㄇㄡˊ ㄐㄧˇ

【解釋】善於替別人打算，卻不會替自己打算。

【例句】他「工於謀人，拙於謀己」，所以到了晚年仍然一事無成。

工欲善其事，必先利其器
ㄍㄨㄥ ㄩˋ ㄕㄢˋ ㄑㄧˊ ㄕˋ，ㄅㄧˋ ㄒㄧㄢ ㄌㄧˋ ㄑㄧˊ ㄑㄧˋ

【解釋】要把事情做得妥善，首先就要有優良的器具。

【出處】論語：「工欲善其事，必先利其器。」

【例句】「工欲善其事，必先利其器。」要想學好國文，必須要有一部好的國文辭典。

左右兩難
ㄗㄨㄛˇ ㄧㄡˋ ㄌㄧㄤˇ ㄋㄢˊ

【解釋】兩面為難，指處事不易作出決定。

【出處】元·楊顯之·瀟湘秋夜雨：「我欲待親自去尋來，限次又緊，著老夫左右兩難，如何是好？」

【相同】進退兩難。進退維谷。騎虎難下。

【相反】 得心應手。左右逢源。

【例句】 去好還是不去好呢？眞叫人「左右兩難」。

左右逢原 ㄗㄨㄛˇ ㄧㄡˋ ㄈㄥˊ ㄩㄢˊ

【解釋】 本指學問的工夫深，則用之不盡，取之不竭。後以比喻處事行文，作書作畫等得心應手。

【字義】 原：古「源」字，水源。

【出處】 孟子·離婁下：「資之深，則取之左右逢其原。」宋·衛宗武·張石山戲筆序：「方其好之也，則爲物所戲，出奇入神，左右逢原，而物反爲我所戲矣。」

【相同】 得心應手。八面玲瓏。八面見光。

【相反】 左支右絀。捉襟見肘。進退維谷。

【例句】 因爲他交遊廣闊，做起事來，自然「左右逢原」，得心應手。

左道旁門 ㄗㄨㄛˇ ㄉㄠˋ ㄆㄤˊ ㄇㄣˊ

【解釋】 原指不正派的學術流派，或宗教派別，現指不是正派的方法或東西。

【字義】 道：學術或宗教思想體系；門：學術或宗教派別。

【出處】 禮記·王制：「執左道以亂政，殺。」

【相同】 旁門左道。

【例句】 他的武功不是正統，不知學的那一套「左道旁門」？

左顧右盼 ㄗㄨㄛˇ ㄍㄨˋ ㄧㄡˋ ㄆㄢˋ

【解釋】 形容顧盼自豪，一派得意的神態。或四處張望。

【出處】 李白詩：「銀鞍紫鞚照雲日，左顧右盼生光輝。」

【相同】 東張西望。瞻前顧後。

【相反】 目不轉睛。目不斜視。

【例句】 和長輩談話時，「左顧右盼」，是很不禮貌的。

巧言令色 ㄑㄧㄠˇ ㄧㄢˊ ㄌㄧㄥˋ ㄙㄜˋ

【解釋】 指用動聽之言和諂媚之態取悅於人。

【字義】 令：善，美好的，悅人的。

【出處】 尚書·皐陶謨：「何畏乎巧言令色孔壬。」論語·學而：「巧言令色，鮮矣仁。」

【相同】 花言巧語。甘言媚辭。苟合取容。

【相反】 疾言厲色。

【例句】 此人「巧言令色」，不像是正人君子。

巧偷豪奪 ㄑㄧㄠˇ ㄊㄡ ㄏㄠˊ ㄉㄨㄛˊ

【解釋】 形容佔取的手段巧妙，或騙或搶，無所不用其極。

【出處】 宋·蘇軾·次韻米芾二王書跋尾詩：「巧偷豪奪古來有，一笑誰似癡虎頭。」宋·周輝·清波雜志：「老米（芾）酷嗜書畫，嘗從人借古畫自臨搨，搨竟，並與眞贋本歸之，俾其自擇而莫辨也。巧偷豪奪，故所得爲多。」

【例句】 他執政時「巧偷豪奪」了二十年。

巧奪天工 ㄑㄧㄠˇ ㄉㄨㄛˊ ㄊㄧㄢ ㄍㄨㄥ

【解釋】 人工之精巧，勝過天然。

【出處】 元·趙孟頫·贈放煙火者詩：

「人間巧藝奪天工，鍊藥燃燈淸晝同。」

【相同】神工鬼斧。

【相反】粗製濫造。

【例句】這些手工藝品製作精美，「巧奪天工」。

巧婦難爲無米之炊

【解釋】比喻缺少必要的條件，難以成事。

【字義】炊：做飯。

【出處】宋·莊季裕·雞肋編中：「諺有巧媳婦做不得沒麵餺飥，與遠井不救近渴之語。」警世通言·范鰍兒雙鐘重圓：「常言巧媳婦煮不得沒米粥。」

【例句】「巧婦難爲無米之炊」，沒有教室，如何辦補習班？

差強人意

【解釋】最初的意思是：還能振奮人的意志，現在則成爲比較使人滿意。

【字義】差：稍微；強：振奮。

【出處】後漢書·吳漢傳：「諸將見戰陣不利，或多惶懼，失其常度。漢意氣自若，方整厲器械，激揚士吏。……（光武）乃嘆曰：『吳公差強人意，隱若一敵國矣！』」

【相同】差強意。（宋·陸游·舟行戲書：「揚帆海浦差強意，卧看秋濤蹴遠天。」）

【相同】稱心如意。

【相反】大失所望。

【例句】我國舉重選手在世運會獲得銅牌，尙屬「差強人意」，比沒有牌好多了。

差之毫釐，謬以千里

【解釋】一丁點兒（一毫一釐）的錯誤就引致重大（千里）的差別。

【出處】禮記：「差若毫氂，謬以千里。」

【相同】差之毫釐，謬以千里。

【例句】「差之毫釐，謬以千里。」所以開始務必小心從事。

己部

己飢己溺

【解釋】指以天下爲己任，處處爲衆人打算設想。（歌頌統治者關心民間疾苦）。

【出處】孟子·離婁：「禹思天下有溺者，由己溺之，稷思天下有飢者，由己飢之也。」

【例句】政治家要有「己飢己溺」的仁慈胸懷。

己所不欲，勿施於人

【解釋】自己不願意的，不要強加給別人。

【出處】論語：「己所不欲，勿施於人。」

【例句】「己所不欲，勿施於人。」你討厭噪音，爲什麼自己卻大聲講話呢？

巾部

巾幗英雄 ㄐㄧㄣ ㄍㄨㄛˊ ㄧㄥ ㄒㄩㄥˊ

【解釋】指女子的才幹和男子一樣。

【字義】巾幗：古代女子的頭巾和髮飾。

【出處】清·湘靈子·賞花：「新世界，舊乾坤，巾幗英雄叫九閽。」

【相同】女中丈夫、巾幗鬚眉。

【例句】花木蘭是我國歷史上家諭戶曉的「巾幗英雄」。

市井之徒 ㄕˋ ㄐㄧㄥˇ ㄓ ㄊㄨˊ

【解釋】在街市謀生的普通商人，今多用以指下層社會的人。

【字義】市井：古人在井周圍進行交易，故曰「市井」，後爲市街的通稱。

【出處】舊唐書·李密傳：「鬱鬱不得志，爲五言詩曰：『……樊噲市井徒，蕭何刀筆吏。一朝時運會，千古傳名謚。』」史記、漢書記樊噲少時以屠狗爲業。

【相同】販夫走卒。

【例句】他年輕時不過是一介「市井之徒」，想不到現在貴爲縣太爺。

希世之珍 ㄒㄧ ㄕˋ ㄓ ㄓㄣ

【解釋】世間少有的珍寶。

【出處】歐陽修詩：「家藏有此希世珍。」

【例句】這枚郵票是「希世之珍」，價值連城。

席不暇暖 ㄒㄧˊ ㄅㄨˋ ㄒㄧㄚˊ ㄋㄨㄢˇ

【解釋】形容事務極忙，或迫不及待，連坐定的時間都沒有。

【字義】席：坐席。

【出處】淮南子·脩務：「孔子無黔突，墨子無暖席。」漢·班固；答賓戲：「孔席不暖，墨突不黔。」世說新語·德行：「武王式商容之閭，席不暇暖。」注：「許叔重曰，商容，殷之賢人，……車上跽曰式。」

【例句】他自從當選市議員之後，爲了幫助窮苦無告的人，忙得「席不暇暖」。

師出無名 ㄕ ㄔㄨ ㄨˊ ㄇㄧㄥˊ

【解釋】窮兵黷武，妄用武力，亦指動輒使用暴力。

【出處】漢書：「兵出無名，事故不成。」

【例句】日本侵佔東北，「師出無名」，因此遭到全世界的責難。

師老無功 ㄕ ㄌㄠˇ ㄨˊ ㄍㄨㄥ

【解釋】出兵作戰已久，不能取勝。

【字義】老：衰暮氣。

【出處】左傳：「楚師驟勝而驕，其師老矣。」

【例句】時日一久，便「師老無功」矣。

師直爲壯 ㄕ ㄓˊ ㄨㄟˊ ㄓㄨㄤˋ

【解釋】爲正義而戰則士氣壯盛。

【字義】師：出兵；直：有理。

【出處】左傳：「師直爲壯，曲爲老，豈在久乎？」

【例句】「師直爲壯」，我們是爲正義而戰，自然所向無敵。

幡然悔悟 ㄈㄢ ㄖㄢˊ ㄏㄨㄟˇ ㄨˋ

【解釋】下決心改過自新。
【字義】幡然：忽然變易。
【出處】明史·海瑞傳：「一旦翻（幡）然悔悟……天下何憂不治，萬事何憂不理。」
【相同】懸崖勒馬。迷途知返。
【相反】執迷不悟。至死不悟。
【例句】無論是那一位學生做了錯事，只要能「幡然悔悟」，當老師的我，一定原諒他。

干部

干卿何事 ㄍㄢ ㄑㄧㄥ ㄏㄜˊ ㄕˋ

【解釋】關你甚麼事？
【字義】干：關涉；卿：古時，君對臣、長輩對晚輩、朋友間的愛稱。
【出處】南唐書·馮延巳傳：「延巳有句云：風乍起，吹皺一池春水。元宗戲之云：吹皺一池春水，干卿何事？」
【相同】干卿底事。
【例句】是別人結婚，「干卿何事」，何必嘮叨不休？

平心而論 ㄆㄧㄥˊ ㄒㄧㄣ ㄦˊ ㄌㄨㄣˋ

【解釋】屏除意氣而作出公平的議論。
【例句】「平心而論」，我以爲你們雙方都有不對。

平心定氣 ㄆㄧㄥˊ ㄒㄧㄣ ㄉㄧㄥˋ ㄑㄧˋ

【解釋】使心情平和，態度冷靜。
【出處】宋·呂本中官箴：「又如監司郡嚴刻過當者，須平心定氣，與之委曲，使之相從而後已。」
【相同】平心易氣。
【相反】大發雷霆。咆哮如雷。
【例句】你應「平心定氣」地想一想，媽媽爲你，吃了多少苦？

平分秋色 ㄆㄧㄥˊ ㄈㄣ ㄑㄧㄡ ㄙㄜˋ

【解釋】比喻雙方各佔一半。
【出處】唐·韓愈·合江亭詩：「窮秋感平分，新月憐半破。」宋·李樸·中秋詩：「平分秋色一輪滿，長伴雲衢千里明。」
【相同】平分春色。
【相反】得天獨厚。
【例句】競爭結果，「平分秋色」，各不吃虧。

平地青雲 ㄆㄧㄥˊ ㄉㄧˋ ㄑㄧㄥ ㄩㄣˊ

【解釋】地位突然提高。舊多指科舉中式。
【出處】唐·曹鄴·杏園宴呈同年詩：「一旦公道開，青雲在平地。」金·元好問·送端甫西行詩：「渭城朝雨三年別，平地青雲萬里程。」
【相同】平步青雲。（元·丁鶴·題王大使望雲思親圖詩：「達官愛雲雲作侶，平步青雲稱高舉。」）飛黃騰達。
【例句】他因爲娶了部長的女兒，所以「平步青雲」當了處長。

平地風波 ㄆㄧㄥˊ ㄉㄧˋ ㄈㄥ ㄆㄛ

【解釋】比喻突然發生意外事故。
【出處】唐·杜甫·鶴將過湖南經馬當山廟因書三絕：「祇怕馬當山下水，不知平地有風波。」宋·蘇轍·思歸詩：「兒言世情惡，平地風波起。」

【相同】平地波瀾。（唐·劉禹錫·竹枝詞：「長恨人心不如水，等閒平地起波瀾。」）

【相反】風平浪靜。太平無事。

【例句】本來公司業務的運作，非常上軌道，沒想到「平地風波」，總經理跳槽不幹了，頓使業務混亂，群龍無首。

平地一聲雷 ㄆㄧㄥˊ ㄉㄧˋ ㄧ ㄕㄥ ㄌㄟˊ

【解釋】平地突發巨響。舊時多喻人考中科舉，聲名驟然提高。

【出處】五代·韋莊·喜遷鶯詞：「鳳銜金榜出雲來，平地一聲雷。」元·馬致遠·薦福碑：「都則為平地一聲雷，今日對文武兩班齊。」

【例句】他被列為本年度風雲人物，眞是「平地一聲雷」，震驚世界。

平易近人 ㄆㄧㄥˊ ㄧˋ ㄐㄧㄣˋ ㄖㄣˊ

【解釋】和平而易於接近。

【出處】史記·魯周公世家：「平易近民，民必歸之。」

【相同】平易近民。和藹可親。

【相反】道貌岸然。盛氣凌人。

【例句】新任校長「平易近人」，深受學生愛戴。

平鋪直敘 ㄆㄧㄥˊ ㄆㄨ ㄓˊ ㄒㄩˋ

【解釋】指文章或說話平淡無奇，無特出之處。

【出處】明·祁彪佳·遠山堂曲品：「記孟嘗君事，平鋪直敍，詳略尙未得法。」

【相同】平淡無奇。

【相反】抑揚頓挫。波瀾起伏。

【例句】他的演講詞「平鋪直敍」，缺乏吸引力。

年少老成 ㄋㄧㄢˊ ㄕㄠˋ ㄌㄠˇ ㄔㄥˊ

【解釋】年紀輕，但行事穩重。

【例句】他「年少老成」，能當重任。

年高德卲 ㄋㄧㄢˊ ㄍㄠ ㄉㄜˊ ㄕㄠˋ

【解釋】年長德尊。

【字義】卲：也作「劭」，美好之意。

【出處】漢·揚雄·法言：「吾聞諸傳，老則戒之在得；年彌高而德彌卲者是孔子之徒歟！」宋·周必大·益公題跋：「是秋某以起居郎中書舍人同在後省，見公直諒多聞，年高而德卲。」

【相同】德高望重。

【相反】晚節不終。

【例句】我國駐外使節，多派「年高德卲」者當任。

年湮代遠 ㄋㄧㄢˊ ㄧㄢ ㄉㄞˋ ㄩㄢˇ

【解釋】年代久遠，無從稽考。

【字義】湮：埋沒，消失。

【例句】由於「年湮代遠」，這些史跡已無法稽考了。

年富力強 ㄋㄧㄢˊ ㄈㄨˋ ㄌㄧˋ ㄑㄧㄤˊ

【解釋】年輕力壯。

【出處】論語·子罕：「後生可畏。」朱熹注：「孔子言後生年富力強，足以積學而有待，其勢可畏。」

【相同】身強力壯。年輕力壯。

【相反】老態龍鍾。桑榆暮景。風燭殘年。

【例句】各位「年富力強」，正是為國家出力的時候。

年頭月尾 ㄋㄧㄢˊ ㄊㄡˊ ㄩㄝˋ ㄨㄟˇ

【解釋】①年首與月末。指時間推移。②指春秋三傳首尾辭句，斷章取義。

【出處】①宋·林光朝·癡頑不識字歌：「年頭月尾無一是，咄咄癡頑不識字。」②新唐書·楊瑒傳：「瑒奏：『有司帖試明經，不質大義，乃取年頭、月尾、孤經、絕句，……請帖平文以存學家。』」

【例句】①幾度「年頭月尾」，毫無成就可言。②你寫學術論文，怎可「年頭月尾」地斷章取義？

幸災樂禍 ㄒㄧㄥˋ ㄗㄞ ㄌㄜˋ ㄏㄨㄛˋ

【解釋】對別人遭災罹禍不同情反引以為慶幸。

【出處】左傳：「冬，秦饑，使乞糴于晉，晉人弗與。慶鄭曰：『背施無親，幸災不仁。』」北齊·顏之推·顏氏家訓：「若居承平之世，睥睨宮闈，幸災樂禍，首為逆亂，詿誤善良。」

【相反】兔死狐悲。

【例句】不少人有「幸災樂禍」的心理，因此一旦火災發生時，看熱鬧的人數遠超過救火的人數。

广部

度日如歲 ㄉㄨˋ ㄖˋ ㄖㄨˊ ㄙㄨㄟˋ

【解釋】形容日子不好過。

【出處】舊五代史：「生不見其所親，死為窮荒之鬼，南望山川，度日如歲。」

【相同】一日三秋。度日如年。

【相反】光陰似箭。白駒過隙。

【例句】在獨裁者統治下的人民，眞是「度日如歲」。

度德量力 ㄉㄨㄛˊ ㄉㄜˊ ㄌㄧㄤˊ ㄌㄧˋ

【解釋】衡量自己的德行和能力。

【字義】度：衡量、計算。

【出處】左傳：「度德而處之，量力而行之。」漢·應劭·風俗通：「（宋）襄公不度德量力，慕名而不綜實。」

【例句】他只有小學程度，竟想競選省議員，未免太不「度德量力」了。

康莊大道 ㄎㄤ ㄓㄨㄤ ㄉㄚˋ ㄉㄠˋ

【解釋】四通八達的路，比喻光明的前途。

【字義】康莊：四通八達之大路。

【出處】史記·孟子荀卿列傳：「皆命曰列大夫，為開第康莊之衢，高門大屋，尊寵之。」

【相同】光明大道。陽關大道。

【相反】羊腸小道。

【例句】各位同學只要努力，呈現面前的一定是「康莊大道」。

庸人自擾 ㄩㄥ ㄖㄣˊ ㄗˋ ㄖㄠˇ

【解釋】意指平庸的人無事生事，自找麻煩。

【字義】庸人：平庸的人。

【出處】舊唐書·陸象先傳：「象先清淨寡欲，不以細務介意。……嘗謂人曰：『天下本自無事，祇是庸人擾之，始為繁耳。』」唐·劉肅·大唐新語識量作「愚人擾之。」宋·梅堯臣·李舍人淮南提刑詩：「天下本無事，自為庸人擾。」後作「庸人自擾」。

【例句】本來相安無事，你偏偏要「庸人自擾」。

廢寢忘餐 ㄈㄟˋ ㄑㄧㄣˇ ㄨㄤˋ ㄘㄢ

【解釋】專心致志，連吃飯睡覺都忘記。

【出處】南齊·王融·曲水詩序：「澤普氾而無私，法含弘而不殺。猶且具明廢寢，昃晷忘餐。」元·喬孟符·兩世姻緣：「若將這脈來憑，多管是廢寢忘餐病症。」

【相同】廢寢忘食。（北齊·顏之推·顏氏家訓：「（梁）元帝在江荊間，復所愛習，召置學生，親爲教授，廢寢忘食，以夜繼朝。」）

【相反】飽食終日。無所事事。

【例句】他發憤讀書，常常「廢寢忘餐」。

廬山眞面目 ㄌㄨˊ ㄕㄢ ㄓㄣ ㄇㄧㄢˋ ㄇㄨˋ

【解釋】江西廬山峰巒起伏，形態萬千，人在山中，不易見其眞貌。後人因以「廬山眞面目」喻事物的眞相，或人的本來面目。

【出處】宋·蘇軾·題西林壁：「橫看成嶺側成峰，遠近高低各不同。不識廬山眞面目，只緣身在此山中。」

【例句】表面上他是道貌岸然的學者，但是他的「廬山眞面目」是好色又貪財。

龐然大物 ㄆㄤˊ ㄖㄢˊ ㄉㄚˋ ㄨˋ

【解釋】極其巨大的東西。

【字義】龐然：巨大。

【相同】碩大無朋。

【相反】滄海一粟。

【例句】鯨魚是海中的「龐然大物」。

廴部

延年益壽 ㄧㄢˊ ㄋㄧㄢˊ ㄧˋ ㄕㄡˋ

【解釋】延長壽命。舊時多用作祝頌詞。古代瓦當及其他器皿上常書刻此四字。

【出處】戰國·楚·宋玉·高唐賦：「九竅通鬱，精神察滯，延壽千萬歲。」

【相同】龜鶴遐齡。

【相反】天不假年。未終天年。

【例句】多吃蔬菜水果，能「延年益壽」。

廾部

弄巧成拙 ㄋㄨㄥˋ ㄑㄧㄠˇ ㄔㄥˊ ㄓㄨㄛˊ

【解釋】謂本欲取巧反而敗事。

【字義】拙：粗劣，不巧。

【出處】宋·邵雍·首尾吟：「弄巧既多翻作拙，堯夫非是愛吟詩。」續傳燈錄·智深禪師：「旁人冷眼看來，大似弄巧成拙。」

【相同】欲益反損。畫蛇添足。

【相反】恰如其分。恰到好處。

【例句】他原想借此機會向上司表現一下自己的才華，沒想到「弄巧成拙」，上司並不欣賞。

弄假成真 ㄋㄨㄥˋ ㄐㄧㄚˇ ㄔㄥˊ ㄓㄣ

【解釋】本爲以假作眞之意。後來謂原意想作假而結果竟成爲眞實。

【出處】宋·邵雍·弄筆吟：「弄假像眞終是假，將勤補拙總輸勤。」元·缺名·隔江鬥智：「那一個掌親的怎知道弄假成眞，那一個說親的早做了藏頭露尾。」
【相同】假戲眞做。
【例句】他倆本是鬧著玩的，沒想到「弄假成眞」，最後竟大打出手，兩敗俱傷，住進醫院。

弓部

引人入勝 ㄧㄣˇ ㄖㄣˊ ㄖㄨˋ ㄕㄥˋ

【解釋】意即把人帶到優美的境地。後遂以「引人入勝」形容風景名勝或美妙文章等能引人進入佳境。
【出處】世說新語·任誕：「王衛軍（薈）云：『酒正自引人箸（著）勝地。』」
【例句】他的文章細膩，擅長刻畫少女的心理，因此他寫的愛情小說最能「引人入勝」，扣人心扉。

引吭高歌 ㄧㄣˇ ㄏㄤˊ ㄍㄠ ㄍㄜ

【解釋】放開嗓子，高聲歌唱。
【字義】吭：咽喉，嗓子。
【出處】晉·張華·禽經：「搏則利嘴，鳴則引吭。」
【例句】在心情鬱悶的時侯，「引吭高歌」，會舒暢很多。

引咎自責 ㄧㄣˇ ㄐㄧㄡˋ ㄗˋ ㄗㄜˊ

【解釋】認作自己的過失而自我責備。
【字義】咎：過錯；引咎：把過錯歸在自己身上。
【出處】北史·周武帝紀：「大旱，公卿各引咎自責。」
【相反】諉過於人。怨天尤人。
【例句】部下犯錯，主官應「引咎自責」，嚴重時應引咎辭職，以謝國人。

引狼入室 ㄧㄣˇ ㄌㄤˊ ㄖㄨˋ ㄕˋ

【解釋】比喻把壞人引進自己內部。
【出處】元·張國寶·羅李郎楔子：「我不是引的狼來屋裡窩，尋的蚰蜒鑽耳朵。」
【例句】中國不慎交了一個俄國這樣的壞朋友，無異「引狼入室」。

引經據古·引經據典 ㄧㄣˇ ㄐㄧㄥ ㄐㄩˋ ㄍㄨˇ ㄧㄣˇ ㄐㄧㄥ ㄐㄩˋ ㄉㄧㄢˇ

【解釋】引用經史古籍的文句或故事。後多作「引經據典」。
【出處】宋·樓鑰·再乞致仕第二劄：「萬一顛沛于郊廟壇壝之前，有汙大儀，則臣死不足以塞責，是以不復更敢引經據古，直述情素，投告君父。」
【例句】他的博士論文「引經據古」地寫了三年才完成。

引頸就戮 ㄧㄣˇ ㄐㄧㄥˇ ㄐㄧㄡˋ ㄌㄨˋ

【解釋】伸長脖子讓人一刀砍下，形容從容就義。
【出處】唐書·甄濟傳：「使者趨前，濟引頸待之。」
【例句】清末革命烈士「引頸就戮」者不可勝數。

弱不勝衣 ㄖㄨㄛˋ ㄅㄨˋ ㄕㄥ ㄧ

【解釋】極言人瘦弱，連衣服都承受不起。
【出處】紅樓夢：「(黛玉)身體面貌雖弱不勝衣，卻有一段風流態度。」
【相同】弱不禁風。
【相反】身強力壯。
【例句】她害了相思病之後，瘦得像

竹竿一樣，已經「弱不勝衣」了。

弱不禁風 ㄖㄨㄛˋ ㄅㄨˋ ㄐㄧㄣ ㄈㄥ

【解釋】 形容弱得禁不起風吹。後常用「弱不禁風」形容人體質虛弱。

【出處】 唐·杜甫·江雨有懷鄭典設：「亂波分披已打岸，弱雲狼藉不禁風。」

【相同】 弱不勝衣。

【相反】 身強力壯。

【例句】 時代女性已不流行像林黛玉那樣「弱不禁風」的病美人了。

弱肉強食 ㄖㄨㄛˋ ㄖㄡˋ ㄑㄧㄤˊ ㄕˊ

【解釋】 言弱者常為強者所併吞。

【出處】 唐·韓愈·送浮屠文暢師序：「夫獸深居而簡出，懼物之為已害也，猶且不能脫焉，弱之肉，強之食。」元·胡天游·聞李帥逐寇復州治詩：「惜哉士卒多苦暴，弱肉強食鴟鴞同。」明·劉基·秦女休行詩：「有生不幸遭亂世，弱肉強食官無誅。」

【相同】 強凌弱，衆暴寡。恃強凌弱。

【相反】 強不凌弱。抑強扶弱。

【例句】 小至於個人，大至於國家，都離不開「弱肉強食」的殘酷定律，而濟弱扶傾，和平共存，不過是人類的理想而已。

張三李四 ㄓㄤ ㄙㄢ ㄌㄧˇ ㄙˋ

【解釋】 假設姓名，泛指某甲某乙。

【出處】 景德傳燈錄·道吾和尚樂道歌：「暢情樂道過殘生，張三李四渾忘卻。」宋·王安石·擬寒山拾得詩：「莫嫌張三惡，莫愛李四好。」

【例句】 他古道熱腸，不管「張三李四」，只要向他求救，他都樂意伸出援手。

張大其事 ㄓㄤ ㄉㄚˋ ㄑㄧˊ ㄕˋ

【解釋】 誇大事實。

【出處】 韓愈·送楊少尹序：「而太史氏又能張大其事，為傳繼二疏蹤跡否，不落莫否？」

【相同】 誇大其辭。

【例句】 這種丟人現眼的人，最好讓人淡忘，不必「張大其事」，惹人注目。

張口結舌 ㄓㄤ ㄎㄡˇ ㄐㄧㄝˊ ㄕㄜˊ

【解釋】 嘴巴張開，舌頭打結，形容說不出話來。

【出處】 漢·王符·潛夫論：「此智士所以鉗口結舌，括囊共默而已者也。」兒女英雄傳：「公子被他問的張口結舌，面紅過耳。」

【相同】 瞠目結舌。啞口無言。

【相反】 口若懸河。滔滔不絕。應對如流。

【例句】 人證物證俱在，他「張口結舌」，無話可說。

張牙舞爪 ㄓㄤ ㄧㄚˊ ㄨˇ ㄓㄠˇ

【解釋】 形容野獸的兇相。後多用以形容惡人猖狂兇暴的樣子。

【出處】 明·缺名·拔宅飛昇：「混海翻江作浪潮，張牙舞爪出波濤。」

【相同】 如狼似虎。青面獠牙。

【相反】 溫文爾雅。文質彬彬。

【例句】 這一群貪官污吏，只知「張牙舞爪」欺壓善良的百姓。

張冠李戴 ㄓㄤ ㄍㄨㄢ ㄌㄧˇ ㄉㄞˋ

【解釋】 喻名實不符，弄錯對象。
【出處】 明·田藝衡·留青日札：「俗諺云：『張公帽掇在李公頭上。』」清·孫承澤·天府廣記：「彼卑官小卒，以衙門爲活計，惟知嗜利，鮮有良心，……甚至張冠李戴，增少爲多，或久禁暗處，或苦打屈服。」
【例句】 有些人好讀書不求甚解，例如把老子說的以德報怨誤以爲是孔子所說的話，如此「張冠李戴」，還自認是國學泰斗，怎不令人感到遺憾？

張皇失措 ㄓㄤ ㄏㄨㄤˊ ㄕ ㄘㄨㄛˋ

【解釋】 形容舉止慌張，失去常態。
【字義】 張皇：慌張、驚恐；失措：舉動失去常態。
【出處】 清·采蘅子·虫鳴漫錄：「遍索新郎不得，合家大譟，遠近尋覓，麕生與表妹亦張皇失措。」
【相同】 慞惶失措。倉皇失措。
【相反】 從容不迫。泰然自若。
【例句】 獨裁者馬可仕一遇到全民反抗，立刻「張皇失措」溜到美國去了。

強人所難 ㄑㄧㄤˇ ㄖㄣˊ ㄙㄨㄛˇ ㄋㄢˊ

【解釋】 勉強別人去做不願或難做的事。
【字義】 強：勉強。注意讀音。
【例句】 我不是英文系的，要我教英文，不是「強人所難」嗎？

強弩之末 ㄑㄧㄤˊ ㄋㄨˇ ㄓ ㄇㄛˋ

【解釋】 比喻原來強勁，但今已氣衰力竭，不能爲用。
【字義】 弩：古時用機械發射的弓。
【出處】 史記·韓長孺列傳：「且強弩之極，矢不能穿魯縞；沖風之末，力不能漂鴻毛。非初不勁，末力衰也。」漢書作「強弩之末」。三國志·蜀·諸葛亮傳：「曹操之衆，遠來疲弊，聞追豫州，輕騎一日一夜行三百餘里，此所謂『強弩之末，勢不能穿魯縞。』者也。」
【相同】 強弩末。（宋·陸游·老境：「文章雖自力，亦已強弩末。」）
【相反】 勢不可當。一鼓作氣。
【例句】 敵軍連續攻下了十座城池，現在已成「強弩之末」，只要我軍一反攻，敵軍立刻土崩瓦解。

強詞奪理 ㄑㄧㄤˇ ㄘˊ ㄉㄨㄛˊ ㄌㄧˇ

【解釋】 狡辯橫蠻，把無理說成有理。
【字義】 強：勉強。注意讀音。
【出處】 元曲·殺狗勸夫：「使不著你癩頑皮，逞的精神，說的強詞。」
【相同】 蠻不講理。胡攪蠻纏。
【相反】 理直氣壯。言之成理。
【例句】 他搶了別人的錢，竟「強詞奪理」說別人欠了他的錢。

強中更有強中手 ㄑㄧㄤˊ ㄓㄨㄥ ㄍㄥˋ ㄧㄡˇ ㄑㄧㄤˊ ㄓㄨㄥ ㄕㄡˇ

【解釋】 喻藝能無止境，不要自滿自大。
【出處】 元·缺名·狄青復奪衣襖車：「他若是相持廝殺統戈矛，端的是強中更有強中手。」
【相同】 強中自有強中手。（元·缺名·隋何賺風魔蒯徹：「哎！你箇蕭何休誇蒯徹舌，這的是強中自有強中手。」）

【例句】你千萬不要以為自己是武林高手，你要記住：「強中更有強中手」這句話。

彈丸之地 ㄉㄢˋ ㄨㄢˊ ㄓ ㄉㄧˋ

【解釋】形容極小的地方。
【出處】戰國策·趙策：「誠不知秦力之所至，此彈丸之地，猶不予也。」
【相同】立錐之地。
【相反】大千世界。廣闊天地。
【例句】如今雖然退居在「彈丸之地」，但仍同仇敵愾，志在復國。

彈冠相慶 ㄊㄢˊ ㄍㄨㄢ ㄒㄧㄤ ㄑㄧㄥˋ

【解釋】喻因即將作官而互相慶賀。多用於貶義。
【字義】彈冠：整潔其冠，喻將出來作官。
【出處】宋·蘇洵·管仲論：「一日無仲，則三子者可以彈冠相慶矣。」三子，指豎刁、易牙、開方三人。
【例句】忠貞之士被迫下野之後，狐群狗黨之輩便「彈冠相慶」了。

彌天大罪 ㄇㄧˊ ㄊㄧㄢ ㄉㄚˋ ㄗㄨㄟˋ

【解釋】天大的罪。
【字義】彌：滿。
【出處】元·無名氏·謝金吾：「縱有那彌天罪，也難贖。」
【相同】惡貫滿盈。罪大惡極。
【相反】功德無量。功蓋天地。
【例句】這種批評元首的事，在封建制度的時代，當然是「彌天大罪」了。

彡部

形形色色 ㄒㄧㄥˊ ㄒㄧㄥˊ ㄙㄜˋ ㄙㄜˋ

【解釋】稱品類衆多。
【字義】形形：本謂生出此種形體；色色：本謂生出此種顏色。
【出處】列子·天瑞：「故有生者，有生生者；有形者，有形形者；有聲者，有聲聲者，有色者，有色色者。」
【相同】五花八門。琳瑯滿目。
【相反】千篇一律。
【例句】雜貨店內的物品「形形色色」每種都有。

形單影隻 ㄒㄧㄥˊ ㄉㄢ ㄧㄥˇ ㄓ

【解釋】形容孤單。
【出處】唐·韓愈·祭十二郎文：「吾少有三兄，皆不幸早世，承先人後者，在孫惟汝，在子惟吾，兩世一身，形單影隻。」
【相同】孑然一身。孤苦伶仃。形影相弔。
【相反】三朋四友。濟濟一堂。
【例句】老伴去世，子女赴美，如今她「形單影隻」只剩一人了。

形跡可疑 ㄒㄧㄥˊ ㄐㄧ ㄎㄜˇ ㄧˊ

【解釋】舉動啓人疑慮。
【例句】這人「形跡可疑」，自然引起警察的注意。

形影不離 ㄒㄧㄥˊ ㄧㄥˇ ㄅㄨˋ ㄌㄧˊ

【解釋】形容關係密切，行動相隨，有如影之隨形。
【出處】莊子：「若形之於影，聲之於響。」
【相同】如影隨形。形影相隨。

【相反】貌合神離。同牀異夢。

【例句】他倆「形影不離」，好像度蜜月一樣親熱。

彫蟲小技 ㄉㄧㄠ ㄔㄨㄥˊ ㄒㄧㄠˇ ㄐㄧˋ

【解釋】比喻無甚價值的技藝（原指彫蟲篆刻）。

【字義】蟲：是秦代的一種書（字）體，筆畫像蟲。

【出處】北史·李渾傳：「嘗謂魏收曰：彫蟲小技，我不如卿，國典朝章，卿不如我。」

【例句】很多人誤以為校勘學是「彫蟲小技」，不予重視，結果書報雜誌錯誤百出。

彬彬有禮 ㄅㄧㄣ ㄅㄧㄣ ㄧㄡˇ ㄌㄧˇ

【解釋】形容溫文有禮。

【字義】彬彬：原指文采和實質兼備。

【出處】論語·雍也：「文質彬彬，然後君子。」

【相同】溫文爾雅。文質彬彬。

【相反】傲慢無禮。蠻橫無禮。

【例句】自從他留日回國之後，變得「彬彬有禮」了。

彳部

待人接物 ㄉㄞˋ ㄖㄣˊ ㄐㄧㄝ ㄨˋ

【解釋】和別人相處接觸的態度。

【字義】物：人物、人們。

【出處】朱子語類：「待人接物，千頭萬狀，是多少般，聖人只是這一個道理做出去。」

【相同】立身處世。

【例句】他「待人接物」，彬彬有禮，和藹可親。

待價而沽 ㄉㄞˋ ㄐㄧㄚˋ ㄦˊ ㄍㄨ

【解釋】把貨物囤積起來，等高價時賣出。

【字義】沽：出賣。

【出處】論語·子罕：「子曰：沽之哉！沽之哉！我待賈（價）者也。」

【相同】囤積居奇。

【例句】奸商們把貨物囤積起來，「待價而沽」。

後生可畏 ㄏㄡˋ ㄕㄥ ㄎㄜˇ ㄨㄟˋ

【解釋】多用以稱贊有志氣有作為的年輕人。

【字義】畏：敬畏佩服。

【出處】論語·子罕：「後生可畏，焉知來者之不如今也。」世說新語·文學：「何晏甚奇之，題之曰：『後生可畏，若斯人者可與言天人之際矣。』」

【相同】後起之秀。後來居上。

【相反】不堪造就。少不更事。

【例句】他年紀輕輕的，就當了部長，真是「後生可畏」。

後起之秀 ㄏㄡˋ ㄑㄧˇ ㄓ ㄒㄧㄡˋ

【解釋】猶言傑出的後輩。

【出處】晉·郭舒、王忱當時皆有「後來之秀」之稱。見世說新語·賞譽下，晉書·郭舒、王忱本傳。

【相同】後來之秀。

【相反】少不更事。

【例句】在「後起之秀」中，他是最優秀的一位。

後來居上 ㄏㄡˋ ㄌㄞˊ ㄐㄩ ㄕㄤˋ

【解釋】 原謂新進之人位居於舊人之上。後多泛指新舊交替，後者勝於前者。

【出處】 史記·汲鄭列傳：「始黯列爲九卿，而公孫弘、張湯爲小吏。及弘、湯稍益貴，或尊用過之。黯褊心，不能無少望，見上，前言曰：『陛下用群臣如積薪耳，後來者居上。』上默然。」

【相同】 後生可畏。青出於藍。積薪居上。

【相反】 每況愈下。一代不如一代。

【例句】 他「後來居上」，還指揮資深的我們，叫人怎麼心悅誠服？

後患無窮 ㄏㄡˋ ㄏㄨㄢˋ ㄨˊ ㄑㄩㄥˊ

【解釋】 日後的禍患無窮無盡。

【出處】 孟子·離婁：「言人之不善，當如後患何？」

【例句】 若不管制私人的武器，則社會治安「後患無窮」。

徇私枉法 ㄒㄩㄣˋ ㄙ ㄨㄤˇ ㄈㄚˇ

【解釋】 遷就私情而違反法紀。

【出處】 紅樓夢：「雨村便徇情玩法，胡亂判斷了此案。」

【相同】 徇私舞弊。徇情枉法。

【相反】 鐵面無私。奉公守法。

【例句】 他因「徇私枉法」而至身敗名裂。

徒勞無功 ㄊㄨˊ ㄌㄠˊ ㄨˊ ㄍㄨㄥ

【解釋】 白費氣力而收不到效果。

【出處】 詩經：「無田甫田，維莠驕驕；無思遠人，勞心忉忉。」朱熹注：「厭小而務大，忽近而圖遠，將徒勞而無功也。」

【相反】 事半功倍。

【例句】 大家奔走了好幾天，想不到竟然「徒勞無功」。

得寸進尺 ㄉㄜˊ ㄘㄨㄣˋ ㄐㄧㄣˋ ㄔˇ

【解釋】 形容貪得無厭。

【出處】 清·平步青·彭尙書奏折：「泰西各國，乃得乘隙竄入，要挾百端，請求萬億……得寸進尺，得尺進丈，至於今日，氣焰益張。」

【相同】 得隴望蜀。貪心不足。

【相反】 知止不殆。知足不辱。知足常樂。

【例句】 你不要「得寸進尺」，應該知足常樂。

得心應手 ㄉㄜˊ ㄒㄧㄣ ㄧㄥˋ ㄕㄡˇ

【解釋】 謂心手相應，運用自如。

【出處】 莊子·天道：「不徐不疾，得之於手而應於心。」關尹子·三極作「得之心，符之手。」義同。宋·歐陽修·書梅聖俞稿後：「樂之道深矣。故工之善者，必得於心，應於手，而不可述之言也。」清·趙翼·甌北詩話：「氣足則調自振，意深則味有餘，得心應手，無一字不穩愜。」

【相同】 得手應心。隨心所欲。

【相反】 力不從心。所謀輒左。

【例句】 平時要勤加練習，一上場比賽才能「得心應手」。

得天獨厚 ㄉㄜˊ ㄊㄧㄢ ㄉㄨˊ ㄏㄡˋ

【解釋】 具有特殊優越的條件。指自

然、資質或社會條件等等。

【出處】 清·洪亮吉·北江詩話：「辛酉年三月十五日在舍閒看牡丹詩：『得天獨厚開盈尺，與月同圓到十分。』」

【相反】 先天不足。

【例句】 他的各方面條件「得天獨厚」，所以能平步青雲。

得不償失 ㄉㄜˊ ㄅㄨˋ ㄔㄤˊ ㄕ

【解釋】 所得不足以補償所失。

【出處】 三國志·吳·陸遜傳：「（孫）權遂征夷州，得不補失。」後漢書·西羌傳論：「故得不酬失，功不半勞。」宋·蘇軾·和子由除日見寄：「感時嗟事變，所得不償失。」明·徐樹丕·識小錄：「昔人謂看孫過庭書譜，如食多骨魚，得不償失，以草書難讀故也。」

【相同】 得不酬失。明珠彈雀。因小失大。追雞失羊。

【相反】 亡羊得牛。亡戟得矛。

【例句】 爲了追女朋友，荒廢了學業，眞是「得不償失」。

得魚忘荃 ㄉㄜˊ ㄩˊ ㄨㄤˋ ㄑㄩㄢˊ

【解釋】 比喻達到目的後就忘了原來的憑藉。

【字義】 荃：也作「筌」。荃：香草，可爲魚餌。筌：捕魚的竹器。

【出處】 莊子·外物：「荃者所以在魚，得魚而忘荃。」晉·左思·吳都賦、三國·魏·嵇康·贈秀才入軍詩、晉·盧諶·贈劉琨詩注引莊子，荃皆作「筌」。

【相同】 兔死狗烹。鳥盡弓藏。

【相反】 飲水思源。

【例句】 他選上市議員之後，便「得魚忘荃」，不理當年爲他嘶聲力竭，到處奔波的助選員。

得過且過 ㄉㄜˊ ㄍㄨㄛˋ ㄑㄧㄝˇ ㄍㄨㄛˋ

【解釋】 苟且偷安，敷衍了事，或勉強度日。

【出處】 元·關漢卿·魯齋郎：「你那裡問我爲何寂寞。我得過時且隨緣過。」永樂大典戲文·小孫屠：「孩兒，我聽得道你要出外打旋，怕妥中得過且過，出去做甚的。」

【相同】 苟且偷生。做一天和尚撞一天鐘。

【相反】 兢兢業業。發奮圖強。

【例句】 他毫無上進之心，每天不務正業，「得過且過」。

得意忘形 ㄉㄜˊ ㄧˋ ㄨㄤˋ ㄒㄧㄥˊ

【解釋】 ①把心思放在所得上而忘了自己所處的地位。②因高興而物我兩忘。③取其精神而捨其形式。

【出處】 ①莊子·山水：「睹一蟬方得美蔭而忘其身；螳螂執翳而搏之，見得而忘其形；異鵲而利之，見利而忘其形。」②晉書·阮籍傳：「嗜酒能嘯，善彈琴。當其得意，忽忘形骸。」③宋·歐陽修·試筆李邕書：「余雖因邕書得筆法，然爲字絕不相類，豈得其意而忘其形者邪？」

【相同】 得意洋洋。忘乎所以。

【相反】 謙虛謹愼。垂頭喪氣。

【例句】 修養缺乏的人，一遇喜事，就往往「得意忘形」。

得隴望蜀
ㄉㄜˊ ㄌㄨㄥˇ ㄨㄤˋ ㄕㄨˇ

【解釋】形容貪得無厭。
【字義】隴：甘肅；蜀：四川。
【出處】後漢書·岑彭傳：「人苦不知足，既平隴，復望蜀。」唐·李白·古風：「物苦不知足，得隴又望蜀。」明·何良俊·四友齋叢說：「（李開先）宦資雖厚，然不入府縣，別無調度，與東南士夫求田問舍得隴忘蜀者，未知孰賢？」
【相同】得寸進尺。慾壑難填。
【相反】知足常樂。知足不辱。
【例句】此人貪婪無厭，「得隴望蜀」，你乾脆一口回絕他，以免吃虧。

從容不迫
ㄘㄨㄥˊ ㄖㄨㄥˊ ㄅㄨˋ ㄆㄛˋ

【解釋】悠閒舒緩，不慌不忙。
【字義】從容：毫不緊張。
【出處】宋·朱熹·朱子全書：「只是說行得自然如此，無那牽強底意思，便是從容不迫。」
【相同】從容自若。不荒不忙。泰然自若。
【相反】驚惶失措。手忙腳亂。手腳無措。
【例句】他有大將之風，遇到任何突發事件，都能「從容不迫」，鎮定如常。

從容就義
ㄘㄨㄥˊ ㄖㄨㄥˊ ㄐㄧㄡˋ ㄧˋ

【解釋】毫無畏懼地為正義而死。
【字義】從容：見「從容不迫」。
【相同】引頸就戮。
【例句】清末，為革命而「從容就義」者，不可勝數。

從善如流
ㄘㄨㄥˊ ㄕㄢˋ ㄖㄨˊ ㄌㄧㄡˊ

【解釋】意謂能隨時聽從善言，或擇善而從。
【出處】左傳：「晉侵沈，獲沈子揖，初從知、范、韓也。君子曰：『從善如流，宜哉！』」是指欒書能聽知莊子、范文子、韓獻子的計謀，取得戰功。又：「從善如流，下善齊肅。」
【相同】從諫如流。
【相反】剛愎自用。固執己見。
【例句】統治者，應有「從善如流」的雅量，政治才會日益清明。

循序漸進
ㄒㄩㄣˊ ㄒㄩˋ ㄐㄧㄢˋ ㄐㄧㄣˋ

【解釋】順著次序一步一步前進。
【出處】論語·憲問：「不怨天，不尤人，下學上達，知我者其天乎？」朱熹注：「此但自言其反己自修，循序漸進耳。」
【相同】按部就班。
【相反】揠苗助長。
【例句】求學是沒有捷徑的，要「循序漸進」。

循規蹈矩
ㄒㄩㄣˊ ㄍㄨㄟ ㄉㄠˇ ㄐㄩˇ

【解釋】遵守常規。
【出處】宋·朱熹·答方賓王書：「循塗守轍，猶言循規蹈矩云爾。」紅樓夢：「皆因看的你們是三四代的老媽媽，最是循規蹈矩，原該大家齊心顧些體統。」
【相同】規行矩步。
【相反】作奸犯科。
【例句】他是位「循規蹈矩」的好學生，所以老師很喜歡他。

循循善誘 ㄒㄩㄣˊ ㄒㄩㄣˊ ㄕㄢˋ ㄧㄡˋ

【解釋】稱教導有方。

【字義】循循：有次序貌。誘：勸導。

【出處】論語·子罕：「夫子循循然善誘人。」南朝·梁·劉孝標·辯命論：「循循善誘，服膺儒行。」後漢書·趙壹傳：「失恂恂善誘之德」注引論語作「恂恂」。恂恂，恭順貌。清阮元謂作「循」者古論，作「恂」者魯論，見論語注疏校勘記子罕。

【相同】悔人不倦。諄諄教悔。

【相反】誤人子弟。

【例句】要能「循循善誘」，才是位好教員。

微不足道 ㄨㄟˊ ㄅㄨˋ ㄗㄨˊ ㄉㄠˋ

【解釋】微小之極，不值一提。

【相同】九牛一毛。

【例句】我的力量「微不足道」，應歸功於你的指導正確。

微乎其微 ㄨㄟˊ ㄏㄨ ㄑㄧˊ ㄨㄟˊ

【解釋】小（或少）到無可再小（或少）。

【出處】爾雅·釋訓：「式微式微者，微乎微者也。」

【相同】微不足道。滄海一粟。

【相反】不計其數。碩大無朋。

【例句】飛機一旦失事，生還的機會「微乎其微」。

徹頭徹尾 ㄔㄜˋ ㄊㄡˊ ㄔㄜˋ ㄨㄟˇ

【解釋】從頭到尾，自始至終，徹底。

【出處】宋·朱熹·答胡季隨書：「近日學者說得太高了，意思都不確實，不曾見理會得一書一事，徹頭徹尾。」

【相同】從頭至尾。自始自終。

【相反】虎頭蛇尾。有頭無尾。

【例句】他是「徹頭徹尾」的假道學家。

德高望重 ㄉㄜˊ ㄍㄠ ㄨㄤˋ ㄓㄨㄥˋ

【解釋】品德高，聲望好。

【出處】明·歸有光·上總制書：「伏維君侯德高望重，謀深慮淵。昔秉文衡，多士欽式；今本兵柄，萬師協心。」

【相同】資深望重。德隆望尊。

【相反】德薄能鮮。

【例句】因爲你「德高望重」，我們大家才選你爲代表，請不要推辭。

德薄能鮮 ㄉㄜˊ ㄅㄛˊ ㄋㄥˊ ㄒㄧㄢˇ

【解釋】謂德行淺薄，才能不足。自謙之辭。

【出處】宋·歐陽修·瀧岡阡表：「既又載我皇考崇公之遺訓，太夫人之所以教而有待於修者，並揭于阡；俾知夫小子修之德薄能鮮，遭時竊位，而幸全大節不辱其先者，其來有自。」

【相同】才疏學淺、德薄才疏。

【相反】德高望重。

【例句】我自問「德薄能鮮」，不敢競選省長。

徵歌選色 ㄓㄥ ㄍㄜ ㄒㄩㄢˇ ㄙㄜˋ

【解釋】召選歌妓舞女。徵歌逐色。

【例句】這些貪官污吏蒐刮民脂民膏之後，就「徵歌選色」，揮金如土。

心部

心力交瘁 ㄒㄧㄣ ㄌㄧˋ ㄐㄧㄠ ㄘㄨㄟˋ

【解釋】精神(心)和肉體(力)都疲乏不堪。
【字義】交:同時,一起;瘁:極度疲勞。
【相同】筋疲力竭。**【俗作】**精疲力盡
【相反】精神抖擻。
【例句】他完成這部巨著之後「心力交瘁」,不久就謝世了。

心心相印 ㄒㄧㄣ ㄒㄧㄣ ㄒㄧㄤ ㄧㄣˋ

【解釋】不藉言語,以心相印證。現多指男女互相愛慕。
【出處】唐·裴休集·黃檗山斷際禪師傳心法要:「自如來付法迦葉已來,心心印心,心心不異。」又圭峰定慧禪師碑:「但心心相印,印印相契,使自證知光明受用而已。」(金石萃編)後也指意氣相投爲心心相印。清·尹會一·答劉古衡書:「數年相交,久已心心相印。」
【相同】心照神交。心照不宣。心有靈犀。
【相反】各不相謀。同床異夢。
【例句】他倆早已「心心相印」,恨不得立刻結秦晉之好。

心不在焉 ㄒㄧㄣ ㄅㄨˋ ㄗㄞˋ ㄧㄢ

【解釋】精神不集中,心思不貫注。
【出處】大學:「心不在焉,視而不見,聽而不聞,食而不知其味。」
【相同】漫不經心。心猿意馬。無所用心。
【相反】聚精會神。
【例句】他上課時老是「心不在焉」,成績當然不好。

心中有數 ㄒㄧㄣ ㄓㄨㄥ ㄧㄡˇ ㄕㄨˋ

【解釋】嘴巴雖不說出,心裡完全明白,知道該怎麼辦。
【出處】莊子:「不徐不疾,得之于手即應于心,口不能言,有數存焉于其間。」諺語:「瞎子吃湯圓,心中有數。」
【例句】他雖然是瞎子,可是「心中有數」,不可以欺負他。

心甘情願 ㄒㄧㄣ ㄍㄢ ㄑㄧㄥˊ ㄩㄢˋ

【解釋】自己甘願,並非勉強。
【相同】心甘意願。
【相反】迫不得已。
【例句】她待母至孝,現在她母親病了,只要有誰願意出錢治病,要她做什麼,她都「心甘情願」,決無怨言。

心平氣和 ㄒㄧㄣ ㄆㄧㄥˊ ㄑㄧˋ ㄏㄜˊ

【解釋】不急躁,態度溫和。
【出處】宋·程頤·明道先生行狀:「荆公(王安石)與先生道不同,而嘗謂先生忠信,先生每與論事,心平氣和。」
【相同】平心靜氣。心和氣平。(宋·陽枋·與趙明遠書:「伏領賜翰,句句謙卑自牧,想判府作此書時,心和氣平,融然天理之流暢,更有甚人間富貴爵祿在方寸乎?」)
【相反】心急火燎。勃然大怒。
【例句】對人要「心平氣和」,以免發生不必要的糾紛。

心如止水 ㄒㄧㄣ ㄖㄨˊ ㄓˇ ㄕㄨㄟˇ

【解釋】形容心境像不會波動的水一樣，毫無雜念。

【出處】莊子：「人莫鑑於流水，而鑑於止水。」

【相反】心猿意馬。

【例句】她失戀後，十年來已「心如止水」，再也古井無波。

心如刀割 ㄒㄧㄣ ㄖㄨˊ ㄉㄠ ㄍㄜ

【解釋】心痛得像被刀宰割一般。

【出處】元·秦簡夫·宜秋山趙禮讓肥：「眼睜睜俺子母各天涯，想起來心如刀割，提起來我淚似懸麻。」

【相同】痛心入骨。萬箭攢心。肝腸寸斷。

【相反】欣喜若狂。心花怒放。

【例句】愛人離他而去後，他「心如刀割」，痛不欲生。

心安理得 ㄒㄧㄣ ㄢ ㄌㄧˇ ㄉㄜˊ

【解釋】自信行事合乎道理，因此問心無愧。

【出處】論語：「則心安而德全矣。」

【相同】心安神泰。不愧不怍。問心無愧。

【相反】問心有愧。

【例句】做事只要大公無私，自然「心安理得」，何懼外界批評？

心灰意冷 ㄒㄧㄣ ㄏㄨㄟ ㄧˋ ㄌㄥˇ

【解釋】灰心失望，態度消極。

【出處】莊子：「形固使如槁木，而心固可使如死灰乎？」

【相同】萬念俱灰。

【相反】雄心萬丈。

【例句】他的彈力堅強，經過無數次失敗，從不「心灰意冷」，最後終於如願以償。

心直口快 ㄒㄧㄣ ㄓˊ ㄎㄡˇ ㄎㄨㄞˋ

【解釋】性情爽直，說話毫不含蓄。

【出處】宋·文天祥·指南錄：「諸酋皆失色動顏，唆都以告伯顏，伯顏吐舌云：『文丞相心直口快，男子心！』」

【相同】快人快語。直言無隱。

【相反】守口如瓶。吞吞吐吐。

【例句】他是位「心直口快」沒有心機的老實人。

心花怒放 ㄒㄧㄣ ㄏㄨㄚ ㄋㄨˋ ㄈㄤˋ

【解釋】形容非常快樂。

【出處】孽海花：「孫三兒想到這裡，不禁心花怒放。」

【相同】眉開眼笑。笑逐顏開。

【相反】愁眉不展。

【例句】他被媽媽一誇獎之後，便不由得「心花怒放」。

心悅誠服 ㄒㄧㄣ ㄩㄝˋ ㄔㄥˊ ㄈㄨˊ

【解釋】誠心誠意地服從或服輸。

【出處】孟子·公孫丑上：「以德服人者，中心悅而誠服也。」

【相同】心甘情願。心服口服。五體投地。

【相反】不以為然。

【例句】他的膽識過人，部下無不「心悅誠服」。

心高氣傲 ㄒㄧㄣ ㄍㄠ ㄑㄧˋ ㄠˋ

【解釋】自尊自大，驕傲非常。
【例句】他「心高氣傲」目中無人，早晚有一天會吃虧。

心勞日拙 ㄒㄧㄣ ㄌㄠˊ ㄖˋ ㄓㄨㄛ
【解釋】謂費盡心反而越弄越糟。多用作貶詞。
【出處】尙書·周官：「作德，心逸日休；作僞，心勞日拙。」
【相同】枉費苦心。煞費苦心。
【相反】心逸日休。心廣體胖。
【例句】利比亞千方百計想離間英、美關係，結果「心勞日拙」，枉費心思。

心慌意亂 ㄒㄧㄣ ㄏㄨㄤ ㄧˋ ㄌㄨㄢˋ
【解釋】驚慌著急，沒有主意。
【出處】說岳全傳：「那梁王震得兩臂酸麻，叫聲：『不好！』不由心慌意亂。」
【相同】方寸已亂。心亂如麻。心煩意亂。
【相反】神氣安定。泰然自若。安之若素。
【例句】戰況越來越不利，指揮官更加「心慌意亂」，不知如何是好？

心腹之患 ㄒㄧㄣ ㄈㄨˋ ㄓ ㄏㄨㄢˋ
【解釋】指體內致命的疾病。多用來比喻嚴重的隱患。
【出處】左傳：「越在，我心腹之疾也。」後漢書·陳蕃傳：「今寇賊在外，四支之疾；內政不理，心腹之患。」
【相同】心腹之疾。
【例句】執政黨內分成老中輕三派，不斷爭權奪利，一直是該黨的「心腹之患」。

心猿意馬 ㄒㄧㄣ ㄩㄢˊ ㄧˋ ㄇㄚˇ
【解釋】喻心神不定，如猿馬之難以控制。
【出處】唐·維摩詰經·菩薩品：「卓定深沉莫測量，心猿意馬罷顚狂。」宋·道潛·贈賢上人：「心猿意馬就羈束，肯逐萬境爭馳驅。」
【相同】三心二意。
【相反】一心一意。
【例句】讀書先要能心如止水，假使成天「心猿意馬」，就不會有進步。

心亂如麻 ㄒㄧㄣ ㄌㄨㄢˋ ㄖㄨˊ ㄇㄚˊ
【解釋】形容心情十分煩亂。
【出處】明·馮夢龍·古今小說：「心亂如麻，遂乃輕移蓮步，走至長老房邊。」
【例句】她因失戀而「心亂如麻」，根本無法靜下來思考對策。

心照不宣 ㄒㄧㄣ ㄓㄠˋ ㄅㄨˋ ㄒㄩㄢ
【解釋】心裡明白，不用說明。
【字義】宣：說明，說出來。
【出處】晉·潘岳·夏侯常侍誄：「心照神交，唯我與子。」
【相同】心中有數。心領神會。
【相反】不知所云。茫然不解。
【例句】總經理的夫人紅杏出牆，這件緋聞已傳遍公司，但職員們都「心照不宣」。

心滿意足 ㄒㄧㄣ ㄇㄢˇ ㄧˋ ㄗㄨˊ
【解釋】極爲滿意。

【出處】宋·劉克莊·答歐陽祕書書：「精義多先儒所未講，陳言無一字之相襲，雖累數千言，而義理一脈，首尾貫屬，讀之使人心滿意足。」
【相同】稱心如意。
【相反】大失所望。
【例句】農業社會無不希望多子多孫，但現在，只要一男半女就「心滿意足」了。

心領神會 ㄒㄧㄣ ㄌㄧㄥˇ ㄕㄣˊ ㄏㄨㄟˋ
【解釋】深刻領會。
【出處】明·李東陽·麓堂詩話：「律者規矩之謂，而其爲調則有巧焉；苟非心領神會，自有心得，雖日提耳而教之，無益也。」明·吳海·送傳德謙還臨川序：「讀書有得，冥然感於中，心領神會，端坐若失。」
【相同】心照不宣。不言而喻。
【相反】不知所云。大惑不解。
【例句】他倆早有默契，只要互相望一眼，便「心領神會」。

心廣體胖 ㄒㄧㄣ ㄍㄨㄤˇ ㄊㄧˇ ㄆㄢˊ
【解釋】言心中坦然無憾，則身體舒泰安適。
【字義】胖：安適、舒泰。注意讀音
【出處】禮記·大學：「富潤屋，德潤身，心廣體胖。」
【例句】「心廣體胖」的人，必定容易延年益壽。

心膽俱裂 ㄒㄧㄣ ㄉㄢˇ ㄐㄩˋ ㄌㄧㄝˋ
【解釋】心和膽都嚇破了，形容受到極度驚嚇。
【出處】三國演義：「群雄亂國，惡黨欺君，備心膽俱裂。」
【例句】車禍發生時，她被嚇得「心膽俱裂」，面色如土。

心曠神怡 ㄒㄧㄣ ㄎㄨㄤˋ ㄕㄣˊ ㄧˊ
【解釋】謂心情暢快。
【字義】曠：開朗；怡：舒暢愉快。
【出處】宋·范仲淹·岳陽樓記：「登斯樓也，則有心曠神怡，寵辱皆忘，把酒臨風，其喜洋洋者矣。」
【相同】怡然自得。悠然自得。
【相反】憂心忡忡。心煩意亂。
【例句】遠眺青山綠水，頓覺「心曠神怡」，忘卻塵世一切煩惱。

心驚肉跳 ㄒㄧㄣ ㄐㄧㄥ ㄖㄡˋ ㄊㄧㄠˋ
同「心驚膽戰」。

心驚膽戰 ㄒㄧㄣ ㄐㄧㄥ ㄉㄢˇ ㄓㄢˋ
【解釋】形容極度驚恐。
【出處】元·關漢卿·魯齋郎：「我恰便是履深淵，把不定心驚膽戰，有這場死罪愆。」戰，也作「顫」。元·賈仲名·昇仙夢：「過京華山遙路遠怎去他，交我心驚膽顫怕。」
【相同】膽裂魂飛。驚慌失措。
【相反】神色自若。處之泰然。
【例句】看了日本當年殘殺我同胞的記錄片，不禁令人「心驚膽戰」，氣憤填膺。

心有餘而力不足 ㄒㄧㄣ ㄧㄡˇ ㄩˊ ㄦˊ ㄌㄧˋ ㄅㄨˋ ㄗㄨˊ
【解釋】心中很想幫忙或做一件事，但力量不夠，無能爲力。
【相同】愛莫能助。有心無力。
【例句】我自己也是泥菩薩過江，本

有心想幫助你，但「心有餘而力不足」。

必恭必敬
ㄅㄧˋ ㄍㄨㄥ ㄅㄧˋ ㄐㄧㄥˋ

【解釋】形容恭敬之極。
【出處】詩經·小雅：「維桑與梓，必恭敬止。」
【俗作】畢恭畢敬。
【相反】元龍高臥。
【例句】上司有話問他，他一定「必恭必敬」地回答。

忘恩負義
ㄨㄤˋ ㄣ ㄈㄨˋ ㄧˋ

【解釋】忘掉別人對自己的恩德，作出背信棄義的事情。
【出處】明·畢魏·三報恩傳奇：「總他嫌暮境衰年，我誓不學忘恩負義。」
【相同】辜恩背義。背信棄義。
【相反】知恩報德。飲水思源。
【例句】世風日下，「忘恩負義」的人，多如過江之鯽，你要想開一點，才好。

忙中有錯
ㄇㄤˊ ㄓㄨㄥ ㄧㄡˇ ㄘㄨㄛˋ

【解釋】在百忙中做事難免有錯誤。
【例句】任何人都難免「忙中有錯」，不宜苛責。

忙裡偷閒
ㄇㄤˊ ㄌㄧˇ ㄊㄡ ㄒㄧㄢˊ

【解釋】在繁忙中抽出餘暇。
【出處】宋·黃庭堅·和答趙令同前韻詩：「人生政自無閒暇，忙裡偷閒得幾回。」又陸游·暮春：「忙裡偷閒慰晚途，春來日日在東湖。」
【相同】苦中作樂。見縫插針。
【相反】無所事事。
【例句】今天我「忙裡偷閒」到外雙溪來釣魚。

志同道合
ㄓˋ ㄊㄨㄥˊ ㄉㄠˋ ㄏㄜˊ

【解釋】志願、理想、意見都相合。
【出處】三國志·魏·陳思王植傳：「（伊尹呂望）及其見舉於湯武、周文，誠道合志同，玄謨神通。」宋·陳亮·與呂伯恭正字書：「志同道合，便能引其類。」
【相同】情投意合。意氣相投。
【相反】不相爲謀。各奔前程。格格不入。同床異夢。貌合神離。
【例句】「志同道合」的人在一起玩，才有意思。

志在必得
ㄓˋ ㄗㄞˋ ㄅㄧˋ ㄉㄜˊ

【解釋】決心要拿到手。
【例句】雙方秣馬厲兵，對這次的足球賽總統杯，都「志在必得」。

忍俊不禁
ㄖㄣˇ ㄐㄩㄣˋ ㄅㄨˋ ㄐㄧㄣ

【解釋】①謂熱中於某事而不能克制自己。②後多謂忍不住要笑。
【字義】忍俊：原指抑制鋒芒外露，本成語指含笑。
【出處】①唐·趙璘·因話錄：「（周戎）戲作考詞狀：當千有萬，忍俊不禁考上下。」也作「忍雋不禁」。唐·崔致遠·答徐州時溥書：「足下去年，忍雋不禁，求榮頗切。」②聯燈會要·法演禪師：「山僧昨日入城，見一棚傀儡。……仔細看時，原來青布幔裡有人，山僧忍俊不禁。」
【相同】啞然失笑。令人噴飯。
【相反】潸然淚下。泣不成聲。

【例句】 ①他一生對名利「忍俊不禁」。②看見他的一副滑稽相，令人「忍俊不禁」。

忍辱負重 ㄖㄣˇ ㄖㄨˇ ㄈㄨˋ ㄓㄨㄥˋ

【解釋】 謂能容忍恥辱勞怨而肩負重任。
【出處】 三國志·吳·陸遜傳：「國家所以屈諸君使相承望者，以僕有尺寸可稱，能忍辱負重故也。」
【相同】 含垢忍辱。臥薪嘗膽。
【相反】 忍無可忍。
【例句】 全國責難之聲四起，但他「忍辱負重」，終於擊潰敵軍。

忍氣吞聲 ㄖㄣˇ ㄑㄧˋ ㄊㄨㄣ ㄕㄥ

【解釋】 指受了氣而強自忍受，不敢作聲。
【出處】 京本通俗小說·菩薩蠻：「錢都管到焦躁起來，……罵了一頓，走開去了。張老只得忍氣吞聲回來，與女兒說知。」元·關漢卿·魯齋郎：「你不如休和他爭，忍氣吞聲罷！」
【相同】 忍辱含垢。
【相反】 忍無可忍。揚眉吐氣。
【例句】 先能「忍氣吞聲」做人下人，然後才能揚眉吐氣做人上人。

忍無可忍 ㄖㄣˇ ㄨˊ ㄎㄜˇ ㄖㄣˇ

【解釋】 已到了無法再忍受下去的境地。
【例句】 當年日本軍閥侵略我國，我國到了「忍無可忍」的地步才進行抗日，足證我國是愛好和平的民族。

快人快語 ㄎㄨㄞˋ ㄖㄣˊ ㄎㄨㄞˋ ㄩˇ

【解釋】 形容豪爽的人說話直截了當，令人痛快。
【出處】 傳燈錄：「快馬一鞭，快人一言。」
【相同】 心直口快。
【例句】 「快人快語」的性格，很適合當軍人。

快刀斬亂麻 ㄎㄨㄞˋ ㄉㄠ ㄓㄢˇ ㄌㄨㄢˋ ㄇㄚˊ

【解釋】 比喻以果斷迅捷的手段，解決紛繁糾葛的事情。
【出處】 北齊書·文宣紀：「高祖（高歡）嘗試觀諸子意識，各使治亂絲，帝（高洋）獨抽刀斬之，曰：『亂者須斬！』」古常以絲麻並舉，後多稱「快刀斬亂麻」。
【相同】 一刀兩斷。
【相反】 拖泥帶水。
【例句】 盤根錯節的恩恩怨怨，如果用抽絲剝繭的細膩手法來處理，則不知要弄到何年何月，只好用「快刀斬亂麻」的手段來解決。

忠心耿耿 ㄓㄨㄥ ㄒㄧㄣ ㄍㄥˇ ㄍㄥˇ

【解釋】 一片忠心。
【字義】 耿耿：光明，正直。
【出處】 金·蔡珪·葵花：「小智區區能衛足，孤忠耿耿祇傾心。」
【相同】 忠肝義膽。赤膽忠心。
【相反】 包藏禍心。陽奉陰違。
【例句】 他只知「忠心耿耿」，效忠皇帝。

忠言逆耳 ㄓㄨㄥ ㄧㄢˊ ㄋㄧˋ ㄦˇ

【解釋】 謂正直的規勸，聽起來不順耳。

【字義】忠言：誠懇勸告的話；逆耳：不順耳，不中聽之言。
【出處】韓非子：「夫良藥苦于口，而智者勸飲之，知其入而已己疾也；忠言拂于耳，而明主聽之，知其可以致功也。」史記·留侯世家：「且忠言逆耳利於行，毒藥苦口利於病。」鹽鐵論國疾：「夫藥酒苦於口而利於病，忠言逆於耳而利於行。」
【相同】良藥苦口。
【相反】花言巧語。
【例句】「忠言逆耳」，但有助於進德修業。

忠肝義膽 ㄓㄨㄥ ㄍㄢ ㄧˋ ㄉㄢˇ
【解釋】赤膽忠心。
【出處】宋遺民錄·汪元量·浮丘道人：「忠肝義膽不可狀，要與人間留好樣。」
【相同】披肝瀝膽。赤膽忠心。
【相反】心懷異志。
【例句】他一生「忠肝義膽」地爲國家民族奮鬥，但晚景卻非常淒涼。

忽忽不樂 ㄏㄨ ㄏㄨ ㄅㄨˋ ㄌㄜˋ
【解釋】失意不歡。
【字義】忽忽：失意的樣子。
【出處】史記·梁孝王世家：「上疏欲留，上（漢景帝）弗許。歸國，意忽忽不樂。」
【相同】怏怏不樂。鬱鬱不樂。
【相反】歡天喜地。興高采烈。
【例句】聽到這個壞消息之後，他一直「忽忽不樂」。

忿忿不平 ㄈㄣˋ ㄈㄣˋ ㄅㄨˋ ㄆㄧㄥˊ
【解釋】憤慨之氣難平。
【字義】忿忿：恨而怒。
【出處】漢書·戾太子傳：「獨冤結而亡告，不忍忿忿之心。」漢·阮瑀·爲曹公作書與孫權：「以是忿忿，懷慚反側。」
【相同】憤懣不平。
【相反】心平氣和。
【例句】他無故受責，令人「忿忿不平」。

怙惡不悛 ㄏㄨˋ ㄜˋ ㄅㄨˋ ㄑㄩㄢ
【解釋】堅持作惡，不肯改悔。
【字義】怙：倚仗；悛：改過。
【出處】左傳：「長惡不悛，從自及也。」後漢書·朱穆傳：「諱惡不悛，卒至亡滅。」
【相同】執迷不悟。死不悔改。
【相反】改邪歸正。改惡從善。
【例句】對於「怙惡不悛」的人，必須加重處罰。

怡情悅性 ㄧˊ ㄑㄧㄥˊ ㄩㄝˋ ㄒㄧㄥˋ
【解釋】使性情怡悅歡暢。
【字義】怡：快樂、和順。
【出處】紅樓夢：「如今上了年紀，且案牘勞煩，于這怡情悅性的文章上更生疏了。」
【相同】怡情理性。（漢·徐幹·中論治學：「學也者，所以疏神達思，怡情理性，聖人之上務也。」）
【例句】遊覽名山大澤，不但能「怡情悅性」，還能增加寫作的資料及獲得靈感。

怪誕不經 ㄍㄨㄞˋ ㄉㄢˋ ㄅㄨˋ ㄐㄧㄥ

【解釋】不常見的神怪荒唐事物或行為。

【字義】怪誕：荒唐、離奇；不經：不合常情、沒有根據。

【出處】漢書：「譎詭不經，好為大言。」

【例句】神怪小說，描述的都是些「怪誕不經」的故事，千萬不要信以為眞。

佛然作色 ㄈㄨˊ ㄖㄢˊ ㄗㄨㄛˋ ㄙㄜˋ

【解釋】因憤怒而變臉色。

【字義】佛然：嗔怒的樣子。

【出處】莊子·天地：「則佛然作色。」

【例句】聽了別人的批評，「佛然作色」，是人之常情。

思潮起伏 ㄙ ㄔㄠˊ ㄑㄧˇ ㄈㄨˊ

【解釋】形容心事重重，像潮水一樣，一起一伏，無法平息。

【例句】自從流落異鄉後，每在夜深人靜的時侯，每易「思潮起伏」，感慨萬千。

急公好義 ㄐㄧˊ ㄍㄨㄥ ㄏㄠˋ ㄧˋ

【解釋】對大眾的事或有困難時，特別熱心幫助解決。

【出處】官場現形記：「此次由上海捐集巨款，來晉賑濟，急公好義，已堪嘉善。」

【相同】見義勇為。捨己為人。

【相反】唯利是圖。善自為謀。見利忘義。

【例句】他為人慷慨，「急公好義」，因此受人尊敬。

急不暇擇 ㄐㄧˊ ㄅㄨˋ ㄒㄧㄚˊ ㄗㄜˊ

【解釋】因事急沒時間選擇。

【例句】婚姻是終身大事，不可「急不暇擇」，萬萬不可隨便嫁一個，以免後悔莫及。

急於星火 ㄐㄧˊ ㄩˊ ㄒㄧㄥ ㄏㄨㄛˇ

【解釋】比喻十分緊迫。

【出處】晉書·李密傳：「詔書切峻，責臣逋慢，郡縣逼迫，催臣上道，州司臨門，急於星火。」

【相同】急如星火。（宋·王明清·揮麈錄：「竭澤而漁，急如星火。」）刻不容緩。燃眉之急。

【例句】作戰情報「急於星火」，萬萬不可延誤。

急流勇退 ㄐㄧˊ ㄌㄧㄡˊ ㄩㄥˇ ㄊㄨㄟˋ

【解釋】本指船在急流中迅速退出，借喻官吏在得意時引退，明哲保身。

【出處】相傳宋·陳搏見錢若水曰：「是無仙骨，但急流中能勇退耳！」見宋·張耒·書錢宣靖遺事後。五朝名臣言行錄也有類似記載。宋·蘇軾·贈善相程傑：「火色上騰雖有數，急流勇退豈無人。」

【相反】駑馬戀棧。

【例句】唯有對名利看得很淡的人，才會「急流勇退」。

急起直追 ㄐㄧˊ ㄑㄧˇ ㄓˊ ㄓㄨㄟ

【解釋】趕快追上別人。

【出處】梁啓超·說國風上：「日本

人最長於模仿性，常以不若人為恥，人之有善，則急起直追之若不及。」
【相同】迎頭趕上。奮起直追。
【相反】安步當車。委靡不振。
【例句】我國科技遙遙落後於歐美各國，非「急起直追」不足以圖存。

急景凋年 ㄐㄧˊ ㄐㄧㄥˇ ㄉㄧㄠ ㄋㄧㄢˊ

【解釋】光陰速逝，年歲將盡。後用此指歲暮。
【出處】南朝・宋・鮑照・舞鶴賦：「於是窮陰殺節，急景凋年。」唐・白居易・和自勸詩：「急景凋年急於水，念此攬衣中夜起。」
【例句】又到「急景凋年」的時候，仍舊有家歸未得，怎不令人思之淚下？

急轉直下 ㄐㄧˊ ㄓㄨㄢˇ ㄓˊ ㄒㄧㄚˋ

【解釋】形容事情突起變化，迅速獲得解決。
【例句】自從我軍攻下敵國邊防重鎮之後，情勢「急轉直下」，敵軍潰退得一瀉千里。

怨天尤人 ㄩㄢˋ ㄊㄧㄢ ㄧㄡˊ ㄖㄣˊ

【解釋】埋怨上天，歸罪別人。
【字義】尤：怨恨。
【出處】論語・憲問：「不怨天，不尤人。」宋書・謝晦傳：「苟成敗其有數，豈怨天而尤人。」唐・崔湜・御史臺精舍碑：「傳曰：『禍福無門，惟人所召。』則蹈網罟，嬰徽纆，聯桁楊，貫桎梏，可怨天尤人哉？」
【相同】怨天怨地。
【相反】自怨自艾。引咎自責。
【例句】失敗了，應該檢討自己，不要「怨天尤人」。

怨聲載道 ㄩㄢˋ ㄕㄥ ㄗㄞˇ ㄉㄠˋ

【解釋】形容怨恨者多，到處都是怨恨的聲音。
【出處】京本通俗小說・拗相公：「民間怨聲載道，天變迭興。」紅樓夢：「凡有些餘利的一概入了官中，那時裡外怨聲載道，豈不失了你們這樣人家的大體？」
【相同】民怨沸騰。怨聲盈路。
【相反】有口皆碑。
【例句】不管那一個國家的政府，只要加重稅捐，必定「怨聲載道」。

怒不可遏 ㄋㄨˋ ㄅㄨˋ ㄎㄜˇ ㄜˋ

【解釋】憤怒之極，壓制不住。
【例句】他被議員一質問，立刻「怒不可遏」，實在缺乏宰相肚裡好撐船的雅量。

怒氣沖沖 ㄋㄨˋ ㄑㄧˋ ㄔㄨㄥ ㄔㄨㄥ

【解釋】形容大怒的樣子。
【字義】沖沖：生氣的樣子。
【出處】明・馮夢龍・東周列國志：「先軫方在家用飯，聞晉侯已赦三帥，吐哺入見，怒氣沖沖。」
【相同】怒火滿腔。怒髮衝冠。
【相反】笑容可掬。心花怒放。
【例句】他被總經理刮了一頓鬍子，就「怒氣沖沖」地辭職不幹了。

怒髮衝冠 ㄋㄨˋ ㄈㄚˇ ㄔㄨㄥ ㄍㄨㄢ

【解釋】誇張描述盛怒之狀。
【出處】史記・廉頗藺相如列傳：「

相如因持璧卻立，倚柱，怒髮上衝冠。」宋·岳飛·滿江紅詞：「怒髮衝冠，憑欄處，蕭蕭雨歇。擡望眼，仰天長嘯，壯懷激烈。」

【相同】怒氣沖天。怒火萬丈。髮指目裂。

【相反】欣喜若狂。興高采烈。心平氣和。

【例句】一想到貪官誤國，怎不令人「怒髮衝冠」？

恃才傲物

【解釋】自負其才而藐視別人。

【出處】梁書·蕭子顯傳：「及葬請諡，手詔：『恃才傲物，宜諡曰驕。』」

【相同】目中無人。妄自尊大。

【相反】深藏若虛。謙恭下士。虛懷若谷。

【例句】「恃才傲物」的人容易自滿，所以不會有大的成就。

恃勢凌人

【解釋】仗著有勢力而去欺壓別人。

【例句】這些貪官，「恃勢凌人」，總有一天會受到報應的。

恃寵生驕

【解釋】仗著受寵而驕傲起來。

【相同】恃寵而驕。

【例句】董事長對她稍微好一點，她便「恃寵而驕」，連總經理都不看在眼裡。

恨入骨髓

【解釋】形容怨恨之極。

【字義】髓：骨中像脂肪的物體，精華。

【出處】明·陶宗儀·南村輟耕：「（張旺）嘗夜盜城西田父菜，被執，濡其首溺池而釋之。以故恨入骨髓，每思有以為報而未能。」

【相同】恨之刺骨。切齒痛恨。

【相反】感激涕零。感恩戴天。

【例句】這些殺人越貨的強盜，大家無不「恨入骨髓」。

恬不知恥

【解釋】安然處之，不以為恥。

【字義】恬：安，靜。

【出處】明·呂維祺·四譯館增定館則：「乃遛來玩日愒月，託病請假，紛紛不已，甚至一季不到館者有之，虛糜素餐，恬不知恥，殊為可厭。」

【例句】他「恬不知恥」的程度竟然認賊作父，當起漢奸了。

恰到好處

【解釋】形容十分適當，不過分，也並無不足。

【出處】朱子·語類：「故有君子之德，而又能隨時以處中，方是恰到好處。」

【例句】凡人做事，不是太過就是不及，能夠「恰到好處」，是最難能可貴。

恆河沙數

【解釋】形容數目極多，多得像印度恆河兩岸的沙粒。

【出處】金剛經：「但諸恆河尚多無數，何況其沙……以七寶滿爾所恆河沙數三千大千世界，以用布施。」
【相同】車載斗量。多如牛毛。
【相反】寥若晨星。屈指可數。
【例句】像我這樣才學平庸的人，多如「恆河沙數」，若擔任總編輯，豈能令人心悅誠服。

恍然大悟 ㄏㄨㄤˇ ㄖㄢˊ ㄉㄚˋ ㄨˋ

【解釋】一下子全都明白了。
【出處】三國演義：「於是關公恍然大悟，稽首皈依而去。」
【相同】如夢初醒。茅塞頓開。
【相反】大惑不解。百思不解。
【例句】經過一番沈思，他才「恍然大悟」。

恩將仇報 ㄣ ㄐㄧㄤ ㄔㄡˊ ㄅㄠˋ

【解釋】把恩人當作仇人。
【出處】西遊記：「我若一口說出，他就把公主殺了，此卻不是恩將仇報？」
【相同】以怨報德。
【相反】以德報怨。感恩圖報。感恩戴德。
【例句】現在，時代改變了，以德報怨的人多，但「恩將仇報」的人少。

恭敬不如從命 ㄍㄨㄥ ㄐㄧㄥˋ ㄅㄨˋ ㄖㄨˊ ㄘㄨㄥˊ ㄇㄧㄥˋ

【解釋】過分謙遜，倒不如服從命令，更能表示恭敬。
【字義】從命：猶言遵命。
【出處】元·秦簡夫·東堂老楔子：「便好道，恭敬不如從命，他是箇有病的人，我依著他則便了。」
【例句】既然閣下堅持，我只好「恭敬不如從命」，收下厚禮了。

息事寧人 ㄒㄧˊ ㄕˋ ㄋㄧㄥˊ ㄖㄣˊ

【解釋】不多事，使人民得安寧。後來也泛指儘量平息人事糾紛。
【出處】後漢書·章帝紀：「方春生養，萬物莩甲，宜助萌陽，以育時物。其令有司，罪非殊死且勿案驗，及吏人條書相告不得聽受，冀以息事寧人，敬奉天氣。」
【相同】排難解紛。
【相反】無事生非。惹事生非。煽風點火。
【例句】為了「息事寧人」，這件案子就不再擴大偵辦了。

息息相關 ㄒㄧˊ ㄒㄧˊ ㄒㄧㄤ ㄍㄨㄢ

【解釋】氣息互相關連，形容關係十分密切。
【字義】息息：呼吸相續。
【相同】休戚相關。痛癢相關。
【相反】風馬牛不相及。無關痛癢。
【例句】現在，資本家和工人的利益已經「息息相關」，不像以前那樣對立了。

悉索敝賦 ㄒㄧ ㄙㄨㄛˇ ㄅㄧˋ ㄈㄨˋ

【解釋】把全部所有拿出來，以作供應。
【字義】悉：全部；索：搜索；敝：謙稱；賦：兵（古以田賦出兵）。
【出處】左傳：「敝邑之人，不敢寧處，悉索敝賦，以討於蔡。」（罄全國所有之兵以討伐之。）
【例句】眼見他一籌莫展，我們便「悉索敝賦」，幫助他度過燃眉之急。

患得患失 ㄏㄨㄢˋ ㄉㄜˊ ㄏㄨㄢˋ ㄕ

【解釋】未得，怕不能得；既得，又怕失去。指斤斤計較個人得失。
【字義】患：憂愁，擔心。
【出處】論語·陽貨：「鄙夫可與事君也與哉？其未得之也，患得之；既得之，患失之。苟患失之，無所不至矣。」明·王守仁·徐昌國墓誌：「此與世之謀聲利、苦心焦勞，患得患失，逐逐終其身，耗勞其神氣，奚啻百倍。」
【相同】斤斤計較。錙銖必較。
【例句】你既然對市長的寶座，如此「患得患失」，那麼我們全體都棄權，讓你一個人去競選，保證當選無疑。

患難之交 ㄏㄨㄢˋ ㄋㄢˋ ㄓ ㄐㄧㄠ

【解釋】在患難時能互相幫助的朋友
【出處】明·焦竑·玉堂叢話：「仲舉與文貞在武昌，因患難之交，訥黑窩匠以一文，嗣初教書儒生以一詩，皆入啓事，悉登臺閣。」
【例句】「患難之交」的友情是經過考驗的，所以最能持久。

惘然若失 ㄨㄤˇ ㄖㄢˊ ㄖㄨㄛˋ ㄕ

【解釋】心上好像失去了一些甚麼；形容失意迷惘。
【字義】惘然：同「罔然」，失意的樣子，不知所以。
【出處】漢·王充·論衡謝短：「問之曰：『曉知其事，當能究達其義，通見其義否？』文吏必將惘然。」
【例句】他已離去很久，但她仍立於路旁，「惘然若失」。

情不自禁 ㄑㄧㄥˊ ㄅㄨˋ ㄗˋ ㄐㄧㄣ

【解釋】感情激動不能克制。
【出處】南朝·梁·劉遵·七夕穿針詩：「步月如有意，情來不自禁。」
【相同】情不可抑。不由自主。身不由己。
【相反】無動於衷。
【例句】一瞥見如此鮮紅的蘋果，「情不自禁」想起表妹的臉頰。

情投意合 ㄑㄧㄥˊ ㄊㄡˊ ㄧˋ ㄏㄜˊ

【解釋】感情融洽，彼此同心莫逆。
【出處】明史·槃鶼釵記：「聽他笑語如百和，想是情投意合。」
【相同】心心相印。志同道合。
【相反】格格不入。勢同水火。冰炭不容。
【例句】他倆「情投意合」，又門當戶對，結婚是遲早問題而已。

情見乎辭 ㄑㄧㄥˊ ㄒㄧㄢˋ ㄏㄨ ㄘˊ

【解釋】指在言辭之中流露出情意。
【字義】現：古「現」字；乎：在。
【出處】易經·繫辭下：「爻象動乎內，吉凶見乎外，功業見乎變，聖人情見乎辭。」杜預·春秋左氏傳序：「若夫制作之文，所以彰往考來，情見乎辭。」
【相同】情見乎言。（三國志·蜀·諸葛亮傳「謂爲信然」注：「夫其高吟俟時，情見乎言，志氣所存，既已定於其始矣。」
【例句】他對妳的一往情深，從他的日記中，每每「情見乎辭」，可以明確看出。

惜墨如金 ㄒㄧ ㄇㄛˋ ㄖㄨˊ ㄐㄧㄣ

【解釋】指不輕易下筆。

【出處】宋·費樞·釣磯之談：「李營丘(成)惜墨如金。」

【相同】字斟句酌。

【相反】用墨如潑。率爾操觚。

【例句】他「惜墨如金」，連至親好友，都不容易要到他的親筆春聯。

悲天憫人 ㄅㄟ ㄊㄧㄢ ㄇㄧㄣˇ ㄖㄣˊ

【解釋】本指畏天命而憫人窮，現多指憂念當前的難苦環境。

【字義】悲天：悲傷天命；憫：憐憫。

【出處】韓愈·爭臣論：「彼二聖一賢者，豈不知自安佚之爲樂哉？誠畏天命而悲人窮也。」

【相同】弔喪問疾。

【相反】魚肉百姓。

【例句】政治家要有「悲天憫人」的胸懷，才會獲得全國人民的擁戴。

悲憤塡膺 ㄅㄟ ㄈㄣˋ ㄊㄧㄢˊ ㄧㄥ

【解釋】胸中充滿悲痛和憤怒。

【字義】膺：胸。

【例句】大家聽到敵人濫殺老弱婦孺的消息後，無不「悲憤塡膺」，矢志復仇。

悲歡離合 ㄅㄟ ㄏㄨㄢ ㄌㄧˊ ㄏㄜˊ

【解釋】指人世間悲與歡、聚與散的遭遇。

【出處】宋·蘇軾·水調歌頭：「人有悲歡離合，月有陰晴圓缺，此事古難全。」

【例句】她歷經「悲歡離合」，對人生的一切已經看得相當透徹了。

惠然肯來 ㄏㄨㄟˋ ㄖㄢˊ ㄎㄣˇ ㄌㄞˊ

【解釋】多用作對客人表示歡迎之詞語。

【出處】詩經·邶風：「終風且霾，惠然肯來。」箋：「肯，可也，有順心，然後可以來至我旁。」

【例句】如果您「惠然肯來」，我們會感到無比的榮幸。

惡貫滿盈 ㄜˋ ㄍㄨㄢˋ ㄇㄢˇ ㄧㄥˊ

【解釋】極言作惡之多。

【出處】尙書·泰誓上：「商罪貫盈，天命誅之。」傳：「紂之爲惡，一以貫之，惡貫已滿，天畢其命。」唐·陸贄·議汴州逐劉士寧事狀：「伏以劉士寧昏暴慢，惡貫久盈。」元·缺名·硃砂擔：「你今日惡貫滿盈，有何理說？」

【相同】罪大惡極。罪不容誅。

【例句】他「惡貫滿盈」，一定不得善終。

惴惴不安 ㄓㄨㄟˋ ㄓㄨㄟˋ ㄅㄨˋ ㄢ

【解釋】形容心中憂懼。

【字義】惴惴：憂懼的樣子。

【出處】詩經·秦風：「臨其穴，惴惴其慄。」

【相同】忐忑不安。提心吊膽。

【相反】安之若素。鎮定自若。

【例句】因爲他的案子尙未定讞，所以終日「惴惴不安」。

感恩戴德 ㄍㄢˇ ㄣ ㄉㄞˋ ㄉㄜˊ

【解釋】感激別人的恩德。

【出處】三國志·吳志·駱統傳：「令

其感恩戴義，懷欲報之心。」
【相同】蒙恩被德。感激涕零。
【相反】恩將仇報。忘恩負義。
【例句】臨別時，他對我說了很多「感恩戴德」的肺腑之言。

感激涕零 ㄍㄢˇ ㄐㄧ ㄊㄧˋ ㄌㄧㄥˊ

【解釋】感激至於淚下。
【出處】詩經·小雅：「涕零如雨。」諸葛亮·前出師表：「臣不勝受恩感激，今當遠離，臨表涕泣，不知所云。」
【相同】感激不盡。感恩戴德。
【相反】恩將仇報。忘恩負義。
【例句】子女跪在母親遺體的四周，緬懷往日對他們的呵護，無不「感激涕零」。

意氣用事 ㄧˋ ㄑㄧˋ ㄩㄥˋ ㄕˋ

【解釋】處事不憑理智而憑一己的情感衝動。
【例句】處理外交，要周密冷靜，千萬不可「意氣用事」，斷送國家前途。

意氣風發 ㄧˋ ㄑㄧˋ ㄈㄥ ㄈㄚ

【解釋】精神振奮，氣勢昂揚。
【字義】意氣：意志與氣概；風發：像風一樣迅猛。
【相同】精神抖擻。
【相反】垂頭喪氣。
【例句】這一批新進外交官，個個「意氣風發」，對國家前途充滿信心。

惹是招非 ㄖㄜˇ ㄕˋ ㄓㄠ ㄈㄟ

【解釋】招惹是非。
【出處】京本通俗小說·志誠張主管：「娘道：孩兒，你許多時不行這條路，如今去端門看燈，從張員外門前過，又去惹是招非。」
【相同】惹是生非。
【相反】安分守己。循規蹈矩。
【例句】這些太太們整天串門子，東家長西家短的「惹是招非」。

想入非非 ㄒㄧㄤˇ ㄖㄨˋ ㄈㄟ ㄈㄟ

【解釋】想法大膽、新奇。
【字義】非非：本佛經語，指思想進入了如存不存，若盡非盡的境界。
【出處】楞嚴經：「識性不動，以滅窮研，于無盡中，發實盡性，如存不存，若盡不盡，如是一類，名非想非非想處。」
【相同】胡思亂想。異想天開。
【例句】他一見她那迷人的身段就不禁「想入非非」起來了。

愚公移山 ㄩˊ ㄍㄨㄥ ㄧˊ ㄕㄢ

【解釋】比喻有志竟成，人定勝天。
【出處】北山愚公，年近九十。因屋前太行、王屋兩座大山阻礙出入，決心把它剷平。智叟笑他愚蠢。愚公說：我死有子，子又有孫，孫又生子，而山不加增，何苦而不平？每天挖山不止。上帝爲之感動，派夸蛾氏二子把山揹走。見列子·湯問。
【相同】精衛填海。鐵杵磨針。
【例句】如果有「愚公移山」的精神，做任何事，都可能會成功。

愚不可及 ㄩˊ ㄅㄨˋ ㄎㄜˇ ㄐㄧˊ

【解釋】本指裝癡作呆以避禍，無人

可及。現形容愚蠢之極。

【出處】論語·公冶長：「甯武子邦有道則知，邦無道則愚，其知可及也，其愚不可及也。」

【相同】愚昧無知。

【相反】足智多謀。聰明絕頂。

【例句】如果認爲中國人是最好欺負的，那就「愚不可及」了。

愚者千慮，必有一得
ㄩˊ ㄓㄜˇ ㄑㄧㄢ ㄌㄩˋ ㄅㄧˋ ㄧㄡˇ ㄧˊ ㄉㄜˊ

【解釋】就算是愚蠢的人，見解有時也會有可取之處。（自謙）

【出處】史記：「臣聞智者千慮，必有一失；愚者千慮，必有一得。」

【相同】一得之愚。

【例句】「愚者千慮，必有一得。」上述是鄙人的淺見，敬請各位不吝指正。

愛不釋手
ㄞˋ ㄅㄨˋ ㄕˋ ㄕㄡˇ

【解釋】十分喜愛，不忍放手。

【字義】釋：放下。

【出處】南朝梁·蕭統·陶淵明傳序：「余素愛其文，不能釋手。」

【例句】他終日把玩古董，反覆端詳，「愛不釋手」。

愛屋及烏
ㄞˋ ㄨ ㄐㄧˊ ㄨ

【解釋】愛其人而推愛及於與之有關的人或物。

【出處】尙書·大傳·牧誓大戰：「愛人者，兼其屋上之烏。」又見韓詩外傳、漢·劉向·說苑。孔叢子·連叢子下：「若夫顧其遺嗣，得與群臣同受釐福，此乃陛下愛屋及烏，惠下之道。」

【例句】他愛上了她，「愛屋及烏」，連她的弟弟也獲得了很多禮物。

愛莫能助
ㄞˋ ㄇㄛˋ ㄋㄥˊ ㄓㄨˋ

【解釋】對別人雖然同情，卻限於條件無從幫助。

【出處】詩經·大雅：「維仲山甫舉之，愛莫助之。」箋：「愛，惜也。仲山甫能獨舉此德而行之，惜乎莫能助之者。」宋·陽枋·上淮閫趙信菴論時政書：「本能一見君子顏色，乃欲摭簡編中古但陳爛兵法，冒瀆高明，多見其不知量，姑以致愛莫能助之之意云爾。」警世通言·王安石三難蘇學士：「（蘇）子瞻左遷黃州，乃聖上主意，老夫愛莫能助。」

【相同】有心無力。心有餘而力不足

【相反】相濡以沫。助人爲樂。

【例句】他託我介紹工作，可是我自己也在失業中，「愛莫能助」。

愁眉苦臉
ㄔㄡˊ ㄇㄟˊ ㄎㄨˇ ㄌㄧㄢˇ

【解釋】形容憂思重重，神色悲苦。

【出處】儒林外史：「成老爹氣的愁眉苦臉，只得自己出去回那幾個鄉里人去了。」

【相同】愁眉不展。

【相反】喜形於色。笑逐顏開。

【例句】她自從情郎變心後，終日「愁眉苦臉」，唉聲嘆氣。

愁眉不展
ㄔㄡˊ ㄇㄟˊ ㄅㄨˋ ㄓㄢˇ

【解釋】形容愁苦的神態。

【字義】展：舒展。

【出處】文苑英華·姚鵠·隨州獻李侍御：「舊隱每懷空竟夕，愁眉不展幾經春。」

【相同】愁眉苦臉。

【相反】喜形於色。笑逐顏開。

【例句】他整天「愁眉不展」，一定有甚麼傷心事。

慷慨解囊 ㄎㄤˇ ㄎㄞˇ ㄐㄧㄝˇ ㄋㄤˊ

【解釋】毫不吝嗇地出錢襄助善舉。

【字義】慷慨：大方。

【相同】樂善好施。解衣推食。

【相反】一毛不拔。錙銖必較。

【例句】他爲人疏財仗義，凡有慈善募捐，他一定「慷慨解囊」，決不後人。

慷慨激昂 ㄎㄤˇ ㄎㄞˇ ㄐㄧ ㄤˊ

【解釋】意氣激昂。

【字義】慷慨：意氣昂揚，情緒激動

【出處】唐·柳宗元·上權德輿補溫卷決進退啓：「今將慷慨激昂，奮攘布衣，縱談作者之筵，曳裾名卿之門。」

【相同】意氣風發。豪情壯志。

【相反】委靡不振。垂頭喪氣。

【例句】軍歌「慷慨激昂」，最能振奮民心士氣。

慢條斯理 ㄇㄢˋ ㄊㄧㄠˊ ㄙ ㄌㄧˇ

【解釋】慢騰騰，不慌不忙。

【出處】儒林外史：「翟買辦道：『老爺在這裡傳你家兒子說話，怎的慢條斯理！』」

【相同】慢條絲禮。從容不迫。

【相反】慌慌張張。手忙足亂。慌手慌腳。

【例句】她做事「慢條斯理」，很少出錯。

慢藏誨盜 ㄇㄢˋ ㄘㄤˊ ㄏㄨㄟˋ ㄉㄠˋ

【解釋】因保管疏忽而招致盜竊。

【字義】慢：輕率，不謹。

【出處】易經·繫辭上：「慢藏誨盜，冶容誨淫。」疏：「若慢藏財物，守掌不謹，則教誨於盜者，使來取此物。」後漢書·崔駰傳附崔篆慰志賦作「嫚臧」。

【相同】誨淫誨盜。

【例句】因爲妳自己「慢藏誨盜」，招至金飾全部被偷，再去報警，也無濟於事了。

慘不忍睹 ㄘㄢˇ ㄅㄨˋ ㄖㄣˇ ㄉㄨˇ

【解釋】情況悲慘，使人不忍看下去

【例句】車禍的人全身浴血，輾轉呻吟，「慘不忍睹」。

慘絕人寰 ㄘㄢˇ ㄐㄩㄝˊ ㄖㄣˊ ㄏㄨㄢˊ

【解釋】人間慘事，莫過於此。

【字義】人寰：人世。

【例句】抗戰時期，日軍在南京進行大屠殺，眞是「慘絕人寰」。

慘綠少年 ㄘㄢˇ ㄌㄩˋ ㄕㄠˋ ㄋㄧㄢˊ

【解釋】形容風度翩翩的美少年。

【字義】慘綠：深綠色的衣服。

【出處】唐·張固·幽閒鼓吹：「潘孟陽初爲戶部侍郎，……客至，夫人垂簾視之，既罷會，喜曰：『皆爾之儔也，不足憂矣，末座慘綠少年何人也？』答曰：『補闕杜黃裳。』」

【例句】她竟愛上那已經沉醉在聲色場中的「慘綠少年」。

慘澹經營 ㄘㄢˇ ㄉㄢˋ ㄐㄧㄥ ㄧㄥˊ

【解釋】 作畫前，先用淺淡顏色勾勒輪廓，苦心構思，經營位置。後泛稱盡心規畫。

【字義】 慘澹：費盡心思。

【出處】 唐·杜甫·丹青引贈曹將軍霸詩：「詔謂將軍拂絹素，意匠慘澹經營中。」宋·樓鑰·它山堰詩：「想得慘澹經營時，下上山川應飽看。」

【例句】 他「慘澹經營」了十年的農場，豈料因山洪爆發，全部心血付諸東流了。

憂心如焚 ㄧㄡ ㄒㄧㄣ ㄖㄨˊ ㄈㄣˊ

【解釋】 形容焦慮之極，心如火燒一樣。

【出處】 詩經·小雅：「憂心如焚，不敢戲談。」

【相同】 心急火燎。心急如火。憂心忡忡。

【相反】 若無其事。安然無事。心平氣和。

【例句】 他潛入敵人陣地後音訊全無，大家「憂心如焚」。

憂心忡忡 ㄧㄡ ㄒㄧㄣ ㄔㄨㄥ ㄔㄨㄥ

【解釋】 憂愁的樣子。

【字義】 忡忡：憂慮不安的樣子。

【出處】 詩經·召南：「未見君子，憂心忡忡。」

【相同】 憂心如焚。忐忑不安。

【相反】 高枕無憂。無憂無慮。

【例句】 他的病已藥石罔效，令人「憂心忡忡」。

慾壑難填 ㄩˋ ㄏㄨㄛˋ ㄋㄢˊ ㄊㄧㄢˊ

【解釋】 形容慾望無止境，難以滿足。

【字義】 壑：山溝。

【出處】 國語：「叔魚生，其母視之，曰：『是虎目而豕喙，鳶肩而牛腹，溪壑可盈，是不可饜也。』」

【相同】 貪得無厭。

【例句】 他的「慾壑難填」，再多的錢，他還是不會滿足的。

憤世嫉俗 ㄈㄣˋ ㄕˋ ㄐㄧˊ ㄙㄨˊ

【解釋】 對當前的社會懷有無比的憤恨和憎惡。

【出處】 韓愈·雜說：「將憤嫉邪，長往而不來者之所為乎？」

【相同】 憤世嫉邪。（邪：不正當的習俗。）

【相反】 同流合污。

【例句】 他出身微賤，從小遭人歧視，因此養成了「憤世嫉俗」的性格。

應有盡有 ㄧㄥ ㄧㄡˇ ㄐㄧㄣˋ ㄧㄡˇ

【解釋】 應該有的都有。

【出處】 宋書·江智淵傳：「人所應有盡有，人所應無盡無者，其江智淵乎？」

【相同】 無所不有。一應俱全。

【相反】 一無所有。別無長物。

【例句】 圖書館內各種書「應有盡有」。

應接不暇 ㄧㄥ ㄐㄧㄝ ㄅㄨˋ ㄒㄧㄚˊ

【解釋】 本指美景甚多，來不及遍賞。後也指人事繁忙，窮於應付。

【出處】 世說新語：「從山陰道上行，山川自相映發，使人應接不暇。」

金·元好問·元遺山集：「河朔士（大）夫舊熟君名，想聞風采，又被三接文衡，有在所過求見者，應接不暇。」

【例句】婦女節那天因爲舉行半買半送大優待，所以百貨公司的生意有「應接不暇」之感。

應運而生
ㄧㄥˋ ㄩㄣˋ ㄦˊ ㄕㄥ

【解釋】適應時勢而產生。

【字義】應運：適應天運。

【出處】漢·荀悅·漢紀序：「實天生德，應運而生。」

【例句】由於工商社會青年男女忙於學業及事業根本沒有時間談戀愛，因此電腦擇友的活動「應運而生」。

應對如流
ㄧㄥˋ ㄉㄨㄟˋ ㄖㄨˊ ㄌㄧㄡˊ

【解釋】答話非常流利，形容有學問而口才又好。

【出處】南史：「應對如流，手不停筆。」

【相同】對答如流。

【相反】張口結舌。無言以對。

【例句】他的口才好，思想敏捷，任何難題，他都能「應對如流」。

懲一警百
ㄔㄥˊ ㄧ ㄐㄧㄥˇ ㄅㄞˇ

【解釋】謂懲罰一人以警戒衆人。

【出處】漢書·尹翁歸傳：「翁歸治東海明察，……其有所取也，以一警百，吏民皆服，恐懼改行自新。」清·薛福成·庸盦筆記：「用特懲一儆百，期於力振頹靡。」儆，同「警」。

【相同】殺雞嚇猴。

【例句】上級爲了「懲一警百」，故意加重了他的刑罰。

懲前毖後
ㄔㄥˊ ㄑㄧㄢˊ ㄅㄧˋ ㄏㄡˋ

【解釋】謂從以往的失敗中吸取教訓，使以後不再犯。

【字義】懲：受創知戒；毖：小心謹愼。

【出處】詩經·周頌：「予其懲而毖後患。」明·張居正·答河道吳自湖計河漕：「頃丹陽淺阻，當事諸公畢智竭力，僅克有濟，懲前毖後，預爲先事之圖可也。」

【例句】批評的目的也不過是「懲前毖後」，用意極善。

懷才不遇
ㄏㄨㄞˊ ㄘㄞˊ ㄅㄨˋ ㄩˋ

【解釋】懷著一身本領，卻遇不到賞識的人，不能發揮作用。

【出處】清·夏敬渠·野叟曝言：「高曾祖考，俱是懷才不遇的秀才。」

【相同】明珠暗投。

【相反】大展鴻圖。

【例句】現在有不少青年人，自視甚高，認爲是「懷才不遇」，所以不安於現職。

懷璧其罪
ㄏㄨㄞˊ ㄅㄧˋ ㄑㄧˊ ㄗㄨㄟˋ

【解釋】指貨財會惹禍，身懷璧玉就有罪。

【出處】左傳：「匹夫無罪，懷璧其罪。」

【例句】他奉公守法，但因爲擁有龐大的遺產，結果「懷璧其罪」，而被陷害入獄。

懸崖勒馬
ㄒㄩㄢˊ ㄧㄞˊ ㄌㄜˋ ㄇㄚˇ

【解釋】 行至陡壁，勒馬不進。比喻面臨險境，翻然悔悟。
【出處】 景德傳燈有錄「直須懸崖撒手」語。元曲多作「臨崖勒馬」，元·鄭德輝·智勇定齊：「呀，你如今船到江心補漏遲，抵多少臨崖勒馬纔收騎，尚兀自追趕著爭持。」臨崖，後也作「懸崖」。清·紀昀·閱微草堂筆記：「書生懸崖勒馬，可謂大智慧矣。」
【相同】 回頭是岸。迷途知返。
【相反】 執迷不悟。不見棺材不掉淚
【例句】 這名高中生到處騙吃騙喝，今天被老師開導之後，決定「懸崖勒馬」了，深獲老師嘉許。

戀戀不捨 ㄌㄧㄢˋ ㄌㄧㄢˋ ㄅㄨˋ ㄕㄜˇ

【解釋】 十分留戀，不捨得分離。
【出處】 宋·王明清·揮麈後錄：「（蔡）元度送之郊外，促膝劇談，戀戀不能捨。」
【相同】 依依不捨。
【相反】 掉臂不顧。絕裾而去。
【例句】 同窗三載，一旦分離，大家都「戀戀不捨」。

戈部

成人之美 ㄔㄥˊ ㄖㄣˊ ㄓ ㄇㄟˇ

【解釋】 助人為善。
【字義】 美：好事。
【出處】 論語·顏淵：「君子成人之美，不成人之惡。」
【相同】 成美。（史記·夏本紀：「有能成美堯之事者使居官。」後因稱成全他人的好事為「成人之美」。）
【相反】 成人之惡。
【例句】 我最喜歡「成人之美」，你有什麼困難儘管說，我一定幫忙。

成千上萬 ㄔㄥˊ ㄑㄧㄢ ㄕㄤˋ ㄨㄢˋ

【解釋】 形容為數衆多。
【出處】 孽海花：「到了老爺這裡，又由著我的性兒，成千累萬的花。」
【相同】 成千累萬。不可勝數。
【相反】 屈指可數。寥寥無幾。
【例句】 埃及建造金字塔的時候，聽說動用了「成千上萬」的奴工。

成仁取義 ㄔㄥˊ ㄖㄣˊ ㄑㄩˇ ㄧˋ

【解釋】 為正義而犧牲。
【字義】 仁：仁愛；義：正義。
【出處】 論語：「志士仁人，無求生以害仁，有殺身以成仁。」孟子：「生，亦我所欲也；義，亦我所欲也，二者不可得兼，捨生而取義者也。」宋·文天祥·自贊：「孔曰成仁，孟曰取義，惟其義盡，所以仁至。……而今而後，庶幾無愧。」
【相同】 殺生取義。捨生取義。
【相反】 苟且偷生。
【例句】 在當軍人之前，先要有「成仁取義」的心理準備。

成竹在胸 ㄔㄥˊ ㄓㄨˊ ㄗㄞˋ ㄒㄩㄥ

同「胸有成竹」。

成敗利鈍 ㄔㄥˊ ㄅㄞˋ ㄌㄧˋ ㄉㄨㄣˋ

【解釋】 成功或失敗，利（順利）或鈍（不順利），指事情的得失順逆。
【出處】 諸葛亮·後出師表：「至於成敗利鈍，非臣之明所能逆睹也。」

【例句】我們應該盡最大努力，致於「成敗利鈍」只好聽天由命了。

成事不足，敗事有餘
ㄔㄥˊ ㄕˋ ㄅㄨˋ ㄗㄨˊ ㄅㄞˋ ㄕˋ ㄧㄡˇ ㄩˊ

【解釋】沒有能力把事情做好，反而壞了事。
【例句】此人「成事不足，敗事有餘。」所以千萬不要委託他辦事。

戰戰兢兢
ㄓㄢˋ ㄓㄢˋ ㄐㄧㄥ ㄐㄧㄥ

【解釋】形容戒懼小心。
【字義】戰戰：恐懼；兢兢：戒慎。
【出處】詩經·小雅：「戰戰兢兢，如臨深淵，如履薄冰。」
【相同】小心翼翼。兢兢業業。
【相反】粗心大意。
【例句】他「戰戰兢兢」地走向董事長室，不知道究竟出了甚麼事，董事長要找他？

戶部

戶限為穿
ㄏㄨˋ ㄒㄧㄢˋ ㄨㄟˊ ㄔㄨㄢ

【解釋】形容來往的人多，連門檻都給踩穿了。
【字義】戶限：門檻；穿：破。
【出處】法書要錄：「唐釋智求善書，覓書者如市，所居戶限為穿。」
【相反】門可羅雀。
【例句】他一被發布當部長之後，馬上賀客盈門，「戶限為穿」。

所向無敵
ㄙㄨㄛˇ ㄒㄧㄤˋ ㄨˊ ㄉㄧˊ

【解釋】所到之處，沒有敵手。
【出處】三國志·吳·周瑜傳：「以中護軍長史張昭共掌衆事」注引江表傳：「士風勁勇，所向無敵。」
【相同】所向披靡。
【相反】不堪一擊。
【例句】揮軍直逼敵人根據地，「所向無敵」，敵軍很快就土崩瓦解了。

手部

手不釋卷
ㄕㄡˇ ㄅㄨˋ ㄕˋ ㄐㄩㄢˋ

【解釋】形容好學勤讀。
【字義】釋：放下。
【出處】三國志·魏文帝紀評注引典論自敘：「上雅好詩書文籍，雖在軍旅，手不釋卷。」（上，指曹操。）
【相同】學而不厭。韋編三絕。
【相反】一暴十寒。
【例句】他非常勤讀，在公車上，仍舊「手不釋卷」。

手忙腳亂
ㄕㄡˇ ㄇㄤˊ ㄐㄧㄠˇ ㄌㄨㄢˋ

【解釋】形容遇事慌張，不知如何是好。
【出處】宋·陳亮·壬寅答朱元晦祕書書：「祕書不可不早為婺州地，臨期不知所委，徒自手忙腳亂耳。」
【相同】手足無措。張皇失措。
【相反】氣定神閒。從容不迫。
【例句】聽說省主席要來巡視，他急得「手忙腳亂」，顧此失彼。

手足無措
ㄕㄡˇ ㄗㄨˊ ㄨˊ ㄘㄨㄛˋ

【解釋】手腳無安放處。喻動輒得咎，不知所從。後也用以形容慌亂無計。
【出處】論語·子路：「刑罰不中，則民無所措手足。」警世通言·玉堂春落難逢夫：「急得家人王定手足無措，三回五次催他回去。」

【相同】不知所措。驚慌失措。手足失措。罔知所措。無所措手足。

【相反】泰然自若。處之泰然。從容不迫。

【例句】校長對學生的要求非常嚴格，因此學生一遇到校長，個個都「手足無措」，呆如木雞。

手到擒來 ㄕㄡˇ ㄉㄠˋ ㄑㄧㄣˊ ㄌㄞˊ

【解釋】一出手就擒獲目的物，形容快捷。

【出處】九命奇冤：「要是走那一條路時，管你手到擒來。」

【例句】他是專家，他做他本行內的事，不「手到擒來」嗎？

手急眼快 ㄕㄡˇ ㄐㄧˊ ㄧㄢˇ ㄎㄨㄞˋ

【解釋】形容動作機警敏捷，手快眼快。

【出處】西遊記：「全凭著手疾眼快，必須要力壯身強。」

【相同】眼明手快。手疾眼快。

【例句】他「手急眼快」，接住歹徒投入的手榴彈拋出窗外，才躲過一場浩劫。

手無寸鐵 ㄕㄡˇ ㄨˊ ㄘㄨㄣˋ ㄊㄧㄝˇ

【解釋】手裡甚麼武器都沒有。

【字義】寸鐵：短兵器。

【出處】漢·李陵·答蘇武書：「兵盡矢窮，人無尺鐵，猶復徒首奮呼，爭為先登。」明·李東陽·李賓之詩集·司農笏：「司農手中無寸鐵，奪笏擊賊賊腦裂。」

【相同】身無尺鐵，赤手空拳。

【相反】荷槍實彈。

【例句】他雖然當時「手無寸鐵」，但仍然奮不顧身衝入敵人陣地，視死如歸。

手胼足胝 ㄕㄡˇ ㄆㄧㄢˊ ㄗㄨˊ ㄓ

【解釋】形容極度操勞。

【字義】因勞動被摩擦，使皮膚起了厚繭，在手上稱胼，在腳上稱胝。

【出處】荀子：「手足胼胝，以養其親。」

【相同】胼手胝足。

【例句】窮人「手胼足胝」，仍不免於飢寒，富人游手好閒，卻可豐衣足食。

手舞足蹈 ㄕㄡˇ ㄨˇ ㄗㄨˊ ㄉㄠˋ

【解釋】①形容喜極的情狀。②形容朝儀樂奏，臣下拜舞的光景。

【字義】蹈：用腳踏地。

【出處】①孟子離婁上：「樂則生矣，生則惡可已也。惡可已，則不知足之蹈之，手之舞之。」紅樓夢：「當下劉老老聽見這般音樂，且又有了酒，越發喜得手舞足蹈起來。」②唐詩紀事九回秀安樂公主山莊詩：「手舞足蹈方舞已，萬年千歲奏熏琴。」

【相同】歡欣鼓舞。載歌載舞。

【相反】悶悶不樂。

【例句】他聽到國軍戰勝的消息，不禁「手舞足蹈」起來。

手無縛雞之力 ㄕㄡˇ ㄨˊ ㄈㄨˊ ㄐㄧ ㄓ ㄌㄧˋ

【解釋】連綑縛一隻雞的氣力都沒有，形容讀書人或女子沒氣力。

【出處】元曲：「那韓信手無縛雞之

力。」

【例句】他「手無縛雞之力」，怎能叫他幹粗活？

才子佳人 ㄘㄞˊ ㄗˇ ㄐㄧㄚ ㄖㄣˊ

【解釋】男子有才學，女子美貌，舊社會稱頌青年男女美滿配合的用語。

【出處】太平廣記：「君不以妾不可奉蘋蘩，遽以禮娶妾，妾既與君匹偶，諸鄰皆謂之才子佳人。」宋·晁補之·鷓鴣天詞：「夕陽芳草本無恨，才子佳人自多愁。」

【相同】郎才女貌。

【例句】描寫「才子佳人」的舊小說，已不合現在的潮流了，因此讀者人數銳減。

才高八斗 ㄘㄞˊ ㄍㄠ ㄅㄚ ㄉㄡˇ

【解釋】比喻才華蓋世。

【出處】南吏·謝靈運傳：「靈運曰：天下才一石，曹子建獨得八斗，我得一斗，自古及今共用一斗。」

【例句】他「才高八斗」，是公認的才子。

才華蓋世 ㄘㄞˊ ㄏㄨㄚˊ ㄍㄞˋ ㄕˋ

【解釋】才學非凡。

【例句】他「才華蓋世」，絕非池中物。

才疏學淺 ㄘㄞˊ ㄕㄨ ㄒㄩㄝˊ ㄑㄧㄢˇ

【解釋】自謙學識淺薄的用語。

【出處】漢書·谷永傳：「臣才疏學淺，不通政事。」

【相同】不學無術。才薄能鮮。

【相反】才高八斗。滿腹經綸。學富五車。

【例句】鄙人「才疏學淺」，恐怕當不起這個重任。

才貌雙全 ㄘㄞˊ ㄇㄠˋ ㄕㄨㄤ ㄑㄩㄢˊ

【解釋】讚譽女子才學和容貌都非常好。

【出處】醒世恆言·喬太守亂點鴛鴦譜：「那珠姨，玉郎……不但才貌雙全，且又孝悌兼全。」

【相同】才貌超群。

【相反】樗櫟庸材。

【例句】你娶到她這樣一位「才貌雙全」的小姐，一定是祖上積了德。

打抱不平 ㄉㄚˇ ㄅㄠˋ ㄅㄨˋ ㄆㄧㄥˊ

【解釋】看到不公平的事就出面干涉，幫助被欺壓者。

【出處】紅樓夢：「昨兒還打兒呢，虧你伸得出來……氣的我只要替平兒打抱不平呢。」

【相同】濟困扶危。扶弱抑強。路見不平拔刀相助。

【相反】落井下石。欺軟怕硬。袖手旁觀。

【例句】他有正義感，自然愛「打抱不平」。

打家劫舍 ㄉㄚˇ ㄐㄧㄚ ㄐㄧㄝˊ ㄕㄜˋ

【解釋】聚眾成夥，搶掠財物。

【出處】水滸傳：「近來山上有兩個大王，紮了寨柵，聚集著五七百人，打家劫舍。」

【相同】明火執杖。殺人越貨。

【相反】路不拾遺。雞犬不驚。

【例句】這些軍人每到一處就「打家

劫舍」比土匪還厲害。

打草驚蛇 ㄉㄚˇ ㄘㄠˇ ㄐㄧㄥ ㄕㄜˊ

【解釋】情事相類，甲受到懲處，使乙感到恐慌。

【出處】宋·鄭文寶·南唐近事：「王魯爲當塗宰，瀆物爲務，會部民連狀訴主簿貪，魯乃判曰：『汝雖打草，吾已蛇驚。』」朱熹·朱文公集：「但恐見黃商伯狼狽後，打草蛇驚，亦不敢放手做事耳。」

【相同】洩漏天機。

【相反】不動聲色。祕而不宣。不露神色。

【例句】軍事行動貴能出人儀表，萬不可「打草驚蛇」，使對方提高警覺。

打鐵趁熱 ㄉㄚˇ ㄊㄧㄝˇ ㄔㄣˋ ㄖㄜˋ

【解釋】比喻趁著好機會加緊進行。

【例句】衆人情緒高漲時就要「打鐵趁熱」，請大家簽名入伍。

打腫臉充胖子 ㄉㄚˇ ㄓㄨㄥˇ ㄌㄧㄢˇ ㄔㄨㄥ ㄆㄤˋ ㄗ˙

【解釋】比喻千辛萬苦不惜吃虧去勉強裝飾場面或冒充了不起。

【例句】事實上，他已債臺高築，但偏愛「打腫臉充胖子」，請大家上圓山大飯店去聚餐。

扣人心弦 ㄎㄡˋ ㄖㄣˊ ㄒㄧㄣ ㄒㄧㄢˊ

【解釋】形容極爲使人感動。

【字義】扣：叩，敲打；心弦：指受感動而引起共鳴的心。

【例句】這本小說的內容非常「扣人心弦」，難怪會洛陽紙貴了。

抑揚頓挫 ㄧˋ ㄧㄤˊ ㄉㄨㄣˋ ㄘㄨㄛˋ

【解釋】高低起伏，停頓轉折。

【出處】初學記：「或拂擫以飄沉，或頓挫以抑揚。」

【相反】平淡無奇。

【例句】她的歌聲「抑揚頓挫」，扣人心弦，所以她一舉行演唱會，便萬人空巷，盛況非常。

扶老攜幼 ㄈㄨˊ ㄌㄠˇ ㄒㄧ ㄧㄡˋ

【解釋】形容全家老少都出動。

【字義】攜：帶，拖，拉。

【出處】戰國策：「未及百里，民扶老攜幼，迎君道中。」

【相同】左提右挈。

【例句】聽說他凱旋歸來，鄉民們「扶老攜幼」，齊集在村口歡迎。

扶危濟困 ㄈㄨˊ ㄨㄟˊ ㄐㄧˋ ㄎㄨㄣˋ

【解釋】扶助有危難的人，救濟困苦的人。

【例句】他有慈悲的心腸，所以「扶危濟困」，他自認是分內的事。

扶搖直上 ㄈㄨˊ ㄧㄠˊ ㄓˊ ㄕㄤˋ

【解釋】形容官職上升得快。

【字義】扶搖：自下盤旋而上的旋風。

【出處】莊子·逍遙遊：「搏扶搖而上者九萬里。」

【相同】青雲直上。

【相反】每況愈下。一落千丈。

【例句】由於他的岳父是部長，怪不得他一日九遷，「扶搖直上」。

投其所好 ㄊㄡˊ ㄑㄧˊ ㄙㄨㄛˇ ㄏㄠˋ

【解釋】迎合別人的愛好。

【出處】宋·張耒·司馬遷論下：「蓋其尙氣好俠，事投其所好，故不知其言之不足信，而忘其事之爲不足錄也。」

【相同】阿諛逢迎。曲意逢迎。先意承志。

【相反】剛正不阿。

【例句】他善於察言觀色，看出上司喜歡小惠，便「投其所好」，每到一年三節，必定大包小包的送。

投桃報李 ㄊㄡˊ ㄊㄠˊ ㄅㄠˋ ㄌㄧˇ

【解釋】互相投贈報答。

【出處】詩經：「投我以桃，報之以李。」

【例句】中秋節前夕，他送來一盒月餅，我們豈可不「投桃報李」，不回送一盒嗎？

投閒置散 ㄊㄡˊ ㄒㄧㄢˊ ㄓˋ ㄙㄢˇ

【解釋】居於閒散不重要的職位。

【出處】唐·韓愈昌黎集·進學解：「動而得謗，名亦隨之，投閒置散，乃分之宜。」

【例句】他因爲不肯逢迎上司，所以一直被「投閒置散」，十分不得志。

投筆從戎 ㄊㄡˊ ㄅㄧˇ ㄘㄨㄥˊ ㄖㄨㄥˊ

【解釋】放下筆桿從軍衛國。

【字義】從戎：從軍。

【出處】後漢書·班超傳：「投筆嘆曰：『大丈夫無他志略，猶當效傅介子、張騫立功異域，以取封侯，安能久事筆研間乎？』」

【例句】抗戰初期，有不少大學生「投筆從戎」，捍衛國家。

投鼠忌器 ㄊㄡˊ ㄕㄨˇ ㄐㄧˋ ㄑㄧˋ

【解釋】比喻欲除惡而有所顧忌。

【出處】漢書·賈誼傳陳政事疏：「里諺曰：『欲投鼠而忌器。』此善喻也。鼠近於器，尙憚不投，恐傷其器，況於貴臣之近主乎？」北齊書·樊遜傳對問：「至如投鼠忌器之說，蓋是常談；文德懷遠之言，豈識權道。」

【例句】警員本想開槍射擊藏於屋內的歹徒，但又怕誤傷平民，「投鼠忌器」，只好改變策略。

投機取巧 ㄊㄡˊ ㄐㄧ ㄑㄩˇ ㄑㄧㄠˇ

【解釋】利用機會，用不正當的方法去攫取暴利。

【字義】投機：乘時機；取巧：用狡猾的手段佔便宜。

【例句】常常「投機取巧」的人，總有一天會倒楣。

投鞭斷流 ㄊㄡˊ ㄅㄧㄢ ㄉㄨㄢˋ ㄌㄧㄡˊ

【解釋】只要各人把鞭投進河裡，就可以阻斷流水。形容士兵衆多。

【出處】前秦苻堅將攻晉，石勒以爲晉有長江之險，不宜動師。堅曰：「以吾之衆旅，投鞭於江，足斷其流。」見晉書苻堅載記下。

【例句】我國百萬大軍，「投鞭斷流」，這個蕞爾小國敢抵抗嗎？

折衝尊俎 ㄓㄜˊ ㄔㄨㄥ ㄗㄨㄣ ㄗㄨˇ

【解釋】譬喻不以武力而在宴會談判中制勝對方。後多指外交談判爲折衝尊俎。

【字義】衝：戰車；折衝：指擊退敵

軍；尊俎：酒杯與盛肉之器，皆宴會上用器。

【出處】晏子春秋：「夫不出尊俎之間，而折衝於千里之外，晏子之謂也。」文選晉張景陽（協）雜詩之七：「折衝樽俎間，制勝在兩楹。」樽，同「尊」。

【例句】在外交談判桌上，往往不費一兵一卒，而能使敵人入吾彀中，這就是「折衝尊俎」的妙用。

扭轉乾坤 ㄋㄧㄡˇ ㄓㄨㄢˇ ㄑㄧㄢˊ ㄎㄨㄣ

【解釋】把局面完全改變過來。

【相反】回天乏術。

【例句】此一會戰可謂「扭轉乾坤」，使我軍反敗為勝。

拔刀相助 ㄅㄚˊ ㄉㄠ ㄒㄧㄤ ㄓㄨˋ

【解釋】比喻主持公道，扶助被迫害者。

【出處】元曲選·缺名·連環計：「連李肅也不忿其事，因此拔刀相助。」

【例句】他看見這些學童被太保欺負，忍不住「拔刀相助」，可見他極富正義感。

拋磚引玉 ㄆㄠ ㄓㄨㄢ ㄧㄣˇ ㄩˋ

【解釋】自謙語，比喻用自己的粗淺言辭或文章，引來別人佳句。

【出處】相傳唐人趙嘏有詩名，至吳，常建欲得其詩，知其必遊靈巖寺，乃先題二句於壁，嘏遊寺見詩，為補成一絕，人謂建乃拋塼引玉。按常建為玄宗開元時進士，趙嘏於武宗會昌二年進士及第，建已早卒，謂建先題句以待嘏補成，其謬顯然。景德傳燈錄十從諗禪師：「師云：『比來拋塼引玉，卻引得箇墼子。』」太平樂府七元貫雲石門鵪鶉佳偶曲：「他道是拋磚引玉，俺卻道因禍致福。」

【相同】引玉之磚。

【相反】自鳴不凡。

【例句】拙文只是想「拋磚引玉」，獲得各位先進對本問題的寶貴見解。

拋頭露面 ㄆㄠ ㄊㄡˊ ㄌㄡˋ ㄇㄧㄢˋ

【解釋】在舊社會裡指婦女出外工作，隨便和外界接觸。

【出處】明·阮大鋮·燕子箋：「人在離亂間，顧不得拋頭露面。」

【相同】出頭露面。

【相反】杜車不出。深居簡出。

【例句】在現代社會，婦女和男人同樣「拋頭露面」已不足為奇了。

披肝瀝膽 ㄆㄧ ㄍㄢ ㄌㄧˋ ㄉㄢˇ

【解釋】比喻竭誠相見，盡所欲言。

【字義】披：露出；瀝膽：滴出膽汁。

【出處】漢書·路溫舒傳：「故大將軍受命武帝，股肱漢國，披肝膽，決大計，黜亡義，立有德，輔天而行，然後宗廟以安，天下咸寧。」宋·司馬光應詔論體要：「雖訪問所不及，猶將披肝瀝膽，以效其區區之忠。」

【相同】肝膽相照。開誠相見。

【相反】爾虞我詐。鉤心鬥角。

【例句】既然志同道合，就應「披肝瀝膽」，無所隱瞞。

披星戴月 ㄆㄧ ㄒㄧㄥ ㄉㄞˋ ㄩㄝˋ

【解釋】形容早出晚歸或連夜奔波，備極辛勞。

【出處】元曲選‧缺名‧冤家債主：「這大的箇孩兒披星戴月，早起晚眠。」
【相同】櫛風沐雨。風餐露宿。
【相反】閉門不出。
【例句】幹我們這一行的人，經常要「披星戴月」早出晚歸。

披荊斬棘 ㄆㄧ ㄐㄧㄥ ㄓㄢˇ ㄐㄧˊ

【解釋】比喻在開闢荒蕪土地或創辦事業中克服無數的困難。
【字義】荊‧棘：一種多刺的灌木。
【出處】後漢書‧馮異傳：「異朝京師引見，帝謂公卿曰：『是我起兵時主簿也，爲吾披荊斬棘，定關中。』」
【相同】乘風破浪。
【相反】安於現狀。樂不思蜀。
【例句】我們「披荊斬棘」，克服重重困難，終於建成了巍峨的校舍。

披堅執銳 ㄆㄧ ㄐㄧㄢ ㄓˊ ㄖㄨㄟˋ

【解釋】身披堅甲，手執兵器，指從軍打仗。
【字義】堅：牢固的鎧甲；銳：鋒利的兵器。
【出處】宋書‧武帝紀上：「高祖常披堅執銳，爲士卒先，每戰輒摧鋒陷陣。」戰國策：「吾被堅執銳，赴強敵而死，此猶一卒也，不若奔諸侯。」
【相同】荷槍實彈。金戈鐵馬。秣馬厲兵。
【相反】棄甲曳兵。倒戈卸甲。丟盔棄甲。
【例句】身爲軍人，應以「披堅執銳」，保衛疆土爲榮。

披頭散髮 ㄆㄧ ㄊㄡˊ ㄙㄢˋ ㄈㄚˇ

【解釋】形容頭髮散亂。儀容不整。
【例句】你這一副「披頭散髮」的樣子，怎可以參加婚禮？

招兵買馬 ㄓㄠ ㄅㄧㄥ ㄇㄞˇ ㄇㄚˇ

【解釋】比喻擴充武力或實力。
【出處】明‧無名氏‧白兔記：「朝廷有旨，著俺招兵買馬。」
【例句】他到處「招兵買馬」，準備競選市長。

招搖過市 ㄓㄠ ㄧㄠˊ ㄍㄨㄛˋ ㄕˋ

【解釋】在街上裝模作樣，引人注意。
【字義】招搖：張揚。
【出處】史記‧孔子世家：「使孔子爲次乘，招搖市過之。」
【例句】她穿著奇裝異服，「招搖過市」，引人側目。

招搖撞騙 ㄓㄠ ㄧㄠˊ ㄓㄨㄤˋ ㄆㄧㄢˋ

【解釋】假借名義，虛張聲勢，進行詐騙。
【字義】招搖：假借名義，虛張聲勢。
【出處】清會典事例‧刑部吏律職制：「學臣應用員役，儻有招搖撞騙及受賄傳遞等弊，提調官不行訪拿究治者，亦交部議處。」
【相同】胡作非爲。拉大旗作虎皮。
【相反】安分守己。循規蹈矩。
【例句】他經常「招搖撞騙」，終於被人識破而琅璫入獄。

拖泥帶水 ㄊㄨㄛ ㄋㄧˊ ㄉㄞˋ ㄕㄨㄟˇ

【解釋】喻做事不乾脆利落或文章不簡潔。
【出處】五燈會元‧惟簡禪師：「師

（獅）子翻身，拖泥帶水。」此指動作拖沓。宋嚴羽滄浪詩話法：「語貴脫灑，不可拖泥帶水。」此指語言文章不簡潔。

【相同】牽絲扳藤。煩言碎辭。冗詞贅句。

【相反】斬釘截鐵。直截了當。簡明扼要。

【例句】他做事乾淨利落，決不「拖泥帶水」。

抱殘守缺 ㄅㄠˋ ㄘㄢˊ ㄕㄡˇ ㄑㄩㄝ

【解釋】本指好古的人，保守著殘缺的圖書典籍，不肯棄去，現指墨守成規，不肯接受新思想。

【出處】漢書·劉歆傳：「猶欲保殘守缺，挾恐見破之私意，而無從善服義之公心。」

【相同】故步自封。泥古不化。

【相反】標新立異。革故鼎新。

【例句】他雖然飽讀古書，但思想開明，不像那些「抱殘守缺」的老學究。

抱頭鼠竄 ㄅㄠˋ ㄊㄡˊ ㄕㄨˇ ㄘㄨㄢˋ

【解釋】形容狼狽逃避之狀。

【字義】竄：逃跑。

【出處】漢書·蒯通傳：「常山王奉頭鼠竄，以歸漢王。」

宋·蘇軾·擬侯公說項羽辭：「夫陸賈天下之辯士，吾前日遣之，智窮辭屈，抱頭鼠竄，顛狽而歸。」

【相同】望風而逃。棄甲曳兵。落荒而走。奉頭鼠竄。

【相反】得勝回朝。旗開得勝。

【例句】流氓看到大批警員趕到，立即「抱頭鼠竄」。

抱薪救火 ㄅㄠˋ ㄒㄧㄣ ㄐㄧㄡˋ ㄏㄨㄛˇ

【解釋】抱著柴草去救火，比喻本想消滅災殃，但因為不得其法，反而助長禍患。

【出處】戰國策：「以地事秦，譬猶抱薪而救火也，薪不盡而火不止。」

漢書·董仲舒傳賢良對策：「法出而姦生，令下而詐起，如以湯止沸，抱薪救火，愈其亡益也。」

【例句】嚴令禁止色情交易，結果化明為暗，使色情更加氾濫，這就是「抱薪救火」，越禁越猖獗起來了。

拐彎抹角 ㄍㄨㄞˇ ㄨㄢ ㄇㄛˇ ㄐㄧㄠˇ

【解釋】形容走路曲曲折折，或比喻說話不爽快。

【相反】開門見山。單刀直入。

【例句】越有教養的人，說起話來，越喜歡「拐彎抹角」。

拂袖而去 ㄈㄨˊ ㄒㄧㄡˋ ㄦˊ ㄑㄩˋ

【解釋】形容怒極離去。

【字義】拂：甩動。

【出處】景德傳燈綠：「師田：『侍者收取。』明拂袖而去。」

【相同】拂衣而去。

【例句】他被上司責罵，就「拂袖而去」，辭職不幹了。

按兵不動 ㄢˋ ㄅㄧㄥ ㄅㄨˋ ㄉㄨㄥˋ

【解釋】不下令出動軍隊。

【出處】史記·周本紀：「王按兵毋出。」

【相同】按兵不舉。

【相反】聞風而動。

【例句】　友軍被圍，情況危急，他「按兵不動」，顯然和敵人有勾結。

按部就班 ㄢˋ ㄅㄨˋ ㄐㄧㄡˋ ㄅㄢ

【解釋】　本指安排文義，組織章句。後引申爲循序漸進或按一定的規矩辦事。

【出處】　文選·晉·陸士衡（機）·文賦：「觀古今於須臾，撫四海於一瞬。然後選義按部，考辭就班。」三俠五義：「只好是按部就班慢慢敘下去，自然有個歸結。」

【相同】　循規蹈矩。循序漸進。蹈常襲故。

【相反】　躐等躁進。

【俗作】　按步就班。

【例句】　做複雜的事情，必須「按部就班」做下去，才會減少錯誤。

按圖索驥 ㄢˋ ㄊㄨˊ ㄙㄨㄛˇ ㄐㄧˋ

【解釋】　①按照圖象以尋求駿馬。②比喻拘泥成法，不知變通。③也用以循線索以求事物。

【出處】　①明·楊愼·相馬經：「伯樂相馬經有隆顙蚨日，蹄如累麴之語。其子執馬經以求馬，見大蟾蜍，謂其父曰：『得一馬略與相同，但蹄不如累麴爾。』伯樂知其子之愚，但轉怒爲笑曰：『此馬好跳，不堪御也。』所謂按圖索駿也。」②元·袁桷：「隔竹引龜心有想，按圖索驥術難靈。」③元·周：「酒酣，劉(瑄)索觀書畫，則出畫目二大籍示之。……遂按圖索駿，凡百餘品，皆六朝神品。」

【相同】　按圖索駿。

【相反】　無跡可尋。

【例句】　有了這張市街圖，便可「按圖索驥」，找到你的家了。

持之有故 ㄔˊ ㄓ ㄧㄡˇ ㄍㄨˋ

【解釋】　立論有根據。

【字義】　故：根據。

【出處】　荀子：「縱情性，安恣睢，禽獸行，不足以合文通治。然而其持之有故，其言之成理，足以欺惑愚衆。」注：「妄稱古之人亦有如此者，故曰持之有故。又其言論能成文理，故曰言之成理。」

【例句】　他的論文「持之有故」，所以得分很高。

持平之論 ㄔˊ ㄆㄧㄥˊ ㄓ ㄌㄨㄣˋ

【解釋】　保持公平，不偏不倚的言論。

【出處】　漢書·杜延年傳：「延年議論持平。」

【例句】　國際油價大幅滑落，立委要求再度降低油價，確屬「持平之論」。

拭目以待 ㄕˋ ㄇㄨˋ ㄧˇ ㄉㄞˋ

【解釋】　擦亮眼睛，表示期望殷切，急欲看到。

【出處】　漢書：「天下莫不拭目傾耳，觀化聽風。」後漢書：「陛下初從藩國，爰升帝位，天下拭目，謂見太平。」

【例句】　報載警政署這次決心掃黑到底，成效如何？我們「拭目以待」可也。

指天誓日 ㄓˇ ㄊㄧㄢ ㄕˋ ㄖˋ

【解釋】　指天、日發誓，表白心跡。

【出處】　唐·韓愈：「指天日涕泣，

誓生死不相背負，眞若可信。」

【例句】當年你「指天誓日」，口口聲聲說決不做對不起國家民族的事，今天竟成爲大名鼎鼎的漢奸！

指不勝屈 ㄓˇ ㄅㄨˋ ㄕㄥ ㄑㄩ

【解釋】形容數量多，數不完。

【出處】野叟曝言：「以全身遠害者，更指不勝屈。」

【相同】不可勝數。不計其數。數不勝數。

【相反】屈指可數。寥寥無幾。絕無僅有。

【例句】臺灣出產的水果，其名稱已經「指不勝屈」。

指日可待 ㄓˇ ㄖˋ ㄎㄜˇ ㄉㄞˋ

【解釋】不久就可以實現。

【字義】指日：即日，不久的將來。

【出處】曹植詩：「弭節長騖，指日遄征。」

【相同】計日可待。

【相反】遙遙無期。

【例句】我軍節節勝利，破敵「指日可待」。

指桑罵槐 ㄓˇ ㄙㄤ ㄇㄚˋ ㄏㄨㄞˊ

【解釋】比喻明指此而暗罵彼。

【出處】紅樓夢：「鶯兒忙道：『那是我們編的，你別指桑罵槐的。』」

【相同】指雞罵狗。含沙射影。指東罵西。

【相反】直言不諱。開門見山。單刀直入。

【例句】「指桑罵槐」比當面斥責，多少可以尊重一點當事人的自尊心。

指鹿爲馬 ㄓˇ ㄌㄨˋ ㄨㄟˊ ㄇㄚˇ

【解釋】比喻故意顚倒是非，擅作威福。

【出處】史記·秦始皇本紀：「趙高欲亂，恐群臣不聽，乃先設驗，持鹿獻於二世，曰：『馬也。』二世笑曰：『丞相誤邪？謂鹿爲馬。』問左右，左右或默，或言馬以阿順趙高。或言鹿(者)，高因陰中諸言鹿者以法。後群臣皆畏高。」周書文帝紀：「今聖明御運，天下清夷，……而(高)歡威福自己，生是亂階，緝構南箕，指鹿爲馬，包藏凶逆，伺我威權。」

【相同】顚倒黑白。混淆是非。混淆黑白。

【相反】循名責實。

【例句】他位居要津，以爲可以「指鹿爲馬」，未免太欺天下無人了。

指顧間事 ㄓˇ ㄍㄨˋ ㄐㄧㄢ ㄕˋ

【解釋】手一指，眼一看這麼快捷的事，形容迅速的動作，是說很快可實現的意思。

【出處】文選·班固·東都賦：「指顧倏忽，獲車已實。」

【例句】國民革命軍統一全國，只是「指顧間事」。

拾人牙慧 ㄕˊ ㄖㄣˊ ㄧㄚˊ ㄏㄨㄟˋ

【解釋】取用別人說過的話，本作「拾人涕唾」。

【字義】牙慧：牙後慧，即蹈襲別人的言論。

【出處】元好問：「北人不拾江西唾，未要曾郎借齒牙。」

【例句】這句詩本是杜甫的名句，他是「拾人牙慧」罷了。

拾金不昧 ㄕˊ ㄐㄧㄣ ㄅㄨˋ ㄇㄟˋ

【解釋】拾到金錢並不據為己有。
【字義】昧：隱藏。
【例句】這位計程車司機不但「拾金不昧」，而且堅決拒收酬金。

捕風捉影 ㄅㄨˇ ㄈㄥ ㄓㄨㄛ ㄧㄥˇ

【解釋】喻虛空不實或無事生非。
【出處】朱子·語類：「若悠悠地似做不做，如捕風捉影，有甚長進！」
【相同】無中生有。無事生非。
【相反】耳聞目見。言之有據。
【例句】野心家「捕風捉影」，民眾則人云亦云，這種情形在競選時，司空見慣。

振聾發聵 ㄓㄣˋ ㄌㄨㄥˊ ㄈㄚ ㄎㄨㄟˋ

【解釋】比喻喚醒糊塗麻木的人。
【出處】清·袁枚·隨園詩話補遺一：「梁昭明太子與湘東王書云：『未聞吟詠性情，反擬內則之篇；操筆寫志，更摹酒誥之作。』此數言，振聾發聵，想當時必有迂儒曲士以經學談詩者。」
【相同】發人深省。
【相反】聽而不聞。
【例句】他在各大學慷慨激昂地發表抗日演講，產生了「振聾發聵」的效果，千千萬萬的大學生因此紛紛投筆從戎。

振振有詞 ㄓㄣ ㄓㄣ ㄧㄡˇ ㄘˊ

【解釋】理直氣壯地陳詞。
【字義】振振：盛旺的樣子。
【相同】理直氣壯。侃侃而談。
【相反】張口結舌。理屈詞窮。
【例句】他向來奉公守法，而且又是全勤，考核竟然丙等，他當然「振振有詞」地向上司抗議。

捉襟見肘 ㄓㄨㄛ ㄐㄧㄣ ㄒㄧㄢˋ ㄓㄡˇ

【解釋】謂衣不蔽體，形容貧窮。
【出處】莊子：「曾子居衛，……正冠而纓絕，捉衿而肘見，納履而踵決。」
【注意】古文是「捉衿肘見」，「見」音義同「現」。
【相同】顧此失彼。踵決肘見。
【相反】綽有餘裕。應付裕如。
【例句】他已經「捉襟見肘」了，你還要他捐款，不是強人所難嗎？

挺身而出 ㄊㄧㄥˇ ㄕㄣ ㄦˊ ㄔㄨ

【解釋】不顧一切，勇敢地站出來。
【字義】挺身：挺直身子，勇敢的樣子。原指逃走。
【出處】舊五代史：「後數日城陷，景思挺身而出，……得援軍數百……」。
【例句】他路見不平，「挺身而出」，拔刀相助。

探囊取物 ㄊㄢ ㄋㄤˊ ㄑㄩˇ ㄨˋ

【解釋】伸手到袋中取東西。比喻極容易辦到的事。
【出處】新五代史·南唐世家：「取江南如探囊中物爾。」三國演義：「百萬軍中取上將之頭，如探囊取物耳。」

【相同】易如反掌。唾手可得。甕中捉鱉。
【相反】大海撈針。海底撈針。挾山超海。
【例句】他是神鎗手，專司暗殺任務，猶如「探囊取物」，百無一失。

探驪得珠
ㄊㄢˋ ㄌㄧˊ ㄉㄜˊ ㄓㄨ

【解釋】莊子書中寓言故事：深淵中有驪龍，頷下有千金之珠，欲得之甚難。後謂詩文能得命題精蘊。
【出處】古今詩話·探驪得珠：「元稹、劉禹錫、韋楚客，同會白樂天舍，劉詩先成，白曰：『四人探驪，子先獲珠，所餘鱗角何用？』三公乃遂罷作。」
【例句】你這首詩頗能「探驪得珠」，所以很得老師讚賞。

捲土重來
ㄐㄩㄢˇ ㄊㄨˇ ㄔㄨㄥˊ ㄌㄞˊ

【解釋】比喻失敗後傾全力，再圖恢復。
【字義】捲：古文作「卷」。
【出處】杜牧·題烏江亭：「勝敗兵家事不期，包羞忍恥是男兒；江東子弟多才俊，卷土重來未可知。」
【例句】萬一失敗，尚可「捲土重來」，不必灰心。

捧腹大笑
ㄆㄥˇ ㄈㄨˋ ㄉㄚˋ ㄒㄧㄠˋ

【解釋】描寫大笑時以手捧腹的情狀
【出處】柳宗元·送獨孤書記序：「曳裾戎幕之下，專賣弄文墨，爲壯夫捧腹。」
【相同】撫掌大笑。
【相反】嚎啕大哭。
【例句】他是滑稽巨星，無論一舉手一投足，無不引得觀衆「捧腹大笑」。

措手不及
ㄘㄨㄛˋ ㄕㄡˇ ㄅㄨˋ ㄐㄧˊ

【解釋】來不及應付。
【字義】措手：著手處理。
【出處】元·無名·千里獨行·楔子：「咱今晚間，領著百十騎人馬，偷營劫寨，走一遭去，殺他個措手不及。」
【相同】猝不及防。手足無措。
【相反】措置裕如。應付裕如。
【例句】這突然的改變，使他「措手不及」。

掎角之勢
ㄐㄧˇ ㄐㄧㄠˇ ㄓ ㄕˋ

【解釋】指兩面夾擊或牽制敵人的形勢。
【字義】掎角：拉住腿，抓住角。
【出處】左傳：「譬如捕鹿，晉人角之，諸戎掎之，與晉掊之。」東周列國志：「公子元列營於左殿，公子商人列營於朝門，相約爲掎角之勢。」
【相同】內外夾擊。內外夾攻。犄角之勢。
【例句】城外有南北聚城，烽火台、營盤，稍遠之處有入海石城老龍頭，彼此呼應，互爲「掎角之勢」，形成一套完整的古代城市防禦體系。

捷足先登
ㄐㄧㄝˊ ㄗㄨˊ ㄒㄧㄢ ㄉㄥ

【解釋】動作敏捷的人先達到目的或搶先得到益處。
【出處】清·葉稚斐：「所謂秦人失鹿，捷足先登。」
【相同】疾足先得。
【相反】瞠乎其後。

【例句】他們自信此項彩票在三年內一定要開彩，所以拚命地想做一個「捷足先登」的英雄。

掛一漏萬 ㄍㄨㄚˋ ㄧ ㄌㄡˋ ㄨㄢˋ

【解釋】舉出的少，遺漏的多。形容列舉極不周全。

【字義】掛：提出。

【出處】韓愈·南山：「團辭試提挈，掛一念萬漏。」宋·吳永·答嚴子韶書：「對客之暇，隨筆疏去，未免掛一漏萬，有疑不妨再指教。」

【相反】包羅萬象。應有盡有。無所不包。

【例句】古往今來，豪傑才子有如滿天星斗，數不勝數，三大巨冊名人錄不過是「掛一漏萬」，錄其佼佼者而已。

掌上明珠 ㄓㄤˇ ㄕㄤˋ ㄇㄧㄥˊ ㄓㄨ

【解釋】指極鍾愛的人，有時也指玩物。現特指被父母寵愛的兒女，多指女兒。

【出處】晉·傅玄·短歌行：「昔居視線，如掌中珠；何意一朝，棄我溝渠。」宋·章棄疾·永遇樂：「落魄東歸，風流贏得，掌上明珠去。」

【例句】她是爸媽的「掌上明珠」，朝朝呵護，雖過摽梅之年，依舊獨守空閨。

掌上觀紋 ㄓㄤˇ ㄕㄤˋ ㄍㄨㄢ ㄨㄣˊ

【解釋】觀看自己的手紋。比喻把事物看得極其容易對付，不足重視。

【出處】元·無名氏·博望燒屯：「憑著你兄弟座下馬，手中槍，萬夫不當之勇，覷那曹操，掌上觀紋。」三國演義：「曹操、孫權，吾視之若掌上觀紋，量此小縣，何足介意！」

【例句】他把選省長看成是「掌上觀紋」一樣輕鬆平常。

掃穴犁庭 ㄙㄠˇ ㄒㄩㄝˋ ㄌㄧˊ ㄊㄧㄥˊ

【解釋】掃除整理房舍、庭院。比喻徹底搜查。

【出處】花月痕：「有此機會，掃穴犁庭，指顧間事，我那天馬用得著了。」

【例句】鍾琪一陣追剿，殺斃無數，眞個是屍橫遍野，血流成渠，一面「掃穴犁庭」，搜出丹津的弟妹，及敵黨頭目數十人。

掃地以盡 ㄙㄠˇ ㄉㄧˋ ㄧˇ ㄐㄧㄣˋ

【解釋】比喻破壞或丟失淨盡。

【出處】清·梁紹·兩般秋雨庵隨：「余謂其科諢謔浪，純乎市井，風雅之氣，掃地以盡。」

【相同】掃地無餘。掃地無遺。

【例句】其結果，把幾千年封建地主的特權，打得個落花流水，地主的體面威風，「掃地以盡」。

掃眉才子 ㄙㄠˇ ㄇㄟˊ ㄘㄞˊ ㄗˇ

【解釋】指有才華的女子。

【字義】掃眉：畫眉，借指女子。

【出處】唐·王建：「掃眉才子知多少，管領春風總不如。」

【相同】女中魁首。不櫛進士。

【例句】我家有「掃眉才子」，若開閨閣科何患不狀元及第也！

推三阻四 ㄊㄨㄟ ㄙㄢ ㄗㄨˇ ㄙˋ

【解釋】以各種藉口再三推託。

【出處】元·無名氏·鴛鴦被：「非是我推三阻四，這事情應難造次。」

【相同】千推萬阻。推三宕四。

【相反】盡力而爲。當仁不讓。

【例句】金梅「推三阻四」，西洋鏡就拆穿了。

推己及人 ㄊㄨㄟ ㄐㄧˇ ㄐㄧˊ ㄖㄣˊ

【解釋】以自己推想別人。指設身處地爲別人著想。

【出處】論語：「其恕乎，己所不欲，勿施於人。」朱熹集注：「推己及物。」（物指他人）

【相同】將心比心。

【例句】試比較論之，念在乎能人我兩忘，仁在乎能「推己及人」，喜則在乎以人徇己。

推心置腹 ㄊㄨㄟ ㄒㄧㄣ ㄓˋ ㄈㄨˋ

【解釋】把自己的心置於別人腹中。比喻誠心相待。

【字義】推：讓給別人；置：擱，放

【出處】後漢書：「蕭王推赤心置人腹中，安得不投死乎？」

【相同】開誠布公。待人以誠。

【相反】虛與委蛇。虛情假意。

【例句】交友須「推心置腹」，一旦有難，才會互助。

推波助瀾 ㄊㄨㄟ ㄆㄛ ㄓㄨˋ ㄌㄢˊ

【解釋】比喻慫恿、鼓動助長事態擴大。

【字義】瀾：大浪。

【出處】隋·王通·文中子·問易：「眞君、建德之事，適足推波助瀾，縱風止燎爾。」

【相同】煽風點火。興風作浪。

【相反】息事寧人。大事化小。

【例句】他用種種卑鄙齷齪的方法，從旁「推波助瀾」，老袁遲疑不決的心，至此遂趨堅定。

推陳出新 ㄊㄨㄟ ㄔㄣˊ ㄔㄨ ㄒㄧㄣ

【解釋】除去舊的東西，創造出新的

【出處】清·戴延年·秋燈叢話：「不特推陳出新，饒有別致。」

【相同】吐故納新。革故鼎新。破舊立新。翻陳出新。

【相反】墨守陳規。因循守舊。

【例句】至於這些傳統戲在我們的時代，應該怎樣改革，怎樣「推陳出新」，那卻是另一個問題了。

掉以輕心 ㄉㄧㄠˋ ㄧˇ ㄑㄧㄥ ㄒㄧㄣ

【解釋】以輕心擺弄它。指對事情採取輕率、忽略的態度。

【字義】掉：調換；輕心：不注意、疏忽。

【出處】唐·柳宗元·答韋中立論師道書：「故吾每爲文章，未嘗敢以輕心掉之。」

【相同】漫不經心。麻痹大意。視同兒戲。

【相反】鄭重其事。專心致志。一絲不苟。

【例句】有些人對於提高自己的語文程度，「掉以輕心」，以爲一看就懂，一學就會，稀鬆平常，簡單得很。

排山倒海 ㄆㄞˊ ㄕㄢ ㄉㄠˇ ㄏㄞˇ

【解釋】把山推開，使大海翻轉。形容聲勢或力量巨大，大可阻擋。
【字義】排：推開；倒：翻倒，翻轉
【出處】宋·楊萬里詩：「病勢初來敵頗強，排山倒海也難當。」
【相同】翻江倒海。翻天覆地。雷霆萬鈞。
【例句】一個人的聲音是輕微無力的，十萬人的集體聲音便要響徹雲霄，有著「排山倒海」的氣概了。

排除異己 ㄆㄞˊ ㄔㄨˊ ㄧˋ ㄐㄧˇ

【解釋】指排擠、打擊與自己意見不同或不是同派別的人。
【相同】入主出奴。黨同伐異。排斥異己。
【例句】袁世凱「排除異己」，是殺害宋教仁的主犯，非用武力討伐不可。

排難解紛 ㄆㄞˊ ㄋㄢˋ ㄐㄧㄝˇ ㄈㄣ

【解釋】指幫助他人排除患難，解決紛爭。
【出處】戰國策：「所貴於天下之士者，為人排患釋難解紛亂，而無所取也。」
【相反】火上澆油。推波助瀾。袖手旁觀。
【例句】在同學中間，疏通調停，「排難解紛」，無論是什麼集會，什麼娛樂，只要是大姐登高一呼，大家都是擁護響應的。

接踵而至 ㄐㄧㄝ ㄓㄨㄥˇ ㄦˊ ㄓˋ

【解釋】形容很多人腳跟腳接連來到。或事物接連出現。
【字義】踵：腳後跟。
【出處】梁書·武帝紀下：「故鄉老少，接踵而至，情貌孜孜，若歸於父。」
【例句】每逢星期天早上八點左右，一些英語愛好者便不約而同，「接踵而來」。

接二連三 ㄐㄧㄝ ㄦˋ ㄌㄧㄢˊ ㄙㄢ

【解釋】陸陸續續地接踵而來，一個接著一個。
【出處】紅樓夢：「於是，接二連三，牽五掛四，將一條街燒得如火焰山一般。」官場現形記：「誰料後來接二連三的，竟其弄了好幾個長差使在身上，一天到晚忙個不了。」
【相同】接踵而至。接踵而來。國策：「韓、魏父子兄弟接踵而死於秦者，百世矣。」絡繹不絕。後漢書「逃入塞者，絡繹不絕。」
【例句】人在走運的時候，所有喜事都「接二連三」地湧進門來。

掩人耳目 ㄧㄢˇ ㄖㄣˊ ㄦˇ ㄇㄨˋ

【解釋】遮掩住別人的耳朵和眼睛。比喻以假象欺蒙他人。
【出處】宣和遺事：「雖欲掩人之耳目，不可得也。」
【相同】混淆視聽。
【相反】以正視聽。
【例句】那兩個和尚卻不都燒死？又好「掩人耳目」，袈裟豈不是我們傳家之寶？

掩耳盜鈴 ㄧㄢˇ ㄦˇ ㄉㄠˋ ㄌㄧㄥˊ

【解釋】 摀住自己的耳朵去偷鈴鐺。比喻蠢人自己欺騙自己。
【出處】 呂氏春秋：「有得鐘者，欲負而走，則鐘大不可負。以椎毀之，鐘況然有音，恐人聞之而奪己也，遽掩其耳。」
【相同】 掩耳偷鈴。自欺欺人。掩目捕雀。掩耳盜鐘。
【例句】 人一有了幾個錢，便自然而然有那一種……「掩耳盜鈴」，使詐的許多惡習氣。

揠苗助長 ㄧㄚˋ ㄇㄧㄠˊ ㄓㄨˋ ㄓㄤˇ
【解釋】 用把田苗往上拔的方法來幫助它盡快生長。比喻違反事物發展的自身規律，欲速則不達，反而壞事。
【字義】 揠：拔。
【出處】 孟子．公孫丑上：「宋人有閔其苗之不長而揠之者，芒芒然歸，謂其家人曰：『今日病矣，予助苗長矣。』其子趨而往視之，苗則槁矣。」
【相同】 拔苗助長。欲速不達。
【相反】 循序漸進。
【例句】 任何畫派和任何畫家無時不在發展變化中創造新的畫風和畫法；有的明顯，有的不明顯罷了。因此，用不著「揠苗助長」，硬要它變。

提心吊膽 ㄊㄧˊ ㄒㄧㄣ ㄉㄧㄠˋ ㄉㄢˇ
【解釋】 形容十分擔心害怕。
【出處】 西遊記：「眾僧聞得此言，一個個提心吊膽，告天許願，只要尋得袈裟，各全性命。」
【相同】 懸心吊膽。提心在口。
【相反】 安之若素。處之泰然。鎮定自若。
【例句】 謝老師「提心吊膽」地聽著，嘴角在抽著筋。

提綱挈領 ㄊㄧˊ ㄍㄤ ㄑㄧㄝˋ ㄌㄧㄥˇ
【解釋】 提起綱繩，拾起衣領。比喻抓住要領。
【字義】 綱：魚網的總繩；挈：提，舉；領：衣領。
【出處】 宋史．職官志：「自上而下，由近及遠，譬如身之使臂，臂之使指，提綱而總目張，振領而群毛理。」
【相同】 綱舉目張。
【例句】 實驗班的物理課上，同學們先自己看書中的有關章節，然後按座位就近分組討論，直到臨下課前十幾分鐘，老師才做「提綱挈領」的說明。

揮金如土 ㄏㄨㄟ ㄐㄧㄣ ㄖㄨˊ ㄊㄨˇ
【解釋】 花錢像撒土一樣。形容揮霍無度。
【字義】 揮：揮霍。
【出處】 宋．周密．齊東野語：「揮金如土，視官爵如等閒。」
【相同】 揮霍無度。一擲千金。一擲百萬。
【相反】 愛財如命。分斤掰兩。一毛不拔。
【例句】 詩人是中了魔的人……有的老在鬧戀愛或失戀，有的「揮金如土」，有的狂醉悲歌。

揮灑自如 ㄏㄨㄟ ㄙㄚˇ ㄗˋ ㄖㄨˊ
【解釋】 寫字、作文或作畫運筆隨心，無拘無束。
【字義】 揮：揮筆；灑：灑墨。

【出處】 孽海花：「珏齋提筆，在紙上揮灑自如的寫了一百多字。」
【相同】 運筆自如。運筆如飛。下筆成章。
【例句】 早在五四時代，冰心大姐的作品，那些清麗飄逸，「揮灑自如」的詩歌和小說，就已經風靡一時了。

揚長而去 ㄧㄤˊ ㄔㄤˊ ㄦˊ ㄑㄩˋ

【解釋】 丟下別人不管，大模大樣地離去。
【字義】 揚長：大模大樣。
【出處】 官場現形記：「新嫂嫂明知留也無益，任其揚長而去。」
【相同】 拂袖而去。
【相反】 惠然肯來。
【例句】 他仍然癱坐在椅子上，只左手略微一揚，也不置可否，眼睜看著她「揚長而去」。

揚眉吐氣 ㄧㄤˊ ㄇㄟˊ ㄊㄨˇ ㄑㄧˋ

【解釋】 揚起眉，吐出胸中鬱悶之氣。形容擺脫壓抑之後，顯示出高興的心情和神態。
【出處】 唐·李白·與韓荊州書：「何惜階前盈尺之地，不使白揚眉吐氣，激昂清雲耶？」
【相同】 仰首伸眉。意氣風發。
【相反】 垂頭喪氣。心灰意冷。
【例句】 我國這次在亞運連奪二十面金牌，可說「揚眉吐氣」了。

揚揚得意 ㄧㄤˊ ㄧㄤˊ ㄉㄜˊ ㄧˋ

【解釋】 形容非常得意、神氣十足的樣子。
【字義】 揚揚（同洋洋）：得意的樣子。
【出處】 史記·管晏列傳：「意氣揚揚，甚自得也。」
【相同】 自鳴得意。揚揚自得。洋洋得意。
【相反】 垂頭喪氣。灰心喪氣。心灰意冷。
【例句】 巴金·秋：「黨英把嘴一扁，眼珠一斜，揚揚得意地說：『二姐，你也太不嫌麻煩了。連爹也覺得我不好管，……他都讓我幾分。就是你老姐子愛跟我作對。』」

搔首弄姿 ㄙㄠ ㄕㄡˇ ㄋㄨㄥˋ ㄗ

【解釋】 梳理頭髮，賣弄風姿。形容作風輕浮、妖媚。
【字義】 搔首：用手搔弄著頭髮。
【出處】 後漢書·李固傳：「大行在殯，路人掩涕，固獨胡粉飾貌，搔頭弄姿。」
【相同】 搔頭弄姿。擠眉弄眼。張眉弄眼。
【相反】 一本正經。
【例句】 現在，他大概已過五十了吧，然而『白髮』而曰『偶有』，『中年』也只『微近』，足證『徐娘半老，風韻猶存』，「搔首弄姿」，意在賣『俏』。

搜索枯腸 ㄙㄡ ㄙㄨㄛˇ ㄎㄨ ㄔㄤˊ

【解釋】 形容竭力思索。
【字義】 枯腸：比喻貧乏的思路。
【出處】 唐·盧仝詩：「三碗搜枯腸，唯有文字五千卷。」紅樓夢：「寶玉只得答應著，低頭搜索枯腸。」
【相同】 冥思苦想。挖空心思。左思

右想。

【例句】我「搜索枯腸」，琢磨著還有點什麼該做的事。

損人利己 ㄙㄨㄣˇ ㄖㄣˊ ㄌㄧˋ ㄐㄧˇ

【解釋】損害別人，使自己得到好處。

【出處】漢·劉向·新向·雜事：「夫損人而益己，身之不祥也。」元·無名氏·陳州糶米：「坐的個上梁不正，只待要損人利己惹人憎。」

【相同】損公肥私。自私自利。損人益己。

【相反】大公無私。舍己爲公。舍己爲人。

【例句】他做了一輩子「損人利己」的事，死後還想上天堂？

損兵折將 ㄙㄨㄣˇ ㄅㄧㄥ ㄓㄜˊ ㄐㄧㄤˋ

【解釋】兵和將都有傷亡。指作戰失利，損失嚴重。

【字義】折：損失。

【相同】片甲不回。隻輪不返。

【相反】旗開得勝。大獲全勝。

【例句】你們從四更攻到現在，「損兵折將」，竟爲婦女所笑，太不像話了！

搖尾乞憐 ㄧㄠˊ ㄨㄟˇ ㄑㄧˇ ㄌㄧㄢˊ

【解釋】比喻卑躬屈膝地向別人拍馬諂媚和乞求好處的醜態。

【出處】清·張集馨·日記：「武營平日素不操兵，又因營中兵弁多半回人，恐一發不制，搖尾乞憐，希圖無事。」

【相同】乞哀告憐。

【例句】帝國主義對於所侵略的國家決不肯因「搖尾乞憐」而中止，這是很顯然的。

搖脣鼓舌 ㄧㄠˊ ㄔㄨㄣˊ ㄍㄨˇ ㄕㄜˊ

【解釋】形容憑著口才進行挑撥、煽動和遊說。

【出處】莊子·盜跖：「搖脣鼓舌，擅生是非。」

【相同】鼓舌抓簧。搖筆弄舌。鼓舌搖脣。

【例句】蔡東藩·慈禧太后演義：「同治帝聽得不耐煩……怒指道：『你還敢「搖脣鼓舌」，播弄是非麼？』」

搖旗吶喊 ㄧㄠˊ ㄑㄧˊ ㄋㄚˋ ㄏㄢˇ

【解釋】比喻給別人助長聲威。

【字義】吶喊：高聲喊叫。

【出處】水滸傳：「背後步軍簇擁，搖旗吶喊，殺奔前來。」

【例句】他參選省長，大家爲他「搖旗吶喊」助選。

搖搖欲墜 ㄧㄠˊ ㄧㄠˊ ㄩˋ ㄓㄨㄟˋ

【解釋】比喻處境、地位極不牢固，隨時有垮台、崩潰的可能。

【字義】搖搖：動蕩的樣子。

【相同】搖搖欲倒。危機四伏。岌岌可危。大廈將傾。

【相反】安如磐石。穩如泰山。固若金湯。堅如磐石。

【例句】清廷不得不加倍的在人民身上榨取，以支持其「搖搖欲墜」的政權。

搖頭晃腦 ㄧㄠˊ ㄊㄡˊ ㄏㄨㄤˋ ㄋㄠˇ

【解釋】腦袋晃來晃去。形容得意洋

洋或漫不經心的樣子。

【出處】兒女英雄傳：「當下二人商定，便站起身來，搖頭晃腦地走了。」

【例句】他「搖頭晃腦」，手舞足蹈，口沫四濺，在深度的近視眼鏡裏，極有情致地左右環顧。

摧枯拉朽 ㄘㄨㄟ ㄎㄨ ㄌㄚ ㄒㄧㄡˇ

【解釋】折斷乾枯腐爛的樹枝。形容摧毀腐朽的事物。比喻敵人或事物很容易被摧毀。

【出處】漢書·異姓諸侯王表：「鐫金石者難爲功，摧枯拉朽者易爲力，其勢然也。」晉書·甘卓傳：「將軍之舉武昌，若摧枯拉朽。」

【相同】捕枯折腐。拉枯折朽。

【例句】我時常在黎明時分揉著眼睛看大樣，從一個戰役到一個戰役中，看到舊勢力的「摧枯拉朽」，看到人民力量的壯大興旺。

摩拳擦掌 ㄇㄛˊ ㄑㄩㄢˊ ㄘㄚ ㄓㄤˇ

【解釋】形容某件事以前精神振奮，躍躍欲試的樣子。

【出處】元·關漢卿·單刀會：「但題起廝殺呵，摩拳擦掌。」

【相同】躍躍欲試。磨拳擦掌。

【例句】那個女閻王已是在那裡「摩拳擦掌」，專等施行。

撲朔迷離 ㄆㄨ ㄕㄨㄛˋ ㄇㄧˊ ㄌㄧˊ

【解釋】兔子被提起隻耳懸空時，雄兔四腳亂蹬，雌兔雙眼半閉。比喻事物錯綜複雜，難以看清眞相。

【字義】撲朔：四腳亂蹬；迷離：雙眼半閉。

【出處】樂府詩集·木蘭詩：「雄兔腳撲朔，雌兔眼迷離；兩兔傍地走，安能辨我是雄雌？」

【例句】公說公有理，婆說婆有理，令法官「撲朔迷離」，無法判別誰是誰非。

撫今追昔 ㄈㄨˇ ㄐㄧㄣ ㄓㄨㄟ ㄒㄧˊ

【解釋】接觸到當前的情況而回想起過去。

【字義】撫：撫摩，接觸；追：追憶，回想。

【出處】清·梁章鉅文：「至卷末覆廖尙書，魏山長一書，則就事論事，撫今追昔，更與執事不相干涉。」

【相同】撫今思昔。

【例句】他們看到戲中悲壯動人的情節，「撫今追昔」，竟至感動得淚流滿面。

擢髮難數 ㄓㄨㄛˊ ㄈㄚˇ ㄋㄢˊ ㄕㄨˇ

【解釋】拔下頭髮數也數不清。比喻罪行極多，無法數清。

【字義】擢：拔。

【出處】史記：「范睢曰：『汝罪有幾？』（須賈）曰：『擢賈之髮以續賈之罪，尚未足。』」

【相同】罄竹難書。罪惡累累。罪惡滔天。

【例句】照現有法律，這些倒行逆施的惡徒似乎並未犯罪，然而事實上，他們犯下的罪「擢髮難數」。

擠眉弄眼 ㄐㄧˇ ㄇㄟˊ ㄋㄨㄥˋ ㄧㄢˇ

【解釋】用眉眼的動作向人傳情或示意。

【出處】水滸傳：「武松又見這兩公人與那個提朴刀的擠眉弄眼，打些暗號。」

【相同】眉目傳情。暗送秋波。張眉弄眼。擠眉擠眼。

【例句】那人說：「不坐了，今天是順便陪著這位黃通理先生來的。」就「擠眉弄眼」，站在門口與那婦人談了幾句，那婦女點頭不迭。

擲地有聲 ㄓˊ ㄉㄧˋ ㄧㄡˇ ㄕㄥ

【解釋】扔到地上發出響聲。形容文辭優美，聲調鏗鏘或話語堅定有力，會產生反響。

【出處】南朝宋·劉義慶·世說新語：「孫興公作天台賦成，以示范榮期云：『卿試擲地，要作金石聲！』」

【例句】斬釘截鐵，字字雪亮，此等燈謎，可謂「擲地有聲」了。

攀龍附鳳 ㄆㄢ ㄌㄨㄥˊ ㄈㄨˋ ㄈㄥˋ

【解釋】攀附龍，依附鳳。比喻巴結、投靠有權勢的人。

【字義】龍、鳳：比喻有權勢的人。

【出處】漢·揚雄·法言：「攀龍鱗，附鳳翼，巽以揚之，勃勃乎其不可及也。」漢書：「穎陽商販，曲周庸夫攀龍附鳳，並乘天衢。」

【相同】攀龍託鳳。攀高接貴。趨炎附勢。

【例句】當時，袁手下的一般「攀龍附鳳」之士，文有張一麐等，武有倪嗣沖等，有的上條陳，有的打密電，都主張乘此大權在握，早日黃袍加身。

支部

支吾其詞 ㄓ ㄨˊ ㄑㄧˊ ㄘˊ

【解釋】言辭含混、閃爍，企圖掩蓋眞相，搪塞過去。

【字義】支吾：說話含混閃爍。

【出處】文明小史：「孟傳義至此，只得支吾其詞。」

【相同】含糊其詞。隱約其辭。閃爍其詞。支吾其辭。

【相反】直言不諱。開門見山。直截了當。

【例句】父親死後，我們兄弟問到這筆錢，大哥說知道；問徐世昌、孫寶琦，他們卻「支吾其詞」。

支離破碎 ㄓ ㄌㄧˊ ㄆㄛˋ ㄙㄨㄟˋ

【解釋】形容散亂不整，殘缺不全。

【字義】支離：分散，殘缺。

【出處】清·汪琬·答陳靄公論文書：「僕嘗讀遍諸子百氏大家名流與夫神仙浮屠之書矣……而及其求之以道，則小者多支離破碎而不合，大者乃敢於披猖磔裂，盡決去聖人畔岸，而剪拔其藩籬。」

【相同】殘缺不全。

【相反】完整無缺。完美無缺。

【例句】西歐、北美是兩塊屢受張力作用而「支離破碎」的區域。

攴部

收回成命 ㄕㄡ ㄏㄨㄟˊ ㄔㄥˊ ㄇㄧㄥˋ

【解釋】撤消已經發布的命令或決定。

【字義】成命：已發出的命令或已做出的決定。

【出處】明·張居正·考滿辭免思命疏

：「伏望皇上，府鑒愚誠，收回成命，俾臣得安分義，勉效馳驅。」

【例句】接電後，心中非常不快，擬電請「收回成命」，又恐不准。

攻心爲上 ㄍㄨㄥ ㄒㄧㄣ ㄨㄟˊ ㄕㄤˋ

【解釋】從精神上和思想上瓦解對方，使之心服爲上策。

【出處】三國志：「自晝達夜」注引襄陽記：「夫用兵之道，攻心爲上，攻城爲下，心戰爲上，兵戰爲下。」

【相同】心戰爲上。

【相反】攻城爲上。兵戰爲下。

【例句】兵法原則：「攻心爲上」，攻城爲下；心戰爲上，兵戰爲下。

攻其不備 ㄍㄨㄥ ㄑㄧˊ ㄅㄨˋ ㄅㄟˋ

【解釋】趁對方沒有防備時進攻。

【出處】孫子·始計：「攻其無備，出其不意。」

【相同】乘虛而入。攻其無備。

【例句】軍長下令：『……我們要「攻其不備」。』

攻城略地 ㄍㄨㄥ ㄔㄥˊ ㄌㄩㄝˋ ㄉㄧˋ

【解釋】攻佔城池，掠奪土地。

【字義】略：通「掠」，奪取。

【出處】淮南子：「攻城略地，莫不降下。」

【例句】奉系軍閥一意「攻城略地」，擴張勢力。

改名換姓 ㄍㄞˇ ㄇㄧㄥˊ ㄏㄨㄢˋ ㄒㄧㄥˋ

【解釋】改換原來的名字及姓氏。

【字義】史記·貨殖列傳：「（范蠡）乃乘扁舟浮於江湖，變名易姓。」

【相同】隱姓埋名。

【相反】行不更名。坐不改姓。

【例句】卷層雲慢慢地向前推進，天氣就將要轉陰。接著，雲越來越低，越來越厚……。這時卷層雲已經改名換姓，讓叫它高層雲了。

改邪歸正 ㄍㄞˇ ㄒㄧㄝˊ ㄍㄨㄟ ㄓㄥˋ

【解釋】從邪路上回到正路上來。指不再幹壞事，重新做人。

【出處】西遊記：「因是老孫改邪歸正，棄道從僧，保護三藏法師，往西天拜佛求經。」水滸傳：「將軍棄邪歸正，與宋等同替國家出力，朝廷自當重用。」

【相同】改過自新。棄暗投明。改惡從善。棄邪歸正。

【相反】怙惡不悛。死不改悔。

【例句】他何嘗不知道作賊可恥，只是被飢寒逼迫得無路可走。倘蒙老爺開恩，他情願從此洗手，「改邪歸正」。

改弦更張 ㄍㄞˇ ㄒㄧㄢˊ ㄍㄥ ㄓㄤ

【解釋】更換、調整樂器上的弦。比喻改變方針、計畫、辦法和態度等。

【字義】改、更：改換；張：給樂器上弦。

【出處】漢書：「竊譬之琴瑟不調，甚者解而更張之，乃可鼓也。爲政而不行，甚者必變而更化之，乃可理也。」三國志：「（休）不能拔進良才，改弦易張，雖志善好學，何益救亂乎？」

【相同】改弦易轍。解弦更張。翻然

改圖。

【相反】重蹈舊轍。舊調重彈。

【例句】長此以往，勢必全部覆沒，急需「改弦更張」，另圖良法。

改弦易轍 ㄍㄞˇ ㄒㄧㄢˊ ㄧˋ ㄔㄜˋ

【解釋】更換樂器的弦，改變行車道路。比喻改變方向、計畫、作法和態度。

【出處】唐·白居易文：「況商土瘠，商人貧，可以靜理而阜安，不宜改弦而易轍。」

【相同】改弦更張。解弦更張。改轅易轍。易轍改弦。

【相反】重蹈舊轍。舊調重彈。

【例句】若干雜石工廠竟因而「改弦易轍」，更換設備，也投入這一群激昂的隊伍。

改頭換面 ㄍㄞˇ ㄊㄡˊ ㄏㄨㄢˋ ㄇㄧㄢˋ

【解釋】指人或物改變原貌。

【出處】唐·釋寒山·詩三百三：「改頭換面孔，不離舊時人。」

【相同】面目全非。

【相反】依然如故。依然故我。

【例句】因爲這些有組織的偷盜集團常常與黑社會勾結，將汽車「改頭換面」，偷運國外。

放虎歸山 ㄈㄤˋ ㄏㄨˇ ㄍㄨㄟ ㄕㄢ

【解釋】把老虎放回山林。比喻放走敵手，留下後患。

【出處】三國志：「若使備（劉備）打張魯，是放虎於山林也。」說岳全傳：「倘他逃走了去，豈不是放虎歸山？」

【相同】放虎於山。養虎遺患。縱虎歸山。

【相反】斬草除根。

【例句】快動手吧，萬不可「放虎歸山！」張可旺催促。

政出多門 ㄓㄥˋ ㄔㄨ ㄉㄨㄛ ㄇㄣˊ

【解釋】政令出自許多部門。比喻政令不統一，使人無所適從。

【出處】左傳：「大夫敖，政多門。」杜預注：「政不由一人。」梁書·武帝紀上：「政出多門，亂其階矣。詩云：『一國三公，吾誰適從？』況今有六，而可得乎？」

【相同】政令不一。

【相反】政出一人。

【例句】「政出多門」，令百姓無所適從。

故步自封 ㄍㄨˋ ㄅㄨˋ ㄗˋ ㄈㄥ

【解釋】比喻安於老一套，不求革新，不求進步。

【字義】故步：原來的步子，引申爲舊法；自封：自己用舊法把自己限制住。

【出處】漢書：「曾有學步於邯鄲者，曾未得其彷彿，又復失其故步。」

【相同】安於現狀。裹足不前。抱殘守缺。

【相反】勇猛精進。不主故常。標新立異。

【俗作】固步自封。

【例句】我們在這個地方要學習，老守著舊的一套，容易「故步自封」。

故態復萌 ㄍㄨˋ ㄊㄞˋ ㄈㄨˋ ㄇㄥˊ

【解釋】老樣子又恢復。形容老毛病又重犯。
【字義】故態：老脾氣，老樣子。復：又，萌：發生。
【出處】官場現形記：「遇見撫臺下來大閱，他便臨期招募，暫時彌縫；只等撫臺一走，仍然是故態復萌。」
【相反】一改故轍。
【例句】鬧得每況愈下之後，外人又覺得紙老虎拆穿了，「故態復萌」，如火如荼的僑胞熱情盡付流水。

敝帚千金 ㄅㄧˋ ㄓㄡˇ ㄑㄧㄢ ㄐㄧㄣ

【解釋】自家的破掃把看得貴值千金。比喻把自己的東西看得極其珍貴。多指詩文。
【出處】曹丕·典論·論文：「夫人善於自見，而文非一體，鮮能備善，是以各以所長，相輕所短。里語曰：『家有敝帚，享之千金。』斯不自見之患也。」
【相同】敝帚自珍。千金敝帚。
【相反】視如敝屣。
【例句】又加上我們見聞不廣，會寫點東西的人實在不多，更容易「敝帚千金」，發表了一兩篇作品便目空一切。

教猱升木 ㄐㄧㄠ ㄋㄠˊ ㄕㄥ ㄇㄨˋ

【解釋】教獮猴爬樹。比喻教唆、引誘別人做壞事。
【字義】猱：猴子的一種，獮猴。
【出處】詩經：「毋教猱升木。」
【相同】誨淫誨盜。教猿升木。
【相反】諄諄善誘。
【例句】你如此「教猱升木」的教學方法，將來的學生個個都唯利是圖。

敬而遠之 ㄐㄧㄥˋ ㄦˊ ㄩㄢˋ ㄓ

【解釋】指敬重他，但不願與其接近。
【字義】遠：遠避；之：他。
【出處】論語·雍也：「務民之義，敬鬼神而遠之，可謂知矣。」
【例句】縣長夫人有時候對祁老人不能不「敬而遠之」，而對李老夫婦便永遠熱誠的愛戴。

敬謝不敏 ㄐㄧㄥˋ ㄒㄧㄝˋ ㄅㄨˋ ㄇㄧㄣˇ

【解釋】恭敬地辭謝，表示自己沒有才能，不能勝任。常作為不願或推辭做某件事的婉謝。
【字義】謝：推辭；不敏：沒有才能。
【出處】左傳：「使士文伯謝不敏焉。」
【相同】另請高明。
【相反】勉為其難。
【例句】我的主張早已發表過許多次了，現在不想再跟你們唱對臺戲。不過主編這個頭銜，受之有愧，只好「敬謝不敏」了。

敲骨吸髓 ㄑㄧㄠ ㄍㄨˇ ㄒㄧ ㄙㄨㄟˇ

【解釋】比喻殘酷地剝削、壓搾。
【出處】封神演義：「蠱惑天子，殘虐萬民，假天子之命令，敲骨吸髓，盡民之力，肥潤私家。」
【相同】敲髓吮骨。橫徵暴斂。巧取豪奪。
【相反】輕徭薄賦。
【例句】那些督撫大人也不敢怠慢，於是「敲骨吸髓」地從老百姓的身上搾出一些油水來供奉慈禧。

數典忘祖 ㄕㄨˇ ㄉㄧㄢˇ ㄨㄤˋ ㄗㄨˇ

【解釋】數著典籍，卻忘了祖先是怎樣做的。比喻忘了本。

【字義】典：典籍，指歷史上的體制

【出處】左傳記載，春秋時，晉國大夫籍談出使周朝，周景王問他爲什麼沒有帶貢品來？籍談回答說，晉國從來沒有受過周王室的賞賜，所以沒有器物可獻。周景王指出從晉的始祖唐叔開始就不斷受到周王室的賞賜，責備籍談是「數典而忘其祖」。兒女英雄傳：「只是如今弄到用起錦繡手巾來，連那些東西，也都用金銀珠寶作成者，便是數典而忘其祖，大失命題本義了。」

【相反】飲水思源。

【例句】他們的父母，最爲憂慮的是自己的兒女不懂中國的文化，不懂講中國話，擔心他們變爲洋人，擔心他們「數典忘祖」。

整軍經武 ㄓㄥˇ ㄐㄩㄣ ㄐㄧㄥ ㄨˇ

【解釋】整治軍備，籌畫武事。

【字義】整：整頓；經：籌畫。

【出處】左傳：「見可而進，知難而退，軍之善政也；兼弱攻昧，武之善經也。子姑整軍而經武乎？」晉書·文帝紀：「潛謀獨斷，整軍經武。」

【相同】秣馬厲兵。厲兵秣馬。

【相反】偃武修文。馬放南山。放馬歸牛。

【例句】今大總統內治修明之後，百廢俱興，家給人足，整軍經武，嘗膽臥薪。

文部

文人相輕 ㄨㄣˊ ㄖㄣˊ ㄒㄧㄤ ㄑㄧㄥ

【解釋】知識分子互相輕視，彼此不服氣。

【出處】曹丕·典論·論文：「文人相輕，自古而然。」

【例句】格林攻擊莎士比亞，並非完全出於「文人相輕」，而是因爲他是當時所謂的大學才子。

文不加點 ㄨㄣˊ ㄅㄨˋ ㄐㄧㄚ ㄉㄧㄢˇ

【解釋】文章一氣寫成，不需加以修改。形容文思敏捷，下筆成章。

【字義】加點：塗改圈抹。

【出處】漢·禰衡·鸚鵡賦序：「衡因爲賦，筆不停綴，文不加點。」

【相同】下筆成章。一揮而就。援筆立就。

【相反】三紙無驢。

【例句】這蔡御史終是狀元之才，拈筆在手「文不加點」，字走龍蛇，燈下一揮而就。

文不對題 ㄨㄣˊ ㄅㄨˋ ㄉㄨㄟˋ ㄊㄧˊ

【解釋】文章的內容跟題目不相關。

【相同】離題萬里。

【相反】絲絲入扣。一語中的。

【例句】一回分爲兩回，一個回目管一回，把書分成兩集。這樣一來，章法太亂，不但「文不對題」，甚至下文不接上文，簡直一團糟。

文以載道 ㄨㄣˊ ㄧˇ ㄗㄞˇ ㄉㄠˋ

【解釋】文章是用來表達思想、記述道理的。

【字義】 載：裝載，記載。

【出處】 宋·周敦頤·通書·文辭：「文所以載道也」題注：「此言文以載道，人乃有文而不以道，是猶虛車而不濟於用者。」

【例句】 像爲聖人立言，「文以載道」，語必有本……不是使歷代的文藝家受他們的暗示，埋沒了自己創作的衝動，專在摹擬形式上用功夫，上了一輩子的當嗎？

文過飾非 ㄨㄣˊ ㄍㄨㄛˋ ㄕˋ ㄈㄟ

【解釋】 用漂亮的言辭來掩飾自己的過失。

【字義】 文、飾：掩飾；過、非：過失，錯誤。

【出處】 論語：「小人之過也，必文。」莊子：「辯足以飾非。」唐·劉知幾·史通：「斯則聖人設教，其理含宏，或援誓以表心，或稱非以受屈，豈與夫庸儒末學，文過飾非，使夫問者緘辭杜口，懷疑不展，若斯而已哉！」

【相同】 拒諫飾非。飾非文過。

【相反】 聞過則喜。

【例句】 中國男籃的教練能躬身自省，而不「文過飾非」推卸責任，說明他們對自己隊伍的實力有正確的評估。

文質彬彬 ㄨㄣˊ ㄓˋ ㄅㄧㄣ ㄅㄧㄣ

【解釋】 指品學兼優，文溫儒雅的樣子。

【字義】 文：文采；質：實質；彬彬：文質兼備。

【出處】 論語·雍也：「質勝文則野，文勝質則史，文質彬彬，然後君子。」

【例句】 他「文質彬彬」，同記者談話戲稱『以文會友』，使你無法想到他曾經是一位將軍。

斑駁陸離 ㄅㄢ ㄅㄛˊ ㄌㄨˋ ㄌㄧˊ

【解釋】 形容色彩雜亂。

【字義】 斑駁：顏色錯雜；陸離：參差紛繁。

【出處】 離騷：「紛總總其離合兮，斑陸離其下上。」聊齋誌異：「銅器一，器大可合抱，重數十斤，側有雙環，不知何用，斑駁陸離，瓶亦古。」

【相同】 五彩繽紛。光怪陸離。

【例句】 竟然升起一塊「斑駁陸離」的破布，怎麼看，也不像是國旗。

斗部

斗方名士 ㄉㄡˇ ㄈㄤ ㄇㄧㄥˊ ㄕˋ

【解釋】 指好寫詩或作畫的小有名氣的人。常用以譏諷無聊文人和冒充風雅的人。

【字義】 斗方：書畫所用的紙張，也指一二尺見方的字畫。

【出處】 二十年目睹之怪現狀：「最可笑的，還有一班市儈，不過略識之无，因爲豔羨那些斗方名士，要跟著他學，出了錢叫人作了來，也送去登（報）。」

【相反】 大方文豪。

【例句】 有相當的篇幅，刊載當時一些「斗方名士」的詩詞、聯句、謎語等等。

斗筲之器 ㄉㄡˇ ㄕㄠ ㄓ ㄑㄧˋ

【解釋】比喻氣量小，見識短的人。
【字義】筲：盛飯的竹器。
【出處】論語：「斗筲之人，何足算也。」醒世姻緣傳：「席上若有一點紅，斗筲之器飲千鐘。」
【相同】斗筲之材。斗筲之輩。斗筲之徒。斗筲之人。
【相反】棟梁之材。蓋世英才。
【例句】他的朋友都是一群「斗筲之器」，那能成得了大事？

斗轉參橫 ㄉㄡˇ ㄓㄨㄢˇ ㄕㄣ ㄏㄥˊ

【解釋】北斗星的杓已轉方向，參星橫斜了。指天快要亮的時候。
【字義】斗：北斗星；參：星名，爲二十八宿之一。
【出處】宋・蘇軾文：「參橫斗轉欲三更，若雨終風也解晴。」宋史：「斗轉參橫將旦，天開地辟如春。」
【相同】斗轉參斜。斗轉星移。星移斗轉。參橫斗轉。
【例句】「斗轉參橫」天將明，他與登山隊友們已登上觀音山了。

斤部

斤斤計較 ㄐㄧㄣ ㄐㄧㄣ ㄐㄧˋ ㄐㄧㄠˋ

【解釋】形容過分計較無關緊要的細小之事。
【字義】斤斤：明察的樣子，引申爲瑣碎細小。
【出處】詩經：「自彼成康，奄有四方，斤斤其明。」
【相同】掂斤播兩。分斤掰兩。錙銖必較。斤斤較重。
【例句】你何必對小事「斤斤計較」，應該大處著眼。

斫輪老手 ㄓㄨㄛˊ ㄌㄨㄣˊ ㄌㄠˇ ㄕㄡˇ

【解釋】砍木製造車輪的老手。比喻技藝精湛、經驗豐富的人。
【字義】斫：用刀斧砍；斫輪：砍木製造車輪。也作「斲」。
【出處】莊子：「輪扁曰：『臣也，以臣之事觀之。斲輪徐則甘而不固，疾則苦而不入。不徐不疾，得之於手，而應於心，口不能言有數存焉於其間。……是以行年七十而老斫輪。』」
【例句】民國演義：『段本是個武夫，阮又是個帝制中的健將，兩人不來多嘴，全憑那「斫輪老手」徐世昌，及倚馬長才王武通，悉心研究，那一句尚未妥適，那一句還須修改，彼此評議了好多時，方才酌定。』

斬木揭竿 ㄓㄢˇ ㄇㄨˋ ㄐㄧㄝ ㄍㄢ

【解釋】砍削樹木作兵器，舉起竹竿當旗幟。本指陳涉、吳廣發動起義反抗秦朝暴政，後泛指發動武裝起義。
【字義】揭：高舉。
【出處】漢・賈誼・過秦論：「將數百之衆，轉而攻秦，斬木爲兵，揭竿爲旗。」水滸傳：「臣聞田虎斬木揭竿之勢，今已燎原。」
【相同】揭竿而起。揭竿四起。
【例句】老百姓所以會「斬木揭竿」，這全是暴政所引起的。

斬草除根 ㄓㄢˇ ㄘㄠˇ ㄔㄨˊ ㄍㄣ

【解釋】除草要連根拔去。比喻徹底除掉禍根，以免留下後患。

【出處】左傳：「爲國家者，見惡如農夫之務去草焉，芟夷蘊崇之，絕其本根，勿使能殖，則善者信矣。」三國演義：「若不斬草除根，必爲喪身之本。」

【相同】斬盡殺絕。除惡務盡。剷株掘根。剪草除根。

【相反】放虎歸山。養虎遺患。

【例句】你不「斬草除根」，將來一定後患無窮。

斬釘截鐵 ㄓㄢˇ ㄉㄧㄥ ㄐㄧㄝˊ ㄊㄧㄝˇ

【解釋】比喻說、做事果斷堅決，毫不猶豫。

【出處】朱子語類：「看來惟是孔子說得斬釘截鐵。」兒女英雄傳：「這一提魂兒，又把他斬釘截鐵的心腸，賽雪欺霜的面孔，給提回來了。」

【相同】直截了當。當機立斷。斬鋼截鐵。

【相反】拖泥帶水。猶豫不決。優柔寡斷。

【例句】指揮官「斬釘截鐵」地說：一定要收復失地。

斬將搴旗 ㄓㄢˇ ㄐㄧㄤˋ ㄑㄧㄢ ㄑㄧˊ

【解釋】斬殺敵將，拔取敵旗。形容作戰勇猛，大立戰功。

【字義】搴：拔。

【出處】漢·李陵·答蘇武書：「疲乏之兵，當新羈之馬，然猶斬將搴旗，追奔逐北。」史記·項羽本紀：「今日固決死，願爲諸君決戰，必三勝之，爲諸君潰圍，斬將刈旗，令諸君知天亡我，非戰之罪也。」

【相同】斬將刈旗。

【相反】損兵折將。

【例句】總之，我不是衝鋒陷陣、「斬將搴旗」的戰士，也不是對症下藥，妙手回春的醫生。

斯文掃地 ㄙ ㄨㄣˊ ㄙㄠˇ ㄉㄧˋ

【解釋】指文化或文人不受尊重。或文人自甘墮落，自毀尊嚴。

【字義】斯文：文化或文人。

【出處】論語：「天之將喪斯文也，後死者不得與于斯文也。」清·徐珂：「巡檢做巡撫，一步登天；監生作監臨，斯文掃地。」

【例句】大學裏中文系一位教授，我的畢業論文的指導老師，在街頭發現了我，他說他沒有想到大學裏的高材生，竟然落到這麼「斯文掃地」的境地。

新陳代謝 ㄒㄧㄣ ㄔㄣˊ ㄉㄞˋ ㄒㄧㄝˋ

【解釋】生物體中新物質代替舊物質的過程。或比喻新的事物代替舊的事物。

【出處】淮南子：「若春秋有代謝，若日月有晝夜，終而復始，明而復晦。」

【例句】主管職的「新陳代謝」是很自然的，也是有必要的。

新婚燕爾 ㄒㄧㄣ ㄏㄨㄣ ㄧㄢˋ ㄦˇ

【解釋】新婚快樂。

【字義】燕爾：安樂，快樂。

【出處】詩經：「宴爾新婚，以我御窮。」

【相同】洞房花燭。宴爾新婚。

【相反】琵琶別抱。分釵破鏡。分釵

斷帶。勞燕分飛。

【例句】他倆「新婚燕爾」，出人意外第二天就都上班了。

斷章取義 ㄉㄨㄢˋ ㄓㄤ ㄑㄩˇ ㄧˋ

【解釋】本指摘引詩經中某一篇章的詩句來表達自己的意思，並不是詩篇原意。後指不問原意，不顧全文地摘引別人的片言隻語，以滿足自己的需要。

【出處】左傳：「賦詩斷章，余取所求焉。」

【相同】斷章截句。斷章摘句。

【例句】他忽視全篇的大意，故意「斷章取義」地來批評。

斷頭將軍 ㄉㄨㄢˋ ㄊㄡˊ ㄐㄧㄤ ㄐㄩㄣ

【解釋】指堅決抵抗、寧死不降的將領。

【出處】三國志：「顏（嚴顏）答曰：『卿等無狀，侵奪我州，我州但有斷頭將軍，無有投降將軍也。』」

【例句】堂堂中華，只有「斷頭將軍」，沒有投降將軍！

方部

方寸已亂 ㄈㄤ ㄘㄨㄣˋ ㄧˇ ㄌㄨㄢˋ

【解釋】心緒已經紛亂。

【字義】方寸：指心。

【出處】三國志：「今已失老母，方寸亂矣。」

【相同】心煩意亂。心亂如麻。六神無主。方寸俱亂。

【相反】安之若素。方寸不亂。鎮定自若。

【例句】我那時「方寸已亂」，女兒死了，兒子許久沒有確實消息。

方便之門 ㄈㄤ ㄅㄧㄢˋ ㄓ ㄇㄣˊ

【解釋】便利的門路。原指佛教各種勸人信佛的靈活易懂的門徑。後引申指給人便利。

【出處】唐·王勃·廣州寶莊嚴寺舍利塔碑：「維摩見柄，蓋申方便門；道安謝歸，思遠朝廷之事。」

【例句】有些律文上就附有例外的規定，替雇主們開著「方便之門」。

方領矩步 ㄈㄤ ㄌㄧㄥˇ ㄐㄩˇ ㄅㄨˋ

【解釋】穿直領衣，邁四方步。指古代讀書人的衣著舉止。

【字義】方：正，直。

【出處】後漢書：「服方領，習矩步者，委它（蛇）乎其中。」

【例句】這位鄭伯才君，單名一個雄字，乃是湖南湘潭縣人，向來是個講儒學的，「方領矩步」，不苟言笑。

方興未艾 ㄈㄤ ㄒㄧㄥ ㄨㄟˋ ㄞˋ

【解釋】事物正在興起發展，還未停止。常形容革命形勢或新生事物正處於蓬勃發展的勢頭。

【字義】艾：停止，終結。

【出處】宋·陳亮·戊申再上孝宗皇帝書：「天下非有方興未艾之勢，而何必用此哉！」

【相同】蒸蒸日上。如日方昇。如日中天。方興未已。

【相反】日暮途窮。江河日下。每況愈下。

【例句】華北五省等於繼著東北四省

而迻卻，而來日大難，「方興未艾」。

旁門左道
ㄆㄤˊ ㄇㄣˊ ㄗㄨㄛˇ ㄉㄠˋ

【解釋】指不正派的學術流派或宗教派別。

【字義】旁、左：不正，邪；門、道：指學術或宗教派別。

【出處】封神演義：「他罵吾教是左道旁門，不分披毛帶角之人，濕生卵化之輩，皆可同群共處。」

【相同】左道旁門。異端邪說。歪門邪道。邪魔外道。

【例句】我過去也久知古史辨之名，但總認為是史學的「旁門左道」，不一看其書。

旁敲側擊
ㄆㄤˊ ㄑㄧㄠ ㄘㄜˋ ㄐㄧˊ

【解釋】在旁邊和側面敲敲打打。比喻從側面曲折婉轉地表達自己的意見或用若明若暗的語言影射、攻擊。

【出處】二十年目睹之怪現狀：「姊姊道：『這又不是了，雲岫這東西不給他兩句，他當人家一輩子都是糊塗蟲呢！只不過不應該這樣旁敲側擊，應該要明明亮亮的叫破了他！』」

【相同】話中有話。拐彎抹角。

【相反】單刀直入。開門見山。直言不諱。

【例句】你既已發覺，一定要慢慢點醒她。最好「旁敲側擊」，而不要開門見山地提出。

旁觀者清
ㄆㄤˊ ㄍㄨㄢ ㄓㄜˇ ㄑㄧㄥ

【解釋】局外人站在旁觀立場上看問題，比當事人清楚。

【出處】舊唐書·元行沖傳：「當局稱迷，傍觀見審。」紅樓夢：「俗語說『旁觀者清』。這幾年姑娘冷眼看著，或有該添該減的去處，二奶奶沒行到，姑娘竟一添減。」

【相反】當局者迷。當事者迷。

【例句】他們自己認為在說老實話，而在「旁觀者清」的我們，卻知道他們的偏見是受著他們對於這個人的厭惡心理所影響的。

旋乾轉坤
ㄒㄩㄢˊ ㄑㄧㄢˊ ㄓㄨㄢˇ ㄎㄨㄣ

【解釋】比喻改變自然面貌或已成的局面。形容人的本領極大。

【字義】旋：轉動；乾、坤：八卦中的兩卦，乾代表天，坤代表地。

【出處】唐·韓愈·潮州刺史謝上表：「陛下即位以來，躬親聽斷，旋乾轉坤。」

【相同】改天換地。力挽狂瀾。扭轉乾坤。

【相反】回天乏術。

【例句】我們一切進行，只有請小翁於暗中指揮，吾輩合力聽從進行，或可「旋乾轉坤」。

旗開得勝
ㄑㄧˊ ㄎㄞ ㄉㄜˊ ㄕㄥˋ

【解釋】軍旗一揚便獲得勝利。形容戰事或工作順利，一開戰便獲得勝利

【出處】元·無名氏·射柳捶丸：「託賴主人洪福，旗開得勝，馬到成功。」

【相同】馬到成功。立竿見影。

【相反】一觸即潰。

【例句】皇上金口玉言，點一點龍頭，成立了大典籌備處，便可開始辦事……「旗開得勝」，馬到成功。

旗鼓相當 ㄑㄧˊ ㄍㄨˇ ㄒㄧㄤ ㄉㄤ

【解釋】指交戰雙方兵力相等。

【字義】旗、鼓：古代軍隊用來指揮作戰的旗幟和戰鼓。

【出處】三國志：「容貌粗醜，無威儀而嗜酒，飲食言戲，不擇非類，故人多愛之而不敬也。」裴松之注·引管輅別傳：「酒盡之後，（管輅）問子春：『今欲與輅爲對者，若府君四坐之士邪？』子春曰：『吾欲自與卿旗鼓相當。』」

【相同】勢均力敵。棋逢對手。半斤八兩。

【相反】寡不敵衆。衆寡懸殊。大相逕庭。天壤之別。

【例句】這兩位生同里，少同學，長同遊，壯同事，後來「旗鼓相當」，做了許多事業。

无部

既往不咎 ㄐㄧˋ ㄨㄤˇ ㄅㄨˋ ㄐㄧㄡˋ

【解釋】指對過去的過錯不再追究。

【字義】咎：責罰，論罪。

【出處】論語：「成事不說，遂事不諫，既往不咎。」

【相同】既往不究。不咎既往。

【例句】我決定「既往不咎」，你就不必耿耿於懷了。

日部

日不暇給 ㄖˋ ㄅㄨˋ ㄒㄧㄚˊ ㄐㄧˇ

【解釋】形容每天時間不夠用，沒有一點空閒。

【字義】暇：空閒；給：豐足。

【出處】史記：「雖受命而功不至，至梁父矣而德不洽，洽矣而日有不暇給，是以即事用希。」漢書：「雖日不暇給，規摹弘遠矣。」

【相同】不遑他顧。

【例句】但此時正值北伐出師之時，軍書旁午，「日不暇給」，實在沒有工夫回家省親。

日中則昃 ㄖˋ ㄓㄨㄥ ㄗㄜˊ ㄗㄜˋ

【解釋】太陽到了正午之後，便開始西沉。比喻事物發展到頂點之後，便轉向衰落。

【字義】昃：太陽偏西。

【出處】周易：「日中則昃，月盈則食。」

【相同】日盈則食。月滿則虧。

【相反】蒸蒸日上。方興未艾。

【例句】日俄戰爭後，日本國勢已呈現「日中則昃」的態勢。

日月如梭 ㄖˋ ㄩㄝˋ ㄖㄨˊ ㄙㄨㄛ

【解釋】太陽和月亮的運行像飛梭一樣快。形容時間過得極快。

【字義】梭：織機上的梭子。

【出處】宋·趙德麟·候鯖錄：「織烏，日也，往來如梭之織。」西遊記：「說不盡光陰似箭，日月如梭；歷過了夏月炎天，卻又值三秋霜景。」

【相同】歲月如流。光陰似箭。白駒過隙。

【相反】寸陰若歲。度日如年。一日三秋。

【例句】光陰荏苒，「日月如梭」，瞬間已到八月，我即攜徒弟返家辦理家姐報聘事宜。

日月重光　ㄖˋ ㄩㄝˋ ㄔㄨㄥˊ ㄍㄨㄤ

【解釋】　太陽和月亮重放光輝。比喻國家經過動亂之後，重新出現清明安定的局面。

【出處】　魏鼓吹曲辭·應帝期：「星辰爲垂耀，日月爲重光。」宋書·孝武帝紀：「皇家造宋，日月重光，璇璣得序，五星順命。」

【相同】　河清海晏。四海升平。

【相反】　日月無光。山河破碎。國破家亡。

【例句】　台灣光復，「日月重光」；除舊布新，多難興邦。

日月無光　ㄖˋ ㄩㄝˋ ㄨˊ ㄍㄨㄤ

【解釋】　太陽和月亮沒有光亮。形容天地昏暗或政治黑暗。

【出處】　晉·葛洪·抱朴子：「所謂白日陸沈，日月無光，人鬼不能見也。」武王伐紂平話：「其日壞了太子，感得天昏地暗，日月無光，天雷大震，慘霧漫漫。」

【相同】　天昏地暗。暗無天日。有天無日。

【相反】　日月交輝。日月重光。重見天日。堯天舜日。

【例句】　在政治腐敗，「日月無光」的舊社會，像楊乃武與小白菜這樣的冤案是不勝枚舉的。

日削月朘　ㄖˋ ㄒㄩㄝ ㄩㄝˋ ㄐㄩㄢ

【解釋】　一天天、一月月地在削減。形容不斷損耗，日漸減少。

【字義】　削：減少；朘：削減。

【出處】　漢書：「民日削月朘，寖以大窮。」

【相同】　日銷月鑠。日銷月靡。日朘月削。

【相反】　與日俱增。日積月累。銖積寸累。

【例句】　帝國末期，國力日衰，「日削月朘」，領土只剩下最初的十分之一了。

日理萬機　ㄖˋ ㄌㄧˇ ㄨㄢˋ ㄐㄧ

【解釋】　每天要處理成千上萬件政務。形容政務繁忙。

【字義】　理：處理。萬機：繁多的政務。

【出處】　尙書：「兢兢業業，一日二日萬幾（機）。」明·余繼登·典故紀聞：「朕日理萬機，不敢斯須自逸，誠思天下大業以艱難得之，必當以艱難守之。」

【相反】　無所事事。

【例句】　總理處理國家大事，「日理萬機」，可是對文學藝術卻又那麼精通，那麼熟悉，那麼關心。

日復一日　ㄖˋ ㄈㄨˋ ㄧˊ ㄖˋ

【解釋】　時間一天又一天過去。形容時間不斷流逝。

【字義】　復：又。

【出處】　後漢書：「帝曰：『天下重器，常恐不任，日復一日，安敢遠期十歲乎？』」

【相同】　年復一年。

【例句】　惜弟本不善飲，而近在病中，更無緣與此君親近耳。「日復一日」，眞覺百無聊賴，奈何奈何！

日新月異 ㄖˋ ㄒㄧㄣ ㄩㄝˋ ㄧˋ

【解釋】天天在更新，月月在變化。形容發展、進步快，不斷出現新氣象。

【字義】新：更新；異：不同。

【出處】痛史·序：「年來吾國上下，競言變法，百度維新。教授之術，亦採法列強，教科之書，日新月異。」

【相同】日異月新。一日千里。

【相反】江河日下。一落千丈。

【例句】各個生產部門的生產技術和工藝規程，正在「日新月異」地變革，保證了生產過程的進一步加速和強化。

日暮途窮 ㄖˋ ㄇㄨˋ ㄊㄨˊ ㄑㄩㄥˊ

【解釋】天已晚，路已盡。比喻力竭計窮，接近死亡。

【字義】暮：黃昏；窮：盡。

【出處】原作「日暮途遠」。吳子·治兵：「日暮道遠，必數下上。」史記：「吾日暮途遠，吾故倒行而逆施之。」

【相同】日暮途遠。走投無路。

【相反】漸入佳境。漸入蔗境。

【例句】可憐這「日暮途窮」的洪幼主逃入石城附近的荒谷中，以為山僻人稀，可以苟延殘喘。

日銷月鑠 ㄖˋ ㄒㄧㄠ ㄩㄝˋ ㄕㄨㄛˋ

【解釋】一天天地銷熔，一月月地減少。形容不斷減損。

【字義】銷、鑠：熔化、減少。

【出處】唐·韓愈詩：「日銷月鑠就埋沒，六年西顧空吟哦。」

【相同】日銷月靡。日削月朘。

【相反】與日俱增。日積月累。銖積寸累。

【例句】清末，不圖振興，「日銷月鑠」，淪為次殖民地，國家眼看就要被列強瓜分！

日積月累 ㄖˋ ㄐㄧ ㄩㄝˋ ㄌㄟˇ

【解釋】一天天、一月月地積累。形容長時間不斷地積累。

【出處】宋史·喬行簡傳：「日積月累，氣勢益張，人主之威權，將為所竊弄而不自知矣。」

【相同】積沙成塔。積少成多。集腋成裘。

【相反】日削月朘。日銷月鑠。

【例句】人民的語彙是非常生動的，是表現實生活……十幾年來，「日積月累」，記了好幾本。

日薄西山 ㄖˋ ㄅㄛˊ ㄒㄧ ㄕㄢ

【解釋】太陽迫近西山，將要落下。比喻人到了垂暮之年或事物接近衰亡。

【字義】薄：迫近。

【出處】漢書·揚雄傳：「臨汨羅而自殞兮，恐日薄於西山。」晉·李密·陳情表：「但以劉日薄西山，氣息奄奄，人命危淺，朝不慮夕。」

【相同】西山日薄。桑榆暮景。日暮途窮。

【相反】旭日東昇。如日中天。

【例句】祖母「日薄西山」，在世之日已不多了。

旰食宵衣 ㄍㄢˋ ㄕˊ ㄒㄧㄠ ㄧ

【解釋】天黑了才吃飯，天不亮就穿衣起床。舊時形容帝王勤於政事。

【字義】 旰：晚、遲；宵：夜；衣：穿著。

【出處】 南朝·陳·徐陵·陳文帝哀冊文：「勤民聽政，旰食宵衣。」

【相同】 朝乾夕惕。夙夜匪懈。宵衣旰食。

【相反】 飽食終日。無所事事。

【例句】 陛下日理萬機，「旰食宵衣」，焦勞天下，豈可使陛下爲此祭文煩心？

昏定晨省 ㄏㄨㄣ ㄉㄧㄥˋ ㄔㄣˊ ㄒㄧㄥˇ

【解釋】 指子女每天侍奉父母的日常禮節。

【字義】 昏定：晚上照顧父母就寢；晨省：早上向父母請安。

【出處】 禮記·曲禮上：「凡爲人子禮，冬溫而夏凊，昏定而晨省。」

【相同】 晨昏定省。

【例句】 爲人子者，冬溫夏凊，「昏定晨省」，出入扶持，清席請衽，也有個一定的儀節。

易如反掌 ㄧˋ ㄖㄨˊ ㄈㄢˇ ㄓㄤˇ

【解釋】 容易得像翻一下手掌那樣。比喻極易做到。

【出處】 孟子·公孫丑上：「以齊王，由反手也。」漢·枚乘·書諫吳王：「必若所爲，危於累卵，難於上天；變所欲爲，易於反掌，安於泰山。」

【相同】 易如拾芥。輕而易舉。垂手可得。易於反掌。

【相反】 大海撈針。挾山超海。難於上天。

【例句】 這表明政府只須能眞正反映全國各抗日黨派及人民的共同要求，執行領導權是「易如反掌」的。

明日黃花 ㄇㄧㄥˊ ㄖˋ ㄏㄨㄤˊ ㄏㄨㄚ

【解釋】 古人多在重陽節賞菊，節後賞菊者日漸減少。比喻已過時或失去意義的事情。

【字義】 明日：指重陽節後；黃花：菊花，菊花固有各種顏色，但以黃色爲貴，所以用黃花代表菊花。

【出處】 宋·蘇軾詩九日次韻菊花王：「相逢不用忙歸去，明日黃花蝶也愁。」宋·胡繼宗·書事·花木類：「過時之物，曰明日黃花。」

【相同】 時過境遷。事過境遷。

【例句】 定生忿慨地說：『爭擁立的事，早已是「明日黃花」，怎知事隔半年，又算起舊帳來？』

明火執仗 ㄇㄧㄥˊ ㄏㄨㄛˇ ㄓˊ ㄓㄤˋ

【解釋】 點燃火把，拿著武器。特指公開搶劫的強盜行徑。

【字義】 仗：兵器。

【出處】 元·無名氏·盆兒鬼：「我在這瓦窯居住，做些本分生涯，何曾明火執仗，無非赤手求財。」

【例句】 那時，軍閥的校尉士兵們遇到障礙的地方，就發炮轟擊，然後「明火執仗」，帶著利斧武器，縋繩而入。

明正典刑 ㄇㄧㄥˊ ㄓㄥˋ ㄉㄧㄢˇ ㄒㄧㄥˊ

【解釋】 指依照法律公開處置。

【字義】 明：公開；正：治罪；典刑：常刑。

【出處】 宋·呂頤浩·辭免赴召乞納節致仕札子：「如果託疾，自當明正典刑；如委實抱病，伏望天慈，放臣閒退。」

【例句】如此猶任其當國，朝廷尙有法律耶？務乞「明正典刑」，以爲玩法無君者戒！

明目張膽 ㄇㄧㄥˊ ㄇㄨˋ ㄓㄤ ㄉㄢˇ

【解釋】本形容有膽有識，敢作敢爲。現多形容爲所欲爲，無所顧忌。

【出處】晉書·王敦傳：「今日之事，明目張膽，爲六軍之首，寧忠臣而死，不無賴而生矣。」

【相同】肆無忌憚。

【相反】安分守己。

【例句】天一黑，小偷就公然橫行，「明目張膽」地破門而入。

明珠暗投 ㄇㄧㄥˊ ㄓㄨ ㄢˋ ㄊㄡˊ

【解釋】把夜明珠扔在暗處。比喻人才被埋沒或誤入歧途。或比喻珍貴之物落入不識貨者之手。

【出處】史記：「臣聞明月之珠……以暗投入於道路。」三國演義：「統曰：『吾欲投曹操去也。』肅曰：『此明珠暗投矣。』」

【例句】把王羲之的眞跡送給他，不是「明珠暗投」嗎？

明媒正娶 ㄇㄧㄥˊ ㄇㄟˊ ㄓㄥˋ ㄑㄩˇ

【解釋】指經媒人介紹，父母同意正式成婚。

【出處】元·關漢卿·救風塵：「哪裏是明媒正娶，公然的傷風敗俗。」

【相同】三媒六證。

【相反】露水夫妻。

【例句】慢說是「明媒正娶」，就是咱二狗硬要她作姨太太，你也應當趕快把她雙手送過來！

明哲保身 ㄇㄧㄥˊ ㄓㄜˊ ㄅㄠˇ ㄕㄣ

【解釋】指明智的人善於避禍以保全自己。

【字義】明哲：明智，深明事理。

【出處】詩經：「即明且哲，以保其身。」

【相同】潔身自好。全身遠禍。

【相反】飛蛾撲火。引火燒身。

【例句】他，士大夫出身的他，雖然有他的驕傲，但也有他的謹愼，他也知道「明哲保身」的古訓。

明察秋毫 ㄇㄧㄥˊ ㄔㄚˊ ㄑㄧㄡ ㄏㄠˊ

【解釋】指能敏銳地洞察一切。

【字義】秋毫：鳥獸在秋天長出的細毛，比喻微小的事物。

【出處】孟子·梁惠王上：「明足以察秋毫之末，而不見輿薪，王許之乎？」

【相同】洞若觀火。

【相反】視而不見。

【例句】我以爲倒不如看看他的過去—這是他眼前言行的注，一看，就更易於明白。窮其根本，正是「明察秋毫」的辦法。

明槍暗箭 ㄇㄧㄥˊ ㄑㄧㄤ ㄢˋ ㄐㄧㄢˋ

【解釋】比喻採用公開和隱蔽的手段對人進行攻擊。

【出處】元·無名氏·獨角牛：「孩兒也，一了說明槍好躲，暗箭難防。」

【相同】明槍暗劍。

【例句】祖父死後，大哥因爲做了承

重孫（聽說他曾經被一個婦娘暗地裏喚做承重老爺）便成了「明槍暗箭」的目標。

昭然若揭 ㄓㄠ ㄖㄢˊ ㄖㄨㄛˋ ㄐㄧㄝ

【解釋】形容眞相大白。

【字義】昭然：明顯、顯著的樣子；揭：高舉。

【出處】莊子：「今汝飾知以驚愚，修身以明污，昭昭乎若揭日月而行也。」

【相同】顯而易見。暴露無遺。眞相大白。

【相反】諱莫如深。

【例句】孫中山心理建設，曠觀中國有史以來，文明發達跡，其事「昭然若揭」也。

是非曲直 ㄕˋ ㄈㄟ ㄑㄩ ㄓˊ

【解釋】正確和錯誤，有理和無理。常用於明辨事理的對和錯。

【字義】曲：理虧；直：有理。

【出處】漢·王充·論衡：「二論各有所見，故是非曲直未有所定。」

【相同】是是非非。

【例句】周老太太看見翠鳳埋著頭用手擦眼睛，好像受了委曲的樣子站在她面前，心裏先就判定了「是非曲直」。

星火燎原 ㄒㄧㄥ ㄏㄨㄛˇ ㄌㄧㄠˊ ㄩㄢˊ

【解釋】微小的火星，可以燎燒原野。比喻一點小的事故，就能釀成大的災禍。或比喻弱小的新生事物有旺盛的生命力和巨大的前途。

【出處】尚書：「若火之燎於原，不可向邇。」

【例句】中國是全國都布滿了乾柴，很快就會燃成烈火。「星火燎原」的話，正是時局發展的適當描寫。

星移斗轉 ㄒㄧㄥ ㄧˊ ㄉㄡˇ ㄓㄨㄢˇ

【解釋】星斗變換了位置。比喻時間、季節的改變。

【字義】斗：北斗星。

【出處】元·吳昌齡·張天師：「頃刻星移斗轉，雲遊天下。」

【相同】參橫斗轉。

【例句】抬頭觀看，「星移斗轉」，正是三更時分。

星羅棋布 ㄒㄧㄥ ㄌㄨㄛˊ ㄑㄧˊ ㄅㄨˋ

【解釋】像星星羅列著，像棋子分布著。形容數量很多，分布很密。

【字義】羅：排列；布：分布，散布。

【出處】晉·張協·登北邙賦：「墳壟崎迭，棋在星羅。」明·陳璉·皆山軒賦：「群巒牧監，星羅棋布。」

【相同】鱗次櫛比。

【相反】寥若晨星。寥寥可數。

【例句】南盤江源頭，那些雷公灘……等河灘、村落的名字，就足夠令人想起那只有十幾二十幾米寬的山澗，日日夜夜，激流飛瀉，撞擊在「星羅棋布」的亂石上。

春秋筆法 ㄔㄨㄣ ㄑㄧㄡ ㄅㄧˇ ㄈㄚˇ

【解釋】指把褒貶的態度隱含在曲折的文字當中。

【字義】春秋：春秋時魯國的編年體史書，相傳爲孔子所修訂，常用一個字來體現文意的褒貶。

【出處】史記：「至於為春秋，筆則筆，削則削，子夏之徒，不能贊一辭。」

【例句】初意卻不過貪圖少寫一個字，並非有什麼「春秋筆法」。

春風化雨 ㄔㄨㄣ ㄈㄥ ㄏㄨㄚˋ ㄩˇ

【解釋】適宜於草木生長的風和使萬物滋潤成長的雨。喻師長或起教育作用的事物。或比喻使人潛移默化的教育。（參見「春風風人」）。

【出處】孟子：「有如時雨化之者。」漢·劉向·說苑·貴德：「春風風人。」

【相同】春風風人。夏雨雨人。

【例句】滿想在這「春風化雨」的環境裡，多受一些教益，哪裏知道剛入黨後的一點鐘內，就要離開這塊令人陶醉的土地。

春風風人 ㄔㄨㄣ ㄈㄥ ㄈㄥˋ ㄖㄣˊ

【解釋】春風吹拂人。多比喻給人以教育或幫助。

【字義】風人：比喻教化人。

【出處】漢·劉向·說苑·貴德：「管仲上車曰：『嗟茲乎！我窮必矣！吾不能以春風風人，吾不能以夏雨雨人，吾窮必矣！』」

【相同】春風夏雨。春風化雨。

【例句】有了醒悟，便是進步的開端，古人言道：「春風風人」風人之「風」含有及時幫助教育的意思。

春風得意 ㄔㄨㄣ ㄈㄥ ㄉㄜˊ ㄧˋ

【解釋】形容中進士後揚揚自得的心情，或指中進士。形容得志，遇事如意。

【字義】春風：春天的和風，比喻喜氣或恩惠。

【出處】唐·孟郊·登科後：「春風得意馬蹄疾，一日看盡長安花。」

【相同】揚揚得意。揚揚自得。自鳴得意。

【相反】悵然若失。

【例句】他是挺倒楣的。大大小小的國際比賽中，敗走麥城的時候多，「春風得意」的時候絕對沒有。

春華秋實 ㄔㄨㄣ ㄏㄨㄚ ㄑㄧㄡ ㄕˊ

【解釋】草木春天開花，秋天結果。或比喻經艱辛努力而獲得美好成果。

【字義】華：花；實：果實，種子。

【例句】「春華秋實」，沒有那浩蕩的春風，又哪裏會有這滿野秋色和大好的收成呢？

時來運轉 ㄕˊ ㄌㄞˊ ㄩㄣˋ ㄓㄨㄢˇ

【解釋】指從逆境轉向了順境。

【出處】晉書：「時來運集，天贊我也。」

【相同】時來運來。時來運至。

【相反】時乖命蹇。時乖運蹇。時運不濟。

【例句】他想：「運氣不好，誰認識英雄好漢；『時來運轉』，一切自然就不同了。」

時移勢遷 ㄕˊ ㄧˊ ㄕˋ ㄑㄧㄢ

【解釋】時間變化了，形勢也不同了。

【相同】時過境遷。時移俗易。

【例句】雖然「時移勢遷」，在野人

士已經日漸失其重要，但在本地的小環境內還有相當的聲望。

時運不濟 ㄕˊ ㄩㄣˋ ㄅㄨˋ ㄐㄧˋ

【解釋】 時機和命運不好。多指遭到挫折和逆境。

【字義】 不濟：不好。

【出處】 唐・王勃・滕王閣詩序：「嗟乎！時運不濟，命運多舛。」

【相同】 時乖命蹇。

【相反】 時來運轉。時運亨通。

【例句】 自今「時運不濟」，到了現在的困境，時承舊朋友接濟，本不應收受，惟已到了山窮水盡的境地，乃忍痛受之。

晨鐘暮鼓 ㄔㄣˊ ㄓㄨㄥ ㄇㄨˋ ㄍㄨˇ

【解釋】 寺廟報時的早鐘聲和晚鼓聲。多形容寺院的孤寂生活或時光推移。或比喻能使人警覺醒悟的話語。

【出處】 唐・李咸用・山中詩：「朝鐘暮鼓不到耳，明月孤帆常掛情。」

【相同】 暮鼓朝鐘。

【例句】 有了這些眞實資料，在書中盡情揭發，藉以警惕青年，作爲「晨鐘暮鼓」，用心亦屬良苦。

普天同慶 ㄆㄨˇ ㄊㄧㄢ ㄊㄨㄥˊ ㄑㄧㄥˋ

【解釋】 天下的人共同歡慶。

【字義】 普天：指全國或全世界。

【出處】 南朝・宋・劉義慶・世說新語：「元帝皇子生，普賜群臣。殷洪喬謝曰：『皇子誕育，普天同慶，臣無勳焉，而猥頒厚賚。』」

【例句】 台灣光復了，舉國歡騰，「普天同慶」。

晴天霹靂 ㄑㄧㄥˊ ㄊㄧㄢ ㄆㄧ ㄌㄧˋ

【解釋】 正式作「青天霹靂」。晴天響起了炸雷。比喻突然發生的令人震驚的意外事件。

【字義】 霹靂：巨大的響雷。

【出處】 宋・陸游詩：「放翁病過秋，忽起作醉墨，正如久蟄龍，青天飛霹靂。」

【相同】 禍從天降。平地風波。五雷轟頂。

【相反】 喜從天降。

【例句】 醫院宣布他肺癌已至末期，頂多只能維持幾個月。這對家裏人來說，簡直是「晴天霹靂」。

暗中摸索 ㄢˋ ㄓㄨㄥ ㄇㄛ ㄙㄨㄛˇ

【解釋】 指在黑暗中尋找辨認。或比喻無指導，獨自探求、鑽研。

【出處】 唐・劉餗・隋唐嘉話：「許敬宗性輕傲，見人多忘之。或謂其不聰，曰：『卿自難記，若遇何（遜）、劉（存綽）、沈（約）、謝（朓），暗中摸索著，亦可識之。』」

【相同】 冥行盲索。

【例句】 他知道我對西洋文學感覺興趣，正在自己「暗中摸索」。

暗度陳倉 ㄢˋ ㄉㄨˋ ㄔㄣˊ ㄘㄤ

【解釋】 比喻以假像作掩飾而暗中行動。

【字義】 陳倉：古縣名，在今陝西寶雞市東，古代是關中、漢中兩地區間的通道。

【出處】 史記・高祖本記載：公元前二〇六年，劉邦率軍入關，攻下咸陽。項羽赴約，自立為西楚霸王，而封劉邦為漢王。劉邦去漢中途中，故意燒毀棧道，表示無意東還，不會和項羽爭奪天下。隨後採韓信計策，暗地從故道（即陳倉道）回軍，在陳倉擊敗章邯大軍，向東重返咸陽。

【例句】漢王卻早由張良定計，叫他明修棧道「暗度陳倉」。

暗送秋波 ㄢˋ ㄙㄨㄥˋ ㄑㄧㄡ ㄆㄛ

【解釋】原指偷偷地用眉目傳情。現多比喻背地裏討好，暗中勾搭。

【字義】秋波：比喻美女清澈明亮的眼睛。

【出處】三國演義：「布欣喜無限，頻以目視貂蟬，貂蟬亦以秋波送情。」

【相同】眉來眼去。眉目傳情。

【例句】你那份檢查，表示要和賊劃清界線，卻是假的；你們明著是一刀兩斷，實際上卻是在「暗送秋波」。

暗無天日 ㄢˋ ㄨˊ ㄊㄧㄢ ㄖˋ

【解釋】黑得像天上沒有太陽似的。形容十分昏暗，看不到一點光亮。比喻社會腐朽、黑暗。

【出處】聊齋誌異：「又且平民膏腴，任肆饕食；良家女子，強委禽妝。沴氣冤氛，暗無天日。」

【相同】昏天黑地。天昏地暗。黯無天日。

【相反】重見天日。撥雲見日。

【例句】他和她長期間就在敵人的「暗無天日」的統治下，冒著生命危險，從事莊嚴的革命工作。

暗箭傷人 ㄢˋ ㄐㄧㄢˋ ㄕㄤ ㄖㄣˊ

【解釋】暗地裏放箭傷害別人。比喻暗中用陰險手段傷害他人。

【出處】宋·劉炎·邇言：「暗箭中人，其深刺骨，人之怨之，亦必刺骨，以其掩人所不備也。」鏡花緣：「有輕棄五穀的強盜，有荼毒生靈的強盜，有暗箭傷人的強盜，有借刀殺人的強盜。」

【相同】暗器傷人。

【例句】張宗昌、褚玉璞也有電報表示，大丈夫行事光明磊落，決不「暗箭傷人」。

暴虎馮河 ㄅㄠˋ ㄏㄨˇ ㄆㄧㄥˊ ㄏㄜˊ

【解釋】空手打虎，徒步過河。比喻有勇無謀，冒險行動。

【字義】暴：空手搏鬥；馮河：徒步過河。

【出處】詩經：「不敢暴虎，不敢馮河。」論語·述而：「暴虎馮河，死而無悔者，吾不與也。」

【相同】有勇無謀。馮河暴虎。

【例句】我已仔細想過了，縱然有子路那種「暴虎馮河」，死而無悔的勇氣，也無補大局。

暴戾恣睢 ㄅㄠˋ ㄌㄧˋ ㄗˋ ㄙㄨㄟ

【解釋】形容凶殘放縱，胡作非為。

【字義】暴戾：凶狠，殘酷；恣睢：放縱，任意胡為。

【出處】史記：「盜跖日殺不辜，肝人肉，暴戾恣睢，聚黨數千人橫行天下。」

【例句】我們對於這類「暴戾恣睢」的不肖的個人無暇攻擊，也不值得攻擊。

暴殄天物 ㄅㄠˋ ㄊㄧㄢˇ ㄊㄧㄢ ㄨˋ

【解釋】殘害滅絕各種自然界的生物。或任意糟蹋東西。

【字義】暴：損害、糟蹋；殄：滅絕；天物：指鳥獸、草木等。

【出處】尚書：「今商王受無道，暴殄天物，害虐烝民。」

【例句】他富甲天下，任意揮霍，「暴殄天物」成了習慣。

曇花一現 ㄊㄢˊ ㄏㄨㄚ ㄧˊ ㄒㄧㄢˋ

【解釋】比喻事物一出現很快就消失。

【字義】曇花：印度梵語優曇鉢花的簡稱，開放時間很短。

【出處】妙法蓮花經：「佛告舍利佛，如是妙法，諸佛如來，時乃說之，如優曇鉢花，時一現耳。」

【相同】好景不常。過眼雲煙。

【相反】萬古長青。萬古流芳。流芳百世。

【注意】本成言中的「曇花」，是佛經上傳說的花，不是台灣常見的「曇花」（仙人掌科植物，花白，深夜開花，四小時即凋謝。正式名「月下美人」，弄錯的人非常多。）

【例句】在歷史的長流中，人的一生只能算是「曇花一現」而已。

曠日持久 ㄎㄨㄤˋ ㄖˋ ㄔˊ ㄐㄧㄡˇ

【解釋】荒廢時日，拖延很久。

【字義】曠：荒廢，耽誤。

【出處】戰國策：「今取古之爲萬國者，分以爲戰國七，具數十萬之兵，曠日持久，數歲，即君之齊已。」

【相同】曠日彌久。曠日長久。

【相反】指日可待。

【例句】伯鴻和仲濤深恐「曠日持久」，將來世局不可預料，決意立即付排。

曠古未有 ㄎㄨㄤˋ ㄍㄨˇ ㄨㄟˋ ㄧㄡˇ

【解釋】自古以來都不曾有。

【字義】曠古：自古以來，遠古。

【出處】北齊書・王紘傳：「冒死效命之士反見屠戮，曠古未有此事。」

【相同】亘古未有。空前未有。前所未有。

【相反】司空見慣。史不絕書。比比皆是。

【例句】他熱愛這個嶄新的世界，他正確地估計到將有一番轟轟烈烈「曠古未有」的大發展。

曰部

曲突徙薪 ㄑㄩ ㄊㄨ ㄒㄧˇ ㄒㄧㄣ

【解釋】把煙囪建成彎的，搬走灶旁的柴草，防止發生火災。比喻事先做好準備，以免發生意外事故。

【字義】曲：使彎曲；突：煙囪；徙：遷移；薪：柴草。

【出處】漢書：「人謂主人曰：『向使聽客之言，不費牛酒，終亡火患。今論功而請賓，曲突徙薪亡恩澤，焦頭爛額爲上客耶？』」

【相同】未雨綢繆。

【相反】江心補漏。賊走關門。亡羊補牢。

【例句】續孽海花：『伏願皇太后、皇上聽「曲突徙薪」之謀，懍滋蔓難圖之義，函收華福之兵權，而擇久任督撫忠懇知兵者，分領其衆。』」

曲高和寡 ㄑㄩ ㄍㄠ ㄏㄜˋ ㄍㄨㄚˇ

【解釋】樂曲格調越高，跟著唱的人就越少。比喻人的言行或文藝作品不同凡響，難得知音。

【字義】和：跟著唱。

【出處】宋玉·對楚王問：「客有歌於郢中者，其始曰下里巴人，國中屬而和者數千人；其爲陽阿、薤露，國中屬而和者數百人；其爲陽春白雪，國中屬而和者不過數十人；引商刻羽，雜以流徵，國中屬而和者不過數人而已。是其曲彌高，其和彌寡。」

【相同】陽春白雪。

【相反】下里巴人。雅俗共賞。

【例句】傅雷家書：「國人談詩的尊杜的多於尊李的，也是這個緣故。」而且究竟像太白那樣的天縱之才不多，共鳴的人也少，所謂「曲高和寡」。

曲盡其妙 ㄑㄩ ㄐㄧㄣˋ ㄑㄧˊ ㄇㄧㄠˋ

【解釋】曲折完美地把妙處表達出來。形容表達技巧十分高明。

【字義】曲：委婉細緻地；盡：竭；妙：美妙。

【出處】晉·陸機·文賦序：「故作文賦以述先士之盛藻，因論作文之利害所由，他日殆可謂曲盡其妙。」剪燈新話·翠翠傳：「（生）處於其門，益自檢束，承上接下，咸得其歡，代書回簡，曲盡其意。」

【相同】妙筆生花。曲盡其意。

【相反】詞不達意。空洞無物。

【例句】下筆時，盡可能使用恰當地表達自己的感情，準確地刻畫事物的語言文字，以求「曲盡其妙」。

更僕難數 ㄍㄥ ㄆㄨˊ ㄋㄢˊ ㄕㄨˇ

【解釋】換了幾班侍者，賓主要說的話還是沒有說完，形容要說的話很多。泛指數量極多，數也數不完。

【字義】更：更換；僕：儐相，僕人。

【出處】禮記：「哀公曰：『敢問儒行。』孔子對曰：『遽數之不能終其物，悉數之乃留，更僕未可終。』」鄭玄注：「僕，大僕也。君燕朝則正位，掌儐相；更之者，爲久將倦，使之相代。」明·徐宏祖·徐霞客遊記：「亂峰尖疊，什伯爲伍，橫變側移，殆更僕難數。」

【相同】數不勝數。不可勝數。恆河沙數。

【相反】屈指可數。歷歷可數。寥寥可數。

【例句】至今當教授、研究員、編審、特級教師的「更僕難數」。

書香門第 ㄕㄨ ㄒㄧㄤ ㄇㄣˊ ㄉㄧˋ

【解釋】世代是讀書人的家庭。

【出處】兒女英雄傳：「如今眼看著書香門第是接下去了，衣飯生涯是靠得住了，他那個兒子只按部就班的也就作到公卿，正用不著到那等地方去名外圖利。」

【例句】咱家是世代「書香門第」，詩禮傳家，沒想到竟出了這個沒廉沒恥、失節從賊之人！

曾幾何時 ㄘㄥˊ ㄐㄧˇ ㄏㄜˊ ㄕˊ

【解釋】指時間過了不多久。

【字義】曾：文言副詞，相當於「才

」；幾何：多少。

【出處】宋·趙德莊詞：「回首分攜，光風冉冉菲菲。曾幾何時，故山疑夢還非。」

【相同】轉眼之間。彈指之間。轉瞬之間。

【例句】祖父音容宛在，「曾幾何時」他的墓木已拱。

曾經滄海 ㄘㄥˊ ㄐㄧㄥ ㄘㄤ ㄏㄞˇ

【解釋】曾經歷過大海。比喻見過大世面，眼界開闊，閱歷深。

【出處】孟子：「故觀海者難爲水，遊於聖人之門者難爲言。」唐·元稹詩：「曾經滄海難爲水，除卻巫山不是雲。」

【相同】飽經滄桑。

【相反】涉世不深。

【例句】一時便覺的那香的氣味，有些鑽鼻刺腦，請教一個「曾經滄海」的十三妹，這些個玩意兒可有個不在行的嗎？

月部

月下老人 ㄩㄝˋ ㄒㄧㄚˋ ㄌㄠˇ ㄖㄣˊ

【解釋】媒人。

【出處】續幽怪錄的記載：唐朝的韋固年輕時路過宋城，見一個老人在月光下倚囊而坐，手裏翻著一本書。韋固問他囊中是何物？他說是赤繩，繫在男女兩人的腳上，他們就結爲夫婦。

【例句】自古道：『千里姻緣一線牽。』管姻緣的有一位「月下老人」預先注定，暗裏只用一根紅絲，把這兩人的腳絆住，憑你兩家哪怕隔著海呢，若有姻緣的，終久有機會作成了夫婦。（紅樓夢）

月白風清 ㄩㄝˋ ㄅㄞˊ ㄈㄥ ㄑㄧㄥ

【解釋】月光皎潔，微風涼爽。

【字義】清：涼爽。

【出處】蘇軾·後赤壁賦：「有客無酒，有酒無肴，月白風清，如此良夜何！」

【相同】月朗風清。

【相反】月黑風高。

【例句】傳說他曾在一個「月白風清」的夜晚，見一群天姿國色的女子在河邊洗澡。

月黑風高 ㄩㄝˋ ㄏㄟ ㄈㄥ ㄍㄠ

【解釋】沒有月亮且狂風大作。形容夜晚的惡劣天氣。

【出處】元·秦簡夫·東堂老：「半席地恰便似八百里梁山泊，抵多少月黑風高。」

【相反】月白風清。風清月朗。風清月白。

【例句】黃小彪領著哥兒們，手持菜刀、木棒，趁「月黑風高」，闖入杜阿福的家。

有口皆碑 ㄧㄡˇ ㄎㄡˇ ㄐㄧㄝ ㄅㄟ

【解釋】所有人的嘴都是記功碑。比喻對突出的好人好事，人人稱頌。

【字義】碑：記功的石碑。

【出處】五燈會元：「勸君不用鐫頑石，路上行人口似碑。」

【相同】口碑載道。頌聲載道。讚不

絕口。
【相反】 怨聲載道。
【例句】 宮保的政聲，「有口皆碑」，那是沒有得說的了。

有口無心 ㄧㄡˇ ㄎㄡˇ ㄨˊ ㄒㄧㄣ
【解釋】 嘴上說的厲害，心裏並沒有啥。
【出處】 兒女英雄傳：「鄧九公是個重交尙義，有口無心，年高好勝的人。」紅樓夢：「別是寶玉有嘴無心，從來沒個忌諱，高了興，信嘴胡說，也是有的。」
【相同】 有嘴無心。
【相反】 有嘴有心。
【例句】 他是「有口無心」直腸子的大好人。

有名無實 ㄧㄡˇ ㄇㄧㄥˊ ㄨˊ ㄕˊ
【解釋】 徒有虛名，並無實際。形容名實不符。
【出處】 莊子：「有名有實，是物之居；無名無實，在物之虛。」晉·陸機·五等諸侯論：「逮至中葉，忌其失節，割削宗子，有名無實，天下曠然，復襲亡秦之軌矣。」
【相同】 徒有虛名。名不符實。虛有其名。
【相反】 名不虛傳。名符其實。名副其實。
【例句】 我們不能做「有名無實」的黨員，不能總在困難面前裹足不前。

有志竟成 ㄧㄡˇ ㄓˋ ㄐㄧㄥˋ ㄔㄥˊ
【解釋】 有志氣，終會成功。
【字義】 竟：終於。
【出處】 後漢書：「帝謂弇曰：『將軍前在南陽，建此大策，常以爲落落難合，有志者事竟成也。』」
【例句】 不要氣餒，「有志竟成」，總有我們揚眉吐氣的一天。

有求必應 ㄧㄡˇ ㄑㄧㄡˊ ㄅㄧˋ ㄧㄥˋ
【解釋】 只要別人有請求，就一定答應。
【出處】 鏡花緣：「凡有鄰邦，無論遠近，莫不和好，而且有求必應，最肯排難解紛。」
【相同】 來者不拒。
【相反】 拒人千里。
【例句】 他有菩薩心腸，對任何人都是「有求必應」的。

有板有眼 ㄧㄡˇ ㄅㄢˇ ㄧㄡˇ ㄧㄢˇ
【解釋】 比喻說話做事有條不紊，合乎章法。
【字義】 板、眼：音樂戲曲的節拍。
【相同】 有條不紊。有條有理。
【相反】 雜亂無章。
【例句】 他的話就這麼「有板有眼」訓下來，直到大家站的腿疲了才算訓完。

有恃無恐 ㄧㄡˇ ㄕˋ ㄨˊ ㄎㄨㄥˇ
【解釋】 指有依靠而不怕。
【字義】 恃：依靠，依仗；恐：害怕
【出處】 左傳：「室如懸罄，野無青草，何恃而不恐？」
【例句】 因爲他的父親是警察局長，便「有恃無恐」，成天在外爲非作歹。

有條不紊 ㄧㄡˇ ㄊㄧㄠˊ ㄅㄨˋ ㄨㄣˇ

【解釋】有條理有次序，一點不亂。
【字義】紊：亂。
【出處】尚書：「若網在綱，有條而不紊。」
【相同】有條有理。井井有條。秩序井然。
【相反】雜亂無章。亂七八糟。顛三倒四。
【例句】美國的機場上不斷地有飛機起落，成千上萬的旅客出出進進，上上下下。這樣複雜的集體活動能「有條不紊」地進行，如果我們閉目想一想，眞是不簡單。

有教無類 ㄧㄡˇ ㄐㄧㄠˋ ㄨˊ ㄌㄟˋ

【解釋】不分貴賤、類別，都給予教育。
【字義】教：教育；類：種類，類別。
【出處】論語：「子曰：『有教無類。』」邢昺疏：「言人所在見教無有貴賤種類也。」
【例句】他的教書有一個特別的地方，就是「有教無類」。

有眼無珠 ㄧㄡˇ ㄧㄢˇ ㄨˊ ㄓㄨ

【解釋】有眼沒眼珠。比喻沒有識別事物、分辨是非的能力。
【字義】珠：瞳孔。
【出處】元·無名氏·舉案齊眉：「怎比你有眼卻無珠。」
【相同】有眼如盲。
【相反】明察秋毫。明若觀火。
【例句】我等「有眼無珠」不識眞人下界！

有備無患 ㄧㄡˇ ㄅㄟˋ ㄨˊ ㄏㄨㄢˋ

【解釋】事先作了準備，可以避免禍患。
【字義】患：患難，災禍。
【出處】尚書：「惟事事，乃其有備，有備無患。」
【相同】未雨綢繆。防患未然。
【相反】亡羊補牢。江心補漏。臨渴掘井。
【例句】我想我軍攻入敵軍陣地，雖不成問題，但兵不厭詐，我仍須提防暗算，所謂「有備無患」。

有朝一日 ㄧㄡˇ ㄓㄠ ㄧˊ ㄖˋ

【解釋】將來有那麼一天。
【字義】朝：日，天。
【出處】元·無名氏·博望燒村：「有朝一日·我出茅廬指點世人迷，憑著我劍揮星斗，我志逐風雷。」
【例句】我想林木越來越多，氣候越來越暖，「有朝一日」，可能大雁便定居在北方，無須辛苦地南來北往了。

有聲有色 ㄧㄡˇ ㄕㄥ ㄧㄡˇ ㄙㄜˋ

【解釋】即有聲音，又有色彩。形容叙述、措繪和表演等精彩生動。或形容辦事有生氣，使人叫好。
【出處】文明小史：「立刻做了一個招撫義和團的摺子，把義和團說得有聲有色。」
【相同】繪聲繪色。栩栩如生。
【相反】枯燥無味。死氣沈沈。
【例句】如果每一個大學都能根據自己的特點，把體育教學「有聲有色」地開展起來，這對我國建設將會作出更大的貢獻。

朋比爲奸 ㄆㄥˊ ㄅㄧˋ ㄨㄟˊ ㄐㄧㄢ

【解釋】互相串通，一起做壞事。

【字義】朋比：互相勾結；爲：做。

【出處】新唐書：「趨利之人，常爲朋比，同其私也。」三國演義：「後張讓、趙忠……郭勝十人朋比爲奸，號爲『十常侍』。」

【相同】狼狽爲奸。沆瀣一氣。

【相反】公正無私。

【例句】他們五人「朋比爲奸」，陷害忠貞之士。

望子成龍 ㄨㄤˋ ㄗˇ ㄔㄥˊ ㄌㄨㄥˊ

【解釋】希望兒子能成才，成爲出人頭地的人物。

【字義】龍：引申爲高貴、有地位、有成就的象徵。

【例句】我知道媽媽的心願，她是「望子成龍」，可是她的職位又夠不著使我成龍。

望文生義 ㄨㄤˋ ㄨㄣˊ ㄕㄥ ㄧˋ

【解釋】只從字面上去附會解釋詞句的意思。形容讀書學習馬馬虎虎，不求甚解。

【出處】宋·朱熹·答呂子曰：「讀書窮理，須認正義，切忌如此緣文生義，附會穿穴。」孽海花：「第一個時期是開創的時期，就是顧、閻、惠、戴諸大儒，能提出實證的方法來讀書，不論一名一物，都要切實證據，才許你下論斷，不望文生義。」

【例句】讀書要仔細推敲，千萬不可「望文生義」。

望門投止 ㄨㄤˋ ㄇㄣˊ ㄊㄡˊ ㄓˇ

【解釋】看見人家就去投宿。形容到處飄泊、逃命時臨時尋求藏身之處的狼狽情形。

【字義】望門：看到人家；投止：投奔到別人家借宿。

【出處】後漢書：「儉得亡命，困迫遁走，望門投止，莫不重其名行，破家相容。」

【相同】求親靠友。投親靠友。

【相反】自食其力。

【例句】你兄弟在外，隱姓埋名，或是找一個地方藏身，或是到處飄泊，「望門投止」。

望其項背 ㄨㄤˋ ㄑㄧˊ ㄒㄧㄤˋ ㄅㄟˋ

【解釋】看到別人的頸項和後背。指可以趕得上或相比的。

【相同】望塵莫及。瞠乎其後。不可企及。

【相反】鶴立雞群。

【例句】我又聽說另有一股土匪，煙酒嫖賭必戒，注重身體鍛煉，注重讀書求學。這樣的土匪，又豈是今日的一般官吏所能「望其項背」的麼？

望穿秋水 ㄨㄤˋ ㄔㄨㄢ ㄑㄧㄡ ㄕㄨㄟˇ

【解釋】望穿了眼睛。形容盼望的殷切。

【字義】秋水：指眼睛。

【出處】元·王實甫·西廂記：「望穿他盈盈秋水，蹙損他淡淡春山。」

【相同】望眼欲穿。引領而望。

【例句】公路已算行完，大約明日可乘火車返柳桂，俗語云『年三晚四』，想吾家人已「望穿秋水」。

望洋興嘆 ㄨㄤˋ ㄧㄤˊ ㄒㄧㄥ ㄊㄢˋ

【解釋】 比喻做事時力量不夠或缺乏條件而感到無可奈何。

【字義】 望洋：仰視的樣子。

【出處】 莊子：「於是焉，河伯始旋其面目，望洋向若（若：海神名）而嘆曰：『野語有之曰：聞道百，以爲莫己若者，我之謂也。』」

【相同】 無可奈何。束手無策。無計可施。

【例句】 洋人遭到的最大困難就是漢字，因此常有「望洋興嘆」之感。

望風而逃 ㄨㄤˋ ㄈㄥ ㄦˊ ㄊㄠˊ

【解釋】 一看到對方的影子就嚇得逃跑。形容極其恐懼。

【出處】 明·梁辰魚·浣紗記：「殺得他隻輪不返，片甲無存，望風而逃。」

【相同】 望風披靡。

【例句】 我軍一夜就突破了天險河防，像秋風掃落葉一樣，把敵軍打得「望風而逃」。

望風披靡 ㄨㄤˋ ㄈㄥ ㄆㄧ ㄇㄧˇ

【解釋】 草木遇到風就倒伏了。比喻沒有鬥志，看到敵人影子就紛紛潰逃。

【字義】 披靡：草木隨風倒伏。

【出處】 漢·司馬相如·上林賦：「離靡廣衍，應風披靡，吐芳揚烈；鬱鬱菲菲，衆香發越。」

【例句】 我軍所到之處，敵人「望風披靡」人民歡聲雷動。

望梅止渴 ㄨㄤˋ ㄇㄟˊ ㄓˇ ㄎㄜˇ

【解釋】 比喻願望無法實現，只好用空想來安慰自己。

【出處】 南朝·宋·劉義慶·世說新語·假譎：「魏武行役，失汲道，軍皆渴，乃令曰：『前有大梅林，饒子，甘酸可以解渴。』士卒聞之，口皆出水，乘此得及前源。」元·無名氏·桃花女：「你休言語，恁成合，可正是望梅止渴。」

【相同】 畫餅充飢。

【例句】 如果現在丟開這些基本的書籍不認眞苦讀，一心想找祕本，只恐「望梅止渴」，無濟於事。

望眼欲穿 ㄨㄤˋ ㄧㄢˇ ㄩˋ ㄔㄨㄢ

【解釋】 眼睛都要望穿。形容盼望急切。

【字義】 穿：透。

【出處】 白居易詩：「白頭吟處變，青眼望中穿。」

【相同】 引領而望。望穿秋水。

【例句】 他等待著曹鴻運的到來，像年輕人等待情人那樣地焦灼不安，「望眼欲穿」。

望塵莫及 ㄨㄤˋ ㄔㄣˊ ㄇㄛˋ ㄐㄧˊ

【解釋】 只望見前面行人帶起的塵土而追趕不上。或比喻遠遠落在後邊。

【字義】 莫：不能；及：趕上。

【出處】 莊子：「夫子奔絕逸塵，而回瞠乎其後矣。」絕後漢書：「（咨）復拜東海相，之官，道經滎陽，令敦煌曹暠，咨之故孝廉也，迎路謁候，咨不爲留。暠送至亭次，望塵不及。」

【相同】 望塵不及。不可企及。瞠乎

其後。

【相反】　獨占鰲頭。名列前茅。

【例句】　她那股熱情，不但吳芝生「望塵莫及」，就是柏青也像趕不上。

望衡對宇 ㄨㄤˋ ㄏㄥˊ ㄉㄨㄟˋ ㄩˇ

【解釋】　形容雙方住處很近，可以互相望見。

【字義】　衡：樓宇上的欄杆；宇：房屋。

【出處】　北魏·酈道元·水經注：「沔水中有魚梁洲，龐德公所居。士元居漢之陰……司馬德操宅洲之陽，望衡對宇，歡情自接。」

【相同】　雞犬相聞。

【例句】　最後我要特別懇切的提到，中日兩國在東半球「望衡對宇」，本是唇齒之邦，在文化的歷史上，更是十分密切。

期期艾艾 ㄑㄧ ㄑㄧ ㄞˋ ㄞˋ

【解釋】　形容說話口吃，吐字重複。

【字義】　期期、艾艾：吐字重複的情態。

【出處】　史記：「（周昌）曰：『臣口不能言，然臣期期不奉詔。』」世說新語：「鄧艾口吃，語稱艾艾。」

【相同】　結結巴巴。

【相反】　口齒伶俐。伶牙俐齒。口若懸河。

【例句】　可是事情不湊巧，我是患口吃症者，梁任也有同病，兩個人「期期艾艾」，自然爭他們不過，我急得哭了起來。

朝三暮四 ㄓㄠ ㄙㄢ ㄇㄨˋ ㄙˋ

【解釋】　指以詐術騙人。或形容反覆無常。

【出處】　莊子：「狙公賦芧，曰：『然則朝三而暮四。』衆狙皆怒。曰：『然則朝四而暮三。』衆狙皆悅。名實未虧，而喜怒爲用，亦因是也。」

【相同】　暮四朝三。反覆無常。朝秦暮楚。

【相反】　始終如一。始終不渝。

【例句】　似此重大問題，只隔一宿，偏已換了花樣，「朝三暮四」，令人莫測。

朝不保夕 ㄓㄠ ㄅㄨˋ ㄅㄠˇ ㄒㄧ

【解釋】　保得住早上，保不住晚上。形容情況或處境極其危急；形容年老體衰，病情嚴重；形容生活極端貧困。

【出處】　南齊書：「建武以來，高、武王侯居常震怖，朝不保夕，至是尤甚。」朱子語類：「近死兩年，朝不保暮，日日起獄，凶焰張大可畏。」

【相同】　朝不保夕。朝不謀夕。朝不保暮。

【例句】　在舊社會，有多少人害肺病受盡痛苦死去，多少家庭在貧困過著「朝不保夕」的非人生活。

朝令夕改 ㄓㄠ ㄌㄧㄥˋ ㄒㄧ ㄍㄞˇ

【解釋】　早上發布的命令，到晚上就更改。形容政令無常，使人無所適從。

【出處】　漢·晁錯·論貴粟疏：「急政暴虐，賦斂不時，朝令而暮改。」宋·范祖禹·唐鑒：「凡用兵舉動，皆自禁中授以方略，朝令夕改，不知所從。」

【相同】　朝更夕改。朝行夕改。

【相反】言出法隨。一成不變。

【例句】始而下令提倡，繼而又復下令捕拿，「朝令夕改」，軍民不免怨言四出。

朝思暮想 ㄓㄠ ㄙ ㄇㄨˋ ㄒㄧㄤˇ

【解釋】早上也想，晚上也想。形容思念之深或盼望殷切。

【出處】宋·柳永詞：「朝思暮想，自家空憑添情瘦。」初刻拍案驚奇：「王生到得家中……一時未便，不好說得女子之事，悶悶隨去任所，朝思暮念不題。」

【相同】念念不忘。牽腸掛肚。朝思暮念。

【例句】誰不渴望眼看到自己「朝思暮想」爲之赴湯蹈火的那個新世界？

朝秦暮楚 ㄓㄠ ㄑㄧㄣˊ ㄇㄨˋ ㄔㄨˇ

【解釋】戰國時，秦、楚兩個大國對峙，小國時而附秦，時而事楚。比喻沒有主意，反覆無常。

【出處】明·畢魏·竹葉舟傳奇：「因見貴戚王愷，富堪敵國，比太僕更覺奢華，爲此我心未免朝秦暮楚。」

【相同】朝三暮四。心猿意馬。萍蹤浪跡。萍蹤無定。

【相反】始終如一。始終不渝。

【例句】綜觀汪的一生，聯蔣反蔣，聯共反共，「朝秦暮楚」，反覆無常。

朝乾夕惕 ㄓㄠ ㄑㄧㄢˊ ㄒㄧ ㄊㄧˋ

【解釋】從早到晚勤奮謹慎，不敢稍微懈怠。

【字義】乾：乾乾，自強不息；惕：小心謹慎。

【出處】易經：「君子終日乾乾，夕惕若厲，無咎。」紅樓夢：「惟朝乾夕惕，忠於厥職。」

【相同】焚膏繼晷。夜以繼日。不捨晝夜。

【相反】飽食終日。得過且過。無所用心。

【例句】恃先聖垂貽景福，守成五十餘載，「朝乾夕惕」，耗盡心血。

朝朝暮暮 ㄓㄠ ㄓㄠ ㄇㄨˋ ㄇㄨˋ

【解釋】每天的早晨和晚上；從早到晚，一天又一天；一早一晚形容極短的時間。

【出處】戰國·楚·宋玉高唐賦序：「旦爲行雲，暮爲行雨，朝朝暮暮，陽臺之下。」

【例句】他「朝朝暮暮」在阿四和四大娘跟前嘵嘵不休地講著田裏的事。

朝發夕至 ㄓㄠ ㄈㄚ ㄒㄧ ㄓˋ

【解釋】早上出發，晚上就可到達。形容行速極快。形容路程不遠或交通方便。

【出處】北魏·酈道元·水經注：「或王命急宣，有時朝發白帝，暮到江陵。」唐·韓愈·祭鱷魚文：「以生以食，鱷魚朝發而夕至也。」

【相同】一日千里。朝發暮至。

【例句】台北到高雄約有一日路程，「朝發夕至」。

木部

木已成舟 ㄇㄨˋ ㄧˇ ㄔㄥˊ ㄓㄡ

【解釋】比喻事情已成定局，無法改

變。

【出處】 鏡花緣：「到了明日，木已成舟，衆百性也不能求我釋放，我也有詞可託了。」

【相同】 米已成飯。

【相反】 亡羊補牢。

【例句】 事情到了「木已成舟」的地步，再追悔，也無濟於事。

木石心腸 ㄇㄨˋ ㄕˊ ㄒㄧㄣ ㄔㄤˊ

【解釋】 本作「木人石心」，指不受誘惑，後喻人沒有感情。

【出處】 晉朝時，賈充百般引誘夏統出來做官，夏統不爲所動，被稱爲是「木人石心」，見晉書·夏統傳。

【相同】 鐵石心腸。木人石心。

【相反】 悲天憫人。菩薩心腸。

【例句】 他是個「木石心腸」的人，看到再悲慘的事，也不會流淚。

未卜先知 ㄨㄟˋ ㄅㄨˇ ㄒㄧㄢ ㄓ

【解釋】 舊時迷信，以爲占卜能預知吉凶。未卜先知，形容有先見之明。

【出處】 清·平山堂話本·楊溫攔路虎傳：「一日，出街市閑走，見一個挂肆，名牌上寫道：『未卜先知』。」

【相同】 料事如神。先見之明。

【相反】 事後諸葛亮。

【例句】 他的推測每次都十分準確，好像有「未卜先知」的本領。

未可厚非 ㄨㄟˋ ㄎㄜˇ ㄏㄡˋ ㄈㄟ

【解釋】 不可過分指責、非難，或不要過多否定。也作「無可厚非」。

【出處】 漢書：「莽怒，免（馮）英官。后頗覺悟，曰：『英亦未可厚非。』」

【例句】 這件事本來就難辦，他辦不好，也「未可厚非」。

未老先衰 ㄨㄟˋ ㄌㄠˇ ㄒㄧㄢ ㄕㄨㄞ

【解釋】 稱人年齡不大而身體衰弱。

【出處】 白居易詩：「多病多愁心自知，行年未老髮先衰。」

【相反】 返老還童。

【例句】 因爲他缺少運動，所以才會「未老先衰」。

未雨綢繆 ㄨㄟˋ ㄩˇ ㄔㄡˊ ㄇㄡˊ

【解釋】 比喻事先防範，預作準備。

【字義】 綢繆：修繕。

【出處】 詩·鴟鴞：「迨天之未陰雨，徹彼桑土，綢繆牖戶。」

【相同】 曲突徙薪。防患未然。有備無患。

【相反】 臨渴掘井。臨陣磨槍。急來抱佛腳。

【例句】 颱風來襲之前，要作好防颱準備，「未雨綢繆」才能減少損失。

未能免俗 ㄨㄟˋ ㄋㄥˊ ㄇㄧㄢˇ ㄙㄨˊ

【解釋】 未能免除世俗習慣，姑且隨從。

【出處】 晉書·阮咸傳：「未能免俗，聊復爾耳。」

【例句】 舊曆新年裡大家都拜年、送紅包，我們自然也「未能免俗」。

未知鹿死誰手 ㄨㄟˋ ㄓ ㄌㄨˋ ㄙˇ ㄕㄟˊ ㄕㄡˇ

【解釋】 比喻不知誰勝誰負。

【出處】 晉書·石勒載記：「脫遇光

武，當並驅於中原，未知鹿死誰手。」

【例句】 這次總統大選，「未知鹿死誰手」？

本末倒置 ㄅㄣˇ ㄇㄛˋ ㄉㄠˋ ㄓˋ

【解釋】 比喻輕重不分，把先後顛倒過來。

【字義】 本：根本；末：樹梢，支節

【出處】 禮記・大學：「物有本末，事有終始。」

【相同】 輕重倒置。背本趨末。捨本逐末。

【相反】 恰如其分。

【例句】 不探求原因，便是純粹「本末倒置」的處事方法。

本來面目 ㄅㄣˇ ㄌㄞˊ ㄇㄧㄢˋ ㄇㄨˋ

【解釋】 本來的樣子。

【出處】 王陽明・傳習錄：「不思善不思惡時，認本來面目。」

【相同】 廬山眞面目。

【相反】 面目全非。

【例句】 據愛賭博的人說，一個人的「本來面目」，在大輸大贏的時侯，最能表露無遺。

本性難移 ㄅㄣˇ ㄒㄧㄥˋ ㄋㄢˊ ㄧˊ

【解釋】 生來的惡性難以改變。

【出處】 元・尙仲賢・柳毅傳書：「想他每無恩義，本性難移，著我向野田衰草斜陽裡。」

【例句】 江山易改，「本性難移」，這個人不可能會改過自新。

朽木不可雕也 ㄒㄧㄡˇ ㄇㄨˋ ㄅㄨˋ ㄎㄜˇ ㄉㄧㄠ ㄧㄝˇ

【解釋】 比喻資質低劣，不能造就成材。腐爛的木頭無法加以雕刻。後來用以比喻事物和局勢敗壞，不可救藥

【出處】 論語・公冶長：「朽木不可雕也。」

【相同】 不堪造就。

【相反】 可造之材。

【例句】 大會戰潰敗之後，人心徹底動搖，局勢已成「朽木不可雕也」，就算諸葛亮再世，也無力挽回。

朱陳之好 ㄓㄨ ㄔㄣˊ ㄓ ㄏㄠˇ

【解釋】 指兩姓聯婚。

【出處】 白居易・朱陳村詩：「徐州古豐縣，有村曰朱陳；一村惟兩姓，世世爲婚姻。」

【例句】 他倆本來是表兄妹，今又結「朱陳之好」，成了親上加親。

束之高閣 ㄕㄨˋ ㄓ ㄍㄠ ㄍㄜˊ

【解釋】 言棄置不用。

【字義】 束：捆；閣：擱東西的櫥櫃

【出處】 世說新語・豪爽：「庾稚（恭翼）既常有中原之志。」注引漢晉春秋：「是時杜殷浩諸人，盛名冠世，翼未之貴也，常曰：『此輩宜束之高閣，俟天下清定，然後議其所任耳。』」

【相同】 束高閣。束諸高閣。

【例句】 我們的改革建議都被「束之高閣」。

束手待斃 ㄕㄨˋ ㄕㄡˇ ㄉㄞˋ ㄅㄧˋ

【解釋】 縛著兩隻手，等待死亡。形容毫無辦法解救，只有死路一條。

【字義】 束：捆住。

【出處】 三國演義：「兵臨城下，將

至壕邊，豈可束手待斃?」

【相同】坐以待斃。束手就擒。引領就戮。

【相反】困獸猶鬥。決一死戰。負隅頑抗。背城借一。

【例句】敵人已被我軍重重包圍，只有「束手待斃」了。

束手無策 ㄕㄨˋ ㄕㄡˇ ㄨˊ ㄘㄜˋ

【解釋】喻遇事拿不出辦法對付。

【字義】束：捆住；策：對策。

【出處】五代史·平話·唐下：「唐軍又到，倉皇駭愕……諸將束手無措。」

【相同】一籌莫展。無計可施。計無可出。

【相反】急中生智。錦囊妙計。應付自如。

【例句】這突如其來的變化，使我們都「束手無策」。

杜漸防萌 ㄉㄨˋ ㄐㄧㄢˋ ㄈㄤˊ ㄇㄥˊ

【解釋】指防患於未然。

【出處】後漢書·丁鴻傳上封事：「若敕政責躬，杜漸防萌，則凶妖銷滅，害除福湊矣。」

【相同】「杜漸防微」。（抱朴子明本：「昔之達人，杜漸防微，色斯而逝，夜不待旦，見幾而作，不俟終日。」）防患未然。

【例句】一開始如果就採取「杜漸防萌」的措施，則為害社會的惡勢力，今天就不致於這麼猖獗了。

杞人憂天 ㄑㄧˇ ㄖㄣˊ ㄧㄡ ㄊㄧㄢ

【解釋】稱沒有根據或不必要的憂慮

【出處】列子·天瑞：「杞國有人，憂天地崩墜，身亡所寄，廢寢食者。」唐·李白詩：「白日不照吾精誠，杞國無事憂天傾。」

【相同】庸人自擾。

【相反】無憂無慮。

【例句】我們擔心會發生第三次世界大戰，這並非「杞人憂天」，而是根據國際情勢推論出來的結果。

李代桃僵 ㄌㄧˇ ㄉㄞˋ ㄊㄠˊ ㄐㄧㄤ

【解釋】原意以桃李喻兄弟，言桃李能共患難，諷兄弟卻不能共甘苦。後轉用為以此代彼或代人受過之意。

【字義】僵：僵死。

【出處】古樂府·雞鳴高樹巔：「桃生露井上，李樹生桃傍。蟲來齧桃根，李樹代桃僵。樹木身自代，兄弟還相忘。」舊題明·王衡眞傀儡：「古來史書上呵，知多少李代桃僵。」

【相同】「僵李代桃」。（聊齋誌異·胭脂：「彼踰牆鑽隙，固有玷夫儒冠，而僵李代桃，誠難消其冤氣。」）

【例句】法治的精神，是誰犯罪，就由誰承當，不容他人「李代桃僵」。

杳無音信 ㄇㄧㄠˇ ㄨˊ ㄧㄣ ㄒㄧㄣˋ

【解釋】毫無消息。

【字義】杳：沈寂。

【相同】石沈大海。杳如黃鶴。杳無消息。

【相反】音問不絕。雁足傳書。魚雁不絕。

【例句】他離家十年，一直「杳無音信」。

林林總總 ㄌㄧㄣˊ ㄌㄧㄣˊ ㄗㄨㄥˇ ㄗㄨㄥˇ

【解釋】各式各樣，種類繁多。
【字義】林林、總總：紛紜衆多的樣子。
【出處】唐·柳宗元文：「總總而生，林林而群。」
【相同】形形色色。
【例句】超級市場內百貨具備，「林林總總」，令人目不暇給。

東山再起 ㄉㄨㄥ ㄕㄢ ㄗㄞˋ ㄑㄧˇ
【解釋】比喻失敗或退隱後復出。
【出處】晉朝，謝安初隱居東山，後入朝，位登臺輔故事。
【相同】捲土重來。死灰復燃。重整旗鼓。
【相反】一蹶不振。
【例句】失敗之後，不要灰心，還有「東山再起」的機會。

東扶西倒 ㄉㄨㄥ ㄈㄨˊ ㄒㄧ ㄉㄠˇ
【解釋】形容力不能支，不克自立。
【出處】宋·楊萬里·誠齋集·過南蕩詩：「笑殺槿籬能耐事，東扶西倒野酴醾。」朱子語類·老氏：「如某此身已衰耗，如破屋相似，東扶西倒，雖欲修養，亦何能有益耶？」
【相同】東歪西倒。東扶西傾。
【例句】他年踰八旬，光是站著，都會「東扶西倒」。

東拉西扯 ㄉㄨㄥ ㄌㄚ ㄒㄧ ㄔㄜˇ
【解釋】支吾敷衍或漫無中心地閒談。
【出處】紅樓夢：「更有一種可笑的，肚子裡原來沒有什麼，東拉西扯，弄的牛鬼蛇神，還自以爲博奧。」
【相同】談天說地。天馬行空。
【相反】閉口不言。應付裕如。
【例句】閒著無聊，和鄰居太太們「東拉西扯」，也是人生一大樂事。

東奔西走 ㄉㄨㄥ ㄅㄣ ㄒㄧ ㄗㄡˇ
【解釋】形容勞碌奔走。
【出處】宋·蔣捷·竹山詞·賀新郎：「萬疊城頭哀怨角，吹落霜花滿袖，影廝伴東奔西走！」
【相同】南奔北走。東走西撞。
【相反】杜門不出。足不出戶。
【例句】他爲了生活，「東奔西走」，難得有時間回家一趟。

東床坦腹 ㄉㄨㄥ ㄔㄨㄤˊ ㄊㄢˇ ㄈㄨˋ
【解釋】指女婿。
【出處】晉書·王羲之傳：「王氏諸少竝佳，然聞信至，咸自矜持，惟一人在東牀坦腹食，獨若不聞。鑒曰：此正佳婿邪，訪之，乃羲之也。遂以女妻之。」
【相同】坦腹東牀。東牀快婿。
【例句】陳老伯的女兒美若天仙，男同學們個個都想成爲陳老伯的「東牀坦腹」。

東施效顰 ㄉㄨㄥ ㄕ ㄒㄧㄠˋ ㄆㄧㄣˊ
【解釋】比喻醜人作態學美，益增其醜。
【字義】顰：皺眉。東施：醜女名。
【出處】莊子·天運：「西施病心而矉（顰）其里，其里之醜人見而美之，歸亦捧心而矉其里，其里之富人見之，堅閉門而不出，貧人見之，挈妻子而去之走。彼知矉美，而不知矉之所以美。」

【相同】邯鄲學步。

【相反】西子捧心。

【例句】天生兩條蘿蔔腿，如果穿上迷你裙，就是「東施效顰」，讓人不敢正視。

東窗事發 ㄉㄨㄥ ㄔㄨㄤ ㄕˋ ㄈㄚ

【解釋】稱陰謀敗露將被懲治。

【出處】宋、元間傳說，秦檜殺岳飛，曾與其妻預謀於東窗之下。檜死，在陰間受審，對一道士說：「可煩傳語夫人，東窗事犯矣。」

【相同】東窗事犯。

【例句】他和財政部勾結，侵吞公款，如今「東窗事犯」，郎當入獄了。

東鱗西爪 ㄉㄨㄥ ㄌㄧㄣˊ ㄒㄧ ㄓㄠˇ

【解釋】比喻所見僅係零亂片段而非全面。

【出處】清・龔自珍・識某大令集尾：「東云一鱗焉，西云一爪焉，使後世求之而皆在或皆不在。」

【相同】一鱗半爪。

【相反】渾然一體。

【例句】他從日本歸來後，曾寫一些「東鱗西爪」在報上發表。

枕戈待旦 ㄓㄣˇ ㄍㄜ ㄉㄞˋ ㄉㄢˋ

【解釋】枕著兵器，等待天明，形容殺敵心切。

【字義】枕：靠。

【出處】世說新語・賞譽：「劉琨稱祖車騎爲郎詣」注引晉陽秋：「劉琨與親舊書曰：『吾枕戈待旦，志梟逆虜，常恐祖生(逖)先吾著鞭耳！』」

【例句】青年人要「枕戈待旦」，抱著隨時爲國捐軀的決心。

枉費心力 ㄨㄤˇ ㄈㄟˋ ㄒㄧㄣ ㄌㄧˋ

【解釋】白費心力。

【出處】宋・朱熹・朱文公集・答甘道士書：「所云築室藏書，此亦恐枉費心力。」

【相同】費盡心機。挖空心思。

【相反】殫精竭慮。嘔心瀝血。

【例句】他精明能幹，你想在他面前耍花招，可真「枉費心機」！

杯弓蛇影 ㄅㄟ ㄍㄨㄥ ㄕㄜˊ ㄧㄥˇ

【解釋】形容疑神疑鬼，自相驚擾。

【出處】漢・應劭・風俗通義記載：應彬請杜宣飲酒，見杯中似有蛇，酒後胸腹作痛，多方醫治不癒。後知爲壁上所懸赤弩照於杯中，形如蛇，病即癒。晉書・樂廣傳・也有類似的記述。

【相同】疑神疑鬼。草木皆兵。

【相反】處之泰然。

【例句】他可能是自己以前做了太多虧心事，現在常常「杯弓蛇影」地以爲別人會報復他。

杯水車薪 ㄅㄟ ㄕㄨㄟˇ ㄔㄜ ㄒㄧㄣ

【解釋】比喻力量太小，無濟於事。

【出處】孟子・告子：「今之爲仁者，猶以一杯水救一車薪之火也。」

【相同】粥少僧多。

【相反】眾擎易舉。

【例句】大地震後，很多災民等救濟，當局只肯撥五千元，「杯水車薪」，難怪災民怨聲載道。

杯盤狼藉 ㄅㄟ ㄆㄢˊ ㄌㄤˊ ㄐㄧˊ

【解釋】形容飲宴後桌上杯盤亂七八糟。
【字義】狼藉：凌亂；杯：也作「盃」；藉：也作「籍」。
【出處】史記·滑稽列傳：「履舄交錯，杯盤狼藉。」
【相同】觥籌交錯。酒闌興盡。
【相反】水米無交。慶弔不行。
【例句】一直到「杯盤狼藉」，客人才盡興而去。

枯樹逢春 ㄎㄨ ㄕㄨˋ ㄈㄥˊ ㄔㄨㄣ

【解釋】比喻絕望中獲得生機。
【出處】元曲選·缺名·凍蘇秦：「恰便似旱苗纔得雨，枯樹恰逢春。」
【相同】枯木逢春。
【例句】他苦苦支撐了三年，終於「枯樹逢春」，經濟又好轉了起來。

枵腹從公 ㄒㄧㄠ ㄈㄨˋ ㄘㄨㄥˊ ㄍㄨㄥ

【解釋】爲了公事而餓著肚子工作。
【字義】枵：空虛。
【出處】清·李寶嘉文：「要想他們毀家紓難，枵腹從公，恐怕走遍天涯，如此好人，也找不出一個。」
【例句】爲了提前完成任務，他「枵腹從公」已成習慣。

格格不入 ㄍㄜˊ ㄍㄜˊ ㄅㄨˋ ㄖㄨˋ

【解釋】形容不相融洽。
【字義】格格：阻礙。不入：不能容納。
【出處】清·無名氏·杜詩言志：「無奈世之於我，格格不入。」
【相同】圓鑿方枘。
【相反】水乳交融。情投意合。
【例句】你倆一愛靜、一喜動，在一起自然「格格不入」了。

格殺勿論 ㄍㄜˊ ㄕㄚ ㄨˋ ㄌㄨㄣˋ

【解釋】當場打死，可不論罪。
【字義】格殺：打死；勿論：不論罪。
【出處】周禮·秋官朝士注：「若今時無故入人室宅廬舍、上人車船、牽引人欲法者，其時，格殺之，無罪。」
【相同】格殺不論。
【例句】犯國罪者若拒捕，則「格殺勿論」！

根深柢固 ㄍㄣ ㄕㄣ ㄉㄧˇ ㄍㄨˋ

【解釋】根基穩固，不可動搖。
【字義】柢，又作「蒂」或「蔕」。
【出處】老子：「有國之母，可以長久，是謂深根固柢，長生久視之道。」唐·李鼎祚·周易集解四否：「言五二包繫，根深蔕固，若山之堅，若地之厚者也。」宋·范成大·石湖集：「學力根深方蔕固，功名水到自渠成。」
【相同】深根固柢。根深蒂固。深根固本。
【相反】頭重腳輕。
【例句】這種舊思想在他腦中已經「根深柢固」，要想徹底剷除，絕非易事。

栩栩如生 ㄒㄩˇ ㄒㄩˇ ㄖㄨˊ ㄕㄥ

【解釋】逼真得有如活的一樣。
【字義】栩栩：快樂，活潑。
【出處】莊子·齊物論：「栩栩然，蝴蝶也。」

【相同】 躍然紙上。維妙維肖。活靈活現。
【相反】 泥塑木雕。死氣沈沈。
【例句】 畫中人拈花微笑，「栩栩如生」。

桃李滿天下 ㄊㄠˊ ㄌㄧˇ ㄇㄢˇ ㄊㄧㄢ ㄒㄧㄚˋ

【解釋】 門生遍布各處。
【字義】 桃李：指學生。
【出處】 白居易詩：「令公桃李滿天下，何用堂前更種花？」
【例句】 他從事教育工作五十餘年，眞正稱得上是「桃李滿天下」了。

桑間濮上 ㄙㄤ ㄐㄧㄢ ㄆㄨˊ ㄕㄤˋ

【解釋】 指男女幽會之處。
【字義】 桑間：古衛國地；濮：濮水，流經古衛地。
【出處】 禮樂記：「桑間濮上之音，亡國之音也。」注：「濮水之上，地有桑間者，亡國之音，於此之水出也。有殷紂使師延作靡靡之樂，已而自沈於濮水。」漢書·地理志：「衛地……有桑間濮上之阻，男女亦亟聚會，聲色生焉，故俗稱鄭衛之音。」
【例句】 賓館是「桑間濮上」之地，妳是有夫之婦，不宜常去。

桀犬吠堯 ㄐㄧㄝˊ ㄑㄩㄢˇ ㄈㄟˋ ㄧㄠˊ

【解釋】 喻壞人的爪牙攻擊好人。也謂各爲其主。
【出處】 漢書·鄒陽傳·獄中上書：「今人主誠能去驕傲之心，懷可報之意，……則桀之犬可使吠堯，而跖之客可使刺由。」晉書·康帝紀史臣曰：「桀犬吠堯，封狐嗣亂，方諸后羿，曷若斯之甚也。」
【例句】 他以前是你的部下，今天他投靠敵人，反而來攻擊你，這就叫「桀犬吠堯」，你也不必氣憤。

梁上君子 ㄌㄧㄤˊ ㄕㄤˋ ㄐㄩㄣ ㄗˇ

【解釋】 竊賊的雅稱。
【出處】 後漢書·陳寔傳：「時歲荒民儉，有盜夜入其室，止於梁上。寔陰見，乃起自整拂，呼命子孫，正色訓之曰：『夫人不可不自勉。不善之人未必本惡，習以性成，遂至於此。梁上君子者是矣！』盜大驚，自投於地。」宋·蘇軾·東坡志林：「近日頗多賊，兩夜皆來入吾室。吾近護魏王葬，得數千緡，略已散去，此梁上君子當是不知耳。」
【例句】 昨夜，他家遭到「梁上君子」的光顧，損失不貲。

植黨營私 ㄓˊ ㄉㄤˇ ㄧㄥˊ ㄙ

【解釋】 培植私人派系以達到私利目的。
【出處】 唐書：「時宗楚客懷姦植黨。」漢書：「壹切營私者多。」
【相同】 黨同伐異。朋比爲奸。朋黨比周。
【相反】 大公無私。先公後私。
【例句】 他上任後，一心「植黨營私」，不顧國家民族的利益。

棋逢敵手 ㄑㄧˊ ㄈㄥˊ ㄉㄧˊ ㄕㄡˇ

【解釋】 比喻碰著一個實力相等的對手。
【出處】 唐詩紀事·釋尙顏懷陸龜蒙處士詩：「事厄傷心否，碁逢敵手無？」五燈會元·臺州護國此庵景元禪師：「棋逢敵手難藏行，詩到重吟始見功。」

【相同】棋逢對手。

【例句】任何競賽，要「棋逢敵手」，才有看頭。

棄甲曳兵
ㄑㄧˋ ㄐㄧㄚˇ ㄧˋ ㄅㄧㄥ

【解釋】形容戰敗潰退。

【字義】棄甲：拋棄身上的盔甲；曳兵：倒拖著軍械。

【出處】孟子·梁惠王：「棄甲曳兵而走。」

【例句】敵人在國軍的強大火力之下，不得不「棄甲曳兵」而走。

棄如敝屣
ㄑㄧˋ ㄖㄨˊ ㄅㄧˋ ㄒㄧˇ

【解釋】像破鞋一樣扔掉，比喻毫不足惜。

【字義】敝屣：破舊的鞋子。

【出處】孟子·盡心：「舜視棄天下，猶棄敝屣也。」

【相同】棄若敝屣。

【例句】男人大都喜新厭舊，不久他就會把妳「棄如敝屣」。

椎心泣血
ㄓㄨㄟ ㄒㄧㄣ ㄑㄧˋ ㄒㄧㄝˇ

【解釋】形容極度悲痛。

【出處】漢·李少卿（陵）答蘇武書：「何圖志未立而怨已成，計未從而骨肉受刑，此陵所以仰天椎心而泣血也！」

【相同】痛不欲生。痛心疾首。

【例句】如此廣大的國土，不旋踵竟全部淪陷，怎不令人「椎心泣血」？

槍林彈雨
ㄑㄧㄤ ㄌㄧㄣˊ ㄉㄢˋ ㄩˇ

【解釋】形容戰鬥激烈。

【例句】他在「槍林彈雨」中，奮勇前進，視死如歸。

標新立異
ㄅㄧㄠ ㄒㄧㄣ ㄌㄧˋ ㄧˋ

【解釋】自創一格，與眾不同。或提出新的見解。

【出處】世說新語·文學：「莊子逍遙篇舊是難處，……支（遁）卓然標新理於二家之表，立異義於眾賢之外。」二家，指注莊子的郭象向秀。

【相同】標新領異。（清·顧炎武·亭林文集·答俞右吉書：「至宋孫劉出而掊擊古人，幾無餘蘊，文定（胡安國）因之以痛哭流涕之懷，發標新領異之論，其去游夏之傳，益以遠矣。」）

【例句】廣告設計要「標新立異」，才能引發顧客的購買慾。

模稜兩可
ㄇㄛˊ ㄌㄥˊ ㄌㄧㄤˇ ㄎㄜˇ

【解釋】含含糊糊，遇事不置可否。

【字義】模稜：觀點或言語含糊，態度不明朗。

【出處】唐書·蘇味道傳：「決事不欲明白，誤則有悔，摸稜持兩端，可也。」

【例句】他的答覆「模稜兩可」，令人不知所從。

樂不可支
ㄌㄜˋ ㄅㄨˋ ㄎㄜˇ ㄓ

【解釋】快樂得不得了。

【出處】後漢書·張堪傳：「拜漁陽太守……勸民耕種，以致殷富。百姓歌曰：『桑無附枝，麥穗兩歧。張君爲政，樂不可支。』」
【相同】　手舞足蹈。情不自禁。
【相反】　悲不自勝。
【例句】　他窮了半輩子，今天中了愛國獎券第一特獎，當然「樂不可支」了。

樂不思蜀　ㄌㄜˋ ㄅㄨˋ ㄙ ㄕㄨˇ

【解釋】　樂而忘返或樂而忘本。
【出處】　三國蜀亡，後主劉禪舉家遷洛陽。司馬昭與宴，爲作故蜀技，旁人皆感愴，而後主喜笑自若。他日，昭問曰：「頗思蜀否？」後主曰：「此間樂，不思蜀。」見三國志·蜀後主傳注引漢晉春秋。
【例句】　他在美國玩得早已「樂不思蜀」了。

樂此不疲　ㄌㄜˋ ㄘˇ ㄅㄨˋ ㄆㄧˊ

【解釋】　因篤好而不覺得疲倦。
【出處】　後漢書·光武紀：「每旦視朝，日仄乃罷，數引公卿、郎、將講論經理，夜分乃寐。皇太子見帝勤勞不怠，承閒諫曰：『……願頤愛精神，優游自寧。』帝曰：『我自樂此，不爲疲也。』」
【相同】　愛不釋手。
【相反】　淺嘗輒止。點到爲止。
【例句】　他喜歡集郵，雖然已經八十歲了，仍然「樂此不疲」。

樂極生悲　ㄌㄜˋ ㄐㄧˊ ㄕㄥ ㄅㄟ

【解釋】　歡樂之極，往往會轉化爲悲痛，本含有「物極必反」的道理，現只指歡樂之間突然發生大不如意事。
【出處】　淮南子·道應：「夫物盛極則衰，樂極則悲。」
【相同】　樂極災生。
【相反】　因禍得福。
【例句】　玩樂要適可而止，以免「樂極生悲」。

樹大招風　ㄕㄨˋ ㄉㄚˋ ㄓㄠ ㄈㄥ

【解釋】　言目標大容易招致別人的嫉妒。
【出處】　西遊記：「這正是樹大招風風撼樹，人爲名高名喪身。」
【例句】　「樹大招風」，他身兼幾個要職，當然會有人嫉妒。

樹倒猢猻散　ㄕㄨˋ ㄉㄠˇ ㄏㄨˊ ㄙㄨㄣ ㄙㄢˋ

【解釋】　比喻以勢力結合之徒，爲首者一倒，依附的人隨即星散。
【出處】　宋朝時，曹詠依附秦檜，官至侍郎，顯赫一時，依附者衆，獨其妻兄厲德斯不以爲然，詠百端威脅，德斯卒不屈。及秦檜死，德斯遣人致書於曹詠，啓封，乃樹倒猢猻散賦一篇。（見宋龐元英談藪）
【例句】　「樹倒猢猻散」，他一下臺，他的親朋好友，一個個都被撤職了。

橫七豎八　ㄏㄥˊ ㄑㄧ ㄕㄨˋ ㄅㄚ

【解釋】　有橫有豎，亂七八糟。
【出處】　今古奇觀：「（房德）正在胡思亂想，把腸子攪得七橫八豎，疑惑不定。」
【相同】　七顛八倒。亂七八糟。
【相反】　一乾二淨。一清二楚。
【例句】　大家「橫七豎八」地躺在牀上聊天。

橫行無忌 ㄏㄥˊ ㄒㄧㄥˊ ㄨˊ ㄐㄧˋ

【解釋】　任意胡爲，侵犯他人而毫無忌憚。
【相同】　橫行霸道。
【相反】　講禮守法。循規蹈矩。
【例句】　流氓「橫行無忌」，簡直沒把警察放在眼裡。

橫衝直撞 ㄏㄥˊ ㄔㄨㄥ ㄓˊ ㄓㄨㄤˋ

【解釋】　亂衝亂撞：形容走路魯莽或橫行無忌。
【出處】　痛史：「名目是規畫錢糧，措置財賦，其實是橫征（徵）暴斂，剝削脂膏。」
【例句】　這些不法分子能夠到處「橫衝直撞」，究竟是甚麼緣故呢？

橫徵暴斂 ㄏㄥˊ ㄓㄥ ㄅㄠˋ ㄌㄧㄢˋ

【解釋】　徵收苛捐雜稅，不管人民死活。徵：亦作「征」。
【出處】　痛史：「名目是規畫錢糧，措置財賦，其實是橫徵暴斂，剝削脂膏。」
【例句】　向人民「橫徵暴斂」的統治者，一定得不到民心，不久就會被人民推翻。

櫛風沐雨 ㄐㄧㄝˊ ㄈㄥ ㄇㄨˋ ㄩˇ

【解釋】　以風梳髮，以雨洗頭。比喻不避風雨，奔波勞苦。
【出處】　莊子·天下：「腓無胈，脛無毛，沐甚雨，櫛疾風。」三國志·魏·董昭傳注引獻帝春秋昭與荀彧書：「今曹公（操）遭海內傾覆，宗廟焚滅，躬擐甲冑，周旋征伐，櫛風沐雨，且三十年。」
【例句】　他們爲了測量疆界，「櫛風沐雨」，備極辛勞。

權宜之計 ㄑㄩㄢˊ ㄧˊ ㄓ ㄐㄧˋ

【解釋】　採取變通辦法以應付目前緊急形勢。
【出處】　後漢書·西羌傳：「計日用之權宜，忘經世之遠略。」
【相同】　通權達變。便宜行事。
【相反】　長久之計。百年大計。萬全之策。
【例句】　沒有按照他的專長分派工作，這是暫時的「權宜之計」而已。

欠部

欣欣向榮 ㄒㄧㄣ ㄒㄧㄣ ㄒㄧㄤˋ ㄖㄨㄥˊ

【解釋】　指草木茂盛。後泛指事業蓬勃發展，興旺昌盛。
【出處】　晉·陶潛·歸去來辭：「木欣欣以向榮，泉涓涓而始流。」
【相同】　蒸蒸日上。生意盎然。
【相反】　死氣沈沈。每況愈下。氣息奄奄。
【例句】　我們的工商業，都「欣欣向榮」。

欲速不達 ㄩˋ ㄙㄨˋ ㄅㄨˋ ㄉㄚˊ

【解釋】　謂不可急於求成，過急反而達不到目的。
【出處】　論語·子路：「無欲速，無見小利；欲速則不達，見小利則大事不成。」
【例句】　學外文，沒有捷徑，否則「欲速不達」。

欲蓋彌彰

ㄩˋ ㄍㄞˋ ㄇㄧˊ ㄓㄤ

【解釋】原謂欲隱名而名益顯。後用爲貶義，指企圖掩蓋過失眞相，結果反而更加顯露。

【字義】彰：也作「章」。

【出處】左傳：「或求名而不得，或欲蓋而名章，懲不義也。」資治通鑑：「或畏人知，橫加威怒，欲蓋彌彰，竟有何益？」

【相同】原形畢露。此地無銀三百兩

【相反】大張旗鼓。

【例句】他極力否認，結果「欲蓋彌彰」，反而大家都知道是他做的壞事

欺世盜名

ㄑㄧ ㄕˋ ㄉㄠˋ ㄇㄧㄥˊ

【解釋】欺騙世人以竊取名譽。

【出處】宋·蘇洵（？）·辨姦：「王衍之爲人也，容貌語言，固有以欺世而盜名者。」

【例句】他的論文原來是抄襲別人的作品，這種「欺世盜名」的作法，被學術界所不齒。

欺善怕惡

ㄑㄧ ㄕㄢˋ ㄆㄚˋ ㄜˋ

【解釋】欺負善良的人，畏懼兇惡或態度強硬的人。

【出處】宋·蘇軾·東坡志林：「水族痴暗，人輕殺之，或云不能償冤，是乃欺善怕惡。」宋·李石·方舟集·遊銅梁縣雲巖詩：「我願石佛須少忍，欺善怕惡神所殲。」

【例句】他「欺善怕惡」，你若表現得太老實，他就更欺負你。

歌功頌德

ㄍㄜ ㄍㄨㄥ ㄙㄨㄥˋ ㄉㄜˊ

【解釋】歌頌高高在上者的功勞和恩德。

【出處】左傳：「文王之功，天下誦而歌舞之。」

【相同】樹碑立傳。口碑載道。

【相反】民怨沸騰。怨聲載道。

【例句】開會時，大家都一窩蜂地對主席「歌功頌德」，沒有人敢提出批評改革的意見。

歌臺舞榭

ㄍㄜ ㄊㄞˊ ㄨˇ ㄒㄧㄝˋ

【解釋】歌舞的樓臺和廳堂。泛指歌舞場所。

【出處】文苑英華·唐呂令問雲中城賦：「歌臺舞榭，月殿雲堂。」

【相同】舞榭歌臺。（宋·辛棄疾·稼軒詞·永遇樂京口北固亭懷古：「舞榭歌臺，風流總被雨打風吹去。」）

【例句】他流連「歌臺舞榭」，遂漸荒廢了學業。

歌舞昇平

ㄍㄜ ㄨˇ ㄕㄥ ㄆㄧㄥˊ

【解釋】天下太平，人民歌舞慶祝。

【相同】太平盛世。天下太平。

【相反】粉飾太平。

【例句】敵人兵臨城下，這一批禍國殃民的官僚竟還過著紙醉金迷的生活，一片「歌舞昇平」的景象。

歡天喜地

ㄏㄨㄢ ㄊㄧㄢ ㄒㄧˇ ㄉㄧˋ

【解釋】形容非常歡喜。

【出處】西廂記：「只見他歡天喜地，謹依來命。」

【相同】歡欣鼓舞。興高采烈。欣喜若狂。

【相反】垂頭喪氣。悲痛欲絕。
【例句】每人都有獎，使得大家「歡天喜地」。

歡欣鼓舞 ㄏㄨㄢ ㄒㄧㄣ ㄍㄨˇ ㄨˇ
【解釋】形容衆人非常高興和興奮。
【出處】宋·蘇軾·上知府王龍圖書：「自公始至，釋其重荷，而出之於陷阱之中；方其困急時，簞瓢之饋，愈於千金，是故莫不懽忻（同「歡欣」）鼓舞之至。」宋史·司馬光傳：「海內之民……歡欣鼓舞，甚若更生。」
【相同】興高采烈。喜氣洋洋。
【相反】垂頭喪氣。愁眉苦臉。
【例句】捷報傳來，大家莫不「歡欣鼓舞」。

歡聲雷動 ㄏㄨㄢ ㄕㄥ ㄌㄟˊ ㄉㄨㄥˋ
【解釋】歡呼聲像天上響雷一樣。
【出處】唐·令狐楚·賀赦表：「歡聲雷動，喜氣雲騰。」
【相同】哄堂大笑。
【相反】哭天喊地。號啕大哭。
【例句】校長宣布一連放假三天，臺下立刻「歡聲雷動」。

止部

正人君子 ㄓㄥˋ ㄖㄣˊ ㄐㄩㄣ ㄗˇ
【解釋】指正派人物。
【出處】舊唐書·崔胤傳：「胤所悅者闒茸下輩，所惡者正人君子，人人悚懼，朝不保夕。」
【相同】仁人君子。
【相反】衣冠禽獸。
【例句】他是位「正人君子」，叫他做偷雞摸狗的事，他一定不會參加。

正大光明 ㄓㄥˋ ㄉㄚˋ ㄍㄨㄤ ㄇㄧㄥˊ
【解釋】正直無私，光明磊落。
【出處】宋·朱熹·朱文公集·答周益公書：「至若范公（仲淹）之心，則其正大光明，固無宿怨，而惓惓之義，實在國家。」
【相同】光明磊落。
【相反】鬼鬼祟祟。偷偷摸摸。
【例句】我做事「正大光明」，問心無愧。

正中下懷 ㄓㄥˋ ㄓㄨㄥ ㄒㄧㄚˋ ㄏㄨㄞˊ
【解釋】正好符合自己心意。
【字義】正：巧好；下懷：自己的心意。
【出處】兒女英雄傳：「聽了這話，正中下懷，忙說很好。」
【相同】不謀而合。天從人願。
【相反】大失所望。
【例句】主任命令他採購，「正中下懷」，他笑著應聲而去。

正本清源 ㄓㄥˋ ㄅㄣˇ ㄑㄧㄥ ㄩㄢˊ
【解釋】比喻要從根本上解決問題。
【字義】正本：端正樹幹（則枝葉亦正）；清源：清潔水源（則水流亦清）。
【出處】漢書：「豈宜惟思所以清原（源）正本之論，刪定律令。」
【例句】清除犯罪，「正本清源」的做法是從教育著手。

正襟危坐 ㄓㄥˋ ㄐㄧㄣ ㄨㄟˊ ㄗㄨㄛˋ
【解釋】理好衣襟端正地坐著，表示

嚴肅或尊敬的樣子。
【字義】危：端正。
【出處】史記·日者列傳：「宋忠、賈誼瞿然而悟，獵纓正襟危坐。」宋·蘇軾·前赤壁賦：「蘇子愀然，正襟危坐而問客曰：『何爲其然也？』」
【相同】整衣危坐。一本正經。
【相反】放蕩不羈。豪放不羈。
【例句】他「正襟危坐」，目不斜視，好像一尊佛像。

此起彼落 ㄘˇ ㄑㄧˇ ㄅㄧˇ ㄌㄨㄛˋ
【解釋】形容連續不斷，那一個剛剛停息，這一個又起來。
【例句】夏天晚上，池塘裡的蛙鳴聲「此起彼落」。

步步爲營 ㄅㄨˋ ㄅㄨˋ ㄨㄟˊ ㄧㄥˊ
【解釋】軍隊前進一程，就建立一個營壘。比喻行動謹愼，防守嚴密。
【字義】步：古代五尺爲步。步步，表示距離近。
【出處】三國演義：「黃忠即日拔寨而進，步步爲營；每營住數日，又進。」
【相同】穩紮穩打。
【相反】輕舉妄動。
【例句】他做事「步步爲營」，決不冒險輕進。

步調一致 ㄅㄨˋ ㄉㄧㄠˋ ㄧ ㄓˋ
【解釋】形容一致行動。
【相反】各自爲政。各行其是。
【例句】我們進攻的時候，要密切配合，「步調一致」。

步履維艱 ㄅㄨˋ ㄌㄩˇ ㄨㄟˊ ㄐㄧㄢ
【解釋】行動困難。
【出處】金史·章宗紀三：「年高艱於步履者，並聽策杖，仍令舍人護衛扶之。」
【相同】步履蹣跚。寸步難行。
【相反】健步如飛。舉步如飛。
【例句】他久病初癒，「步履維艱」，不可能出國旅遊。

歷歷在目 ㄌㄧˋ ㄌㄧˋ ㄗㄞˋ ㄇㄨˋ
【解釋】從前的事清清楚楚呈現眼前。
【字義】歷歷：分明。
【出處】宋·陳善·捫蝨新話：「口語歷歷如在目前。」
【相同】如影歷歷。歷歷如在。歷歷不忘。
【相反】過眼煙雲。
【例句】當年海誓山盟的情景，如今回憶起來，依舊「歷歷在目」，但已天人永隔了。

歸心似箭 ㄍㄨㄟ ㄒㄧㄣ ㄙˋ ㄐㄧㄢˋ
【解釋】形容急於返家。
【出處】唐·溫庭筠詩：「劉公不信歸心切，聽取江樓一曲歌。」三俠五義：「展爺眞是歸心似箭，這一日只有二鼓，已到了武進縣。」
【例句】同學們擠在車廂中，「歸心似箭」，已無心情聊天了。

歸根結蒂 ㄍㄨㄟ ㄍㄣ ㄐㄧㄝˊ ㄉㄧˋ
【解釋】指結果，終於，到底。
【字義】蒂：果實和枝莖相連的部分
【出處】魯迅·因太炎先生而想起的二三事：「我的剪辮……歸根結蒂，

只是爲了不便：一不便於脫帽，二不便於體操。」

【相同】一言以蔽之。

【相反】分門別類。

【例句】你光棍一條，自由自在，但「歸根結蒂」，終是要結婚的。

歹部

死心塌地 ㄙˇ ㄒㄧㄣ ㄊㄚ ㄉㄧˋ

【解釋】形容打定主意，不再改變。

【出處】西廂記：「得罪波社家，今日便早則死心塌地。」水滸傳：「蕭讓聽了，與金大堅兩個閉口無言，只得死心塌地，再回山寨入夥。」

【相同】至死不渝。執迷不悟。

【相反】回心轉意。三心二意。舉棋不定。猶豫不決。

【例句】經過這次考驗之後，她「死心塌地」地愛上了他。

死不足惜 ㄙˇ ㄅㄨˋ ㄗㄨˊ ㄒㄧ

【解釋】指凡人自暴自棄而死，不值得憐惜，也指大無畏者爲崇高目標而赴死，毫不留戀。

【出處】宋史：「善用兵器，使其無所願，有所恃。無所願，則知死之不足惜，有所恃，則知不至於必敗。」

【例句】他作惡多端，「死不足惜」。

死不瞑目 ㄙˇ ㄅㄨˋ ㄇㄧㄥˊ ㄇㄨˋ

【解釋】言立志未成，死不甘心。

【出處】三國志·吳·孫堅傳：「（董）卓憚堅猛壯，乃遣將軍李傕等來求和親，……堅曰：（董）卓逆天無道，蕩覆王室，今不夷汝三族，縣示四海，則吾死不瞑目！」

【相同】抱恨終天。飲恨而終。

【相反】死而無怨。含笑入地。心甘情願。

【例句】這件事沒完成，他「死不瞑目」。

死去活來 ㄙˇ ㄑㄩˋ ㄏㄨㄛˊ ㄌㄞˊ

【解釋】形容極端痛苦，瀕於死亡。

【出處】文明小史：「柳知府已經嚇得死去活來。」

【例句】母親去世時，他哭得「死去活來」。

死灰復然 ㄙˇ ㄏㄨㄟ ㄈㄨˋ ㄖㄢˊ

【解釋】比喻失勢的人重新得勢。

【字義】然：是古「燃」字。

【出處】史記·韓長孺列傳：「安國坐法抵罪，蒙獄吏田甲辱安國。安國曰：『死灰獨不復然乎？』田甲曰：『然即溺之。』」宋·陳亮·龍川集·謝曾察院啓：「劫火不燼，玉固如斯；死灰復燃，物有待爾。」

【相同】捲土重來。東山再起。

【相反】一蹶不振。

【例句】被撲滅的敵人又有「死灰復然」的趨勢。

死有餘辜 ㄙˇ ㄧㄡˇ ㄩˊ ㄍㄨ

【解釋】謂罪大惡極雖死亦不足以抵罪。

【字義】辜：罪惡。

【出處】漢書·路溫舒傳上書：「蓋奏當之成，雖咎繇聽之，猶以爲死有餘辜。何則？成練者衆，文致之罪明也。」後漢書·陳蕃傳：「（侯）覽之從橫，沒財已幸；（徐）宣犯釁過，死有餘辜。」

【相同】罪大惡極。十惡不赦。罪該萬死。萬死猶輕。罪不容誅。

【相反】死重泰山。雖死猶生。

【例句】他認賊作父，「死有餘辜」。

死裡逃生 ㄙˇ ㄌㄧˇ ㄊㄠˊ ㄕㄥ

【解釋】形容從極危險的境地逃出。

【出處】醒世恆言：「我也想死裡逃生，不如圖個清閒自在。」

【相同】九死一生。絕處逢生。

【相反】溘然長逝。

【例句】這次飛機失事，只有他一個人「死裡逃生」。

死無葬身之地 ㄙˇ ㄨˊ ㄗㄤˋ ㄕㄣ ㄓ ㄉㄧˋ

【解釋】死了連葬身的地方都沒有，形容災患重大或罪大惡極。

【出處】水滸傳：「險些兒死無葬身之地。」

【例句】香港人煙稠密，活人都無立錐之地，死了，自然是「死無葬身之地」了。

死馬當作活馬醫 ㄙˇ ㄇㄚˇ ㄉㄤ ㄗㄨㄛˋ ㄏㄨㄛˊ ㄇㄚˇ ㄧ

【解釋】比喻疾病或事情已到了絕境，仍然盡力挽救，但不存希望。

【出處】春渚紀聞：「有名士爲泗倅者，卧病既久，其子不慧，有名醫自都下還，其子謁之曰：大人疾勢難淹久，幸左右一顧，且作死馬醫也。聞者無不絕倒。」

【例句】事情看來已無法挽救，他們只好抱著「死馬當活馬醫」的心情，盡最後努力。

殃及池魚 ㄧㄤ ㄐㄧˊ ㄔˊ ㄩˊ

【解釋】比喻無辜受累。

【字義】池：護城河。

【注意】一般人容易將「池」誤爲「水池」。

【出處】北齊·杜弼·檄梁文：「但恐楚國亡猿，禍延林木，城門失火，殃及池魚。」

【相同】池魚之殃。

【例句】警匪槍戰，民衆有三人不幸被流彈擊中，眞所謂城門失火，「殃及池魚」，倒楣透了。

殊途同歸 ㄕㄨ ㄊㄨˊ ㄊㄨㄥˊ ㄍㄨㄟ

【解釋】通過不同道路，達到一個目標。

【字義】塗：同「途」。

【出處】晉書·律曆志中引三國·魏·陳群奏：「案三公議皆綜盡典理，殊塗同歸，欲使效之璿璣，各盡其法。」抱朴子任命：「或運思於立言，或銘勳乎國器，殊塗同歸，其致一也。」

【相同】異曲同工。

【相反】同床異夢。各奔前程。

【例句】不必堅執己見，很多事都是「殊途同歸」，結果是一樣的。

殳部

殺一儆百 ㄕㄚ ㄧ ㄐㄧㄥˇ ㄅㄞˇ

【解釋】殺一人以警戒其他的人。

【出處】漢書·尹翁歸傳：「並有所取也，以一警百，吏民皆服，恐懼改行自新。」

【相同】殺雞嚇猴。懲一戒衆。

【相反】賞一勸衆。

【例句】爲了「殺一儆百」，所以先找一個倒楣鬼開刀。

殺人如麻
ㄕㄚ ㄖㄣˊ ㄖㄨˊ ㄇㄚˊ

【解釋】喻殺人極多。

【出處】舊唐書·刑法志·陳子昂上書：「遂至殺人如麻，流血成澤，天下靡然思爲亂矣。」唐·李白·蜀道難：「朝避猛虎，夕避長蛇，磨牙吮血，殺人如麻。」

【相同】殺人不見血。殺人不眨眼。

【相反】好生之德。

【例句】軍閥割據時代，「殺人如麻」，人民的生命財產根本沒有保障。

殺人越貨
ㄕㄚ ㄖㄣˊ ㄩㄝˋ ㄏㄨㄛˋ

【解釋】殺人並搶奪財物。

【字義】越：搶劫。

【出處】書·康誥：「殺越人于貨，暋不畏死。」傳：「殺人顛越人，於是以取貨利。」

【例句】強盜「殺人越貨」，無惡不作。

殺人滅口
ㄕㄚ ㄖㄣˊ ㄇㄧㄝˋ ㄎㄡˇ

【解釋】殺害證人以毀滅口供。

【例句】他爲了怕被「殺人滅口」，所以逃到國外去了。

殺身成仁
ㄕㄚ ㄕㄣ ㄔㄥˊ ㄖㄣˊ

【解釋】仁爲儒家的道德規範，後來泛指爲正義或理想而捨棄生命。

【出處】論語·衛靈公：「志士仁人，無求生以害仁，有殺身以成仁。」

【相同】捨生取義。成仁取義。爲國捐軀。

【相反】苟且偷生。賣身求榮。保全性命。

【例句】爲了保衛國土，無數的將士「殺身成仁」了。

殺雞取卵
ㄕㄚ ㄐㄧ ㄑㄩˇ ㄌㄨㄢˇ

【解釋】比喻貪圖眼前享受，毀滅長遠利益。

【例句】你把生財的土地都賣了，這不是「殺雞取卵」的做法嗎？

殺人不眨眼
ㄕㄚ ㄖㄣˊ ㄅㄨˋ ㄓㄚˇ ㄧㄢˇ

【解釋】喻凶狠殘忍。

【出處】五燈會元八圓通緣德禪師：「宋大將軍曹翰入廬山寺，緣德禪師不起不揖。翰怒訶曰：『長老不聞殺人不眨眼將軍乎？』師熟視曰：『汝安知有不懼生死和尚邪！』」眨也作「劄」宋·張知甫張氏可書：「王韶退居九江，詣佛印求參。佛印語曰：『太尉自是殺人不劄眼上將軍，立地便成佛大居士，何必參也？』」

【例句】這位和尚以前是「殺人不眨眼」的大強盜。

殷鑒不遠
ㄧㄣ ㄐㄧㄢˋ ㄅㄨˋ ㄩㄢˇ

【解釋】比喻重視歷史的鑒戒，勿蹈覆轍。鑒：同鑑。

【出處】詩經·大雅：「殷鑒不遠，在夏后之世。」（殷人滅夏，殷的子孫，應以夏之覆亡爲誡。）

【例句】日本軍閥窮兵黷武，以致亡國，「殷鑒不遠」，足以爲侵略者之誡。

毋部

每下愈況 ㄇㄟˇ ㄒㄧㄚˋ ㄩˋ ㄎㄨㄤˋ

【解釋】本意指愈往下察看，狀態便愈明顯，今多作「每況愈下」，指情形愈來愈壞。
【字義】況：由對照而顯明。
【出處】莊子知北遊：「東郭子問於莊子曰：『所謂道，惡乎在？』莊子曰『無所不在。』東郭子曰：『期而後可。』莊子曰：『在螻蟻。』曰：『何其下邪？』曰：『在稊稗。』曰：『何其愈下邪？』曰：『在瓦甓。』曰：『何其愈甚邪？』曰：『在屎溺。』東郭子不應。莊子曰：『夫子之問也，固不及質。正獲之問於監市履也，每下愈況。』」正，官名，指市令；獲，人名。監市，監市政者。希，豕。履，踐踏。驗豕之肥瘦，每踐踏其腳脛。腳脛，難肥之處。
【相同】江河日下。每況愈下。
【相反】蒸蒸日上。欣欣向榮。
【例句】本年的景氣比去年差，而且還有「每下愈況」的趨勢。

比部

比比皆是 ㄅㄧˋ ㄅㄧˋ ㄐㄧㄝ ㄕˋ

【解釋】隨處都是，形容極爲常見。
【字義】比比：每每，頻頻。
【出處】漢書·哀帝紀：「郡國比比地動。」
【例句】大地震後，災民「比比皆是」。

比肩繼踵 ㄅㄧˋ ㄐㄧㄢ ㄐㄧˋ ㄓㄨㄥˇ

【解釋】形容人多，肩並肩，腳跟接著腳跟。
【出處】晏子·春秋雜下：「臨淄三百閭，張袂成陰，揮汗成雨，比肩繼踵而在，何爲無人？」
【相同】人山人海。比肩接踵。
【相反】闃其無人。
【例句】來臺觀光的人「比肩繼踵」，絡繹於途。

毛部

毛骨悚然 ㄇㄠˊ ㄍㄨˇ ㄙㄨㄥˇ ㄖㄢˊ

【解釋】形容極度害怕。
【字義】悚：驚懼。
【出處】元·湯垢·畫鑑·唐畫·韓嵩：「二牛相鬥，毛骨聳然。」
【相同】不寒而慄。膽戰心驚。毛髮聳然。
【相反】無所畏懼。
【例句】半夜裡聽到淒厲的叫聲，大家不禁「毛骨悚然」。

毛遂自薦 ㄇㄠˊ ㄙㄨㄟˋ ㄗˋ ㄐㄧㄢˋ

【解釋】自己主動要求擔當工作。
【出處】戰國趙平原君食客毛遂自薦使楚，與楚王定合縱之約而歸的故事。（見史記·平原君列傳）
【相同】自告奮勇。挺身而出。
【相反】另請高明。婉言謝絕。
【例句】大家並沒有選他，他「毛遂自薦」要當代表。

氏部

民不聊生 ㄇㄧㄣˊ ㄅㄨˋ ㄌㄧㄠˊ ㄕㄥ

【解釋】人民生活困苦，到了無可依賴的境地。
【字義】聊：依賴。
【出處】史記·張耳陳餘列傳：「財匱力盡，民不聊生。」
【相同】生靈塗炭。民不堪命。民生凋敝。
【相反】國泰民安。民康物阜。海清河晏。
【例句】內戰多年，土豪劣紳又朋比為奸，弄得「民不聊生」。

民怨沸騰 ㄇㄧㄣˊ ㄩㄢˋ ㄈㄟˋ ㄊㄥˊ

【解釋】人民怨聲四起。
【出處】清·趙翼·廿二札記·宋初嚴懲贓吏：「其於不肖官吏之非法橫取，蓋已不甚深求，繼以青苗免役之掊克，花石綱之攘奪，遂致民怨沸騰，盜賊競起。」
【相同】怨聲載道。道路以目。
【相反】河清海晏。歌功頌德。
【例句】貪官污吏到處搜刮，「民怨沸騰」，看來大動亂不久就要爆發了。

民脂民膏 ㄇㄧㄣˊ ㄓ ㄇㄧㄣˊ ㄍㄠ

【解釋】比喻人民所付出的賦稅或由他人身上搾出來的勞動果實。
【出處】五代後蜀孟昶廣政四年著令箴二十四句，頒於境內。宋太祖平蜀，摘其中四句十六字：「爾俸爾祿，民膏民脂，下民易虐，上天難欺。」更名為戒石銘。見宋張唐英蜀檮杌。水滸傳：「庫藏糧餉，都是民脂民膏，你只顧侵來肥己，買笑追歡，敗壞了國家許多大事。」
【例句】他們靠「民脂民膏」來養肥自己。

民窮財盡 ㄇㄧㄣˊ ㄑㄩㄥˊ ㄘㄞˊ ㄐㄧㄣˋ

【解釋】人民困若，國家財力枯竭。
【例句】國家經過八年的戰亂，「民窮財盡」，需要很長的時期，才能恢復元氣。

气部

氣急敗壞 ㄑㄧˋ ㄐㄧˊ ㄅㄞˋ ㄏㄨㄞˋ

【解釋】上氣不接下氣，形容十分慌張、羞怒。
【出處】水滸傳：「水軍頭領，棹船接濟軍馬，陸續過渡，只見一個人氣急敗壞跑將來，衆人看時，卻是金毛犬段景注。」
【相同】氣喘吁吁。
【相反】悠然自得。
【例句】他「氣急敗壞」地跑回家，告訴家人土匪快進城了。

氣息奄奄 ㄑㄧˋ ㄒㄧ ㄧㄢ ㄧㄢ

【解釋】呼吸微弱，不久人世。
【出處】李密·陳情表：「但以劉日薄西山，氣息奄奄。」
【相同】奄奄一息。人命危淺。
【相反】生氣勃勃。如日東昇。
【例句】病人被送到醫院的時候，已經「氣息奄奄」了。

氣象萬千 ㄑㄧˋ ㄒㄧㄤˋ ㄨㄢˋ ㄑㄧㄢ

【解釋】形容天空中的景象壯麗而富於變化。

【出處】范仲淹・岳陽樓記：「朝暉夕陰，氣象萬千。」

【相同】千變萬化。

【相反】滿目淒涼。

【例句】站在泰山頂上觀日出，眞是「氣象萬千」，令人畢生不忘。

水部

水中捉月 ㄕㄨㄟˇ ㄓㄨㄥ ㄓㄨㄛ ㄩㄝˋ

【解釋】比喻空虛幻想，不能實現。

【出處】景德傳燈錄・永嘉眞覺禪師證道歌：「鏡裡看形見不難，水中捉月爭拈得。」也作「水中撈月」。

【例句】若一切理想只知坐而言，不知起而行，則永遠是「水中捉月」，不能實現。

水泄不通 ㄕㄨㄟˇ ㄒㄧㄝˋ ㄅㄨˋ ㄊㄨㄥ

【解釋】形容異常擁擠。

【出處】五燈會元：「楞伽峰頂誰能措足，少石豈前水泄不通。」

【相同】滴水不漏。風雨不透。

【相反】暢通無阻。

【例句】聽說電視公司要來王家拍攝訪問，鄰居一時好奇，將他家擠得「水泄不通」。

水長船高 ㄕㄨㄟˇ ㄓㄤˇ ㄔㄨㄢˊ ㄍㄠ

【解釋】比喻隨所憑藉而增長。

【字義】長：俗作「漲」。

【出處】碧巖錄：「水長船高，泥多佛大。」明・馮維敏・一世不服老：「閑看世態眉常鎖，但說時人手便搖，誰不愛鴉青鈔，一處處人離財散，一時時水長船高。」

【例句】加稅之後，「水長船高」，物價也跟著漲了。

水到渠成 ㄕㄨㄟˇ ㄉㄠˋ ㄑㄩˊ ㄔㄥˊ

【解釋】比喻條件成熟，事情自然成功。

【出處】景德傳燈錄・光涌禪師：「問：『如何是妙用一句？』師曰：『水到渠成。』」宋・蘇軾・與章子厚書：「恐年載間遂有飢寒之憂，不能不少念，然俗所謂水到渠成，至時亦必自有處置。」

【相同】瓜熟蒂落。順理成章。

【相反】揠苗助長。

【例句】做事時，若能得到天時、地利、人和，則自然會「水到渠成」。

水乳交融 ㄕㄨㄟˇ ㄖㄨˇ ㄐㄧㄠ ㄖㄨㄥˊ

【解釋】比喻關係融洽。

【出處】最勝五經：「上下和穆，有如水乳交融。」

【相同】融爲一體。渾然一體。如漆似膠。

【相反】水火不容。格格不入。冰炭不投。冰炭不相容。

【例句】將士的情感「水乳交融」，這樣的軍隊那有不打勝仗的道理。

水深火熱 ㄕㄨㄟˇ ㄕㄣ ㄏㄨㄛˇ ㄖㄜˋ

【解釋】比喻人民生活陷於極度痛苦之中。

【出處】孟子・梁惠王下：「以萬乘

之國，伐萬乘之國，簞食壺漿，以迎王師，豈有他哉？避水火也，如水益深，如火益熱，亦運而已矣。」

【相同】民不聊生。生靈塗炭。

【相反】安居樂業。

【例句】人民處於「水深火熱」之中，革命可能隨時爆發。

水清無魚 ㄕㄨㄟˇ ㄑㄧㄥ ㄨˊ ㄩˊ

【解釋】水太清則魚不能藏身，喻人過於苛察，責備求全，就不能容衆。

【出處】大戴禮·子張問入官：「水至清則無魚，人至察則無徒。」後漢書·班超傳：「今君性嚴急，水清無大魚，察政不得下和，宜蕩佚簡易，寬小過，總大綱而已。」

【例句】做人若太過精明，則會「水清無魚」，沒有人願意和他交往。

水落石出 ㄕㄨㄟˇ ㄌㄨㄛˋ ㄕˊ ㄔㄨ

【解釋】此僅描寫景物，後人用以比喻事情的眞相終於大白。

【出處】宋·蘇軾·後赤壁賦：「山高月小，水落石出。」宋·陸游·謝臺諫啓：「收眞才於水落石出之後，坐銷浮僞之風；察定理於舟行岸移之時，盡黜讒誣之巧。」

【相同】眞相大白。原形畢露。

【相反】諱莫如深。不明眞相。

【例句】政治謀殺，往往難有「水落石出」的一天。

水滴石穿 ㄕㄨㄟˇ ㄉㄧ ㄕˊ ㄔㄨㄢ

【解釋】比喻持久的努力可使小勝大，柔制剛。

【出處】鶴林玉露：「一日一錢，千日一千；繩鋸木斷，水滴石穿。」

【相同】繩鋸木斷。

【例句】「水滴石穿」是說明有恆的可貴。

水火不相容 ㄕㄨㄟˇ ㄏㄨㄛˇ ㄅㄨˋ ㄒㄧㄤ ㄖㄨㄥˊ

【解釋】比喻勢成仇敵，互不相容。

【出處】漢書：「水火不相容。」

【相同】勢成水火。冰炭不相容。

【相反】水乳交融。

【例句】他們兩人一見面就吵架，簡直是「水火不相容」。

永垂不朽 ㄩㄥˇ ㄔㄨㄟˊ ㄅㄨˋ ㄒㄧㄡˇ

【解釋】永遠留名後世，不會腐朽（被遺忘）。

【字義】朽：腐爛。

【相同】流芳百世。

【相反】遺臭萬年。

【例句】烈士們革命犧牲的精神「永垂不朽」。

永無寧日 ㄩㄥˇ ㄨˊ ㄋㄧㄥˊ ㄖˋ

【解釋】永遠沒有安寧的一日，指社會不安。

【例句】如果不把這些流氓逮捕歸案，則社會「永無寧日」。

求之不得 ㄑㄧㄡˊ ㄓ ㄅㄨˋ ㄉㄜˊ

【解釋】形容心中極希望得到。

【例句】她生性好動，公司派她去跑外務，對她來說眞是「求之不得」的工作。

求仁得仁 ㄑㄧㄡˊ ㄖㄣˊ ㄉㄜˊ ㄖㄣˊ

【解釋】泛指適如其願。

【出處】論語·述而：「求仁而得仁，又何怨？」原指伯夷叔齊讓國遠去，後因恥食周粟，終於餓死。孔子謂其求仁而得仁，無所怨。阮籍·詠懷詩：「求仁自得仁，豈復歎咨嗟。」
【例句】烈士被捕就義，正是「求仁得仁」，可以無憾。

求全之毀 ㄑㄧㄡˊ ㄑㄩㄢˊ ㄓ ㄏㄨㄟˇ

【解釋】為求得完美無缺而受到詆毀。後來多作過於求全責備之意。
【出處】孟子·離婁：「有不虞之譽，有求全之毀。」宋·朱熹集注：「求陷免於毀而反致毀，是為求全之毀。」
【例句】老師對學生的要求，往往易於「求全之毀」。

求全責備 ㄑㄧㄡˊ ㄑㄩㄢˊ ㄗㄜˊ ㄅㄟˋ

【解釋】要求十全十美，毫無缺點。
【字義】責：求；備：完備，齊備。
【出處】論語·微子：「無求備於一人。」
【相同】求全之毀。
【例句】他已盡了最大努力，我們不必「求全責備」。

求同存異 ㄑㄧㄡˊ ㄊㄨㄥˊ ㄘㄨㄣˊ ㄧˋ

【解釋】不同的意見暫時保留，而致力於爭取一致，強調協商解決問題。
【例句】各黨派應該團結在民主的旗幟下，「求同存異」，團結起來對抗獨裁。

求神問卜 ㄑㄧㄡˊ ㄕㄣˊ ㄨㄣˋ ㄅㄨˇ

【解釋】求神靈指示，占卜問吉凶。
【例句】在科學倡明的今天，仍然有很多人「求神問卜」。

求過於供 ㄑㄧㄡˊ ㄍㄨㄛˋ ㄩˊ ㄍㄨㄥ

【解釋】需求多而供應量少。
【相反】供過於求。
【例句】「求過於供」，物價自然上漲。

求人不如求己 ㄑㄧㄡˊ ㄖㄣˊ ㄅㄨˋ ㄖㄨˊ ㄑㄧㄡˊ ㄐㄧˇ

【解釋】自力奮鬥，不仰仗他人。
【出處】文子·上德：「怨人不如自怨，求諸人不如求之己。」宋·張端義貴耳集：「（宋）孝宗幸天竺，有輝僧相隨。……又看觀音像，手持數珠，問曰：『何用？』曰：『念觀世音菩薩。』問：『自念則甚？』對曰：『求人不如求己。』」清·鄭板橋·題畫籬竹詩：「仍將竹作笆籬，求人不如求己。」
【例句】凡事都應靠自己的力量去奮鬥，因為「求人不如求己」，別人是靠不住的。

汗牛充棟 ㄏㄢˋ ㄋㄧㄡˊ ㄔㄨㄥ ㄉㄨㄥˋ

【解釋】形容書籍很多，搬運時可使牛出汗，收藏時能塞滿屋子。
【出處】唐·柳宗元·陸文通先生墓表：「以為論注疏說者百千人矣，……其為書，處則充棟宇，出則汗牛馬。」宋·陸九淵·與林叔虎書：「又有徒黨傳習，日不暇給，又其書汗牛充棟。」
【相同】車載斗量。堆積如山。浩如煙海。
【相反】寥寥無幾。屈指可數。寥若

晨星。

【例句】清末以來，日人蓄意侵略我國，因此研究中國政治、經濟的著作，眞可以說是「汗牛充棟」。

汗流浹背 ㄏㄢˋ ㄌㄧㄡˊ ㄐㄧㄚˊ ㄅㄟˋ

【解釋】①出汗很多，濕透肩背。②因惶恐而出冷汗。

【字義】浹：濕透。也作「洽」。

【出處】漢書·楊敞傳：「大將軍（霍）光與車騎將軍張安世謀欲廢王更立，……敞驚懼，不知所言，汗出洽背，徒唯唯而已。」後漢書·伏皇后紀：「（曹）操後以事入見殿中。……舊儀，三公領兵，朝見令虎賁執刃挾之。操出，顧左右，汗流浹背。」

【相同】汗如雨下。揮汗如雨。

【相反】鎭定自若。神色不變。

【例句】①我跑了五圈操場，熱得我「汗流浹背」。②鄰居們厲聲互罵，嚇得我「汗流浹背」。

汗馬功勞 ㄏㄢˋ ㄇㄚˇ ㄍㄨㄥ ㄌㄠˊ

【解釋】在戰爭中立下功勞。

【字義】汗馬：騎在戰馬上奔馳而使馬出汗。

【出處】史記：「矢石之難，汗馬之功，此復受次賞。」

【例句】他在戰場上立下不少「汗馬功勞」。

江河日下 ㄐㄧㄤ ㄏㄜˊ ㄖˋ ㄒㄧㄚˋ

【解釋】江河的水日就下游奔流，比喻事物或局勢日趨衰敗。

【出處】淸詩別裁·許纘曾睢陽行：「數百年來尙奸宄，江河日下誰能止？」

【相同】一落千丈。

【相反】蒸蒸日上。

【例句】自從警察取締這一帶的攤販後，昔日熱鬧的夜市景象已「江河日下」了。

江郎才盡 ㄐㄧㄤ ㄌㄤˊ ㄘㄞˊ ㄐㄧㄣˋ

【解釋】比喻才思衰退，大不如前。

【出處】江郎指江淹，南朝考城人，晚年才思衰退，少有佳句，詩人謂其才盡。

【相同】智盡能索。駑馬鉛刀。才竭智疲。

【相反】夢筆生花。下筆千言。揮灑自如。

【例句】作家若不時時充實並鞭策自己，最後只有落得「江郎才盡」之嘆。

沈魚落雁 ㄔㄣˊ ㄩˊ ㄌㄨㄛˋ ㄧㄢˋ

【解釋】形容女子的美貌。

【出處】莊子·齊物論：「毛嬙麗姬，人之所美也。魚見之深入，鳥見之高飛，麋鹿見之決驟，四者孰知天下之正色哉。」莊子原意謂魚鳥不辨美色，惟知見人驚避，後人變爲形容婦女貌美之詞，並改鳥飛爲落雁，遂有沈魚落雁之語。元·楊果·採蓮女曲：「羞月閉花，沈魚落雁，不恁也魂消。」明·湯顯祖·牡丹亭驚夢：「沈魚落雁鳥驚喧，羞花閉月花愁顫。」

【相同】閉月羞花。花容月貌。絕代佳人。

【相反】嫫母倭傀。形貌醜陋。

【例句】鄰家的女兒有「沈魚落雁」之貌，因此許多男孩都拜倒在她的石榴裙下。

沈默寡言 ㄔㄣˊ ㄇㄛˋ ㄍㄨㄚˇ ㄧㄢˊ

【解釋】性情沉默，不愛說話。
【出處】舊唐書·郭子儀傳：「釗（郭子儀孫）偉姿儀，身長七尺，方口豐下，沈默寡言。」
【相同】默不作聲。寡言少語。
【相反】口若懸河。夸夸其談。滔滔不絕。
【例句】他本是「沈默寡言」的人，遭遇這次不幸之後，就更鬱鬱寡歡了。

沆瀣一氣 ㄏㄤˋ ㄒㄧㄝˋ ㄧ ㄑㄧˋ

【解釋】喻臭味相投。
【出處】宋·錢易·南部新書記載：考官崔沆錄取了崔瀣。當時有人開玩笑說：「座主門生，沆瀣一氣。」
【相同】臭味相投。氣味相投。
【相反】格格不入。各行其是。
【例句】他們二人對朋友都很講義氣，也看不慣別人的橫行霸道，彼此「沆瀣一氣」，成為好朋友。

沐雨櫛風 ㄇㄨˋ ㄩˇ ㄐㄧㄝˊ ㄈㄥ

【解釋】言辛苦奔波，飽經風雨。
【出處】莊子·天下：「腓無胈，脛無毛，沐甚雨，櫛疾風，置萬國，禹大聖也。」藝文類聚·魏文帝黎陽詩：「載馳載驅，沐雨櫛風。」
【相同】櫛風沐雨。
【例句】他為了負擔家裡九口人的生活，每天只好「沐雨櫛風」，飽嘗風霜辛勞。

沐猴而冠 ㄇㄨˋ ㄏㄡˊ ㄦˊ ㄍㄨㄢˋ

【解釋】沐猴即獼猴。獼猴戴帽，徒具人形，以喻人之虛有儀表，實無人性。一說猴性躁，不能持久。
【出處】史記·項羽本紀：「人言楚人沐猴而冠耳，果然。」漢書·伍被傳：「知略不出世，非常人也，以為漢廷公卿列侯皆如沐猴而冠耳。」
【例句】他雖官拜部長，私底下卻做些為人所不齒之傷天害理的事情，眞是「沐猴而冠」。

泛泛之交 ㄈㄢˋ ㄈㄢˋ ㄓ ㄐㄧㄠ

【解釋】普通交情，並非知己。
【相反】刎頸之交。
【例句】我和他不過是「泛泛之交」而已。

沒沒無聞 ㄇㄛˋ ㄇㄛˋ ㄨˊ ㄨㄣˊ

【解釋】形容庸碌無能的人，聲名淹沒，不為人知。
【字義】沒沒：俗作「默默」，無聲無息。
【出處】法書要錄：「書之為用，施於竹帛，千載不朽，猶愈沒沒而無聞。」
【相反】名滿天下。
【例句】我不求名利，只要能「沒沒無聞」地平安過一生，吾願已足。

沒精打采 ㄇㄟˊ ㄐㄧㄥ ㄉㄚˇ ㄘㄞˇ

【解釋】精神委靡不振。
【出處】紅樓夢：「弄得寶玉滿肚疑團，沒精打采地歸至怡紅院中。」
【相同】垂頭喪氣。

【相反】 神采飛揚。
【例句】 由於昨晚熬夜，所以他今早上課，一副「沒精打采」的樣子。

沒齒不忘 ㄇㄛˋ ㄔˇ ㄅㄨˋ ㄨㄤˋ

【解釋】 終生不會忘記（恩德）。
【字義】 齒：年齡。沒齒：終身，一輩子。
【出處】 論語·憲問：「沒齒無怨言。」
【例句】 你對我的大恩大德，「沒齒不忘」。

沁人心脾 ㄑㄧㄣˋ ㄖㄣˊ ㄒㄧㄣ ㄆㄧˊ

【解釋】 比喻感人甚深。
【出處】 明·沈德符·野獲編：「舉世傳誦，沁人心脾。」
【相同】 感人肺腑。沁入心脾。
【相反】 令人作嘔。
【例句】 這首詩歌的優美旋韻令人「沁人心脾」。

沃野千里 ㄨㄛˋ ㄧㄝˇ ㄑㄧㄢ ㄌㄧˇ

【解釋】 形容遼闊無垠的肥沃土地。
【出處】 史記·河渠書：「關中為沃野，無凶年。」
【例句】 四川盆地「沃野千里」，年年豐收。

河東獅吼 ㄏㄜˊ ㄉㄨㄥ ㄕ ㄏㄡˇ

【解釋】 泛稱悍婦為河東獅，婦怒為河東獅吼。
【出處】 宋·陳慥，字季常，妻柳氏，悍妒。蘇軾嘗以詩戲慥：「忽聞河東獅子吼，拄杖落手心茫然。」見分類東坡詩十六寄吳德仁兼簡陳季常。河東為柳姓郡望族；獅子吼，佛家以喻威嚴，見景德傳燈錄一釋迦牟尼佛；陳好談佛，故軾借佛家語為戲。清平山堂話本快嘴李翠蓮記：「從來夫唱婦相隨，莫作河東獅子吼。」
【例句】 據說大哲學家的妻子多是「河東獅吼」型的，夫人那麼凶，你將來有可能成為大哲學家。

河清難俟 ㄏㄜˊ ㄑㄧㄥ ㄋㄢˊ ㄙˋ

【解釋】 相傳黃河千年一清。比喻時久難待。
【出處】 左傳：「子駟曰：『俟河之清，人壽幾何？』」注：「逸詩也。言人壽促而河清遲。喻晉之不可待。」
【例句】 你說希望在數年後能有一番成就，而我看你現在頹喪渾噩的樣子，恐怕是「河清難俟」了。

河魚腹疾 ㄏㄜˊ ㄩˊ ㄈㄨˋ ㄐㄧˊ

【解釋】 腹瀉。按魚爛先自腹內始，故有腹疾者，以河魚為喻。
【出處】 左傳：「河魚腹疾，奈何？」
【相同】 河魚之患。
【例句】 他由於昨天吃了不潔的海鮮，「河魚腹疾」得非常厲害，所以今天無法上班。

河漢斯言 ㄏㄜˊ ㄏㄢˋ ㄙ ㄧㄢˊ

【解釋】 指別人的話為誇大，因此而不敢置信。
【字義】 河漢：銀河。
【出處】 世說·言語：「若郗超聞此語，必不至河漢。」
【例句】 他一向「河漢斯言」，所以沒有人會相信他的話。

沽名釣譽 ㄍㄨ ㄇㄧㄥˊ ㄉㄧㄠˋ ㄩˋ

【解釋】指求名的人，所作所爲，無非以獵取名譽爲目的。

【出處】管子：「釣譽之人，無賢士焉。」明·朱權·荊釵記：「妾今移心改嫁，前日投江，乃沽名釣譽也。」古今雜劇：「我不爲別，自恨我奔喪來後，又不是沽名吊譽沒來由。」

【相同】沽名吊譽。

【例句】他一向吝嗇，如今卻慷慨解囊，無非是想「沽名釣譽」罷了。

泥牛入海 ㄋㄧˊ ㄋㄧㄡˊ ㄖㄨˋ ㄏㄞˇ

【解釋】比喻一去不返，杳無消息。

【出處】景德傳燈錄·潭州龍山和尚：「洞山又問和尚：『見箇什麼道理，便住此山？』師曰：『我見兩箇泥牛鬥入海，直至如今無消息。』」元·尹廷高詩：「泥牛入海無消息，萬壑千巖空翠寒。」

【相同】石沈大海。杳如黃鶴。一去不返。

【相反】合浦珠還。

【例句】他出國幾年，卻「泥牛入海」，毫無音訊，令老母惦念不已。

泥塑木雕 ㄋㄧˊ ㄙㄨˋ ㄇㄨˋ ㄉㄧㄠ

【解釋】形容呆板全無反應。

【出處】儒林外史：「那兩位舅爺王德王仁，坐著就像泥塑木雕的一般，總不置一個可否。」

【例句】我跟他解釋了許久，他仍像「泥塑木雕」般的，毫無反應，我眞拿他沒辦法。

波譎雲詭 ㄆㄛ ㄐㄩㄝˊ ㄩㄣˊ ㄍㄨㄟˇ

【解釋】比喻變幻無常，有如波濤起伏，浮雲變幻。本作「雲譎波詭」。

【字義】譎：變化。

【出處】揚雄·甘泉賦：「於是大廈雲譎波詭，摧嗺而成觀。」

【例句】國際局勢一向「波譎雲詭」，難以捉摸。

波瀾壯闊 ㄆㄛ ㄌㄢˊ ㄓㄨㄤˋ ㄎㄨㄛˋ

【解釋】比喻聲勢浩大。

【字義】瀾：大浪。

【出處】方千詩：「鏡水周迴千萬頃，波瀾倒瀉入君心。」

【相同】洶湧澎湃。萬馬奔騰。

【相反】風平浪靜。

【例句】「波瀾壯闊」的民族獨立運動在世界各地相繼展開。

沾沾自喜 ㄓㄢ ㄓㄢ ㄗˋ ㄒㄧˇ

【解釋】自矜貌。

【出處】史記·魏其武安侯列傳：「孝景帝曰：『太后豈以爲臣有愛不相魏其者，沾沾自喜耳，多易，難以爲相，持重。』」

【相同】得意洋洋。洋洋自得。自鳴得意。

【相反】垂頭喪氣。鬱鬱寡歡。悒悒不樂。

【例句】老師只不過誇獎他幾句，他就「沾沾自喜」了起來。

油腔滑調 ㄧㄡˊ ㄑㄧㄤ ㄏㄨㄚˊ ㄉㄧㄠˋ

【解釋】指說話或文章輕浮油滑，不踏實。

【出處】清·王士禎·師友詩傳錄：「

作詩，學力與性情必兼具而後愉快。愚意以爲學力深，始能見性情；若不多讀書，多貫穿，而遽言性情，則開後學油腔滑調、信口成章之惡習矣。」

【相同】油嘴滑舌。

【相反】不苟言笑。一本正經。

【例句】他進社會做事不過一年而已，說話就一副「油腔滑調」的樣子，實在令人厭惡。

油頭粉面
ㄧㄡˊ ㄊㄡˊ ㄈㄣˇ ㄇㄧㄢˋ

【解釋】形容人打扮妖冶輕浮。

【出處】古今名劇：「改換了油頭粉面，再不將蛾眉淡掃鬢堆蟬。」

【相同】濃妝艷抹。描眉畫眼。傅粉施朱。

【相反】布裙荊釵。

【例句】看他一副「油頭粉面」的樣子，想必是個不學無術的紈褲子弟。

油嘴滑舌
ㄧㄡˊ ㄗㄨㄟˇ ㄏㄨㄚˊ ㄕㄜˊ

【解釋】形容說話油滑。

【出處】鏡花緣：「俺看他油嘴滑舌，南腔北調，到底算個什麼？」

【相同】油腔滑調。

【相反】不苟言笑。一本正經。

【例句】「油嘴滑舌」的人，多半靠不住。

治絲而棼
ㄓˋ ㄙ ㄦˊ ㄈㄣˊ

【解釋】要把絲整理好而不得其法，會愈理愈亂。比喻做事不得其法，反會把事情弄糟。

【字義】棼：亂。

【出處】左傳：「臣聞以德和民，不聞以亂。以亂，猶治絲而棼之也。」

【相同】治絲益棼。

【例句】本來是件簡單易辦的事，如果故意頒定新法，就「治絲而棼」了。

洋洋大觀
ㄧㄤˊ ㄧㄤˊ ㄉㄚˋ ㄍㄨㄢ

【解釋】盛大貌。洋洋：盛大、眾多。

【出處】詩經：「河水洋洋，北流活活。」莊子・天地：「夫道，覆載萬物者也，洋洋乎大哉！」

【相同】琳瑯滿目。

【相反】不堪入目。

【例句】他寫論文，動輒數十萬言，眞是「洋洋大觀」。

洋洋自得
ㄧㄤˊ ㄧㄤˊ ㄗˋ ㄉㄜˊ

【解釋】形容心滿意足，情態舒暢。

【字義】洋洋：也作「揚揚」，得意的樣子。

【出處】史記：「其夫爲相御，擁大蓋，策駟馬，意氣揚揚，甚自得也。」

【相同】自鳴得意。得意揚揚。

【例句】左鄰右舍無不生的是女孩，她頭一胎就是男孩，怎不「洋洋自得」呢？

洪水猛獸
ㄏㄨㄥˊ ㄕㄨㄟˇ ㄇㄥˇ ㄕㄡˋ

【解釋】比喻禍害極大的事物。

【出處】孟子・滕文公下：「昔者禹抑洪水，而天下平；周公兼夷狄，驅猛獸，而百姓寧。」

【相同】天災人禍。彌天大禍。滔天大罪。

【相反】海宴河清。

【例句】他是個作惡多端的大流氓，大家都視他爲「洪水猛獸」。

津津有味
ㄐㄧㄣ ㄐㄧㄣ ㄧㄡˇ ㄨㄟˋ

【解釋】本指言語有趣味，現多指閱讀或觀看某一事物極感興趣。
【出處】新論崇學：「道象之妙，非言不津津。」津津：有滋味的樣子。
【相同】興味盎然。興致勃勃。
【相反】索然無味。味同嚼蠟。
【例句】他連飯都不想吃，正在「津津有味」地看武俠小說。

津津樂道
ㄐㄧㄣ ㄐㄧㄣ ㄌㄜˋ ㄉㄠˋ

【解釋】樂於談論。
【出處】見「津津有味」。
【例句】他的風流韻事，雖然事隔多年，至今仍然爲人所「津津樂道」。

洞若觀火
ㄉㄨㄥˋ ㄖㄨㄛˋ ㄍㄨㄢ ㄏㄨㄛˇ

【解釋】看得非常清楚透徹。
【字義】洞：透徹。
【出處】書經·盤庚：「予若觀火。」
【相同】瞭如指掌。
【相反】管窺蠡測。霧裡看花。
【例句】我軍對敵人的動向「洞若觀火」，因此才能每戰必勝。

洗心革面
ㄒㄧˇ ㄒㄧㄣ ㄍㄜˊ ㄇㄧㄢˋ

【解釋】比喻改過從善。
【字義】洗心：洗滌邪惡之心。革面：改變顏容。
【出處】周易·繫辭：「六爻之義易以貢，聖人以此洗心，退藏於密。」周易·革：「上六，君子豹變，小人革面。」抱朴子·用刑：「化上而興善者，必若靡草之逐驚風；洗心而革面者，必若清波之滌輕塵。」
【相同】脫胎換骨。痛改前非。
【相反】死不悔改。依然如故。怙惡不悛。
【例句】他曾經誤觸法網，但現已「洗心革面」，改過遷善了。

洗手不幹
ㄒㄧˇ ㄕㄡˇ ㄅㄨˋ ㄍㄢˋ

【解釋】自此以後，不再做某事（多指壞事）。
【字義】洗手：指放棄某種勾當。（本是盜賊的行話。）
【出處】兒女英雄傳：「我黑金剛從今洗手不幹。」
【例句】應該趁早「洗手不幹」，見好就收。

洗耳恭聽
ㄒㄧˇ ㄦˇ ㄍㄨㄥ ㄊㄧㄥ

【解釋】恭敬地專心傾聽。
【出處】元·關漢卿·單刀會：「請君侯試說一遍，下官洗耳恭聽。」
【相同】傾耳而聽。
【相反】充耳不聞。
【例句】你若有高見，請說，我一定「洗耳恭聽」。

活學活用
ㄏㄨㄛˊ ㄒㄩㄝˊ ㄏㄨㄛˊ ㄩㄥˋ

【解釋】靈活運用所學到的東西，不拘泥於教條。
【例句】無論哪一門學問，都要能「活學活用」，否則等於沒學。

洛陽紙貴
ㄌㄨㄛˋ ㄧㄤˊ ㄓˇ ㄍㄨㄟˋ

【解釋】形容文章風行一時，人以先睹爲快。
【出處】晉左思作三都賦，構思十年，賦成，不爲時人所重。及皇甫謐爲作序，張載劉逵爲作注，張華嘆爲：「班（固）張（衡）之流也。」於是豪富之家爭相傳寫，洛陽爲之紙貴。見晉書·左思傳。

【相同】人手一冊。

【相反】乏人問津。

【例句】大作只要付梓，一定會「洛陽紙貴」的。

流芳百世 ㄌㄧㄡˊ ㄈㄤ ㄅㄞˇ ㄕˋ

【解釋】美名永久流傳於後世。

【字義】芳：好名譽。世：古人以三十年爲一世。百世，表久遠。

【出處】世說新語·尤悔：「（桓溫）既而屈起坐曰：『既不能流芳後世，亦不足復遺臭萬載邪！』」

【相同】流芳千古。名垂青史。萬古長青。

【相反】遺臭萬年。身敗名裂。湮沒無聞。

【例句】大丈夫若不能「流芳百世」，也要遺臭萬年。

流連忘返 ㄌㄧㄡˊ ㄌㄧㄢˊ ㄨㄤˋ ㄈㄢˇ

【解釋】耽於遊樂，而致忘記回家。

【出處】孟子·梁惠王：「從流下而忘返，謂之流，從流上而亡忘返，謂之連。」

【相同】依依不捨。樂而忘返。

【相反】揚長而去。掉臂不顧。

【例句】他一走進河濱公園，被如畫的景色所迷住，就「流連忘返」了。

流離失所 ㄌㄧㄡˊ ㄌㄧˊ ㄕ ㄙㄨㄛˇ

【解釋】流亡離散，無家可歸。

【出處】漢書·薛廣漢傳：「竊見關東困極，人民流離。」

【相同】離鄉背井。流離顛沛。流離轉徙。

【相反】安居樂業。安土重遷。

【例句】戰亂之後，人民「流離失所」，哀鴻遍野，眞是人間慘劇。

涇渭不分 ㄐㄧㄥ ㄨㄟˋ ㄅㄨˋ ㄈㄣ

【解釋】比喻好壞不分，是非不明。

【字義】涇：涇水，水清；渭：渭水，水濁。

【相同】魚龍混雜。蘭艾難分。

【相反】涇渭分明。

【例句】他這傢伙「涇渭不分」，把朋友當敵人，眞是混帳透頂。

消聲匿跡 ㄒㄧㄠ ㄕㄥ ㄋㄧˋ ㄐㄧ

【解釋】沒有了聲息和蹤跡，指避居而停止活動。

【例句】掃黑正在雷厲風行的時侯，這批不良分子不得不「消聲匿跡」，避避風頭。

浮一大白 ㄈㄨˊ ㄧ ㄉㄚˋ ㄅㄞˊ

【解釋】本指行酒令罰酒，今引伸爲滿飲一大杯酒。最初作「浮白」。

【字義】浮：古時行酒令罰酒；白：罰酒用的酒杯。

【出處】漢·劉向·說苑：「魏文侯與大夫飲酒，使公乘不仁爲觴政，曰：『飲不釂者，浮以大白。』文侯飲而不盡釂，公乘不仁舉白浮君。」後轉稱滿飲爲浮白。釂ㄐㄧㄠˋ：乾杯。清·張潮·虞初新志，補張靈崔瑩合傳：「一日靈獨坐讀劉伶傳，命童子進酒，屢讀屢叫絕，輒拍案浮一大白。」

【例句】今天的慶功宴，唯獨小王遲到，大家強迫他「浮一大白」了事。

浮光掠影
ㄈㄨˊ ㄍㄨㄤ ㄌㄩㄝˋ ㄧㄥˇ

【解釋】飄浮的光，一閃即逝的影子。形容膚淺而不深刻。

【出處】褚亮·臨高臺詩：「浮光隨日度，漾影逐波深。」

【相同】走馬觀花。蜻蜓點水。

【相反】下馬看花。

【例句】他對哲學的研究，不過是「浮光掠影」而已，竟然不自量力，寫起論文來了。

涓滴歸公
ㄐㄩㄢ ㄉㄧ ㄍㄨㄟ ㄍㄨㄥ

【解釋】形容公款一點一滴都沒有被納入私囊。

【字義】涓滴：小水滴，比喻微小的東西。

【出處】官場現形記：「眞正是涓滴歸公，一絲一毫也不敢亂用。」

【例句】他是公營事業的主管，經常提醒部下要「涓滴歸公」。

浩如煙海
ㄏㄠˋ ㄖㄨˊ ㄧㄢ ㄏㄞˇ

【解釋】形容廣博無際。

【字義】浩：廣大、衆多。煙海：煙霧彌漫的大海，比喻廣大衆多。

【出處】司馬光·進資治通鑑表：「遍閱舊史，旁採小說，簡牘盈積，浩如煙海。」

【相同】浩若煙海。

【例句】我國古籍「浩如煙海」，我們一生的時間，可能都看不完罷？

海市蜃樓
ㄏㄞˇ ㄕˋ ㄕㄣˋ ㄌㄡˊ

【解釋】大氣中由於光線的折射，把遠處景物顯示到空中或地面上的奇異幻景。古人誤以爲蜃吐氣而成。常用以比喻虛幻不足恃的事情。

【出處】史記：「海旁蜃氣象樓臺，廣野氣成宮闕然，雲氣各象其山川人民所聚積。」隋唐遺事：「張昌儀恃寵，請託如市。李湛曰：此海市蜃樓比耳，豈長久耶？」蜃：海蛤蜊。

【相同】空中樓閣。鏡花水月。虛無縹緲。

【相反】青山綠水。萬水千山。

【例句】他的計畫，總是像「海市蜃樓」一般的不切實際。

海底撈月
ㄏㄞˇ ㄉㄧˇ ㄌㄠ ㄩㄝˋ

【解釋】比喻白費力氣，決不會成功。

【相同】水底撈月。海底撈針。

【例句】她希望青春永駐，這是「海底撈月」的夢想。

海枯石爛
ㄏㄞˇ ㄎㄨ ㄕˊ ㄌㄢˋ

【解釋】①長遠、永久。常用爲男女盟誓之辭。②指時間甚長。

【出處】金·元好問·西樓曲：「海枯石爛兩鴛鴦，只合雙飛便雙死。」西廂記：「這天高地厚情，直到海枯石爛時。」

【相同】至死不變。矢志不渝。之死靡它。

【相反】二三其德。見異思遷。喜新厭舊。

【例句】①他倆一見鍾情，立刻希望「海枯石爛」，永不分離。②即使「海枯石爛」，我也要等他回心轉意。

海誓山盟 ㄏㄞˇ ㄕˋ ㄕㄢ ㄇㄥˊ

【解釋】 盟誓堅定不渝，如山海之永久存在。極言相愛之深。

【出處】 宋·辛棄疾·南鄉子贈妓：「別淚沒些些，海誓山盟總是賒。」草堂詩餘·滿庭芳胡浩然吉席詞：「歡娛當此際，海誓山盟，地久天長。」

【例句】 愛情是最靠不住的，以前雖然有過「海誓山盟」，如今竟成陌路。

海闊天空 ㄏㄞˇ ㄎㄨㄛˋ ㄊㄧㄢ ㄎㄨㄥ

【解釋】 本指天地寬曠無邊。後來多形容氣象廣遠，沒有拘束。

【出處】 唐·劉氏瑤·暗別離：「青鸞脈脈西飛去，海闊天高不知處。」清·周夢顏·質孔說：「學到無我境界，便有海闊天空、登泰山而小天下氣象。」

【相同】 一望無際。漫無邊際。天南海北。

【相反】 一隅之地。一箭之地。

【例句】 我喜歡搭飛機旅行，因爲它給我一種「海闊天空」，任我遨遊的感覺。

深入淺出 ㄕㄣ ㄖㄨˋ ㄑㄧㄢˇ ㄔㄨ

【解釋】 用顯淺的文字表達深奧的道理。

【例句】 寫哲學的書，最好「深入淺出」，讀者才容易看懂。

深居簡出 ㄕㄣ ㄐㄩ ㄐㄧㄢˇ ㄔㄨ

【解釋】 指藏身在深密的地方，很少出現。後多指家居不常出門。

【出處】 唐·韓愈·送浮屠文暢師序：「夫獸深居而簡出，懼物之爲己害也，猶且不脫焉。」宋·秦觀·謝王學士書：「自擯棄以來，尤自刻勵，深居簡出，幾不與世人相通。」

【相同】 閉門不出。足不出戶。

【相反】 東奔四跑。拋頭露面。

【例句】 外婆平日「深居簡出」，不愛接觸外面的花花世界。

深信不疑 ㄕㄣ ㄒㄧㄣˋ ㄅㄨˋ ㄧˊ

【解釋】 完全相信，毫不懷疑。

【相反】 疑信參半。半信半疑。

【例句】 他言之鑿鑿，於是我「深信不疑」。

深思熟慮 ㄕㄣ ㄙ ㄕㄨˊ ㄌㄩˋ

【解釋】 反覆而周詳地思考。

【例句】 這是經過「深思熟慮」之後，才作的決定，該屬萬全之策。

深得我心 ㄕㄣ ㄉㄜˊ ㄨㄛˇ ㄒㄧㄣ

【解釋】 說出了我心坎裡的話。

【例句】 社會罪惡的根源在於不當的教育制度，此言「深得我心」。

深惡痛絕 ㄕㄣ ㄨˋ ㄊㄨㄥˋ ㄐㄩㄝˊ

【解釋】 厭惡痛恨到極點。

【出處】 西廂記·金聖嘆批：「不言誰送來與先生者，深惡而痛絕之至也。」

【相同】 切齒痛恨。切齒腐心。

【相反】 夢寐以求。感激涕零。

【例句】 談到這些沒骨氣的政客，大家就「深惡痛絕」。

深謀遠慮 ㄕㄣ ㄇㄡˊ ㄩㄢˇ ㄌㄩˋ

【解釋】計謀深遠，考慮周密。
【出處】史記·秦始皇本紀太史公曰：「……深謀遠慮，行軍用兵之道，非及鄉時之士也。」
【相同】深思熟慮。老謀深算。
【相反】草率從事。鼠目寸光。
【例句】小陳做事向來「深謀遠慮」，甚得上司的器重。

深藏若虛 ㄕㄣ ㄘㄤˊ ㄖㄨㄛˋ ㄒㄩ

【解釋】原指精於賣貨的人隱藏寶貨，不輕易被人見到。借喻有眞才實學的人不露鋒芒。
【出處】史記·老莊申韓列傳：「良賈深藏若虛，君子盛德，容貌若愚。」索隱：「深藏謂隱其寶貨，不令人見，故云『若虛』。」
【例句】他精通天文地理，平時「深藏若虛」，不輕易示人。

清規戒律 ㄑㄧㄥ ㄍㄨㄟ ㄐㄧㄝˋ ㄌㄩˋ

【解釋】原指佛家的戒條規律，現常用以指傳統的不合理的規章。
【出處】釋門正統：「百丈懷海禪師始立天下禪林規式，謂之淸規。」
【例句】這家公司的規模小、薪水少，但「清規戒律」一大堆，員工們個個牢騷滿腹。

淋漓盡致 ㄌㄧㄣˊ ㄌㄧˊ ㄐㄧㄣˋ ㄓˋ

【解釋】①沾濕或下滴貌。②酣暢貌
【字義】淋漓：形容暢快。盡致：到達極點。
【出處】唐·韓愈詩：「共傳滇神出水獻，赤龍拔鬚血淋漓。」唐·李商隱·韓碑：「公退齋戒坐小閣，濡染大筆何淋漓。」宋·陸游·哀郢之二：「淋漓痛飲長亭暮，慷慨悲歌白髮新。」
【相同】洋洋灑灑。
【相反】言猶未盡。吞吞吐吐。
【例句】他批評執政黨的缺失，寫得「淋漓盡致」，入木三分。

混水摸魚 ㄏㄨㄣˋ ㄕㄨㄟˇ ㄇㄛ ㄩˊ

【解釋】比喻趁著局勢混亂，攫取私利。
【相同】渾水摸魚。
【例句】他在超級市場趁停電的時候，「混水摸魚」，把顧客的錢包扒走了。

混淆視聽 ㄏㄨㄣˋ ㄧㄠˊ ㄕˋ ㄊㄧㄥ

【解釋】假造事實或散布謠言來擾亂眞相。
【字義】混淆：使混亂。視聽：看到的和聽到的。
【出處】抱朴子·尚傳：「眞僞顚倒，玉石混淆。」晉·干令升（寶）·晉紀總論：「內外混淆，庶官失才。名實反錯，天綱解紐。」
【例句】漢奸散布我軍失敗的謠言，「混淆視聽」，以動搖我民心士氣。

游手好閒 ㄧㄡˊ ㄕㄡˇ ㄏㄠˋ ㄒㄧㄢˊ

【解釋】終日游蕩，不務正業。
【字義】游手：空著手。
【出處】後漢書·章帝紀元和三年詔：「今肥田尚多，未有墾闢。其悉以賦貧民，給與糧種，務盡地力，勿令游手。」漢·王符·潛夫論·浮侈：「今舉世舍農桑，趨商賈，牛馬車輿，填塞道路，游手為巧，充盈都邑。」
【例句】他「游手好閒」，不務正業。

渾渾噩噩 ㄏㄨㄣˊ ㄏㄨㄣˊ ㄜˋ ㄜˋ
【解釋】形容上古時代無知無所識的情形，現多用以指人的痴呆無知。
【字義】渾渾：深而大的樣子。
【出處】清·鄭燮·范縣署中寄舍弟墨第三書：「而春秋已前，皆若渾渾噩噩，蕩蕩平平，殊甚可笑也。」法言問神：「虞夏之書渾渾爾，商書灝灝爾，周書噩噩爾。」
【相反】耳聰目明。聰明睿智。
【例句】他受過這次打擊之後，變得「渾渾噩噩」，痴痴呆呆的了。

湮沒無聞 ㄧㄣ ㄇㄛˋ ㄨˊ ㄨㄣˊ
【解釋】聲名埋沒了，再也沒有人知道。
【字義】湮：埋沒。
【例句】這裡從前是赫赫有名的皇城，因為年代久遠，現在已經「湮沒無聞」了。

渡過難關 ㄉㄨˋ ㄍㄨㄛˋ ㄋㄢˊ ㄍㄨㄢ
【解釋】渡過艱苦的一段日子。
【例句】我們靠著堅強不屈的鬥志，終於「渡過難關」。

溫文爾雅 ㄨㄣ ㄨㄣˊ ㄦˇ ㄧㄚˇ
【解釋】形容舉止文雅。
【字義】溫文：溫和有禮貌；爾雅：文雅。
【出處】禮記·文王世子：「是故其成也懌，恭敬而溫文。」漢書·儒林傳序：「文章爾雅，訓辭深厚。」
【例句】他外表「溫文爾雅」，內心裡卻是「男盜女娼」。

溫柔敦厚 ㄨㄣ ㄖㄡˊ ㄉㄨㄣ ㄏㄡˋ
【解釋】態度溫文有禮，性情仁厚。
【字義】溫：謂顏色溫潤；柔：謂性情和柔。
【出處】禮經解：「溫柔敦厚，詩教也。」
【相同】溫文敦厚。
【相反】老奸巨猾。鉤心鬥角。
【例句】讀詩可以使人「溫柔敦厚」。

渙然冰釋 ㄏㄨㄢˋ ㄖㄢˊ ㄅㄧㄥ ㄕˋ
【解釋】像冰融解。多指疑慮、誤解或困難而言。
【字義】渙：流散的樣子。
【出處】老子：「渙兮若冰之將釋。」晉·杜預·春秋左傳序：「若江海之浸，膏澤之潤，渙然冰釋，怡然理順，然後為得也。」
【例句】經過一番解釋之後，他們兩人之間的誤會終於「渙然冰釋」。

溘然長逝 ㄎㄜˋ ㄖㄢˊ ㄔㄤˊ ㄕˋ
【解釋】本指「忽然」逝世，現泛指去世。
【字義】溘然：忽然。
【例句】他留下遺言後不久，即「溘然長逝」。

滔滔不絕 ㄊㄠ ㄊㄠ ㄅㄨˋ ㄐㄩㄝˊ
【解釋】形容談話連續不斷。
【字義】滔滔：水流的樣子。
【出處】後唐·王仁裕·開元天寶遺事

：「張九齡善談論，每與賓客議論經旨，滔滔不竭，如下阪走丸也。」

【相同】下阪走丸。口若懸河。

【相反】沈默寡言。守口如瓶。

【例句】他口若懸河，「滔滔不絕」。

溜之大吉
ㄌㄧㄡ ㄓ ㄉㄚˋ ㄐㄧˊ

【解釋】逃跑的俗語。

【例句】他聽說敵人快進城了，便急忙「溜之大吉」。

滅此朝食
ㄇㄧㄝˋ ㄘˇ ㄓㄠ ㄕˊ

【解釋】消滅了敵人再吃早餐，言勝敵至易。後常以形容鬥志堅決，要立即消滅敵人。

【出處】左傳：「齊侯曰：『余姑翦滅此而朝食。』不介馬而馳之。」

【例句】對萬惡的日本軍閥，當時全國上下一心抱著「滅此朝食」的決心。

滅絕人性
ㄇㄧㄝˋ ㄐㄩㄝˊ ㄖㄣˊ ㄒㄧㄥˋ

【解釋】失去人性，行同禽獸。

【例句】劫匪已提升到先槍殺人，再搶錢，早已「滅絕人性」，令人震驚。

源源不絕
ㄩㄢˊ ㄩㄢˊ ㄅㄨˋ ㄐㄩㄝˊ

【解釋】連續不斷貌。

【字義】源源：若水之相繼也。

【出處】孟子·萬章：「欲常常而見之，故源源而來。」

【相同】絡繹不絕。源源而來。

【例句】他撈錢確有一手，財源「源源不絕」。

源遠流長
ㄩㄢˊ ㄩㄢˇ ㄌㄧㄡˊ ㄔㄤˊ

【解釋】水源遠則水流長。本指根基深厚則發展遠大，現多作歷史悠久解。

【出處】白居易·海州刺史裴君夫人李氏墓誌銘：「夫源遠流長，根深者葉茂。」

【相同】地久天長。

【相反】無源之水。

【例句】中華文化「源遠流長」，對亞洲各國都有很大的影響。

滄海一粟
ㄘㄤ ㄏㄞˇ ㄧ ㄙㄨˋ

【解釋】大海中一粒粟。比喻非常渺小。

【出處】蘇軾·前赤壁賦：「寄蜉蝣於天地，眇滄海之一粟。」

【相同】九牛一毛。

【相反】碩大無朋。

【例句】人生在世，如「滄海一粟」。

滄海桑田
ㄘㄤ ㄏㄞˇ ㄙㄤ ㄊㄧㄢˊ

【解釋】大海變成農田，農田變成大海。比喻世事變化很大。

【出處】晉·葛洪·神仙傳王遠：「麻姑自說云：『自接侍以來，已見東海三爲桑田。』」全唐詩·儲光羲·獻八舅東歸：「獨往不可群，滄海成桑田。」

【相同】滄桑陵谷。白雲蒼狗。

【相反】一成不變。萬古不變。

【例句】十年前他去美國留學時，此地還是湖泊，現在已成綠油油的一片稻田，眞是「滄海桑田」，變化太大了。

滄海遺珠
ㄘㄤ ㄏㄞˇ ㄧˊ ㄓㄨ

【解釋】海中之珠爲收集者所遺。比喻被埋沒的人才。

【出處】新唐書·狄仁傑傳：「舉明

經，調汴州參軍。爲更誣訴，黜陟使閻立本召訊，異其才，謝曰：『仲尼稱觀過知仁，君可謂滄海遺珠矣。』」

【例句】政府重金禮聘專家學者，希望做到不會有「滄海遺珠」之憾。

滾瓜爛熟 ㄍㄨㄣˇ ㄍㄨㄚ ㄌㄢˋ ㄕㄨˊ

【解釋】像從瓜藤上滾落下來熟透了的瓜一樣。形容極純熟。

【出處】儒林外史：「先把一部王守溪的稿子讀的滾瓜爛熟。」

【例句】他把中國歷史朝代的次序背得「滾瓜爛熟」。

漠不關心 ㄇㄛˋ ㄅㄨˋ ㄍㄨㄢ ㄒㄧㄣ

【解釋】一點也不關心。

【例句】這位級任老師對學生的課業竟然「漠不關心」，太沒有責任感了。

漸入佳境 ㄐㄧㄢˋ ㄖㄨˋ ㄐㄧㄚ ㄐㄧㄥˋ

【解釋】比喻近況漸好或興會漸濃。

【出處】晉·顧愷之食甘蔗，常自尾至本。人問其故，曰「漸入佳境」。蔗本甘於蔗尾，故云。事見世說新語·排調、晉書本傳。

【例句】他奮鬥了三年，經濟已「漸入佳境」了。

滿目瘡痍 ㄇㄢˇ ㄇㄨˋ ㄔㄨㄤ ㄧˊ

【解釋】所看到的全是民衆受災受苦的情形。

【字義】瘡痍：比喻民生困苦。

【例句】俄寇入侵後，整個東北已「滿目瘡痍」。

滿城風雨 ㄇㄢˇ ㄔㄥˊ ㄈㄥ ㄩˇ

【解釋】原係寫當時實景。後比喻事情喧騰衆口，議論紛紛。

【出處】宋朝，潘大臨寄謝無逸書中有：「秋來景物，件件是佳句，恨爲俗氣所蔽翳。昨日清臥，聞攪林風雨聲，遂起題壁曰：『滿城風雨近重陽』忽催稅人至遂敗意。只此一句寄奉。」

【相同】甚囂塵上。街談巷議。議論紛紛。

【相反】風平浪靜。

【例句】這椿師生戀，早已弄得「滿城風雨」了。

滿面春風 ㄇㄢˇ ㄇㄧㄢˋ ㄔㄨㄣ ㄈㄥ

【解釋】指神情和悅、愉快。

【出處】元·王實甫·麗春堂：「氣昂昂志捲長虹，飲千鍾滿面春風。」

【相同】春風得意。軒軒甚得。

【相反】快快不樂。愁眉不展。

【例句】他最近考取了司法官特考，又有一位大學校花投懷送抱，怪不得他「滿面春風」了。

滿腹珠璣 ㄇㄢˇ ㄈㄨˋ ㄓㄨ ㄐㄧ

【解釋】滿肚子文才。

【字義】璣：不圓的珠。

【相同】才華蓋世。學富五車。才高八斗。雄才大略。滿腹經綸。

【相反】胸無點墨。腹笥甚窘。

【例句】他「滿腹珠璣」，要他寫春聯，不是牛刀小試嗎？

滿載而歸 ㄇㄢˇ ㄗㄞˋ ㄦˊ ㄍㄨㄟ

【解釋】形容收穫甚豐。

【出處】明·李贄·又與焦弱侯：「彼

無一任不往，往必滿載而歸。」

【相同】滿車而歸。

【相反】一無所得。寶山空回。兩手空空。兩袖清風。

【例句】上次我們去採草莓，每個人都「滿載而歸」。

滿腹經綸 ㄇㄢˇ ㄈㄨˋ ㄐㄧㄥ ㄌㄨㄣˊ

【解釋】指才學飽滿。

【字義】經：縱線；綸：青絲綬；經綸：本絲織名稱，比喻規畫政治，進而形容治國才能或才學。

【相同】學富五車。才高八斗。雄才大略。滿腹珠璣。

【相反】胸無點墨。才疏學淺。德薄才疏。

【例句】他「滿腹經綸」，卻未被政府重用，實在是國家的重大損失。

漏洞百出 ㄌㄡˋ ㄉㄨㄥˋ ㄅㄞˇ ㄔㄨ

【解釋】形容漏洞很多。

【例句】因爲他的口供是亂編的，所以前後矛盾，「漏洞百出」。

漫山遍野 ㄇㄢˋ ㄕㄢ ㄅㄧㄢˋ ㄧㄝˇ

【解釋】形容衆多，到處可見。

【出處】水滸傳：「便勒馬回南邊去趕韓滔，背後風火砲打將下來，這邊那邊，漫山遍野，都是步軍追趕著。」

【相同】星羅棋布。滿坑滿谷。比比皆是。

【相反】寥寥無幾。屈指可數。寥若晨星。

【例句】春天一到，「漫山遍野」全是黃色小野花，好像黃金地氈一樣美麗。

漫不經心 ㄇㄢˋ ㄅㄨˋ ㄐㄧㄥ ㄒㄧㄣ

【解釋】隨便不放在心上。

【出處】明·任三宅·覆耆民汪源論設塘長書：「連年修西北二塘，責重塘長而空名應役漫不經心，以致漸成大患，愈難捍禦。」

【相同】漠不關心。心不在焉。

【相反】聚精會神。專心致志。一心一意。

【例句】她「漫不經心」地把結婚戒指往桌上一丟，就出門去了。

漫無止境 ㄇㄢˋ ㄨˊ ㄓˇ ㄐㄧㄥˋ

【解釋】好像永遠不會停止似的。

【例句】物價恍如脫韁之馬，漲得「漫無止境」。

漁人得利 ㄩˊ ㄖㄣˊ ㄉㄜˊ ㄌㄧˋ

【解釋】比喻兩方相爭，而第三者坐收其利。

【出處】見「鷸蚌相爭」。

【例句】兩個小國相爭，鄰近的大國便「漁人得利」了。

潔身自好 ㄐㄧㄝˊ ㄕㄣ ㄗˋ ㄏㄠˋ

【解釋】使自身純潔，不受腐蝕。

【字義】好：喜愛。

【出處】孟子·萬章：「聖人之行不同也，或遠或近，或去或不去，歸潔其身而已矣。」全唐詩·李紳趨翰苑遭誣構四十六韻：「潔身酬雨露，利口扇讒諛。」

【相同】潔身自愛。

【相反】同流合污。

【例句】　在世風日下的今天，他能夠不同流合污，「潔身自好」，的確難能可貴。

潰不成軍 ㄎㄨㄟˋ ㄅㄨˋ ㄔㄥˊ ㄐㄩㄣ

【解釋】　形容作戰慘敗，士兵散亂，不成隊形。

【例句】　我軍趁勝直追，敵人已「潰不成軍」了。

潸然淚下 ㄕㄢ ㄖㄢˊ ㄌㄟˋ ㄒㄧㄚˋ

【解釋】　涕下貌。

【字義】　潸然：流淚的樣子。

【出處】　漢書·中山靖王勝傳：「紛驚逢羅，潸然出涕。」

【相同】　淚流滿面。淚如雨下。

【相反】　歡天喜地。開懷大笑。

【例句】　她看完阿信後，被感動得「潸然淚下」。

潛移默化 ㄑㄧㄢˊ ㄧˊ ㄇㄛˋ ㄏㄨㄚˋ

【解釋】　指人的思想、性格和習慣，因受各種影響，無形中發生變化。

【字義】　潛：無形中；默：不聲不響地。

【出處】　顏氏家訓：「潛移暗化，自然似之。」

【相同】　耳濡目染。潛移暗化。

【相反】　頑固不化。原封原樣。

【例句】　音樂、詩歌在教育上最大的功用是能收到「潛移默化」的效果。

濟濟一堂 ㄐㄧˇ ㄐㄧˇ ㄧ ㄊㄤˊ

【解釋】　衆多人在一起，有讚美的意思。

【字義】　濟濟：衆多的樣子。

【出處】　尙書：「濟濟有衆。」

【例句】　大家「濟濟一堂」，熱烈討論如何調低油價的問題。

鴻飛冥冥 ㄏㄨㄥˊ ㄈㄟ ㄇㄧㄥˊ ㄇㄧㄥˊ

【解釋】　本比喻難以制御的遠患，現指遠走高飛。

【字義】　鴻：黃鵠；冥冥：遠空。

【出處】　法言·問明：「鴻飛冥冥，弋者何篡焉？」

【例句】　等警察趕到，劫匪早已「鴻飛冥冥」了。

鴻鵠之志 ㄏㄨㄥˊ ㄏㄨˊ ㄓ ㄓˋ

【解釋】　比喻高尙的志向。

【字義】　鴻鵠：天鵝。

【出處】　史記·陳涉世家：「嗟乎，燕雀安知鴻鵠之志哉？」

【例句】　這些凡夫俗子，怎能知道他懷有「鴻鵠之志」呢？

濫竽充數 ㄌㄢˋ ㄩˊ ㄔㄨㄥ ㄕㄨˋ

【解釋】　比喻無其才而居其位。

【字義】　竽：古代樂器，像笙。

【出處】　韓非子·內儲說上：「齊宣王使人吹竽，必三百人。南郭處士請爲王吹竽，宣王說之，廩食以數百人。宣王死，湣王立，好一一聽之，處士逃。」梁書庾肩吾傳太子（簡文帝）與湘東王書：「朱丹既定，雌黃有別，使夫懷鼠知慚，濫竽自恥。」

【相同】　魚目混珠。備位充數。

【相反】　貨眞價實。寧缺勿濫。

【例句】　我在大學教書，不過是「濫竽充數」混口飯吃而已。

火部

火上澆油 ㄏㄨㄛˇ ㄕㄤˋ ㄐㄧㄠ ㄧㄡˊ

【解釋】比喻使人更加惱怒，或使事態更加嚴重。

【出處】元·關漢卿·金線池：「不見他思量舊倒有些兩意兒投，我見了他撲鄧鄧火上加油。」缺名·陳州糶米：「我從來不劣方頭，恰便是火上澆油，我偏和那有勢力的官人每卯酉。」

【相同】抱薪救火。潑油救火。變本加厲。火上加油。

【相反】釜底抽薪。冷水澆頭。火上弄冰。

【例句】她已在氣頭上了，你別「火上澆油」，好不好？

火中取栗 ㄏㄨㄛˇ ㄓㄨㄥ ㄑㄩˇ ㄌㄧˋ

【解釋】比喻受別人利用去做一些危險的事。

【出處】伊索寓言：狐狸騙猴子替它取出火中的栗子，結果猴子不但吃不著栗子，反而燒掉了手上的毛。

【例句】我們不要爲投機商人「火中取栗」。

火傘高張 ㄏㄨㄛˇ ㄙㄢˇ ㄍㄠ ㄓㄤ

【解釋】比喻烈日。

【字義】火傘：比喻夏天酷然的太陽。

【出處】韓愈·游青龍寺贈崔大補闕詩：「光華閃壁見神鬼，赫赫炎官張火傘。」

【例句】盛暑時，「火傘高張」，最好的消暑方法是去游泳。

火樹銀花 ㄏㄨㄛˇ ㄕㄨˋ ㄧㄣˊ ㄏㄨㄚ

【解釋】形容燈光燦爛。

【出處】蘇味道·觀燈時：「火樹銀燈臺，星橋鐵鎖開。」紅樓夢：「於是進入行宮，只見庭燎繞空，香屑布地，火樹琪花，金窗玉檻。」

【相同】火樹琪花。

【例句】元宵夜，處處「火樹銀花」，熱鬧非凡。

炙手可熱 ㄓˋ ㄕㄡˇ ㄎㄜˇ ㄖㄜˋ

【解釋】火焰灼手。比喻權勢和氣焰之盛。

【字義】炙：烤、燒。

【出處】杜甫·麗人行：「炙手可熱勢絕倫，愼莫近前丞相嗔。」

【例句】他現在身兼數要職，已是「炙手可熱」的紅人了。

煙消雲散 ㄧㄢ ㄒㄧㄠ ㄩㄣˊ ㄙㄢˋ

【解釋】像煙和雲一樣消散得無影無蹤。

【出處】朱子全書：「使一日之間，雲消霧散，堯天舜日，廓然清明。」

【相同】雲消霧散。

【例句】她只要一看到小孩，所有的煩惱都頓時「煙消雲散」了。

蒸蒸日上 ㄓㄥ ㄓㄥ ㄖˋ ㄕㄤˋ

【解釋】形容事業一天天向上發展。

【字義】蒸蒸：熱氣向上升的樣子。

【相反】江河日下。每下愈況。

【例句】經過他整軍經武之後，國勢遂「蒸蒸日上」。

烏合之衆 ㄨ ㄏㄜˊ ㄓ ㄓㄨㄥˋ

【解釋】 倉卒集合之眾，謂如烏之忽聚忽散。

【出處】 後漢書·耿弇傳：「弇按劍曰：『子輿弊賊，卒為降虜耳。……歸發突騎以轔烏合之眾，如摧枯折腐耳。』」唐·意林：「烏合之眾，初雖有懽後必相吐，雖善不親也。」

【例句】 敵人不過是「烏合之眾」，不堪一擊。

烏煙瘴氣 ㄨ ㄧㄢ ㄓㄤˋ ㄑㄧˋ

【解釋】 比喻亂七八糟，一塌胡塗。

【例句】 風化區經常有人賭博、酗酒，打架，鬧得「烏煙瘴氣」。

焚膏繼晷 ㄈㄣˊ ㄍㄠ ㄐㄧˋ ㄍㄨㄟˇ

【解釋】 燃燈以繼日光，比喻夜以繼日地工作。

【字義】 膏：點燈用的油脂；晷：日影，指白天。

【出處】 韓愈·進學解：「焚膏油以繼晷，恆兀兀以窮年。」

【例句】 他「焚膏繼晷」，苦讀十年，終於成為大學者。

無中生有 ㄨˊ ㄓㄨㄥ ㄕㄥ ㄧㄡˇ

【解釋】 根本沒有其事而憑空捏造事實。

【出處】 老子：「天下萬物，生於有，有生於無。」

【例句】 你不可「無中生有」，捏造罪狀來害人。

無孔不入 ㄨˊ ㄎㄨㄥˇ ㄅㄨˋ ㄖㄨˋ

【解釋】 比喻善鑽營者出盡辦法，有空子就鑽。

【出處】 官場現形記：「鑽頭覓縫，無孔不入。」

【例句】 敵人的情報人員「無孔不入」，我們要小心防備。

無心之過 ㄨˊ ㄒㄧㄣ ㄓ ㄍㄨㄛˋ

【解釋】 一時不小心造成的過失。

【例句】 朋友的「無心之過」，應該原諒。

無可奈何 ㄨˊ ㄎㄜˇ ㄋㄞˋ ㄏㄜˊ

【解釋】 沒有辦法，無能為力。

【字義】 奈何：怎麼辦。

【出處】 莊子·德充符：「知不可奈何而安之若命，唯有德者能之。」史記·周本紀：「（幽王）以褒姒為后，伯服為太子，太史伯陽曰：『禍成矣，無可奈何！』」宋·晏殊·珠玉詞浣溪沙：「無可奈何花落去，似曾相識燕歸來，小園香徑獨徘徊。」

【相同】 無如之何。無可如何。望洋興嘆。徒嘆奈何。仰屋興嘆。

【相反】 胸有成竹。心中有數。胸中有數。

【例句】 大家都姑息敵人，我一個人反對，也「無可奈何」，只好掛冠求去，不問政事了。

無可非議 ㄨˊ ㄎㄜˇ ㄈㄟ ㄧˋ

【解釋】 沒有甚麼可受指責的地方。

【出處】 章炳麟·王夫之從祀與楊度參機要：「觀明夷待訪錄所持重人民，輕君主，固無可非議也。」

【相同】 無可厚非。

【相反】 一無是處。一塌糊塗。

【例句】 他做得十全十美，「無可非

議」。

無可爭辯 ㄨˊ ㄎㄜˇ ㄓㄥ ㄅㄧㄢˋ

【解釋】有事實根據或理由充分，無辯論的餘地。

【例句】人是政治動物，這是「無可爭辯」的眞理。

無可救藥 ㄨˊ ㄎㄜˇ ㄐㄧㄡˋ ㄧㄠˋ

【解釋】病情嚴重到無藥可救的地步，比喻無法挽救。

【相同】不可救藥。

【例句】他每天吃喝玩樂嫖賭，已經「無可救藥」了。

無可置疑 ㄨˊ ㄎㄜˇ ㄓˋ ㄧˊ

【解釋】十分確實，不容懷疑。

【相同】不容置疑。

【相反】似是而非。

【例句】專制獨裁，最後一定敗亡，這是「無可置疑」的。

無出其右 ㄨˊ ㄔㄨ ㄑㄧˊ ㄧㄡˋ

【解釋】謂才智出衆，別人無法超過。

【出處】漢書·田叔傳：「上召見，與語，漢廷臣無能出其右者。」

【相同】鶴立雞群。無與倫比。

【例句】論他的儀表、才學，同學之中，皆「無出其右」者。

無以復加 ㄨˊ ㄧˇ ㄈㄨˋ ㄐㄧㄚ

【解釋】形容已達頂點。

【出處】漢書·王莽傳下：「宜崇其制度，宣視海內，且令萬世之後無以復加也。」

【相同】登峰造極。

【例句】他的態度惡劣到「無以復加」。

無名小卒 ㄨˊ ㄇㄧㄥˊ ㄒㄧㄠˇ ㄗㄨˊ

【解釋】沒有聲譽的平凡人物。

【出處】三國演義：「只見城內一將飛馬引軍而出，大喝：『魏延無名小卒，安敢造亂，認得我大將文聘麼？』」

【相反】大名鼎鼎。

【例句】大名鼎鼎的運動員，竟然敗在這位「無名小卒」之下，實在令人驚訝莫名。

無妄之災 ㄨˊ ㄨㄤˋ ㄓ ㄗㄞ

【解釋】並未招惹而卻得來的災禍，亦即不明不白的禍害。

【出處】易經·無妄：「六三，無妄之災。」

【例句】飛機失事，掉在他家屋頂上，弄得家毀人亡，眞是「無妄之災」。

無地自容 ㄨˊ ㄉㄧˋ ㄗˋ ㄖㄨㄥˊ

【解釋】形容非常羞愧，沒有地方躲藏起來。

【出處】三國志·管寧傳：「夙宵戰怖，無地自厝。」

【相同】汗顏無地。愧天怍人。無地可入。

【相反】厚顏無恥。恬不知恥。問心無愧。

【例句】在部下面前，被上司責罵，令人感到「無地自容」。

無足輕重 ㄨˊ ㄗㄨˊ ㄑㄧㄥ ㄓㄨㄥˋ

【解釋】不值得重視。

【出處】明·沈德潛·監修實錄：「然實錄已屬僭擬，即欲加隆於列聖之上，徒爲識者所哂，無足爲輕重也。」
【相同】無關宏旨。
【相反】舉足輕重。
【例句】他才學平庸，在本公司是名「無足輕重」的人物。

無的放矢 ㄨˊ ㄉㄧˋ ㄈㄤˋ ㄕˇ

【解釋】毫無目標地亂放箭射擊，比喻行事或說話沒有目標，隨意而爲。
【例句】這篇社論「無的放矢」，刊出後，一定有損報格。

無所不爲 ㄨˊ ㄙㄨㄛˇ ㄅㄨˋ ㄨㄟˊ

【解釋】甚麼壞事都敢幹。
【出處】列子·黃帝：「既而狎侮欺詒，攩拯挨抌，亡(無)所不爲。」
【相同】爲所欲爲。恣意妄爲。爲非作歹。
【相反】安分守己。有所不爲。謹小慎爲。
【例句】流氓橫行鄉里，「無所不爲」。

無所事事 ㄨˊ ㄙㄨㄛˇ ㄕˋ ㄕˋ

【解釋】甚麼正經事都不幹。游手好閒。
【出處】明·歸有光·送同年丁聘之之任平湖序：「然每晨入部升堂，祇揖而退，卒無所事事。」
【相同】飽食終日。游手好閒。無所用心。
【相反】日理萬機。
【例句】他終日游蕩，「無所事事」。

無所遁形 ㄨˊ ㄙㄨㄛˇ ㄉㄨㄣˋ ㄒㄧㄥˊ

【解釋】衆目所視，無法逃脫。
【字義】遁：逃避、逃走。
【例句】馬可仕大選時做票，在全國人民的監視之下，當然「無所遁形」，只有下臺之一途了。

無所適從 ㄨˊ ㄙㄨㄛˇ ㄕˋ ㄘㄨㄥˊ

【解釋】不知道聽從誰的話爲好。
【出處】北齊書·魏蘭根傳：「此縣界於強虜，皇威未接，無所適從，故成背叛。」
【相同】左右爲難。莫衷一是。不知所措。
【相反】知所適從。心中有數。胸有成竹。
【例句】政令不統一，人民「無所適從」。

無奇不有 ㄨˊ ㄑㄧˊ ㄅㄨˋ ㄧㄡˇ

【解釋】甚麼怪事都會發生，形容甚爲奇怪。
【例句】電視節目推陳出新，「無奇不有」。

無法無天 ㄨˊ ㄈㄚˇ ㄨˊ ㄊㄧㄢ

【解釋】眼中沒有法律，不怕天，不怕地，無惡不作。
【字義】法：國法；天：天理。
【出處】紅樓夢：「怎麼又搬出這些無法無天的事來？」
【相反】安分守己。
【例句】這個小孩子皮死了，媽媽不在家的話，他就更「無法無天」了。

無事生非 ㄨˊ ㄕˋ ㄕㄥ ㄈㄟ

【解釋】 本來安靜無事，卻故意造出事故來。
【出處】 鏡花緣：「有不安本分的強盜，有無事生非的強盜。」
【相同】 惹是生非。無理取鬧。興風作浪。
【相反】 息事寧人。與人爲善。
【例句】 本來風平浪靜，他偏偏要「無事生非」，弄得雞犬不寧。

無風起浪 ㄨˊ ㄈㄥ ㄑㄧˇ ㄌㄤˋ

【解釋】 比喻無端生事。
【出處】 建中靖國燈錄·傳祖禪師：「揚子江心，無風起浪；石公山畔，平地骨堆，會得左右逢源，爭似寂然不動。」明·韋鳳翔·玉環記傳奇：「若是別人說可信，童兒慣會無風起浪，如何信他？」
【相同】 無事生非。
【例句】 他最愛「無風起浪」，你不要聽他胡說八道。

無計可施 ㄨˊ ㄐㄧˋ ㄎㄜˇ ㄕ

【解釋】 毫無辦法。
【出處】 元曲選外編·蘇子瞻醉寫赤壁賦：「自到此黃州，一載有餘，活計艱辛，妻子炊爨，無計可施。」
【相同】 束手無策。一籌莫展。黔驢技窮。
【相反】 急中生智。神通廣大。千方百計。
【例句】 劫匪已「無計可施」，只得束手就擒了。

無病呻吟 ㄨˊ ㄅㄧㄥˋ ㄕㄣ ㄧㄣˊ

【解釋】 沒有病而發出呻吟聲。後指無疾痛，故意作出悲愁慨嘆的樣子。
【出處】 宋·辛棄疾·臨江仙：「百年光景百年心，更歡須歎息，無病也呻吟。」
【例句】 「無病呻吟」的文章，不易引起讀者的共鳴。

無家可歸 ㄨˊ ㄐㄧㄚ ㄎㄜˇ ㄍㄨㄟ

【解釋】 貧窮到沒有家或家毀了。
【出處】 明·梅鼎祚·玉合記·逃禪：「我已無家可歸，那望這個日子，師父升座，待弟子拜禮，請賜法名。」
【相同】 流離失所。
【相反】 安家落戶。
【例句】 火災後，有數百人「無家可歸」。

無能爲力 ㄨˊ ㄋㄥˊ ㄨㄟˊ ㄌㄧˋ

【解釋】 沒有能力去做。
【出處】 清·梁紹壬·兩般秋雨盦隨筆·史閣部書：「況燕雀處堂，無深謀遠慮，使兵餉傾竭，忠臣流涕頓足而嘆，無能爲力，惟有一死以報國，不亦大可哀乎！」
【相同】 無濟於事。愛莫能助。力不從心。
【相反】 力所能及。應付裕如。
【例句】 這件事很難辦，我「無能爲力」。

無恥之尤 ㄨˊ ㄔˇ ㄓ ㄧㄡˊ

【解釋】 無恥到極點。
【字義】 尤：特別突出。
【出處】 二十年目睹之怪現狀：「用了『行止齷齪，無恥之尤』八個字考語，把他參掉了。」

【例句】他受過高等教育，竟然做出這種事，眞是「無恥之尤」。

無理取鬧 ㄨˊ ㄌㄧˇ ㄑㄩˇ ㄋㄠˋ

【解釋】謂蛙鳴本無意義，只是一片喧鬧，後以指人的蓄意搗亂。
【出處】唐·韓愈·答柳柳州食蝦蟆詩：「鳴聲相呼和，無理祇取鬧。」宋·廖行之·省齋集三酬羅季康詩：「井蛙無理祇成鬧，里婦空顰豈解妍？」
【相同】無事生非。尋事生非。惹是生非。
【相反】據理力爭。理直氣壯。
【例句】流氓收了保護費，依舊在酒家「無理取鬧」。

無動於衷 ㄨˊ ㄉㄨㄥˋ ㄩˊ ㄓㄨㄥ

【解釋】心如鐵石，一點也不受感動
【出處】官場現形記：「他見也好，不見也好，便也漠然無動於衷了。」
【相同】不動聲色。痲木不仁。泰然自若。
【相反】感人肺腑。感激涕零。
【例句】他是個鐵石心腸的人，妻子再怎樣哀求，他都「無動於衷」。

無咎無譽 ㄨˊ ㄐㄧㄡˋ ㄨˊ ㄩˋ

【解釋】沒有可供指責的過失，也沒有值得稱讚的功勞，表示成績平常。
【出處】後漢書·鄧彪張禹傳贊：「鄧張作傅，無咎無譽。」
【相同】無毀無譽。
【例句】他在市長任內，政績平平，「無咎無譽」。

無微不至 ㄨˊ ㄨㄟˊ ㄅㄨˋ ㄓˋ

【出處】兒女英雄傳：「看了長姐兒這節事，才知聖人教誨無微不至。」
【相同】關懷備至。體貼入微。無所不至。
【相反】漠不關心。漠然置之。掉頭不顧。
【例句】你在病中，護士照顧得「無微不至」。

無與倫比 ㄨˊ ㄩˇ ㄌㄨㄣˊ ㄅㄧˇ

【解釋】沒有比得上的。
【出處】宋·劉詩昌·蘆蒲筆記：「第一謂學識優長，辭理精純，出衆特異，無與倫比。」
【相同】無出其右。
【例句】本省的手工藝製作精美，「無與倫比」。

無傷大雅 ㄨˊ ㄕㄤ ㄉㄚˋ ㄧㄚˇ

【解釋】不會影響到大體，意即沒有多大的影響。
【字義】大雅：本是詩經中的一部分，現指典雅、正道。
【出處】二十年目睹之怪現狀：「不必問他眞的假的，倒也無傷大雅。」
【例句】在同樂會上，說一些微帶黃色的笑話，「無傷大雅」。

無精打采 ㄨˊ ㄐㄧㄥ ㄉㄚˇ ㄘㄞˇ

【解釋】情緒低沈，鼓不起勁。
【出處】紅樓夢：「（小紅）取了噴壺而回，無精打采，自向房中倒著。」又：「寶玉因得罪了黛玉，二人總未見面，心中正是後悔，無精打采的，那裡還有心情去看戲？」
【相同】垂頭喪氣。灰心喪氣。委靡

不振。沒精打采。
【相反】精神抖擻。興致勃勃。興高采烈。
【例句】他昨夜打了一整夜的麻將，所以今天上班，顯得「無精打采」。

無惡不作 ㄨˊ ㄜˋ ㄅㄨˋ ㄗㄨㄛˋ

【解釋】甚麼壞事都做。
【出處】清·鄭板橋·范縣署中寄舍弟墨第五書：「宋自紹興以來，主和議。增歲幣、送尊號、處卑朝、括民膏、戮大將，無惡不作，無陋不爲。」
【相同】爲非作歹。作惡多端。無法無天。
【相反】安分守己。奉公守法。循規蹈矩。
【例句】他是黑社會老大，魚肉鄉民，「無惡不作」。

無遠弗屆 ㄨˊ ㄩㄢˇ ㄈㄨˊ ㄐㄧㄝˋ

【解釋】無論多遠的地方都可達到。
【相同】無遠不屆。
【例句】現在的無線電廣播，「無遠弗屆」，只要一發生任何事情，全世界的人很快就知道了。

無影無蹤 ㄨˊ ㄧㄥˇ ㄨˊ ㄗㄨㄥ

【解釋】消失得連一點痕跡都沒有。
【出處】元·無名氏·浪淘沙：「一個主人翁，住在靈宮，無形無影亦無蹤。」
【相同】杳如黃鶴。杳無蹤影。
【相反】歷歷在目。蛛絲馬跡。
【例句】他們從屋子裡追出來時，小偷已經「無影無蹤」了。

無獨有偶 ㄨˊ ㄉㄨˊ ㄧㄡˇ ㄡˇ

【解釋】人或事恰巧類似。
【例句】想不到在菲律賓，獨裁了二十年的馬可仕繼伊朗廢王巴勒維之後，也亡命國外，眞是「無獨有偶」。

無濟於事 ㄨˊ ㄐㄧˋ ㄩˊ ㄕˋ

【解釋】對於事情無所補救，解決不了問題。
【字義】濟：幫助、補益。
【出處】官場現形記：「如今遠水救不得近火，就是我們再幫點忙，至多再湊了幾百兩銀子，也無濟於事。」
【相同】於事無補。
【例句】只借到兩百元，杯水車薪，「無濟於事」。

無懈可擊 ㄨˊ ㄒㄧㄝˋ ㄎㄜˇ ㄐㄧ

【解釋】沒有弱點可以給人攻擊。
【出處】孫子·始計：「攻其無備，出其不意。」曹操注：「擊其懈怠，出其空虛。」清·湯漱玉·玉臺畫史：「雅宜山人書有晉法，茲卷用退筆，蒼勁樸老，無懈可擊，尤稱意之作。」
【相同】天衣無縫。
【相反】破綻百出。漏洞百出。自相矛盾。
【例句】這個防守計畫，考慮得非常周密，根本「無懈可擊」。

無稽之談 ㄨˊ ㄐㄧ ㄓ ㄊㄢˊ

【解釋】沒有根據的說法。
【字義】稽：查考。
【出處】尙書：「無稽之言勿聽。」
【例句】這篇時事報導，完全是「無稽之談」。

無翼而飛 ㄨˊ ㄧˋ ㄦˊ ㄈㄟ

【解釋】比喻事物不須推行就很快傳播或流轉。後指東西突然丟失。
【字義】無翼：沒長翅膀。
【出處】管子：「無翼而飛者，聲也。」北齊·劉書·劉子薦賢：「玉無翼而飛，珠無脛而行。」
【相同】不翼而飛。
【例句】這本書，我明明記得放在桌上，怎會「無翼而飛」呢？

無關宏旨 ㄨˊ ㄍㄨㄢ ㄏㄨㄥˊ ㄓˇ

【解釋】和主要精神沒有關係，僅屬於細節，和主體無大關連。
【出處】清·紀昀·灤陽消夏錄：「宋儒所爭，只今文古文字句，亦無關宏旨，均姑置弗議。」
【相同】無關緊要。無關大局。無足輕重。
【相反】生死攸關。舉足輕重。非同小可。
【例句】主席認爲這項提議「無關宏旨」，所以不必討論了。

無可無不可 ㄨˊ ㄎㄜˇ ㄨˊ ㄅㄨˋ ㄎㄜˇ

【解釋】本謂出仕或退隱，相機而行，初無成見。後指人不明確表態，或沒有主見。
【出處】論語·微子：「我則異於是，無可無不可。」宋·朱敦儒·樵歌中驀山溪詞：「高談闊論，無可無不可，幸遇太平年，好時節清明初破。」紅樓夢：「薛媽是個無可無不可的人，倒還易說。」
【例句】部下向他請示，這件事到底要怎麼辦？他表示「無可無不可」。

無事不登三寶殿 ㄨˊ ㄕˋ ㄅㄨˋ ㄉㄥ ㄙㄢ ㄅㄠˇ ㄉㄧㄢˋ

【解釋】如果沒事，不會到佛殿拜佛：比喻有所求而來。
【字義】三寶殿：泛指佛殿。
【出處】二十年目睹之怪現狀：「所以你一進門，我就知道你是有爲而來的了，這才是無事不登三寶殿啊！」
【例句】我知道你是「無事不登三寶殿」的，有什麼要求，就開門見山地說罷！

焦頭爛額 ㄐㄧㄠ ㄊㄡˊ ㄌㄢˋ ㄜˊ

【解釋】本形容救火時燒焦頭，灼傷額。後比喻處境十分狼狽窘迫。
【出處】清·龔自珍·與吳虹書：「弟此節俗冗，焦頭爛額，對月對酒皆不樂。」
【例句】他每天爲公事已夠「焦頭爛額」的了，最好別再去打擾他。

煥然一新 ㄏㄨㄢˋ ㄖㄢˊ ㄧ ㄒㄧㄣ

【解釋】光彩奪目，面貌全新。
【字義】煥然：明亮的樣子。
【出處】宋·陸游·老學庵筆記：「宣和末，有巨商捨三萬緡，裝飾泗州普照塔，煥然一新。」
【例句】舊房子被他裝潢得「煥然一新」，看起來舒適多了。

煞費苦心 ㄕㄚˋ ㄈㄟˋ ㄎㄨˇ ㄒㄧㄣ

【解釋】費盡心思。
【字義】煞：很。
【出處】黑籍冤魂：「這煎煙方法，我是煞費苦心，三番五次的試驗，方才研究得精密。」

【例句】他「煞費苦心」，安排了這樣的一個美人計，可惜被對方識破。

煮豆燃萁 ㄓㄨˇ ㄉㄡˋ ㄖㄢˊ ㄑㄧˊ

【解釋】比喻兄弟不相容或相殘。

【出處】世說新語·文學：「（魏）文帝（曹丕）嘗令東阿王（曹植）七步中作詩，不成者行大法。應聲便爲詩曰：『煮豆持作羹，漉菽以爲汁；萁在釜下燃，豆在釜中泣；本自同根生，相煎何太急？』帝深有慚色。」注：「魏志曰：『陳思王植字子建，文帝同母弟也。』」

【例句】同胞兄弟遇到利益衝突，都會「煮豆燃萁」，何況是普通朋友呢？

煮鶴焚琴 ㄓㄨˇ ㄏㄜˋ ㄈㄣˊ ㄑㄧㄣˊ

【解釋】比喻殺風景之事。

【出處】宋·胡仔·苕溪漁隱話前·引宋蔡條西清詩話：「義山雜纂……其一曰殺風景：謂清泉濯足，花上曬褌，背山起樓，燒琴煮鶴，對花啜茶，松下喝道。」

【相同】焚琴煮鶴。

【例句】他是鄉下大老粗，專做「煮鶴焚琴」的事，破壞別人的雅興。

煽風點火 ㄕㄢ ㄈㄥ ㄉㄧㄢˇ ㄏㄨㄛˇ

【解釋】比喻煽動別人做壞事。

【相同】火上加油。

【相反】息事寧人。

【例句】兩個仇人相見，已經分外眼紅了，他又在一旁「煽風點火」，一場打鬥，自然頓時發生。

熙來攘往 ㄒㄧ ㄌㄞˊ ㄖㄤˇ ㄨㄤˇ

【解釋】形容來往的人紛雜而煩囂。

【出處】史記·貨殖列傳：「天下熙熙，皆爲利來，天下攘攘，皆爲利往。」

【相同】熙熙攘攘。

【例句】一清早，市場內就「熙來攘往」，擠得水洩不通。

熟視無睹 ㄕㄨˊ ㄕˋ ㄨˊ ㄉㄨˇ

【解釋】視而不見，表示對眼前的事物不經心、不在意。

【字義】熟視：久久注視。

【出處】晉·劉伯倫（伶）酒德頌：「兀然而醉，豁爾而醒，靜聽不聞雷霆之聲，熟視不睹泰山之形。」唐·韓愈·應科目與時人書：「且曰：爛死於沙泥，吾寧樂之，若俛首帖耳，搖尾而乞憐者，非吾之志也。是以有力者遇之，熟視之若無睹也。」

【相同】視而不見。

【例句】身爲市議員，對市民的福利受到剝削，怎可「熟視無睹」？

熟能生巧 ㄕㄨˊ ㄋㄥˊ ㄕㄥ ㄑㄧㄠˇ

【解釋】巧妙的手藝全由熟練得來。

【出處】鏡花緣：「俗語說的『熟能生巧』，舅兄昨日讀了一夜，不但他已嚼出此中意味，並且連寄女也都聽會，所以隨問隨答，毫不費事。」

【例句】你只要勤於練習，自然會「熟能生巧」。

燈紅酒綠 ㄉㄥ ㄏㄨㄥˊ ㄐㄧㄡˇ ㄌㄩˋ

【解釋】形容娛樂場所的奢侈豪華生活。

【出處】官場現形記：「十二隻船統通可以望見，燈紅酒綠，甚是好看。」

【相同】紙醉金迷。

【例句】他日日沉醉在「燈紅酒綠」之中，突然要他去冰天雪地守衛疆土，怎能適應得了？

燈蛾撲火 ㄉㄥ ㄜˊ ㄆㄨ ㄏㄨㄛˇ

【解釋】比喻自取滅亡。

【出處】梁書：「如飛蛾之赴火，豈焚身之可吝。」

【相同】飛蛾投火。飛蛾撲火。

【例句】你向強敵挑戰，不是「燈蛾撲火」，自取滅亡嗎？

燃眉之急 ㄖㄢˊ ㄇㄟˊ ㄓ ㄐㄧˊ

【解釋】稱事態緊迫。

【出處】五燈會元：「僧問蔣山佛慧如何是急切一句，慧曰：火燒眉毛。」文獻通考·市糴：「元祐初，溫公（司馬光）入相，諸賢並進用，革新法之病民者，如救眉燃，青苗，助役其尤也。」

【例句】兒子考取私費留學，他只好四處告貸，以濟「燃眉之急」。

營私舞弊 ㄧㄥˊ ㄙ ㄨˇ ㄅㄧˋ

【解釋】玩弄手法，假借公務，來謀求個人的利益。

【出處】漢書·王嘉傳：「壹切營私者多。」

【例句】他當會計主任的時候，因爲「營私舞弊」，所以被撤職查辦。

爛醉如泥 ㄌㄢˋ ㄗㄨㄟˋ ㄖㄨˊ ㄋㄧˊ

【解釋】形容大醉。

【字義】泥：（醉得像）一堆爛泥。另外有一說，「泥」是一種蟲名，在水中很活潑，離開水，則醉得像一堆泥。

【出處】醒世恆言：「直飲至三鼓，把赫大卿灌得爛醉如泥，不醒人事。」

【例句】他喝得「爛醉如泥」，把公事忘得一乾二淨。

爐火純青 ㄌㄨˊ ㄏㄨㄛˇ ㄔㄨㄣˊ ㄑㄧㄥ

【解釋】道家說煉丹成功時，爐火便發出純青的火焰。後比喻人的品德修養、學問或技藝達到了精粹完美的地步。

【出處】唐·孫思邈·四言詩：「洪爐烈火，烘焰翕赫；煙末及黔，焰不假碧。」

【相同】出神入化。盡善盡美。

【相反】火候不到。功力欠佳。

【例句】他的小提琴已達「爐火純青」的境界。

爪部

爭先恐後 ㄓㄥ ㄒㄧㄢ ㄎㄨㄥˇ ㄏㄡˋ

【解釋】搶著向前，只怕落在他人之後。

【出處】宋·吳孝宗·與張江東論事書：「古之人見一善則爭先爲之，惟恐在後，未聞有慮取笑而止者。」

【相同】不甘後人。力爭上游。

【相反】甘處下流。逃之夭夭。

【例句】公車還沒停好，大家便一窩蜂地「爭先恐後」朝車上擠。

爲人作嫁 ㄨㄟˋ ㄖㄣˊ ㄗㄨㄛˋ ㄐㄧㄚˋ

【解釋】替他人做事而對自己無益。

【出處】秦韜玉・貧女詩：「最恨年年壓金線，爲他人作嫁衣裳。」宋・計有功・唐詩紀事：「最恨」作「每恨」，全唐詩作：「苦恨」，紅樓夢：「妙玉歎道：『何必爲人作嫁？』」

【相同】徒勞無益。

【相反】坐享其成。

【例句】他一生「爲人作嫁」，自己了無成就。

爲非作歹 ㄨㄟˊ ㄈㄟ ㄗㄨㄛˋ ㄉㄞˇ

【解釋】隨意作壞事。

【出處】元曲選・白仁甫・牆頭馬上：「不是我敢爲非敢作歹，他也有風情有手策。」

【相同】爲所欲爲。胡作非爲。

【相反】安分守己。循規蹈矩。奉公守法。

【例句】他們「爲非作歹」，總有一天會得到報應。

爲虎作倀 ㄨㄟˋ ㄏㄨˇ ㄗㄨㄛˋ ㄔㄤ

【解釋】比喻幫助壞人去做壞事。

【字義】倀：傳說被老虎吃掉的人，死後爲倀鬼，來誘人給虎吃。

【出處】太平廣記：「倀鬼，被虎所食之人也，爲虎前呵道耳。」

【相同】爲虎傅翼。助桀爲虐。

【相反】勸善懲惡。爲善最樂。

【例句】你若加入流氓的幫派，就等於是「爲虎作倀」。

爲虎傅翼 ㄨㄟˋ ㄏㄨˇ ㄈㄨˋ ㄧˋ

【解釋】給老虎添上翅膀，比喻助長惡人的勢力。

【出處】逸周書・寤儆：「毋爲虎傅翼，將飛入邑，擇人而食。」

【相同】爲虎添翼。

【例句】你投靠日本軍閥，無異「爲虎傅翼」。

爲所欲爲 ㄨㄟˊ ㄙㄨㄛˇ ㄩˋ ㄨㄟˊ

【解釋】愛怎樣幹就怎樣幹，指肆無忌憚地做壞事。

【出處】元・柳貫・新修平江路學記：「以能爲所欲爲者，才也。才敏則用裕，廢者可舉，弛者可張。」

【相同】爲非作歹。胡作非爲。

【相反】謹小愼爲。安分守己。

【例句】他「爲所欲爲」，視法律爲具文。

爲富不仁 ㄨㄟˊ ㄈㄨˋ ㄅㄨˋ ㄖㄣˊ

【解釋】要想發財做富人者決不會有仁慈的心腸，現多解作身爲富人者決不會有仁慈的心腸。

【出處】孟子・滕文公：「陽虎曰：『爲富不仁矣，爲仁不富矣。』」聊齋誌異：「富室黃某亦遣媒來，虞其爲富不仁，力卻之。」

【例句】他是本地首富，但「爲富不仁」，從來不捐一毛錢給慈善機構。

爲善最樂 ㄨㄟˊ ㄕㄢˋ ㄗㄨㄟˋ ㄌㄜˋ

【解釋】謂行善是人生最快樂的事。

【出處】後漢書・東平憲王蒼傳：「日者東平王，處家何等最樂？王言爲善最樂。」

【例句】他認爲「爲善最樂」，不願在樂捐簿上簽名。

爻部

爾詐我虞 ㄦˇ ㄓㄚˋ ㄨㄛˇ ㄩˊ

【解釋】雙方互相欺騙、不信任。
【字義】虞：欺騙。
【出處】左傳：「宋及楚平，華元爲質，盟曰：『我無爾詐，爾無我虞。』」注：「楚不詐宋，宋不備楚。」
【例句】步入社會之後才知道，大家多是鉤心鬥角，「爾詐我虞」。

片部

片言可決 ㄆㄧㄢˋ ㄧㄢˊ ㄎㄜˇ ㄐㄩㄝˊ

【解釋】一句話就可以把事情解決。
【例句】這件事「片言可決」，怎麼會從早談到晚，還沒有結論？

片面之詞 ㄆㄧㄢˋ ㄇㄧㄢˋ ㄓ ㄘˊ

【解釋】單方面的言詞
【相同】片面之言。
【例句】作仲裁的，不可以只聽「片面之詞」，就決定誰是誰非。

牙部

牙牙學語 ㄧㄚˊ ㄧㄚˊ ㄒㄩㄝˊ ㄩˇ

【解釋】嬰兒初學說話，作牙牙聲。
【出處】唐·司空圖·障車文：「二女則牙牙學語，五男則雁雁成行。」金·元好問詩：「牙牙嬌語總堪誇，學念新詩似小茶。」
【例句】我記得不久前她還「牙牙學語」，曾幾何時，竟變得伶牙俐齒了。

牛部

牛刀小試 ㄋㄧㄡˊ ㄉㄠ ㄒㄧㄠˇ ㄕˋ

【解釋】比喻略顯本領。
【字義】牛刀：比喻大材。
【出處】論語·陽貨：「割雞焉用牛刀。」
【相同】小試鋒芒。牛鼎烹雞。
【相反】鵬程萬里。大展長才。
【例句】他學貫中西，辯才無礙，派他當外交官，不過是「牛刀小試」，而已。

牛山濯濯 ㄋㄧㄡˊ ㄕㄢ ㄓㄨㄛˊ ㄓㄨㄛˊ

【解釋】形容山禿無樹，俗指頭禿無髮。
【字義】濯濯：山上無草的樣子。
【出處】孟子·告子：「牛山之木嘗美矣，……牛羊又而牧之，以是若彼濯濯也。」
【例句】他還不過三十歲，因爲用腦過度，頭髮脫落，早已經「牛山濯濯」了。

牛衣對泣 ㄋㄧㄡˊ ㄧ ㄉㄨㄟˋ ㄑㄧˋ

【解釋】形容貧賤夫妻生活的悲苦。
【字義】牛衣：古時用亂麻編成的粗衣。
【出處】漢書·王章傳：「初，章爲諸生學長安，獨與妻居，章疾病，無被，臥牛衣中，與妻決，涕泣，其妻呵怒之。……後章仕宦歷位，及爲京兆，欲上封事，妻又止之，曰：『人當知足，獨不念牛衣中涕泣時耶！』」宋·蘇軾詩：「合浦賣珠無復有，常年笑我泣牛衣。」

【例句】你們夫婦兩徒作「牛衣對泣」，這樣於事無補，不如面對現實，設法做做小生意，改善生活。

牛鬼蛇神 ㄋㄧㄡˊ ㄍㄨㄟˇ ㄕㄜˊ ㄕㄣˊ

【解釋】本喻詩句的虛幻怪誕，後比喻各種各樣的壞人。
【出處】唐·杜牧·李賀集序：「鯨呿鼇擲，牛鬼蛇神，不足為其虛荒誕幻也。」明·王世貞文：「以大令筆，作顛史體，縱橫變化，莫可端倪，雖考之八法，不無小出入，要之鐵手腕可重也，然書道止此耳，過則牛鬼蛇神矣！」（以上皆取本義）
【相同】魑魅魍魎。牛頭馬面。妖魔鬼怪。
【相反】正人君子。麟鳳龜蛇。
【例句】你不要和黑社會的「牛鬼蛇神」交往。

牛頭不對馬嘴 ㄋㄧㄡˊ ㄊㄡˊ ㄅㄨˋ ㄉㄨㄟˋ ㄇㄚˇ ㄗㄨㄟˇ

【解釋】比喻答非所問或事情前後不符。
【例句】他心不在焉，我問他的問題，他回答得「牛頭不對馬嘴」。

牝雞司晨 ㄆㄧㄣˋ ㄐㄧ ㄙ ㄔㄣˊ

【解釋】比喻婦人當權，古時認為是悖逆常理的大事。
【出處】書·牧誓：「牝雞無晨，牝雞之晨，惟家之索。」新唐書·長孫皇后傳：「與帝言，或及天下事，辭曰：『牝雞司晨，家之窮也，可乎？』」
【例句】現在世界上，女人當總經理的已經不少，「牝雞司晨」已經被社會接受。

物以類聚 ㄨˋ ㄧˇ ㄌㄟˋ ㄐㄩˋ

【解釋】同一種類的東四一定相聚在一起。
【出處】周易·繫辭上：「方以類聚，物以群分。」
【相同】臭味相投。
【例句】嗜好相同的人容易玩在一起，這就是「物以類聚」的道理。

物換星移 ㄨˋ ㄏㄨㄢˋ ㄒㄧㄥ ㄧˊ

【解釋】時光流轉，世界變遷。
【出處】唐·王勃·滕王閣詩：「閒雲潭影日悠悠，物換星移幾度秋。」宋誤入桃花源：「搬不盡古今興廢，急回來物換星移。」
【相同】時過境遷。時異事殊。時移世異。
【相反】江山如故。
【例句】「物換星移」，一轉眼，已經數十寒暑了。

物極則反 ㄨˋ ㄐㄧˊ ㄗㄜˊ ㄈㄢˇ

【解釋】事物發展到極限時，就會走向反面。
【出處】呂氏春秋：「全則必缺，極則必反。」鶡冠子·環流：「美惡相飾，命曰復周，物極則反，命曰環流。」近思錄一道體：「伊川（程頤）曰：『……如復卦言七日來復，其間元不斷續，陽已復生，物極必返，其理須如是。』」
【相同】物極則衰。物至則反。
【相反】一去不返。一成不變。
【例句】「物極則反」，你別太得意

了。

物腐蟲生
ㄨˋ ㄈㄨˇ ㄔㄨㄥˊ ㄕㄥ

【解釋】物先腐爛而後有蟲生。喻禍患之來必有其內因。

【出處】荀子‧勸學：「肉腐生蟲，魚枯生蠹，怠慢忘身，禍災乃作。」宋‧蘇軾‧范增論：「物必先腐也，而後蟲生之；人必先疑也，而後讒入之。」

【相同】堤潰蟻孔。

【相反】流水不腐。戶樞不蠹。

【例句】「物腐蟲生」，一定是自己先有了缺點，別人才會批評你。

物盡其用
ㄨˋ ㄐㄧㄣˋ ㄑㄧˊ ㄩㄥˋ

【解釋】一切物品資源，都加以利用，不使廢棄。

【例句】統治者如果能夠做到：人盡其才，「物盡其用」，則國家一定會富強。

牽合附會
ㄑㄧㄢ ㄏㄜˊ ㄈㄨˋ ㄏㄨㄟˋ

【解釋】勉強湊合。

【出處】宋‧鄭樵‧通志總序：「天地之間，災祥萬種，人間禍福，冥不可知。……董仲舒以陰陽之學，倡為此說，本於春秋，牽合附會。」

【相同】牽強附會。穿鑿附會。

【例句】如此解釋憲法太過「牽合附會」，不能令人心服。

牽腸割肚
ㄑㄧㄢ ㄔㄤˊ ㄍㄜ ㄉㄨˋ

【解釋】比喻非常操心惦念。

【出處】元明雜劇元關漢卿劉夫人慶賞五侯宴二：「我這裡牽腸割肚把你箇孩兒捨，跌腳搥胸自嘆嗟。」

【相同】牽腸掛肚（古今雜劇：「張善友牽腸掛肚，怎下的眼睜睜死生別路。」）

【例句】女兒未出嫁之前，母親沒有一天不「牽腸割肚」。

牽一髮而動全身
ㄑㄧㄢ ㄧ ㄈㄚˇ ㄦˊ ㄉㄨㄥˋ ㄑㄩㄢˊ ㄕㄣ

【解釋】比喻一件小事可以影響大局。

【出處】清‧龔自珍文：「一髮不可牽，牽之動全身。」

【例句】看似小事，但「牽一髮而動全身」，你不可不鄭重計畫。

犁庭掃閭
ㄌㄧˊ ㄊㄧㄥˊ ㄙㄠˇ ㄌㄩˊ

【解釋】犁平其庭院，掃蕩其居處。比喻徹底摧毀敵方。

【出處】漢書‧匈奴傳揚雄上書：「近不過旬月之役，遠不離二時之勞，固已犁其庭，掃其閭，郡縣而置之。」

【相同】犁庭掃穴（清‧王夫之‧宋論十高宗：「即不能犁庭掃穴，以靖中原，亦何至日畝月削，以迄於亡哉？」）

【例句】大軍浩浩蕩蕩，「犁庭掃閭」，永絕後患。

犖犖大者
ㄌㄨㄛˋ ㄌㄨㄛˋ ㄉㄚˋ ㄓㄜˇ

【解釋】最明顯的，最主要的。

【字義】犖犖：分明。

【出處】史記‧天官書：「此其犖犖大者，若至委由小變，不可勝道。」

【例句】所列舉的十項罪狀，不過是「犖犖大者」而已。

犬部

犬牙相制 ㄑㄩㄢˇ ㄧㄚˊ ㄒㄧㄤ ㄓˋ

【解釋】地界交錯，形勢如犬牙。

【出處】史記·孝文本紀：「高帝封王子弟，地犬牙相制，此所謂磐石之宗也。」索隱：「言封子弟境土交接，若犬牙不正相當而相銜入也。」

【相同】犬牙相錯。

【例句】中俄交界處「犬牙相制」，很難防守。

犬馬之勞 ㄑㄩㄢˇ ㄇㄚˇ ㄓ ㄌㄠˊ

【解釋】像犬馬一樣聽從差遣的意思。（自謙語）。

【出處】三國演義：「公既奉詔討賊，備敢不效犬馬之勞？」

【例句】我願意爲閣下效「犬馬之勞」。

狗仗人勢 ㄍㄡˇ ㄓㄤˋ ㄖㄣˊ ㄕˋ

【解釋】指壞人倚仗惡勢力欺壓別人

【出處】紅樓夢：「你就狗仗人勢，天天作耗，在我們跟前逞臉！」明·李開先·寶劍記：「（丑白）他怕你怎的？（淨白）他怕我狗仗人勢。」

【相同】狐假虎威。仗勢欺人。城狐社鼠。

【相反】善氣近人。

【例句】你不要「狗仗人勢」，有一天會遭到報應的。

狗尾續貂 ㄍㄡˇ ㄨㄟˇ ㄒㄩˋ ㄉㄧㄠ

【解釋】本諷刺封爵太濫，現比喻拿壞的東西續在好的東西後面，前後不相稱。（自謙語）。

【字義】貂：一種似鼬的動物，毛皮極珍貴。

【出處】晉書·趙王倫傳：「奴卒役廝，亦加爵位，每朝會，貂蟬盈座，時人爲之諺曰：貂不足，狗尾續。」

【例句】拙文排在各位大作的後面，的確是「狗尾續貂」，自嘆不如。

狗苟蠅營 ㄍㄡˇ ㄍㄡˇ ㄧㄥˊ ㄧㄥˊ

【解釋】比喻爲了追逐名利，不惜像狗那樣無恥，像蒼蠅那樣到處亂鑽。

【字義】狗苟：像狗那樣苟且求安；蠅營：像蒼蠅那樣飛來飛去追逐髒東西。

【出處】唐·韓愈·送窮文：「蠅營狗苟，驅去復還。」

【相同】蠅營狗苟。

【例句】現在世風日下，笑貧不笑娼，因此「狗苟蠅營」的人車載斗量。

狗彘不若 ㄍㄡˇ ㄓˋ ㄅㄨˋ ㄖㄨㄛˋ

【解釋】喻品性極惡劣，連狗豬也不如。

【字義】彘：豬。

【出處】荀子·榮辱：「乳彘觸虎，乳狗不遠遊，不忘其親也。人也，憂忘其身，內忘其親，上忘其君，則是人也，而曾狗彘之不若也。」

【相同】狗彘不如。

【例句】賣國求榮的漢奸，簡直是「狗彘不若」。

狐朋狗黨 ㄏㄨˊ ㄆㄥˊ ㄍㄡˇ ㄉㄤˇ

【解釋】罵人的話，指一小撮結夥作惡的壞人。

【出處】關漢卿·單刀會：「他那裡暗暗的藏，我須索緊緊的防，都是些狐朋狗黨。」
【相同】一丘之貉。狐鼠之徒。狐朋狗友。
【相反】管鮑之交。君子之交。良師益友。
【例句】他們這一群「狐朋狗黨」，無時無刻不在欺壓良民。

狐假虎威 ㄏㄨˊ ㄐㄧㄚˇ ㄏㄨˇ ㄨㄟ

【解釋】比喻假借在上有權者的威勢以恐嚇他人。
【出處】戰國策·楚策：「虎求百獸而食之，得狐。狐曰：『子無敢食我也。天帝使我長百獸，今子食我，是逆天帝命也。子以我爲不信，吾爲子先行，子隨我後，觀百獸之見我而敢不走乎？』虎以爲然，故遂與之行，獸見之皆走，虎不知獸畏己而走也，以爲畏狐也。」宋書·恩倖傳序：「人主謂其身卑位薄，以爲權不得重，曾不知鼠憑社貴，狐藉虎威，外無逼主之嫌，內有專用之功，勢傾天下，未之或悟。」元·方回詩：「狐假虎威饒此輩，鼠穿牛角念吾民。」
【相同】狗仗人勢。城狐社鼠。
【相反】與人爲善。
【例句】小太保經常「狐假虎威」欺壓善良的鄉民。

狡兔三窟 ㄐㄧㄠˇ ㄊㄨˋ ㄙㄢ ㄎㄨ

【解釋】喻藏身之處多，便於避禍。
【字義】窟：洞穴。
【出處】戰國策·齊策：「馮諼曰：『狡兔有三窟，僅得免其死耳。君今有一窟，未得高枕而臥也，請爲君復鑿二窟。』」
【例句】這些毒販「狡兔三窟」，害得軍警們每次撲空。

狼心狗肺 ㄌㄤˊ ㄒㄧㄣ ㄍㄡˇ ㄈㄟˋ

【解釋】心腸像狼像狗一樣，既狠毒，又忘恩負義。
【出處】後漢書：「自是匈奴得志，狼心復生。」
【相同】蛇蠍心腸。
【相反】菩薩心腸。赤子之心。
【例句】此人「狼心狗肺」，你要遠離他才好。

狼狽不堪 ㄌㄤˊ ㄅㄟˋ ㄅㄨˋ ㄎㄢ

【解釋】形容進退兩難的窘迫情形。
【字義】狼狽：相傳狽前腿極短，必須把前腿靠在狼的後腿上才能行走，沒有了狼就寸步難行（見酉陽雜俎），因此二者常相附而行。
【出處】李密·陳情表：「臣之進退，實爲狼狽。」
【相同】進退狼狽。狼狽萬狀。進退兩難。進退維谷。
【相反】從容自若。優遊自若。
【例句】後悔沒聽你的勸告，如今陷入「狼狽不堪」的處境。

狼狽爲奸 ㄌㄤˊ ㄅㄟˋ ㄨㄟˊ ㄐㄧㄢ

【解釋】形容兩者勾結做壞事。
【字義】狼狽：見「狼狽不堪」。
【出處】隋唐演義：「安祿山向同李林甫狼狽爲奸。」
【相同】朋比爲奸。表裡爲奸。沆瀣一氣。

【相反】正大光明。行不由徑。高風亮節。

【例句】他們兩人「狼狽為奸」，欺壓良民。

狼餐虎嚥 ㄌㄤˊ ㄘㄢ ㄏㄨˇ ㄧㄢˋ

【解釋】形容吃東西又快又多，粗魯無禮。

【出處】水滸傳：「阮家三兄弟讓吳用喫好了幾塊，便喫不得了；那三個狼餐虎食，喫了一回。」西遊記：「迎著裡面燈光，仔細觀看，只見那大小群妖，一個個狼餐虎嚥，正都喫東西哩。」

【相同】狼吞虎嚥。饕口饞舌。

【相反】細嚼慢嚥。

【例句】因為太餓了，菜一上桌，便「狼餐虎嚥」，顧不得餐桌上禮儀了。

猶豫不決 ㄧㄡˊ ㄩˋ ㄅㄨˋ ㄐㄩㄝˊ

【解釋】遲疑不決。

【字義】按猶豫為雙聲字，以聲取義，本無定字，故亦作猶與、由與、尤與、猶夷等。舊說以猶、豫為二獸名，性皆多疑，非是。參閱清黃生義府上猶豫。

【出處】屈原·離騷：「心猶豫而狐疑兮，欲自適而不可。」六韜·龍韜：「善者從而不擇，巧者一決而不猶豫。」

【相反】當機立斷。

【例句】當我們遇到重大事件時，容易「猶豫不決」。

猝不及防 ㄘㄨˋ ㄅㄨˋ ㄐㄧˊ ㄈㄤˊ

【解釋】來得突然，不及防備。

【字義】猝：同卒。倉卒。

【出處】三國志：「軍還倉鎮卒，為備不周。」

【相同】措手不及。

【例句】囚犯藉口說要小解，突然躍身橋下，警員「猝不及防」。

獨一無二 ㄉㄨˊ ㄧ ㄨˊ ㄦˋ

【解釋】只此一個：形容極為少有。

【出處】官場現形記：「輸了錢，無論上千上萬，從不興皺皺眉頭，眞要算得獨一無二的好賭品了。」

【相同】絕無僅有。首屈一指。

【例句】他的針灸技術，世界上「獨一無二」。

獨占鰲頭 ㄉㄨˊ ㄓㄢˋ ㄠˊ ㄊㄡˊ

【解釋】科舉時代稱狀元及第。

【字義】鰲：傳說是海中的大龜。一說是大鱉。占：同佔。

【出處】朝野新聲太平樂府：「脫布衣，披羅綬，跳龍門獨占鰲頭。」清·洪亮吉·北江詩話：「俗語謂狀元獨占鰲頭，語非盡無稽。臚傳畢，贊禮官引東班狀元，西班榜眼二人，前趨至殿陛下，迎殿試榜，抵陛，則狀元稍前，進立中陛石上，石正中鐫升龍及巨鼇，蓋警蹕出入所由，即古所謂螭頭矣，俗語所本以此。」

【相反】名落孫山。

【例句】這次高考，他「獨占鰲頭」，好不風光。

獨具隻眼 ㄉㄨˊ ㄐㄩˋ ㄓ ㄧㄢˇ

【解釋】具有獨到的眼光和見解。

【出處】景德傳燈錄·普願禪師：「

師拈起毬子，問僧云：『那箇何似遮箇？』對云：『不似。』……許你具一隻眼。」

【相同】 獨具慧眼。

【例句】 他是老外交家，因此分析國際現勢，「獨具隻眼」。

獨善其身 ㄉㄨˊ ㄕㄢˋ ㄑㄧˊ ㄕㄣ

【解釋】 本指保持個人的節操。現多指自己循規蹈矩不理會別人。

【出處】 孟子·盡心：「窮則獨善其身，達則兼善天下。」魏書·高允傳徵士頌：「邁則英賢，侃亦稱選，……志在兼濟，豈伊獨善。」

【相同】 潔身自好。全軀保身。

【相反】 憂國憂民。公而忘私。

【例句】 我們不但要「獨善其身」，還要協助別人向善。

獨當一面 ㄉㄨˊ ㄉㄤ ㄧˊ ㄇㄧㄢˋ

【解釋】 指才力可以擔當一方面的重任。

【出處】 史記·留侯世家：「而漢王之將獨韓信可屬大事，當一面。」舊唐書·張瑞濬傳：「相公握禁兵，擁大旆，獨當一面。」

【例句】 他的才學足以「獨當一面」，勝此大任。

獨排衆議 ㄉㄨˊ ㄆㄞˊ ㄓㄨㄥˋ ㄧˋ

【解釋】 自有見解，不以衆人所持意見爲然。

【相同】 力排衆議。

【例句】 大家紛爭難決時，主席「獨排衆議」，通過法案。

獨樹一幟 ㄉㄨˊ ㄕㄨˋ ㄧˊ ㄓˋ

【解釋】 自己另外打著一面旗號，意指自創一格。

【出處】 隨園詩話：「歐公學韓文，而所作文全不似韓，此八家中所以獨樹一幟也。」

【相同】 自成一家。別樹一幟。

【例句】 他的詩風格清新，「獨樹一幟」。

獨木不成林 ㄉㄨˊ ㄇㄨˋ ㄅㄨˋ ㄔㄥˊ ㄌㄧㄣˊ

【解釋】 比喻勢孤力單，不足成事。

【出處】 後漢書·崔駰傳達旨：「高樹靡陰，獨木不林，隨時之宜，道貴從凡。」

【相同】 獨樹不成林。（樂府詩集·梁簡文帝吹曲紫騮馬歌：「獨柯不成樹，獨樹不成林。」）

【例句】 政治運動，「獨木不成林」，必須發動群衆，才有成功的希望。

玉部

玉山頹倒 ㄩˋ ㄕㄢ ㄊㄨㄟˊ ㄉㄠˇ

【解釋】 比喻醉倒。

【出處】 世說新語·容止：「其醉也傀俄若玉山之將崩。」劉禹錫·楊州春夜詩：「紛紛只見玉山頹。」

【例句】 婚禮的酒席上，新郎喝酒唱得「玉山頹倒」。

玉石俱焚 ㄩˋ ㄕˊ ㄐㄩˋ ㄈㄣˊ

【解釋】 比喻不分好壞，同歸於盡。

【出處】 三國志·魏鍾會傳檄蜀將吏士民：「若偷安旦夕，迷而不反，大兵一發，玉石俱碎，雖欲悔之，亦無及已。」

【相同】同歸於盡。蘭艾同焚。

【相反】瓦全。

【例句】城破之後，「玉石俱焚」。

玉不琢，不成器（ㄩˋ ㄅㄨˋ ㄓㄨㄛˊ ㄅㄨˋ ㄔㄥˊ ㄑㄧˋ）

【解釋】玉須經精雕細刻，始成器物。譬喻人須經鍛練培養，始能成就人材。

【出處】漢·班固·白虎通辟雍：「故學以治性，慮以變情，故玉不琢，不成器；人不學，不知道。」

【例句】「玉不琢，不成器」人必須受教育，才能成材。

玩世不恭（ㄨㄢˊ ㄕˋ ㄅㄨˋ ㄍㄨㄥ）

【解釋】不拘禮法，隨隨便便，猶如游戲人間。

【字義】玩：戲弄。

【出處】漢書·東方朔傳贊：「依隱玩世，詭時不逢。」注：「如淳曰：依違朝隱，樂玩其身於一世也。」宋·陸游·北窗：「老無功名未足歎，滑稽玩世亦非昔。」

【相同】游戲人生。

【相反】謹言愼行。

【例句】藝術家大多「玩世不恭」。

玩物喪志（ㄨㄢˊ ㄨˋ ㄙㄤˋ ㄓˋ）

【解釋】習於所好而喪失本志。

【字義】玩物：沈迷於所喜好的事物。

【出處】尙書·旅獒：「玩人喪德，玩物喪志。」宋·朱熹編上蔡先生語錄中：「明道（程顥）見謝子（良佐）記聞甚博，曰：『賢卻記得許多，可謂玩物喪志。』謝子被他所難，身汗面赤。」

【例句】他每天不是聽歌就是看戲，如此「玩物喪志」，還有什麼前途？

玩弄於股掌之上（ㄨㄢˊ ㄋㄨㄥˋ ㄩˊ ㄍㄨˇ ㄓㄤˇ ㄓ ㄕㄤˋ）

【解釋】形容任意玩弄，亦極端輕視的意思。

【出處】宋·宋祁·考古：「當是時，（劉邦）玩（韓）信等於股掌之上一土丸耳。」

【例句】他被「玩弄於股掌之上」，而不自知。

班門弄斧（ㄅㄢ ㄇㄣˊ ㄋㄨㄥˋ ㄈㄨˇ）

【解釋】在行家面前賣弄學問，言不自量力。

【字義】班：魯班，是我古代著名的木匠。

【出處】唐·柳宗元文：「操斧於班、郢之門，斯強顏耳。」宋·歐陽修·與梅聖俞書：「昨在眞定，有詩七八首，今錄去，班門弄斧，可笑可笑。」

【例句】他是英國文學博士，你竟在他面前賣弄英文，豈不是「班門弄斧」嗎？

珠玉在側（ㄓㄨ ㄩˋ ㄗㄞˋ ㄘㄜˋ）

【解釋】左右有至美至好的事物，自己不能相比。

【出處】晉書·衛玠傳：「珠玉在側，覺我形穢。」

【例句】「珠玉在側」，我怎敢獻醜呢？

珠圓玉潤（ㄓㄨ ㄩㄢˊ ㄩˋ ㄖㄨㄣˋ）

【解釋】喻歌聲婉轉或文詞流暢。

【出處】 清·周濟·詞辯：「北宋詞多就景敘情，故珠圓玉潤，四照玲瓏。」

【相同】 字正腔圓。一字一珠。字字珠璣。

【相反】 不堪入耳。詰屈聱牙。

【例句】 她是聲樂家，高歌一曲，果然「珠圓玉潤」，令人三月不知肉味。

珠聯璧合

ㄓㄨ ㄌㄧㄢˊ ㄅㄧˋ ㄏㄜˊ

【解釋】 比喻美好的事物聚合在一起，或兩美匹配，現多用以稱頌男女婚配。

【出處】 漢書·律曆志：「日月如合璧，五星如連珠。」北周·梁·庾信文：「發源纂胄，葉派枝分；開國成家，珠聯璧合。」

【相同】 中西合璧。珠璧相映。玉映珠聯。璧合珠聯。

【相反】 一鱗一爪。薰蕕錯雜。

【例句】 他倆是「珠聯璧合」的一對。

現身說法

ㄒㄧㄢˋ ㄕㄣ ㄕㄨㄛ ㄈㄚˇ

【解釋】 本謂佛力廣大，能現種種身形，向衆生說法。現在指用本身的經歷做例子，勸說別人。

【出處】 楞嚴經六：「我於彼前，皆現其身，而爲說法，令其成就。」景德傳燈錄·釋迦牟尼佛：「亦於十方界中現身說法。」

【例句】 他向學生們「現身說法」，講述自己苦學成功的經過。

理所當然

ㄌㄧˇ ㄙㄨㄛˇ ㄉㄤ ㄖㄢˊ

【解釋】 道理上應該這樣。

【出處】 隋·王通·魏相篇：「非辨也，理當然耳。」

【相同】 理當如此。天經地義。入情入理。

【相反】 情理難容。無理取鬧。豈有此理。

【例句】 一般人認爲是「理所當然」的事，而科學家們卻偏偏要問爲什麼？

理直氣壯

ㄌㄧˇ ㄓˊ ㄑㄧˋ ㄓㄨㄤˋ

【解釋】 理由充分，說話有氣勢。

【出處】 明·沈采·周女送飯：「氣高理必長，理直氣必壯。」百子山樵·分珠：「我爲無辜之人，不平動氣，是一點好心，理直氣壯，那裡犯著怕他？」

【相同】 義正嚴詞。

【相反】 理屈詞窮。

【例句】 他「理直氣壯」地拒絕了對方的無理要求。

理屈詞窮

ㄌㄧˇ ㄑㄩ ㄘˊ ㄑㄩㄥˊ

【解釋】 道理不足，沒話好說。

【出處】 宋·朱熹·朱文公文集·答張敬夫問目：「觀其論性數章，理屈詞窮，則屢變其說以取勝。」

【相同】 啞口無言。

【相反】 理直氣壯。義正詞嚴。

【例句】 他「理屈詞窮」，只好招供了。

琳琅滿目

ㄌㄧㄣˊ ㄌㄤˊ ㄇㄢˇ ㄇㄨˋ

【解釋】 眼前盡是珍美的東西。

【字義】 琳琅：精美的玉石。

【出處】 世說新語·容止：「有人詣王太尉……還語人曰：『今日之行，觸目見琳琅珠玉。』」

【相同】 美不勝收。

【相反】瘡痍滿目。不堪入目。

【例句】他家的古物收藏眞是「琳琅滿目」，美不勝收。

瑕不掩瑜 ㄒㄧㄚˊ ㄅㄨˋ ㄧㄢˇ ㄩˊ

【解釋】比喻不能因有缺點而掩沒優點。

【字義】瑕：玉的斑點；瑜：玉的光彩。

【出處】禮記·聘義：「瑕不揜（掩）瑜，瑜不揜（掩）瑕，忠也。」

【相同】瑕瑜互見。瑕瑜不掩。

【相反】瑜不掩瑕。

【例句】批評要公正客觀，「瑕不掩瑜」，他縱然有缺點，也不可把優點一筆抹殺。

瑕瑜互見 ㄒㄧㄚˊ ㄩˊ ㄏㄨˋ ㄒㄧㄢˋ

【解釋】意爲美與惡極爲分明，兩不相掩。後世謂優缺點同時並存爲瑕瑜互見。

【字義】瑕：玉的斑點，喻缺點；瑜：玉的光彩，喻優點。見：同「現」，請注意讀法。

【出處】禮·聘義：「瑕不揜（掩）瑜，瑜不揜（掩）瑕。」四庫提要史部傳記類一：「晦菴（朱熹）集中亦有與（呂）祖謙書曰：『名臣言行錄一書，亦當時草草爲之，……初不成文字，因看得爲訂正示及爲幸，云云，則是書瑕瑜互見，朱子原不自諱。』」

【相同】瑕不掩瑜。

【相反】白璧無瑕。完美無缺。

【例句】這兩件藝術品一經比較，就「瑕瑜互見」。

環肥燕瘦 ㄏㄨㄢˊ ㄈㄟˊ ㄧㄢˋ ㄕㄡˋ

【解釋】言女性胖瘦，各有不同的美。借喻詩文各種藝術作品流派、風格、樣式各有所長，皆擅其美。

【字義】環：指唐明皇的寵妃楊玉環，以胖美；燕：指漢成帝的孌后趙飛燕，以瘦美。

【出處】唐玄宗貴妃楊玉環豐肥，漢成帝后趙飛燕清瘦，同稱美人。宋·蘇軾詩：「杜陵評書貴瘦硬，此論未公吾不憑；短長肥瘦各有態，玉環飛燕誰敢憎。」

【例句】選美會上，「環肥燕瘦」，令人目不暇給。

瓜部

瓜田李下 ㄍㄨㄚ ㄊㄧㄢˊ ㄌㄧˇ ㄒㄧㄚˋ

【解釋】比喻嫌疑之地。

【出處】樂府詩集·君子行：「君子防未然，不處嫌疑間，瓜田不納履，李下不正冠。」北齊書·袁聿修傳：「時邢邵爲兗州刺史，別後，遣送白紬爲信。聿修退紬不受，與邢書曰：『今日仰過，有異常行，瓜田李下，古人所愼；多言可畏，譬之防川。願得此心，不貽厚責。』」

【例句】我們不要帶物品進超級市場，以免「瓜田李下」之嫌。

瓜瓞綿綿 ㄍㄨㄚ ㄉㄧㄝˊ ㄇㄧㄢˊ ㄇㄧㄢˊ

【解釋】瓜一代接一代生長，比喻子孫繁盛。

【字義】瓞：小瓜。

【出處】詩經：「綿綿瓜瓞，民之初生，自土沮漆。」疏：「大者曰瓜，小者曰瓞；而瓜蔓近本之瓜必小於先歲之大瓜，以其小如瓝，故謂之瓞。」

【例句】不管是農業社會，或者是工業社會，都盼望「瓜瓞綿綿」，香火不絕。

瓜熟蒂落 ㄍㄨㄚ ㄕㄨˊ ㄉㄧˋ ㄌㄨㄛˋ

【解釋】比喻條件具備，時機成熟。

【出處】雲笈七籤・元氣論：「今生子滿三十日，即相慶賀，謂之滿月，皆以此而習爲俗矣。氣足形圓，百神俱備，如二儀分三才，體地法天，負陰抱陽，喻瓜熟蒂落，啐啄同時。」

【例句】凡事不宜強求，最好等到「瓜熟蒂落」自然形成。

瓦部

甕中捉鱉 ㄨㄥˋ ㄓㄨㄥ ㄓㄨㄛ ㄅㄧㄝ

【解釋】喻所欲得者已在掌握之中。

【字義】甕：大罈子。

【出處】五燈會元・昭覺勤禪師：「僧曰：『甕裡怕走卻鱉？』」古今名劇：「這是揉著我山兒的癢處，管教他甕中捉鱉，手到拿來。」

【例句】敵軍誤入袋形陣地，只等我軍「甕中捉鱉」了。

甘部

甘之如飴 ㄍㄢ ㄓ ㄖㄨˊ ㄧˊ

【解釋】比喻甘心抵受痛苦或去做不願意做的事情，像吃麥芽糖一樣，不覺其苦。

【字義】飴：麥芽糖。

【出處】詩經：「堇荼如飴。」鄭玄箋：「其所生菜，雖有性苦者，甘如飴也。」

【相同】安之若素。甘心情願。

【相反】迫不得已。不由自主。

【例句】他在服刑期間，竟能「甘之如飴」，毫不怨天尤人。

甘心情願 ㄍㄢ ㄒㄧㄣ ㄑㄧㄥˊ ㄩㄢˋ

【解釋】不由外力，全出自願。

【出處】宋・王明清・摭青雜說：「女曰：『此事兒甘心情願也。』」

【相同】甘心樂意。

【相反】逼不得已。死不瞑目。

【例句】只要你能專心向學，媽媽再辛苦一點也「甘心情願」。

甘拜下風 ㄍㄢ ㄅㄞˋ ㄒㄧㄚˋ ㄈㄥ

【解釋】與人比較，自認不如，願居下列。

【字義】甘：心甘情願；下風：風向的下方。

【出處】左傳：「皇天后土，實聞君之言，群臣敢在下風。」宋・歐陽修詩：「花時浪過如春夢，酒敵先甘拜下風。」

【相同】心悅誠服。五體投地。自愧不如。

【相反】不甘雌伏。不甘示弱。妄自尊大。

【例句】你的武功高強，我「甘拜下風」。

甚囂塵上 ㄕㄣˋ ㄒㄧㄠ ㄔㄣˊ ㄕㄤˋ

【解釋】原形容軍中備戰的忙亂情形，後比喻議論紛紜，眾口喧騰。

【出處】左傳：「楚子登巢車以望晉

軍，子重使太宰伯州犁侍于王後，王曰：『將發命也，甚囂，且塵上矣。』」
【例句】部長夫人紅杏出牆的緋聞「甚囂塵上」，幾乎沒有一天不成爲晚報的頭條新聞。

生部

生不逢辰 ㄕㄥ ㄅㄨˋ ㄈㄥˊ ㄔㄣˊ
【解釋】形容時運不好，出生在一個不吉的時辰。也作「生不逢時」。
【字義】辰：時辰、日子。
【出處】詩經：「我生不辰，逢天僤怒。」僤ㄉㄢˋ怒：盛怒。
【例句】他自認懷才不遇，「生不逢辰」。

生老病死 ㄕㄥ ㄌㄠˇ ㄅㄧㄥˋ ㄙˇ
【解釋】指人生必經過程，由生而老，而病，而至死，原指此四種痛苦。
【出處】佛家語：指「四苦」，見大乘義章。
【例句】人生當然也有歡樂的一面，不是單純的只由四苦之「生老病死」所組成。

生吞活剝 ㄕㄥ ㄊㄨㄣ ㄏㄨㄛˊ ㄅㄛ
【解釋】比喻生硬地抄襲或模仿。
【出處】大唐新語諧謔：「李義府嘗賦詩曰：『鏤月成歌扇，裁雲作舞衣。自憐迴雪影，好取洛川歸。』有棗強尉張懷慶好偷名士文章，乃爲詩曰：『生情鏤月成歌扇，出意裁雲作舞衣。照鏡自憐迴雪影，時來好取洛川歸。』人謂之諺曰：『活剝王昌齡，生吞郭正一。』」明·徐渭青·奉師季先生書：「大約謂先儒若文公（朱熹）者，著釋速成，並欲盡窺諸子百氏之奧，是以冰解理順之妙固多，而生吞活剝之弊亦有。」
【相同】生搬硬套。食古不化。囫圇吞棗。
【相反】融會貫通。別出心裁。
【例句】他未能融合貫通老莊的精義，「生吞活剝」地寫了一篇讀後感。

生花妙筆 ㄕㄥ ㄏㄨㄚ ㄇㄧㄠˋ ㄅㄧˇ
【解釋】形容文筆高超，描寫生動。
【出處】開元遺事：「李白夢筆生花，自後文思日進。」
【例句】希望你用「生花妙筆」，來報導本省的進步實況。

生財有道 ㄕㄥ ㄘㄞˊ ㄧㄡˇ ㄉㄠˋ
【解釋】形容善於掌握正當的機會賺錢（不一定靠做生意）。
【例句】想發財，靠偷、搶，都不是「生財有道」的方法。

生殺予奪 ㄕㄥ ㄕㄚ ㄩˇ ㄉㄨㄛˊ
【解釋】形容無上的權威，連個人的生或殺，都可以一言而決。
【字義】予：給與；奪：剝奪。
【出處】荀子·王制：「貴賤殺生與奪，一也。」北齊書：「自外生殺予奪，不可盡言。」
【相同】殺生與奪。
【例句】民初的軍閥集司法、軍政於一身，自然有「生殺予奪」的大權。

生張熟魏 ㄕㄥ ㄓㄤ ㄕㄨˊ ㄨㄟˋ

【解釋】 指互不熟悉。
【出處】 元·宋元懷·拊掌錄：「北都有妓女美色，而舉止生硬。士人謂之生張八。因府會，寇忠愍（準）令乞詩于魏處士野。野贈之詩曰：『君爲北道生張八，我是西州熟魏三。莫怪尊前無笑語，半生半熟未相諳。』」
【例句】 他生性開朗又健談，雖是「生張熟魏」，也會一見如故。

生榮死哀 ㄕㄥ ㄖㄨㄥˊ ㄙˇ ㄞ
【解釋】 謂生時榮顯，死後使人哀痛。
【出處】 論語·子張：「其生也榮，其死也哀。」三國·魏曹子建（植）·王仲宣誄：「人誰不沒，達士徇名。生榮死哀，亦孔之榮。」
【例句】 在古代才德俱備的人，才會「生榮死哀」。但是世風日下的今天，只要有財有勢，無品德，照樣能「生榮死哀」。

生龍活虎 ㄕㄥ ㄌㄨㄥˊ ㄏㄨㄛˊ ㄏㄨˇ
【解釋】 比喻生氣勃勃，矯健勇猛。
【出處】 宋·朱熹·程子之書：「只見得他如生龍活虎相似，更是把捉不得。」
【相同】 龍騰虎躍。活龍活現。
【相反】 死氣沈沈。奄奄一息。暮氣沈沈。老氣橫秋。
【例句】 我國運動員個個「生龍活虎」地參加世運。

生離死別 ㄕㄥ ㄌㄧˊ ㄙˇ ㄅㄧㄝˊ
【解釋】 永無再見之日的別離。
【出處】 陳書·徐陵傳：「況吾生離死別，死後永訣，是人生最悲痛的兩件事。」
【相同】 天人永隔。一去不返。
【相反】 形影不離。寸步不離。
【例句】 抗戰八年期間，多少同胞嘗盡了「生離死別」的痛苦。

生靈塗炭 ㄕㄥ ㄌㄧㄥˊ ㄊㄨˊ ㄊㄢˋ
【解釋】 比喻百姓受著極大的痛苦。
【字義】 生靈：百姓；塗炭：爛泥和炭火。
【出處】 尚書·仲虺之誥：「有夏昏德，民墜塗炭。」
【例句】 獨裁統治的國家，「生靈塗炭」。

生死人肉白骨 ㄕㄥ ㄙˇ ㄖㄣˊ ㄖㄡˋ ㄅㄞˊ ㄍㄨˇ
【解釋】 形容最大的恩德，猶如使死者復生，白骨生肉，原作「生死肉骨」。
【字義】 這裡的「生」、「肉」均作動詞用：復生，長出肉來。
【出處】 左傳：「吾見申叔夫子，所謂生死而肉骨也。」
【例句】 偉大的政治家，對人類的貢獻，可以用「生死人肉白骨」這句話來形容他的功德。

田部

畏首畏尾 ㄨㄟˋ ㄕㄡˇ ㄨㄟˋ ㄨㄟˇ
【解釋】 怕前怕後，比喻顧忌過多。
【出處】 左傳：「古人有言曰：『畏首畏尾，身其餘幾？』」
【相同】 前怕虎，後怕狼。
【例句】 「畏首畏尾」的性格，不適合當軍人。

略識之无（ㄌㄩㄝˋ ㄕˋ ㄓ ㄨˊ）

【解釋】形容粗通文字，無高深之學問。

【字義】无：古「無」字，因爲與「之」字，都是筆畫少的字，是兒童啓蒙時容易認的字，所以不可寫成「無」。

【出處】書言故事幼敏類：「兒識字，曰已識之无字。」

【相反】飽學之士。

【例句】他才「略識之无」，竟當起國文老師來了，不是誤人子弟嗎？

異口同聲（ㄧˋ ㄎㄡˇ ㄊㄨㄥˊ ㄕㄥ）

【解釋】很多人同時說出同樣的話。

【出處】抱朴子·道意：「左右小人，並云不可，阻之者衆，本無至心，而諫怖者，異口同聲。」

【相同】異口同音。衆口一詞。

【相反】言人人殊。

【例句】大家都「異口同聲」說他是無辜的。

異曲同工（ㄧˋ ㄑㄩ ㄊㄨㄥˊ ㄍㄨㄥ）

【相同】同工異曲

異軍突起（ㄧˋ ㄐㄩㄣ ㄊㄨˊ ㄑㄧˇ）

【解釋】比喻有新力量突然出現。

【出處】史記·項羽本紀：「異軍蒼頭（用黑布包頭，作區別）特起。」

【例句】正當出版事業低潮的時候，名山出版社「異軍突起」，衝破了困境，不久又使全國的出版事業欣欣向榮起來。

異想天開（ㄧˋ ㄒㄧㄤˇ ㄊㄧㄢ ㄎㄞ）

【解釋】形容難以實現的奇怪想法。

【字義】天開：比喻根本沒有可能實現的事。

【出處】二十年目睹之怪現狀：「想著這個人扮了官去做賊，卻是異想天開。」

【相同】想入非非。胡思亂想。妙想天開。

【相反】腳踏實地。

【例句】他「異想天開」，希望能發明長生不老的藥。

異路同歸（ㄧˋ ㄌㄨˋ ㄊㄨㄥˊ ㄍㄨㄟ）

【解釋】即殊塗同歸。謂道路不同，歸宿卻在同一處。

【字義】路，也作「塗」。

【出處】惟南子：「五帝三王，殊事而同指，異路而同歸。」

【相同】殊途同歸。

【例句】用和平談判或武力征服，都可以消弭爭端，這稱之「異路同歸」，不過前者勝過後者。

畫蛇添足（ㄏㄨㄚˋ ㄕㄜˊ ㄊㄧㄢ ㄗㄨˊ）

【解釋】比喻做了多餘的事反而把事情弄壞。

【出處】戰國策·齊策：「楚有祠者，賜其舍人卮酒，舍人相謂曰：『數人飲之不足，一人飲之有餘，請畫地爲蛇，先成者飲酒。』一人蛇先成，引酒且飲之，乃左手持卮，右手畫蛇曰：『吾能爲之足。』未成，一人之蛇成，奪其卮曰：『蛇固無足，子安能爲之足？』遂飲其酒。爲蛇足者，終亡其酒。」唐·韓愈·三感春：「畫蛇著足無處用，兩鬢雪白趨埃塵。」

【相同】弄巧成拙。多此一舉。

【相反】恰如其分。適可而止。

【例句】日本明治時代的三大悲劇小說之一──不如歸，著者應讀者要求，寫了一本喜劇的完結篇，反成「畫蛇添足」，沒有人愛看。

畫餅充飢 ㄏㄨㄚˋ ㄅㄧㄥˇ ㄔㄨㄥ ㄐㄧ

【解釋】①徒有虛名，無補於實用。②喻聊以空想自慰。

【出處】①三國魏盧毓傳：「選舉莫取有名，如畫地作餅，不可啖也。」②宋·李清照·打馬圖經打馬賦：「說梅止渴，稍蘇奔競之心；畫餅充飢，少謝騰驤之志。」

【相同】望梅止渴。指雁為羹。

【相反】飽食終日。食不厭精。

【例句】這個計畫只能「畫餅充飢」，不可能付諸實行。

畫龍點睛 ㄏㄨㄚˋ ㄌㄨㄥˊ ㄉㄧㄢˇ ㄐㄧㄥ

【解釋】比喻作畫或寫文章時，在最重要的地方添上一筆，能使作品生動傳神。

【出處】唐·張彥遠·歷代名畫記：「（梁）武帝崇飾佛寺，多命（張）僧繇畫之……金陵安樂寺四白龍，不點眼睛，每云：『點睛即飛去。』人以為妄誕，固請點之，須臾雷電破壁，兩龍乘雲騰去上天，二龍未點眼者見在。」

【例句】拙文經你「畫龍點睛」地改一兩處之後，便可上報了。

當之無愧 ㄉㄤ ㄓ ㄨˊ ㄎㄨㄟˋ

【解釋】受得起稱讚、榮譽等等，毫無愧色。

【例句】國學泰斗的尊號，閣下「當之無愧」。

當仁不讓 ㄉㄤ ㄖㄣˊ ㄅㄨˋ ㄖㄤˋ

【解釋】泛指遇到應該做的事，主動去做，不推辭。

【字義】當：面對；仁：合乎道的事

【出處】論語·衛靈公：「當仁不讓於師。」注：「當行仁之事，不復讓於師。」後漢書·曹褒傳：「夫人臣依義顯君，竭君彰主，行之美也。當仁不讓，吾何辭哉。」

【例句】這件事關係到全民福祉，我「當仁不讓」，一定盡力而為。

當局者迷 ㄉㄤ ㄐㄩˊ ㄓㄜˇ ㄇㄧˊ

【解釋】身當其事者反而糊塗。

【出處】宋·辛棄疾·戀繡衾：「我自是笑別人底，卻元來當局者迷。」

【相反】旁觀者清。

【例句】「當局者迷」，旁觀者清，你被他騙了，一點也沒感覺，我們倒是看得一清二楚。

當務之急 ㄉㄤ ㄨˋ ㄓ ㄐㄧˊ

【解釋】當前應做的事中最急的事。

【出處】孟子·盡心上：「當務之為急。」

【相同】燃眉之急。迫在眉睫。

【相反】不急之務。緩兵之計。

【例句】剷除貪官污吏是目前「當務之急」。

當頭棒喝 ㄉㄤ ㄊㄡˊ ㄅㄤˋ ㄏㄜˋ

【解釋】①佛教禪宗祖師重觸機，其接待初學，常當頭一棒，或大喝一聲，提出問題令答，藉以考驗其悟境，叫棒喝。②使人覺悟的警告或勸誡。

【相同】棒喝。

【出處】①續傳燈錄·繼成禪師：「茫茫盡是覓佛漢，舉世難盡閑道人。棒喝交馳成藥忌，了忘藥忌未天眞。」②宋·王安石詩：「思量何物堪酬對，棒喝如今總不親。」

【例句】這篇社論對於沈迷權勢的獨裁者，有「當頭棒喝」的作用。

當機立斷 ㄉㄤ ㄐㄧ ㄌㄧˋ ㄉㄨㄢˋ

【解釋】在緊急時，立即作出決斷。

【出處】漢·陳琳·答東阿王箋：「拂鐘無聲，應當機立斷。」

【相同】毅然決然。斬釘截鐵。應機立斷。

【相反】猶豫不決。舉棋不定。當斷不斷。

【例句】人生旅途上有不少事情，若不「當機立斷」，機會便永不再來。

疊床架屋 ㄉㄧㄝˊ ㄔㄨㄤˊ ㄐㄧㄚˋ ㄨ

【解釋】喻重複。

【出處】北齊·顏之推·顏氏家訓·序致：「魏晉已來所著諸子，理重事複，遞相模效，猶屋下架屋，床上施床耳。」宋·陸九淵·與朱元晦書：「上面加無極字正是疊床上之床；下面著眞體字，正是架屋下之屋。」

【相反】床上安床。屋上架屋。

【例句】增設「疊床架屋」的機構，徒浪費人民的稅收而已。

疋部

疏不間親 ㄕㄨ ㄅㄨˋ ㄐㄧㄢˋ ㄑㄧㄣ

【解釋】關係疏遠者不參與關係親近者之間的事。

【字義】間：離間。

【出處】韓詩外傳：「魏文侯欲置相，召李克問曰：『寡人欲置相，非翟黃則魏成子，願卜之於先生。』李避席而辭曰：『臣聞之卑不謀尊，疏不間親，臣外居者也，不敢當命。』」三國志·蜀·劉封傳孟達與封書：「古人有言：『疏不間親，新不加舊。』此謂上明下直，讒慝不行也。」

【例句】你們手足之間的事，我是外人，「疏不間親」，我不便表示意見。

疏財仗義 ㄕㄨ ㄘㄞˊ ㄓㄤˋ ㄧˋ

【解釋】猶言輕財重義。

【出處】水滸傳：「那押司姓宋名江……為人疏財仗義，人皆稱他做孝義黑三郎。」

【相同】仗義疏財。

【例句】世風日下的今天，「疏財仗義」的人越來越少了。

疑信參半 ㄧˊ ㄒㄧㄣˋ ㄘㄢ ㄅㄢˋ

【解釋】心有所疑。不能盡信。

【相同】半信半疑。

【例句】他一向貪生怕死，據說他到了前線，竟然身先士卒，怎不叫人「疑信參半」？

疑團莫釋 ㄧˊ ㄊㄨㄢˊ ㄇㄛˋ ㄕˋ

【解釋】心裡有所懷疑，無法消解。
【例句】他是本地首富，可是他竟然充任梁上君子，始終令人「疑團莫釋」。

疒部

病入膏肓 ㄅㄧㄥˋ ㄖㄨˋ ㄍㄠ ㄏㄨㄤ

【解釋】指不治之症，或喻事情惡化，已到無可挽救地步。
【字義】膏：心下脂肪；肓：鬲上薄膜。
【出處】左傳：「公夢疾爲二豎子曰：『彼良醫也，懼傷我，焉逃之？』其一曰：『居肓之上，膏之下，若我何？』醫至曰：『疾不可爲也。在肓之上，膏之下，攻之不可，達之不及，藥不至焉，不可爲也。』」明史·李自成張獻忠傳序：「莊烈之繼統也……譬一人之身，元氣羸然，疽毒並發，厥症固已甚危，而醫則良否錯進，劑則寒熱互投，病入膏肓而無可救，不亡何待哉？」
【相同】不可救藥。不治之症。
【相反】不藥而癒。著手成春。
【例句】他已「病入膏肓」，就算華佗再世也回生乏術。

疲於奔命 ㄆㄧˊ ㄩˊ ㄅㄣ ㄇㄧㄥˋ

【解釋】本指多造事故；使當事者不斷受命，奔波應付，以至筋疲力竭。後來泛指事多窮於應付。
【出處】後漢書·袁紹傳：「乘虛迭出，以擾河南，救右則擊其左，使敵疲於奔命，人不得安業，我未勞而彼已困，不及三年，可坐剋也。」左傳：「巫臣自晉遺二子（子重子反）書曰：『爾以讒慝貪惏事君，而多殺不辜，余必使爾罷於奔命以死。』」
【相同】人困馬乏。櫛風沐雨。
【相反】逍遙自在。悠閒自得。
【例句】我軍出入無常，使敵軍「疲於奔命」。

疾言遽色 ㄐㄧˊ ㄧㄢˊ ㄐㄩˋ ㄙㄜˋ

【解釋】言語神色粗暴急躁。
【字義】遽色：神色惶張。
【出處】後漢書·劉寬傳：「典歷三郡，溫仁多恕，雖在倉卒，未嘗疾言遽色。」
【相同】聲色俱厲。
【相反】和顏悅色。
【例句】他修養到家，對部下從不「疾言遽色」。

疾風知勁草 ㄐㄧˊ ㄈㄥ ㄓ ㄐㄧㄣˋ ㄘㄠˇ

【解釋】比喻節操堅定，禁得起考驗。
【出處】後漢書·王霸傳：「光武謂霸曰：『潁川從我者皆逝，而子獨留。努力！疾風知勁草。』」唐太宗與蕭瑀詩：「疾風知勁草，版蕩識誠臣。」
【例句】「疾風知勁草」，經過這次考驗之後，大家才更深一層的體會出他是一位不可多得的領導人物。

痛心疾首 ㄊㄨㄥˋ ㄒㄧㄣ ㄐㄧˊ ㄕㄡˇ

【解釋】心傷而頭痛。謂傷心痛恨之甚。
【字義】痛心：有痛於心，恨極之意；疾首：恨極到頭痛。
【出處】左傳：「諸侯備聞此言，斯是用痛心疾首，暱就寡人。」後漢書

·章帝紀建初五年詔：「朕之不德，上累三光，震慄忉忉，痛心疾首。」

【相同】深惡痛絕。恨之入骨。切齒腐心。

【相反】歡天喜地。歡欣鼓舞。

【例句】他的失敗，實在令人「痛心疾首」。

痛定思痛 ㄊㄨㄥˋ ㄉㄧㄥˋ ㄙ ㄊㄨㄥˋ

【解釋】悲痛的舊事，事後追思，倍增苦楚。

【出處】唐·韓愈·與李翺書：「僕在京城八九年，無所取資，日求於人，以度時月，當時行之不覺也。今而思之，如痛定之人，思當痛之時，不知何能自處也。」宋·文天祥·指南錄後序：「嗚呼！死生晝夜事也，死而死矣，而境界危惡層見錯出，非人世所堪，痛定思痛，痛何如哉！」

【相同】懲前毖後。長歌當哭。

【相反】不以爲意。

【例句】他把退休金借給朋友，結果朋友溜到美國一去不返，他「痛定思痛」，決心一毛錢也不再借給別人了。

痛改前非 ㄊㄨㄥˋ ㄍㄞˇ ㄑㄧㄢˊ ㄈㄟ

【解釋】下最大決心改過。

【出處】大宋宣和遺事：「陛下儻信微臣之言，痛改前非，則如宣王因庭燎之箴而勤政，漢武悔輪臺之失而罷兵，宗社之幸也。」

【相同】改邪歸正。改過自新。革面洗心。迷途知返。今是昨非。

【相反】死不悔改。迷而不返。執迷不悟。屢教不改。怙惡不悛。

【例句】他能夠「痛改前非」，我認爲他良知未泯，值得原諒。

痛哭流涕 ㄊㄨㄥˋ ㄎㄨ ㄌㄧㄡˊ ㄊㄧˋ

【解釋】形容哀傷之極。

【出處】漢書·賈誼傳陳政事疏：「臣竊惟事勢，可爲痛哭者一，可爲流涕者二，可爲長太息者六，若其它背理而傷道者，難徧以疏舉。」宋史·胡銓傳：「而此膝一屈，不可復伸，國事陵夷不可復振，可爲痛哭流涕長太息矣！」

【相同】嚎啕大哭。泣不成聲。呼天搶地。椎心泣血。聲淚俱下。

【相反】破涕爲笑。笑逐顏開。眉飛色舞。

【例句】她遺失報名費，便「痛哭流涕」，如喪考妣。

痛癢相關 ㄊㄨㄥˋ ㄧㄤˇ ㄒㄧㄤ ㄍㄨㄢ

【解釋】猶言利害相關。

【出處】明·楊士聰·玉堂薈記下：「江陵（張居正）秉柄，……外而督撫，內而各部，無一刻不痛癢相關，凡奏疏所不能及者，竿牘往來，罔非至計。」

【相同】息息相關。休戚相關。同甘共苦。

【相反】漠不關心。不關痛癢。

【例句】這兩家貿易公司「痛癢相關」，當然互相支援。

癡人說夢 ㄔ ㄖㄣˊ ㄕㄨㄛ ㄇㄥˋ

【解釋】本指不能對癡人說夢，恐其信以爲眞。後指談荒誕不實之事。

【出處】五燈會元·道行禪師：「佛說三乘十二分頓漸偏圓癡人前不得說

夢。」宋·葉口·愛日齋叢鈔：「始東坡（蘇軾）詩云：『我笑陶淵明，種秫二頃半，婦言既不用，還有責子歎。』蘇公肯亦效癡人說夢邪。』」

【相同】夢中說夢。以訛傳訛。

【相反】洞若觀火。明辨是非。要言妙道。

【例句】現在是民主時代，他竟說還想當皇帝，這不是「癡人說夢」嗎？

癡心妄想 ㄔ ㄒㄧㄣ ㄨㄤˋ ㄒㄧㄤˇ

【解釋】想望永不可能實現的美事。

【相同】想入非非。

【例句】他們想打敗我們稱霸世界的少棒隊，眞是「癡心妄想」。

癬疥之疾 ㄒㄧㄢˇ ㄐㄧㄝˋ ㄓ ㄐㄧˊ

【解釋】①皮膚病。②比喻輕微的禍害。

【出處】①隋·巢元方·諸病源候論二諸癩候：「令人多瘡，猶如癬疥。」②宋·蘇軾文：「與其自請捍邊，治癬疥之疾，曷若盡瘁事國，幹心膂之憂。」

【例句】流氓洗劫民宅，不過是「癬疥之疾」，不必大驚小怪。

癶部

登峰造極 ㄉㄥ ㄈㄥ ㄗㄠˋ ㄐㄧˊ

【解釋】到達山峰絕頂，比喻造詣精絕。

【字義】造：到達、走上去；極：最高點。

【出處】世說新語·文學：「佛經以爲祛練神明，則聖人可致。簡文云：『不知便可登峰造極不？然陶練之功，尚不可誣。』清·顧炎武·與人書之十七：「君詩之病在於有杜，君文之病在於有韓歐，有此蹊徑於胸中，便終身不脫依傍二字，斷不能登峰造極。」

【相同】至高無上。無以復加。

【相反】山外有山。一竅不通。

【例句】他的國文程度，已經「登峰造極」了。

發人深省 ㄈㄚ ㄖㄣˊ ㄕㄣ ㄒㄧㄥˇ

【解釋】啓發人深切思考。

【出處】唐·杜甫詩：「欲覺聞晨鐘，令人發深省。」

【例句】項羽少時學劍、學兵法，都不肯下苦功，最後四面楚歌，烏江自刎，證明了學問的重要，實在「發人深省」。

發揚光大 ㄈㄚ ㄧㄤˊ ㄍㄨㄤ ㄉㄚˋ

【解釋】使得到更好的發展。

【出處】宋·黃榦·劉正之遂初堂記：「備前人之美，發揚而光大之。」

【相同】踵事增華。

【相反】原封不動。停滯不前。

【例句】要想「發揚光大」中華文化，不是光叫口號就會有成就的。

發號施令 ㄈㄚ ㄏㄠˋ ㄕ ㄌㄧㄥˋ

【解釋】發布命令。

【出處】尚書·冏命：「發號施令，罔有不臧。」吳子·勵士：「夫發號布令而人樂聞，興師動衆而人樂戰，交兵接刃而人樂死。此三者，人之所恃也。」

【相同】發號布令。
【例句】現在當指揮官，光會「發號施令」還不夠，要能身先士卒，領頭做給官兵看。

發憤忘食
ㄈㄚ ㄈㄣˋ ㄨㄤˋ ㄕˊ

【解釋】比喻奮發用功，忘記吃飯。
【字義】憤：多誤為「奮」。
【出處】論語·述而：「發憤忘食，樂以忘憂，不知老之將至云爾。」
【例句】高考快到了，最近幾天他常常「發憤忘食」，愁壞了媽媽。

白部

白手成家
ㄅㄞˊ ㄕㄡˇ ㄔㄥˊ ㄐㄧㄚ

【解釋】形容不靠先人餘蔭，只靠自己一雙手創立家業。
【字義】白手：空手。
【出處】古今小說：「男子不吃分時飯，女子不著嫁時衣。多少白手成家的，如今有屋住，有田種，不算沒根基了，只要自己去掙持。」
【相同】自力更生。成家立業。白手起家。
【相反】傾家蕩產。傾家竭產。
【例句】他不靠祖先遺產，完全「白手成家」，現在已是本地首富。

白面書生
ㄅㄞˊ ㄇㄧㄢˋ ㄕㄨ ㄕㄥ

【解釋】指只有書本知識，而缺乏實際經驗的青年人。今多用以形容文質彬彬的讀書人。
【出處】宋書·沈慶之傳：「丹陽尹徐湛之，尚書江湛並在坐，上使湛之等難慶之。慶之曰：『……陛下今欲伐國，而與白面書生輩謀之，事何由濟！』」
【例句】現在的時代女性已經不喜歡「白面書生」了。

白紙黑字
ㄅㄞˊ ㄓˇ ㄏㄟ ㄗˋ

【解釋】用文字寫下，作憑信的證據。
【例句】「白紙黑字」想賴也賴不掉。

白雲蒼狗
ㄅㄞˊ ㄩㄣˊ ㄘㄤ ㄍㄡˇ

【解釋】比喻世事變幻無常。
【出處】唐·杜甫詩：「天上浮雲如白衣，斯須改變如蒼狗。」
【例句】世事變化如「白雲蒼狗」，怎能逆料？

白駒過隙
ㄅㄞˊ ㄐㄩ ㄍㄨㄛˋ ㄒㄧˋ

【解釋】比喻光陰迅速。
【字義】白駒：小白馬，比喻是太陽。
【出處】莊子·知北遊：「人生天地之間，若白駒之過隙，忽然而已。」史記·魏豹彭列傳：「人生一世間，如白駒過隙耳。」索隱：「莊子云『無異騏驥之馳過隙』，則謂馬也。小顏云『白駒謂日影也。隙，壁隙也。』以言速疾，若日影過壁隙也。」
【相同】光陰似箭。日月如梭。急景流年。
【相反】駐景揮戈。長繩繫日。
【例句】光陰如「白駒過隙」，一轉眼，二十年過去了。

白頭偕老
ㄅㄞˊ ㄊㄡˊ ㄒㄧㄝˊ ㄌㄠˇ

【解釋】兩夫婦和好地一齊生活到老年。（結婚賀辭）。
【出處】詩經：「執子之手，與子偕

老。」明·陸采·懷香記：「孩兒，我與你母親白頭偕老，富貴雙全。」

【相同】百年偕老。故劍情深。

【相反】鸞孤鳳隻。寡鵠孤鸞。鏡破釵分。夫妻反目。琵琶別抱。秋扇見捐。勞燕分飛。

【例句】祝你們「白頭偕老」！

白璧微瑕 ㄅㄞˊ ㄅㄧˋ ㄨㄟ ㄒㄧㄚˊ

【解釋】白玉璧上有小斑點，比喻很好的人或事物還有小缺陷。

【出處】南朝·梁·蕭統·詔明太子集·陶淵明集序：「故更加搜求，粗爲區目，白璧微瑕者，惟在閒情一賦。」

【相反】十全十美。

【例句】再如何偉大的人，都難免「白璧微瑕」。

百口莫辯 ㄅㄞˇ ㄎㄡˇ ㄇㄛˋ ㄅㄧㄢˋ

【解釋】形容無法爭辯。

【相同】有口難言。不容分說。百喙莫辯。

【例句】他的疑心病重，而且又固執，眞叫人「百口莫辯」。

百尺竿頭 ㄅㄞˇ ㄔˇ ㄍㄢ ㄊㄡˊ

【解釋】比喻極高的境界。

【出處】唐·吳融·商人詩：「百尺竿頭五兩斜，此生何處不爲家。」

【相同】精益求精。百丈竿頭。

【相反】一蹶不振。每況愈下。停滯不前。

【例句】校長勉勵他們要「百尺竿頭」，更進一步。

百孔千瘡 ㄅㄞˇ ㄎㄨㄥˇ ㄑㄧㄢ ㄔㄨㄤ

【解釋】比喻殘破缺漏之多。引伸指弊病缺點之多。

【出處】唐·韓愈·與孟尚書書：「漢氏已來，群儒區區修補，百孔千瘡，隨亂隨失。」

【相同】滿目瘡痍。

【相反】完美無缺。

【例句】這家工廠「百孔千瘡」必須換一個廠長，好好整頓一下，否則只有倒閉之一途。

百年大計 ㄅㄞˇ ㄋㄧㄢˊ ㄉㄚˋ ㄐㄧˋ

【解釋】關係到長遠利益的計畫或設施。

【例句】教育是強國的「百年大計」。

百折不回 ㄅㄞˇ ㄓㄜˊ ㄅㄨˋ ㄏㄨㄟˊ

【解釋】不管受多少挫折，也不回頭退縮。

【出處】明·沈德符·言事：「若思之百折不回，以身殉國，眞無愧王文端曾孫。」

【相同】不屈不撓。堅韌不拔。

【相反】半途而廢。一蹶不振。

【例句】夫各國新政，無不從革命而成。意大利、匈牙利之轟轟烈烈，「百折不回」，放萬丈光芒於歷史者，無論矣。（章太炎·駁革命駁議）

百折不撓 ㄅㄞˇ ㄓㄜˊ ㄅㄨˋ ㄋㄠˊ

【解釋】無論受到怎樣的挫折，都不屈服。

【字義】撓：彎曲。

【出處】蔡邕·太尉喬玄碑：「有百折不撓，臨大節而不可奪之風。」

【相同】百折不回。

【例句】他經歷過無數次的失敗，但能「百折不撓」，終於獲得成功。

百步穿楊
ㄅㄞˇ ㄅㄨˋ ㄔㄨㄢ ㄧㄤˊ

【解釋】比喻善射。

【字義】楊：不是指樹，而是指楊柳葉。

【出處】戰國策：「楚有養由基者，善射，去柳葉者百步而射之，百發百中。」鏡花緣：「即如當日養由基百步穿楊，至今名傳不朽者，因其能穿楊葉，並非說他射中楊樹就算善射。」

【相同】百發百中。

【例句】他有「百步穿楊」的本領，所以被選為世運射箭比賽的選手。

百發百中
ㄅㄞˇ ㄈㄚ ㄅㄞˇ ㄓㄨㄥˋ

【解釋】①謂善射，百不失一。②比喻料事高明，算無遺策。

【出處】①史記·周本紀：「楚有養由基者，善射者也。去柳葉百步而射之，百發而百中之。」北齊書·皮景和傳：「每與使人同射，百發百中，甚見推重。」②紅樓夢：「那身子頓覺健旺起來，只不過不似從前那般靈透，所以鳳姐的妙計百發百中。」

【相同】百步穿楊。彈無虛發。萬無一失。

【相反】無的放矢。

【例句】①他是神槍手，「百發百中」。②他料事如神，「百發百中」。

百無聊賴
ㄅㄞˇ ㄨˊ ㄌㄧㄠˊ ㄌㄞˋ

【解釋】對甚麼都沒興趣，感到十分無聊。

【字義】聊賴（亦作「憀賴」）：憑藉，寄託。

【出處】晉書·慕容德載記：「王始臨刑，曰：惟朕一身，獨無聊賴。」

【相同】心如死灰。心灰意懶。窮極無聊。

【相反】生氣勃勃。朝氣勃勃。

【例句】她自從失戀之後，感到「百無聊賴」，做任何事都提不起興趣。

百煉成鋼
ㄅㄞˇ ㄌㄧㄢˋ ㄔㄥˊ ㄍㄤ

【解釋】比喻必須經過艱苦的鍛鍊，才能成為堅強的人。

【出處】劉琨詩：「何意百煉成鋼，化為繞指柔。」

【例句】有「百煉成鋼」的勇士保衛國土，可以高枕無憂了。

百廢待舉
ㄅㄞˇ ㄈㄟˋ ㄉㄞˋ ㄐㄩˇ

【解釋】很多荒廢的事等著去辦理，亦作「百廢待興」，同「百端待舉」。

【例句】這個國家在大戰結束的時候，滿目瘡痍，「百廢待舉」，想不到在短短的十年之後又是朝氣勃勃，一片繁榮景象。

百廢俱興
ㄅㄞˇ ㄈㄟˋ ㄐㄩˋ ㄒㄧㄥ

【解釋】謂各種應辦之事全都興辦起來。

【出處】宋·范仲淹·岳陽樓記：「慶曆四年春，滕子京（宗諒）謫守巴陵郡，越明年，政通人和，百廢具興，乃重修岳陽樓。」

【相反】百業凋敝。百業蕭條。百廢待興。

【例句】本省光復後，不到十年，政通人和，「百廢俱興」，人民安居樂業。

百戰百勝 ㄅㄞˇ ㄓㄢˋ ㄅㄞˇ ㄕㄥˋ

【解釋】每戰必勝，所向無敵。

【出處】管子·七法選陳：「是故以眾擊寡，以治擊亂，以富擊貧，以能擊不能，以教卒練士擊毆眾白徒，故十戰十勝，百戰百勝。」孫子·謀攻：「是故百戰百勝，非善之善者也，不戰而屈人之兵，善之善者也。」

【相同】戰無不勝。百戰不殆。攻無不克。

【相反】一敗塗地。三戰三北。一觸即潰。

【例句】要能知己知彼，才會「百戰百勝」。

百弊叢生 ㄅㄞˇ ㄅㄧˋ ㄘㄨㄥˊ ㄕㄥ

【解釋】很多弊病滋長出來。

【例句】他缺乏行政管理的經驗，所以一上任就「百弊叢生」。

百思不得其解 ㄅㄞˇ ㄙ ㄅㄨˋ ㄉㄜˊ ㄑㄧˊ ㄐㄧㄝˇ

【解釋】想來想去還是不能理解。

【相同】百思不解。

【例句】猛將如雲，謀臣如雨，反而被打得一敗塗地，眞叫人「百思不得其解」。

百聞不如一見 ㄅㄞˇ ㄨㄣˊ ㄅㄨˋ ㄖㄨˊ ㄧˊ ㄐㄧㄢˋ

【解釋】聽別人述說百次，不如眼見一次確實。

【出處】漢書·趙充國傳：「上遣聞焉，曰：『將軍度羌虜何如？當用幾人？』充國曰：『百聞不如一見，兵難險度，臣願馳至金城，圖上方略。』」

【相同】耳聞不如目見。

【例句】聽說陽明山的櫻花燦爛奪目，「百聞不如一見」，趁花季的時候，上山觀賞一番。

百感交集 ㄅㄞˇ ㄍㄢˇ ㄐㄧㄠ ㄐㄧˊ

【解釋】形容感觸良多。

【出處】世說新語·言語：「見此茫茫，不覺百端交集。」

【相同】悲喜交集。百慮攢心。

【相反】萬念俱灰。心如木石。

【例句】二十年後，舊地重遊，景物依舊，人事全非，不禁「百感交集」，潸然淚下。

皮部

皮相之談 ㄆㄧˊ ㄒㄧㄤˋ ㄓ ㄊㄢˊ

【解釋】只從外表觀察而忽視實質或內心。

【出處】韓詩外傳：「子乃皮相之士也，何足語姓字哉？」

【例句】他的專題演講不過是「皮相之談」，根本沒有深度。

皮開肉綻 ㄆㄧˊ ㄎㄞ ㄖㄡˋ ㄓㄢˋ

【解釋】皮肉都裂開，形容受鞭打的慘狀。

【字義】綻：裂開。

【出處】京本通俗小說：「左右將可常拖倒，打得皮開肉綻，鮮血迸流。」

【例句】他被打得「皮開肉綻」，但始終不招供。

皮之不存，毛將安傅 ㄆㄧˊ ㄓ ㄅㄨˋ ㄘㄨㄣˊ ㄇㄠˊ ㄐㄧㄤ ㄢ ㄈㄨˋ

【解釋】喻事物失其根本，處於無所著落之境。
【字義】皮以喻事之大者，毛以喻事之次者。
【出處】左傳：「冬秦饑，使乞糴于晉，晉人弗與。慶鄭曰：『背施無親，幸災不仁，貪愛不祥，怒鄰不義，四德皆失，何以守國？』虢射曰：『皮之不存，毛將安傅？』」
【例句】「皮之不存，毛將安傅？」沒有國，那有家？這個道理很簡單，大家要團結起來，先捍衛國土，個人的生命財產才有保障。

皿部

盛氣臨人 ㄕㄥˋ ㄑㄧˋ ㄌㄧㄣˊ ㄖㄣˊ
【解釋】以威嚴的氣勢壓人。
【出處】宋·樓鑰文：「時戶部侍郎李公椿年建議行經界，選公為龍游縣覆實官，約束嚴峻，已量之田隱藏畝步，不以多寡率至黥配，盛氣臨人，無敢忤者。」
【相同】盛氣凌人。
【例句】他一升主管之後，便「盛氣臨人」，和從前的笑臉迎人判若兩人。

盛極一時 ㄕㄥˋ ㄐㄧˊ ㄧ ㄕˊ
【解釋】形容極為熱鬧或興盛。
【相同】極一時之盛。
【例句】呼啦圈曾「盛極一時」，後來發現有礙健康，才逐漸式微了。

盡心竭力 ㄐㄧㄣˋ ㄒㄧㄣ ㄐㄧㄝˊ ㄌㄧˋ
【解釋】盡心盡力。
【例句】他做任何事都「盡心竭力」，向來不馬馬虎虎。

盡付東流 ㄐㄧㄣˋ ㄈㄨˋ ㄉㄨㄥ ㄌㄧㄡˊ
【解釋】比喻完全喪失了或白費了。
【字義】東流：向東流去的江河。
【出處】唐·高適詩：「生事應須南畝田，世情盡付東流水。」
【例句】他遇到金光黨，一生積蓄「盡付東流」。

盡如人意 ㄐㄧㄣˋ ㄖㄨˊ ㄖㄣˊ ㄧˋ
【解釋】完全合乎心意。
【字義】盡：完全。
【例句】我們應知足常樂，天下事那有「盡如人意」的呢？

盡其在我 ㄐㄧㄣˋ ㄑㄧˊ ㄗㄞˋ ㄨㄛˇ
【解釋】不管其他的人怎樣，只盡自己的心力做去。
【例句】各位只要「盡其在我」，問心無愧就夠了，不必管別人怎麼批評。

盡善盡美 ㄐㄧㄣˋ ㄕㄢˋ ㄐㄧㄣˋ ㄇㄟˇ
【解釋】謂完美至極。
【出處】論語·八佾：「子謂韶，盡美矣，又盡善也；謂武，盡美矣，未盡善也。」韶，舜時樂名。武，武王時樂名。
【相同】十全十美。
【例句】天下事難有「盡善盡美」的，不必要求過嚴，才會心情愉快。

監守自盜 ㄐㄧㄢ ㄕㄡˇ ㄗˋ ㄉㄠˋ
【解釋】盜竊自己負責保管的物品。
【出處】漢書：「守縣官財物而即盜之，已論命復有笞罪者，皆棄市。」

顏師古注：「即今所謂主守自盜者也。」

【例句】「監守自盜」的案件層出不窮，證明監督的制度有缺陷，必須徹底檢討。

盤根錯節 ㄆㄢˊ ㄍㄣ ㄘㄨㄛˋ ㄐㄧㄝˊ

【解釋】以樹木根節盤曲錯雜，比喻事情的繁難複雜。

【出處】魏書·甄琛傳：「今河南郡是陛下天山之堅木，盤根錯節，亂植其中。」

【相同】槃根錯節。

【例句】這件案子「盤根錯節」，牽連廣泛，內容複雜，極難處理。

盪氣迴腸 ㄉㄤˋ ㄑㄧˋ ㄏㄨㄟˊ ㄔㄤˊ

同「迴腸盪氣」。

目部

目不暇接 ㄇㄨˋ ㄅㄨˋ ㄒㄧㄚˊ ㄐㄧㄝ

【解釋】形容周圍事物衆多，眼睛來不及看。

【出處】宋·周密·武林舊事：「諸舞隊次第簇擁前後，連亘十餘里，錦繡塡委，簫鼓振作，耳目不暇給。」

【相同】應接不暇。美不勝收。目不暇給。

【相反】一覽無餘。一目了然。

【例句】陳列品琳琅滿目，令人「目不暇接」。

目不轉睛 ㄇㄨˋ ㄅㄨˋ ㄓㄨㄢˇ ㄐㄧㄥ

【解釋】形容聚精會神注視著，連眼珠也不轉動一下。

【出處】古今小說·蔣興哥重會珍珠衫：「陳大郎抬頭，望見樓上一個年少的美婦人，目不轉睛的，只道心上歡喜了他。」

【相同】目不斜視。全神貫注。聚精會神。

【相反】左顧右盼。東張西望。

【例句】她的美豔使在場的全體男士都「目不轉睛」地望著她。

目不識丁 ㄇㄨˋ ㄅㄨˋ ㄕˋ ㄉㄧㄥ

【解釋】譏諷人一字不識或沒有學問。

【字義】丁：代表一個最簡單的字。

【出處】舊唐書·張延賞傳張弘靖：「今天下無事，汝輩挽得兩石力弓，不如識一丁字。」明臣奏議·楊漣劾忠賢二十四大罪疏：「金吾之堂，口皆乳臭；誥敕之館，目不識丁。」

【相同】一丁不識。不識之无。

【相反】識文斷字。滿腹詩書。學貫中西。學富五車。

【例句】民初有不少軍閥「目不識丁」，但統御部下的方法，雖古之名將，亦有難望其項背者。

目中無人 ㄇㄨˋ ㄓㄨㄥ ㄨˊ ㄖㄣˊ

【解釋】看不起人，不把人放在眼裡。

【出處】紅樓夢：「他那一種輕狂豪爽、目中無人的光景，早又把人的一團高興逼住，不敢動手動腳。」

【相同】目空一世。目無餘子。旁若無人。夜郎自大。妄自尊大。不可一世。

【相反】虛懷若谷。

【例句】他一有錢之後，便「目中無

人」了。

目光如炬 ㄇㄨˋ ㄍㄨㄤ ㄖㄨˊ ㄐㄩˋ

【解釋】眼光像火炬那樣發亮。形容憤怒之極。後也用來比喻見識深遠。

【出處】南史·檀道濟傳：「道濟見收，憤怒氣盛，目光如炬，俄爾間引飲一斛。」

【相反】目光如豆。

【例句】大政治家無不「目光如炬」，能夠爲國家定下長治久安之計。

目光如豆 ㄇㄨˋ ㄍㄨㄤ ㄖㄨˊ ㄉㄡˋ

【解釋】比喻見識短淺，眼光小得像豆一樣。

【相同】鼠目寸光。目光如鼠。

【相反】目光如炬。

【例句】「目光如豆」的政客不惜割讓領土以確保政權。

目空一切 ㄇㄨˋ ㄎㄨㄥ ㄧˊ ㄑㄧㄝˋ

【解釋】形容狂妄自大，把甚麼都不放在眼內。

【出處】鏡花緣：「誰知腹中雖離淵博尚遠，那目空一切，旁若無人光景，卻處處搬在臉上。」

【相反】自暴自棄。自慚形穢。自愧不如。

【例句】稍有一點成就，便「目空一切」，是青年人最易犯的毛病。

目無全牛 ㄇㄨˋ ㄨˊ ㄑㄩㄢˊ ㄋㄧㄡˊ

【解釋】比喻技藝精湛純熟。

【出處】莊子·養生主：「庖丁釋刀對曰：『……始臣之解牛之時，所見無非牛者；三年之後，未嘗見全牛也。』」唐·楊承和梁守謙功德銘：「操利柄而目無全牛，執其吭如芻豢悅口。」

【例句】這位雕刻家，已經雕刻了三十餘年，技藝已到達「目無全牛」的境界。

目無餘子 ㄇㄨˋ ㄨˊ ㄩˊ ㄗˇ

【解釋】眼中再沒別人，指看不起其他的人。

【字義】餘子：其他的人。

【出處】後漢書：「餘子碌碌，莫足數也。」

【相同】目中無人。目空一切。

【相反】虛懷若谷。

【例句】他當上了校長，便「目無餘子」。

目瞪口呆 ㄇㄨˋ ㄉㄥˋ ㄎㄡˇ ㄉㄞ

【解釋】驚恐或受窘貌。

【出處】水滸傳：「林沖把桌子只一腳，踢在一邊；搶起身來，衣襟底下掣出一把明晃晃刀來，搠的火雜雜。……唬得小嘍囉們目瞪口呆。」紅樓夢：「寶玉聽了這話，不覺轟了魂魄，目瞪口呆。」

【相同】張口結舌。瞠目結舌。呆若木雞。

【相反】神色自若。

【例句】他膽小如鼠，看見梁上君子，立刻「目瞪口呆」，不知如何是好。

盲人瞎馬 ㄇㄤˊ ㄖㄣˊ ㄒㄧㄚ ㄇㄚˇ

【解釋】喻處境極其危險。

【出處】世說新語·排調：「桓南郡（玄）與殷荊州（仲堪）語次。……

次復作危語，……殷有一參軍在坐云：『盲人騎瞎馬，夜半臨深池。』」

【例句】命令一名毫無軍事學修養的醫官領著一群老弱殘兵去打仗，這不是「盲人瞎馬」的做法嗎？

直截了當 ㄓˊ ㄐㄧㄝˊ ㄌㄧㄠˇ ㄉㄤ

【解釋】有話直說，不拐彎抹角。

【出處】鏡花緣：「紫芝妹妹嘴雖厲害，好在心口如一，直截了當，倒是一個極爽快的。」

【相同】快人快語。乾淨利落。

【相反】拐彎抹角。拖泥帶水。

【例句】這件事還是「直截了當」地對他說比較好。

相形見絀 ㄒㄧㄤ ㄒㄧㄥˊ ㄐㄧㄢˋ ㄔㄨˋ

【解釋】互相比較之下就覺得短絀了

【字義】相形：互相比較。絀：不夠，短缺。

【出處】二十年目睹之怪現狀：「他一個部曹，戴了個水晶頂子，去當會辦，比著那紅藍色的頂子，未免相形見絀。」

【相同】相形失色。自愧不如。黯然失色。

【相反】相得益彰。旗鼓相當。不分軒輊。

【例句】東方人的身材不如西洋人高大，在籃球場上一較量，立刻「相形見絀」。

相知恨晚 ㄒㄧㄤ ㄓ ㄏㄣˋ ㄨㄢˇ

【解釋】以相交太晚為憾。形容情投意合。

【出處】史記：「（魏其灌夫）兩人相為引重，其游如父子然。相得驩甚，無厭，恨相知晚也。」

【例句】他倆一見如故，「相知恨晚」。

相依為命 ㄒㄧㄤ ㄧ ㄨㄟˊ ㄇㄧㄥˋ

【解釋】相互依靠度日。

【出處】晉·李令伯（密）陳情事表：「母孫二人，更相為命。」宋·蘇轍·為兄軾下獄上書：「臣早失怙恃，惟兄軾一人，相須為命。」後常作「相依為命」。聊齋誌異：「小人無恆產，與（鶉）相依為命。」

【相同】患難與共。唇齒相依。輔車相依。休戚相關。

【相反】各奔前程。水火不容。誓不兩立。

【例句】母子二人「相依為命」。

相映成趣 ㄒㄧㄤ ㄧㄥˋ ㄔㄥˊ ㄑㄩˋ

【解釋】互相對照之下顯得頗有妙趣

【出處】錢鍾書·圍城：「方鴻漸這時候虧得通的是電話而不是電視，否則他臉上的快樂跟他聲音的惶怕，相映成趣，準會使蘇小姐嫌疑。」

【相同】相得益彰。

【相反】相形失色。

【例句】池中倒影和眞花「相映成趣」。

相得益章 ㄒㄧㄤ ㄉㄜˊ ㄧˋ ㄓㄤ

【解釋】相互配合，作用益顯。

【字義】章：同「彰」。

【出處】漢書：「若堯、舜、禹、湯、文、武之君，獲稷、契、皐、陶、伊尹、呂望，明明在朝，穆穆列布，聚精會神，相得益章。」

【相同】 相輔相成。相映成趣。

【相反】 勢不並存。相形見絀。

【例句】 紅花與綠葉相配，「相得益章」。

ㄒㄧㄤ ㄊㄧˊ ㄅㄧㄥˋ ㄌㄨㄣˋ

相提並論

【解釋】 把兩種事物不加區別地提出來談論。

【出處】 史記．魏其武安侯列傳：「相提而論，是自明揚主上之過。」

【相同】 等量齊觀。同日而語。混爲一談。

【相反】 判若雲泥。不可同日而語。

【例句】 極權國家的假民主和自由國家的眞民主，兩者有天壤之別，不可「相提並論」。

ㄒㄧㄤ ㄐㄧㄥˋ ㄖㄨˊ ㄅㄧㄣ

相敬如賓

【解釋】 形容夫妻互相尊敬，如同對待賓客。

【出處】 左傳：「初，臼季使，過冀，見冀缺耨，其妻饁之，敬，相待如賓。」後漢書：「居峴山之南，未嘗入城府。夫妻相敬如賓。」

【相同】 舉案齊眉。張敞畫眉。

【相反】 遇人不淑。蕭郎路人。琴瑟不調。

【例句】 這對小兩口子「相敬如賓」，恩愛踰恆，羨煞了多少朋友。

ㄒㄧㄤ ㄖㄨˊ ㄧˇ ㄇㄛˋ

相濡以沫

【解釋】 比喻在貧困時互相幫助。

【字義】 濡：浸潤；沫：唾液。

【出處】 莊子．大宗師：「相呴以溼，相濡以沫。」

【例句】 我們同是天涯淪落人，應該「相濡以沫」。

ㄒㄧㄤ ㄈㄨˇ ㄒㄧㄤ ㄔㄥˊ

相輔相成

【解釋】 指兩件事物並行不悖，相互爲用。

【例句】 家庭教育和學校教育是「相輔相成」的，因此老師和家長雙方要保持密切的聯繫，爲的是尋找出更理想的教育方式。

ㄒㄧㄤ ㄐㄧ ㄒㄧㄥˊ ㄕˋ

相機行事

同「見機行事」。

ㄒㄧㄤ ㄐㄧㄥ ㄅㄛˊ ㄧㄡˇ

相驚伯有

【解釋】 無緣無故自相驚擾。

【出處】 左傳：「鄭人相驚以伯有，曰：『伯有至矣！』則皆走，不知所往。」注：「襄三十年，鄭人殺伯有，言其鬼至。」

【相同】 庸人自擾，杞人憂天。

【例句】 敵軍距離我們還遠，而我軍早已枕戈待旦，萬勿「相驚伯有」以影響民心士氣。

ㄇㄟˊ ㄇㄨˋ ㄔㄨㄢˊ ㄑㄧㄥˊ

眉目傳情

【解釋】 指男女因愛慕而以眉和目傳達心聲。

【出處】 西廂記：「則你那眉眼傳情未了時，我中心日夜藏之。」

【相反】 不苟言笑。道貌岸然。

【例句】 他發覺妻子和別人「眉目傳情」，不禁醋海興波。

ㄇㄟˊ ㄌㄞˊ ㄧㄢˇ ㄑㄩˋ

眉來眼去

【解釋】 以眉目示意或傳情。

【出處】宋·辛棄疾詞：「落日蒼茫，風纔定，片帆無力。還記得眉來眼去，水光山色。」
【相同】眉目傳情。暗送秋波。目挑心招。
【相反】不苟言笑。道貌岸然。
【例句】男女在大庭廣衆之間「眉來眼去」，已屬司空見慣的事了。

眉飛色舞 ㄇㄟˊ ㄈㄟ ㄙㄜˋ ㄨˇ

【解釋】形容極其得意的神態。
【字義】色：臉色；色舞：得意的神態。
【出處】官場現形記：「王鄉紳一聽此言，不禁眉飛色舞。」
【相同】眉開眼笑。喜笑顏開。喜形於色。
【相反】愁眉苦臉。愁眉不展。愁眉鎖眼。
【例句】一談到他從前奮勇殺敵的經過，他就口沫橫飛，「眉飛色舞」。

眉清目秀 ㄇㄟˊ ㄑㄧㄥ ㄇㄨˋ ㄒㄧㄡˋ

【解釋】形容面貌端正美好。
【出處】二十年目睹之怪現狀：「攤上坐了一人，生得眉清目秀。」
【相同】眉目如畫。白面書生。
【相反】獐頭鼠目。面目可憎。
【例句】眞是人不可貌相，生得「眉清目秀」的人，竟會是黑社會老大？

眉開眼笑 ㄇㄟˊ ㄎㄞ ㄧㄢˇ ㄒㄧㄠˋ

【解釋】形容極爲高興。
【出處】紅樓夢：「眉開眼笑，千恩萬謝。」
【相同】眉飛色舞。喜笑顏開。笑逐顏開。
【相反】愁眉鎖眼。秋眉苦臉。愁眉不展。
【例句】她一見送來的是名貴禮物，立刻「眉開眼笑」。

看風使帆 ㄎㄢˋ ㄈㄥ ㄕˇ ㄈㄢ

【解釋】喻隨機應變。
【出處】續傳燈錄·圓通禪師：「看風使帆，正是隨波逐浪；截斷衆流，未免依前滲漏。」
【相同】見機行事。隨機應變。投機取巧。
【相反】墨守成規。墨守成法。
【例句】他是老奸巨猾的政客，最會「看風使帆」了。

眞知灼見 ㄓㄣ ㄓ ㄓㄨㄛˊ ㄐㄧㄢˋ

【解釋】正確而透徹的見解。
【字義】灼：明白、透徹。
【出處】警世通言：「眞知灼見者，尚且有誤，何況其他？」
【相同】遠見卓識。目光如炬。
【相反】目光如豆。鼠目寸光。
【例句】五十年前，他就預言俄國有吞併外蒙古的野心，確屬「眞知灼見」。

眞相大白 ㄓㄣ ㄒㄧㄤˋ ㄉㄚˋ ㄅㄞˊ

【解釋】眞實的情況完全顯露出來。
【相同】水落石出。
【相反】撲朔迷離。
【例句】經過調查，這件錯綜複雜的誹聞案終於「眞相大白」。

真憑實據 ㄓㄣ ㄆㄧㄥˊ ㄕˊ ㄐㄩˋ

【解釋】確實的憑證。
【出處】二十年目睹之怪現狀：「這方子上都蓋有他的姓名圖章，是個眞憑實據。」
【相同】鐵證如山。鑿鑿有據。
【相反】憑空臆造。向壁虛造。信口開河。
【例句】有了「眞憑實據」，不容他抵賴。

眼明手快 ㄧㄢˇ ㄇㄧㄥˊ ㄕㄡˇ ㄎㄨㄞˋ

【解釋】形容動作敏捷。
【出處】元·無名氏·盆兒鬼：「想起俺少時，眼明手捷，體快身輕。」古今小說：「有三件事，你去不得……第三，是東京有五千個眼明手快做公的人。」
【相同】手急眼快。眼明手捷。
【相反】心拙口劣。
【例句】他「眼明手快」，閃避了從背後射來的一隻冷箭。

眼高手低 ㄧㄢˇ ㄍㄠ ㄕㄡˇ ㄉㄧ

【解釋】批評別人眼光很高，自己做起來卻比不上別人。
【出處】明·王衡·倘秀才：「他直恁的手藝低口氣高，教人暗笑。」
【相同】志大才疏。
【相反】腳踏實地。
【例句】藝術批評家，大多是「眼高手低」的文士。

眼福不淺 ㄧㄢˇ ㄈㄨˊ ㄅㄨˋ ㄑㄧㄢˇ

【解釋】慶幸有機會觀賞一些好事物
【例句】今天有機會看到王羲之的親筆字，眞是「眼福不淺」。

衆口一詞 ㄓㄨㄥˋ ㄎㄡˇ ㄧ ㄘˊ

【解釋】大家同一說法。
【出處】初刻拍案驚奇：「適才仇老所言婚事，衆口一詞，此美事也，有何不可？」
【相同】異口同聲。
【例句】全班「衆口一詞」地說希望郊遊。

衆矢之的 ㄓㄨㄥˋ ㄕˇ ㄓ ㄉㄧˋ

【解釋】被大家攻擊的目標。
【字義】的：箭靶的中心。
【例句】他的言行不檢，處處得罪人，自然成爲「衆矢之的」。

衆目睽睽 ㄓㄨㄥˋ ㄇㄨˋ ㄎㄨㄟˊ ㄎㄨㄟˊ

【解釋】大家睜著眼睛看著，即指在衆人面前。
【字義】睽睽：睜大眼睛。
【例句】舞女在「衆目睽睽」之下輕解羅衫，儀態撩人。

衆志成城 ㄓㄨㄥˋ ㄓˋ ㄔㄥˊ ㄔㄥˊ

【解釋】形容衆人同心，力量就大。
【出處】國語周語下：「衆心成城，衆口鑠金。」
【例句】以色列雖然是蕞爾小國，但「衆志成城」，故能在四面楚歌聲中屹立不搖。

衆叛親離 ㄓㄨㄥˋ ㄆㄢˋ ㄑㄧㄣ ㄌㄧˊ

【解釋】形容十分孤立。
【出處】左傳：「夫州吁阻兵而安忍，阻兵無眾，安忍無親，眾叛親離，難以濟矣。」三國志·魏·公孫瓚傳注引魏晉春秋袁詔與瓚書：「既乃殘殺老弱，幽士憤怨，眾叛親離，孑然無黨。」
【相同】土崩瓦解。孤家寡人。
【相反】眾星拱月。眾心歸附。
【例句】因為他倒行逆施，所以「眾叛親離」，最後被迫黯然下臺。

眾怒難犯 ㄓㄨㄥˋ ㄋㄨˋ ㄋㄢˊ ㄈㄢˋ

【解釋】不能激怒群眾。
【字義】眾：眾人；犯：冒犯、觸犯
【出處】左傳：「眾怒難犯，專欲難成。」晉書·李特載記：「弱而不可輕者，百姓也，今促之不以理，眾怒難犯，恐為禍不淺。」
【相同】千人所指。眾怒難任。
【相反】眾望所歸。有口皆碑。
【例句】流氓本想對這位弱女子非禮，但發覺圍觀的人都想打抱不平，知道「眾怒難犯」，只好溜之大吉了。

眾寡懸殊 ㄓㄨㄥˋ ㄍㄨㄚˇ ㄒㄩㄢˊ ㄕㄨ

【解釋】人數相差極大。
【字義】懸殊：差別極大。
【相同】寡不敵眾。
【例句】敵我「眾寡懸殊」，但我軍訓練精良，士氣旺盛，終於大敗敵軍。

眾擎易舉 ㄓㄨㄥˋ ㄑㄧㄥˊ ㄧˋ ㄐㄩˇ

【解釋】大家一齊用力，事情就易成功。
【字義】擎：托起。
【例句】「眾擎易舉」，只要大家一齊努力，一定可以到達目的。

睚眥必報 ㄧㄞˊ ㄗˋ ㄅㄧˋ ㄅㄠˋ

【解釋】給人怒目而視這麼小的怨恨，也懷在心中，不能消釋且加以報復。
【字義】睚眥：怒目而視。指極小的怨恨。
【出處】史記：「一飯之德必償，睚眥之怨必報。」
【例句】「睚眥必報」的人，怎能任勞任怨，擔當大任？

睥睨一世 ㄅㄧˋ ㄋㄧˋ ㄧ ㄕˋ

【解釋】形容自高自大的樣子。
【字義】睥睨：邪視。指瞧不起。
【出處】後漢書：「消遙一世之上，睥睨天地之間。」
【例句】想當年，他三十歲不到就任總司令，「睥睨一世」，沒料到晚景淒涼，住進養老院。

睹物思人 ㄉㄨˇ ㄨˋ ㄙ ㄖㄣˊ

【解釋】看見死去或離去之人遺留下的物品，就想起該人。
【例句】何不趁母親不在時，把父親的遺物送給別人，以免母親「睹物思人」，又哀慟欲絕。

瞠乎其後 ㄔㄥ ㄏㄨ ㄑㄧˊ ㄏㄡˋ

【解釋】形容落後極遠。
【字義】瞠：睜著眼睛直看；乎：文言介詞，同「於」，在。
【出處】莊子·田子方：「夫子奔逸絕塵，而回瞠若乎後矣。」
【相同】望塵莫及。

【例句】他進步神速，我們都「瞠乎其後」。

瞠目結舌 ㄔㄥˊ ㄇㄨˋ ㄐㄧㄝˊ ㄕㄜˊ

【解釋】乾瞪著眼睛，舌頭像打了結一樣，說不出話來。

【字義】瞠目：瞪著眼睛；結舌：舌頭動不了。

【相同】目瞪口呆。

【例句】他被逼問得「瞠目結舌」，無言以對。

瞬息之間 ㄕㄨㄣˋ ㄒㄧˊ ㄓ ㄐㄧㄢ

【解釋】一眨眼一呼吸，形容極短的時間。

【出處】晉·陶潛·感士不遇賦序：「寓形百年而瞬息已盡，立行之難而一城莫賞，此古人所以染翰慷慨，屢伸而不能已者也。」魏書·世祖紀正平二年：「雅長聽察，瞬息之間，下人無以措其姦隱。」

【例句】「瞬息之間」我軍已兵臨城下，敵軍只有投降之一途。

瞬息萬變 ㄕㄨㄣˋ ㄒㄧˊ ㄨㄢˋ ㄅㄧㄢˋ

【解釋】在一眨眼的短暫時間內就有萬千變化，形容變化急速。

【字義】瞬：眼睛一轉；息：氣一呼吸。形容極短的時間。

【例句】國際局勢「瞬息萬變」，難以逆料。

瞭如指掌 ㄌㄧㄠˇ ㄖㄨˊ ㄓˇ ㄓㄤˇ

【解釋】對事情瞭解得十分清楚，有如指掌之近而易明。

【例句】他是日本通，有關日本的一切，他都「瞭如指掌」。

瞻前顧後 ㄓㄢ ㄑㄧㄢˊ ㄍㄨˋ ㄏㄡˋ

【解釋】①兼顧前後，比喻做事謹慎，考慮周到。②指顧慮過多，行事猶豫不決。

【出處】屈原·離騷：「瞻前而顧後兮，相觀民之計極。」後漢書·張衡傳：「向使能瞻前顧後，援鏡自戒，則何陷於凶患乎？」朱子·語類：「且如項羽救趙，既渡，沈船破釜，持三日糧，示士必死無還心，故能破秦。若瞻前顧後，便做不成。」

【例句】①他做事「瞻前顧後」，面面俱到，萬無一失。②他缺乏魄力，做事畏首畏尾，「瞻前顧後」。

矢部

矢口抵賴 ㄕˇ ㄎㄡˇ ㄉㄧˇ ㄌㄞˋ

【解釋】死也不肯承認。

【字義】矢：發誓。

【例句】人證物證俱在，他竟然還敢「矢口抵賴」。

知彼知己 ㄓ ㄅㄧˇ ㄓ ㄐㄧˇ

【解釋】深知敵我雙方情況。

【出處】孫子·謀攻：「故曰：知彼知己，百戰不殆。不知彼而知己，一勝一負；不知彼，不知己，每戰必殆。」

【相同】知己知彼。

【例句】商場和戰場一樣，都要能「知彼知己」，才會日進斗金。

知法犯法 ㄓ ㄈㄚˇ ㄈㄢˋ ㄈㄚˇ

【解釋】明知犯法，也要去做。
【出處】儒林外史：「七八個人一齊擁了進來，看見女人、和尚一桌子坐著，齊說道：好快活，和尚、婦人大青天白日調情！好僧官老爺，知法犯法！」
【相同】以身試法。明知故犯。
【相反】奉公守法。克己奉公。
【例句】他是法官，竟會搶劫銀行，「知法犯法」，罪加一等。

知恩報德 ㄓ ㄣ ㄅㄠˋ ㄉㄜˊ

【解釋】受別人恩惠，心存感激，意圖報答。
【相反】忘恩負義。
【例句】滿街都是過河拆橋的人，像你這樣「知恩報德」的人，眞是寥若晨星。

知難而退 ㄓ ㄋㄢˊ ㄦˊ ㄊㄨㄟˋ

【解釋】知其難爲而後退。
【出處】左傳：「見可而進，知難而退，軍之善政也。」
【相同】畏縮不前。急流勇退。
【相反】知難而進。
【例句】天下事不可強求，「知難而退」實屬上上之策。

知子莫若父 ㄓ ㄗˇ ㄇㄛˋ ㄖㄨㄛˋ ㄈㄨˋ

【解釋】父親對兒子瞭解得最透徹。
【出處】管子：「知子莫若父，知臣莫若君。」
【例句】「知子莫若父」，他父親雖貴爲董事長，都不錄用他的兒子，足證他的兒子才能之駑下。

知其一，不知其二 ㄓ ㄑㄧˊ ㄧ ㄅㄨˋ ㄓ ㄑㄧˊ ㄦˋ

【解釋】論所見偏狹，未爲全面。猶言片面之見。
【出處】詩經：「不敢暴虎，不敢馮河，人知其一，莫知其它。」戰國策：「虞卿得其一，未知其二也。」晉書·羊祜傳：「祜女夫勸祜有所營置，令有歸戴者，豈不美乎，祜默然不應。退告諸子曰：『此可謂知其一，不知其二。』」
【例句】你「知其一，不知其二」，當然會莫名其妙。

短小精悍 ㄉㄨㄢˇ ㄒㄧㄠˇ ㄐㄧㄥ ㄏㄢˋ

【解釋】身材短小而精明強幹。後也用來稱文章、發言等之簡短有力者。
【出處】史記·游俠列傳：「解爲人短小精悍。」
【相同】精明能幹。簡明扼要。
【相反】腦滿腸肥。連篇累牘。
【例句】他的小說篇篇「短小精悍」，流傳甚廣。

短兵相接 ㄉㄨㄢˇ ㄅㄧㄥ ㄒㄧㄤ ㄐㄧㄝ

【解釋】形容戰事已進入近身肉搏階段，用短兵器如刺刀等相接戰。
【出處】楚辭·九歌·國殤：「操吳戈兮披犀甲，車錯轂兮短兵接，旌蔽日兮敵若雲，矢交墜兮士爭先。」史記：「丁公逐窘高帝彭城西，短兵相接。」
【例句】我軍已和敵人「短兵相接」，進行巷戰了。

矯枉過正 ㄐㄧㄠˇ ㄨㄤˇ ㄍㄨㄛˋ ㄓㄥˋ

【解釋】言欲矯正枉曲，不能得中，反至太過。

【字義】矯：把彎曲的東西改變成直的。

【出處】後漢書：「當君子困窮之時，跼高天，蹐厚地，猶恐有鎭壓之禍也，逮至清世，則復入於矯枉過正之檢。」三國志：「本無禁固諸國通問之詔也，矯枉過正，下吏懼譴，以至于此耳。」

【相同】「矯枉過直」。（漢書：「吏拘於法，亦安足過？蓋矯枉者過直，古今同之。」）

【例句】初次改革，最易「矯枉過正」，必須經過多次的修正，才會合乎中道。

矯揉造作 ㄐㄧㄠˇ ㄖㄡˊ ㄗㄠˋ ㄗㄨㄛˋ

【解釋】形容過於造作，不是出於自然。

【字義】矯：使曲變直；揉：使直變曲。造作：做作。

【出處】易·說卦：「坎，爲矯揉。」

【相同】故弄玄虛。裝模作樣。

【相反】順理成章。天眞爛漫。

【例句】寫作切忌「矯揉造作」，要詞句生動自然才好。

石部

石沈大海 ㄕˊ ㄔㄣˊ ㄉㄚˋ ㄏㄞˇ

【解釋】比喻杳無信息，沒有下文。

【出處】古今雜劇：「出門去沒一個人知道，恰便似石沈大海，鐵墜江濤，無根蓬草，斷線風箏。」

【相同】斷線風箏。鐵墜江濤。無根蓬草。

【例句】信寄出之後，便「石沈大海」，根本沒有收到過回信。

石破天驚 ㄕˊ ㄆㄛˋ ㄊㄧㄢ ㄐㄧㄥ

【解釋】極言震動之甚。後常指文章議論出人意表。

【出處】唐·李賀詩：「女媧鍊石補天處，石破天驚逗秋雨。」清·劉獻廷·廣陽雜記：「向予見楚辭聽直一書，能使靈均別開生面，每出一語，石破天驚，雖穿鑿附會不少，然皆能發人神智。」

【例句】在科學未昌明的當時，能知道地球是繞著太陽轉的，的確是「石破天驚」的大發現。

破釜沈舟 ㄆㄛˋ ㄈㄨˇ ㄔㄣˊ ㄓㄡ

【解釋】比喻下定決心，義無返顧。

【字義】釜：鍋。

【出處】孫子·九地：「焚舟破釜，若驅群羊而往，驅而來，莫知所之。」史記·項羽本紀：「項羽乃悉引兵渡河，皆沈船，破釜甑，燒廬舍，持三日糧，以示士卒必死，無一還心。」明·史可法·請出師討賊疏：「我即卑宮菲食，嘗膽臥薪，聚才智之精神，枕戈待旦，合方州之物力破釜沈舟，尚恐無救於事。」

【相同】背水一戰。孤注一擲。背城借一。

【相反】急流勇退。

【例句】下定「破釜沈舟」的決心，才會有成功的希望。

破涕為笑 ㄆㄛˋ ㄊㄧˋ ㄨㄟˊ ㄒㄧㄠˋ

【解釋】 猶言轉悲為喜。

【出處】 文選·晉·劉越石（琨）答盧諶詩一首並書：「時復相與，舉觴對膝，破涕為笑，排終身之積慘，求數刻之暫歡。」

【相同】 轉悲為喜。

【相反】 樂極生悲。

【例句】 女孩子很容易哭，但也容易「破涕為笑」。

破綻百出 ㄆㄛˋ ㄓㄢˋ ㄅㄞˇ ㄔㄨ

【解釋】 漏洞很多。

【字義】 綻：裂開。

【出處】 朱子語類·自論為學工夫：「且將聖人書來讀，讀來讀去，一日復一日，覺得聖賢言語漸漸有味，卻回頭看釋氏之說，漸漸破綻罅漏百出。」

【相同】 漏洞百出。千瘡百孔。

【相反】 天衣無縫。滴水不漏。

【例句】 他欺騙人的手段還不夠高明，只要仔細分析就「破綻百出」。

破鏡重圓 ㄆㄛˋ ㄐㄧㄥˋ ㄔㄨㄥˊ ㄩㄢˊ

【解釋】 比喻夫婦離散或離婚後重又相聚。

【出處】 南朝陳太子舍人徐德言，娶後主妹樂昌公主，時陳政方亂，德言知國破時兩人不能相保，因破鏡與妻各執一半，約他年正月望日賣於市，冀得相見。及陳亡，妻果沒入楊素家。德言依期至京，見有蒼頭賣半鏡，因引至其居，出半鏡合之。題詩曰：「鏡與人俱去，鏡歸人未歸。無復姮娥影，空留明月輝。」樂昌得詩，悲泣不食。素知之，即召德言，還其妻。（見唐·孟棨·本事詩·情感。）

【相同】 言歸於好。缺月再圓。

【相反】 鏡破釵分。寶釵分股。別鶴孤鸞。

【例句】 恭賀你倆「破鏡重圓」。

碌碌無能 ㄌㄨˋ ㄌㄨˋ ㄨˊ ㄋㄥˊ

【解釋】 平凡庸俗，沒有才幹。

【例句】 領導者如果才具平平，則部下便「碌碌無能」，這就是物以類聚的道理。

碩大無朋 ㄕㄨㄛˋ ㄉㄚˋ ㄨˊ ㄆㄥˊ

【解釋】 巨大無比。

【字義】 碩：大；朋：比。

【出處】 詩經：「彼其之子，碩大無朋。」箋：「碩，謂壯貌姣好也；大，謂德美廣博也；無朋，平均不朋黨。」

【例句】 我們瞻仰這座「碩大無朋」的偉大彫像，更顯得自己渺小。

碩果僅存 ㄕㄨㄛˋ ㄍㄨㄛˇ ㄐㄧㄣˇ ㄘㄨㄣˊ

【解釋】 比喻唯一仍然存在的人或物。

【字義】 碩果：大果實。

【出處】 易經·剝：「上九，碩果不食。」

【例句】 同屆畢業生，他是「碩果僅存」的一人了。

磨拳擦掌 ㄇㄛˊ ㄑㄩㄢˊ ㄘㄚ ㄓㄤˇ

【解釋】 形容激動振奮的樣子。

【字義】 磨，也作「摩」。

【相同】 磨礪以須。

【例句】比賽前夕，雙方人馬個個「磨拳擦掌」，希望奪得錦標歸。

磨礪以須 ㄇㄛˊ ㄌㄧˋ ㄧˇ ㄒㄩ

【解釋】預備好利器，等待使用。
【出處】左傳：「磨厲（同礪）以須，王出，吾刃將斬矣。」
【相反】臨陣磨槍。臨渴掘井。
【例句】三年來「磨礪以須」，明天就要參加世運了，興奮緊張之情莫可名狀。

示部

神工鬼斧 ㄕㄣˊ ㄍㄨㄥ ㄍㄨㄟˇ ㄈㄨˇ

【解釋】形容技藝精巧之極，有如神鬼相助。
【出處】莊子·達生：「梓慶削木爲鐻，鐻成，見者驚猶鬼神。」雲麓漫鈔：「藝奪神工，時推妙翰。」
【相同】巧奪天工。鬼斧神工。
【例句】這座古廟的彫梁畫棟，有如「神工鬼斧」，馳名全國，研究古代建築藝術的學者都到此來參觀模仿。

神出鬼沒 ㄕㄣˊ ㄔㄨ ㄍㄨㄟˇ ㄇㄛˋ

【解釋】比喻行動迅速，變化多端，不可捉摸。後也泛指行動迅速或變化多端。
【出處】淮南子·兵略訓：「善者之動也，神出而鬼行，星燿而玄逐。」唐·崔致遠·桂苑筆耕集·安再榮管臨淮都：「前件，官，夙精韜略，歷試機謀，嘗犯重圍，決成獨戰，實可謂神出鬼沒。」朱子·語類·小戴禮：「只如周易許多占卦淺近底物事盡無了，卻空有箇繫辭說得神出鬼沒。」
【相同】出沒無常。
【相反】來去分明。
【例句】抗戰時期，我國游擊隊「神出鬼沒」，常使日軍疲於奔命。

神采飛揚 ㄕㄣˊ ㄘㄞˇ ㄈㄟ ㄧㄤˊ

【解釋】精神飽滿，器宇軒昂。
【相反】沒精打采。
【例句】看他「神采飛揚」的樣子，就知道他一定考了一百分。

神通廣大 ㄕㄣˊ ㄊㄨㄥ ㄍㄨㄤˇ ㄉㄚˋ

【解釋】本指神仙法力無所不能。今指人辦法多，含貶義。
【出處】孤本元明雜劇：「倚仗他神通廣大，欺負我軟弱囊揣。」古今雜劇二郎神鎖齊天大聖：「齊天大聖神通廣大，變化多般，小聖難以和他鬥勝也。」
【相同】法力無邊。三頭六臂。
【相反】黔驢技窮。鼯鼠五技。
【例句】此人有錢，又有勢，辦任何事情都能隨心所欲，眞是「神通廣大」。

神魂顛倒 ㄕㄣˊ ㄏㄨㄣˊ ㄉㄧㄢ ㄉㄠˇ

【解釋】爲了某事或某人而入迷，以致心神不定，好像魂魄被吸引去一般。
【出處】元·無名氏·女貞觀：「怎禁他鳳求凰良夜把琴調，詠月嘲風詩句挑，引的人神魂顛倒。」
【相同】神魂飛越。銷魂奪魄。心醉神迷。目挑心招。
【相反】漠不關心。古井無波。

【例句】 自從邂逅她之後，就「神魂顛倒」，寢不安席，食不知味。

神機妙算
ㄕㄣˊ ㄐㄧ ㄇㄧㄠˋ ㄙㄨㄢˋ

【解釋】 計策安排得完美之極，一切都推算得準確無誤。
【出處】 元·無名氏·隔江鬥智：「俺孔明軍師委實有神機妙算，只一陣燒的那曹操往許都一道煙也似跑了。」
【相同】 錦囊妙計。神機莫測。
【相反】 一籌莫展。計無所出。
【例句】 無論敵人怎樣狡猾，都逃不過我們的「神機妙算」。

福無雙至
ㄈㄨˊ ㄨˊ ㄕㄨㄤ ㄓˋ

【解釋】 福事不重來。
【出處】 諺語有「福無雙至，禍不單行」。水滸傳：「宋江聽罷，扯定兩個公人說道：『卻是苦也！正是：福無雙至，禍不單行。』」
【相同】 福不重至。（漢·劉向·說苑權謀：「此所謂福不重至，禍必重來者也。」）禍不單行。
【例句】 他被人騙了錢，隔天又車禍受傷，眞是「福無雙至」，禍不單行。

禍不單行
ㄏㄨㄛˋ ㄅㄨˋ ㄉㄢ ㄒㄧㄥˊ

【解釋】 禍事之來，往往接連，不止一端。
【出處】 景德傳燈錄·紫桐和尙：「師曰，禍不單行。」西遊記：「這才是福無雙降，禍不單行。」
【相同】 禍亂相尋。
【相反】 雙喜臨門。福祿雙全。
【例句】 見「福無雙至」。

禍從口出
ㄏㄨㄛˋ ㄘㄨㄥˊ ㄎㄡˇ ㄔㄨ

【解釋】 謂言語不愼，足以招禍。
【出處】 太平御覽：「病從口入，禍從口出。」易頤：「君子以愼言語節飮食」正義：「先儒云：禍從口出，患從口入。」
【相同】 言出禍從。言發禍隨。
【相反】 謹言愼行。守口如瓶。
【例句】 「禍從口出」，所以說話要小心，千萬不可逞一時口舌之快。

禍國殃民
ㄏㄨㄛˋ ㄍㄨㄛˊ ㄧㄤ ㄇㄧㄣˊ

【解釋】 給國家和人民招來莫大的災禍。
【例句】 這漢奸「禍國殃民」，死有餘辜。

禾部

秀外惠中
ㄒㄧㄡˋ ㄨㄞˋ ㄏㄨㄟˋ ㄓㄨㄥ

【解釋】 外貌清秀，內心聰慧。
【出處】 唐·韓愈·送李愿盤谷序：「曲眉豐頰，清聲而便體，秀外而惠中。」
【相同】 秀外慧中。（聊齋誌異·香玉：「卿秀外慧中，令人愛而忘死。」）
【例句】 你能娶到像郭小姐這樣一位「秀外惠中」的太太，眞是三生有幸。

秋豪無犯
ㄑㄧㄡ ㄏㄠˊ ㄨˊ ㄈㄢˋ

【解釋】 不取民一點一滴。常形容行軍紀律嚴明。
【字義】 秋豪：（也作「秋毫」，孟子：「明足以察秋毫之末……」）動物秋天換毛，這時新毛極細，比喻細微。

【出處】史記·項羽本紀：「(沛公)曰：『吾入關，秋豪不敢有所近。』」後漢書·岑彭傳：「彭首破荊門，長驅武陽，持軍整肅，秋豪無犯。」

【相同】雞犬不驚。一介不敢。

【相反】洗劫一空。雞犬不寧。奸淫擄掠。

【例句】他的軍隊紀律嚴明，所過之處，「秋豪無犯」。

秦庭之哭 ㄑㄧㄣˊ ㄊㄧㄥˊ ㄓ ㄎㄨ

【解釋】謂向他處乞師求救。或省作「哭秦庭」。

【出處】春秋時吳師陷楚都，楚大夫申包胥赴秦乞師，倚立秦庭，日夜號哭，七日，不進飲食，秦哀公深爲感動，即出師救楚。(事見左傳定公四年)北周·庾信·哀江南賦：「鬼同曹社之謀，人有秦庭之哭。」唐·杜甫詩：「獨慙投漢閣，俱議哭秦庭。」

【例句】阿富汗遭俄軍入侵，只得向美國作「秦庭之哭」。

秣馬利兵 ㄇㄛˋ ㄇㄚˇ ㄌㄧˋ ㄅㄧㄥ

【解釋】形容準備作戰。

【字義】秣：飼養；利兵：磨利兵器。也作「厲兵」。

【出處】左傳：「蒐乘補卒，秣馬利兵。」

【例句】他在暗中「秣馬利兵」，準備光復河山。

移花接木 ㄧˊ ㄏㄨㄚ ㄐㄧㄝ ㄇㄨˋ

【解釋】栽植花木，有移栽、插壓、貼接等法。後喻巧用手段互易以處理人事。

【出處】聊齋誌異·陸判：「斷鶴續鳧，矯作者妄；移花接木，創始者奇。」紅樓夢：「二則寶釵恐寶玉思鬱成疾，不如稍示柔情，使得親近，以爲『移花接木』之計。」

【相同】偷梁換柱。偷天換日。

【相反】本性難移。本來面目。

【例句】他以「移花接木」的巧妙手法，把政敵使人誤以爲是賣國賊，結果被判死刑，以快私心。

移風易俗 ㄧˊ ㄈㄥ ㄧˋ ㄙㄨˊ

【解釋】改變風氣與習俗。

【出處】荀子·樂論：「故樂行而志清，禮修而行成，耳目聰明，血氣和平，移風易俗，天下皆寧。」史記·李斯列傳：「孝公用商鞅之法，移風易俗，民以殷盛，國以富彊。」

【例句】這些大學生以「移風易俗」爲己任，一反各人自掃門前雪的做法，的確令人刮目相看。

移樽就教 ㄧˊ ㄗㄨㄣ ㄐㄧㄡˋ ㄐㄧㄠˋ

【解釋】本指移酒樽遷就別人，共飲而求教，現指屈尊求教。

【出處】清·陳森·品花寶鑑：「依我也不必天天盡要主人費心，誰有興，就移樽就教也可。」白居易詩：「引棹尋池岸，移樽就菊叢。」

【相同】不恥下問。

【相反】好爲人師。

【例句】您是當代的書法大家，我自當趨府「移樽就教」。

稍縱即逝 ㄕㄠ ㄗㄨㄥˋ ㄐㄧˊ ㄕˋ

【解釋】稍一放鬆就消逝了。

【例句】這是千載難逢的機會，「稍縱即逝」，萬勿錯過。

稱心如意 ㄔㄥ ㄒㄧㄣ ㄖㄨˊ ㄧˋ

【解釋】非常滿意。

【出處】宋·朱敦儒·樵歌中感皇恩詞：「稱心如意，賸活人間幾歲？洞天誰道在，塵寰外。」

【相同】心滿意足。

【例句】人生不如意事常八九，而能「稱心如意」的事，眞是少之又少。

稱兄道弟 ㄔㄥ ㄒㄩㄥ ㄉㄠˋ ㄉㄧˋ

【解釋】以兄弟相稱，表示極度親密

【例句】他倆從前「稱兄道弟」，現在竟反目成仇，不知到底爲了什麼原因？

稱孤道寡 ㄔㄥ ㄍㄨ ㄉㄠˋ ㄍㄨㄚˇ

【解釋】自封爲王或自以爲可以獨霸一方。

【字義】孤：孤家；寡：寡人，都是中國古代帝王的自稱。

【出處】元·關漢卿·單刀會：「俺哥哥稱孤道寡世無雙，我關某匹馬單刀鎭荊襄。」

【例句】十年前他不過是一名小混混，想不到今天他竟獨霸一方，「稱孤道寡」起來了。

種瓜得瓜，種豆得豆 ㄓㄨㄥˋ ㄍㄨㄚ ㄉㄜˊ ㄍㄨㄚ ㄓㄨㄥˋ ㄉㄡˋ ㄉㄜˊ ㄉㄡˋ

【解釋】指種甚麼因便得甚麼果。

【出處】涅槃經：「種瓜得瓜，種李得李。」

【相同】種麥得麥。

【例句】「種瓜得瓜，種豆得豆。」名落孫山，是自己在高中三年不用功的結果。

種麥得麥 ㄓㄨㄥˋ ㄇㄞˋ ㄉㄜˊ ㄇㄞˋ

【解釋】有其因必有其果。

【出處】呂氏春秋·用民：「夫種麥而得麥，種稷而得稷，人不怪也。」

【相同】種瓜得瓜，種豆得豆。

【例句】你考取留學，完全是苦讀的結果，「種麥得麥」，我名義上雖是你的老師，但不敢居功。

積少成多 ㄐㄧ ㄕㄠˇ ㄔㄥˊ ㄉㄨㄛ

【解釋】一點一點積聚起來便成爲很多很多。

【出處】戰國策·秦策：「積薄而爲厚，聚少而爲多。」宋·歐陽修·再辭侍讀學士狀：「在下者既皆習慣，因謂所得爲當然，積少成多，有加無損，遂至不勝其弊。」

【相同】集腋成裘。聚沙成塔。積微成著。

【相反】分斤劈兩。一盤散沙。化整爲零。

【例句】現在的青年人喜歡用欺騙、投機取巧的方法詐財，一夕之間成爲巨富，而不願意像小學生一樣，一天一元「積少成多」地成爲富翁。

積羽沉舟 ㄐㄧ ㄩˇ ㄔㄣˊ ㄓㄡ

【解釋】喻積輕可成重，積小患可致大災。

【出處】戰國策·魏策：「臣聞積羽

沈舟，群輕折軸，衆口鑠金，故願大王之熟計也。」

【例句】你萬不可以為問題小就不去設法解決，但是「積羽沈舟」，等很多小問題聚集成為大問題，到時你就束手無策了。

積重難返 ㄐㄧ ㄓㄨㄥˋ ㄋㄢˊ ㄈㄢˇ

【解釋】長期以來養成的習慣或由少積成多的錯誤難以一下子更改過來。

【出處】清·趙翼·二十二史劄記：「而抑知其始，實由于假之以權，掌禁兵，筦樞要，遂致積重難返，以至此極也哉。」

【例句】這種陋規行之有年，已「積重難返」，要想一夕之間革除，實非易事。

積勞成疾 ㄐㄧ ㄌㄠˊ ㄔㄥˊ ㄐㄧˊ

【解釋】長期工作辛勞，因而病倒。

【出處】元·張起岩·濟南路大都督張公行狀：「以在軍旅日久，積勞成疾，堅乞骸骨以歸。」

【相同】積勞致病。

【相反】百煉成鋼。飽經風霜。

【例句】他「積勞成疾」，不幸於昨夜溘然長逝。

穩紮穩打 ㄨㄣˇ ㄓㄚ ㄨㄣˇ ㄉㄚˇ

【解釋】比喻腳踏實地，穩步前進。

【例句】他做生意「穩紮穩打」，決不冒任何風險。

穴部

穴居野處 ㄒㄩㄝˊ ㄐㄩ ㄧㄝˇ ㄔㄨˇ

【解釋】形容原始社會人民居住的情形。

【出處】易·繫辭：「上古穴居而野處，後世聖人易之以宮室。」

【例句】野外戰鬥訓練營，故意叫參加人員「穴居野處」，以體會實戰時的情況。

空中樓閣 ㄎㄨㄥ ㄓㄨㄥ ㄌㄡˊ ㄍㄜˊ

【解釋】本指海市蜃樓，現指憑空虛構的幻想，不合實際，猶如建築在空中的樓閣。

【出處】夢溪筆談：「登州四面臨海，春夏時，遙見空際，有城市樓臺之狀，土人謂之海市。」

【相同】海市蜃樓。虛無縹緲。鏡花水月。

【相反】言之有物。

【例句】現在的國民知識水準大大提高，已經不能用「空中樓閣」的標語來欺騙國民了。

空穴來風 ㄎㄨㄥ ㄒㄩㄝˋ ㄌㄞˊ ㄈㄥ

【解釋】謂戶穴通風。後比喻流言之乘隙而入。

【出處】戰國·楚·宋玉·風賦：「枳句來巢，空穴來風。」注引司馬彪曰：「門戶孔空，風善從之。」唐·白居易·初病風詩：「朽株難免蠹，空穴易來風。」

【例句】「空穴來風」雖然不宜全信，但可作為調查眞相的線索。

空空如也 ㄎㄨㄥ ㄎㄨㄥ ㄖㄨˊ ㄧㄝˇ

【解釋】空無所有。

【字義】空空：虛心、誠實的樣子，

但現在已失去原義。
【出處】論語·子罕：「有鄙夫問於我，空空（虛心）如也。」呂氏春秋：「空空(誠實)如其不爲巧故也。」
【相同】空洞無物。一無所有。
【相反】應有盡有。一應俱全。
【例句】他去歐洲旅遊回來，錢包早已「空空如也」，全部花光了。

空前絕後 ㄎㄨㄥ ㄑㄧㄢˊ ㄐㄩㄝˊ ㄏㄡˋ

【解釋】以前未曾有過，後來亦難重見。形容非常傑出、獨一無二的事物。
【出處】法書要錄·張懷瓘書斷中：「杜氏（度）傑有骨力，……張芝喜而學焉，轉精巧，可謂草聖，超前絕後，獨步無雙。」清·俞樾·俞樓雜纂·佚詩清奇古怪詩之二：「南華又法淮陰戰，都是空前絕後來。」
【相同】空前未有。絕無僅有。獨一無二。
【相反】司空見慣。史不絕書。無獨有偶。
【例句】孫吳是我國兩大兵聖，其用兵之出神入化，公認是「空前絕後」的人物。

突如其來 ㄊㄨˊ ㄖㄨˊ ㄑㄧˊ ㄌㄞˊ

【解釋】事情突然發生。
【字義】突如：突然。
【出處】周易·離卦：「突如其來如，焚如死如棄如。」
【例句】政變「突如其來」，連資深的政治觀察家也大感意外。

突飛猛進 ㄊㄨˊ ㄈㄟ ㄇㄥˇ ㄐㄧㄣˋ

【解釋】發展或進步得十分迅速。
【例句】我們的科技發展，近年來「突飛猛進」，一日千里。

穿針引線 ㄔㄨㄢ ㄓㄣ ㄧㄣˇ ㄒㄧㄢˋ

【解釋】比喻把雙方拉攏或撮合在一起。
【出處】漢·劉向·說苑：「縷因針而入，不用針而急；嫁女因媒而作，不因媒而親。」
【例句】沒有他從中「穿針引線」，兩黨的合作恐怕就遙遙無期了。

穿鑿附會 ㄔㄨㄢ ㄗㄠˋ ㄈㄨˋ ㄏㄨㄟˋ

【解釋】於理不可通者，強求其通。即牽強附會。
【字義】穿鑿：對講不通的道理，強作解釋；附會：把毫無關連的事物，勉強扯在一起。
【出處】漢書·禮樂志王吉疏：「今俗吏所以牧民者，非有禮義科指，可世世通行者也，以意穿鑿，各取一切。」
【相同】牽強附會。
【例句】這篇報導對謀殺案的分析太過「穿鑿附會」，不能令讀者信服。

窮凶極惡 ㄑㄩㄥˊ ㄒㄩㄥ ㄐㄧˊ ㄜˋ

【解釋】言凶惡之至。
【出處】漢書·王莽傳贊：「滔天虐民，窮凶極惡，毒流諸夏，亂延蠻貉。」三國志·吳·孫權傳黃龍元年盟書：「天降喪亂，皇綱失序，逆臣乘釁，劫奪國柄，始於董卓，終於曹操，窮凶極惡，以覆四海。」
【相同】凶神惡煞。如虎似狼。

【相反】大慈大悲。悲天憫人。
【例句】他們搶去財物，還要傷人，實在太「窮凶極惡」，無法無天了。

窮年累世 ㄑㄩㄥˊ ㄋㄧㄢˊ ㄌㄟˇ ㄕˋ
【解釋】世世代代。
【出處】荀子·榮辱：「人之情，食欲有芻豢，衣欲有文繡，行欲有輿馬，又欲夫餘財蓄積之富也，然而窮年累世，不知不足，是人之情也。」
【相同】窮年累月。經年累月。
【例句】秦國「窮年累世」不斷整軍經武，終於消滅六國，統一天下。

窮兵黷武 ㄑㄩㄥˊ ㄅㄧㄥ ㄉㄨˊ ㄨˇ
【解釋】指好戰不止。
【字義】黷武：濫用武力。
【出處】三國志·吳·陸抗傳上疏：「今不務富國彊兵，力農蓄穀，……而聽諸將徇名，窮兵黷武，動費萬計，士卒彫瘁，寇不為衰，而我已大病矣。」唐·李白·登高丘而望遠海：「窮兵黷武今如此，鼎湖飛龍安可乘。」
【相同】厲兵秣馬。
【相反】偃武修文。
【例句】「窮兵黷武」，最後一定會亡國。

窮寇勿追 ㄑㄩㄥˊ ㄎㄡˋ ㄨˋ ㄓㄨㄟ
【解釋】不要追趕已被迫到走投無路的敵人、小偷等壞人。
【字義】窮寇：無路可逃的殘敗敵人。
【出處】孫子·軍爭：「歸師勿遏，圍師必闕，窮寇勿追，此用兵之法也。」
【相同】圍師必闕。網開一面。
【相反】窮追不捨。
【例句】小偷誤入死巷，「窮寇勿追」，以免遭到反撲。

窮途末路 ㄑㄩㄥˊ ㄊㄨˊ ㄇㄛˋ ㄌㄨˋ
【解釋】形容已陷絕境，無路可走。
【出處】兒女英雄傳：「你如今是窮途末路，舉目無依。」
【相同】走投無路。山窮水盡。
【相反】康莊大道。前程似錦。
【例句】窮兵黷武的日本軍閥終於到了「窮途末路」。

窮奢極侈 ㄑㄩㄥˊ ㄕㄜ ㄐㄧˊ ㄔˇ
【解釋】極端奢侈，亦作「窮奢極欲」。
【相同】驕奢淫逸。花天酒地。揮霍無度。
【相反】節衣縮食。克勤克儉。
【例句】父親死後，他「窮奢極侈」，不到三年，就把千萬遺產花光了。

窮源竟委 ㄑㄩㄥˊ ㄩㄢˊ ㄐㄧㄥˋ ㄨㄟˇ
【解釋】比喻深究事物的始末。
【字義】窮：尋求到盡頭；竟：探究；委：末尾。
【出處】禮記：「三王之祭川也，皆先河而後海，或源也，或委也，此之謂務本。」疏：「言三王祭百川之時，皆先祭河而後祭海也。或先祭其源或後祭其委。河為海本，源為委本。」
【相同】窮源溯流。
【例句】「窮源竟委」是警察辦案的基本要求。

窮鄉僻壤 ㄑㄩㄥˊ ㄒㄧㄤ ㄆㄧˋ ㄖㄤˇ

【解釋】荒涼偏僻的地方。
【出處】宋·曾鞏·敍盜：「窮鄉僻壤、大川長谷之間，自中家以上，日暮持錢，無告羅之所。」
【相同】人跡罕至。窮山惡水。
【相反】通都大邑。
【例句】大都市裡面人浮於事，但「窮鄉僻壤」的地方卻鬧教員荒。

竊鉤者誅，竊國者侯 ㄑㄧㄝˋ ㄍㄡ ㄓㄜˇ ㄓㄨ，ㄑㄧㄝˋ ㄍㄨㄛˊ ㄓㄜˇ ㄏㄡˊ

【解釋】偷小物者要處死，公開篡奪國家政權者卻成爲諸侯，指賞罰是全憑個人的權力地位而定。不滿現世的話。鉤：腰帶鉤。
【出處】莊子：「彼竊鉤者誅，竊國者爲諸侯。諸侯之門而仁義存焉。」
【例句】「竊鉤者誅，竊國者侯。」司法不獨立的國家，就沒有公理正義可言。

竊竊私語 ㄑㄧㄝˋ ㄑㄧㄝˋ ㄙ ㄩˇ

【解釋】在背後低聲交談，不使別人聽到。
【字義】竊竊：亦作「切切」，聲音細微。
【出處】金史·逆臣傳：「每竊竊偶語，不知議事。」白居易·琵琶行：「小弦切切如私語。」
【相同】交頭接耳。低聲細語。切切私語。
【相反】高談闊論。大聲諠譁。
【例句】他們兩人躲在角落裡「竊竊私語」大概在批評你。

立部

立地成佛 ㄌㄧˋ ㄉㄧˋ ㄔㄥˊ ㄈㄛˊ

【解釋】禪宗以人人皆有佛性，積惡之人，轉念爲善，即可成佛。
【出處】宋·朱熹·答李伯諫（甲申）：「所謂便欲當人立地成佛者，正如小樹來噴一口水，便要他立地干雲蔽日，豈有是理？」
【例句】所謂『放下屠刀，「立地成佛」』再壞的人，只要一轉念，便可向善。

立足之地 ㄌㄧˋ ㄗㄨˊ ㄓ ㄉㄧˋ

【解釋】站得住腳的地方。
【出處】紅樓夢：「賈政聽說，忙叩頭說道：『母親如此說，兒子無立足之地了。』」
【相同】立錐之地。容身之地。
【相反】無地自容。
【例句】總算三人都到得車上，有個立足之地，鬆了口氣。

立身處世 ㄌㄧˋ ㄕㄣ ㄔㄨˇ ㄕˋ

【解釋】到社會裡做事，待人接物的態度。
【例句】我們「立身處世」，應遵守互助互愛的原則，社會才會呈現出祥和之氣。

立竿見影 ㄌㄧˋ ㄍㄢ ㄐㄧㄢˋ ㄧㄥˇ

【解釋】比喻馬上見效。
【字義】見影：竿立而影現。
【出處】東漢·魏伯陽·考異：「立竿見影，呼谷傳響。」
【例句】在亂世採用嚴刑峻法，可以收到「立竿見影」的功效。

立錐之地 ㄌㄧˋ ㄓㄨㄟ ㄓ ㄉㄧˋ

【解釋】 形容只可供立足的小地方。

【出處】 漢書·枚乘傳：「舜無立錐之地，以有天下。」

【例句】 資本主義的社會，往往會出現極端的現象，那就是：富者廣廈千間，貧者無「立錐之地」。

立於不敗之地 ㄌㄧˋ ㄩˊ ㄅㄨˋ ㄅㄞˋ ㄓ ㄉㄧˋ

【解釋】 指處於最有利的地位，決不致被擊敗。

【出處】 孫子·軍形：「故善戰者立於不敗之地，而不失敵之敗也。」

【例句】 他訪問美國回來後，聲望之隆，競選時已「立於不敗之地」。

竭澤而漁 ㄐㄧㄝˊ ㄗㄜˊ ㄦˊ ㄩˊ

【解釋】 淘乾水塘的水捕魚。喻盡其所有不留餘地。

【字義】 竭澤：淘乾水塘的水。

【出處】 呂氏春秋·義賞：「竭澤而漁，豈不獲得，而明年無魚。」淮南子·主術作「不涸澤而漁」、漢·劉向·說苑權謀作「乾澤而漁」。

【相同】 趕盡殺絕。一網打盡。

【相反】 網開一面。

【例句】 政府只知加稅，在這個經濟蕭條的時候，無異「竭澤而漁」，苦的只是身為「魚」的市民而已。

竹部

笑容可掬 ㄒㄧㄠˋ ㄖㄨㄥˊ ㄎㄜˇ ㄐㄩ

【解釋】 滿面笑容，笑迷迷的樣子。

【字義】 掬：用手捧取。

【出處】 笑容滿面。喜形於色。眉開眼笑

【相同】 怒容滿面。

【例句】 她「笑容可掬」，周旋於賓客之間，宛如穿梭於花間的蝴蝶。

笑逐顏開 ㄒㄧㄠˋ ㄓㄨˊ ㄧㄢˊ ㄎㄞ

【解釋】 形容喜形於色，滿臉高興。

【字義】 逐：追逐。顏：面容。

【出處】 水滸傳：「衆人扶策（宋太公）下轎上廳來，宋江見了，喜從天降，笑逐顏開。」

【相同】 眉開眼笑。喜笑顏開。滿面春風。

【相反】 愁眉不展。

【例句】 她獲悉愛子得了博士學位歸國，自然「笑逐顏開」。

笑裡藏刀 ㄒㄧㄠˋ ㄌㄧˇ ㄘㄤˊ ㄉㄠ

【解釋】 形容壞人表面上笑嘻嘻，內心卻陰險狠毒。

【出處】 舊唐書·李義傳：「義府貌狀溫恭，與人語必嬉怡微笑，而褊忌陰賊。既處權要，欲人附己，微忤意者，輒加傾陷。故時人言義府笑中有刀。」

【相同】 口蜜腹劍。綿裡藏針。

【相反】 心口如一。

【例句】 他是個「笑裡藏刀」的人，和他相處，無不提心吊膽。

等量齊觀 ㄉㄥˇ ㄌㄧㄤˋ ㄑㄧˊ ㄍㄨㄢ

【解釋】 一律相等，並無分別。

【例句】 這兩隊的實力屬「等量齊觀」，故冠亞軍很難逆料。

筋疲力盡 ㄐㄧㄣ ㄆㄧˊ ㄌㄧˋ ㄐㄧㄣˋ

【解釋】形容極度疲乏。
【出處】醒世恆言：「我已筋疲力盡，不能行動。」
【相同】力困筋乏。力盡筋疲。
【俗作】精疲力量。
【相反】生龍活虎。精神煥發。
【例句】她已「筋疲力盡」，無法前進了。

節上生枝 ㄐㄧㄝˊ ㄕㄤˋ ㄕㄥ ㄓ

【解釋】喻問題旁出，事外復生事端
【出處】宋·朱熹·答呂子約書：「若左遮右攔，前拖後拽，隨語生解，節上生枝，則更讀萬卷書，亦無用處也。」
【相同】節外生枝。（元·楊顯之·瀟湘雨：「兀的是閒言語，甚意思，他怎肯道節外生枝？」）
【例句】事情已經夠棘手了，請你不要再「節上生枝」。

節外生枝 ㄐㄧㄝˊ ㄨㄞˋ ㄕㄥ ㄓ

同「節上生枝」

節食縮衣 ㄐㄧㄝˊ ㄕˊ ㄙㄨㄛ ㄧ

【解釋】在衣服和食用方面盡量節省
【出處】陸游詩：「縮衣節食勤耕桑。」
【相同】節衣縮食。
【相反】揮金如土。一飯千金。
【例句】不景氣的時候，大家都「節食縮衣」度過難關。

節衣縮食 ㄐㄧㄝˊ ㄧ ㄙㄨㄛ ㄕˊ

見「節食縮衣」。

管中窺豹 ㄍㄨㄢˇ ㄓㄨㄥ ㄎㄨㄟ ㄅㄠˋ

【解釋】喻只見局部，而未見全體。
【出處】世說新語·方正：「王子敬（獻之）數歲時，嘗看諸門生摴蒱，見有勝負，因曰：『南風不競』門生輩輕其小兒，廼曰：『此郎亦管中窺豹，時見一斑。』」宋·陸游·江亭：「濠上觀魚非至樂，管中窺豹豈全斑。」
【相同】坐井觀天。盲人摸象。
【相反】洞若觀火。一目了然。一覽無餘。
【例句】他到日本旅遊了才五、六天，對該地風土人情只是「管中窺豹」而已，回國後竟敢動筆寫「日本研究」的論文！

管窺蠡測 ㄍㄨㄢˇ ㄎㄨㄟ ㄌㄧˊ ㄘㄜˋ

【解釋】喻見識狹小淺薄
【字義】管：竹管；蠡：用貝殼做的瓢。
【出處】漢書·東方朔傳·答客難：「語曰：『以管窺天，以蠡測海。』」紅樓夢：「我昨兒晚上的話竟說錯了，怪不得老爺說我是『管窺蠡測！』」
【相同】管中窺豹。坐井觀天。孤陋寡聞。
【相反】洞若觀火。博古通今。見多識廣。
【例句】這篇論文僅屬「管闚蠡測」，毫無學術價值。

米部

米珠薪桂 ㄇㄧˇ ㄓㄨ ㄒㄧㄣ ㄍㄨㄟˋ

【解釋】極言柴米之貴。比喻物價昂貴。
【字義】珠：珍珠；薪：柴；桂：桂樹。
【出處】戰國策·楚策：「楚國之食貴於玉，薪貴於桂。」
【相同】薪桂米珠。
【例句】通貨膨脹的時候，「米珠薪桂」，人民生活水深火熱，苦不堪言。

粉身碎骨 ㄈㄣˇ ㄕㄣ ㄙㄨㄟˋ ㄍㄨˇ

【解釋】不惜犧牲生命。
【出處】唐·顏眞卿·馮翊太守上表謝：「誓當粉骨碎身，少酬萬一。」金史·紇石烈良弼傳：「臣竊維自來人臣受知人主，無逾臣者，臣雖粉骨碎身，無以圖報。」唐·張鷟·遊仙窟：「玉饌珍奇，非常厚重，粉身灰骨，不能酬謝。」
【相同】肝腦塗地。粉身碎骨。
【相反】明哲保身。貪生怕死。
【例句】他登山時，失足跌入萬丈深谷，早已「粉身碎骨」，連屍體都找不到了。

粉飾太平 ㄈㄣˇ ㄕˋ ㄊㄞˋ ㄆㄧㄥˊ

【解釋】謂本非本平盛世，卻以太平景象裝飾之。
【出處】燕翼貽謀錄：「咸平景德以後，粉飾太平，服用寖侈。」馬端臨·文獻通考自序：「又況榮涂捷徑，旁午雜出，蓋未嘗由學而升者滔滔也。於是所謂學者，姑視爲粉飾太平之一事。」
【例句】前線已節節敗退，但大臣們竟在「粉飾太平」，欺上瞞下，國家怎會不滅亡呢？

粉墨登場 ㄈㄣˇ ㄇㄛˋ ㄉㄥ ㄔㄤˇ

【解釋】比喻打扮一番，登上政治舞台。含貶義。
【字義】粉墨：化妝。
【例句】僞政權成立後，當年的所謂功臣，一個個大搖大擺「粉墨登場」。

粗心大意 ㄘㄨ ㄒㄧㄣ ㄉㄚˋ ㄧˋ

【解釋】不小心，疏忽。
【出處】宋·張洪·熟讀精思：「爲學讀，須是。耐煩細意去理會……粗心大氣不得。」兒女英雄傳：「這是我粗心大意！我若不進去，他怎得出來？」
【相同】粗枝大葉。馬馬虎虎。
【相反】小心謹愼。兢兢業業。
【例句】他爲人「粗心大意」，不能擔此重任。

粗枝大葉 ㄘㄨ ㄓ ㄉㄚˋ ㄧㄝˋ

【解釋】比喻做事不夠細緻。
【出處】宋·朱熹·朱子語錄：「書序恐不是孔安國做，漢文粗枝大葉，今書序細膩，只是六朝時文字。」
【相同】粗心大意。馬馬虎虎。
【相反】小心謹愼。
【例句】他一貫的作風就是「粗枝大葉」，得過且過。

粗茶淡飯 ㄘㄨ ㄔㄚˊ ㄉㄢˋ ㄈㄢˋ

【解釋】　飲食不精，喻生活簡樸。

【出處】　宋·黃庭堅·休居士詩序：「四休（孫昉）笑曰：『粗茶淡飯飽即休。補破遮寒煖即休，三平二滿過即休，不貪不妒老即休。』」元·謝應芳·龜巢集：「沁園春屋東老梅一株……撫玩復自和此曲詞：『餘無事，只粗茶淡飯，儘有餘歡。』」

【例句】　「粗茶淡飯」不僅有益健康，還可以養廉。

粗製濫造 ㄘㄨ ㄓˋ ㄌㄢˋ ㄗㄠˋ

【解釋】　製作馬虎，品質粗劣。

【相反】　慢工細活。

【例句】　此地的手工藝品「粗製濫造」，怪不得乏人問津。

精打細算 ㄐㄧㄥ ㄉㄚˇ ㄒㄧˋ ㄙㄨㄢˋ

【解釋】　計算得精密細緻，多指收支或成本方面而言。

【相同】　錙銖必較。

【相反】　粗枝大葉。

【例句】　生意人個個都「精打細算」，絕對不會吃虧。

精益求精 ㄐㄧㄥ ㄧˋ ㄑㄧㄡˊ ㄐㄧㄥ

【解釋】　猶言好上加好，達到盡善盡美。

【出處】　論語·學而：「詩云如切如磋，如琢如磨。」宋·朱熹集注：「言治骨角者切之而磋之，治玉石者既琢之而復磨之治之，已精而益求其精也。」

【相同】　錦上添花。

【相反】　粗製濫造。

【例句】　我們的產品要「精益求精」，否則一定會在競爭中被淘汰。

精疲力竭 ㄐㄧㄥ ㄆㄧˊ ㄌㄧˋ ㄐㄧㄝˊ

【解釋】　見「筋疲力竭」。「精疲力竭」是俗寫。

【相同】　筋疲力盡。

【例句】　搶救工作已連續進行十二小時，大家都「精疲力竭」，但仍然不肯停止。

精誠團結 ㄐㄧㄥ ㄔㄥˊ ㄊㄨㄢˊ ㄐㄧㄝˊ

【解釋】　一心一意，團結起來。

【例句】　全國人民「精誠團結」起來，才能抵禦外侮。

精衛塡海 ㄐㄧㄥ ㄨㄟˋ ㄊㄧㄢˊ ㄏㄞˇ

【解釋】　①比喻立志要報仇雪恨。②比喻不達目的誓不休的大無畏精神，但較少用。

【出處】　傳說炎帝之少女，名女娃，遊於東海而溺死，化爲精衛鳥，常銜西山之木石，塡東海。（見山海經北山經。）晉·左思·吳都賦：「精衛銜石而遇繳，文鰩夜飛而觸綸。」

【例句】　①她本著「精衛塡海」的毅力鍥而不捨，總於找到害死雙親的兇手。②無論多麼困難的事，只要有「精衛塡海」的精神，一定會達到目的。

糟糠之妻 ㄗㄠ ㄎㄤ ㄓ ㄑㄧ

【解釋】　謂貧賤時，與共食糟糠。後因以糟糠爲妻的代稱。

【出處】　宋·孫光憲·北夢瑣言：「近代李頻黃匪躬皆嶺表人，頻即遺其糟糠，別婚士族。」

【例句】　一旦富貴，絕對不可忘記昔

日共患難的「糟糠之妻」。

糸部

紅男綠女 ㄏㄨㄥˊ ㄋㄢˊ ㄌㄩˋ ㄋㄩˇ

【解釋】 指繁華都市中盛服出遊的男女，亦指穿著衣服艷麗的青年男女。

【出處】 清·舒位·擁髻：「紅男綠女，到今朝野草荒田。」清·富察敦崇·燕京歲時記萬壽寺：「萬壽寺在西直門外五六里，門臨長河，乃皇太后祝釐之所。每至四月，自初一日起，開廟半月。遊人甚多，綠女紅男，聯蹁道路。」

【例句】 入夜，台北市的歌廳酒廊，到處都是「紅男綠女」，根本沒有一點戰時的氣氛。

紆尊降貴 ㄩ ㄗㄨㄣ ㄐㄧㄤˋ ㄍㄨㄟˋ

【解釋】 雖然自己地位崇高但願意去接近貧賤的人。

【字義】 紆：委屈；尊：有地位。

【出處】 南朝·梁·簡文帝·昭明太子集序：「降貴紆尊，躬刊手掇。」兒女英雄傳：「禮所在，也不便於和他兩箇紆尊降貴，只含笑拱了手，說了句路上辛苦。」

【相同】 降貴紆尊。

【例句】 他貴爲總理，竟願「紆尊降貴」，訪問窮人，眞是難得。

紛至沓來 ㄈㄣ ㄓˋ ㄊㄚˋ ㄌㄞˊ

【解釋】 接二連三，言多而頻繁。

【字義】 紛：衆多；沓：重複。

【出處】 宋·朱熹·朱文公集：「夫其心儼然肅然，常若有所事，則雖事物紛至而沓來，豈足以亂吾之知思。」

【相同】 接二連三。絡繹不絕。

【相反】 後繼無人。絕無僅有。

【例句】 消息傳出後，慕名而來的人「紛至沓來」。

紙上談兵 ㄓˇ ㄕㄤˋ ㄊㄢˊ ㄅㄧㄥ

【解釋】 比喻只會空談，不切實際。

【出處】 戰國趙括少時學兵法，曾與父親論兵法。父親談不過他，但認爲他只會談，不會活用。以後趙王命他代廉頗爲將，果然被秦將白起打得大敗。藺相如稱括徒能讀其父書傳，不知通變。見史記廉頗藺相如列傳附趙奢。紅樓夢：「可見咱們天天是舍近求遠，現有這樣詩人在此，卻天天去紙上談兵。」

【相同】 徒託空言。坐而論道。

【例句】 他缺乏實際工作的經驗，因此他的計畫純屬「紙上談兵」，根本不合實際。

紙醉金迷 ㄓˇ ㄗㄨㄟˋ ㄐㄧㄣ ㄇㄧˊ

【解釋】 比喻使人沈迷的繁華奢侈的環境，今多指聲色犬馬的靡爛生活。

【出處】 宋·陶穀清·異錄居室：「癰醫孟斧唐末竄蜀中……有一小室，窗牖煥明，器皆金飾，紙光瑩白。……所親見之曰：此室暫憩，令人紙醉金迷。」

【相同】 燈紅酒綠。花天酒地。朝歌夜弦。

【相反】 牽蘿補屋。

【例句】 富翁過慣了「紙醉金迷」的生活，一旦要求他們過戰時的節儉日子，自然比登天還難。

素昧平生
ㄙㄨˋ ㄇㄟˋ ㄆㄧㄥˊ ㄕㄥ

【解釋】一向並不相識。
【字義】素：向來；昧：不瞭解。
【出處】西廂記：「眞爲素昧平生，突如其來，難怪妾之得罪。」
【例句】我和你「素昧平生」，怎能把機密的事告訴你？

終成泡影
ㄓㄨㄥ ㄔㄥˊ ㄆㄠˋ ㄧㄥˇ

【解釋】心中期盼的事，結果一場空，一無所得。
【出處】佛教用泡和影比喻事物的虛幻不實，生滅無常。金剛經：「一切有爲法，如夢幻泡影。」
【相同】化爲烏有。
【例句】少女時期的美夢，結果「終成泡影」，怎不令她腸斷呢？

絡繹不絕
ㄌㄨㄛˋ ㄧˋ ㄅㄨˋ ㄐㄩㄝˊ

【解釋】形容往來不停。
【字義】絡繹：前後相連不斷。
【出處】後漢書：「逃入塞者，絡繹不絕。」
【相同】川流不息。源源而來。接二連三。
【相反】路絕人稀。後繼無人。
【例句】展覽消息一發布，前來參觀的人就「絡繹不絕」。

絕口不提
ㄐㄩㄝˊ ㄎㄡˇ ㄅㄨˋ ㄊㄧˊ

【解釋】完全不談某件事。
【出處】漢書·丙吉傳：「吉爲人深厚不伐善，自曾孫遭遇，絕口不道前恩，故朝廷莫能明其功也。」
【相同】噤若寒蟬。閉口不言。金人緘口。
【相反】暢所欲言。滔滔不絕。口似懸河。
【例句】此事有損國格，在記者面前應「絕口不提」。

絕無僅有
ㄐㄩㄝˊ ㄨˊ ㄐㄧㄣˇ ㄧㄡˇ

【解釋】形容絕少：只有這一個，再沒有第二個。
【出處】宋·軾東坡·上神宗皇帝書：「改過不吝，從善如流，此堯舜禹湯之所勉強而力行，秦漢以來之所絕無而僅有。」張炎·意難忘詞序：「余謂有善歌而無喜聽，雖抑揚高下，聲字相宣，傾耳者指不多屈，曾不若春蚓秋蛇，爭聲響于月籬煙砌間，絕無僅有。」
【相同】獨一無二。
【相反】雨後春筍。過江之鯽。
【例句】像他這樣殘廢的人，而有今天如此的成就，在歷史上可謂「絕無僅有」。

絕處逢生
ㄐㄩㄝˊ ㄔㄨˋ ㄈㄥˊ ㄕㄥ

【解釋】在毫無希望的險境裡忽然獲得生機。
【出處】三刻拍案驚奇：「誰想絕處逢生，遇著這等好人。」
【相同】死裡逃生。九死一生。
【相反】走投無路。窮途末路。
【例句】彈盡援絕，守將自認必死無疑，想不到「絕處逢生」，敵軍中竟發生倒戈事件，互相殘殺起來。

絕塵而去
ㄐㄩㄝˊ ㄔㄣˊ ㄦˊ ㄑㄩˋ

【解釋】形容去得飛快。

【出處】莊子·田子方：「夫子奔逸絕塵，而回瞠若乎後矣。」

【例句】大家出來時，他已駕車「絕塵而去」。

絲絲入扣 ㄙ ㄙ ㄖㄨˋ ㄎㄡˋ

【解釋】比喻做得周密細緻，有條不紊，一一合拍（多指文章或藝術作品）。

【字義】扣：筬，是梳齒狀織具，經紗從筬間穿過，作用是控制織物經密，和把緯紗推向織口。織布時，每條經線都有條不紊地從筬通過。

【例句】他的計畫條理分明，「絲絲入扣」。

綆短汲深 ㄍㄥˇ ㄉㄨㄢˇ ㄐㄧˊ ㄕㄣ

【解釋】用短繩繫水桶汲取深井的水。比喻淺學不足以悟深理。後多表示自謙，力小任重，不能勝任。

【字義】綆：汲取井水用的繩子。

【出處】莊子·至樂：「昔者管子有言：褚小者不可以懷大，綆短者不可以汲深。」唐·顏眞卿·補遺干祿字書序：「綆短汲深，誠未達於涯涘；歧路多惑，庶有歸於適從。」

【相同】小材大用。心有餘力不足。舉鼎絕臏。短綆汲深。

【相反】遊刃有餘。割雞用牛刀。牛刀小試。大材小用。勝任愉快。

【例句】承蒙提拔，但「綆短汲深」，恐有辱使命。

經年累月 ㄐㄧㄥ ㄋㄧㄢˊ ㄌㄟˇ ㄩㄝˋ

【解釋】經過悠長的時間。

【相同】長年累月。

【例句】他「經年累月」進行研究，終於發明出省油的裝置。

綽約多姿 ㄔㄨㄛ ㄩㄝ ㄉㄨㄛ ㄗ

【解釋】形容女子姿態柔美。

【出處】漢·傅武仲（毅）·舞賦：「綽約閑靡，機迅體輕。」

【例句】她「綽約多姿」又是大學生，因此不知道有多少男士拜倒在她的石榴裙下。

綽有餘裕 ㄔㄨㄛ ㄧㄡˇ ㄩˊ ㄩˋ

【解釋】極其寬裕，而且還有餘力。

【相同】綽綽有餘。

【相反】捉襟見肘。左支右絀。力有未逮。

【例句】憑他的學經歷，辦這件小事，理應「綽有餘裕」，沒想到竟辦得一塌糊塗。

網開三面 ㄨㄤˇ ㄎㄞ ㄙㄢ ㄇㄧㄢˋ

【解釋】喻恩澤優渥，法令尙寬。

【出處】史記·殷本紀：「湯出，見野張網四面，祝曰：『自天下四方皆入吾網。』湯曰：『嘻，盡之矣！』乃去其三面，祝曰：『欲左，左；欲右，右。不用命，乃入吾網。』諸侯聞之曰：『湯德至矣，及禽獸。』」唐·劉禹錫·賀赦表：「網開三面，危疑者許以自新；德達四聰，瑕累者期於錄用。」

【相同】網開一面。

【相反】一網打盡。

【例句】刑法應從輕，從寬，所以何妨「網開三面」？

維妙維肖 ㄨㄟˊ ㄇㄧㄠˋ ㄨㄟˊ ㄒㄧㄠˋ

【解釋】 形容描摹得十分生動逼真。

【字義】 維：助詞；妙：好；肖：相像。

【出處】 清·馬鎮鑾文：「形容維妙維肖，仿佛水經注造語。」

【相同】 栩栩如生。活靈活現。

【相反】 面目全非。粗製濫造。

【例句】 他生得矮矮胖胖，扮演袁世凱，簡直是「維肖維妙」。

綺年玉貌 ㄑㄧˇ ㄋㄧㄢˊ ㄩˋ ㄇㄠˋ

【解釋】 形容女子年少貌美。

【出處】 宇文逌·庾信集序：「綺年而播華譽，齠歲而有俊名。」文選·鮑照·蕪城賦：「東都妙姬，南國麗人，蕙心紈質，玉貌絳脣。」

【相同】 豆蔻年華。

【相反】 人老珠黃。

【例句】 妳正是「綺年玉貌」的時候，還怕沒有人要嗎？

綿裡藏針 ㄇㄧㄢˊ ㄌㄧˇ ㄘㄤˊ ㄓㄣ

【解釋】 比喻外表和善，但內心尖刻。

【出處】 元曲·曲江池：「笑裡刀剮皮割肉，綿裡針剔髓挑筋。」

【相同】 笑裡藏刀。口蜜腹劍。

【相反】 古貌古心。光明磊落。

【例句】 他這人「綿裡藏針」，口蜜腹劍，最好退避三舍，不要理他。

緩兵之計 ㄏㄨㄢˇ ㄅㄧㄥ ㄓ ㄐㄧˋ

【解釋】 用計拖延時間。

【出處】 三國演義：「張郃曰：『孔明用緩兵之計，漸退漢中，都督何故懷疑，不早追之？』」

【相同】 調虎離山。明修棧道。

【相反】 兵貴神速。速戰速決。

【例句】 敵人要求和談，是「緩兵之計」，我們千萬不要中計。

緣木求魚 ㄩㄢˊ ㄇㄨˋ ㄑㄧㄡˊ ㄩˊ

【解釋】 上樹找魚，喻徒勞而無功。

【出處】 孟子·梁惠王：「以若所為，求若所欲，猶緣木而求魚也。」

【相同】 水中撈月。竹籃打水。

【相反】 甕中捉鱉。手到擒來。

【例句】 內陸國想要發展海軍，豈非「緣木求魚」嗎？

總而言之 ㄗㄨㄥˇ ㄦˊ ㄧㄢˊ ㄓ

【解釋】 總括地說。

【出處】 史記·五帝本紀：「總之，不離古文者近是。」

【相同】 合而為一。一言以蔽之。

【相反】 推而廣之。條分縷析。

【例句】 「總而言之」要先瞭解成語的含義，才能用得恰到好處。

總角之交 ㄗㄨㄥˇ ㄐㄧㄠˇ ㄓ ㄐㄧㄠ

【解釋】 指幼年時代的朋友。

【字義】 總角：把頭髮結成兩角，小孩髮式。

【相同】 青梅竹馬。

【例句】 他沒有忘記這位「總角之交」，表示他極富人情味。

繁文縟節 ㄈㄢˊ ㄨㄣˊ ㄖㄨˋ ㄐㄧㄝˊ

【解釋】 繁瑣而不重要的禮節規章。

【字義】 繁褥：多；文節：禮節。

【出處】 唐·元稹·長慶集：「繁文縟

禮，予心憎然。」清·魏源、治篇：「以繁文縟節為足黼太平。」

【相同】繁文縟禮。摘僻為禮。

【相反】簡明扼要。要言不煩。刪繁就簡。

【例句】他待人接物，喜歡開門見山，不愛「繁文縟節」。

繪聲繪影
ㄏㄨㄟˋ ㄕㄥ ㄏㄨㄟˋ ㄧㄥˇ

【解釋】形容敘述或描寫一件事深刻入微，極其逼真。

【出處】儒林外史·評：「繪聲繪影，能令閱者拍案叫絕。」（臥閑草堂本）。

【相同】栩栩如生。活靈活現。有聲有色。

【相反】平淡無奇。枯燥無味。

【例句】記者報導桃色新聞，極盡「繪聲繪影」的能事，好像他就是主角一樣。

繼往開來
ㄐㄧˋ ㄨㄤˇ ㄎㄞ ㄌㄞˊ

【解釋】繼承前人功業，開闢未來的道路。

【出處】傳習錄：「文公精神氣魄大，是他早年合下便要繼往開來。」

【相同】承前啓後。

【例句】在新文學的領域中，他自認負起「繼往開來」的使命。

纖纖弱質
ㄒㄧㄢ ㄒㄧㄢ ㄖㄨㄛˋ ㄓˊ

【解釋】形容女子纖細荏弱。

【相反】赳赳武夫。

【例句】她雖「纖纖弱質」，卻不輸赳赳武夫，擔負起一家八口的生活重擔。

缶部

罄竹難書
ㄑㄧㄥˋ ㄓㄨˊ ㄋㄢˊ ㄕㄨ

【解釋】本言事物繁多，書不勝書。後來征討書檄，數對方罪惡，常用「罄竹難書」，來表示。

【字義】罄：完、盡。

【出處】呂氏春秋·明理：「亂國所生之物，盡荊越之竹，猶不能書也。」漢書·公孫賀傳：「南山之竹不足受我辭，斜谷之木不足為我械。」

【相同】擢髮難數。

【例句】日本軍閥在我國所犯的罪行，「罄竹難書」。

网部

置之度外
ㄓˋ ㄓ ㄉㄨㄛˋ ㄨㄞˋ

【解釋】不放在心上。

【字義】度外：不去管它。度，音惰。

【出處】南齊書·竟陵王子良傳啓：「自青德啓運，款關受職，置之度外，不足絓言。」唐·劉知幾·史通忤時：「何事置之度外，而使各無羈束乎？」

【相同】置之腦後。置若罔聞。置之不理。置之不顧。

【相反】念念不忘。懸懸在念。

【例句】捍衛國家的軍人早已把生死「置之度外」。

置之不理
ㄓˋ ㄓ ㄅㄨˋ ㄌㄧˇ

【解釋】擱在一旁不管。

【出處】明·焦竑·玉堂叢語：「焦竑自序其書曰：『頃年垂八十，聰明不及於前時，道德日負其初心，不啻韓子所言者，業一切置之不理矣。』」

【相同】置諸腦後。束諸高閣。置若罔聞。

【相反】念念不忘。切記在心。

【例句】油價的調低，關係到全國人民的利益，我們身爲議員，豈可「置之不理」？

置若罔聞

ㄓˋ ㄖㄨㄛˋ ㄨㄤˇ ㄨㄣˊ

【解釋】不加理會，好像根本就聽不到似的。

【字義】罔：不。

【相同】置之不理。充耳不聞。

【相反】聞風而起。

【例句】儘管我提出抗議，法院竟「置若罔聞」。

罪不容誅

ㄗㄨㄟˋ ㄅㄨˋ ㄖㄨㄥˊ ㄓㄨ

【解釋】謂罪大惡極，死有餘辜。

【字義】誅：處死。

【出處】漢書·王莽傳張竦爲劉嘉奏：「安衆侯（劉）崇乃獨懷悖惑之心，操叛逆之慮，興兵動衆，欲危宗廟，惡不忍聞，罪不容誅。」漢書·游俠傳序：「郭解之倫，以匹夫之細，竊殺生之權，其罪已不容於誅矣。」

【相同】罪該萬死。罪惡滔天。死有餘辜。

【相反】罪不當誅。網開一面。

【例句】他前科累累，殺人無數，「罪不容誅」。

罪大惡極

ㄗㄨㄟˋ ㄉㄚˋ ㄜˋ ㄐㄧˊ

【解釋】罪惡大到極點。

【出處】宋·羅大經·鶴林玉露補遺：「矧知檜者，密奉虜謀脅君誤國，罪大惡極。」

【相同】罪惡滔天。罪該萬死。惡貫滿盈。

【相反】改惡從善。革面洗心。

【例句】這些「罪大惡極」的漢奸，心中自知死有餘辜，所以乾脆自殺了此殘生。

罪魁禍首

ㄗㄨㄟˋ ㄎㄨㄟˊ ㄏㄨㄛˋ ㄕㄡˇ

【解釋】主要的罪犯。

【字義】魁：頭目。

【出處】天雨花：「罪魁禍首都是你，虧你何顏諉別人。」

【相同】始作俑者。

【例句】他是上次大戰的「罪魁禍首」。

羅雀掘鼠

ㄌㄨㄛˊ ㄑㄩㄝˋ ㄐㄩㄝˊ ㄕㄨˇ

【解釋】張網捕雀，挖洞捕鼠，現指千方百計，搜集款項。

【出處】新唐書·張巡傳：「至是食盡……至羅雀掘鼠，煮鎧弩以食。」稱在極端匱乏中盡力籌集物資爲「羅掘」，已難有所得曰「羅掘俱窮」。

【相同】羅掘俱窮。

【相反】左右逢源。

【例句】他已「羅雀掘鼠」，走投無路了。

羅掘俱窮

ㄌㄨㄛˊ ㄐㄩㄝˊ ㄐㄩˋ ㄑㄩㄥˊ

見「羅雀掘鼠」。

羅敷有夫

ㄌㄨㄛˊ ㄈㄨ ㄧㄡˇ ㄈㄨ

【解釋】指女子已有丈夫。

【出處】羅敷，戰國時趙王家令王仁

妻，趙王欲奪之，羅彈箏作陌上之歌，盛誇其夫，有句曰：「使君自有婦，羅敷自有夫。」

【相同】 名花有主。待字閨中。

【例句】 她已「羅敷有夫」，你千萬不可再對她眉來眼去。

羊部

羊質虎皮 一ㄤˊ ㄓˋ ㄏㄨˇ ㄆㄧˊ

【解釋】 比喻虛有其表。

【出處】 漢·揚雄·法言：「羊質虎皮，見草而說，見豺而戰，忘其皮之虎矣。」三國志：「萬彧既爲左丞相，蕃嘲彧曰：『……彧出自谿谷，羊質虎皮，虛受光赫之寵，跨三九之位。』」

【相同】 羊質虎文。

【例句】 你別怕他，他是「羊質虎皮」虛有其表的人。

羊腸小徑 一ㄤˊ ㄔㄤˊ ㄒㄧㄠˇ ㄐㄧㄥˋ

【解釋】 形容曲折窄小的路。

【出處】 王維詩：「山中燕子龕，路劇羊腸惡。」

【相反】 康莊大道。

【例句】 山中只有「羊腸小道」根本不能通行汽車。

美不勝收 ㄇㄟˇ ㄅㄨˋ ㄕㄥ ㄕㄡ

【解釋】 美好的東西太多，不及仔細欣賞。

【字義】 勝：盡。

【出處】 清·方苞·進四書文選表：「先輩名家小題文，多備極巧心；但美不勝收，且非鄉、會場程式，茲編不錄。」

【相同】 琳瑯滿目。

【相反】 不屑一顧。

【例句】 手工藝品琳瑯滿目，「美不勝收。

美中不足 ㄇㄟˇ ㄓㄨㄥ ㄅㄨˋ ㄗㄨˊ

【解釋】 意指唯一的缺憾。

【出處】 明·吾丘瑞·折翼著夢：「只言一州未歸掌握，扠擊折翼，這是美中不足。」

【相同】 白璧微瑕。白圭之玷。

【相反】 十全十美。盡善盡美。

【例句】 這次酒席非常美味可口，「美中不足」的一點是量太少了。

羞與噲伍 ㄒㄧㄡ ㄩˇ ㄎㄨㄞˋ ㄨˇ

【解釋】 指人自負而不屑與凡庸的人同在一起。

【字義】 噲伍：平庸之輩的代稱。

【出處】 史記·淮陰侯列傳：「（韓）信由此日夜怨望，居常鞅鞅，羞與絳（周勃）、灌（嬰）等列，信嘗過樊將軍噲，噲跪拜送迎，言稱臣，曰：『大王乃肯臨臣！』信出門笑曰：『生乃與噲等爲伍。』」

【相同】 羞與爲伍。

【相反】 沆瀣一氣。臭味相投。

【例句】 此人是屠狗出身，大家都「羞與噲伍」。

義不容辭 一ˋ ㄅㄨˋ ㄖㄨㄥˊ ㄘˊ

【解釋】 事屬應做，不容推辭。

【字義】 義：道義；容：充許。

【出處】 唐·岑文本·唐故特進尙書右

僕射上柱國虞公溫公碑：「夫顯微闡幽，義不容辭，功高德盛……盛金石以不朽。」
【相同】當仁不讓。責無旁貸。
【相反】推三阻四。婉言謝絕。
【例句】圍捕現行犯，任何在場的人都「義不容辭」。

義正辭嚴 一ˋ ㄓㄥˋ ㄘˊ 一ㄢˊ
【解釋】理由充足，言詞嚴厲。
【出處】李寶嘉·官場現形記：「莊大老爺回信已到，魏竹岡拆開看時，不料上面寫的甚是義正辭嚴。」
【相反】理屈辭窮。
【例句】我國代表「義正辭嚴」地遣責日本侵犯領土，日本代表雖老羞成怒，但啞口無言。

義無反顧 一ˋ ㄨˊ ㄈㄢˇ ㄍㄨˋ
【解釋】爲了正義，勇往直前，決不回頭多看一眼。
【出處】漢·司馬相如·喻巴蜀檄：「觸白刃，冒流矢，義不反顧，計不旋踵。」
【相同】當仁不讓。勇往直前。
【相反】瞻前顧後。袖手旁觀。
【例句】爲了保衛神聖國土，我們這一群有血性的青年人拋棄家園，「義無反顧」地奔向前線，甚麼都阻擋不了我們。

義憤填胸 一ˋ ㄈㄣˋ ㄊㄧㄢˊ ㄒㄩㄥ
【解釋】爲正義所激發的滿胸憤怒。義憤填膺。
【字義】義憤：被不合理的行爲所引起的憤怒。
【出處】舊唐書·文宗本紀：「我每思貞觀開元之時，觀今日之事，往往憤氣填膺耳。」
【相同】悲憤填膺。
【相反】靦顏人世。降志辱身。
【例句】敵軍濫炸平民區，全國人民「義憤填胸」，下定決心要懲戒侵略者。

群策群力 ㄑㄩㄣˊ ㄘㄜˋ ㄑㄩㄣˊ ㄌㄧˋ
【解釋】集合衆人的智慧和力量。
【出處】漢·揚雄·法言：「漢屈群策，群策屈群力。」宋·陳元晉·見鄭參政啓：「寔賴同心同德之臣，亟合群策群力之助。」
【相同】通力合作。集思廣益。同心協力。
【相反】獨斷專行。各自爲政。
【例句】偉大的事業，不是一個人能夠完成的，必須「群策群力」。

群雌粥粥 ㄑㄩㄣˊ ㄘ ㄓㄨˋ ㄓㄨˋ
【解釋】形容衆多婦女聚在一起，含貶義。
【字義】粥粥：雉雞等相呼應的聲音。
【出處】唐·韓愈·琴操雉朝飛操：「群雌孤雄，意氣橫出，……隨飛隨啄，群雌粥粥。」
【例句】「群雌粥粥」所談的內容不是東家長，就是西家短。

群龍無首 ㄑㄩㄣˊ ㄌㄨㄥˊ ㄨˊ ㄕㄡˇ
【解釋】借喻衆人會集無首領。
【出處】易·乾：「用九，見群龍無首，吉。」以龍有剛健之德，故吉。
【相同】一盤散沙。

【相反】一元領導。
【例句】工會因爲「群龍無首」所以沒能發揮對抗資本家的效力。

群賢畢至 ㄑㄩㄣˊ ㄒㄧㄢˊ ㄅㄧˋ ㄓˋ

【解釋】賢達都到齊了。
【出處】王羲之・蘭亭詩序：「群賢畢至，少長咸集。」
【例句】學術研討會如期舉行，「群賢畢至」盛況空前。

羽部

羽毛未豐 ㄩˇ ㄇㄠˊ ㄨㄟˋ ㄈㄥ

【解釋】比喻力量或勢力尙未充足，未能振翅高飛。
【出處】戰國策：「羽毛不豐滿者，不可以高飛。」
【相同】少不更事。
【相反】羽翼已成。羽毛豐滿。
【例句】他現在「羽毛未豐」，才聽你指揮，一旦羽毛豐滿，就要指揮你了。

羽扇綸巾 ㄩˇ ㄕㄢˋ ㄍㄨㄢ ㄐㄧㄣ

【解釋】形容人的態度瀟洒、風雅閒適。
【字義】綸：青絲綬；綸巾：一種青絲綬製的冠。漢末名士所戴。
【出處】殷芸・小說：「武侯（諸葛亮與宣王（司馬懿）治兵。將戰，宣王戎服蒞事，使人密覘武侯，乃乘素輿葛巾，持白羽扇指麾，三軍隨其進止。宣王嘆曰：『眞名士也。』」蘇軾・東坡詞・念奴嬌・赤壁懷古：「遙想公瑾當年，小喬初嫁了，雄姿英發。羽扇綸巾，談笑間，檣櫓灰飛煙滅。」檣櫓：本或作強虜。
【例句】他演周瑜「羽扇綸巾」指揮赤壁之戰，眞是維妙維肖。

習以爲常 ㄒㄧˊ ㄧˇ ㄨㄟˊ ㄔㄤˊ

【解釋】習慣成自然。
【出處】漢書・賈誼傳上疏陳政事：「擇其所樂，必先有習，乃得爲之。孔子曰：『少成若天性，習貫（慣）如自然。』」
【相同】習以成俗。家常便飯。習慣成自然。
【相反】少見多怪。
【例句】他上課看小說，已「習以爲常」，老師也司空見慣，不以爲忤。

翩翩年少 ㄆㄧㄢ ㄆㄧㄢ ㄋㄧㄢˊ ㄕㄠˋ

【解釋】形容男子年少俊秀。
【字義】翩翩：本形容鳥雀的疾飛，借喻文采風流。
【出處】史記・平原君虞卿列傳：「平原君，翩翩濁世之佳公子也。」
【例句】回想當年，「翩翩年少」，多少少女爲之傾倒。

翻山越嶺 ㄈㄢ ㄕㄢ ㄩㄝˋ ㄌㄧㄥˇ

【解釋】翻過一個山又一個山。
【出處】黑籍冤魂：「翻山越嶺，行旅艱難。」
【相反】跋山涉水。登山涉水。
【例句】他「翻山越嶺」，終於逃出魔窟。

翻天覆地 ㄈㄢ ㄊㄧㄢ ㄈㄨˋ ㄉㄧˋ

【解釋】形容亂七八糟或變化巨大。
【出處】西遊記：「著老孫翻天覆地，請天兵水火與佛祖丹砂，盡被他使一個白森森的圈子套去。」
【相同】天坍地陷。天旋地轉。
【相反】穩如泰山。文風不動。
【例句】經過「翻天覆地」的一番大改革，面貌一新，一切正欣欣向榮。

翻雲覆雨 ㄈㄢ ㄩㄣˊ ㄈㄨˋ ㄩˇ

【解釋】比喻反覆無常。也指玩弄手腕。
【出處】杜甫詩：「翻手作雲覆手雨，紛紛輕薄何須數？」
【相同】覆雨翻雲。朝三暮四。
【相反】表裡如一。始終如一。
【例句】這些政客最善於「翻雲覆雨」，是敵是友完全取決於利害關係。

翻然改悟 ㄈㄢ ㄖㄢˊ ㄍㄞˇ ㄨˋ

【解釋】形容很快轉變，有所進步。
【字義】翻然：轉變迅速的樣子。
【出處】孟子·萬章：「湯三使往聘之，即而幡然改曰：『與我處畎畝之中，由是以樂堯舜之道。』」
【相同】翻然改進。翻然悔悟。
【相反】執迷不悟。至死不悟。
【例句】對於在工作中犯錯的同仁，除了少數不可救藥者外，不可採取排斥態度，而應採取規勸態度，使之「翻然改悟」，棄舊圖新。

翻然改圖 ㄈㄢ ㄖㄢˊ ㄍㄞˇ ㄊㄨˊ

【解釋】形容很快地改變原來的打算
【字義】圖：計畫，打算。
【出處】三國志：「將軍若能翻然改圖，易跡更步，古人不難追，鄙土何足宰哉！」
【相同】改弦更張。改弦易轍。
【相反】一成不變。至死不變。
【例句】了然於向來之迷誤，而「翻然改圖」，不再被似是而非之說所迷惑。

翻然悔悟 ㄈㄢ ㄖㄢˊ ㄏㄨㄟˇ ㄨˋ

【解釋】很快醒悔，深悔己過。
【出處】唐·韓愈·與陳給事書：「今則釋然悟，翻然悔曰：『其邈也，乃所以怒其來之不繼也；其悄也，乃所以示其意也。』」
【相同】迷途知反。幡然悔悟。懸崖勒馬。
【相反】執迷不悟。至死不悟。死不改悔。
【例句】我每次回信都和他說，你若能「翻然悔悟」，努力抗日，就是個有志的男兒。

翻箱倒篋 ㄈㄢ ㄒㄧㄤ ㄉㄠˇ ㄑㄧㄝˋ

【解釋】形容大肆搜掠。
【出處】吳趼人·二十年目睹之怪現狀：「船上買辦又仗著洋人勢力，硬來翻箱倒篋的搜了一遍，此時還不知有失落東西沒有？」
【相同】翻罈倒罐。翻箱倒櫃。
【例句】小偷入屋後，「翻箱倒篋」，所有值錢的東西，全部席卷而去。

耀武揚威 ㄧㄠˋ ㄨˇ ㄧㄤˊ ㄨㄟ

【解釋】炫耀武力，顯示威風。
【出處】古今雜劇：「有那等順天時，達天理，去邪歸正皆疏放。有那等，霸王業，抗王師，耀武揚威盡滅亡。」

【相同】 威風八面。趾高氣揚。飛揚跋扈。

【相反】 威風掃地。畏首畏尾。丟盔卸甲。

【例句】 帝國主義的軍隊最喜歡在弱小國家的面前「耀武揚威」。

老部

老生常譚
ㄌㄠˇ ㄕㄥ ㄔㄤˊ ㄊㄢˊ

【解釋】 老書生平常之談話，比喻無新意的言論。

【字義】 譚：同談。

【出處】 三國志·魏管輅傳：「（鄧）颺曰：『此老生之常譚。』」

【相同】 陳詞濫調。老調重彈。老生常談。

【相反】 聞所未聞。舊瓶新酒。

【例句】 「時間就是金錢！」雖然是「老生常譚」，但屬至理名言。

老奸巨猾
ㄌㄠˇ ㄐㄧㄢ ㄐㄩˋ ㄏㄨㄚˊ

【解釋】 老於世故，十分奸詐狡猾的人。

【出處】 宋史·食貨志：「老姦（奸）巨滑，匿身州縣，舞法擾民，蓋甚前日。」

【相同】 大奸巨猾。詭計多端。

【相反】 年高德劭。高山景行。

【例句】 他是個「老奸巨猾」，怎會上你的當？

老羞成怒
ㄌㄠˇ ㄒㄧㄡ ㄔㄥˊ ㄋㄨˋ

【解釋】 謂羞愧到極點而發怒。

【出處】 清·孔尚任·桃花扇傳奇：「想因卻奩一事太激烈了，故此老羞變怒耳！」

【相同】 大發雷霆。怒氣沖沖。怒形於色。（俗作「惱羞成怒」）。

【相反】 嬉皮笑臉。不動聲色。

【例句】 他說不過人家，便「老羞成怒」動起手來了。

老馬識途
ㄌㄠˇ ㄇㄚˇ ㄕˋ ㄊㄨˊ

【解釋】 比喻富有經驗。

【出處】 韓非子·說林：「管仲、隰朋從桓公而伐孤竹，春往冬反(返)，迷惑失道，管仲曰：『老馬之智可用也。』乃放老馬而隨之，遂得道。」

【相反】 少不更事。涉世未深。

【例句】 他對盲人教育，堪稱是「老馬識途」，應該請他擬訂計畫，保證萬無一失。

老蚌生珠
ㄌㄠˇ ㄅㄤˋ ㄕㄥ ㄓㄨ

【解釋】 ①稱譽人有賢子。②比喻老年生子。

【出處】 三國志：「韋康爲涼州，後敗亡。」注引孔融與韋康父端書：「前日元將（康）來，淵才亮茂，雅度宏毅，偉世之器也。昨日仲將（誕）又來，懿性貞實，文敏篤誠，保家之主也。不意雙珠，近出老蚌，甚珍貴之。」北齊書·陸卬傳：「（邢）邵又與卬父子彰交遊，嘗謂子彰曰：『吾以卿老蚌遂出明珠。』」蘇軾詩：「舊聞老蚌生明珠，未省老兔生於菟。」

【例句】 ①祝你「老蚌生珠」，令郎器宇非凡，將來一定是棟梁之材。②他倆年逾半百，竟然「老蚌生珠」，怎不令人感到意外驚喜呢？

老氣橫秋 ㄌㄠˇ ㄑㄧˋ ㄏㄥˊ ㄑㄧㄡ

【解釋】形容仗著年紀大而擺老資格，或年輕而無朝氣。
【出處】孔德璋・北山移文：「風情張日，霜氣橫秋。」唐・杜甫文：「子雖軀幹小，老氣橫九州。」
【相同】倚老賣老。暮氣沈沈。
【相反】生龍活虎。朝氣勃勃。
【例句】他還不到二十歲，就「老氣橫秋」，活像個老學究了。

老當益壯 ㄌㄠˇ ㄉㄤ ㄧˋ ㄓㄨㄤˋ

【解釋】年雖老而更壯烈。
【出處】後漢書・馬援傳：「丈夫爲志，窮當益堅，老當益壯。」唐・王勃・滕王閣詩序：「老當益壯，寧知白首之心；窮且益堅，不墜青雲之志。」
【相同】老驥伏櫪。老而彌堅。老馬嘶風。
【相反】未老先衰。
【例句】曹操的詩有：「老驥伏櫪，志在千里。」之句，充分顯現出他有「老當益壯」的氣概。

老態龍鍾 ㄌㄠˇ ㄊㄞˋ ㄌㄨㄥˊ ㄓㄨㄥ

【解釋】年老而行動不靈活。
【字義】龍鍾：年老體衰，行動不便的樣子。
【出處】全唐詩・李端・贈薛戴：「交結慚時輩，龍鍾似老翁。」宋・陸游・聽雨：「老態龍鍾疾未平，更堪俗事敗幽情。」
【相同】頭童齒豁。拱肩縮背。步履維艱。
【相反】返老還童。童顏鶴髮。生氣勃勃。年富力強。
【例句】幾年不見，想不到他已「老態龍鍾」了。

老驥伏櫪 ㄌㄠˇ ㄐㄧˋ ㄈㄨˊ ㄌㄧˋ

【解釋】比喻年紀雖老，但壯志未衰。
【字義】櫪：養馬的地方。
【出處】曹操詩：「驥老伏櫪，志在千里；烈士暮年，壯心不已。」宋・陸游詩：「羞爲老驥伏櫪悲，寧作枯魚過河泣！」
【相同】老當益壯。
【相反】暮氣沈沈。未老先衰。老氣橫秋。
【例句】他已逾八十高齡，但仍堅持不肯退休，眞是「老驥伏櫪」，志在千里。

老成持重 ㄌㄠˇ ㄔㄥˊ ㄔˊ ㄓㄨㄥˋ

【解釋】做事老練穩重。
【字義】老成：年老成德，即年老而有德行。
【出處】詩經・大雅・蕩：「雖無老成人，尚有典刑。」
【相同】老成練達。
【相反】少不更事。
【例句】他「老成持重」，可以寄予重任。

老謀深算 ㄌㄠˇ ㄇㄡˊ ㄕㄣ ㄙㄨㄢˋ

【解釋】形容善於使用計謀。
【出處】儒林外史：「毛二鬍子老謀深算，不過要他打不起官司，告不起狀耳，卻被秦二侉子一語叫破。」

【相同】深謀遠慮。足智多謀。老奸巨猾。
【相反】輕慮淺謀。
【例句】他「老謀深算」，是理想的參謀人選。

老王賣瓜 ㄌㄠˇ ㄨㄤˊ ㄇㄞˋ ㄍㄨㄚ

【解釋】誇讚自己的東西。
【例句】「老王賣瓜」，自讚自誇，你卻問老闆的瓜甜不甜？不是多此一問嗎？

而部

耐人尋味 ㄋㄞˋ ㄖㄣˊ ㄒㄩㄣˊ ㄨㄟˋ

【解釋】意味深長，或具有特殊意思，值得仔細玩味。
【字義】耐：禁不得起。
【出處】杜詩言志：「句句字字追琢入妙，耐人尋味。」
【相同】意味深長。回味無窮。
【相反】枯燥無味。索然寡味。
【例句】他的詩含意深長，「耐人尋味」。

耳部

耳目一新 ㄦˇ ㄇㄨˋ ㄧ ㄒㄧㄣ

【解釋】形容所見所聞，和以前完全不同。
【出處】魏書·元鑑傳：「（高祖）下詔褒美，班之天下，一如鑑所上。齊人愛詠，咸曰耳目更新。」白居易·修香山寺記：「關塞之氣，色龍潭之景象，香山之泉石，石樓之風月，與往來者耳目一時而新。」
【相同】一新耳目。
【相反】依然如故。
【例句】他的這篇演講詞，脫去陳腔濫調，使人有「耳目一新」之感。

耳提面命 ㄦˇ ㄊㄧˊ ㄇㄧㄢˋ ㄇㄧㄥˋ

【解釋】喻懇切地叮囑教導。
【出處】詩·大雅·抑：「匪面命之，言提其耳。」疏：「我又非但對面命語之，我又親提撕其耳，庶其志而不忘。」
【相同】耳提面訓。諄諄教導。
【相反】聽其自然。
【例句】老師對你如此的「耳提面命」你竟然當作耳邊風？

耳熟能詳 ㄦˇ ㄕㄨˊ ㄋㄥˊ ㄒㄧㄤˊ

【解釋】因經常聽說而熟悉。
【出處】宋·歐陽修·瀧岡阡表：「其平居教他子弟，常用此語，吾耳熟焉，故能詳也。」
【例句】林老師常常向我誇耀他的奮鬥成名經過，我「耳熟能詳」已經能夠倒背如流了。

耳濡目染 ㄦˇ ㄖㄨˊ ㄇㄨˋ ㄖㄢˇ

【解釋】經常聽到看到，無形中受到影響。
【出處】韓愈·清河郡公房公墓碑銘：「生長食息，不離典訓之內，耳擩（濡）目染，不學以能。」
【相同】潛移默化。
【相反】冥頑不靈。
【例句】他父母都是音樂家，從小「耳濡目染」，他不但能彈奏好幾種樂器，還能作曲。

耳鬢廝磨 ㄦˇ ㄅㄧㄣˋ ㄙ ㄇㄛˊ

【解釋】 兩人之耳與鬢髮互相接觸。比喻親密。
【出處】 紅樓夢：「偺們從小兒耳鬢廝磨，你不曾拿我當外人待，我也不敢怠慢了你。」
【相同】 如膠似漆。形影不離。
【相反】 肝膽楚越。視若路人。
【例句】 他倆從小就「耳鬢廝磨」，想不到成人後，男婚女嫁，不相聞問。

耳聞不如目見 ㄦˇ ㄨㄣˊ ㄅㄨˋ ㄖㄨˊ ㄇㄨˋ ㄐㄧㄢˋ

【解釋】 謂聽聞不如目擊之眞切。
【出處】 漢·劉向·說苑政理：「夫耳聞之不如目見之，目見之不如足踐之，足踐之不如手辨之。」魏書·崔浩傳：「耳聞不如目見，吾曹目見，何可共辨！」
【相同】 百聞不如一見。
【例句】 據報導，臺灣的建設一日千里，但「耳聞不如目見」，我想有機會時，親自去看看。

聊以解嘲 ㄌㄧㄠˊ ㄧˇ ㄐㄧㄝˇ ㄔㄠˊ

【解釋】 姑且用來化解別人的嘲笑。
【字義】 聊：姑且。
【出處】 宋·樓鑰·林景思雪巢：「我非敢言詩，爲君聊解嘲。」
【相同】 自我解嘲。
【相反】 老羞成怒。
【例句】 別人笑他一毛不拔，他只好以節儉來「聊以解嘲」。

聊勝於無 ㄌㄧㄠˊ ㄕㄥˋ ㄩˊ ㄨˊ

【解釋】 雖然不符理想，但總比沒有的好。
【字義】 聊：稍微。
【出處】 晉·陶潛·和劉柴桑：「弱女雖非男，慰情聊勝無。」
【相同】 差強人意。聊以自慰。
【相反】 比比皆是。
【例句】 他的書房既沒有窗戶，地方又小，不過總算「聊勝於無」。

聚精會神 ㄐㄩˋ ㄐㄧㄥ ㄏㄨㄟˋ ㄕㄣˊ

【解釋】 本言君臣遇合，集思廣益，後指專心致志。
【出處】 漢書·王褒傳：「故世平主聖，俊艾將自至，若堯舜禹湯文武之君，獲稷契皐陶伊尹呂望，明明在朝，穆穆列布，聚精會神，相得益章。」
【相同】 全神貫注。專心致志。一心一意。
【相反】 心不在焉。魂不守舍。心猿意馬。
【例句】 他「聚精會神」地在看電視，連小偷進來，他都沒有察覺。

聲色俱厲 ㄕㄥ ㄙㄜˋ ㄐㄩˋ ㄌㄧˋ

【解釋】 聲調和臉色都很嚴厲，形容斥責的神情。
【出處】 晉書·明帝紀：「（王）敦大會百官而問溫嶠曰：『皇太子以何德稱？』聲色俱厲。」
【相同】 疾言厲色。聲色並厲。
【相反】 和顏悅色。喜笑顏開。
【例句】 這位老師嚴格出名，學生一有過錯，他必定「聲色俱厲」地訓責，從不寬假。

聲東擊西 ㄕㄥ ㄉㄨㄥ ㄐㄧ ㄒㄧ

【解釋】指戰鬥中設計造成對方錯覺，而突襲所不備之處。
【出處】通典：「聲言擊東，其實擊西。」
【相同】圍魏救趙。調虎離山。
【例句】我軍「聲東擊西」敵人措手不及。

聲淚俱下 ㄕㄥ ㄌㄟˋ ㄐㄩˋ ㄒㄧㄚˋ

【解釋】邊訴說邊哭泣。形容極端悲慟或悲憤。
【出處】晉書·王廙傳附王彬：「因勃然數（王）敦曰：『兄抗旌犯順，殺戮忠良，謀圖不軌，禍及門戶。』音辭慷慨，聲淚俱下。」
【相同】淚如雨下。痛哭流涕。
【相反】喜笑顏開。手舞足蹈。歡天喜地。
【例句】她「聲淚俱下」哭訴日本軍閥的暴行。

聲名狼藉 ㄕㄥ ㄇㄧㄥˊ ㄌㄤˊ ㄐㄧˊ

【解釋】名聲壞到頂點。
【字義】狼藉：縱橫交錯，亂七八糟。
【出處】史記·蒙恬傳：「以是藉於諸侯。」司馬貞索引：「言惡聲狼藉，布於諸國。」
【相同】臭名昭著。身敗名裂。劣跡昭著。
【相反】名揚四海。名滿天下。大名鼎鼎。
【例句】他早已「聲名狼藉」，沒有人再願意幫助他了。

聽天由命 ㄊㄧㄥ ㄊㄧㄢ ㄧㄡˊ ㄇㄧㄥˋ

【解釋】舊時謂聽任天命和命運的安排。
【字義】聽：任憑；由：順從。
【出處】孔叢子·鴞賦：「聽天任命，慎厥所修。」後通作「聽天由命」。明·沈自晉·望湖亭傳奇：「這箇也只要在其人，說不得聽天由命。」
【相同】聽其自然。聽人穿鼻。聽之任之。
【相反】自作主張。胸有成竹。人定勝天。
【例句】我們決不能「聽天由命」，一定要努力奮鬥，獲得更高的成就。

聽其自然 ㄊㄧㄥ ㄑㄧˊ ㄗˋ ㄖㄢˊ

【解釋】聽任事情自然發展。
【字義】聽：任憑。
【出處】宋·朱熹·論語注·里仁·君子之於天下也章：「聖人是有個義，佛老是聽其自然。」
【相同】任其自然。
【相反】揠苗助長。奮發有爲。
【例句】他事事「聽其自然」，一點也不怨天尤人。

聿部

肆無忌憚 ㄙˋ ㄨˊ ㄐㄧˋ ㄉㄢˋ

【解釋】毫無顧忌，任意妄爲。
【出處】宋·朱熹·朱文集：「遺君後親之論交作，肆行無所忌憚。」元史·盧世榮傳：「世榮居中書數月，恃委任之事，肆無忌憚，視丞相猶虛位也。」
【相同】肆行無忌。無法無天。爲所

欲爲。

【相反】 謹小慎微。循規蹈矩。安分守己。

【例句】 因爲他的父親是部長，所以他敢「肆無忌憚」地每天在辦公室喝茶看報，不辦公。

肉部

肝腦塗地 ㄍㄢ ㄋㄠˇ ㄊㄨˊ ㄉㄧˋ

【解釋】 ①形容戰亂中死亡慘烈。②形容竭忠盡力，不惜一死。

【出處】 史記·劉敬傳：「陛下取天下與周室異。……大戰七十，小戰四十，使天下之民肝腦塗地，父子暴骨中野，不可勝數。」漢·劉向·說苑復恩：「常願肝腦塗地，用頸血湔敵久矣。臣乃夜絕纓者也。」漢書·蘇建傳附蘇武：「武曰：『武父子亡功德，皆爲陛下所成就，位列將，爵通侯，兄弟親近，常願肝腦塗地。』」

【例句】 ①日本軍閥侵略我國期間，數不清有多少無辜的平民「肝腦塗地」。②軍人爲了捍衛國家，不惜「肝腦塗地」。

肝膽相照 ㄍㄢ ㄉㄢˇ ㄒㄧㄤ ㄓㄠˋ

【解釋】 謂朋友間眞誠相待。

【出處】 史記·淮陰侯列傳：「臣願披腹心，輸肝膽，效愚計，恐足下不能用也。」宋·胡太初·晝簾緒論僚寀：「今始至之日，必延見僚寀，歷述弊端，悃愊無華，肝膽相照。」文天祥·文山集：「所恃知己肝膽相照，臨書不憚傾倒。」

【相同】 披肝瀝膽。肝膽相見。古道熱腸。

【相反】 鉤心鬥角。爾虞我詐。

【例句】 朋友之間貴能「肝膽相照」，不要鉤心鬥角。

肝腸寸斷 ㄍㄢ ㄔㄤˊ ㄘㄨㄣˋ ㄉㄨㄢˋ

【解釋】 形容哀痛欲絕。

【出處】 搜神記：「有人入山得猿子，……竟擊殺之，猿母悲喚，自擲而死。此人破腸視之，寸寸斷裂。」戰國策·燕策：「吾要且死，子腸亦且寸斷。」樂府詩集·華山畿：「腹中如湯灌，肝腸寸寸斷。」

【相同】 心如刀絞。肝腸迸裂。

【相反】 心花怒放。歡欣若狂。

【例句】 她獲悉愛女車禍喪生，「肝腸寸斷」，痛不欲生。

胡作非爲 ㄏㄨˊ ㄗㄨㄛˋ ㄈㄟ ㄨㄟˊ

【解釋】 做不法或不智的事。

【出處】 鏡花緣：「或誣好吃懶做，或誣胡作非爲，甚至誣男近於偷盜，誣女事涉姦淫。」

【相同】 爲所欲爲。爲非作歹。膽大妄爲。

【相反】 循規蹈矩。安分守己。奉公守法。

【例句】 你不應該仗著有錢有勢，就「胡作非爲」。

胡言亂語 ㄏㄨˊ ㄧㄢˊ ㄌㄨㄢˋ ㄩˇ

【解釋】 亂說語。

【字義】 胡：指胡人，漢人認爲胡人的文化水準不夠，所以以胡言爲亂說。

【出處】 桃花扇：「妮子胡言亂道，該打嘴了。」

【相同】胡說八道。信口開河。胡言亂道。
【相反】言之有據。咸中肯綮。
【例句】幾杯黃湯下肚，他就「胡言亂語」起來。

胡思亂想 ㄏㄨˊ ㄙ ㄌㄨㄢˋ ㄒㄧㄤˇ

【解釋】思想雜亂，心無定向。
【出處】朱子·語類：「操存只是教你收斂，教那心莫胡思亂想，幾曾捉定有一箇物事在裡？」
【相同】癡心妄想。想入非非。
【相反】深思熟慮。思深慮遠。
【例句】中學生不要每天「胡思亂想」，應該要專心用功。

胡說八道 ㄏㄨˊ ㄕㄨㄛ ㄅㄚ ㄉㄠˋ

參閱「胡言亂語」。

背城借一 ㄅㄟˋ ㄔㄥˊ ㄐㄧㄝˋ ㄧ

【解釋】謂與敵最後決戰。
【字義】借一：借一戰。
【出處】左傳：「請收合餘燼，背城借一。」
【相同】背水一戰。決一死戰。
【相反】走為上策。逃之夭夭。
【例句】他重新布署殘敗的軍隊，決心和敵人「背城借一」。

背信棄義 ㄅㄟˋ ㄒㄧㄣˋ ㄑㄧˋ ㄧˋ

【解釋】不顧信義。
【出處】漢·桓寬·鹽鐵論：「為斯君者亦病矣，反以身勞民，民猶背恩棄義而遠流亡，避匿上公之事。」
【相同】棄信忘義。
【例句】為人處世，如果「背信棄義」，則一定交不到好朋友。

背道而馳 ㄅㄟˋ ㄉㄠˋ ㄦˊ ㄔˊ

【解釋】比喻兩者完全相反。
【出處】唐·白居易·為人上宰相書：「自貞元以來，斯道寖微，鮮能知者。豈唯不知乎？不行乎？又將背古道而馳者也。」
【相同】南轅北轍。分道揚鑣。
【相反】並駕齊驅。殊途同歸。
【例句】他倆的意見「背道而馳」，怎能同舟共濟？

胎死腹中 ㄊㄞ ㄙˇ ㄈㄨˋ ㄓㄨㄥ

【解釋】比喻計畫不能實現。
【例句】計畫雖好，但執行者非人，最後自然「胎死腹中」了。

能者多勞 ㄋㄥˊ ㄓㄜˇ ㄉㄨㄛ ㄌㄠˊ

【解釋】能幹的人多辛苦。莊子原意在避勞，欲人無為，後用為讚譽的話。
【出處】莊子·列御寇：「巧者勞而知者憂，無能者無求所求，飽食而遨遊。」
【例句】「能者多勞」，請您代為處理罷。

能屈能伸 ㄋㄥˊ ㄑㄩ ㄋㄥˊ ㄕㄣ

【解釋】能夠適應環境，願意屈居人下。
【出處】宋·邵雍詩：「知行知止唯賢者，能屈能伸是丈夫。」
【相同】尺蠖之屈。
【相反】剛正不阿。
【例句】大丈夫「能屈能伸」，人在矮簷下，怎能不低頭？

能言善辯

【解釋】口才好，善於說話。
【出處】鏡花緣：「小弟從未見過世上竟有這等淵博才女，而且伶牙俐齒，能言善辯。」
【相同】能說會道。伶牙俐齒。辯才無礙。
【相反】笨嘴拙舌。
【例句】他天生就一張油嘴，「能言善辯」。

胸有成竹

【解釋】比喻心裡已有全盤計畫。
【出處】晁補之詩：「與可畫竹時，胸中有成竹。」
【相同】成竹在胸。
【例句】如何對於處理這宗糾紛，他已「胸有成竹」了。

胸無城府

【解釋】比喻心地坦白，毫無遮瞞。
【字義】城府：城市和官府，比喻待人處事的心機。
【出處】宋史·傅堯俞傳：「堯俞厚重言寡，遇人不設城府，人自不忍欺。」
【相同】胸無宿物。
【相反】包藏禍心。
【例句】他「胸無城府」，是個光明磊落的人，因此受部下愛戴。

胸無點墨

【解釋】比喻毫無學問。
【字義】墨：文章的代稱。
【出處】二十年目睹之怪現狀：「因為市上的書賈，都是胸無點墨的。」
【相同】不識之无。不識一丁。
【相反】學富五車。博學多聞。滿腹經綸。
【例句】他雖然「胸無點墨」，但深明大義，決不願賣友求榮。

脣亡齒寒

【解釋】脣缺則齒外露。比喻利害相關。
【出處】左傳：「晉侯復假道於虞以伐虢。宮之奇諫曰：虢，虞之表也。虢亡，虞必從之。……諺所謂『輔車相依，脣亡齒寒。』者，其虞虢之謂也。」
【相同】休戚相關。
【例句】中韓兩國脣齒相依「脣亡齒寒」，因此外交應採同一陣線。

脣槍舌劍

【解釋】脣如槍舌似劍。形容能說會道，言辭鋒利。
【出處】元明雜劇：「憑著我脣槍舌劍定江山，見如今河清海宴，黎庶寬安。」
【例句】兩雙方外交人員在會議桌上「脣槍舌劍」互不相讓。

脫胎換骨

【解釋】道教謂經過修煉，可脫去凡胎換聖胎，脫去俗骨換仙骨。後世借指徹底變化、改造。
【出處】明·盧象昇·盧忠肅公書牘：「此佛既未脫胎換骨，尚在人間，又未能投體捨身，依然活在地獄，其苦可名狀乎？」

【相同】洗心革面。浪子回頭。重新做人。
【相反】頑固不化。執迷不悟。迷而不返。死不改悔。
【例句】他已經「脫胎換骨」，重新做人了。

脫穎而出 ㄊㄨㄛ ㄧㄥˇ ㄦˊ ㄔㄨ
【解釋】比喻有才能的人終於會顯露出來。
【字義】穎：錐芒。
【出處】史記·平原君傳：「平原君曰：『夫賢士之處世也，譬若錐之處囊中，其末立見。……毛遂曰：『臣乃今日請處囊中耳。使遂蚤得處囊中，乃穎脫而出，非特其末見而已。』」
【相同】嶄露頭角。鋒芒畢露。
【相反】不露鋒芒。不露圭角。
【例句】他年輕時懷才不遇，中年後始「脫穎而出」。

脚踏實地 ㄐㄧㄠˇ ㄊㄚˋ ㄕˊ ㄉㄧˋ
【解釋】做事穩健切實。
【出處】續傳燈錄：「僧云：『學人還有安身立命處也無？』師曰：『腳踏實地。』」
【相同】實事求是。
【相反】好高騖遠。
【例句】他如能痛改前非「腳踏實地」，則前途仍然是不可限量的。

勝任愉快 ㄕㄥˋ ㄖㄣˋ ㄩˊ ㄎㄨㄞˋ
【解釋】才力足以擔當某項工作，而且綽有餘裕。
【出處】史記·酷吏傳：「吏治若救火揚沸，非武健嚴酷惡能勝其任而愉快乎？」
【例句】他旅居日本十餘年，如今回國教日語會話，當然「勝任愉快」了。

勝算可操 ㄕㄥˋ ㄙㄨㄢˋ ㄎㄜˇ ㄘㄠ
【解釋】可以掌握勝利。
【出處】孫子：「多算勝，少算不勝，而況於無算乎？」
【例句】我們以武力做後盾，和俄國談判，一定「勝算可操」。

腸肥腦滿 ㄔㄤˊ ㄈㄟˊ ㄋㄠˇ ㄇㄢˇ
【解釋】形容生活優裕而不用心思，不明事理。
【出處】北齊書·琅玡王儼傳：「（斛律光）執其手，強引以前，請帝曰：『琅玡王年少，腸肥腦滿，輕爲舉措，長大自不復然，願寬其罪。』」
【相同】腦滿腸肥。
【例句】此人「腸肥腦滿」，不是當總經理的料子。

腹背受敵 ㄈㄨˋ ㄅㄟˋ ㄕㄡˋ ㄉㄧˊ
【解釋】受敵人前後夾攻。
【例句】我們分兩路包抄，敵人「腹背受敵」，只好三十六計走爲上策了。

膏粱子弟 ㄍㄠ ㄌㄧㄤˊ ㄗˇ ㄉㄧˋ
【解釋】指富家子弟。
【字義】膏：肥肉；粱：美好的穀類，美好的食物。
【出處】資治通鑑：「未審上以來，張官列位，爲膏粱子弟乎？爲致治乎？」
【相同】紈袴子弟。
【相反】人中騏驥。

【例句】 他是「膏粱子弟」，軍事訓練對他來說是苦不堪言的。

膾炙人口 ㄎㄨㄞˋ ㄓˋ ㄖㄣˊ ㄎㄡˇ

【解釋】 喻詩文優美，爲衆人所稱讚

【出處】 五代・蜀・王定保・唐摭言：「李濤，長沙人也，篇詠甚著，如『水聲長在耳，山色不離門。』……皆膾炙人口。」宋・洪邁・容齋隨筆：「元微之（稹）・白樂天（居易）在唐元和長慶間齊名。其賦詠天寶時事，連昌宮 詞・長恨歌皆膾炙人口，使讀之情性蕩搖，如身生其時，親見其事。」

【相同】 喜聞樂見。百讀不厭。

【相反】 味如嚼蠟。索然無味。

【例句】 他雖然是學理工的，但是他的文筆卻非常「膾炙人口」，廣爲流傳。

膽大心小 ㄉㄢˇ ㄉㄚˋ ㄒㄧㄣ ㄒㄧㄠˇ

【解釋】 勇於任事而又縝密謹愼。

【出處】 唐・劉肅・大唐新語：「孫思邈對盧照鄰曰：『智欲圓而行欲方，膽欲大而心欲小。』」按：淮南子主術：「心欲小而志欲大，智欲員而行欲方，能欲多而事欲鮮。」思邈語本此。

【相同】 膽大心細。

【例句】 「膽大心小」的人，才適合當領導人物。

膽大妄爲 ㄉㄢˇ ㄉㄚˋ ㄨㄤˋ ㄨㄟˊ

【解釋】 甚麼不應幹的事都敢幹，膽大之至。

【出處】 吳研人・痛史：「如此膽大妄爲，還得了麼？」

【相同】 胡作非爲。爲非作歹。肆無忌憚。

【相反】 智欲圓而行欲方。膽大心細

【例句】 警員竟持械行劫，眞是「膽大妄爲」。

膽小如鼠 ㄉㄢˇ ㄒㄧㄠˇ ㄖㄨˊ ㄕㄨˇ

【解釋】 形容十分膽小。

【出處】 魏書・景穆十二王傳：「言同百舌，膽若鼷鼠。」

【相同】 提心吊膽。畏首畏尾。

【相反】 膽大如斗。膽大包天。

【例句】 一聲雷響，她竟然躲進床下，眞是「膽小如鼠」。

膽戰心驚 ㄉㄢˇ ㄓㄢˋ ㄒㄧㄣ ㄐㄧㄥ

【解釋】 言恐懼之至。

【出處】 雍熙樂府：「聽瑤琴宵奔夜行，燒夜香膽戰心驚。」

【相同】 心慌意亂。心驚肉跳。

【相反】 鎭定自若。

【例句】 夜晚聽鬼故事，最令小孩「膽戰心驚」，可是又偏偏愛聽。

臣部

臥薪嘗膽 ㄨㄛˋ ㄒㄧㄣ ㄔㄤˊ ㄉㄢˇ

【解釋】 比喻刻苦自勵。

【出處】 春秋時越王勾踐戰敗，爲吳所執，既放，還欲報吳仇，苦身焦思，置膽於坐，飲食嘗之，欲以不忘會稽敗辱之恥。見史記勾踐世家、吳越春秋勾踐歸國外傳。宋・蘇軾・擬孫權答曹操書：「僕受遣以來，臥薪嘗膽。」劉克莊・後村集：「圖霸臥薪嘗膽，爲農拾穗行歌。」

【相同】坐薪嘗膽。

【例句】越王勾踐「臥薪嘗膽」，終於洗刷了會稽失敗之恥。

臨陣磨槍 ㄌㄧㄣˊ ㄓㄣˋ ㄇㄛˊ ㄑㄧㄤ

【解釋】到了上陣交鋒的時候才磨槍，比喻事前不作準備，事急才想辦法。

【出處】紅樓夢：「王夫人便道：『臨陣磨槍，也不中用，有這會子著急，天天寫寫念念，有多少完不了的？』」

【相同】臨渴掘井。

【例句】他平時不用功，每到考試前一天才「臨陣磨槍」，可是畢業時竟然名列前茅。

臨渴掘井 ㄌㄧㄣˊ ㄎㄜˇ ㄐㄩㄝˊ ㄐㄧㄥˇ

【解釋】喻事到臨頭纔想辦法，不能濟事。

【出處】素問·四氣調神大論：「夫病已成而後藥之，亂已成而後治之，譬猶渴而穿井，鬥而鑄錐，不亦晚乎？」

【相同】臨陣磨槍。臨時抱佛腳。

【相反】有備無患。

【例句】凡事應未雨綢繆，不可「臨渴掘井」。

臨淵羨魚 ㄌㄧㄣˊ ㄩㄢ ㄒㄧㄢˋ ㄩˊ

【解釋】喻只空想而無行動。

【出處】漢書·董仲舒傳·賢良對策：「古人有言曰：『臨淵羨魚，不如（退）而結網。』」

【例句】他凡事只會「臨淵羨魚」不思退而結網，當然不會有成就了。

臨危不亂 ㄌㄧㄣˊ ㄨㄟˊ ㄅㄨˋ ㄌㄨㄢˋ

【解釋】在危急的時候仍能保持鎮靜。

【例句】敵人已兵臨城下，「他臨危不亂」鎮靜如恆地指揮家人從地道逃生。

臨陣脫逃 ㄌㄧㄣˊ ㄓㄣˋ ㄊㄨㄛ ㄊㄠˊ

【解釋】一上火線就跑掉了，也比喻一上場就逃去。

【例句】大家一定要幹到底，千萬不可「臨陣脫逃」！

自部

自力更生 ㄗˋ ㄌㄧˋ ㄍㄥ ㄕㄥ

【解釋】憑自身的力量解決困難，在危難中求取新生。

【相同】自食其力。

【相反】寄人籬下。仰人鼻息。

【例句】我們要「自力更生」依賴外國人是靠不住的！

自以爲是 ㄗˋ ㄧˇ ㄨㄟˊ ㄕˋ

【解釋】以爲自己所想的或所做的一定很對。形容主觀自大。

【出處】孟子·盡心：「……自以爲是，而不可與入堯舜之道，故曰德之賊也。」

【相同】剛愎自用。固執己見。

【相反】從諫如流。從善如流。虛懷若谷。

【例句】他「自以爲是」，根本不聽部下的建議。

自生自滅 ㄗˋ ㄕㄥ ㄗˋ ㄇㄧㄝˋ

【解釋】自然地發生或生長，又自然地消失或死亡。
【出處】唐·白居易·山中五絕句嶺上雲詩：「自生自滅成何事，能逐東風作雨無。」
【例句】野外的動植物雖然都是「自生自滅」的，但似乎也有一種生命的規律可循。

自甘墮落 ㄗˋ ㄍㄢ ㄉㄨㄛˋ ㄌㄨㄛˋ
【解釋】並沒受人壓迫而甘心情願去做下流的事。
【例句】當妓女的，不一定全是「自甘墮落」的女人，有的是出於不得已

自成一家 ㄗˋ ㄔㄥˊ ㄧˋ ㄐㄧㄚ
【解釋】自己的成就足以創立一個獨立的派別。
【出處】魏書：「作文須自出機杼，成一家風骨。」
【相同】獨樹一幟。自立門戶。
【例句】他的山水畫蒼勁而又飄逸，「自成一家」。

自告奮勇 ㄗˋ ㄍㄠˋ ㄈㄣˋ ㄩㄥˇ
【解釋】自動請求擔當某項工作。
【出處】兒女英雄傳：「就因著自告奮勇求個恩典，說奴才情願巴結這個缺！」
【相同】挺身而出。毛遂自薦。
【相反】畏縮不前。
【例句】他「自告奮勇」跳進河中救人。

自作自受 ㄗˋ ㄗㄨㄛˋ ㄗˋ ㄕㄡˋ
【解釋】自己作錯事，自己承受不良的後果。
【出處】水滸傳：「太公道：這個不妨，若是打折了手腳，也是他自作自受。」
【相同】自食其果。咎由自取。自找苦吃。
【相反】天從人願。如願以償。
【例句】年輕時尋花問柳，中年時就體弱多病，這就叫「自作自受」。

自投羅網 ㄗˋ ㄊㄡˊ ㄌㄨㄛˊ ㄨㄤˇ
【解釋】比喻自己走進圈套裡，被人捉拿。自取滅亡。
【出處】三國·魏·曹植·野田黃雀行：「不見籬間雀，見鷂自投羅。」
【相同】自取滅亡。作繭自縛。自掘墳墓。
【相反】逍遙法外。
【例句】警員在旅社埋伏，匪徒剛好到旅社過夜，結果「自投羅網」。

自言自語 ㄗˋ ㄧㄢˊ ㄗˋ ㄩˇ
【解釋】自己跟自己說話。
【出處】元·無名氏·漁樵記：「漠坡裡又無人，見鬼的也似自言自語，絮絮聒聒的。」
【相同】喃喃自語。自說自話。
【相反】默默無言。不言不語。
【例句】這位老兵想念家鄉都快要想瘋了，常常一個人「自言自語」地講述家鄉的風物。

自吹自擂 ㄗˋ ㄔㄨㄟ ㄗˋ ㄌㄟˊ
【解釋】自己吹（喇叭），自己擂（鼓），意即自我吹噓。

【相同】 自我吹噓。

【例句】 候選人必須「自吹自擂」千萬不能謙虛禮讓。

自我吹噓 ㄗˋ ㄨㄛˇ ㄔㄨㄟ ㄒㄩ

見「自吹自擂」。

自我陶醉 ㄗˋ ㄨㄛˇ ㄊㄠˊ ㄗㄨㄟˋ

【解釋】 自以爲已經創造了好成績，或滿足於自己的工作，沾沾自喜，十分欣賞。

【相同】 孤芳自賞。

【相反】 妄自菲薄。自慚形穢。自暴自棄。

【例句】 他在大學當教授，命令學生集體創作了一本書，卻「自我陶醉」地對外宣稱是他自己的作品。

自知之明 ㄗˋ ㄓ ㄓ ㄇㄧㄥˊ

【解釋】 了解本身的情況（特別是缺點）的能力。

【出處】 老子第三三章：「知人者智，自知者明。」

【相同】 先見之明。

【相反】 知人之明。

【例句】 他有「自知之明」知道自己無力勝任這個工作。

自命不凡 ㄗˋ ㄇㄧㄥˋ ㄅㄨˋ ㄈㄢˊ

【解釋】 自以爲了不起，與衆不同。

【出處】 聊齋誌異：「微時爲楚名儒，自命不凡。」

【相同】 孤芳自賞。

【相反】 妄自菲薄。自慚形穢。

【例句】 他被上級讚美幾句之後，便「自命不凡」，根本不把同事放在眼裡。

自始至終 ㄗˋ ㄕˇ ㄓˋ ㄓㄨㄥ

【解釋】 由頭到尾，指全部過程。

【出處】 宋書·謝靈運傳：「以晉氏一代，自始至終，竟無一家之史，令靈運撰晉書，粗立條疏，書竟不就。」

【相同】 從頭到尾。徹頭徹尾。

【相反】 有始無終。有頭無尾。

【例句】 這次決定性的大會戰，「自始至終」都是由他一手策畫的。

自取其辱 ㄗˋ ㄑㄩˇ ㄑㄧˊ ㄖㄨˇ

【解釋】 由於錯誤或愚蠢的行爲而使自己受辱。

【例句】 他的拳腳功夫不行，又不自量力，偏偏找人打架，結果被打得鼻青眼腫，不是「自取其辱」嗎？

自取滅亡 ㄗˋ ㄑㄩˇ ㄇㄧㄝˋ ㄨㄤˊ

【解釋】 自找死路。

【出處】 陰符經：「沈水入火，自取滅亡。」

【相同】 飛蛾撲火。自掘墳墓。自投羅網。

【相反】 全身遠害。全身遠禍。

【例句】 日本軍閥發動侵華戰爭，等於是「自取滅亡」。

自怨自艾 ㄗˋ ㄩㄢˋ ㄗˋ ㄧˋ

【解釋】 ①懊悔自己的錯誤，並加以改正。②後多僅作悔恨之義。

【字義】 艾：割草，比喻改正錯誤。

【出處】 孟子·萬章：「太甲悔過，自怨自艾。」

【相同】自嗟自嘆。
【相反】自鳴得意。
【例句】①犯了錯，能夠「自怨自艾」，老師一定會原諒的。②大錯已鑄成，再「自怨自艾」也無濟於事。

自相矛盾 ㄗˋ ㄒㄧㄤ ㄇㄠˊ ㄉㄨㄣˋ
【解釋】行動或言語前後不一致，自相衝突。
【出處】見「以子之矛，攻子之盾。」
【例句】他思慮欠周，所以他的演講內容「自相矛盾」。

自相殘殺 ㄗˋ ㄒㄧㄤ ㄘㄢˊ ㄕㄚ
【解釋】自己人互相殺害。
【例句】六國「自相殘殺」，結果給秦國統一天下製造了機會。

自食其力 ㄗˋ ㄕˊ ㄑㄧˊ ㄌㄧˋ
【解釋】依靠自己的勞力來生活。
【出處】禮記·禮器：「食力無數。」元·陳澔注：「食力，自食其力之人，農工商賈庶人之屬也。」
【相同】自立更生。自給自足。
【相反】不勞而獲。坐享其成。寄人籬下。
【例句】我們不求人，「自食其力」，雖然粗茶淡飯，但是心情愉快。

自食其果 ㄗˋ ㄕˊ ㄑㄧˊ ㄍㄨㄛˇ
【解釋】自己作出壞事，自己受到損害，形容咎由自取。
【相同】自作自受。作法自斃。作繭自縛。咎由自取。
【相反】嫁禍於人。
【例句】她把毒藥放進飲料中，想毒死情敵，不料自己誤飲喪生，眞是「自食其果」。

自高自大 ㄗˋ ㄍㄠ ㄗˋ ㄉㄚˋ
【解釋】自己認爲高人一等，了不起。
【出處】顏氏家訓：「見人讀數十卷書，便自高自大，凌忽長者，輕慢同列。」
【相同】夜郎自大。妄自尊大。
【相反】謙卑自牧。虛懷若谷。
【例句】「自高自大」，瞧不起人，最後吃虧的還是自己。

自討苦吃 ㄗˋ ㄊㄠˇ ㄎㄨˇ ㄔ
【解釋】自己找罪受。
【出處】明·張岱·朱雲崍女戲：「且聞雲老多疑忌，諸姬曲房密戶，……殷殷防護，日夜爲勞，是無知老賤自討苦吃者也。」
【相同】自作自受。自討沒趣。
【相反】尋歡作樂。逍遙自在。
【例句】他並沒有求你幫忙，你偏要自告奮勇，結果弄得筋疲力盡，他也不感激你，這不是「自討苦吃」嗎？

自掘墳墓 ㄗˋ ㄐㄩㄝˊ ㄈㄣˊ ㄇㄨˋ
【解釋】形容自尋死路。
【相同】自取滅亡。自投羅網。飛蛾撲火。
【例句】日本軍閥如此倒行逆施，等於是在「自掘墳墓」。

自得其樂 ㄗˋ ㄉㄜˊ ㄑㄧˊ ㄌㄜˋ
【解釋】自己可以獲得其中的樂趣，是樂在其中的意思。
【出處】初刻拍案驚奇：「……不大

費錢，自得其樂，就叫他做了賈長壽。」

【相同】怡然自得。

【例句】他退休後，閒來種種花，釣釣魚，卻也「自得其樂」。

自欺欺人 ㄗˋ ㄑㄧ ㄑㄧ ㄖㄣˊ

【解釋】用自己不相信的話騙人，既欺人，也自欺。

【出處】朱子語類·大學：「因說自欺欺人曰：欺人亦是自欺，此又是自欺之甚者。」

【相同】掩耳盜鈴。

【相反】推誠相見。誠心誠意。

【例句】專講「自欺欺人」的話，怎麼可能會當上市議員？

自強不息 ㄗˋ ㄑㄧㄤˊ ㄅㄨˋ ㄒㄧ

【解釋】不斷努力。

【出處】易·乾·象：「天行健，君子以自強不息。」

【相同】發憤圖強。力爭上游。聞雞起舞。

【相反】自暴自棄。甘處下流。得過且過。

【例句】雖然天資較差，只要能「自強不息」一定會有成功的一天。

自給自足 ㄗˋ ㄐㄧˇ ㄗˋ ㄗㄨˊ

【解釋】靠自己的力量滿足自己的需要，不仰賴別人。

【出處】列子：「不旋不惠而物自足。」後漢書：「潛居山澤，結草爲廬，獨與諸生織席自給。」

【相同】自力更生。自食其力。

【相反】寄人籬下。寅吃卯糧。

【例句】中國的領土廣大，物產豐富，只要努力開發，一定可以「自給自足」。

自尋煩惱 ㄗˋ ㄒㄩㄣˊ ㄈㄢˊ ㄋㄠˇ

【解釋】無緣無故的自己去找自己麻煩，亦即自討苦吃。

【例句】她是董事長的掌上明珠，你何必癩蛤蟆想吃天鵝肉「自尋煩惱」呢？

自圓其說 ㄗˋ ㄩㄢˊ ㄑㄧˊ ㄕㄨㄛ

【解釋】牽強附會企圖證明自己的說法是正確的。

【出處】清·方玉潤·星烈日記：「蓋紅樓專描俗情，聊齋多記怪異，以倣奇之筆寫怪異之事，自覺無跡可尋，而以世俗之情遇意外之事，實難自圓其說。」

【相同】天衣無縫。無懈可擊。

【相反】自相矛盾。漏洞百出。

【例句】他的調查報告「漏洞百出」，無法自圓其說。

自慚形穢 ㄗˋ ㄘㄢˊ ㄒㄧㄥˊ ㄏㄨㄟˋ

【解釋】本指儀容舉止，相形見絀。後指與人相比，自愧不如，用於自謙。

【相同】自愧不如。妄自菲薄。

【相反】自命不凡。妄自尊大。夜郎自大。

【例句】他自卑感很重，在同學面前，常常「自慚形穢」。

自鳴得意 ㄗˋ ㄇㄧㄥˊ ㄉㄜˊ ㄧˋ

【解釋】形容得意洋洋的人，張揚表白的樣子。

【出處】明·沈德符·曇花記：「一日遇屠於武林，命其家僮演此曲，揮策四顧，如辛幼安之歌『千古江山』，自鳴得意。」
【相同】沾沾自喜。躊躇滿志。洋洋自得。得意洋洋。自命不凡。
【相反】垂頭喪氣。灰心喪氣。妄自菲薄。
【例句】他被選入世界名人錄之後，便「自鳴得意」，六親不認了。

自暴自棄 ㄗˋ ㄅㄠˋ ㄗˋ ㄑㄧˋ

【解釋】謂自己的言行背棄仁義道德，以致不可收拾。後用以泛指自甘落後，不求上進。
【出處】孟子·離婁：「自暴者，不可與有言也；自棄者，不可與有爲也。言非禮義，謂之自暴也；吾身不能居仁由義，謂之自棄也。」
【相同】妄自菲薄。自甘墮落。自輕自賤。自慚形穢。
【相反】奮發有爲。妄自尊大。自高自大。自強不息。力爭上游。
【例句】「自暴自棄」的學生，使老師都束手無策，何況朋友？

自鄶以下 ㄗˋ ㄎㄨㄞˋ ㄧˇ ㄒㄧㄚˋ

【解釋】意指自此以下，均不足道。
【出處】春秋·吳·季札觀樂於魯，對各諸侯國的樂歌皆有論贊，惟「自鄶以下，以其微也，無譏焉。」鄶國以下諸國，國小政狹，季札置而不論。（見左傳襄公二九年）
【相同】自鄶無譏。
【例句】考古學界以此三人最有成就，「自鄶以下」，便不足道矣。

自顧不暇 ㄗˋ ㄍㄨˋ ㄅㄨˋ ㄒㄧㄚˊ

【解釋】連照顧自己也已手忙腳亂，意即無暇顧及他人。
【出處】東周列國志：「州吁自顧不暇，安能害我乎？」
【相同】自身難保。自救不暇。
【相反】捨己救人。
【例句】他已債臺高築，「自顧不暇」，那有能力支助別人。

臭味相投 ㄔㄡˋ ㄨㄟˋ ㄒㄧㄤ ㄊㄡˊ

【解釋】同一思想作風的人，容易互相接近。
【出處】左傳：「今譬於草木，寡君在君，君之臭味也。」
【相同】物以類聚。
【例句】你和他都喜歡文學，「臭味相投」，怪不得一見如故。

至部

至死不悟 ㄓˋ ㄙˇ ㄅㄨˋ ㄨˋ

【解釋】到死還不覺悟。
【出處】唐·柳宗元·臨江之麋：「麋出門，見外犬在道甚衆，走，欲與爲戲。外犬見而喜且怒，共殺食之，狼藉道上，麋至死不悟。」
【相同】執迷不悟。迷而不返。
【相反】翻然悔悟。今是昨非。頓悟前非。
【例句】他沈迷酒色，「至死不悟」。

至理名言 ㄓˋ ㄌㄧˇ ㄇㄧㄥˊ ㄧㄢˊ

【解釋】言論確當，有大道理。
【出處】歧路燈：「俗語云：『揭債

要忍，還債要狠。」這兩句話雖不是聖經賢傳，卻是至理名言。」

【相同】崇論閎議。要言妙道。眞知灼見。遠見卓識。

【相反】胡言亂語。信口開河。大放厥詞。

【例句】他所說的，句句是「至理名言」，可惜他自己不能實踐，否則早已成爲當今偉人了。

臼部

與人爲善 ㄩˇ ㄖㄣˊ ㄨㄟˊ ㄕㄢˋ

【解釋】謂助人相與爲善。或幫助別人進步。

【出處】孟子·公孫丑：「取諸人以爲善，是與人爲善者也；故君子莫大乎與人爲善。」宋·程頤·伊川文集：「夫與人爲善，君子所樂；亂國之聘，夫子亦往。」

【相同】助人爲樂。

【相反】爲虎作倀。助紂爲虐。

【例句】我們不僅要獨善其身，還要積極地「與人爲善」，如此才能加速社會的和諧進步。

與世無爭 ㄩˇ ㄕˋ ㄨˊ ㄓㄥ

【解釋】不和世人相爭。

【出處】兒女英雄傳：「安安靜靜，與人無患，與世無爭，也算得個人生樂境了。」

【相同】與世無忤。與人無爭。

【相反】鉤心鬥角。明爭暗鬥。

【例句】他晚年隱居山林，過著「與世無爭」的悠閒日子。

與狐謀皮 ㄩˇ ㄏㄨˊ ㄇㄡˊ ㄆㄧˊ

【解釋】比喻與所謀者利害根本對立，事必不成。

【出處】太平御覽·符子：「周人有愛裘而好珍羞，欲爲千金之裘，而與狐謀其皮；欲具少牢之珍，而與羊謀其羞。言未卒，狐相率逃於重丘之下，羊相呼藏於深林之中。」

【相同】與虎謀皮。

【例句】他早就想獨霸紡織界，你卻計畫和他合作，不是「與狐謀皮」嗎？

與衆不同 ㄩˇ ㄓㄨㄥˋ ㄅㄨˋ ㄊㄨㄥˊ

【解釋】自己有特色，和大家不一樣。

【出處】三國志·裴松之注：「與衆不同，吾亦見惴之。」

【相同】出類拔粹。鶴立雞群。

【相反】庸庸碌碌。下駟之材。

【例句】她穿的泳裝是名設計家剪裁的，果然「與衆不同」，引人注目。

興風作浪 ㄒㄧㄥ ㄈㄥ ㄗㄨㄛˋ ㄌㄤˋ

【解釋】比喻藉機生事，挑起是非。

【出處】明·佚名·二郎神鎖齊天大聖雜劇：「聞知此妖魔有升霄入地之變化，興風作浪之雄威。」

【相同】推波助瀾。

【例句】執政黨的部長傳出緋聞案，反對黨立刻「興風作浪」鼓動民衆，要求該部長辭職，以謝國人。

興高采烈 ㄒㄧㄥ ㄍㄠ ㄘㄞˇ ㄌㄧㄝˋ

【解釋】本指文章旨趣高超，富於辭采，現多指興致高昂、情緒熱烈。

【出處】南朝·梁·劉勰·文心雕龍：

「叔夜儁俠，故興高而采烈。」
【相同】興致勃勃。
【相反】無精打采。興味索然。
【例句】兒童節那天風和日麗，兒童們在兒童樂園內個個玩得「興高采烈」。

興味索然 ㄒㄧㄥˋ ㄨㄟˋ ㄙㄨㄛˇ ㄖㄢˊ
【解釋】完全沒有了興味。
【字義】索然：盡，完了。
【相同】無精打采。
【相反】興致勃勃。
【例句】聽慣了古典音樂，再聽吵鬧的熱門音樂，不禁覺得「興味索然」。

興師問罪 ㄒㄧㄥ ㄕ ㄨㄣˋ ㄗㄨㄟˋ
【解釋】本指興兵去討伐罪人，現泛指帶領衆人去向對方理論。
【出處】夢溪筆談：「朝庭興師問罪。」
【例句】她一聽說王太太在背後批評她，便立刻率領子女「興師問罪」。

舊雨新知 ㄐㄧㄡˋ ㄩˇ ㄒㄧㄣ ㄓ
【解釋】舊相識和新朋友。
【出處】宋·范成大·石湖集：「人情舊雨非今雨，老境增年是減年。」
【例句】本社新遷至大直，敬請「舊雨新知」多多賜教。

舊事重提 ㄐㄧㄡˋ ㄕˋ ㄔㄨㄥˊ ㄊㄧˊ
【解釋】把已經擱置的事重新提出。
【例句】不要老是「舊事重提」，以免傷感情。

舊調重彈 ㄐㄧㄡˋ ㄉㄧㄠˋ ㄔㄨㄥˊ ㄊㄢˊ
【解釋】以前發表過的議論，現在又再提出，毫無新意。
【相同】老調重彈。
【例句】院長這次的施政計畫，完全是「舊調重彈」了無新意。

舊瓶新酒 ㄐㄧㄡˋ ㄆㄧㄥˊ ㄒㄧㄣ ㄐㄧㄡˇ
【解釋】比喻舊形式，新內容。
【相同】換湯不換藥。
【例句】這家公司的招牌未改，但是經營的內容由服裝換成塑膠，的確稱得上是「舊瓶新酒」了。

舌部

舌敝脣焦 ㄕㄜˊ ㄅㄧˋ ㄔㄨㄣˊ ㄐㄧㄠ
【解釋】形容說話多，費盡脣舌。
【出處】東歐女豪傑：「逢人說項，脣焦舌敝，語不離宗。」
【相同】脣焦舌敝。焦脣乾舌。
【例句】媽媽勸女兒嫁人要仔細考慮，足足分析了一整天，弄得「舌敝脣焦」，但是女兒下定決心非嫁給他不可。

舍己爲人 ㄕㄜˇ ㄐㄧˇ ㄨㄟˋ ㄖㄣˊ
【解釋】爲了別人而拋棄個人利益。
【字義】舍：古「捨」字。
【出處】論語：「初無舍己爲人之意。」
【相同】舍己救人。舍己爲公。
【相反】損人利己。自私自利。
【例句】他爲了救人，自己竟犧牲了生命，這種「舍己爲人」的精神，令人敬佩。

舍己從人 ㄕㄜˇ ㄐㄧˇ ㄘㄨㄥˊ ㄖㄣˊ

【解釋】放棄己見，服從公論。

【出處】書·大禹謨：「稽於衆，舍己從人。」疏：「考於衆言，觀其是非，舍己之非，從人之是。」孟子·公孫丑：「大舜有大焉，善與人同，舍己從人，樂取於人以爲樂。」

【例句】民主政治精神，首先要有「舍己從人」的修養。

舍生取義 ㄕㄜˇ ㄕㄥ ㄑㄩˇ ㄧˋ

【解釋】謂輕生重義，爲正義而不惜犧牲。

【字義】舍：同「捨」字；生：生命；義：正義。

【出處】孟子·告子：「生，亦我所欲也；義，亦我所欲也，二者不可得兼，舍生而取義者也。」晉書：「彤位爲宰相，責深任重，……而臨大節，無不可奪之志，當危事，不能舍生取義。」文選作「舍身取誼」。

【相同】殺身成仁。

【相反】貪生怕死。苟且偷生。

【例句】儒家的「舍生取義」傳到日本之後，竟成爲武士道的精神支柱。

舍本逐末 ㄕㄜˇ ㄅㄣˇ ㄓㄨˊ ㄇㄛˋ

【解釋】不從根本著手解決問題，而去追查枝節。

【字義】本、末：我國古代以農立國，所以「本」指農業，有重視的意思；反之，「末」，指商業，有輕視的意思。以後，轉義成根本及枝節。

【出處】抱朴子：「舍本逐末者，謂之勤修庶幾。」

【相同】本末倒置。舍本求末。

【相反】丟車保帥。

【例句】爲了改良社會風氣，專從嚴刑峻法著手，而忽視教育潛移默化的功效，這就是「舍本逐末」的做法。

舍近謀遠 ㄕㄜˇ ㄐㄧㄣˋ ㄇㄡˊ ㄩㄢˇ

【解釋】謂忽略切近，謀及高遠，所求不合實際。舍：古「捨」字。

【出處】後漢書：「舍近謀遠者，勞而無功，舍遠謀近者，逸而有終。」

【相同】舍近求遠。

【相反】舍遠謀近。

【例句】本省的紡織品，已經達到國際水準，何必「舍近謀遠」，去買法國貨？

舐犢情深 ㄕˋ ㄉㄨˊ ㄑㄧㄥˊ ㄕㄣ

【解釋】比喻父母之愛子女。

【出處】後漢書·楊震傳·附·楊彪：「後，子脩爲曹操所殺，操見彪問曰：『公何瘦之甚？』對曰：『愧無（金）日磾先見之明，猶懷老牛舐犢之愛。』」明·楊基·憶子詩：「平生舐犢心，時時背燈笑。」

【相同】舐犢之愛。舐犢之私。舐犢之念。

【例句】兒子考取公費留學，即將遠行，然而父母整日以淚洗面，足證「舐犢情深」。

甜言蜜語 ㄊㄧㄢˊ ㄧㄢˊ ㄇㄧˋ ㄩˇ

【解釋】用甜言誘惑對方。

【例句】他再怎麼樣「甜言蜜語」，也打動不了她的芳心。

良部

良辰美景
ㄌㄧㄤˊ ㄔㄣˊ ㄇㄟˇ ㄐㄧㄥˇ

【解釋】 美好的時光，宜人的景色。

【出處】 南朝·宋·謝靈運·擬魏太子鄴中集詩序：「天下良辰美景，賞心樂事，四者難並，今昆弟友朋、二三諸彥，共盡之矣。」梁書·劉遵傳：「良辰美景，清風月夜，鷁舟戶動，朱鷺徐鳴。」

【相同】 花朝月夕。吉日良辰。春花秋月。

【相反】 滿目荆榛。好景不長。

【例句】 人生不過百年，如此「良辰美景」豈能不珍惜？

良師益友
ㄌㄧㄤˊ ㄕ ㄧˋ ㄧㄡˇ

【解釋】 好老師，好朋友。

【出處】 清·彭養鷗·黑籍冤魂：「雖然有那良師益友，苦口婆心的規勸，卻只是耳邊風。」

【相同】 良朋益友。嚴師畏友。

【相反】 酒肉朋友。

【例句】 一部內容豐富、正確的百科全書，就是我們一生的「良師益友」。

良莠不齊
ㄌㄧㄤˊ ㄧㄡˇ ㄅㄨˋ ㄑㄧˊ

【解釋】 有好人也有壞人，好的壞的混在一起。

【字義】 莠：狗尾草，喻惡人。

【出處】 冷眼觀：「良莠不齊，五方雜處。」

【相同】 魚龍混雜。牛驥同皀。蘭艾難分。

【相反】 判若雲泥。涇渭分明。黑白分明。

【例句】 你交朋友未加選擇，如此「良莠不齊」兼容並蓄，自然毀譽參半了。

良藥苦口
ㄌㄧㄤˊ ㄧㄠˋ ㄎㄨˇ ㄎㄡˇ

【解釋】 能治病的好藥很難入口，比喻善意的批評難聽進耳。

【出處】 韓非子：「夫良藥苦於口，而智者勸而飲之，知其入而可已疾也。」家語六本：「良藥苦口而利於病，忠言逆耳而利於行。」

【相同】 忠言逆耳。

【相反】 口蜜腹劍。

【例句】 我是爲你好才這樣說，「良藥苦口」，聽不聽隨你！

色部

色衰愛弛
ㄙㄜˋ ㄕㄨㄞ ㄞˋ ㄔˊ

【解釋】 謂女子因容顏衰減而失寵。

【出處】 史記·呂不韋傳：「不韋因其姊說（華陽）夫人曰：『以色事人者，色衰而愛弛。……不以繁華時樹本，即色衰愛弛後，雖欲開一言，尚可得乎？』」

【例句】 封建時代的女人只能靠容貌來挽住丈夫的心，一旦「色衰愛弛」便任由丈夫享受齊人之福了。

色授魂與
ㄙㄜˋ ㄕㄡˋ ㄏㄨㄣˊ ㄩˇ

【解釋】 謂睹貌動情，心馳神往。

【字義】 色：臉部的表情；授、與：給予。

【出處】 史記·司馬相如傳·上林賦：

「長眉連娟，微睇綿藐，色授魂與，心愉於側。」索隱：「張揖曰：『彼色來授我，我魂往接也。』」

【例句】她的風華絕代，多少男士爲之「色授魂與」。

色厲內荏
ㄙㄜˋ ㄌㄧˋ ㄋㄟˋ ㄖㄣˇ

【解釋】外貌矜嚴，內心怯懦。
【字義】荏：軟弱。
【出處】論語·陽貨：「色厲而內荏，譬諸小人，其猶穿窬之盜也與！」漢·王充·非韓：「奸人外善內惡，色厲內荏，作爲操止。象類賢行，以取升進。」
【相同】外強中乾。
【相反】表裡如一。
【例句】左宗棠看準了俄國「色厲內荏」，因此主張用兵新疆，並不惜和俄國一戰，才保住了大約有臺灣面積四十五倍的新疆省。

色膽包天
ㄙㄜˋ ㄉㄢˇ ㄅㄠ ㄊㄧㄢ

【解釋】形容好色之徒，膽大之至。
【出處】鼓掌絕塵：「色膽包天忘大義，痴心扶女縱私情。」
【例句】他「色膽包天」，竟然敢在衆目睽睽之下，非禮良家婦女。

艸部

芒刺在背
ㄇㄤˊ ㄘˋ ㄗㄞˋ ㄅㄟˋ

【解釋】比喻心有畏忌，坐立不安。
【出處】漢書·霍光傳：「宣帝始立，謁見高廟，大將軍光從驂乘，上內嚴憚之，若有芒刺在背。……故俗傳曰：『威震主者不畜，霍氏之禍，萌於驂乘。』」
【相同】如坐針氈。惴惴不安。
【相反】泰然自若。從容不迫。
【例句】他一想起從前自己做過對他不起的事，便像「芒刺在背」，心情不安。

花天酒地
ㄏㄨㄚ ㄊㄧㄢ ㄐㄧㄡˇ ㄉㄧˋ

【解釋】形容放蕩的生活。
【出處】清·梁紹壬·致趙秋舲書：「若夫花天酒地，追東閣之曩遊；冷雨淒風，記西窗之往事。」
【相同】醉生夢死。窮奢極慾。
【相反】布衣疏食。節衣縮食。
【例句】國家已經到了危急存亡的時候，他們還「花天酒地」，醉生夢死。

花言巧語
ㄏㄨㄚ ㄧㄢˊ ㄑㄧㄠˇ ㄩˇ

【解釋】虛假而動聽的話。
【出處】宋·朱子語類·論語：「據某所見，巧言即今所謂花言巧語，如今世舉子弄筆端，做文字者便是。」元曲選·馬致遠·黃粱夢：「是你辱門敗戶先自歪，做的來漏虀搭菜，把花言巧語枉鋪排。」
【相同】甜言蜜語。巧言如簧。甘言笑語。
【相反】拙口鈍腮。忠言逆耳。
【例句】很多純潔的少女都禁不住他的「花言巧語」而被騙失身。

花枝招展
ㄏㄨㄚ ㄓ ㄓㄠ ㄓㄢˇ

【解釋】形容婦女打扮得十分艷麗。
【字義】招展：迎風飄舞的樣子。
【出處】金瓶梅：「（吳）銀兒連忙花枝招展，繡帶飄飄，插燭也是（似）與李瓶兒磕了四個頭。」紅樓夢：「劉老老進去，只見滿屋裡珠圍翠繞，花枝招展的，並不知都係何人。」

【相同】　花紅柳綠。濃裝艷抹。珠圍翠繞。

【相反】　衣衫襤褸。布裙荊釵。

【例句】　參加園遊會的少女個個打扮得「花枝招展」，令人賞心悅目。

花街柳巷
ㄏㄨㄚ ㄐㄧㄝ ㄌㄧㄡˇ ㄒㄧㄤˋ

【解釋】　指妓女出沒的地區。

【出處】　醉醒石：「到得十五六，花街柳巷，酒館賭場，無處不到。」

【相同】　秦樓楚館。

【例句】　青年人不宜去「花街柳巷」閒逛。

花團錦簇
ㄏㄨㄚ ㄊㄨㄢˊ ㄐㄧㄣˇ ㄘㄨˋ

【解釋】　形容裝飾得鮮艷美麗。

【字義】　簇：叢聚。

【出處】　儒林外史：「自古道：『人逢喜事精神爽』，那七篇文字，做的花團錦簇一樣。」

【相同】　花枝招展。珠圍翠繞。濃裝艷抹。

【相反】　鶉衣百結。衣服襤褸。布裙荊釵。

【例句】　結婚禮堂布置得「花團錦簇」喜氣洋溢。

芸芸眾生
ㄩㄣˊ ㄩㄣˊ ㄓㄨㄥˋ ㄕㄥ

【解釋】　世上眾多的人。

【字義】　芸芸：眾多的樣子。

【出處】　老子：「夫物芸芸，各復歸其根。」

【例句】　「芸芸眾生」誰不希望葉落歸根？

苦口婆心
ㄎㄨˇ ㄎㄡˇ ㄆㄛˊ ㄒㄧㄣ

【解釋】　懷著慈悲的心腸，忠言規勸

【字義】　苦口：比喻懇切的忠言。

【相同】　苦口相勸。語重心長。

【例句】　媽媽一再「苦口婆心」地勸哥哥不要加入幫派，但哥哥還是步入了歧途。

苦心孤詣
ㄎㄨˇ ㄒㄧㄣ ㄍㄨ ㄧˋ

【解釋】　指費盡心思，獲得獨有的成就。

【字義】　孤詣：獨到的成就。

【出處】　晉·陸士衡詩：「分索古所悲，志士多苦心。」晉書：「其任心獨詣，皆此類也。」

【相同】　煞費苦心。

【相反】　無所用心。

【例句】　他「苦心孤詣」研讀古籍，終於成為一代國學大師。

苦盡甘來
ㄎㄨˇ ㄐㄧㄣˋ ㄍㄢ ㄌㄞˊ

【解釋】　艱苦的日子過去了，美好的日子到來。

【出處】　元曲選·鄭德輝·王粲登樓：「今日見荊王呵，便是我苦盡甘來。」

【相同】　否極泰來。否終則泰。

【相反】　樂極生悲。甘盡苦來。

【例句】　媳婦熬成婆，總算「苦盡甘來」了。

苟且偷安
ㄍㄡˇ ㄑㄧㄝˇ ㄊㄡ ㄢ

【解釋】　不務實際，暫求一時的安逸

【字義】　偷安：得過且過。只圖眼前安寧，不顧以後。

【出處】宋·汪應辰·廷試策：「昔唐之明皇，承晏然太平之後，苟且偷安，味於遠圖，政令日弛，法度日隳。」
【相同】苟且偷生。得過且過。苟延殘喘。
【相反】發奮圖強。自強不息。
【例句】將士在前方枕戈待旦，我們豈可在後方「苟且偷安」？

苟延殘喘 ㄍㄡˇ ㄧㄢˊ ㄘㄢˊ ㄔㄨㄢˇ

【解釋】暫且多活一些日子，延長喘息的機會。
【字義】殘喘：臨死前喘息。勉強拖延臨死前的氣息。
【出處】宋·俞琰·席上腐談：「愚少也多病，羸不勝衣，所以苟延殘喘而至今不死，亦參同契之力也。」
【相同】苟且偷生。垂死掙扎。
【相反】長生不老。
【例句】我們應該一鼓作氣，直追下去，不要讓敵人有「苟延殘喘」的機會。

茅塞頓開 ㄇㄠˊ ㄙㄜˋ ㄉㄨㄣˋ ㄎㄞ

【解釋】比喻突然明白了某一事物的道理。
【字義】茅塞：茅草塞心，比喻人心受蔽塞。
【出處】孟子·盡心：「今茅塞子之心矣。」
【相同】豁然貫通。如夢初醒。恍然大悟。
【相反】大惑不解。百思莫解。
【例句】聽君一席話，使我「茅塞頓開」。

若即若離 ㄖㄨㄛˋ ㄐㄧˊ ㄖㄨㄛˋ ㄌㄧˊ

【解釋】形容好像想接近又想疏遠的態度。
【字義】若：好像；即：靠近。
【出處】兒女英雄傳：「這邊兩個新人在新房裡乍來乍去，如蛺蝶穿花，若即若離，似蜻蜓點水。」
【相同】不即不離。
【相反】如膠似漆。形影不離。
【例句】在情場中打滾的女子，懂得少男的心理，故意「若即若離」，害得少男們爲之神魂顛倒。

若無其事 ㄖㄨㄛˋ ㄨˊ ㄑㄧˊ ㄕˋ

【解釋】好像沒有那回事似的。
【出處】晚清文學叢鈔·雪巖外傳：「雪巖若無其事，說不妨事。」
【相同】行若無事。談笑自若。
【相反】煞有介事。坐立不安。
【例句】她乘店員不注意時，順手牽羊拿了瓶香水裝進手提袋中，「若無其事」地走出店門。

茶餘飯後 ㄔㄚˊ ㄩˊ ㄈㄢˋ ㄏㄡˋ

【解釋】休息的時候。
【出處】二十年目睹之怪現狀：「趙老師聽了，也當作新聞，茶餘酒後，不免向同事談起。」
【例句】市長緋聞案，已成爲大家「茶餘飯後」的談話資料。

荒淫無恥 ㄏㄨㄤ ㄧㄣˊ ㄨˊ ㄔˇ

【解釋】荒唐淫亂，不知羞恥。
【出處】周書·晉蕩公護傳：「自即位以來，荒淫無度，昵近群小，疏忌骨肉，大臣重將，咸欲誅滅。」

【相同】厚顏無恥。花天酒地。聲色犬馬。
【相反】堂堂正正。行不由徑。
【例句】他爲人「荒淫無恥」，但滿嘴卻是仁義道德。

荒誕不經 ㄏㄨㄤ ㄉㄢˋ ㄅㄨˋ ㄐㄧㄥ

【解釋】荒謬怪誕，不合情理。
【字義】荒誕：荒唐離奇；經：常理。
【出處】明·張岱·家傳：「與人言多荒誕不經，人多笑之。」
【相同】荒誕無稽。不經之談。荒謬絕倫。
【相反】言之鑿鑿。言必有據。合情合理。
【例句】他寫的小說，雖然「荒誕不經」，但卻含有耐人尋味的哲理。

荒謬絕倫 ㄏㄨㄤ ㄇㄧㄡˋ ㄐㄩㄝˊ ㄌㄨㄣˊ

【解釋】荒唐之極。
【出處】清·龔自珍·語錄：「此等依托，乃得罪孔子之尤，荒謬絕倫之作。」
【相同】荒誕不經。荒誕無稽。
【相反】天經地義。至理名言。
【例句】他的言行簡直「荒誕絕倫」。

荊釵布裙 ㄐㄧㄥ ㄔㄞ ㄅㄨˋ ㄑㄩㄣˊ

【解釋】以荊枝當髻釵，用粗布製衣裙，爲貧家婦女的裝束。
【出處】後漢梁鴻孟光夫婦，避世隱居，孟光常荊釵布裙，食則舉案齊眉。見晉·皇甫謐·列女傳。宋書·孝武文穆王皇后傳·讓婚表：「如臣素流，家貧業寡，年近將冠，皆已有室，荊釵布裙，足得成禮。」唐·李商隱·重祭外舅司徒公文：「紵衣縞帶，雅貺或比于僑吳，荊釵布裙，高義每符于梁孟。」
【相同】椎髻布衣。
【相反】珠圍翠繞。濃妝艷抹。
【例句】她雖然「荊釵布裙」，但卻難掩天生麗質。

草木皆兵 ㄘㄠˇ ㄇㄨˋ ㄐㄧㄝ ㄅㄧㄥ

【解釋】喩緊張恐懼，疑神疑鬼。
【出處】東晉前秦苻堅在淝水戰敗，堅與弟融登壽春城而望晉師，見部陣齊整，將士精銳，又北望八公山上草木，皆類人形，顧謂融曰：「此亦勍敵也，何謂少乎？」見晉書·苻堅載記·下。資治通鑑·晉紀·孝武帝·太元八年作「又望八公山上草木皆以爲晉兵。」
【相同】風聲鶴唳。杯弓蛇影。
【相反】處之泰然。神色自若。
【例句】敵人被我軍窮追不捨，已經鬥志全無，「草木皆兵」了。

草菅人命 ㄘㄠˇ ㄐㄧㄢ ㄖㄣˊ ㄇㄧㄥˋ

【解釋】本指殺人如刈草，現多指把人命視作兒戲。
【字義】菅：茅草。把人命看成茅草一樣輕賤。
【出處】漢書·賈誼傳：「其視殺人，如艾（刈）草菅然。」
【相同】生殺予奪。視若草芥。荼毒生靈。
【相反】人命關天。愛民如子。
【例句】日本軍閥「草菅人命」，不知多少中國老百姓枉死在他們手裡。

莫名其妙
ㄇㄛˋ ㄇㄧㄥˊ ㄑㄧˊ ㄇㄧㄠˋ

【解釋】本指無法說得出奧妙之處，現指十分奇怪以致無法明白。
【出處】二十年目睹之怪現狀：「大家看見，莫名其妙，只得把他退回去。」
【相同】不明所以。大惑不解。莫可名狀。
【相反】了如指掌。恍然大悟。豁然開朗。
【俗作】莫明奇妙。
【例句】他做事往往不按常理，令人「莫名其妙」。

莫逆之交
ㄇㄛˋ ㄋㄧˋ ㄓ ㄐㄧㄠ

【解釋】十分要好的朋友。
【字義】莫逆：彼此從來沒有忤逆在心，即思想情感一致。
【出處】莊子·大宗師：「三人相與友，相視而笑，莫逆於心。」
【相同】刎頸之交。管鮑之交。
【相反】一面之交。酒肉朋友。
【例句】他們是「莫逆之交」，一向合作得很愉快，從來沒有發生過任何瓜葛。

莫衷一是
ㄇㄛˋ ㄓㄨㄥ ㄧ ㄕˋ

【解釋】說法很多，但不能決定哪個不對。
【字義】衷：中心，適中，折衷；是：對。
【出處】清·黃協塤·落英：「離騷夕餐秋菊之落英，說者聚訟，莫衷一是。」
【相同】無所適從。
【相反】當機立斷。
【例句】這次比賽失敗的原因，大家議論紛紛「莫衷一是」。

莫測高深
ㄇㄛˋ ㄘㄜˋ ㄍㄠ ㄕㄣ

【解釋】行動或言語過於隱晦，使人難以測度或理解。
【出處】漢書·嚴延年傳：「吏民莫能測意深淺。」清·李寶嘉·文明小史：「姬公看了，莫測高深，只籠統地讚了聲『好！』」
【相同】不可思議。高深莫測。
【相反】一覽無餘。
【例句】該單位封鎖消息，更不准記者採訪，使大家「莫測高深」。

萍水相逢
ㄆㄧㄥˊ ㄕㄨㄟˇ ㄒㄧㄤ ㄈㄥˊ

【解釋】喻偶然相遇。
【字義】萍：浮在水上隨處漂流的植物。
【出處】唐·王勃·滕王閣序：「關山難越，誰悲失路之人；萍水相逢，盡是他鄉之客。」
【相同】萍水偶逢。
【相反】始終如一。之死靡它。
【例句】依佛家說，雖然「萍水相逢」，也是因為前生有緣。

華而不實
ㄏㄨㄚˊ ㄦˊ ㄅㄨˋ ㄕˊ

【解釋】①有名無實，言過其實。②又指文體浮華而無內容。
【出處】左傳：「且華而不實，怨之所聚也。」國語：「陽子（處父）華而不實，主言而無謀，是以難及其身。」南史·梁簡文帝紀論：「然文艷用寡，華而不實，體窮淫麗，義罕疏通。」

【相同】 言過其實。金玉其外。

【例句】 ①他「華而不實」，眞正要他負責，便一籌莫展了。②他的文章「華而不實」，根本沒有內容，引不起讀者的共鳴。

著手成春
ㄓㄨㄛˊ ㄕㄡˇ ㄔㄥˊ ㄔㄨㄣ

【解釋】 本形容作詩，要自然清新；今譽醫術精良，謂一著手即能使人疾癒，如草木回春。

【字義】 著手：動手。

【出處】 唐·司空圖·詩品自然：「俯拾即是，不取諸鄰，俱道適往，著手成春。」

【相同】 妙手回春。藥到病除。

【例句】 他素有華佗再世之稱，任何不治之疾，只要經他診治，立刻「著手成春」。

著著進逼
ㄓㄨㄛˊ ㄓㄨㄛˊ ㄐㄧㄣˋ ㄅㄧ

【解釋】 本指下棋時一方著著進攻，現廣指步步進逼。

【字義】 著：下棋行子。

【例句】 抗戰初期，我軍只要撤退，日軍便趁勢「著著進逼」。

落花流水
ㄌㄨㄛˋ ㄏㄨㄚ ㄌㄧㄡˊ ㄕㄨㄟˇ

【解釋】 ①形容殘春景象。②比喻事物衰敗。③比喻七零八落。

【出處】 ①唐·李群玉詩集：「蘭浦蒼蒼春欲暮，落花流水思離襟。」②五代·前蜀·釋·貫休禪月集·偶作因懷山中道侶詩：「是是非非竟不眞，落花流水送青春。」③西遊記：「八戒道：『這廝銳氣挫了！』被我那一路鈀打進去時，打得落花流水，魂飛魄散！」

【例句】 ①時序已至「落花流水」的暮春季節了，歸期尙難預卜，徒增游子傷懷。②已至「落花流水」的局面，誰來主政，也無法挽回頹勢。③敵人被我軍的優勢兵力打得「落花流水」，潰不成軍。

落井下石
ㄌㄨㄛˋ ㄐㄧㄥˇ ㄒㄧㄚˋ ㄕˊ

【解釋】 謂乘人之危，加以陷害。

【出處】 唐·韓愈·柳子厚墓誌銘：「一旦臨小利害，僅如毛髮比，反眼若不相識；落陷穽，不一引手救，反擠之，又下石焉者，皆是也。」

【相同】 趁火打劫。乘人之危。投井下石。

【相反】 雪中送炭。拔刀相助。

【例句】 現今之世，雪中送炭的人少，而「落井下石」的人多。

落拓不羈
ㄌㄨㄛˋ ㄊㄨㄛˋ ㄅㄨˋ ㄐㄧ

【解釋】 性情豪爽放蕩，不受拘束。

【出處】 北史·楊素傳：「素少落拓，有大志，不拘小節。」

【相同】 放蕩不羈。放浪形骸。

【相反】 謹言愼行。規行矩步。

【例句】 有大志的人，往往「落拓不羈」，不拘小節。

落落大方
ㄌㄨㄛˋ ㄌㄨㄛˋ ㄉㄚˋ ㄈㄤ

【解釋】 形容舉止大方。

【字義】 落落：豁達，坦率。大方：不傭俗。

【出處】 柳宗元·柳公行狀：「終身坦蕩，而細故不入，其達生知足，落落如此。」

【相同】雍容華貴。

【相反】小家子氣。

【例句】她「落落大方」，不愧是大家閨秀，豈是小家碧玉可以比擬的？

葉公好龍 ㄕㄜˋ ㄍㄨㄥ ㄏㄠˋ ㄌㄨㄥˊ

【解釋】喻表面上的愛好而不是眞的愛好，實則畏懼它。

【字義】葉：讀舍，原爲地名。姓。

【出處】漢·劉向·新序：「葉公子高好龍，鉤以寫龍，鑿以寫龍，屋室雕文以寫龍。於是天龍聞而下之，窺頭於牖，拖尾於堂。葉公見之，棄而還走，失其魂魄，五色無主。是葉公非好龍也，好夫似龍而非龍者也。」

【例句】他對藝術，一竅不通，是因爲上司熱愛藝術，他才「葉公好龍」，故意收藏名畫，目的是討好上司而已。

葉落歸根 ㄧㄝˋ ㄌㄨㄛˋ ㄍㄨㄟ ㄍㄣ

【解釋】謂返回本源。也比喻事物有一定的歸宿。

【出處】景德傳燈錄·慧能大師：「衆曰：『師從此去，早晚卻迴？』師曰：『葉落歸根，來時無日。』」宋·趙蕃·淳熙稿：「葉落歸根莫謾悲，春風解發次年枝。」

【例句】東方人受「葉落歸根」的影響很深，尤其是一到晚年，埋骨故鄉成爲最後也是最大的願望。

萬人空巷 ㄨㄢˋ ㄖㄣˊ ㄎㄨㄥ ㄒㄧㄤˋ

【解釋】形容群衆參與某種活動的盛況。

【出處】宋·蘇軾：「賴有明月看潮在，萬人空巷鬥新妝。」

【相同】人山人海。觀者如堵。

【相反】闃其無人。

【例句】本省百姓日漸對政治發生興趣，每到政見發表會時，總是「萬人空巷」，途爲之塞。

萬古流芳 ㄨㄢˋ ㄍㄨˇ ㄌㄧㄡˊ ㄈㄤ

【解釋】好名聲永遠流傳後世。

【字義】芳：比喻好名聲、好德行。

【出處】元·紀君祥·趙氏孤兒：「當名標青史，萬古流芳。」

【相同】流芳百世。

【相反】遺臭萬年。

【例句】大丈夫如果不能「萬世流芳」，乾脆就遺臭萬年，最怕的是沒沒無聞。

萬死一生 ㄨㄢˋ ㄙˇ ㄧ ㄕㄥ

【解釋】形容經歷無數險難，幾乎喪失生命。

【出處】漢·司馬遷·報任少卿書：「夫人臣出萬死不顧一生之計，赴國家之難，斯以奇矣。今舉事一不當，而全軀保妻子之臣，隨而媒孽其短，僕誠私心痛之！」元·方回詩：「邂逅十洲三島客，崎嶇萬死一生身。」

【相同】九死一生。

【例句】八年抗戰，多少人「萬死一生」，跟隨政府來台安享餘年。

萬劫不復 ㄨㄢˋ ㄐㄧㄝˊ ㄅㄨˋ ㄈㄨˋ

【解釋】永遠不能恢復元氣或舊觀等

【字義】佛家稱世界從生成到毀滅的一個過程爲「一劫」。萬劫：表示極長的時期。
【出處】景德傳燈錄：「莫將等閒空過時光，一失人身，萬劫不復，不是小事。」
【例句】抗戰勝利後，我政府如果眞的逼日本賠償損失，那麼日本一定陷入「萬劫不復」之地了。

萬念俱灰 ㄨㄢˋ ㄋㄧㄢˋ ㄐㄩˋ ㄏㄨㄟ
【解釋】心中不存任何希望，也不作任何打算。
【字義】念：想法；灰：消沈。
【出處】花月痕：「我如今百念皆灰，只求歸見老母。」
【相同】心灰意冷。
【相反】雄心勃勃。
【例句】他的毅力超人，雖然接二連三遭遇打擊，他不會「萬念俱灰」，依舊朝氣蓬勃，勇往直前。

萬家生佛 ㄨㄢˋ ㄐㄧㄚ ㄕㄥ ㄈㄛˊ
【解釋】比喻所作出的貢獻，使萬衆受益，因而家家畫像以祀，有如活佛。
【出處】宋·戴翼·賀陳待制啓：「福星一路之歌謠，生佛萬家之香火。」
【例句】政治家的決策影響非常大，如果決策正確，則「萬家生佛」，否則就生靈塗炭。

萬家燈火 ㄨㄢˋ ㄐㄧㄚ ㄉㄥ ㄏㄨㄛˇ
【解釋】形容入夜景象。
【出處】王安石·上元戲呈貢父：「車馬紛紛白晝同，萬家燈火暖春風。」
【相同】燈火輝煌。
【相反】漆黑一團。
【例句】假日郊遊，歸途中已是「萬家燈火」了。

萬紫千紅 ㄨㄢˋ ㄗˇ ㄑㄧㄢ ㄏㄨㄥˊ
【解釋】形容百花盛開的美景。
【出處】宋·朱熹·春日詩：「等閒識得東風面，萬紫千紅總是春。」元·馬致遠·賞花時弄花香滿衣曲：「萬紫千紅妖弄色，嬌態難禁風力擺。」
【相同】奼紫嫣紅。百花爭艷。
【相反】流水落花（春去也）。
【例句】每到春來，陽明山「萬紫千紅」，遊人如織。

萬衆一心 ㄨㄢˋ ㄓㄨㄥˋ ㄧ ㄒㄧㄣ
【解釋】千萬人一條心，形容團結。
【出處】後漢書·朱儁傳：「萬人一心，猶不可當，況十萬乎！」
【相同】同心協力。同心同德。
【相反】同床異夢。離心離德。
【例句】只要大家「萬衆一心」，再強悍的敵人，也會被我們消滅！

萬象更新 ㄨㄢˋ ㄒㄧㄤˋ ㄍㄥ ㄒㄧㄣ
【解釋】一切事物都呈現新景象。
【出處】紅樓夢：「如今正是初春時節，萬物更新，正該鼓舞另立起來才好。」
【相反】一成不變。依然如故。
【例句】冬盡春來，「萬象更新」，每人都應該檢討過去，同時擬定訂今年的新計畫。

萬籟俱寂 ㄨㄢˋ ㄌㄞˋ ㄐㄩˋ ㄐㄧˊ
【解釋】形容寧靜夜景。
【字義】籟：大自然或動物所發出的一切音響。

【出處】唐·常建·題破山寺後禪院詩：「萬籟此俱寂，但餘鐘磬音。」

【相同】夜闌人靜。

【相反】人聲鼎沸。聲徹雲霄。

【例句】人在「萬籟俱寂」的時候思慮最敏銳，但也最容易觸景生情。

ㄍㄞˋ ㄍㄨㄢ ㄌㄨㄣˋ ㄉㄧㄥˋ

蓋棺論定

【解釋】謂人死後，一生是非功過始有公平的結論。

【出處】宋·李曾伯·挽史魯公詩：「蓋棺公論定，不泯是人心。」

【例句】因為他的一生太複雜，所以雖然已經死了二十年，史學家們尚無法「蓋棺論定」。

ㄇㄨˋ ㄇㄨˋ ㄍㄨㄥˇ ㄧˇ

墓木拱矣

【解釋】指人早已死去多時了。

【字義】拱：手可對抱。

【出處】左傳：「爾墓之木拱矣。」

【相同】墓木已拱。

【相反】一杯之土未乾。

【例句】你想等賺大錢之後，再孝養父母，恐怕到時父母已「墓木拱矣」

ㄇㄨˋ ㄊㄧㄢ ㄒㄧˊ ㄉㄧˋ

幕天席地

【解釋】指心胸曠達的人，以天作帳，地作席。

【出處】文選·劉伶酒德頌：「幕天席地，縱意所如。」

【例句】他雖窮，卻有「幕天席地」的胸襟，根本瞧不起富人廣廈千萬間。

ㄆㄥˊ ㄕㄡˇ ㄍㄡˋ ㄇㄧㄢˋ

蓬首垢面

【解釋】頭髮蓬鬆，面孔污穢。

【出處】魏書·封軌傳：「君子整其衣冠，尊其瞻視，何必蓬首垢面，然後為賢？」

【相同】蓬頭赤腳。蓬頭散髮。

【相反】油頭粉面。

【例句】女孩子家應該梳洗乾淨，一副「蓬首垢面」的樣子，怎麼出得了門？

ㄉㄤˋ ㄑㄧˋ ㄏㄨㄟˊ ㄔㄤˊ

蕩氣回腸

【解釋】纏綿悱惻。常形容聲樂或文章感人之深。

【字義】回：同「迴」。

【相同】迴腸傷氣。感人肺腑。動人心弦。

【相反】無動於衷。

【例句】她高歌一曲，令聽衆「蕩氣回腸」。

ㄉㄤˋ ㄖㄢˊ ㄨˊ ㄘㄨㄣˊ

蕩然無存

【解釋】形容完全被毀或浪費掉，一點兒都沒剩下。

【字義】蕩然：乾乾淨淨的樣子。

【出處】宋史：「蕩然一空，止存孤壘。」

【相同】化為烏有。

【例句】洪水過後，整個村莊被沖得「蕩然無存」。

ㄒㄧㄠ ㄍㄨㄟ ㄘㄠˊ ㄙㄨㄟˊ

蕭規曹隨

【解釋】形容謹守成法，可作自謙語（自當遵行前任訂下的規矩辦事）或嘲諷語（沒有大作為，只是墨守成法而已）。

【字義】蕭：漢初相國蕭何。曹：繼蕭何為相國的曹參。

【出處】漢·劉邦·建漢王朝，蕭何為

相國，定律令制度，何死，曹參繼爲相國，舉事無所變更，百姓作歌曰：「蕭何爲法，顜若畫一；曹參代之，守而勿失。」見史記·曹相國世家。漢書·揚雄傳解嘲：「夫蕭規曹隨，留侯（張良）書策，陳平出奇，功若泰山，嚮若阺隤。」宋·李心傳·建炎以來繫年要錄·紹興八年九月：「經久之制，不可輕議，古者利不百不變法，卿等宜以蕭規曹隨爲心，何憂不治。」

【相同】墨守成規。因循守舊。

【相反】革故鼎新。別出新裁。

【例句】他接任後，「蕭規曹隨」根本不敢做任何變革。

藍田生玉 ㄌㄢˊ ㄊㄧㄢˊ ㄕㄥ ㄩˋ

【解釋】古代在藍田出產美玉，故比喻父生佳子。現在多指未婚女子懷孕

【出處】三國志·吳·諸葛恪傳注引江表傳：「恪少有才名，發藻岐嶷，辯論應機，莫與爲對。（孫）權見而奇之，謂（其父）瑾曰：『藍田生玉，眞不虛也。』」

【例句】她念高中時代就經常夜遊不歸，後來「藍田生玉」被老父逐出家門。

藏垢納汙 ㄘㄤˊ ㄍㄡˋ ㄋㄚˋ ㄨ

【解釋】比喻容納壞人壞事。

【字義】垢：污泥，塵滓。

【出處】左傳：「川澤納汙，山藪藏疾，瑾瑜匿瑕，國君含垢，天之道也。」野叟曝言：「和光和尚在未澹然席上，聽了文素臣痛罵松庵，便道：『俺們僧家，與你們儒家一樣藏垢納汙。』」

【相同】藏汙納垢

【相反】刮垢磨光。含英咀華。

【例句】這個三不管的地區，長期以來一直是「藏垢納汙」的地方。

藕斷絲連 ㄡˇ ㄉㄨㄢˋ ㄙ ㄌㄧㄢˊ

【解釋】藕雖折爲兩截，仍有絲連著，比喻情意或關係未絕。

【出處】唐·孟郊·去婦詩：「妾心藕中絲，雖斷猶牽連。」（連，也作「聯」。）宋·黃機詞：「人道郴陽無雁，奈情鍾藕斷絲聯。」

【相同】意惹情牽。千絲萬縷。

【相反】一刀兩斷。斬釘截鐵。

【例句】她雖然已嫁，但和以前的愛人還是「藕斷絲連」。

虍部

虎口逃生 ㄏㄨˇ ㄎㄡˇ ㄊㄠˊ ㄕㄥ

【解釋】比喻從極危險的境地逃出，免掉一死。

【出處】元曲·硃砂擔：「我如今在虎口逃生，急騰騰再不消停。」

【相同】虎口餘生。

【相反】死於非命。

【例句】抗戰時，她是重慶派出的情報人員，被日本憲兵捕獲，關在監獄中，受盡折磨，後來買通守衛，才「虎口逃生」。

虎穴龍潭 ㄏㄨˇ ㄒㄩㄝˋ ㄌㄨㄥˊ ㄊㄢˊ

【解釋】虎龍藏身之所。比喻極凶險的地方。

【出處】水滸傳：「感謝衆位豪傑不

避凶險，來虎穴龍潭，力救殘生。」

【相同】龍潭虎穴。

【例句】為了搶救愛子，就算是「虎穴龍潭」他也決定要去。

虎視眈眈 ㄏㄨˇ ㄕˋ ㄉㄢ ㄉㄢ

【解釋】心懷不軌地在注視著。

【字義】眈眈：形容老虎貪婪欲噬的樣子。

【出處】易·頤：「顛頤吉，虎視眈眈，其欲逐逐，無咎。」後漢書·班固傳西都賦：「周以龍興，秦以虎視。」注：「龍興虎視，喻盛彊也。」

【相同】鴟視狼顧。鷹瞵虎視。

【相反】佛眼相看。菩薩低眉。

【例句】中國當時積弱不振，列強「虎視眈眈」，國父認為如果再不革命，中國就要滅亡了。

虎頭蛇尾 ㄏㄨˇ ㄊㄡˊ ㄕㄜˊ ㄨㄟˇ

【解釋】比喻前緊後鬆，有始無終。

【出處】水滸傳：「光陰荏苒，過了百餘日，卻是宣和元年的仲春了，官府挨捕的事已是虎頭蛇尾的事，前緊後慢。」

【例句】做事「虎頭蛇尾」的人多，有始有終的人少。

虎父無犬子 ㄏㄨˇ ㄈㄨˋ ㄨˊ ㄑㄩㄢˇ ㄗˇ

【解釋】指英雄有為的父親不會有懦弱或不爭氣的兒子。

【相同】虎父虎子。

【相反】歹竹出好筍。

【例句】他父親是當年的抗日名將，他兒子繼承父志投考陸軍官校，真是「虎父無犬子」。

處心積慮 ㄔㄨˇ ㄒㄧㄣ ㄐㄧ ㄌㄩˋ

【解釋】謂蓄意已久。

【出處】穀梁傳：「何甚乎鄭伯？甚鄭伯之處心積慮，成於殺也。」唐·柳宗元文：「故處心積慮，博蹇之道，表于朝端，弼違釋回，樸忠之誠，沃于帝念。」

【相同】老謀深算。挖空心思。

【相反】輕舉妄動。

【例句】俄國早就「處心積慮」想把外蒙古從中國版圖劃出來歸為己有。

處之泰然 ㄔㄨˇ ㄓ ㄊㄞˋ ㄖㄢˊ

【解釋】不慌不忙，毫不介意。

【出處】宋·朱熹·四書章句集注·論語·雍也「賢哉回也」注：「顏子之貧如此，而處之泰然，不以害其樂。」

【相同】從容不迫。隨遇而安。

【相反】驚惶失措。

【例句】他遇到任何急事，都能「處之泰然」，毫不惶張，頗有大將之風

虛左以待 ㄒㄩ ㄗㄨㄛˇ ㄧˇ ㄉㄞˋ

【解釋】留空一個尊位以待賢人或有才學的人。

【字義】左：古代車上的席位以左為尊。

【出處】史記·信陵君列傳：「公子從車騎，虛左，自迎夷門侯生。」

【相同】招賢納士。虛位以待。

【相反】拒之門外。尸位素餐。

【例句】部長求才若渴，早就「虛左以待」，只等你走馬上任。

虛有其表 ㄒㄩ ㄧㄡˇ ㄑㄧˊ ㄅㄧㄠˇ

【解釋】 本指才不副貌，現泛指一切外表好看而內裡空虛的人或物。

【出處】 舊五代史·安叔千傳：「叔千鄙野而無文，當時謂之安沒字，言若碑碣之無篆籀，但虛有其表。」

【相同】 華而不實。外強中乾。

【相反】 表裡如一。名副其實。

【例句】 此人「虛有其表」難當大任。

虛張聲勢 ㄒㄩ ㄓㄤ ㄕㄥ ㄕˋ

【解釋】 裝出盛大的威勢。

【出處】 唐·韓愈·論淮西事宜狀：「淄青、恆冀兩道，與蔡州氣類略同，今聞討伐(吳)元濟，人情必有救助之意，然皆闇弱，自保無暇，虛張聲勢，則必有之。」元曲選·缺名鴛鴦被：「這廝倚恃錢財，虛張聲勢，硬保強媒，把咱淩逼。」

【相同】 裝腔作勢。

【相反】 不動聲色。

【例句】 敵人在退卻前故意「虛張聲勢」，作出反攻的樣子，以便順利溜之大吉。

虛無縹緲 ㄒㄩ ㄨˊ ㄆㄧㄠ ㄇㄧㄠˇ

【解釋】 虛幻渺茫。

【字義】 縹緲：若有若無的樣子。

【出處】 唐·白居易·長恨歌：「忽聞海上有仙山，山在虛無縹緲間。」

【相同】 撲朔迷離。空中樓閣。海市蜃樓。

【相反】 確鑿不移。信而有徵。

【例句】 他所擬訂的景氣復甦計畫，只不過是「虛無縹緲」的空中樓閣而已，根本不可能實現。

虛與委蛇 ㄒㄩ ㄩˇ ㄨㄟ ㄧˊ

【解釋】 假意應酬。

【字義】 委蛇：隨順的樣子，今作「敷衍」。注意讀音。

【出處】 莊子·應帝王：「鄉吾示之以未始出吾宗，吾與之虛而委蛇，不知其誰何。」晉·郭象·注：「無心而隨物化。」

【相同】 言不由衷。虛情假意。虛應故事。

【相反】 真誠相待。開誠相見。

【例句】 他為了眼前大好的錦繡前程不得不和上司「虛與委蛇」。

虛懷若谷 ㄒㄩ ㄏㄨㄞˊ ㄖㄨㄛˋ ㄍㄨˇ

【解釋】 形容謙虛，胸懷像山谷一樣寬廣，能夠容物。

【字義】 虛懷：虛心。

【出處】 老子：「上德若谷。」姚雪垠·李自成：「見聞極廣，而又虛懷若谷，博採衆議。」

【相同】 深藏若虛。謙虛謹慎。

【相反】 唯我獨尊。自高自大。

【例句】 他雖博學多才，但能「虛懷若谷」接納別人的意見。

虫部

蛇鼠一窩 ㄕㄜˊ ㄕㄨˇ ㄧˊ ㄨㄛ

【解釋】 比喻是一群壞人。

【相同】 一丘之貉。

【例句】 傳說警察和黑社會分子是「蛇鼠一窩」，然此應是缺乏證據之說罷！

蛇蠍心腸 ㄕㄜˊ ㄒㄧㄝ ㄒㄧㄣ ㄔㄤˊ

【解釋】心腸狠毒。

【相同】狼心狗肺。

【相反】菩薩心腸。

【例句】大家都說這位美女是「蛇蠍心腸」，我可不以為然。

蛛絲馬跡 ㄓㄨ ㄙ ㄇㄚˇ ㄐㄧ

【解釋】謂如蛛之引絲，馬之留跡。比喻隱約可尋的線索，依稀可辨的跡象。

【出處】清·吳玉搢·王家賁序：「幾疑天下無字不可通用，而實則珠絲馬跡，原原本本，具在古書。」

【相反】無影無蹤。

【例句】調查時只要細心，不放過任何「蛛絲馬跡」，必定會破案的。

蜀犬吠日 ㄕㄨˇ ㄑㄩㄢˇ ㄈㄟˋ ㄖˋ

【解釋】比喻少見多怪。

【出處】唐·柳宗元·答韋中立論師道書：「屈子賦曰：『邑犬群吠，吠所怪也。』僕往聞庸蜀之南恆雨少，日出則犬吠。」

【相反】司空見慣。屢見不鮮。

【例句】從未進城的鄉下佬，突然目睹光怪陸離的夜市，當然會「蜀犬吠日」，此乃不足為奇。

蜂擁而出 ㄈㄥ ㄩㄥˇ ㄦˊ ㄔㄨ

【解釋】形容人多擠擁而出，有如一窩蜂。

【例句】下班時間一到，公司職員便「蜂擁而出」。

融會貫通 ㄖㄨㄥˊ ㄏㄨㄟˋ ㄍㄨㄢˋ ㄊㄨㄥ

【解釋】融合各說，領會其實質，從而得到全面透徹的理解。

【出處】朱子語類·論語：「曾子偶未見得，但見一箇事是一箇理，不曾融會貫通。」宋史·道學傳：「仁宗明道初年，程顥及弟頤寔生，及長，受業周氏（敦頤），已乃擴大其所聞，表章大學、中庸二篇，與語孟並行，於是上自帝王傳心之奧，下至初學入德之門，融會貫通，無復餘蘊。」

【相反】囫圇吞棗。一知半解。生吞活剝。

【例句】求學不可光靠死記，貴能「融會貫通」。

螳臂當車 ㄊㄤˊ ㄅㄟˋ ㄉㄤ ㄐㄩ

【解釋】比喻不自量力。

【出處】莊子·人間世：「汝不知夫螳螂乎？怒其臂以當車轍，不知其不勝任也。」韓詩外傳：「齊莊公出獵，有螳蜋舉足將搏（搏）其輪。問其御曰：『此何蟲也？』御曰：『此是螳螂也。其為蟲知進而不知退，不量力而輕就敵。』」明·缺名·四賢記：「休得要螳臂當車。」

【相同】自不量力。蚍蜉撼樹。以卵投石。螳臂扼轍。

【相反】自知之明。量力而行。

【例句】以一省的兵力去對抗一國的大軍，如此「螳臂當車」，豈有不敗亡的道理。

螳螂捕蟬，黃雀在後 ㄊㄤˊ ㄌㄤˊ ㄅㄨˇ ㄔㄢˊ ㄏㄨㄤˊ ㄑㄩㄝˋ ㄗㄞˋ ㄏㄡˋ

【解釋】本比喻貪圖近利而忘後患，現多指自己計算別人而不知本身亦被別人計算。

【出處】　說苑・正諫：「園中有樹，其上有蟬，蟬高居悲鳴，飲露，不知螳螂在其後也；螳螂委身曲附欲取蟬，而不知黃雀在其傍也；黃雀延頸欲啄螳螂，而不知彈丸在其下也；此三者，皆務欲得其前利而不顧其後之有患也。」

【例句】　小偷全神貫注，正待下手，不知「螳螂捕蟬，黃雀在後。」一名便衣警察已在一旁等候多時了。

蠅營狗苟
ㄧㄥˊ ㄧㄥˊ ㄍㄡˇ ㄍㄡˇ

見「狗苟蠅營」。

蠅頭微利
ㄧㄥˊ ㄊㄡˊ ㄨㄟˊ ㄌㄧˋ

【解釋】　像蒼蠅的頭那麼微小的利錢，形容獲利甚微。

【出處】　蘇軾詞：「蝸角虛名，蠅頭微利。」

【相同】　蠅頭小利。

【相反】　一本萬利。

【例句】　做小生意的只能賺一點「蠅頭微利」，請你別再討價還價了，好不好？

蠶食鯨吞
ㄘㄢˊ ㄕˊ ㄐㄧㄥ ㄊㄨㄣ

【解釋】　形容兩種不同方式的侵奪，像蠶吃桑葉一樣一口一口慢慢咬，或像鯨魚一樣一口吞下去。

【出處】　韓非子・存韓：「荆人不動，魏不足患也，則諸侯可蠶食而盡，趙氏可得敵矣。」史記・李斯傳：「昭王得范睢，廢穰侯，逐華陽，彊公室，杜私門，蠶食諸侯，使秦成帝業。」

【相同】　日削月割。日削月朘。

【相反】　金甌無缺。

【例句】　清末時，列強對中國「蠶食鯨吞」，如果不起來革命，中國一定會滅亡！

蠢蠢欲動
ㄔㄨㄣˇ ㄔㄨㄣˇ ㄩˋ ㄉㄨㄥˋ

【解釋】　指不法之徒準備活動，也形容靜極思動，但語含譏諷。

【字義】　蠢蠢：蟲類蠕動的樣子。

【出處】　南朝・宋・劉敬叔・異苑：「掘得一黑物，無有首尾，形如數百斛舡，長數十丈，蠢蠢而動。」

【相同】　躍躍欲試。

【相反】　紋絲不動。

【例句】　他犯竊盜罪，被管訓三年，剛釋放不久，又「蠢蠢欲動」了。

血部

血肉橫飛
ㄒㄧㄝˇ ㄖㄡˋ ㄏㄥˊ ㄈㄟ

【解釋】　形容受爆炸品傷害時的慘狀

【出處】　吳研人・發財秘訣：「養息了兩天，眞是賤皮賤肉，打得那般血肉橫飛的，不到幾天，已經痊癒了。」

【相同】　血肉模糊。血肉淋漓。

【相反】　安然無恙。

【例句】　暴徒在路上隨意砍殺路人，一時「血肉橫飛」，呼救之聲此起彼落，眞是慘不忍睹。

血流成河
ㄒㄧㄝˇ ㄌㄧㄡˊ ㄔㄥˊ ㄏㄜˊ

【解釋】　形容集體被殺害的慘狀。

【例句】　日軍攻入南京後，屠殺平民，殺得「血流成河」，屍積如山。

血流如注 ㄒㄧㄝˇ ㄌㄧㄡˊ ㄖㄨˊ ㄓㄨˋ

【解釋】形容流血極多。

【例句】他雙腿被軋斷，「血流如注」。

血海深仇 ㄒㄧㄝˇ ㄏㄞˇ ㄕㄣ ㄔㄡˊ

【解釋】仇恨深似海。

【相同】深仇大恨。

【相反】恩重如山。

【例句】他的父母兄弟，全被日本軍閥殺害，這樣的「血海深仇」，叫他怎能忘記？

血氣方剛 ㄒㄧㄝˇ ㄑㄧˋ ㄈㄤ ㄍㄤ

【解釋】年少氣盛，容易衝動。

【出處】論語：「及其壯也，血氣方剛，戒之在鬥。」

【相同】少年氣盛。

【相反】未老先衰。

【例句】青年人「血氣方剛」，稍有爭執，便口出惡言，根本不顧後果。

行部

行屍走肉 ㄒㄧㄥˊ ㄕ ㄗㄡˇ ㄖㄡˋ

【解釋】猶言活殭屍。比喻徒具形骸，缺乏生活理想的人。

【出處】舊題晉·王嘉·拾遺記：「（任末）臨終誡曰：『夫人好學，雖死猶存；不學者，雖存，謂之行屍走肉耳。』」

【相同】酒囊飯袋。塚中枯骨。

【相反】雖死猶生。奮發有爲。

【例句】像他這樣「行屍走肉」，活著有什麼意義呢？

行若狗彘 ㄒㄧㄥˊ ㄖㄨㄛˋ ㄍㄡˇ ㄓˋ

【解釋】行爲鄙賤像豬狗一樣。

【出處】墨子·耕柱：「傷矣哉！言則稱於湯文，行則譬於狗豨。」漢·賈誼·新書·階級：「故此一豫讓也，反君事讎，行若狗彘，已而折節致忠，行出乎烈士，人主使然也。」

【相同】禽獸不如。狗彘不如。

【相反】高風亮節。瑰意琦行。

【例句】他開口閉口仁義道德，但「行若狗彘」，有誰願意和他交往。

行雲流水 ㄒㄧㄥˊ ㄩㄣˊ ㄌㄧㄡˊ ㄕㄨㄟˇ

【解釋】比喻純任自然，毫無拘束。

【出處】東坡集：「大約如行雲流水，初無定質，但常行於所當行，常止於不可不止。」

【相同】揮灑自如。

【相反】矯揉造作。

【例句】他的詩文如「行雲流水」，無斧鑿痕，深受文壇推重。

行不得也哥哥 ㄒㄧㄥˊ ㄅㄨˋ ㄉㄜˊ ㄧㄝˇ ㄍㄜ ㄍㄜ

【解釋】鷓鴣鳴聲的擬意。比喻人事、世路等艱難。

【出處】本草綱目：「鷓鴣性畏霜露，早晚稀出。夜棲以木葉蔽身，多對啼，今俗謂其鳴曰行不得也哥哥。」

【例句】道路愈來愈險阻難行，眞有「行不得也哥哥」之歎。

行將就木 ㄒㄧㄥˊ ㄐㄧㄤ ㄐㄧㄡˋ ㄇㄨˋ

【解釋】就快要死亡。

【字義】木：棺木。
【出處】左傳：「季隗曰，我二十五年矣，又如是而嫁，則就木焉。」
【相同】命在旦夕。風燭殘年。半截入土。
【相反】年富力強。英姿颯爽。來日方長。
【例句】他雖「行將就木」，但仍死賴著不退休。

行遠自邇 ㄒㄧㄥˊ ㄩㄢˇ ㄗˋ ㄦˇ

【解釋】比喻做甚麼事，應由淺近處入手，逐步前進，有如行路，無論多遠，都由近處開始。
【字義】邇：近。
【出處】禮記：「君子之道，辟如行遠，必自邇。」
【相同】循序漸進。
【相反】好高鶩遠。
【例句】「行遠自邇」，做任何事都應該腳踏實地，按部就班。

街談巷議 ㄐㄧㄝ ㄊㄢˊ ㄒㄧㄤˋ ㄧˋ

【解釋】街坊群衆的談說議論。
【出處】漢·張平子·西京賦：「若其五縣遊麗辯論之士，街談巷議，彈射臧否，剖析毫釐，擘肌分理。」
【例句】雖然消息被封鎖，但是「街談巷議」很快就傳遍了全國。

衣部

衣香鬢影 ㄧ ㄒㄧㄤ ㄅㄧㄣˋ ㄧㄥˇ

【解釋】形容婦女的服飾華麗。
【出處】北周·庾信·春賦：「屋裡衣香不如花。」唐·李賀·歌詩編·詠懷之一：「彈琴看文君，春風吹鬢影。」
【例句】舞會中「衣香鬢影」，燭影搖紅，情調迷人。

衣錦還鄉 ㄧˋ ㄐㄧㄣˇ ㄏㄨㄢˊ ㄒㄧㄤ

【解釋】謂富貴後歸故鄉。
【字義】衣：穿；衣錦：表示當了大官或成了富翁。
【出處】梁書：「四年，出為……雍州刺史，高祖（梁武帝）餞於新亭，謂曰：『卿衣錦還鄉，朕無西顧之憂矣。』」
【相同】衣錦榮歸。衣錦之榮。
【相反】衣錦夜行。流落不偶。飄蓬斷梗。
【例句】華僑在國外發財後，無不希望「衣錦還鄉」，好向親戚朋友炫耀自己的成就。

衣服麗都 ㄧ ㄈㄨˊ ㄌㄧˋ ㄉㄨ

【解釋】衣服華美。
【出處】戰國策·齊策：「妻子衣服麗都。」
【相同】西裝革履。衣冠楚楚。
【相反】鶉衣百結。衣衫襤褸。
【例句】事實上他已債臺高築，但卻「衣服麗都」，是死愛面子的人。

衣冠禽獸 ㄧ ㄍㄨㄢ ㄑㄧㄣˊ ㄕㄡˋ

【解釋】比喻行為像禽獸一樣。
【出處】明·陳汝元·金蓮記：「哭哭啼啼假慈悲，善瞞老鼠；耽耽逐逐借聲勢，巧勝妖狐。人人罵我做衣冠禽獸，個個識我是文物穿窬。」
【相同】人面獸心。

【相反】正人君子。
【例句】他一身西裝革履，但專做男盜女娼的事，眞正是「衣冠禽獸」的傢伙。

衣冠楚楚 ㄧ ㄍㄨㄢ ㄔㄨˇ ㄔㄨˇ
【解釋】服裝整潔漂亮。
【字義】楚楚：鮮明。
【出處】詩經·曹風·蜉蝣：「衣裳楚楚。」
【相同】衣服麗都。
【相反】不修邊幅。衣衫襤褸。
【例句】老王今天「衣冠楚楚」，想必是和女朋友有約罷！

衣架飯囊 ㄧ ㄐㄧㄚˋ ㄈㄢˋ ㄋㄤˊ
【解釋】比喻沒本領的人，只懂穿衣吃飯。
【例句】他不學無術，只是一個「衣架飯囊」而已。

衣食足而知榮辱 ㄧ ㄕˊ ㄗㄨˊ ㄦˊ ㄓ ㄖㄨㄥˊ ㄖㄨˇ
【解釋】人只有在衣食不缺的時候才會求上進，知羞恥。
【出處】史記·貨殖列傳序：「倉廩實而知禮節，衣食足而知榮辱。」
【例句】「衣食足而知榮辱」，這些災民眼看都快餓死了，你還和他們談禮義廉恥，他們如何聽得進去？

哀感頑艷 ㄞ ㄍㄢˇ ㄨㄢˊ ㄧㄢˋ
【解釋】形容文章或戲劇悽惻動人而措詞綺麗。
【出處】文選·繁欽與魏文帝牋：「悽入肝脾，哀感頑艷。」
【例句】這部愛情小說情節「哀感頑艷」，深受廣大讀者的讚賞。

哀鴻遍野 ㄞ ㄏㄨㄥˊ ㄆㄧㄢˋ ㄧㄝˇ
【解釋】災民流離失所，觸目皆是。
【出處】詩經·小雅·鴻雁：「鴻雁于飛，哀鳴嗷嗷。」
【相同】民不聊生。生靈塗炭。野有餓莩。
【相反】國泰民安。河清海宴。家給人足。
【例句】大地震摧毀了無數建築物，「哀鴻遍野」。

袞袞諸公 ㄍㄨㄣˇ ㄍㄨㄣˇ ㄓㄨ ㄍㄨㄥ
【解釋】對有權勢有地位人的稱頌語。
【字義】袞袞：眾多，連續不斷的樣子。
【出處】唐·杜甫·醉時歌：「諸公袞袞登臺省，廣文先生官獨冷。」
【例句】如今「袞袞諸公」有幾人知道小老百姓生活的困苦？

被堅執銳 ㄆㄧ ㄐㄧㄢ ㄓˊ ㄖㄨㄟˋ
【解釋】被堅甲，執利兵。指上戰場殺敵。
【字義】被：古「披」字。
【出處】史記：「高祖以蕭何功最盛，封為酇侯，所食邑多。功臣皆曰：『臣等身被堅執銳，多者百餘戰，少者數十合，攻城略地，大小各有差。今蕭何未嘗有汗馬之勞，徒持文墨議論，不戰，顧反居臣等上，何也？』」
【例句】「被堅執銳」攻城略地的將士，個個無賞，賣主求榮的漢奸，反而當了大官，怎不令人浩嘆？

袖手旁觀 ㄒㄧㄡˋ ㄕㄡˇ ㄆㄤˊ ㄍㄨㄢ

【解釋】 縮手袖中，在旁觀看。後謂置身事外不加干涉為袖手旁觀。
【出處】 唐·韓愈·祭柳子厚文：「不善為斲，血指汗顏；巧匠旁觀，縮手袖間。」
【相同】 坐觀成敗。
【相反】 拔刀相助。
【例句】 有人欺負弱小同學，我們豈可「袖手旁觀」？

裝腔作勢 ㄓㄨㄤ ㄑㄧㄤ ㄗㄨㄛˋ ㄕˋ

【解釋】 裝出一種腔調，擺出一種姿勢，形容矯揉造作，藉以嚇唬人。
【例句】 他身無分文，卻「裝腔作勢」，讓人家誤以為他是大公司的老闆。

裝模作樣 ㄓㄨㄤ ㄇㄨˊ ㄗㄨㄛˋ ㄧㄤˋ

【解釋】 裝扮成某一種模樣，藉以騙人。
【出處】 二刻拍案驚奇：「妙觀以師道自尊，裝模作樣，盡自矜持，言笑不苟。」
【相同】 裝聾賣傻。裝瘋作傻。
【相反】 耳聰目明。
【例句】 那自稱能驅鬼的道士「裝模作樣」，口中念念有詞，我們看了又好氣又好笑。

裡應外合 ㄌㄧˇ ㄧㄥˋ ㄨㄞˋ ㄏㄜˊ

【解釋】 外面進攻和裡面接應相配合。
【出處】 水滸傳：「華州城郭廣闊，濠溝深遠，急切難打，只除非裡應外合，方可取得。」
【相同】 內外夾攻。
【例句】 我軍周密策畫，來個「裡應外合」，把敵軍殺得落花流水，潰不成軍。

裹足不前 ㄍㄨㄛˇ ㄗㄨˊ ㄅㄨˋ ㄑㄧㄢˊ

【解釋】 形容因有顧慮而停步不敢前去。
【字義】 裹足：把腳包紮起來，表示停止。
【出處】 史記·李斯傳：「天下之士，退而不敢西向，裹足不入秦。」
【相同】 踟躇不前。
【相反】 一往無前。乘風破浪。
【例句】 該地風景迷人，但治安欠佳，觀光客早已「裹足不前」了。

襲人故智 ㄒㄧˊ ㄖㄣˊ ㄍㄨˋ ㄓˋ

【解釋】 仿傚別人的方法。
【相反】 自出機杼。別出心裁。
【例句】 他用這手法，不過是「襲人故智」，不是別出心裁。

襾部

要言不煩 ㄧㄠˋ ㄧㄢˊ ㄅㄨˋ ㄈㄢˊ

【解釋】 說話扼要簡括。
【出處】 管輅別傳：「晏含笑而讚之曰：可謂要言不煩也。」
【相同】 言簡意賅。簡明扼要。提綱挈領。
【相反】 冗詞贅句。連篇累牘。拖泥帶水。三紙無驢。
【例句】 他的訓示句句切中要害，且「要言不煩」。

覆水難收 ㄈㄨˋ ㄕㄨㄟˇ ㄋㄢˊ ㄕㄡ

【解釋】 喻事已成定局，無法挽回。多喻夫婦離異之難復合。

【字義】 覆：翻倒。

【出處】 後漢書：「國家之事亦何容易？覆水不可收，宜深思之。」唐·李白·妾薄命：「雨落不上天，水覆難再收。君情與妾意，各自東西流。」

【相同】 落花難上枝。勞燕分飛。

【相反】 破鏡重圓。

【例句】 「覆水難收」，往者不復，他日欲補救，已無及矣。

覆巢之下無完卵 ㄈㄨˋ ㄔㄠˊ ㄓ ㄒㄧㄚˋ ㄨˊ ㄨㄢˊ ㄌㄨㄢˇ

【解釋】 比喻如果整個組織崩潰，個體不能幸存。

【字義】 覆：翻倒。

【出處】 世說新語：「孔融被收（逮捕），中外惶怖。時融兒大者九歲，小者八歲，二兒故琢釘戲，了無遽容。融謂使者曰：冀罪止於身，二兒可得全不？兒徐進曰：大人，豈見覆巢之下，復有完卵乎？尋亦收至。」

【相同】 覆巢破卵。巢毀卵破。

【例句】 全國上下深知「覆巢之下無完卵」的古訓，因此奮起抗日。

見部

見仁見知 ㄐㄧㄢˋ ㄖㄣˊ ㄐㄧㄢˋ ㄓˋ

【解釋】 見解各不相同。

【出處】 易經·繫辭：「仁者見之謂之仁，知（智）者見之謂知（智）。」

【相同】 各持己見。

【相反】 異口同聲。

【例句】 主席裁示，此案「見仁見知」，必須再充分討論後，才進行表決。

見死不救 ㄐㄧㄢˋ ㄙˇ ㄅㄨˋ ㄐㄧㄡˋ

【解釋】 眼看別人快要死去，也不肯上前救助。

【出處】 元·關漢卿·趙盼兒風月救風塵：「你做的個見死不救，可不羞殺桃園中殺白馬，宰烏牛。」

【相同】 袖手旁觀。坐視不救。

【相反】 救死扶傷。拔刀相助。

【例句】 這人受了重傷，我們不能「見死不救」。

見利忘義 ㄐㄧㄢˋ ㄌㄧˋ ㄨㄤˋ ㄧˋ

【解釋】 眼見有利可圖，便不顧道義

【出處】 漢·苗悅·漢紀：「當孝文之時，天下以酈寄為賣友，賣友者，謂見利而忘義。」

【相同】 利令智昏。見錢眼開。利慾薰心。見財起意。

【相反】 見義勇為。見利思義。

【例句】 這種「見利忘義」的人，不必和他交往。

見風使舵 ㄐㄧㄢˋ ㄈㄥ ㄕˇ ㄉㄨㄛˋ

【解釋】 看風向來使舵，比喻隨機應變。

【相同】 見機行事。

【例句】 他是「見風使舵」的政客，怎能稱之為政治家？

見義勇為 ㄐㄧㄢˋ ㄧˋ ㄩㄥˇ ㄨㄟˊ

【解釋】 見正義之事勇於作為。

【出處】 論語·為政：「見義不為，無勇也。」尺牘新鈔：「閣下前次之申救，何其見義勇為，而後此之寂寂，何其與初懷悖謬，而甘蒙不白於天下乎？」

【相同】義不容辭。當仁不讓。拔刀相助。

【相反】見利忘義。

【例句】現今人心不古，「見義勇為」的人那裡去找？

見微知著
ㄐㄧㄢˋ ㄨㄟˊ ㄓ ㄓㄨˋ

【解釋】從事物的細微跡兆，而能看出其實質和發展。

【出處】意林：「計然者，葵丘濮上人，姓辛，名文子。……少而明學陰陽，見微而知著。」

【相同】一葉知秋。

【例句】他「見微知著」，早已離開是非之地。

見異思遷
ㄐㄧㄢˋ ㄧˋ ㄙ ㄑㄧㄢ

【解釋】看見新事物就想改變自己的主意，指意志不堅定。

【出處】國語·齊語：「士之子常為士，農之子常為農，少而習焉，其心安焉，不見異物而遷焉。」

【相同】喜新厭舊。

【相反】忠心耿耿。一心一意。專心致志。

【例句】他學畫未成，改學音樂，後來又學雕刻，如此「見異思遷」，我保證，他將來一定一無所成。

見獵心喜
ㄐㄧㄢˋ ㄌㄧㄝˋ ㄒㄧㄣ ㄒㄧˇ

【解釋】比喻看見喜愛的事物，心癢難熬。

【出處】近思錄：「明道先生年十六七時，好田獵，十二年暮歸，在田野間見田獵者，不覺有喜心。」

【相同】躍躍欲試。

【例句】他很久沒有打高爾夫球了，現在看見高爾夫球場，不禁「見獵心喜」，躍躍欲試。

見機行事
ㄐㄧㄢˋ ㄐㄧ ㄒㄧㄥˊ ㄕˋ

【解釋】根據當時的情況而決定怎樣行動。也作「見機而作」。

【字義】機：時機。

【出處】紅樓夢：「李紈道：『你去見機行事，得回再回方好。』鳳姐點頭，忙忙的去了。」

【相同】隨機應變。見機而行。

【相反】墨守成規。刻舟求劍。

【例句】你看他們有甚麼反應之後，再「見機行事」好了。

規行矩步
ㄍㄨㄟ ㄒㄧㄥˊ ㄐㄩˇ ㄅㄨˋ

【解釋】一舉一動都循規蹈矩，形容行為正派或比喻事事墨守成規。

【字義】規、矩：規則、法則。

【出處】晉書·潘尼傳：「規行矩步者，皆端委而陪於堂下。」

【相同】循規蹈矩。

【相反】行差踏錯。為所欲為。

【例句】他事事「規行矩步」，唯恐行差踏錯，丟了烏紗帽。

視而不見
ㄕˋ ㄦˊ ㄅㄨˊ ㄐㄧㄢˋ

【解釋】看見了但不加注意或裝作沒有看見。

【出處】老子：「視之不見曰夷，聽之不聞曰希。」

【相同】視若無睹。

【相反】明察秋毫。眼觀四面。

【例句】他經常採取「視而不見」的態度處理事情，爲甚麼如此，大家心知肚明。

視同兒戲 ㄕˋ ㄊㄨㄥˊ ㄦˊ ㄒㄧˋ

【解釋】當作小孩子的玩意，亦即不認眞的意思。

【例句】這件事非同小可，你可別「視同兒戲」。

視同拱璧 ㄕˋ ㄊㄨㄥˊ ㄍㄨㄥˇ ㄅㄧˋ

【解釋】當作珍寶一樣。

【字義】拱璧：大璧，巨玉。

【例句】這個明代的銅香爐，他「視同拱璧」，不輕易拿出來給朋友看。

視同路人 ㄕˋ ㄊㄨㄥˊ ㄌㄨˋ ㄖㄣˊ

【解釋】當作過路的陌生人。

【相同】視同陌路。

【例句】吵過架之後，他們在街上遇到，也「視同路人」，互不理睬。

視死如歸 ㄕˋ ㄙˇ ㄖㄨˊ ㄍㄨㄟ

【解釋】把死亡看作得歸宿一樣，形容爲正義而勇於就死。

【出處】李陵·答蘇武書：「使三軍之士，視死如歸。」

【相同】捨生忘死。萬死不辭。視死如飴。

【相反】貪生怕死。偷生惜死。戀生惡死。苟且偷生。

【例句】官兵們「視死如歸」，日軍聞之膽寒。

視若無睹 ㄕˋ ㄖㄨㄛˋ ㄨˊ ㄉㄨˇ

【解釋】好像沒有看見一樣。

【出處】唐·韓愈·應科目時與人書：「是以有力者遇之，熟視之若無睹也。」

【相同】視而不見。熟視無睹。

【相反】明察秋毫。眼觀四面。

【例句】不法分子明目張膽在包娼包賭，何以警察竟「視若無睹」？

角部

觥籌交錯 ㄍㄨㄥ ㄔㄡˊ ㄐㄧㄠ ㄘㄨㄛˋ

【解釋】形容聚飲時的熱鬧。

【字義】觥：古代盛酒器；籌：酒籌，古時行酒令所用的籌碼。

【出處】歐陽修·醉翁亭記：「觥籌交錯，坐起而諠譁者，衆賓歡也。」

【相同】杯觥交錯。

【例句】他的生日慶祝酒會如期舉行，「觥籌交錯」，賓主盡歡。

解甲歸田 ㄒㄧㄝˋ ㄐㄧㄚˇ ㄍㄨㄟ ㄊㄧㄢˊ

【解釋】士兵退伍回鄉，重整農事，現只指軍人退伍回鄉。

【相同】賣劍買牛。

【相反】戎馬倥傯。

【例句】八年抗戰結束後，他們「解甲歸田」，心中猶有老驥伏櫪的雄心壯志。

解衣推食 ㄐㄧㄝˇ ㄧ ㄊㄨㄟ ㄕˊ

【解釋】形容待人如己，情至義盡。

【出處】史記·淮陰侯列傳：「漢王授我上將軍印，予我數萬衆，解衣衣（第二個「衣」字作動詞用，讀「意」）我，推食食（第二個「食」字作動詞用，讀「飼」）我，言聽計用。」

【相同】 偷寒送暖。
【相反】 漠不關心。
【例句】 長官對我「解衣推食」，我豈能不臨危授命？

解鈴繫鈴
ㄐㄧㄝˇ ㄌㄧㄥˊ ㄒㄧˋ ㄌㄧㄥˊ

【解釋】 比喻凡事要由本人自己解決，亦常用全句「解鈴還須繫鈴人」。
【出處】 指月錄：「金陵清涼泰欽禪師性豪逸，衆易之，法眼獨契重。一日眼問衆：虎項金鈴，是誰解得？衆無對。師適至，眼舉前語問，對曰：繫者解得。」
【例句】 自己闖了大禍，必須自己設法解決，這就是「解鈴繫鈴」的意思。

觸目皆是
ㄔㄨˋ ㄇㄨˋ ㄐㄧㄝ ㄕˋ

【解釋】 眼睛所接觸到的地方，都是這些東西，形容爲數甚多。
【出處】 五等論：「明竊號議者，觸目皆是。」
【相同】 比比皆是。
【相反】 寥若晨星。
【例句】 遊客缺乏公德心，紙屑果皮，「觸目皆是」。

觸目驚心
ㄔㄨˋ ㄇㄨˋ ㄐㄧㄥ ㄒㄧㄣ

【解釋】 看見就叫人吃驚。
【出處】 明·無名氏·鳴鳳記：「李大人，聞言興慨，觸目驚心。」
【相同】 驚心動魄。怵目驚心。
【相反】 司空見慣。
【例句】 報紙刊出吸毒情形的嚴重，眞是「觸目驚心」。

觸景生情
ㄔㄨˋ ㄐㄧㄥˇ ㄕㄥ ㄑㄧㄥˊ

【解釋】 接觸到某一景物，產生特殊感情。
【相同】 觸景傷情。
【例句】 這首詩是他重返故居時，「觸景生情」之作。

觸類旁通
ㄔㄨˋ ㄌㄟˋ ㄆㄤˊ ㄊㄨㄥ

【解釋】 由類似之點而推知其他。
【出處】 易·繫辭上：「十有八變而成卦，八卦而小成，引而伸之，觸類而長之，天下之能事畢矣。」
【相同】 舉一反三。由此及彼。
【相反】 一竅不通。百思不解。
【例句】 掌握了基本方法之後，我們就可以「觸類旁通」，不必事事依靠強記。

言部

言人人殊
ㄧㄢˊ ㄖㄣˊ ㄖㄣˊ ㄕㄨ

【解釋】 各人所說的話都不相同。
【出處】 漢書·曹參傳：「齊故諸儒以百數，言人人殊，參未知所定。」
【相反】 衆口同聲。
【例句】 在緊要關頭，他爲何退還？「言人人殊」，莫衷一是。

言之成理
ㄧㄢˊ ㄓ ㄔㄥˊ ㄌㄧˇ

【解釋】 言論能成文理，指話說得有道理。
【出處】 荀子·非十二子：「然而其持之有故，其言之成理，足欺惑愚衆。」
【相同】 言之有理。合情合理。
【相反】 強詞奪理。理屈詞窮。
【例句】 他反覆闡述，聽來似乎「言

之成理」。

言之有物 ㄧㄢˊ ㄓ ㄧㄡˇ ㄨˋ

【解釋】說或寫，內容具體且充實。

【出處】易經：「君子以言有物而行有恆。」

【相同】言之鑿鑿。

【相反】言之無物。

【例句】這篇新聞報導，「言之有物」，令讀者信服。

言之無物 ㄧㄢˊ ㄓ ㄨˊ ㄨˋ

【解釋】文章或說話空空洞洞，內容貧乏。

【相反】言之有物。

【例句】他說了大半天，卻「言之無物」，大家都不知所云。

言不及義 ㄧㄢˊ ㄅㄨˋ ㄐㄧˊ ㄧˋ

【解釋】說話不涉及正義。

【字義】義：正義。不及義：指說些無聊的話、不正經的事。

【出處】論語·衛靈公：「群居終日，言不及義，好行小慧，難矣哉！」

【相同】胡言亂語。不經之談。胡說八道。

【相反】不刊之論。微言大義。

【例句】他們所談，無非吃喝要樂，終日「言不及義」。

言不由衷 ㄧㄢˊ ㄅㄨˋ ㄧㄡˊ ㄓㄨㄥ

【解釋】說的並不是眞心話。

【出處】明·李贄·童心說：「童心旣障，於是發而爲言語，則言語不由衷；見而爲政事，則政事無根柢；著而爲文辭，則文辭不能達。」

【相同】違心之論。

【相反】由衷之言。心口如一。肺腑之言。言由衷發。

【例句】從表情就輕易看出，他是「言不由衷」，應付一下而已。

言外之意 ㄧㄢˊ ㄨㄞˋ ㄓ ㄧˋ

【解釋】說話之中隱約含有這個意思

【出處】宋·葉夢得·石林詩話：「七言難於氣象雄渾，句中有力而紆餘（曲折），不失言外之意。」

【相同】弦外之音。音在弦外。意在言外。

【相反】直言無隱。直抒己見。

【例句】這篇社論的「言外之意」是攻擊政敵。

言行一致 ㄧㄢˊ ㄒㄧㄥˊ ㄧ ㄓˋ

【解釋】說話和行動一致，並無矛盾

【出處】墨子·兼愛：「當使若二士者，言必信，行必果，使言行之合，猶合符節也。」宋·趙善潦·自警篇：「力行七年而後成，自此言行一致，表裡相應，遇事坦然，常有餘裕。」

【相同】言行相符。言行若一。表裏如一。

【相反】言行不一。自相矛盾。言行相逸。

【例句】「言行一致」才能使人信服。

言爲心聲 ㄧㄢˊ ㄨㄟˊ ㄒㄧㄣ ㄕㄥ

【解釋】語言是心的聲音，聽一個人的說話就可知他的心意。

【出處】法言問神：「言，心聲也，書，心畫也。」

【例句】「言爲心聲」，他說得涕泗橫流。因此，我相信他眞的已經悔過了。

言過其實 ㄧㄢˊ ㄍㄨㄛˋ ㄑㄧˊ ㄕˊ

【解釋】言語浮誇，超過實際。

【出處】三國志：「先生臨薨謂亮曰：『馬謖言過其實，不可大用，君其察之！』」

【相同】夸夸其談。誇大其詞。

【相反】恰如其分。言必有中。

【例句】說它是世界第一，未免「言過其實」了。

言猶在耳 ㄧㄢˊ ㄧㄡˊ ㄗㄞˋ ㄦˇ

【解釋】所說的話還在耳邊響著，即話說過沒多久，記憶猶新的意思。

【出處】李陵文：「言猶在耳，忠豈忘心。」

【相同】記憶猶新。歷歷在目。

【相反】置諸腦後。

【例句】「言猶在耳」，怎能這樣快就反悔?

言歸于好 ㄧㄢˊ ㄍㄨㄟ ㄩˊ ㄏㄠˇ

【解釋】重新和好。

【字義】言：助詞，無義。

【出處】左傳：「凡我同盟之人，既盟之後，言歸于好。」

【相同】握手言歡。渙然冰釋。

【相反】恩斷義絕。分道揚鑣。冤家路窄。

【例句】兩黨已「言歸于好」，合組內閣。

言歸正傳 ㄧㄢˊ ㄍㄨㄟ ㄓㄥˋ ㄓㄨㄢˋ

【解釋】回復正題上去。

【出處】兒女英雄傳：「如今說書的把話交代清楚，不再絮煩，言歸正傳。」

【相同】書歸正傳。

【相反】東拉西扯。顧左右而言他。

【例句】嘮嘮嗦嗦了一小時，還沒有「言歸正傳」。

言簡意賅 ㄧㄢˊ ㄐㄧㄢˇ ㄧˋ ㄍㄞ

【解釋】話說得不多，但意思極爲透徹詳盡。

【字義】賅：詳備。

【出處】宋·張瑞義·貴耳集：「言簡理盡，遂成王言。」清·王韜·淞隱漫錄：「余初來語言文字亦不相通，承其指授，由漸精曉，深嘆古人言簡而意賅，爲不可及也。」

【相同】要言不煩。言簡意明。一針見血。

【相反】連篇累牘。冗詞贅句。拖泥帶水。三紙無驢。

【例句】他的話眞是「言簡意賅」，一針見血。

言聽計從 ㄧㄢˊ ㄊㄧㄥ ㄐㄧˋ ㄘㄨㄥˊ

【解釋】極言對人信任。

【出處】魏書·崔浩傳：「屬太宗爲政之秋，值世祖經營之日，言聽計從，寧廓區夏。遇既隆也，勤亦茂哉！」

【相同】百依百順。

【相反】一意孤行。

【例句】他有過人的智慧，國王對他無不「言聽計從」。

計無所出 ㄐㄧˋ ㄨˊ ㄙㄨㄛˇ ㄔㄨ

【解釋】毫無辦法。

【出處】三國志·裴松之注引會稽典

錄：「策功曹魏騰，以迕意見譴，將殺之，士大夫憂恐，計無所出。」

【相同】計窮力竭。束手無策。無計可施。

【相反】胸中甲兵。足智多謀。計上心來。

【例句】苦思半日，依舊「計無所出」。

記憶猶新 ㄐㄧˋ ㄧˋ ㄧㄡˊ ㄒㄧㄣ

【解釋】過去某一件事，現在還記得清清楚楚。

【出處】宋·劉克莊·跋章南舉千藁：「僕曩官建上，多識其士，友去之數十年，猶記憶如新相知；今屈指故交存者十無一二。」

【相同】歷歷在目。言猶在耳。

【例句】事隔十年，依舊「記憶猶新」。

設身處地 ㄕㄜˋ ㄕㄣ ㄔㄨˇ ㄉㄧˋ

【解釋】設想本身處在別人的境地，亦即指替別人著想。

【出處】禮記：「體群臣也。」朱熹注：「體謂設以身處其地而察以心也。」

【相同】將心比心。推己及人。

【例句】大家如果願意「設身處地」替別人想一想，糾紛就會減少了。

評頭品足 ㄆㄧㄥˊ ㄊㄡˊ ㄆㄧㄣˇ ㄗㄨˊ

【解釋】原指輕薄男子品評婦女的容貌，現亦指隨便對別人作不負責任的評議。也作「評頭論足」。

【例句】幾個游手好閒的少年每天站在校門口附近女生必經之路，專心「評頭品足」。

話不投機 ㄏㄨㄚˋ ㄅㄨˋ ㄊㄡˊ ㄐㄧ

【解釋】雙方見解不同，說起話來不相融洽。

【字義】投機：意見契合。

【出處】誤入桃園：「言不諳典，話不投機。」

【相同】格格不入。

【相反】抵掌而談。促膝談心。

【例句】他倆「話不投機」，立刻大打出手。

說一不二 ㄕㄨㄛ ㄧ ㄅㄨˋ ㄦˋ

【解釋】說這樣就這樣，決不變卦。

【出處】兒女英雄傳：「（褚一官）到了在他娘子跟前，卻是從來說一不二。」

【相同】斬釘截鐵。

【相反】朝三暮四。朝秦暮楚。

【例句】他是「說一不二」的人，決不食言。

說長道短 ㄕㄨㄛ ㄔㄤˊ ㄉㄠˋ ㄉㄨㄢˇ

【解釋】談論別人的短長，特別是缺點。

【字義】長：長處；短：短處。

【出處】漢·崔瑗·座右銘：「無道人之短，無說己之長。」元曲選·無名氏神奴兒：「俺倒不言語，他卻說長道短的。」

【相同】說三道四。論黃數黑。

【相反】閉口不言。守口如瓶。

【例句】他最不喜歡在別人背後「說長道短」。

說曹操曹操就到 ㄕㄨㄛ ㄘㄠˊ ㄘㄠ ㄘㄠˊ ㄘㄠ ㄐㄧㄡˋ ㄉㄠˋ

【解釋】談及某人，某人湊巧就出現在眼前。

【例句】「說曹操曹操就到」，你竟然來了！

誨人不倦 ㄏㄨㄟˋ ㄖㄣˊ ㄅㄨˋ ㄐㄩㄢˋ

【解釋】樂於教導後輩，不感厭倦。

【出處】論語·述而：「夫子循循然，善誘人，學而不厭，誨人不倦。」

【相同】諄諄善誘。

【例句】老師們「誨人不倦」的精神，令人欽佩。

誨淫誨盜 ㄏㄨㄟˋ ㄧㄣˊ ㄏㄨㄟˋ ㄉㄠˋ

【解釋】本指招惹強盜及招人淫己，禍由自己招來，現多只照字面解，指教導別人去做淫蕩盜竊等壞事。

【出處】周易·繫辭：「慢藏誨盜，冶容誨淫。」（守藏財物不愼，等於招惹強盜，女子妖冶，等於招惹淫蕩者來淫辱自己。）

【相反】諄諄告誡。

【例句】這些黃色刊物極盡「誨淫誨盜」之能事，青年少看了，有損身心發展。

誓不兩立 ㄕˋ ㄅㄨˋ ㄌㄧㄤˇ ㄌㄧˋ

【解釋】發誓不與敵人並存。

【出處】三國志·蜀志·諸葛亮傳注：「漢賊不兩立，敵我不並存。」三國演義：「（周）瑜曰：『吾與老賊誓不兩立！』」

【相同】不共戴天。冰炭不容。

【相反】情同骨肉。唇齒相依。

【例句】他殺了我父親，我與他「誓不兩立」，非要法律還個公道不可。

談天說地 ㄊㄢˊ ㄊㄧㄢ ㄕㄨㄛ ㄉㄧˋ

【解釋】形容談話範圍廣泛，上天下地，無所不談。

【出處】史記·荀卿傳：「故齊人頌曰：談天衍，雕龍奭。」注：「劉向別錄：騶衍之所言五德終始，天地廣大，盡言天事，故曰談天。」

【例句】兄弟倆從深夜起「談天說地」，直到雞啼，尚滔滔不絕。

談何容易 ㄊㄢˊ ㄏㄜˊ ㄖㄨㄥˊ ㄧˋ

【解釋】本指不易談論，現泛指說起來容易，做起來卻困難重重。

【出處】漢書東方朔傳：「先生曰：於戲（嗚呼），可乎哉！可乎哉！談何容易？」

【相同】難於登天。

【相反】輕而易舉。易如反掌。

【例句】這件事花了二十年漫長的歲月才完成，眞是「談何容易」。

談虎色變 ㄊㄢˊ ㄏㄨˇ ㄙㄜˋ ㄅㄧㄢˋ

【解釋】比喻談及可怕之事即畏懼變色。

【字義】色：臉色。

【出處】宋·朱熹輯·二程語錄：「向親見一人曾爲虎所傷。言及虎，神色便變。傍有數人，見他說虎，非不知虎之猛可畏，然不如他說了有畏懼之色。」

【相同】傷弓之鳥驚曲水。心有餘悸。一朝被蛇咬，十年怕井繩。

【相反】不動聲色。泰山崩於前而色

不改。

【例句】此地治安差，一提到搶劫，大家不禁「談虎色變」。

談笑風生 ㄊㄢˊ ㄒㄧㄠˋ ㄈㄥ ㄕㄥ

【解釋】形容說話生動風趣。

【字義】風：風趣。

【出處】宋・汪藻・浮溪集：「談笑風生，坐者皆屈。」

【相同】議論風生。談笑自若。

【相反】枯燥無味。

【例句】宴會時大家「談笑風生」，賓主盡歡。

請君入甕 ㄑㄧㄥˇ ㄐㄩㄣ ㄖㄨˋ ㄨㄥˋ

【解釋】有自作自受或以其人之道還治其人之身的意思。

【出處】通鑑・唐紀則天皇后：「周興與丘神勣通謀，太后命來俊臣鞫之，俊臣與興方推事對食，謂興曰：『囚多不承，當為何法？』興曰：『此甚易耳，取大甕，以炭四周炙之，令囚入中，何事不承？』俊臣乃索大甕，火圍如興法，因起謂興曰：『有內狀推兄，請兄入此甕。』興惶恐叩頭伏罪。」

【相同】作法自斃。自作自受。

【相反】代人受過。

【例句】事先這回我們布好陷阱，以其人之道還治其人之身，務必「請君入甕」。

諸子百家 ㄓㄨ ㄗˇ ㄅㄞˇ ㄐㄧㄚ

【解釋】眾多學家之統稱。

【字義】諸子：先秦各學派的代表人物，如老子、孔子、墨子等；百家：泛指所有派別。

【出處】史記・賈誼傳：「賈生年少，頗通諸子百家之書。」

【例句】他熟讀古書，舉凡「諸子百家」，沒有一本沒有讀過。

論功行賞 ㄌㄨㄣˋ ㄍㄨㄥ ㄒㄧㄥˊ ㄕㄤˇ

【解釋】按照功績的大小而給與相等的獎賞。

【出處】北洋軍閥演義：「論功行賞，理所應該。」

【相反】賞不當功。

【例句】這次大捷，「論功行賞」，師長為首功。

調虎離山 ㄉㄧㄠˋ ㄏㄨˇ ㄌㄧˊ ㄕㄢ

【解釋】比喻用計，使敵人離開他的根據地。

【出處】封神演義：「子牙公須是親自用調虎離山計，一戰成功。」

【相同】聲東擊西。引蛇出洞。

【相反】放虎歸山。

【例句】敵人用「調離虎山」之計，想把我軍主力引開，然後趁虛進攻。

諱疾忌醫 ㄏㄨㄟˋ ㄐㄧˊ ㄐㄧˋ ㄧ

【解釋】不肯承認有病，拒絕醫治，比喻掩飾缺點，不肯改過。

【字義】諱：隱瞞，逃避。

【出處】周子・通書：「今人有過，不喜人現，如諱疾而忌醫，寧滅其身而無悟也。」

【相同】文過飾非。拒諫飾非。

【相反】有病不瞞醫。聞過則喜。

【例句】犯罪率激增，當局卻說和外國比較，仍不算嚴重，這種「諱疾忌醫」的態度，將使匪欲高張，市民喪膽。

諱莫如深 ㄏㄨㄟˋ ㄇㄛˋ ㄖㄨˊ ㄕㄣ

【解釋】隱諱極深，不肯明言。
【字義】諱：隱瞞眞相；莫：沒什麼；深：事件重大。
【出處】穀梁傳：「諱莫如深，深則隱。」
【相同】守口如瓶。深不可測。
【相反】直言不諱。心直口快。
【例句】事件的眞相如何，他們始終「諱莫如深」。

謙謙君子 ㄑㄧㄢ ㄑㄧㄢ ㄐㄩㄣ ㄗˇ

【解釋】稱譽謙厚的人。
【字義】謙謙：謙遜的樣子。
【出處】周易·謙：「謙謙君子，卑以自牧。」
【例句】他是「謙謙君子」，從未和人發生過爭執。

謹言愼行 ㄐㄧㄣˇ ㄧㄢˊ ㄕㄣˋ ㄒㄧㄥˊ

【解釋】說話和做事都小心謹愼。
【出處】禮記·緇衣：「故言必慮其所終，而行必稽其所敝，則民謹於言而愼於行。」
【相同】謹愼小心。三思而行。謹小愼微。
【相反】膽大妄爲。輕舉妄動。
【例句】公司裡是非多，你來上班，一定要「謹言愼行」。

謬種流傳 ㄇㄧㄡˋ ㄓㄨㄥˇ ㄌㄧㄡˊ ㄔㄨㄢˊ

【解釋】謬誤輾轉相傳。荒謬錯誤的議論或文章等流傳於世。
【字義】謬：錯誤。
【出處】宋史·選舉志·科目：「至理宗朝，姦弊愈滋，……才者或反見遺，所取之士既不精，數年之後，復俾之主文，是非顚倒逾甚，時謂之繆種流傳。」（繆，通「謬」。）
【相同】以訛傳訛。
【相反】至理名言。不刊之論。
【例句】這本字典錯字連篇，「謬種流傳」，貽誤後學。

譁衆取寵 ㄏㄨㄚˊ ㄓㄨㄥˋ ㄑㄩˇ ㄔㄨㄥˇ

【解釋】以浮誇的言行博取衆人的尊敬。
【字義】譁：諠譁；寵：寵愛。
【出處】漢書·藝文志·儒家：「然惑者既失精微，而辟者又隨時抑揚，違離道本，苟以譁衆取寵。」
【例句】現在的民代多皆採「譁衆取寵」的手法來獲取連任。

辯才無礙 ㄅㄧㄢˋ ㄘㄞˊ ㄨˊ ㄞˋ

【解釋】形容口才好，說理暢達。
【字義】辯才：辯論的口才；礙：阻礙。
【出處】華嚴經：「若能知法永不滅，則得辯才無礙法，若得辯才無礙法，則能開演無邊法。」
【相同】能言善辯。
【相反】期期艾艾。
【例句】想從事政治活動，第一項要求是「辯才無礙」。

變本加厲 ㄅㄧㄢˋ ㄅㄣˇ ㄐㄧㄚ ㄌㄧˋ

【解釋】改變本來而比本來更甚。
【字義】厲：猛烈。

【出處】梁·昭明太子·文選序：「蓋踵其事而增華，變其本而加厲，物既有之，文亦宜然。」

【相同】愈演愈烈。日甚一日。

【相反】每況愈下。

【例句】嫌犯不但不向受害者道歉，反而「變本加厲」譭謗受害者。

變幻莫測

ㄅㄧㄢˋ ㄏㄨㄢˋ ㄇㄛˋ ㄘㄜˋ

【解釋】變化不定，難以測度。

【出處】封神演義：「天王君曰：『吾紅水陣內奪壬癸之精，藏天乙之妙，變幻莫測。』」

【相同】千變萬化。變化無窮。

【相反】一成不變。

【例句】台灣的天氣「變幻莫測」，像少女的心。

谷部

豁然貫通

ㄏㄨㄛˋ ㄖㄢˊ ㄍㄨㄢˋ ㄊㄨㄥ

【解釋】突然徹悟通曉。

【字義】豁然：開敞的樣子。

【出處】大學：「而一旦豁然貫通焉。」

【相同】茅塞頓開。恍然大悟。

【相反】百思不解。大惑不解。

【例句】我查了百科全書，才「豁然貫通」。

豁然開朗

ㄏㄨㄛˋ ㄖㄢˊ ㄎㄞ ㄌㄤˇ

【解釋】突然之間，路徑變得寬闊明朗。

【字義】豁然：開通的樣子。

【出處】晉·陶潛·桃花源記：「初極狹，才通人，復行數十步，豁然開朗。」

【相同】茅塞頓開。豁然大悟。

【相反】暗淡無光。百思莫解。大惑不解。

【例句】經過明師指點，我才「豁然開朗」。

豆部

豈有此理

ㄑㄧˇ ㄧㄡˇ ㄘˇ ㄌㄧˇ

【解釋】本指「哪有這個道理」，後來逐漸用作表示荒謬，無法無天等斥責語。

【出處】法書要錄：「知足下以界內有此事，便欲去縣，豈有此理！」

【例句】他明知故犯，眞是「豈有此理」！

豐衣足食

ㄈㄥ ㄧ ㄗㄨˊ ㄕˊ

【解釋】衣食豐足。

【出處】五代·王定保·賢僕夫：「豐衣足食，所往無不克。」

【相同】家給人足。

【相反】啼飢號寒。

【例句】施行新政後，人民開始「豐衣足食」，不必再啼飢號寒。

豐功偉績

ㄈㄥ ㄍㄨㄥ ㄨㄟˇ ㄐㄧ

【解釋】偉大的功勞業績。

【出處】元·朱晞顏·瓢泉吟稿：「豐功偉績想餘風，霸略雄圖見遺趾。」

【相同】豐烈偉績。

【相反】罪惡滔天。罪大惡極。彌天大罪。

【例句】他的「豐功偉績」，國人永遠銘記在心。

豕部

象齒焚身 ㄒㄧㄤˋ ㄔˇ ㄈㄣˊ ㄕㄣ

【解釋】 比喻人以多財得禍，正如象因牙而致喪生。
【出處】 左傳：「象有齒以焚其身。」
【例句】 他身懷巨款，招致謀財害命，這就是「象齒焚身」的道理。

豸部

豹狼當道 ㄅㄠˋ ㄌㄤˊ ㄉㄤ ㄉㄠˋ

【解釋】 比喻壞人掌握大權。
【例句】 如今「豹狼當道」，老百姓苦不堪言。

貌合神離 ㄇㄠˋ ㄏㄜˊ ㄕㄣˊ ㄌㄧˊ

【解釋】 外表很和洽，實際各有自己的打算。（本作「貌合心離」。）
【字義】 神：精神。
【出處】 素書遵義：「貌合心離者孤，親讒遠忠者亡。」
【相同】 同床異夢。離心離德。
【相反】 一心一德。志同道合。同心同德。
【例句】 他倆「貌合神離」，總有一天會分道揚鑣的。

貝部

負荊請罪 ㄈㄨˋ ㄐㄧㄥ ㄑㄧㄥˇ ㄗㄨㄟˋ

【解釋】 賠罪認錯。
【字義】 荊：一種灌木，可作鞭用。
【出處】 史記：「廉頗聞之，肉袒負荊，因賓客至藺相如門謝罪。」
【相同】 肉袒負荊。泥首請罪。責躬罪己。
【相反】 興師問罪。諉過於人。
【例句】 他已「負荊請罪」，我便和他和好如初了。

負嵎頑抗 ㄈㄨˋ ㄩˊ ㄨㄢˊ ㄎㄤˋ

【解釋】 依某種條件作頑強的抵抗。
【字義】 負：依靠；嵎：俗作「隅」，山勢彎曲險要的地方。
【相同】 負固不服。負隅頑抗。
【相反】 束手就擒。
【例句】 殘敵猶「負嵎頑抗」，我軍不宜正面進攻，應採調虎離山之計。

負債累累 ㄈㄨˋ ㄓㄞˋ ㄌㄟˇ ㄌㄟˇ

【解釋】 形容債務纏身。
【相同】 債臺高築。
【例句】 他越賭越輸，結果「負債累累」。

販夫走卒 ㄈㄢˋ ㄈㄨ ㄗㄡˇ ㄗㄨˊ

【解釋】 販賣雜物而奔走爲生的人，亦泛指勞動者。
【出處】 周禮·地官司市：「夕市，夕時而市，販夫販婦爲主。」
【例句】 這些「販夫走卒」竟然敢和富官巨賈對抗。

貪小失大 ㄊㄢ ㄒㄧㄠˇ ㄕ ㄉㄚˋ

【解釋】 貪圖小利因而遭受大損失。
【出處】 新論·貪愛記載：秦欲伐蜀，路嶮不通，乃斲石爲牛，多以金置牛後，號牛糞之金，蜀侯使五丁力士塹山塡谷，以迎石牛，秦人帥師隨後滅其國，「以貪小利失其大利也。」

【相同】爭雞失羊。爭貓丟牛。
【相反】捨短用長。捨短取長。
【例句】目光短淺的人，往往只看到眼前的利益，最後獲得「貪小失大」的結局。

貪得無厭
ㄊㄢ ㄉㄜˊ ㄨˊ ㄧㄢˋ

【解釋】貪心無法滿足。
【字義】厭：亦作「饜」，滿足。
【出處】左傳：「生伯封，實有豕心，貪婪無饜。」四遊記·東遊記：「洞賓嘆曰：『人心貪得無厭，一至於此。』」
【相同】得隴望蜀，慾壑難塡。
【相反】一介不取。分文不取。
【例句】他「貪得無厭」，縱然金山銀山給了他，也不會滿足。

貪贓枉法
ㄊㄢ ㄗㄤ ㄨㄤˇ ㄈㄚˇ

【解釋】貪圖贓款，不惜違背法律。
【字義】贓：賄款，盜竊得來的財物
【出處】漢書：「及傷人與盜，吏受賕枉法，男女淫亂，皆復古刑。」古今小說：「做官的貪贓枉法得來的錢鈔，此乃不義之財。」
【相同】營私舞弊。玩法徇私。枉法營私。
【相反】奉公守法。廉潔奉公。清正廉明。
【例句】他是有名的清官，決不「貪贓枉法」。

貧病交迫
ㄆㄧㄣˊ ㄅㄧㄥˋ ㄐㄧㄠ ㄆㄛˋ

【解釋】既貧困，又生病，兩者一齊摧迫。
【例句】他晚年辭官後，「貧病交迫」，抑鬱而終。

貧無立錐
ㄆㄧㄣˊ ㄨˊ ㄌㄧˋ ㄓㄨㄟ

【解釋】形容極爲貧窮，連一寸土地也沒有。（錐子末端甚小，但竟連安放錐子的地方也沒有。）
【出處】食貨志：「富者田連阡陌，貧者亡立錐之地。」
【相同】家徒四壁。
【相反】富可敵國。
【例句】他爲官清廉，掛冠後，竟至「貧無立錐」之地。

責無旁貸
ㄗㄜˊ ㄨˊ ㄆㄤˊ ㄉㄞˋ

【解釋】應負的責任，無法推卸。
【出處】清史稿·袁甲三傳：「疏言：『總督程矞宋爲守土之臣，責無旁貸。』」
【相同】義不容辭。當仁不讓。責有攸歸。
【相反】推三諉四。
【例句】我身爲父母官，使人民安居樂業，是我「責無旁貸」的分內工作。

貽人口實
ㄧˊ ㄖㄣˊ ㄎㄡˇ ㄕˊ

【解釋】給人抓住作爲話柄。
【字義】貽：給。
【例句】他當選省主席後，從不推薦自己的親戚任職，生怕「貽人口實」。

貽笑大方
ㄧˊ ㄒㄧㄠˋ ㄉㄚˋ ㄈㄤ

【解釋】讓內行人笑話，常用爲自謙
【字義】大方：指專家或見識廣博的人。
【出處】莊子：「吾見笑於大方之家。」

【例句】你這篇論文未能廣徵博引，發表後，一定會「貽笑大方」。

買櫝還珠 ㄇㄞˇ ㄉㄨˊ ㄏㄨㄢˊ ㄓㄨ

【解釋】比喻沒見識的人捨珠（珍貴的東西）而取櫝（賤物），取捨不當。

【字義】櫝：盒子。

【出處】韓非子·外儲：「楚人有賣其珠於鄭者，為木蘭之櫃，薰以桂椒，綴以珠玉，飾以玫瑰，輯以羽翠，鄭人買其櫝而還其珠。」

【相同】捨本逐末。

【例句】因為我學淺，所以我的選擇，也許是「買櫝還珠」，貽笑大方了。

賣文為活 ㄇㄞˋ ㄨㄣˊ ㄨㄟˊ ㄏㄨㄛˊ

【解釋】靠寫作維持生活。

【出處】唐·杜甫詩：「本賣文為活，翻令室倒懸。」宋·楊萬里·誠齋集：「吾友人郭克明之子才舉，書生也，以賣文授徒為生產作業。」

【相同】煮字療飢。

【例句】如今斯文掃地，「賣文為活」的人根本活不下去了。

賣友求榮 ㄇㄞˋ ㄧㄡˇ ㄑㄧㄡˊ ㄖㄨㄥˊ

【解釋】出賣朋友，求取利祿。

【出處】漢·酈況，與呂祿善。大臣欲誅諸呂，呂祿為將軍，軍於北軍，太尉周勃不得入北軍，乃使人劫酈商，令其子況紿呂祿，祿信之，故與出遊，勃遂得入據北軍，誅諸呂。天下稱酈況賣交。見史記·酈商傳。漢書作「賣友」。

【相反】肝膽相照。

【例句】他因為「賣友求榮」而遭到親友的唾棄。

賣官鬻爵 ㄇㄞˋ ㄍㄨㄢ ㄩˋ ㄐㄩㄝˊ

【解釋】把官職當作貨品一樣進行買賣。

【字義】鬻：賣。

【出處】宋書·鄧琬傳：「琬性鄙闇，貪吝過甚，財貨酒食，皆身自量校，至是父子並賣官鬻爵，使婢僕出市道販賣，酣歌博弈，日夜不休。」

【例句】清末，「賣官鬻爵」成了司空見慣的事，國家焉能不亡？

賞心樂事 ㄕㄤˇ ㄒㄧㄣ ㄌㄜˋ ㄕˋ

【解釋】心情歡悅，如意稱快之事。

【出處】文選：「天下良辰、美景、賞心、樂事，四者難并。」元·周密·武林舊事十有張約齋（鎡）賞心樂事一則，記一年中遊觀之事。明·湯顯祖·牡丹亭驚夢：「良辰美景奈何天，賞心樂事誰家院。」

【例句】她認為最「賞心樂事」是獨自一人在月下溪畔吹簫。

賞心悅目 ㄕㄤˇ ㄒㄧㄣ ㄩㄝˋ ㄇㄨˋ

【解釋】形容所見景色使人心中快樂。

【例句】陽明山公園景色宜人，「賞心悅目」，使人流連忘返。

贊不絕口 ㄗㄢˋ ㄅㄨˋ ㄐㄩㄝˊ ㄎㄡˇ

【解釋】不停口地贊美。

【出處】警世通言：「洞賓不假思索，信筆賦詩四首……字勢飛舞，魏生贊不絕口。」

【相同】有口皆碑。交口稱贊。口碑載道。

【相反】怨聲載道。說長道短。頗多微詞。
【例句】這精彩的表演使他「贊不絕口」。

赤部

赤手空拳 ㄔˋ ㄕㄡˇ ㄎㄨㄥ ㄑㄩㄢˊ
【解釋】空無所有，形容身上無錢；沒有武器，毫無憑藉。
【字義】赤手：空手。
【出處】孤本元明雜劇：「我如今赤手空拳百事無，父喪貧不似初，囊篋不如初。」秦簡夫·陶母剪髮待賓：「喒如今少米無柴，赤手空拳。」。
【相同】手無寸鐵。白手起家。
【相反】披堅執銳。
【例句】她以一個弱女子竟敢「赤手空拳」抗拒匪徒。

赤地千里 ㄔˋ ㄉㄧˋ ㄑㄧㄢ ㄌㄧˇ
【解釋】形容大旱時，遍地植物枯死
【字義】赤地：大旱。
【出處】淮南子·天文：「殺不辜則國赤地。」
【相同】寸草無遺。凶年饑歲。
【相反】五穀豐登。風調雨順。
【例句】由於乾旱年年，北方已經「赤地千里」了。

赫赫有名 ㄏㄜˋ ㄏㄜˋ ㄧㄡˇ ㄇㄧㄥˊ
【解釋】名聲顯著。
【字義】赫赫：顯著。
【出處】漢書：「其所居亦無赫赫名，去後常見思。」
【相同】大名鼎鼎。舉世聞名。名重一時。
【相反】寂寂無聞，藉藉無名。
【例句】吳姓家族在那時候是「赫赫有名」的世家。

走部

走投無路 ㄗㄡˇ ㄊㄡˊ ㄨˊ ㄌㄨˋ
【解釋】無路可走，已陷絕境。
【字義】投：投奔。
【出處】元·楊顯之·瀟湘秋夜雨：「淋得走投無路，知他這沙門島是何處酆都。」
【相同】山窮水盡。窮途末路。日暮途窮。走頭無路。
【相反】絕處逢生。柳暗花明。前程萬里。
【例句】他實在「走投無路」，只好自殺，了此殘生。

走馬看花 ㄗㄡˇ ㄇㄚˇ ㄎㄢˋ ㄏㄨㄚ
【解釋】本以形容登科後得意愉快的心情，引申指游賞之樂。後又喻草草觀察，不能仔細深入。
【出處】唐·孟郊詩：「春風得意馬蹄疾，一日看遍長安花。」
【相同】浮光掠影。蜻蜓點水。
【相反】下馬看花。
【例句】他做任何事，都是「走馬看花」，馬馬虎虎，怎麼可能會有成就？

赴湯蹈火 ㄈㄨˋ ㄊㄤ ㄉㄠˋ ㄏㄨㄛˇ
【解釋】喻不畏危難。
【字義】湯：熱水。
【出處】漢書·晁錯傳：「蒙矢石，

赴湯火。」

【例句】為了正義，我們「赴湯蹈火」義不容辭。

赳赳武夫
ㄐㄧㄡˇ ㄐㄧㄡˇ ㄨˇ ㄈㄨ

【解釋】形容勇猛的男子漢。

【字義】赳赳：勁健的樣子。

【出處】詩經・兔罝：「赳赳武夫。」

【相同】昂然七尺之軀。

【相反】文弱書生。手無縛雞之力。

【例句】他雖是「赳赳武夫」，但卻能詩詞歌賦。

起死回生
ㄑㄧˇ ㄙˇ ㄏㄨㄟˊ ㄕㄥ

【解釋】把將死的人救活。

【出處】明・劉基・九離：「靈藥千名，神農所嘗，起死回生，旋陰斡陽。」

【相同】妙手回春。著手成春。

【相反】庸醫殺人。

【例句】他的醫術高明，能「起死回生」，有華佗再世之譽。

越俎代庖
ㄩㄝˋ ㄗㄨˇ ㄉㄞˋ ㄆㄠˊ

【解釋】比喻超出自己的範圍，去管別人的事。

【字義】俎：古代祭祀時盛牲物的器皿；庖：庖丁、廚師。

【出處】莊子・逍遙遊：「庖人雖不治庖，尸祝（司祭）不越俎而代之矣。」

【相反】各自為政。

【例句】各位職員把份內的事認眞做好，萬勿「越俎代庖」。

超凡入聖
ㄔㄠ ㄈㄢˊ ㄖㄨˋ ㄕㄥˋ

【解釋】思想和道德都很高尚的人。

【出處】朱子全書：「就此理會得透，自可超凡入聖。」

【相同】超塵拔俗。登峰造極。

【相反】平庸之輩。碌碌無為。

【例句】由於苦學和天才，他的畫和詩都已「超凡入聖」，當世已無人能望其項背了。

趁火打劫
ㄔㄣˋ ㄏㄨㄛˇ ㄉㄚˇ ㄐㄧㄝˊ

【解釋】比喻乘人危急而去奪取利益

【字義】「趁」也可作「乘」。

【出處】何典：「衆鬼也就趁火打劫。」

【相反】雪中送炭。

【例句】好朋友要雪中送炭，萬不可「趁火打劫」。

趕盡殺絕
ㄍㄢˇ ㄐㄧㄣˋ ㄕㄚ ㄐㄩㄝˊ

【解釋】把對方追趕得走投無路，以求徹底消滅。

【出處】三俠五義：「我讓著你，不肯傷你，又何必趕盡殺絕？」

【相同】斬草除根。十面埋伏。

【相反】網開一面。

【例句】對付政敵要「趕盡殺絕」，以免死灰復燃。

趑趄不前
ㄗ ㄐㄩ ㄅㄨˋ ㄑㄧㄢˊ

【解釋】形容遲疑畏縮，想上前又不敢。

【字義】趑趄（本作「次且」）：不能前進，難行。

【出處】周易：「臀無膚，其行次且。」

【相同】裹足不前。踟躕不前。

【相反】勇往直前。
【例句】他因為尚有其他顧慮，所以「趑趄不前」。

趨炎附勢 ㄑㄩ ㄧㄢˊ ㄈㄨˋ ㄕˋ
【解釋】爭著去奉承有權勢的人。
【出處】宋史·李垂傳：「焉能趨炎附熱，看人眉睫，以冀推輓乎？」
【相同】攀龍附鳳。趨炎附熱。
【相反】剛正不阿。
【例句】做人要有氣節，我們不可和這群「趨炎附勢」的小人同流合污。

趨之若鶩 ㄑㄩ ㄓ ㄖㄨㄛˋ ㄨˋ
【解釋】形容爭相趨附。
【字義】趨：奔向；鶩：野鴨，野鴨會成群在一起。
【出處】宗彝·道咸以來朝野雜記：「蓋約腳人（舊時戲班的經理）活躍，每日調整戲碼花梢，能使觀眾趨之若鶩也。」
【相同】爭先恐後。
【相反】無動於衷。按兵不動。
【注意】俗誤作「趨之若鶩」。
【例句】陽明山公園風景美麗，一到假日，遊人「趨之若鶩」。

足部

足智多謀 ㄗㄨˊ ㄓˋ ㄉㄨㄛ ㄇㄡˊ
【解釋】富於智謀。
【出處】元·關漢卿·單刀會：「那魯子敬是個足智多謀的人，他又兵多將廣，人強馬壯。」
【相同】老謀深算。多謀善斷。料事如神。
【相反】蒙昧無知。愚昧無知。一籌莫展。
【例句】他「足智多謀」，同學把他叫作諸葛亮。

趾高氣揚 ㄓˇ ㄍㄠ ㄑㄧˋ ㄧㄤˊ
【解釋】驕傲自大。形容得意忘形，不可一世。
【出處】左傳：「莫敖必敗，舉趾高，心不固矣。」（趾：止，言行進止；舉趾：一進一止之間。）
【相同】昂首闊步。
【相反】垂頭喪氣。
【例句】他一朝得志，便「趾高氣揚」，連朋友都不理了。

路不拾遺 ㄌㄨˋ ㄅㄨˋ ㄕˊ ㄧˊ
【解釋】形容太平盛世，政治清明，路上遺下東西也沒有人會拾取。
【出處】新書·先醒：「富民恆一，路不拾遺，國無獄訟。」
【例句】世風日下的今天，到哪裡找「路不拾遺」的人？

蹉跎歲月 ㄘㄨㄛ ㄊㄨㄛˊ ㄙㄨㄟˋ ㄩㄝˋ
【解釋】虛度光陰，毫無成就。
【字義】蹉跎：跌跌撞撞，誤了光陰。
【出處】晉·阮籍·詠懷詩：「日月忽蹉跎。」
【相同】虛度年華。
【例句】你如此「蹉跎歲月」到白髮皤皤時，悔之晚矣。

躊躇滿志 ㄔㄡˊ ㄔㄨˊ ㄇㄢˇ ㄓˋ
【解釋】從容自得，志得意滿。
【字義】躊躇：從容自得。

【出處】莊子·養生主：「提刀而立，爲之四顧，爲之躊躇滿志。」
【例句】他當選了鄰長，竟然就「躊躇滿志」了。

躍然紙上 ㄩㄝˋ ㄖㄢˊ ㄓˇ ㄕㄤˋ
【解釋】形容描寫生動。
【字義】躍然：活躍的樣子。
【出處】薛雪·一瓢詩話：「如此體會，則詩神詩旨躍然紙上。」
【相同】栩栩如生。
【例句】李後主的詞，描寫亡國之痛，「躍然紙上」。

躍躍欲試 ㄩㄝˋ ㄩㄝˋ ㄩˋ ㄕˋ
【解釋】形容技癢，急著想一試。
【字義】躍躍：心動的樣子。
【出處】唐·韓愈文：「夫得利則躍躍以喜，不利則戚戚以泣。」
【例句】他三年沒下圍棋了，今天看見有人在對弈，不禁「躍躍欲試」。

身部

身不由己 ㄕㄣ ㄅㄨˋ ㄧㄡˊ ㄐㄧˇ
【解釋】自己無法作主，指失去自主，或指在不知不覺之間做出本不想做的事。
【出處】宋·無名氏·張協狀元：「張協本意無心娶你，在窮途身不由己。況天寒舉目又無親，亂與伊家相聚。」
【相同】不由自主。俯仰由人。仰人鼻息。
【相反】獨立自主。從心所欲。
【例句】他之退選，是「身不由己」的決定。

身後蕭條 ㄕㄣ ㄏㄡˋ ㄒㄧㄠ ㄊㄧㄠˊ
【解釋】形容死後沒有遺下財產。
【例句】他生前困苦，「身後蕭條」。

身敗名裂 ㄕㄣ ㄅㄞˋ ㄇㄧㄥˊ ㄌㄧㄝˋ
【解釋】身家和名譽都破滅。
【出處】宋·辛棄疾文：「將軍百戰聲名裂，向河梁，回頭萬里，故人長絕。」
【相同】臭名昭著。聲名狼藉。名譽掃地。
【相反】功成名遂。名滿天下。
【例句】政治人物被婚外情弄得「身敗名裂」。

身無分文 ㄕㄣ ㄨˊ ㄈㄣ ㄨㄣˊ
【解釋】身上一文錢也沒有，形容貧窮已極。
【相同】囊空如洗。身無長物。
【相反】富可敵國。富甲天下。
【例句】他「身無分文」，竟敢出國旅遊。

身無長物 ㄕㄣ ㄨˊ ㄓㄤˋ ㄨˋ
【解釋】除了一身之外，甚麼值錢的東西都沒有，形容極端貧苦。
【字義】長物：多餘的東西。
【出處】世說新語：「(王恭)對曰：『丈人不悉恭，恭作人無長物。』」
【相同】身無分文。不名一錢。囊空如洗。阮囊羞澀。

【相反】富可敵國。富甲天下。

【例句】他初至南洋，「身無長物」，可是現在已富可敵國了。

身歷其境
ㄕㄣ ㄌㄧˋ ㄑㄧˊ ㄐㄧㄥˋ

【解釋】親身來到某個地方。

【出處】明·袁宏道文：「向非身歷其境，惡能窮其邊崖，指其歸宿者哉！」

【相同】身臨其境。

【相反】置身事外。

【例句】這篇遊記寫得非常生動，令人讀了好像「身歷其境」一樣。

身體力行
ㄕㄣ ㄊㄧˇ ㄌㄧˋ ㄒㄧㄥˊ

【解釋】親身去體驗和奉行自己所信仰的道理。

【出處】淮南子·氾論訓：「故聖人以身體之。」禮記·中庸：「力行近乎仁。」

【相同】事必躬親。

【相反】紙上談兵。

【例句】不要紙上談兵，請「身體力行」。

車部

車水馬龍
ㄔㄜ ㄕㄨㄟˇ ㄇㄚˇ ㄌㄨㄥˊ

【解釋】形容車馬多，往來不絕。

【出處】後漢書：「前過濯龍門上，見外家問起居者，車如流水，馬如游龍。」

【相同】門庭若市。絡繹不絕。

【相反】門可羅雀。門庭冷落。

【例句】他賦閒時，門可羅雀，一當了部長，門前立刻「車水馬龍」，訪客絡繹不絕。

車載斗量
ㄔㄜ ㄗㄞˋ ㄉㄡˇ ㄌㄧㄤˊ

【解釋】形容數量多，不足奇。

【出處】三國志·吳·吳主傳：「遣都尉趙咨使魏」注·引·吳書：「（趙咨）使魏，魏文帝善之。嘲咨，……又曰：『吳如大夫者幾人？』咨曰：『聰明特達者八九十人。如臣之比，車載斗量，不可勝數。』」唐·張鷟·朝野僉載：「則天革命，舉人不試皆與官，起家至御史評事拾遺補闕者不可勝數。張鷟謂謠曰：『捕闕連車載，拾遺平斗量。』」

【相同】恆河沙數。

【相反】鳳毛麟角。寥若晨星。

【例句】在臺大校友中，才學如我者，眞是「車載斗量」不足爲奇。

軒然大波
ㄒㄩㄢ ㄖㄢˊ ㄉㄚˋ ㄆㄛ

【解釋】本指高湧的波濤。後喻大的糾紛或風潮。

【字義】軒然：高大的樣子。

【出處】唐·韓愈詩：「軒然大波起，宇宙隘而妨。」

【相同】驚濤駭浪。

【相反】風平浪靜。

【例句】吳伯雄部長的退選，在政壇上激起「軒然大波」。

載歌載舞
ㄗㄞˋ ㄍㄜ ㄗㄞˋ ㄨˇ

【解釋】一面唱歌，一面跳舞。

【字義】載：助詞，表示「且」、「一面」。

【出處】隨書：「飾牲舉獸，載歌載舞。」

【例句】 啦啦隊「載歌載舞」表演精采。

輕而易舉 ㄑㄧㄥ ㄦˊ ㄧˋ ㄐㄩˇ

【解釋】 事情可以容易做到，毫不費力。
【出處】 詩經：「人亦有言，德輶如毛，民鮮克舉之。」朱熹注：「言人皆言德甚輕而易舉，然人莫能舉也。」
【相同】 易如反掌。唾手可得。
【相反】 千難萬難。難於上天。難乎其難。
【例句】 這種小事對他來說，眞是「輕而易舉」。

輕於鴻毛 ㄑㄧㄥ ㄩˊ ㄏㄨㄥˊ ㄇㄠˊ

【解釋】 形容不足重視或毫無價值的死。
【出處】 漢·司馬遷·報任安書：「死或重於泰山，或輕於鴻毛。」
【相同】 微不足道。一文不值。
【相反】 重於泰山。視若拱璧。
【例句】 毫無意義的自殺，這種死，就是「輕於鴻毛」。

輕車簡從 ㄑㄧㄥ ㄐㄩ ㄐㄧㄢˇ ㄗㄨㄥˋ

【解釋】 指高級官員減少侍從的簡便出行。
【字義】 從：隨員。
【出處】 淮南子：「令尹輕行簡禮。」孽海花：「帶老僕金升及兩個俊童，輕車簡從，先從旱路進京。」
【相反】 前呼後擁。鳴鑼開道。
【例句】 他雖然貴爲部長，在下鄉巡視的時候「輕車簡從」，只帶了一名祕書。

輕重倒置 ㄑㄧㄥ ㄓㄨㄥˋ ㄉㄠˋ ㄓˋ

【解釋】 輕重顛倒，本末不分。
【出處】 明史：「輕重倒置如此，皆東廠威劫所致也。」
【相同】 本末倒置。
【例句】 解決問題一定要分析利害，不可「輕重倒置」。

輕描淡寫 ㄑㄧㄥ ㄇㄧㄠˊ ㄉㄢˋ ㄒㄧㄝˇ

【解釋】 本指繪畫時用淺淡顏色輕筆描繪，現指說話或作文輕輕帶過，不著痕跡。
【出處】 袁枚·與香亭書：「故孔教伯魚，不過學詩學禮，義方之訓，輕描淡寫，流水行雲，絕無督責。」
【相同】 浮光掠影。蜻蜓點水。
【相反】 繪聲繪影。濃墨重彩。
【例句】 聽說桃色案件的主角送了大紅包，記者因此「輕描淡寫」一筆帶過。

輕歌慢舞 ㄑㄧㄥ ㄍㄜ ㄇㄢˋ ㄨˇ

【解釋】 輕快的歌聲，柔美的舞蹈。
【出處】 群音類選：「助人間才子佳人興，輕歌慢舞，任星移斗橫。」
【相同】 輕歌曼舞。
【例句】 春天，少男少女在櫻花樹下「輕歌曼舞」，度過多少個醉人的花月良宵。

輕諾寡信 ㄑㄧㄥ ㄋㄨㄛˋ ㄍㄨㄚˇ ㄒㄧㄣˋ

【解釋】 輕易允諾，很少守信。
【出處】 老子：「夫輕諾必寡信，多易必多難。」
【相同】 食言而肥。

【相反】一言九鼎。

【例句】任何人向他開口，他都一口答應，這種「輕諾寡信」的人，不可相信。

輕舉妄動 ㄑㄧㄥ ㄐㄩˇ ㄨㄤˋ ㄉㄨㄥˋ

【解釋】未經周密考慮，草率採取行動。

【出處】韓非子：「衆人之輕棄道理而易妄舉動者，不知其福之深大而道闊遠若是也。」趙鼎與劉光世書：「固不可輕舉妄動，重貽朝廷之憂；亦安忍坐視不救，滋長賊勢，留無窮之患。」

【相同】胡作非爲。膽大妄爲。恣意妄行。

【相反】謹言愼行。三思而行。小心翼翼。

【例句】敵人非常狡猾，你務必仔細思考，不可「輕舉妄動」。

輾轉反側 ㄓㄢˇ ㄓㄨㄢˇ ㄈㄢˇ ㄘㄜˋ

【解釋】在床上翻來覆去，睡不著覺。

【出處】詩經：「悠哉悠哉，輾轉反側。」

【相同】卧不安席。寢不成寐。轉側不安。寤寐反側。

【相反】酣聲如雷。憩然入夢。高枕而卧。

【例句】女朋友棄他而去，他一夜「輾轉反側」，未合上過眼。

輿論譁然 ㄩˊ ㄌㄨㄣˋ ㄏㄨㄚˊ ㄖㄢˊ

【解釋】公衆大表驚訝和不滿。

【字義】輿論：大衆的言論。

【出處】三國志：「設其傲狠，殊無入志，懼彼輿論之未暢者，並懷伊邑。臣愚以爲宜敕別征諸將，各明奉禁令，以愼守所部。」

【例句】高級警官公然侮辱新聞記者，頓時「輿論譁然」。

轉敗爲功 ㄓㄨㄢˇ ㄅㄞˋ ㄨㄟˊ ㄍㄨㄥ

【解釋】失利轉爲勝利，亦作「反敗爲勝」。

【出處】史記·管仲傳：「其爲政也，善因禍而爲福，轉敗而爲功。」

【相同】轉危爲安。

【相反】功敗垂成。

【例句】我軍堅持奮戰，終於「轉敗爲功」。

轉危爲安 ㄓㄨㄢˇ ㄨㄟˊ ㄨㄟˊ ㄢ

【解釋】危險安然渡過。

【出處】戰國策：「皆高才秀士，度時君之所能行，出奇策異智，轉危爲安，運亡爲存，亦可喜，亦可觀。」

【相同】逢凶化吉。化險爲夷。轉禍爲福。

【相反】樂極生悲。福過災生。

【例句】他果然是一位出色的政治家，終使國家「轉危爲安」。

轉彎抹角 ㄓㄨㄢˇ ㄨㄢ ㄇㄛˇ ㄐㄧㄠˇ

【解釋】形容道路彎彎曲曲或走彎彎曲曲的路。比喻不直截了當。

【出處】元·秦簡夫·東堂老：「轉彎抹角，可早來到李家門前。」

【相同】旁敲側擊。意在言外。

【相反】開門見山。直言不諱。直截了當。

【例句】請你開門見山地說，不必「

轉彎抹角」地兜圈子。

辛部

辭不達意

【解釋】 說話沒有條理，未能表達出自己的意思。

【例句】 他一急，說起話來就期期艾艾，「辭不達意」了。

辵部

迅雷不及掩耳

【解釋】 喻事起突然，不及防備。

【出處】 晉書：「速鑿北壘爲突門二十餘道，候賊列守未定，出其不意，直衝（段）末柸帳，敵必震惶，計不及設，所謂迅雷不及掩耳。」

【例句】 打仗要講速度，我軍連夜急行軍，「迅雷不及掩耳」就把敵軍全部包圍起來了。

迂迴曲折

【解釋】 彎彎曲曲，也比喻事物發展的過程迂迴曲折。

【相同】 轉彎抹角。

【相反】 直截了當。

【例句】 邁向成功之路，往往是「迂迴曲折」的。

迎刃而解

【解釋】 比喻事情順利解決。

【出處】 晉書：「今兵威已振，譬如破竹，數節之後，皆迎刃而解。」

【相同】 水到渠成。

【相反】 盤根錯節。

【例句】 這件糾紛看起來錯綜複雜，但是一經溝通卻「迎刃而解」。

迎頭痛擊

【解釋】 照頭照臉給以狠狠的打擊。

【出處】 吳趼人·發財秘訣：「外人擾我海疆時，迎頭痛擊，殺他個片甲不回。」

【例句】 我軍在險要地區已經埋伏了重兵，只要敵人敢越雷池一步，必遭我軍「迎頭痛擊」。

返老還童

【解釋】 即道家所謂卻老術。回復青春，返老年爲童年。

【出處】 雲笈七籤：「日服千嚥，不足爲多，反老還童，漸從此矣。」

【例句】 只有神話中才有「返老還童」的故事。

近朱近墨

【解釋】 比喻人因環境影響而變化。

【出處】 晉·傅玄·少傅箴：「夫金木無常，方員應形，亦有隱括，習與性成，故近朱者赤，近墨者黑。」

【相同】 近朱者赤，近墨者黑。

【例句】 所謂「近朱近墨」，交友能不慎乎？

迫不及待

【解釋】 來不及等待，形容迫切。

【出處】 清·王夫之文：「顧處此迫不及待之勢，許不許兩言而判。」

【相同】 急不可待。迫在眉睫。刻不容緩。

【相反】不急之務。從容不迫。
【例句】他「迫不及待」跳進深淵，一把抓起將溺斃的學生。

迫在眉睫 ㄆㄛˋ ㄗㄞˋ ㄇㄟˊ ㄐㄧㄝˊ

【解釋】比喻即將發生或來臨。
【出處】列子：「雖遠在八荒之外，近在眉睫之內，來干我者，我必知。」
【相同】刻不容緩。
【相反】從容不迫。
【例句】此事已「迫在眉睫」再不當機立斷，後悔就來不及了。

迥然不同 ㄐㄩㄥˇ ㄖㄢˊ ㄅㄨˋ ㄊㄨㄥˊ

【解釋】截然不同，相去甚遠。
【字義】迥然：遙遠的樣子。
【出處】宋·朱熹文：「知吾儒之所謂道者，與釋氏迥然不同，則如朝聞夕死之說矣。」
【相同】截然不同。千差萬別。天差地遠。天壤之別。
【相反】毫無二致。如出一轍。
【例句】韭和葱「迥然不同」，怎會混為一談？

迴腸盪氣 ㄏㄨㄟˊ ㄔㄤˊ ㄉㄤˋ ㄑㄧˋ

【解釋】形容聲韻十分感人，現多作「盪氣迴腸」。本作「迴腸傷氣」。
【出處】宋玉·高唐賦：「感心動耳，迴腸傷氣。」
【相同】迴腸傷氣。一唱三嘆。流水行雲。
【相反】詰屈聱牙。
【例句】她的歌聲，令人「迴腸盪氣」，三月不知肉味。

逃之夭夭 ㄊㄠˊ ㄓ ㄧㄠ ㄧㄠ

【解釋】逃得無影無蹤。（含有詼諧諷刺的意思）。
【字義】夭夭：本指美艷盛放的樣子。但此處轉義為「遙遙」（因為音近），無蹤無影。
【出處】原出詩經周南篇：「桃之夭夭」，因「桃」「逃」同音，後人就一直借用。
【相同】溜之乎也。溜之大吉。
【相反】插翅難逃。
【例句】他已「逃之夭夭」，不必再追了。

逆來順受 ㄋㄧˋ ㄌㄞˊ ㄕㄨㄣˋ ㄕㄡˋ

【解釋】遇著橫逆的事也只好順從而接受。
【出處】宋·無名氏·張協狀元：「逆來順受，須有通時。」
【相同】委曲求全。唾面自乾。忍氣吞聲。
【相反】針鋒相對。以牙還牙。
【例句】他寄人籬下，一切不得不「逆來順受」。

退避三舍 ㄊㄨㄟˋ ㄅㄧˋ ㄙㄢ ㄕㄜˋ

【解釋】本指作戰時後退九十里，先作禮讓，現指退避不敢抗爭，或因討厭而避之唯恐不及。
【字義】舍：古代三十里為一舍。
【出處】左傳：「晉楚治兵，遇於中原，其辟（避）君三舍。」
【例句】他那副色狼的樣子，又愛毛手毛腳，女同事莫不「退避三舍」。

連篇累牘 ㄌㄧㄢˊ ㄆㄧㄢ ㄌㄟˇ ㄉㄨˊ

【解釋】一篇接著一篇，積疊在一起，形容文詞冗長。
【字義】牘：古時用板作書，有字的書稱「牘」，無字的叫「槧」。
【出處】北史：「連篇累牘，不出月露之形，積案盈箱，唯是風雲之狀。」
【例句】他的論文「連篇累牘」，但三紙無驢，不知主旨為何？

通力合作 ㄊㄨㄥ ㄌㄧˋ ㄏㄜˊ ㄗㄨㄛˋ

【解釋】大家合力辦事。
【字義】論語·顏淵·朱注：「一夫受田百畝，而與同溝共井之人，通力合作，計畝均收。」
【相反】各自為政。
【例句】只要大家「通力合作」，事情就好辦了。

通宵達旦 ㄊㄨㄥ ㄒㄧㄠ ㄉㄚˊ ㄉㄢˋ

【解釋】由黑夜直至天亮，整個晚上。
【字義】宵：整夜；旦：白天。
【出處】舊唐書：「閑以博弈，至於通宵達旦，情忘厭倦。」
【相同】夜以繼日。
【例句】聯考的前幾天，他「通宵達旦」地在看書，全力以赴。

通家之好 ㄊㄨㄥ ㄐㄧㄚ ㄓ ㄏㄠˇ

【解釋】世代有交情。
【字義】通家：世代。
【出處】後漢書·孔融傳：「我是李君通家子弟。」
【相同】通家之誼。
【例句】他們二姓是「通家之好」，自然互相扶持。

通都大邑 ㄊㄨㄥ ㄉㄨ ㄉㄚˋ ㄧˋ

【解釋】四通八達的大都會。
【字義】通都：大城市；邑：泛指城市。
【出處】唐·韓愈文：「今之通都大邑，介於倔強之間而不知為之備。」
【相反】窮鄉僻壤。
【例句】該地是「通都大邑」，人煙稠密，交通方便。

逍遙法外 ㄒㄧㄠ ㄧㄠˊ ㄈㄚˇ ㄨㄞˋ

【解釋】犯了罪的人，沒有受到法律制裁，過著自由自在的生活。
【字義】逍遙：優游自得的樣子。
【出處】莊子：「逍遙於天地之間，而心意自得，吾何以天下為哉！」
【例句】因為他曾賄賂法官，所以迄今仍「逍遙法外」。

逢場作戲 ㄈㄥˊ ㄔㄤˇ ㄗㄨㄛˋ ㄒㄧˋ

【解釋】偶然湊湊熱鬧，並非經常如此。
【出處】傳燈錄：「竿木隨身，逢場作戲。」
【相同】偶一為之。
【相反】一本正經。
【例句】他婚後在外尋花問柳，自認是「逢場作戲」而已，無傷大雅。

造謠生事 ㄗㄠˋ ㄧㄠˊ ㄕㄥ ㄕˋ

【解釋】製造謠言，滋生事端。本作「造言生事」。
【出處】孟子·萬章：「好事者為之也。」宋·朱熹·集注：「好事，謂喜造言生事之人也。」
【相反】實話實說。

【例句】「造謠生事」的人，如過江之鯽，千萬不可深信不移。

進退失據
ㄐㄧㄣˋ ㄊㄨㄟˋ ㄕ ㄐㄩˋ

【解釋】舉動失去根據，即指不知如何是好。
【出處】後漢書：「而子始以不訾之身，怒萬乘之主，及其享受爵祿，又不聞匡救之術，進退無所據矣。」
【相同】進退維谷。進退無據。
【相反】進退自如。
【例句】敵軍到達無險可守的平原地區，「進退失據」，只好無條件投降了。

進退維谷
ㄐㄧㄣˋ ㄊㄨㄟˋ ㄨㄟˊ ㄍㄨˇ

【解釋】進退兩難。
【字義】維：是；谷：窮盡，困難。
【出處】詩經：「人亦有言，進退維谷。」
【相同】進退失據。
【相反】進退自如。
【例句】如今你雖至「進退維谷」之慘境，盼能處變不驚。

過目不忘
ㄍㄨㄛˋ ㄇㄨˋ ㄅㄨˋ ㄨㄤˋ

【解釋】看過一遍，即能牢記不忘。
【出處】晉書·符融載記：「下筆成章，耳聞則誦，過目不忘。」
【相同】過目成誦。
【例句】他從小有神童之譽，能夠「過目不忘」。

過河拆橋
ㄍㄨㄛˋ ㄏㄜˊ ㄔㄞ ㄑㄧㄠˊ

【解釋】自己過了河便把橋拆掉，比喻達到目的後即將幫助過自己的人一腳踢開，不念舊情。
【出處】元史：「參政可謂過河拆橋者矣。」
【相同】鳥盡弓藏。
【例句】他常常「過河拆橋」，所以如今他遭到不幸，便再沒有朋友願意伸出援手了。

過甚其詞
ㄍㄨㄛˋ ㄕㄣˋ ㄑㄧˊ ㄘˊ

【解釋】說話過於誇張。
【相同】言過其實。
【例句】他總喜歡「過甚其詞」，所以朋友要把他說的話打點折扣。

過猶不及
ㄍㄨㄛˋ ㄧㄡˊ ㄅㄨˋ ㄐㄧˊ

【解釋】太過了（超越標準）和達不到（低於標準）都是同樣不好。
【出處】論語：「過猶不及。」
【相反】恰到好處。
【例句】盼合中庸，千萬不要「過猶不及」。

達官貴人
ㄉㄚˊ ㄍㄨㄢ ㄍㄨㄟˋ ㄖㄣˊ

【解釋】身居高位的顯達官員。
【出處】宋·魏了翁文：「不尚苟同，雖壓以達官貴人，遇所不可，慷慨論辯，不為勢屈。」
【相同】高官顯爵。高爵顯位。
【相反】凡夫俗子。凡夫走卒。
【例句】他所交接的，都是些「達官貴人」，他的眼裡那裡瞧得起我們這些凡夫俗子？

遍體鱗傷
ㄆㄧㄢˋ ㄊㄧˇ ㄌㄧㄣˊ ㄕㄤ

【解釋】一般全身都是。形容渾身受傷，傷痕像魚鱗

【相同】體無完膚。
【例句】他雖被打得「遍體鱗傷」，但仍不願屈服。

逼上梁山

【解釋】比喻被逼反抗。
【出處】水滸傳中林沖被逼而終於參加梁山泊的故事。
【例句】我們本來全是小家碧玉，誰願意做應召女郎，還不是被「逼上梁山」的！

遊刃有餘

【解釋】形容技巧嫻熟。
【出處】莊子·養生主：「庖丁為文惠君解牛，與文惠君曰：『臣之刀十九年矣，而刀刃若新發於硎，彼節者有閒，而刀刃者無厚，以無厚入有閒，恢恢乎其於遊刃，必有餘地矣。』」
【相同】綽有餘裕。游刃有餘。
【相反】智盡力竭。捉襟見肘。
【例句】他是大學畢業，來教小學生，當然「遊刃有餘」了。
【注意】莊子作「游」。

運籌帷幄

【解釋】在營帳中擬定作戰的策略。後引伸為：籌畫、指揮，或幕後操縱
【字義】帷幄：古時的軍帳。
【出處】史記·高祖本紀：「夫運籌帷幄之中，決勝於千里之外，吾不如子房（張良）。」
【相同】坐籌帷幄。
【例句】在當時的一批將領之中，只有他能「運籌帷幄」決勝於千里之外，其餘的人都是不學無術。

道不拾遺

【解釋】路有遺物，無人拾取。謂法治嚴峻，社會安定。
【出處】戰國策：「商君治秦，法令至行，……期年之後，道不拾遺，民不妄取。」
【相同】路不拾遺。
【例句】本村雖屬窮鄉僻壤，但有「道不拾遺」的良好治安。

道貌岸然

【解釋】一派正經嚴肅的樣子。
【字義】道貌：有高度學問和修養者的容貌；岸然：高傲的樣子。
【出處】二十年目睹之怪現狀：「因見端甫道貌岸然，不敢造次。」
【相同】正襟危坐。
【相反】平易近人。
【例句】別看他一副「道貌岸然」的樣子，事實上專做男盜女娼的事。

道聽塗說

【解釋】本指路上聽來的，又在路上傳播出去。後指無根據的傳聞。
【出處】論語·陽貨：「道聽而塗（途）說，德之棄也。」
【相同】齊東野語。
【相反】耳聞目睹。言之鑿鑿。
【例句】聽說，路透社的本義是指「道聽塗說」得來的消息，是嗎？

遠走高飛

【解釋】飛向遠方，飛向高處。
【出處】後漢書：「汝獨不欲修之，寧能高飛遠走，不在人間邪？」

【相同】逃之夭夭。
【相反】隨遇而安。
【例句】小孩一大，就「遠走高飛」，到美國去了。

遠水不救近火

【解釋】比喻緩不濟急。
【出處】韓非子·說林：「失火而取水於海，海水雖多，火必不滅矣，遠水不救近火也。」
【相同】遠親不如近鄰。
【例句】你的支票，再過半年才到期，「遠水不救近火」，不如暫時先向鄰居告貸，度過難關吧！

適可而止

【解釋】達到適當的程度就應該停止，意指不可過分。
【出處】論語·鄉黨：「不多食。」朱熹注：「適可而止，無貪心也。」
【例句】批評要「適可而止」，否則對方會老羞成怒，引起反彈。

適得其反

【解釋】結果剛剛相反。
【出處】三國·魏·無名氏·釋難宅無吉凶攝生論：「時名雖同，其用適反。」
【相同】事與願違。
【相反】稱心如意。如願以償。
【例句】原先以爲一敗塗地，豈知「適得其反」大獲全勝，令觀察家紛紛跌破眼鏡。

遺臭萬年

【解釋】惡名永遠留存，形容惡人被後世唾罵。
【出處】晉書：「既不能流芳後世，亦不足復遺臭萬載耶？」
【相同】遺臭萬世。遺臭千年。
【相反】流芳百世。永垂不朽。名垂千古。
【例句】大丈夫不能流芳百世，那就「遺臭萬年」吧！

避重就輕

【解釋】喻畏難圖易。推卸責任。
【出處】唐六典：「少府監匠一萬九千八百五十人，將作監匠一萬五千人，散出諸州，皆取材力強壯，技能工巧者，不得隱巧補拙，避重就輕。」
【相同】避難就易。
【例句】嫌犯的回答，「避重就輕」，法官計無所出。

避實擊虛

【解釋】避開對方的堅強部分而攻其虛弱處。
【出處】孫子·虛實：「兵之形，避實而擊虛。」
【例句】我軍的作戰方法，一直是「避實擊虛」，聲東擊西，使敵人疲於奔命。

邑部

邯鄲學步

【解釋】比喻別人的好東西不但沒有學到，反而連自己本來所有的也忘了。
【出處】莊子：「且子獨不聞夫壽陵餘子之學行於邯鄲與？未得國能，又失其故行矣，直匍匐而歸耳。」

【相同】 壽陵失步。
【相反】 惟妙惟肖。
【例句】 劣等的模仿，不但失其神，連形都得不到，這就是「邯鄲學步」的教訓。

鄭重其事
ㄓㄥˋ ㄓㄨㄥˋ ㄑㄧˊ ㄕˋ

【解釋】 嚴肅認眞對待事情。
【出處】 明·沈寵綏文：「嘗思今之曲譜，即古之樂章，故塡詞一事，勝國以制科取士，而放榜之後，即以中式詞章，賜之樂府，演之伶官，勳厥瓊林佳宴，何等鄭重其事，今人乃卑之不肯習也。」
【相同】 一本正經。
【相反】 敷衍了事。草率從事。
【例句】 你要「鄭重其事」，千萬不可敷衍了事。

酉部

酒色之徒
ㄐㄧㄡˇ ㄙㄜˋ ㄓ ㄊㄨˊ

【解釋】 貪飲酒，愛女色的人。
【出處】 說唐：「晉王聞言大怒道：「這斯可惡，他是個酒色之徒，定是看上這兩個美人，怪我去取他，故此撚酸吃醋，把兩個美人殺了，我必殺此賊子，方遂吾願。」」
【相同】 醇酒婦人。好色之徒。
【相反】 正人君子。
【例句】 他是個「酒色之徒」竟然競選立委。

酒色財氣
ㄐㄧㄡˇ ㄙㄜˋ ㄘㄞˊ ㄑㄧˋ

【解釋】 指嗜酒、好色、貪財和逞氣好鬥。舊時以此爲人生四戒。
【出處】 元·無名氏·玩江亭：「恐防此二人到於人世之間，戀著那酒色財氣，人我是非，迷卻仙道。您八仙之中，可著哪一位下方度脫此二人去。」
【例句】 如果把「酒色財氣」都戒了，人生還有什麼意義？

酒池肉林
ㄐㄧㄡˇ ㄔˊ ㄖㄡˋ ㄌㄧㄣˊ

【解釋】 形容生活奢侈糜費。
【出處】 晉書：「及到末世，以奢失之者，帝王則有瑤臺瓊室，玉杯象箸，餚膳之珍則熊蹯豹胎，酒池肉林。」
【相同】 肉林酒池。食前方丈。口食萬錢。
【例句】 他過著「酒池肉林」的奢侈生活，卻口口聲聲叫別人節儉。

酒後耳熱
ㄐㄧㄡˇ ㄏㄡˋ ㄦˇ ㄖㄜˋ

見「酒酣耳熱」。

酒食徵逐
ㄐㄧㄡˇ ㄕˊ ㄓㄥ ㄓㄨˊ

【解釋】 指互相邀請，沈湎於大吃大喝，不務正業。
【字義】 徵：召、呼喚；逐：跟隨、追。
【出處】 韓愈文：「今夫平居里巷相慕悅，酒食游戲徵逐。」
【相同】 大吃大喝。花天酒地。
【例句】 你正是創業的時候，不該每天「酒食徵逐」。

酒酣耳熱
ㄐㄧㄡˇ ㄏㄢ ㄦˇ ㄖㄜˋ

【解釋】 形容飲酒很多，酒興正濃。
【字義】 酒酣：酒喝得暢快；耳熱：面紅過耳，極爲興奮。
【出處】 曹丕·與吳質書：「每至觴

酗流行，絲竹並奏，酒酣耳熱，仰而賦詩，當此之時，忽然不自知樂也。」

【相同】酒後耳熱。

【例句】他「酒酣耳熱」之後，醜態畢露。

酒囊飯袋 ㄐㄧㄡˇ ㄋㄤˊ ㄈㄢˋ ㄉㄞˋ

【解釋】裝酒裝飯的袋子。比喻只會吃喝，無所作爲的人。

【出處】漢·王充·論衡：「腹爲飯坑，腸爲酒囊。」

【相同】酒甕飯囊。飯囊衣架。

【例句】他是「酒囊飯袋」之徒，毫無作爲可言。

酩酊大醉 ㄇㄧㄥˇ ㄉㄧㄥˇ ㄉㄚˋ ㄗㄨㄟˋ

【解釋】形容狂飲無度，爛醉如泥的樣子。

【字義】酩酊：喝醉酒的神態。

【出處】初刻拍案驚奇：「船家會聚了合船親屬、水手人等，叫王氏治辦酒餚、盛設在艙中，飲酒看月。個個吃得酩酊大醉、東倒西歪。」

【相同】酩酊爛醉。爛醉如泥。

【例句】他已喝得「酩酊大醉」，卻大呼沒有醉。

醉生夢死 ㄗㄨㄟˋ ㄕㄥ ㄇㄥˋ ㄙˇ

【解釋】像喝醉酒和作夢那樣糊里糊塗混日子。形容毫無生活目標。

【出處】程子語錄：「醉生夢死，不自覺也。」

【相同】紙醉金迷。花天酒地。

【相反】奮發圖強。壯志凌雲。壯心不已。

【例句】妳怎能依靠這樣一個「醉生夢死」的人。

醉翁之意 ㄗㄨㄟˋ ㄨㄥ ㄓ ㄧˋ

【解釋】比喻心中另有企圖，也可以用全句「醉翁之意不在酒」。

【出處】歐陽修·醉翁亭記：「醉翁之意不在酒，在乎山水之間也。」

【相同】項莊舞劍。別有用心。

【相反】一心一意。直言無隱。

【例句】他是「醉翁之意」，另有他圖。

醇酒美人 ㄔㄨㄣˊ ㄐㄧㄡˇ ㄇㄟˇ ㄖㄣˊ

【解釋】指縱情酒色。

【出處】史記：「與賓客爲長夜飲，飲醇酒，多近婦女。」

【例句】日本明治維新的首相伊藤博文曾發豪語：「大丈夫應該醉枕美人膝，醒握天下權。」但他並沒有沈醉在「醇酒美人」之中。

醍醐灌頂 ㄊㄧˊ ㄏㄨˊ ㄍㄨㄢˋ ㄉㄧㄥˇ

【解釋】佛家以醍醐灌人之頂，喻輸入人以智慧。使人頭腦清醒。

【字義】醍醐：乳酪所製之最上品。

【出處】顧況·行路難：「君不見少年頭上如雲髮，少壯如雲老如雪，豈知灌頂有醍醐，能使清涼頭不熱。」

【例句】聽了這位學者的高論，眞如「醍醐灌頂」，勝讀十年書。

里部

重於泰山 ㄓㄨㄥˋ ㄩˊ ㄊㄞˋ ㄕㄢ

【解釋】比喻意義重大。多指死得有

價值。

【出處】司馬遷文：「人固有一死，或重於泰山，或輕於鴻毛，用之所趨異也。」

【相反】輕於鴻毛。

【例句】爲國捐軀，可稱爲死有「重於泰山」。

重溫舊夢

ㄔㄨㄥˊ ㄨㄣ ㄐㄧㄡˋ ㄇㄥˋ

【解釋】比喻再經歷或回味舊日的時光。

【出處】牡丹亭：「（且）天呵，昨日所夢，池亭儼然。只圖舊夢重來，其奈新愁一段。」

【相同】舊地重遊。

【相反】過眼雲煙。

【例句】勇敢向前走，不要回頭「重溫舊夢」。

重蹈覆轍

ㄔㄨㄥˊ ㄉㄠˋ ㄈㄨˋ ㄔㄜˋ

【解釋】再犯同樣的過失。

【出處】後漢書：「今不慮前事之失，復循覆車之軌。」

【相同】復蹈前轍。

【相反】前車之鑑。

【例句】要記取失敗的教訓才能避免「重蹈覆轍」。

重整旗鼓

ㄔㄨㄥˊ ㄓㄥˇ ㄑㄧˊ ㄍㄨˇ

【解釋】失敗之後重新整頓實力，以圖復起，亦作「重張旗鼓」。

【出處】圓悟佛師語錄：「法燈重整槍旗，再裝甲冑。」

【相同】另起爐灶。捲土重來。東山再起。

【相反】偃旗息鼓。一蹶不振。

【例句】敵人被打敗了，卻很快又「重整旗鼓」，再度侵犯我國南疆。

野心勃勃

ㄧㄝˇ ㄒㄧㄣ ㄅㄛˊ ㄅㄛˊ

【解釋】懷有狂妄的意圖，力求一試。

【字義】勃勃：旺盛。

【出處】嶺雲海日樓詩抄·附錄：「方兵事之初起，倉海已竊竊憂之，太息曰：『天下自此多事矣！日人野心勃勃，久垂涎此地，彼詎能恝然置之乎？』」

【相同】雄心勃勃。得隴望蜀。

【相反】安分守己。

【例句】日本明治維新後國勢大振，「野心勃勃」，積極作侵略中國的準備。

量入爲出

ㄌㄧㄤˋ ㄖㄨˋ ㄨㄟˊ ㄔㄨ

【解釋】按照收入的多少來分配支出。

【出處】禮記·王制：「制國用量入以爲出。」

【相反】揮金如土。

【例句】你不能「量入爲出」，一輩子都存不了錢。

金部

金玉其外

ㄐㄧㄣ ㄩˋ ㄑㄧˊ ㄨㄞˋ

【解釋】比喻外表好看，內容腐敗。

【出處】明·劉基·賣柑者言：「金玉其外，敗絮其中。」

【相同】中看不中用。敗絮其中。

【相反】貨眞價實。

【例句】這家公司裝潢得「金玉其外」，不到半年就宣布破產了。

金玉良言 ㄐㄧㄣ ㄩˋ ㄌㄧㄤˊ ㄧㄢˊ

【解釋】 比喻極有價値及寶貴的言論。也作：金玉之言。

【出處】 醒世恆言：「恩公金玉之言，某當終身佩銘。」

【相同】 金石良言。金石之言。不刊之論。

【相反】 無稽之談（言）。

【例句】 老師說的雖然是「金玉良言」，但學生卻馬耳東風，一個字也沒聽進去。

金枝玉葉 ㄐㄧㄣ ㄓ ㄩˋ ㄧㄝˋ

【解釋】 本指貴族，現亦指富家子女。

【出處】 山堂肆考：「金枝玉葉，謂王孫公子也。」

【例句】 她是「金枝玉葉」，他卻一貧如洗，他們結爲連理的機會應該不大。

金科玉律 ㄐㄧㄣ ㄎㄜ ㄩˋ ㄌㄩˋ

【解釋】 比喻必須遵守的法令或原則，亦作「金科玉條」。

【字義】 科、律：法律條文。

【出處】 漢·揚雄·劇秦美新：「懿律嘉量，金科玉條。」

【例句】 統治者的話，就是「金科玉律」，沒有人敢反對。

金碧輝煌 ㄐㄧㄣ ㄅㄧˋ ㄏㄨㄟ ㄏㄨㄤˊ

【解釋】 陳設華麗，光彩耀目。

【出處】 醒世恆言：「只見殿宇廊廡，一剗地金碧輝煌，耀眼奪目，儼如天宮一般。」

【相同】 金碧交輝。金碧輝映。

【相反】 蓬門蓽戶。

【例句】 宮殿內「金碧輝煌」，果是一派帝王氣象。

金蟬脫殼 ㄐㄧㄣ ㄔㄢˊ ㄊㄨㄛ ㄎㄜˊ

【解釋】 比喻設計逃脫。

【字義】 金蟬：蟬，一名知了。

【出處】 關漢卿·謝天香曲：「我使盡些伎倆，乾愁斷我肚腸，覓不的箇脫殼金蟬這一箇謊。」

【相同】 溜之大吉。

【例句】 藉口上洗手間，一個「金蟬脫殼」，便從窗口溜走了。

針鋒相對 ㄓㄣ ㄈㄥ ㄒㄧㄤ ㄉㄨㄟˋ

【解釋】 比喻雙方的對立十分尖銳，各不相讓。

【相同】 棋逢敵手。不相上下。

【相反】 所向披靡。所向無敵。

【例句】 在會議中，他們兩方面互相抨擊，「針鋒相對」。

釜底抽薪 ㄈㄨˇ ㄉㄧˇ ㄔㄡ ㄒㄧㄣ

【解釋】 從鍋子下面抽去柴薪，比喻從根本上解決問題。

【字義】 釜：鍋。

【出處】 魏收檄梁朝文：「抽薪止沸，翦草除根。」

【相同】 抽薪止沸。

【相反】 揚湯止沸。

【例句】 揚湯止沸，不如「釜底抽薪」，是一句包含了兩則相反意義成語的諺語。

鉤心鬥角 ㄍㄡ ㄒㄧㄣ ㄉㄡˋ ㄐㄧㄠˇ

【解釋】 本指宮室結構的參差交錯，

屋心聚處像鉤，屋角相湊若鬥。現指各逞智巧，務求出奇制勝以壓倒對方。

【字義】鉤心：建築物互相勾連曲折；鬥角：檐角互相交錯。

【出處】杜牧·阿房宮賦：「各抱地勢，鉤心鬥角，盤盤焉，囷囷然。」

【相同】爾虞我詐。明爭暗鬥。

【相反】肝膽相照。開誠布公。

【例句】我倆有同窗之雅，理應肝膽相照，不宜「鉤心鬥角」。

銀樣鑞槍頭
ㄧㄣˊ ㄧㄤˋ ㄌㄚˋ ㄑㄧㄤ ㄊㄡˊ

【解釋】外表如銀的錫鑞槍頭。中看不中用之意。

【出處】西廂記：「我棄了部署不收，你元來苗而不秀。呸！你是個銀樣鑞槍頭。」

【相同】虛有其表。

【相反】眞人不露相。會咬人的狗不叫。

【相反】敵人的軍隊雖然是現代化裝備，但卻是「銀樣鑞槍頭」，一遇到我方游擊隊，就束手無策了。

銅牆鐵壁
ㄊㄨㄥˊ ㄑㄧㄤˊ ㄊㄧㄝˇ ㄅㄧˋ

【解釋】喻防守堅固。

【出處】水滸傳：「宋江自引了前部人馬轉過獨龍岡後面來看祝家莊時，後面都是銅牆鐵壁，把得嚴整。」

【相同】金城湯池。深溝高壘。

【例句】我軍的防禦工事如「銅牆鐵壁」，敵人只好望洋興嘆，一走了之。

銖積寸累
ㄓㄨ ㄐㄧ ㄘㄨㄣˋ ㄌㄟˇ

【解釋】指積累皆由至微開始。

【字義】銖：古代重量單位，約現在的二十四分之一兩。

【出處】侯鯖錄：「寒女之絲，銖積寸累。」

【相同】聚沙成塔。

【例句】她做了十年的女工，「銖積寸累」了一點錢，一夜之間全部被梁上君子光顧了。

銜枚疾走
ㄒㄧㄢˊ ㄇㄟˊ ㄐㄧˊ ㄗㄡˇ

【解釋】形容毫無聲息地迅速前進。

【字義】枚：狀如筷。（古時行軍襲敵時，常令士卒銜枚口中，使他們無法談話。）

【出處】漢書·高帝紀：「章邯夜銜枚擊項梁。」

【例句】指揮官趁月黑風高，令全軍「銜枚疾走」，突襲敵軍背部。

銜尾相隨
ㄒㄧㄢˊ ㄨㄟˇ ㄒㄧㄤ ㄙㄨㄟˊ

【解釋】形容首尾相接而行。即馬一匹一匹緊跟著前行。

【字義】銜：馬嚼子；尾：馬尾。

【出處】漢書·匈奴傳：「如遇險阻，銜尾相隨。」

【例句】他指揮軍隊「銜尾相隨」，敵人無懈可擊。

銜環結草
ㄒㄧㄢˊ ㄏㄨㄢˊ ㄐㄧㄝˊ ㄘㄠˇ

【解釋】力圖報恩的意思。

【出處】續齊諧志故事：「漢楊寶九歲時在華陰山救一黃雀，夜有黃衣童子，銜白環四枚，曰：『我西王母使者，君仁愛救拯，實感成濟。』以白環四枚與寶『令君子孫潔白，位登三事，當如此環矣。』後楊寶子孫困果皆顯貴。」左傳宣公十五年故事：「晉魏顆救父妾，後得妾父報恩，結草捕敵。」

【相同】 黃雀銜環。

【例句】 您對我們全家的大恩大德我發誓「銜環結草」以報。

鋒芒畢露 ㄈㄥ ㄇㄤˊ ㄅㄧˋ ㄌㄨˋ

【解釋】 原指刀劍的刃口尖端完全顯露，後指有才華傲氣的人不喜收斂，好表現自己。

【字義】 鋒芒：刀尖，比喻人的銳氣，「芒」亦作「鋩」。

【出處】 括蒼山恩仇記：「林炳抽出劍來，但見鋒芒畢露，光可鑒人。」

【相反】 深藏若虛。不露鋒芒。

【例句】 他「鋒芒畢露」，自然招人嫉妒。

鋤強扶弱 ㄔㄨˊ ㄑㄧㄤˊ ㄈㄨˊ ㄖㄨㄛˋ

【解釋】 剷除強暴，扶助弱者。

【例句】 小華他夢想著長大了就做個「鋤強扶弱」的英雄。

鋌而走險 ㄊㄧㄥˇ ㄦˊ ㄗㄡˇ ㄒㄧㄢˇ

【解釋】 被環境所迫，去幹不正當的事。

【字義】 鋌：快跑的樣子。（也可作「挺」）

【出處】 左傳：「鋌而走險，急何能擇？」

【相同】 孤注一擲。

【例句】 不少人由於生活所迫，只好「鋌而走險」。

錢可通神 ㄑㄧㄢˊ ㄎㄜˇ ㄊㄨㄥ ㄕㄣˊ

【解釋】 形容金錢萬能。亦作「財可通神」。

【出處】 張固·幽閒鼓吹：「錢十萬，可通神矣。」

【相同】 有錢能使鬼推磨。

【例句】 「錢可通神」，現今的社會，錢就是護身符。

錦上添花 ㄐㄧㄣˇ ㄕㄤˋ ㄊㄧㄢ ㄏㄨㄚ

【解釋】 喻美上加美。

【出處】 宋·王安石詩：「嘉招欲覆盃中淥，麗唱仍添錦上花。」

【相同】 盡善盡美。

【相反】 雪中送炭。

【例句】 世態炎涼，「錦上添花」的人多，雪中送炭的人少。

錙銖必較 ㄗ ㄓㄨ ㄅㄧˋ ㄐㄧㄠˋ

【解釋】 形容斤斤計較，雖一絲一毫，也不輕易放過。

【字義】 錙銖：古代計算重量的單位，比喻最輕最小。

【出處】 韓非子·功名：「千鈞得船則浮，錙銖失船則沈，非千鈞輕、錙銖重也，有勢之與無勢也。」

【相同】 斤斤計較。

【相反】 慷慨解囊。

【例句】 他是個「錙銖必較」的人，你和他合夥做生意，怎麼可能不吹而散？

鍥而不捨 ㄑㄧㄝˋ ㄦˊ ㄅㄨˋ ㄕㄜˇ

【解釋】 本指彫刻不停，現泛指繼續下去，不肯放手。

【字義】 鍥：彫刻。

【出處】　荀子·勸學：「鍥而不舍，金石可鏤。」舍：古捨字。
【相同】　貫徹始終。
【相反】　虎頭蛇尾。
【例句】　他雖然智力不如人，但「鍥而不捨」，終於有成。

鎩羽而歸
ㄕㄚ ㄩˇ ㄦˊ ㄍㄨㄟ

【解釋】　戰敗回來。
【字義】　鎩：傷殘。
【例句】　他「鎩羽而歸」時，仍然不肯服輸，口口聲說裁判不公。

鏡花水月
ㄐㄧㄥˋ ㄏㄨㄚ ㄕㄨㄟˇ ㄩㄝˋ

【解釋】　鏡中花，水中月，喻虛幻不可捉摸。亦作「水月鏡花」。
【出處】　明·謝榛·四溟詩話：「詩有可解不可解，不必解，若水月鏡花，勿泥其跡可也。」
【例句】　他失戀不久之後，人生觀頗為消極，常說：「人生一切，不過『鏡花水月』。」

鐵面無私
ㄊㄧㄝˇ ㄇㄧㄢˋ ㄨˊ ㄙ

【解釋】　大公無私，不留情面。
【出處】　宋·趙抃為殿中侍御史，彈劾不避權貴，京師號為鐵面御史。
【相反】　徇私枉法。
【例句】　他「鐵面無私」，你求情無益。

鐵石心腸
ㄊㄧㄝˇ ㄕˊ ㄒㄧㄣ ㄔㄤˊ

【解釋】　喻心硬，不為感情所動。
【出處】　宋·胡仔·陳履常：「『人疑宋開府鐵心石腸，及為梅花賦，清欸豔發，殆不類其為人。』」宋·張鎡·尋梅詩：「要知愁結吹香晚，鐵石心腸欠我詩。」宋·蘇軾·與李公擇書：「雖兄之愛吾厚，然僕本以鐵心石腸待公。」
【相同】　心如鐵石。
【相反】　菩薩心腸。
【例句】　如此悲慘情景，就是「鐵石心腸」的人，看了也會傷心落淚。

鐵畫銀鉤
ㄊㄧㄝˇ ㄏㄨㄚˋ ㄧㄣˊ ㄍㄡ

【解釋】　狀書法筆姿的勁挺。
【出處】　元詩選：「黃鐘大呂徒協和，鐵畫銀鉤謾摹錄。」
【相同】　筆走龍蛇。
【相反】　信筆塗鴉。
【例句】　這副對聯寫得好極了，「鐵畫銀鉤」，不愧是當代書法大家的手筆。

鐵窗風味
ㄊㄧㄝˇ ㄔㄨㄤ ㄈㄥ ㄨㄟˋ

【解釋】　指牢獄生涯。
【字義】　鐵窗：牢獄。
【例句】　他雖飽嘗「鐵窗風味」，卻依舊不悔改。

鐵樹開花
ㄊㄧㄝˇ ㄕㄨˋ ㄎㄞ ㄏㄨㄚ

【解釋】　比喻事罕見，或極難辦成。
【字義】　鐵樹：又名蘇鐵，是常綠喬木，不常開花。
【出處】　續傳燈錄：「鐵樹開華，雄雞生卵，七十二年，搖籃繩斷。」（華，同「花」）。
【相同】　雄雞生卵。
【相反】　司空見慣。
【例句】　你要他洗心革面，除非「鐵樹開花」。

鐵案如山 ㄊㄧㄝˇ ㄢˋ ㄖㄨˊ ㄕㄢ

【解釋】證據確鑿或作出最後結論的案件，像山那樣屹立不能推翻。

【出處】明·孟稱舜·醉中天：「轆轆的似風車樣轉，道不的鐵案如山。」

【相同】鐵證如山。鑿鑿有據。如山鐵案。

【相反】捕風捉影。無憑無據。

【例句】他犯罪的証據確鑿，已經「鐵案如山」，再上訴也無濟於事了。

鐵杵磨成針 ㄊㄧㄝˇ ㄔㄨˇ ㄇㄛˊ ㄔㄥˊ ㄓㄣ

【解釋】鐵杵（棒槌）也能磨成針，勸人做事要有恆心的諺語。

【出處】潛確類書：「李白少讀書，未成棄去，道逢老嫗磨杵，白問其故，曰：作鍼（針），白感其言，遂卒業。」

【相同】有志竟成。磨杵成針。

【相反】三天打魚兩天晒網。

【例句】只要有「鐵杵磨成針」的精神，做任何事都會成功。

鑄成大錯 ㄓㄨˋ ㄔㄥˊ ㄉㄚˋ ㄘㄨㄛˋ

【解釋】造成大錯。

【字義】錯：本指錯刀（古錢名，長二寸，值五千），後借用作「錯誤」之「錯」。

【出處】通鑑·唐昭宗三年：「羅紹威悔曰：合六州四十三縣鐵，不能爲此錯也。」

【例句】他一念之差，「鑄成大錯」，悔之已晚。

長部

長吁短歎 ㄔㄤˊ ㄒㄩ ㄉㄨㄢˇ ㄊㄢˋ

【解釋】形容憂傷的歎息。

【字義】吁：驚歎。

【例句】他落榜之後，終日「長吁短歎」。

長年累月 ㄔㄤˊ ㄋㄧㄢˊ ㄌㄟˇ ㄩㄝˋ

【解釋】經過很長時期的積累。

【相同】積年累月。成年累月。

【例句】他那熟練的技巧是「長年累月」積累起來的。

長袖善舞 ㄔㄤˊ ㄒㄧㄡˋ ㄕㄢˋ ㄨˇ

【解釋】比喻有所憑藉，事業就易於成功，現多指善於經商。

【出處】韓非子·五蠹：「長袖善舞，多財善賈。」

【相同】多財善賈。

【相反】巧婦難爲無米之炊。

【例句】他當了五年縣長刮了民脂民膏，如今退休下來，「長袖善舞」，已成富商巨賈。

長驅直入 ㄔㄤˊ ㄑㄩ ㄓˊ ㄖㄨˋ

【解釋】形容進軍順利，敵方毫無抵抗。

【出處】水滸傳：「馬靈等領兵在前，長驅直入，進了北門。」

【相同】直搗黃龍。勢如破竹。

【例句】攻下這座要塞之後，敵人無險可守，我軍即能「長驅直入」，勢如破竹。

門部

門戶之見
ㄇㄣˊ ㄏㄨˋ ㄓ ㄐㄧㄢˋ

【解釋】 比喻派別間的成見。
【字義】 門戶：比喻宗派。
【出處】 新唐書：「今朝廷多山東人，自作門戶。」
【相同】 一家之見。一家之言。
【例句】 他們已經放棄了「門戶之見」，決定共同研究、學習。

門禁森嚴
ㄇㄣˊ ㄐㄧㄣˋ ㄙㄣ ㄧㄢˊ

【解釋】 出入門戶的禁令十分嚴厲。
【出處】 周禮：「掌守王宮之中門之禁。」
【相反】 這裡是軍事重地，「門禁森嚴」，沒有識別證是不准通行的。

門可羅雀
ㄇㄣˊ ㄎㄜˇ ㄌㄨㄛˊ ㄑㄩㄝˋ

【解釋】 比喻門庭冷落，亦作「門堪羅雀」。
【出處】 史記·汲鄭列傳贊：「始翟公爲廷尉，賓客闐門，及廢，門外可設雀羅，後復爲廷尉，賓客欲往，翟公大署其門曰：一死一生，乃知交情，一貧一富，乃知交態，一貴一賤，交情乃見。」
【相同】 門庭冷落。
【相反】 門庭若市。車馬盈門。
【例句】 經濟蕭條，市民購買力弱，往日顧客盈門的大商店，現在「門可羅雀」了。

門庭若市
ㄇㄣˊ ㄊㄧㄥˊ ㄖㄨㄛˋ ㄕˋ

【解釋】 來往的人衆多，熱鬧得有如市場。
【出處】 戰國策·齊策：「群臣進諫，門庭若市。」
【相同】 車馬盈門。
【相反】 門可羅雀。門庭冷落。
【例句】 他想出了促銷的方法之後，幾天前還是門可羅雀，現在卻「門庭若市」了。

門當戶對
ㄇㄣˊ ㄉㄤ ㄏㄨˋ ㄉㄨㄟˋ

【解釋】 指男女婚嫁，雙方地位相當。
【字義】 對：適合。
【出處】 西廂記：「雖然不是門當戶對，也強如陷於賊中。」
【相同】 門戶相當。
【相反】 齊大非偶。齊大非耦。
【例句】 只要兩人相愛，管它甚麼「門當戶對」！

閉月羞花
ㄅㄧˋ ㄩㄝˋ ㄒㄧㄡ ㄏㄨㄚ

【解釋】 形容女子的美麗。
【出處】 曹植·洛神賦：「仿佛兮若輕雲之蔽月。」李白·西施詩：「秀色掩今古，荷花羞玉顏。」
【相同】 花容月貌。國色天香。沈魚落雁。
【相反】 無鹽之貌。貌似無鹽。
【例句】 她有「閉月羞花」之貌，不知有多少男士拜倒在她的石榴裙下。

閉門造車
ㄅㄧˋ ㄇㄣˊ ㄗㄠˋ ㄐㄩ

【解釋】 本指只要依照同一規格，關起門來造車，也能合用。現比喻只憑想像去做事，不合實際。
【出處】 中庸或問：「古語所謂閉門造車，出門合轍，蓋言其法之同也。」

【相同】一意孤行。
【相反】廣聽博採。
【例句】如果不顧客觀情勢，只是「閉門造車」，事情一定做不好。

閉關自守 ㄅㄧˋ ㄍㄨㄢ ㄗˋ ㄕㄡˇ

【解釋】比喻不和外界來往。
【出處】新編五代史：「閉關自守，又何憂乎？」
【相同】閉關鎖國。
【相反】門戶開放。
【例句】在目前，沒有一國政府採「閉關自守」的政策。

問心無愧 ㄨㄣˋ ㄒㄧㄣ ㄨˊ ㄎㄨㄟˋ

【解釋】問問自己，毫無慚愧的地方。
【出處】官場現形記：「就是將來外面有點風聲，好在這錢不是老爺自己得的，自可以問心無愧。」
【相同】心安理得。於心無愧。捫心無愧。
【相反】問心有愧。無地自容。
【例句】只要「問心無愧」自會心安理得。

問道於盲 ㄨㄣˋ ㄉㄠˋ ㄩˊ ㄇㄤˊ

【解釋】向瞎子問路，比喻求教於無所知的人。
【出處】韓愈·答陳生書：「足下求速化之術，不於其人，乃以訪愈，是所謂借聽於聾，問道於盲。」
【相同】借聽於聾。
【相反】另請高明。
【例句】你要我解釋什麼是哲學？不正是「問道於盲」麼？

開宗明義 ㄎㄞ ㄗㄨㄥ ㄇㄧㄥˊ ㄧˋ

【解釋】指發端行事而說明其要領。
【字義】開宗：闡發宗旨；明義：說明義理。
【出處】原是孝經第一章的篇名。這一章說明全書的宗旨和意思。後指說話、寫文章一開始就點明主要的意思。
【相同】開門見山。
【相反】離題萬里。三紙無驢。
【例句】在序言中，已把本書的主旨「開宗明義」地說明白了。

開門見山 ㄎㄞ ㄇㄣˊ ㄐㄧㄢˋ ㄕㄢ

【解釋】本形容字義顯淺易懂，現多比喻說話坦率，一言道破。
【出處】滄浪詩話：「太白發句，謂之開門見山。」
【相同】單刀直入。開宗明義。
【相反】轉彎抹角。含糊其辭。
【例句】他一見到老闆，就「開門見山」地說要錢。

開門揖盜 ㄎㄞ ㄇㄣˊ ㄧ ㄉㄠˋ

【解釋】開門把強盜請進來，比喻自己把壞人招進門。
【字義】揖：拱手爲禮。
【出處】三國志·吳志·孫權傳：「況今姦宄競逐，豺狼滿道，乃欲哀親戚，顧禮制，是猶開門而揖盜，未可以爲仁也。」
【相同】引狼入室。惹火燒身。養虎遺患。
【例句】他請了一名前科累累的犯人來擔任警衛，不是「開門揖盜」嗎？

開源節流 ㄎㄞ ㄩㄢˊ ㄐㄧㄝˊ ㄌㄧㄡˊ

【解釋】 增加收入，節省開支。

【字義】 開源：本指開發水源。現指增加收入。

【出處】 荀子・富國：「故明主必謹養其和，節其流，開其源，而時斟酌焉。」

【相同】 增產節約。

【相反】 暴殄天物。鋪張浪費。

【例句】 在經濟困難時期，應該「開源節流」。

開誠布公 ㄎㄞ ㄔㄥˊ ㄅㄨˋ ㄍㄨㄥ

【解釋】 誠懇待人，坦白無私。

【出處】 三國志・蜀志・諸葛亮傳評：「諸葛亮之爲相國也，開誠心，布公道。」

【相同】 推心置腹。肝膽相照。

【相反】 鉤心鬥角。爾虞我詐。

【例句】 大家不存芥蒂，才能「開誠布公」。

間不容髮 ㄐㄧㄢ ㄅㄨˋ ㄖㄨㄥˊ ㄈㄚˇ

【解釋】 相距極微，中無一髮之間隙。比喻形勢危迫。

【出處】 漢・枚乘・上書諫吳王：「係絕於天，不可復結；墜入深淵，難以復出，其出不出，間不容髮。」

【例句】 現在已經到「間不容髮」的時侯，你還在優哉游哉。

閒情逸致 ㄒㄧㄢˊ ㄑㄧㄥˊ ㄧˋ ㄓˋ

【解釋】 悠閒輕鬆的心情。

【相同】 悠閒自在。逍遙自在。優哉游哉。

【相反】 疲於奔命。心煩意亂。心浮氣躁。

【例句】 我們一日三餐不繼，那有「閒情逸致」去欣賞古玩？

聞一知十 ㄨㄣˊ ㄧ ㄓ ㄕˊ

【解釋】 形容聰敏過人，聽了一樣便推想而知其他十樣。

【出處】 論語・公冶長：「賜也何敢望回，回也聞一以知十，賜也聞一以知二。」

【相同】 舉一反三。

【例句】 他「聞一知十」，聰明絕頂，前途不可限量。

聞所未聞 ㄨㄣˊ ㄙㄨㄛˇ ㄨㄟˋ ㄨㄣˊ

【解釋】 聽也沒聽過。

【相同】 見所未見。耳目一新。

【相反】 司空見慣。習以爲常。不足爲奇。

【例句】 這樣稀奇的事，眞是「聞所未聞」。

聞雞起舞 ㄨㄣˊ ㄐㄧ ㄑㄧˇ ㄨˇ

【解釋】 指有志之士及時奮起。

【出處】 晉書・祖逖傳：「逖與司空劉琨共被同寢，中夜聞荒雞鳴，蹴琨覺曰：『此非惡聲也，因起舞。』」

【相同】 枕戈待旦。

【例句】 睡到日上三竿，還不起床，談什麼「聞雞起舞」？

闃其無人 ㄑㄩˋ ㄑㄧˊ ㄨˊ ㄖㄣˊ

【解釋】 非常寂靜，一個人也沒有。

【字義】 闃：寂靜。

【出處】 易經・豐：「闃其旡（無）

人。」

【相反】人聲鼎沸。

【例句】偌大一座古堡，卻「闃其無人」，我們高聲呼叫，只有空蕩蕩的回音。

關山迢遞
ㄍㄨㄢ ㄕㄢ ㄊㄧㄠˊ ㄉㄧˋ

【解釋】形容路途遙遠。

【字義】關：入口的要道，關口；迢遞：遙遠。

【相同】關山萬里。

【相反】天涯若比鄰。近在咫尺。

【例句】由塞北到南粵，從前「關山迢遞」，現在卻朝發而夕至了。

阜部

阡陌縱橫
ㄑㄧㄢ ㄇㄛˋ ㄗㄨㄥˋ ㄏㄥˊ

【解釋】田間的小路，橫直交錯。

【字義】阡陌：田間小路。

【出處】漢書·召信臣傳：「躬勸耕農，出入阡陌。」

【例句】江南春至，放眼四望，但見「阡陌縱橫」，水光瀲灩，景色如畫。

防患未然
ㄈㄤˊ ㄏㄨㄢˋ ㄨㄟˋ ㄖㄢˊ

【解釋】在禍患未發生的時候，先加防避，本作「防患於未然」。

【相同】杜漸防微。未雨綢繆。曲突徙薪。有備無患。亡羊補牢。

【相反】江心補漏。臨渴掘井。急來抱佛腳。臨陣磨槍。

【例句】防火設備一定要合乎標準，「防患未然」總勝過亡羊補牢。

阮囊羞澀
ㄖㄨㄢˇ ㄋㄤˊ ㄒㄧㄡ ㄙㄜˋ

【解釋】形容困乏無錢。

【出處】宋·陰時夫·韻府群玉：「阮孚持一皂囊，遊會稽，客問囊中何物，曰：但有一錢守囊，恐其羞澀。」

【相同】囊空如洗。原憲之貧。

【相反】陶朱之富。

【例句】我已是「阮囊羞澀」，遑論慨慷解囊？

降格以求
ㄐㄧㄤˋ ㄍㄜˊ ㄧˇ ㄑㄧㄡˊ

【解釋】降低資格去尋求人才，意即上等人才不易得，亦作「降格相求」。

【例句】應徵者寥寥無幾，公司只好「降格以求」，不再指定大專以上的程度了。

除惡務盡
ㄔㄨˊ ㄜˋ ㄨˋ ㄐㄧㄣˋ

【解釋】剷除壞人壞事務須徹底。

【相同】斬草除根。

【相反】姑息養奸。

【例句】「除惡務盡」，否則前功盡棄。

除暴安良
ㄔㄨˊ ㄅㄠˋ ㄢ ㄌㄧㄤˊ

【解釋】剷除強暴，使善良的人民安居樂業。

【出處】鏡花緣：「至除暴安良，尤為切要。」

【相同】鋤暴安良。除暴安民。

【例句】他是以「除暴安良」為己任的俠盜。

陳陳相因
ㄔㄣˊ ㄔㄣˊ ㄒㄧㄤ ㄧㄣ

【解釋】本指倉裡的粟一年一年積，卻不食用，因此變成「陳粟」，現比喻沿襲舊規矩做事，一成不變。

【字義】陳：舊；因：沿襲。
【出處】史記平準書：「太倉之粟，陳陳相因，充溢露積於外，至腐敗不可食。」
【相同】墨守成規。因循守舊。
【相反】自出機杼。獨闢蹊徑。推陳出新。
【例句】醬油的製造法幾百年來「陳陳相因」，毫無改變。

陳規陋習 ㄔㄣˊ ㄍㄨㄟ ㄌㄡˋ ㄒㄧˊ
【解釋】陳舊過時且不合理的規章慣例。
【相同】蕭規曹隨。
【相反】標新立異。
【例句】這些多年來的「陳規陋習」必須革除，社會才會進步。

陳腔濫調 ㄔㄣˊ ㄑㄧㄤ ㄌㄢˋ ㄉㄧㄠˋ
【解釋】陳舊而空泛的論調。
【相反】令人耳目一新。
【例句】他所說的都是那些「陳腔濫調」，了無新意。

陰謀詭計 ㄧㄣ ㄇㄡˊ ㄍㄨㄟˇ ㄐㄧˋ
【解釋】陰險奸詐的計謀。
【出處】國語·越下：「陰謀逆德，好用凶器，始於人者，人之所卒也。」
【相同】鬼計多端。
【相反】光明正大。開誠布公。
【例句】他那一副獐頭鼠目的樣子，一看就知道是「陰謀詭計」的人。

陪了夫人又折兵 ㄆㄟˊ ㄌㄜ˙ ㄈㄨ ㄖㄣˊ ㄧㄡˋ ㄓㄜˊ ㄅㄧㄥ
【解釋】比喻遭受雙重損失。
【字義】陪，通賠，折損。
【出處】三國演義，周瑜中諸葛亮計的故事。
【相同】抓雞不著蝕把米。
【例句】你想投機取巧，我保證你「陪（賠）了夫人又折兵」。

陽奉陰違 ㄧㄤˊ ㄈㄥˋ ㄧㄣ ㄨㄟˊ
【解釋】表面順從而暗中違反。
【出處】明·范景文疏：「如有日與胥徒比而陽奉陰違、名去實存者，斷以白簡隨其後。」
【相同】口是心非。
【相反】心口如一。
【例句】如今，「陽奉陰違」的人，都個個高升了。

陽春白雪 ㄧㄤˊ ㄔㄨㄣ ㄅㄞˊ ㄒㄩㄝˇ
【解釋】原古曲名，比喻高度水準的文學作品或歌曲。
【出處】宋玉·對楚王問：「其爲陽春白雪，國中屬而和者，不過數十人。」
【相反】下里巴人。
【例句】他是學院派出身的藝人，無怪乎有「陽春白雪」曲高和寡之嫌。

隔岸觀火 ㄍㄜˊ ㄢˋ ㄍㄨㄢ ㄏㄨㄛˇ
【解釋】比喻不加援手而只在一旁看熱鬧。
【相同】袖手旁觀。作壁上觀。站在黃鶴樓上看翻船。
【相反】拔刀相助。見義勇爲。當仁不讓。
【例句】日俄戰爭時，日、俄在中國領土開打，中國人竟「隔岸觀火」，事不干己的樣子。

隔靴搔癢
ㄍㄜˊ ㄒㄩㄝ ㄙㄠ ㄧㄤˇ

【解釋】 搔不著癢處，比喻沒有抓住要點。
【出處】 滄浪詩話：「意貴透徹，不可如隔靴搔癢。」
【相同】 膝癢搔背。
【相反】 鞭辟入裡。一語破的。入木三分。一針見血。
【例句】 法官不懂藝術，審理本案宛如「隔靴搔癢」，只要露出兩點，就一口咬定是色情。

隔牆有耳
ㄍㄜˊ ㄑㄧㄤˊ ㄧㄡˇ ㄦˇ

【解釋】 說話隨時可能被人聽到。比喻雖然很祕密，也可能會洩露出去。
【出處】 管子：「牆有耳，伏寇在側。牆有耳者，微謀外洩之謂也。」
【相同】 隔壁有耳。隔窗有耳。
【例句】 紙包不住火，當心「隔牆有耳」！

隨波逐流
ㄙㄨㄟˊ ㄆㄛ ㄓㄨˊ ㄌㄧㄡˊ

【解釋】 比喻毫無獨立見解或原則，隨俗浮沈。
【出處】 史記：「舉世混濁，何不隨其流而揚其波？」
【相同】 隨波逐浪。
【相反】 特立獨行。
【例句】 他自稱特立獨行，然實際是「隨波逐流」的消極分子。

隨遇而安
ㄙㄨㄟˊ ㄩˋ ㄦˊ ㄢ

【解釋】 安於所遇的環境，不作非分之想。
【字義】 隨：順從；遇：遭遇；安：安然。
【出處】 宋·呂頤浩文：「衣食之分，各有厚薄，隨所遇而安可也。」
【相同】 隨寓而安。安常處順。
【例句】 他被調到任何單位，都能「隨遇而安」，所以能心廣體胖。

隨機應變
ㄙㄨㄟˊ ㄐㄧ ㄧㄥˋ ㄅㄧㄢˋ

【解釋】 跟隨情況的變化而靈活應付
【出處】 朱子語錄：「事變無窮，難以逆料，隨機應變，不可預定。」
【相同】 見機行事。
【相反】 照本宣科。
【例句】 處理外交，雖重「隨機應變」，但應掌握原則。

險象環生
ㄒㄧㄢˇ ㄒㄧㄤˋ ㄏㄨㄢˊ ㄕㄥ

【解釋】 危險的現象連續發生。
【例句】 因爲是化學工廠失火，滅火時，四處有爆烈物著火，眞是「險象環生」。

隱姓埋名
ㄧㄣˇ ㄒㄧㄥˋ ㄇㄞˊ ㄇㄧㄥˊ

【解釋】 隱瞞眞實姓名。
【出處】 誤入桃源：「因此上不事王侯，不求聞達，隱姓埋名，做莊家，學耕種。」
【相同】 改名換姓。
【例句】 政爭失敗之後，他「隱姓埋名」流亡海外，抑鬱而終。

隱惡揚善
ㄧㄣˇ ㄜˋ ㄧㄤˊ ㄕㄢˋ

【解釋】 把別人的過失隱瞞不提，好處卻加以宣揚。
【出處】 禮記·中庸：「舜好問而好

察邇言，隱惡而揚善。」
【相同】掩惡揚善。
【相反】吹毛求疵。洗垢索瘢。
【例句】常人，洗垢索瘢者多，「隱惡揚善」者少。

隹部

隻字不提 ㄓ ㄗˋ ㄅㄨˋ ㄊㄧˊ

【解釋】關於某一件事，完全沒有提到。
【相反】長篇大論。
【例句】本篇文章大肆宣揚他的功德，至於婚外情部分「隻字不提」。

雅俗共賞 ㄧㄚˇ ㄙㄨˊ ㄍㄨㄥˋ ㄕㄤˇ

【解釋】文化水準高的人和文化水準低的人都能欣賞。
【出處】後漢書：「莊周有言，人情險於山川，……而林宗雅俗無所失，將其明性特有主乎？」
【相反】曲高和寡。
【例句】白居易的詩「雅俗共賞」，所以流傳很廣。

雄才大略 ㄒㄩㄥˊ ㄘㄞˊ ㄉㄚˋ ㄌㄩㄝˋ

【解釋】原指處理軍國事務，有過人的才能和智謀，現泛指一般有出衆的領導者。
【出處】漢書·武帝紀贊：「如武帝之雄材大略，不改文景之恭儉。」
【相同】奇才異能。上駟之才。
【相反】下駟之才。
【例句】秦始皇「雄才大略」，所以能統一天下。

集思廣益 ㄐㄧˊ ㄙ ㄍㄨㄤˇ ㄧˋ

【解釋】集合衆人的心思，和採納各種有利國家的意見。
【出處】三國志：「（諸葛）亮後爲丞相，教與群下曰：『夫參署者，集衆思，廣忠益也。』」
【相同】博採衆議。
【相反】一意孤行。
【例句】您一旦被選爲議長，必須「集思廣益」，萬不可一意孤行。

集腋成裘 ㄐㄧˊ ㄧˋ ㄔㄥˊ ㄑㄧㄡˊ

【解釋】比喻集衆人之力去完成一件大事，亦指積少成多。
【字義】腋：胳肢窩，這裡指狐腋下的毛皮；裘：皮衣。
【出處】愼子：「廟廊之材，非一木之枝；狐白之裘，非一狐之腋；治亂安危，存亡榮辱之施，非一人之力也。」（狐一本作「粹」，腋一本作「皮」。「集腋成裘」本此。）
【相同】積少成多。
【相反】日削月朘。
【例句】廣作宣傳，使「集腋成裘」，支持我們的人，一定與日俱增。

雕蟲小技 ㄉㄧㄠ ㄔㄨㄥˊ ㄒㄧㄠˇ ㄐㄧˋ

【解釋】對僅工辭賦者的貶稱。亦作文士自謙之辭。
【字義】蟲：蟲書，一名鳥蟲書，是古代的一種篆書，筆畫像蟲鳥；雕蟲：雕刻蟲書。
【出處】隋書李德林傳：「至如經國大體，是賈生。晁錯之儔；雕蟲小技，殆相如、子雲之輩。」李白·與韓荊州書：「至於制作，積成卷軸，則欲塵穢視聽，恐雕蟲小技，不合大人。」

【例句】我這些玩意兒，是不能登大雅之堂的「雕蟲小技」。

雞口牛後 ㄐㄧ ㄎㄡˇ ㄋㄧㄡˊ ㄏㄡˋ

【解釋】比喻寧小而尊貴，不可大而卑賤，雞口雖小，但乃進食的器官，牛後雖大，却是排糞所在。

【字義】牛後：牛的肛門。

【出處】戰國策·韓策：「臣聞鄙語：寧為雞口，無為牛後。」

【例句】當副軍長，不如當師長有決策指揮權，這就是「雞口牛後」的道理。

雞犬不寧 ㄐㄧ ㄑㄩㄢˇ ㄅㄨˋ ㄋㄧㄥˊ

【解釋】連雞和狗也不得安寧，形容地方受到極大騷擾。

【出處】柳宗元·捕蛇者說：「悍吏之來吾鄉，……嘩然而駭者，雖雞狗不得寧焉。」

【相同】雞狗不寧。雞飛狗跳。

【相反】雞犬不驚。匕鬯不驚。

【例句】他一來，每天指桑罵槐，弄得「雞犬不寧」。

雞犬皆仙 ㄐㄧ ㄑㄩㄢˇ ㄐㄧㄝ ㄒㄧㄢ

【解釋】比喻一人得勢，他的親朋傭僕盡皆得到好處，亦常用全句：「一人得道，雞犬皆仙。」

【出處】神仙傳：「淮南王安臨去時，餘藥器置在中庭，雞犬舐啄之，盡得升天，故雞鳴天上，犬吠雲中也。」

【相同】雞犬升天。

【例句】他一當上縣太爺，連僕人也封了小官，眞是「雞犬皆仙」。

雞毛蒜皮 ㄐㄧ ㄇㄠˊ ㄙㄨㄢˋ ㄆㄧˊ

【解釋】比喻毫不重要的小事情。

【相同】雞零狗碎。

【相反】稀世之珍。

【例句】這些「雞毛蒜皮」的事，竟然向部長報告。

雞鳴狗盜 ㄐㄧ ㄇㄧㄥˊ ㄍㄡˇ ㄉㄠˋ

【解釋】指微小的技能，俗指不正派的人物。

【出處】史記孟嘗君傳載：孟嘗君入秦，秦昭王囚而欲殺之，孟嘗君有客能狗盜者，乃夜為狗入秦宮，盜孟嘗君所獻昭王之白狐裘，以獻昭王幸姬，姬為言於昭王，乃得脫。即馳去，夜半至函谷關，關法雞鳴而出客，孟嘗君恐追至，客有能為雞鳴者，一鳴而群雞盡鳴，遂開城門，脫逃。

【相同】雕蟲小技。

【相反】屠龍之技。

【例句】他的智囊團之中，都是些「雞鳴狗盜」之徒，怎能逐鹿中原？

雙管齊下 ㄕㄨㄤ ㄍㄨㄢˇ ㄑㄧˊ ㄒㄧㄚˋ

【解釋】本指手握兩筆同時作畫，現比喻同時採用兩個方法。

【出處】歷代名畫記載：唐張璪善畫，畫松時，能手握雙管，一時俱下，一作生枝，一為枯枝，潤含春澤，慘同秋色。

【例句】我們處理本案，同時訴諸軍、司法，採「雙管齊下」的方法，當然穩操左券。

雜亂無章 ㄗㄚˊ ㄌㄨㄢˋ ㄨˊ ㄓㄤ

【解釋】 亂七八糟。毫無條理。

【相反】 有條不紊。有條有理。

【例句】 這篇論文，引證詳盡，可惜「雜亂無章」，寫作技巧欠成熟。

離鄉背井 ㄌㄧˊ ㄒㄧㄤ ㄅㄟˋ ㄐㄧㄥˇ

【解釋】 離開家園，遠赴外地。

【出處】 古今雜劇：「我爲你離鄉背井，拋家失業，來覓男兒，到把我不瞅不睬，不相不識，相問相思！」

【相同】 流離失所。

【相反】 落葉歸根。

【例句】 「離鄉背井」的天涯游子，每逢佳節倍思親。

離群索居 ㄌㄧˊ ㄑㄩㄣˊ ㄙㄨㄛˇ ㄐㄩ

【解釋】 遠離朋友，獨自居住。

【字義】 索：分散。

【出處】 禮記·檀弓：「吾離群而索居，亦已久矣。」

【例句】 人是合群的動物，怎能「離群索居」。

離經叛道 ㄌㄧˊ ㄐㄧㄥ ㄆㄢˋ ㄉㄠˋ

【解釋】 本言違反儒家尊奉的經典和教旨。今謂言行違背傳統。

【出處】 古今雜劇：「且本官志大言浮，離經畔道，見新法之行，往往形諸吟詠。」

【相反】 墨守陳規。循規蹈矩。

【例句】 他這種破除迷信的行爲，在當時被認爲是「離經叛道」的。

難分難解 ㄋㄢˊ ㄈㄣ ㄋㄢˊ ㄐㄧㄝˇ

【解釋】 糾纏在一塊，難以分開。

【出處】 封神演義：「三將大戰，殺得難解難分。」

【相同】 相持不下。難解難分。

【相反】 勢如破竹。所向無敵。

【例句】 他倆棋逢敵手，殺得「難分難解」。

難兄難弟 ㄋㄢˊ ㄒㄩㄥ ㄋㄢˊ ㄉㄧˋ

【解釋】 本義指二人文才學問，不分上下。俗稱遭遇同一困境的兩個人。

【讀音】 取本義時「難」讀ㄋㄢˊ；取俗義時，讀ㄋㄢˋ。

【出處】 世說新語：「陳元方子長文，有英才，與季方子孝先各論其父功德，爭之不能決，咨於太丘。太丘曰：元方難爲兄，季方難爲弟。」

【例句】 他倆本是上司與下屬的關係，如今成了「難兄難弟」，同病相憐了。

難言之隱 ㄋㄢˊ ㄧㄢˊ ㄓ ㄧㄣˇ

【解釋】 說不出的苦衷。

【出處】 歧路燈：「細看巫氏面目手腳，此中便有無限難言之隱。」

【相同】 有口難言。

【相反】 暢所欲言。和盤托出。

【例句】 我倆情同手足，還有什麼「難言之隱」的地方？

難能可貴 ㄋㄢˊ ㄋㄥˊ ㄎㄜˇ ㄍㄨㄟˋ

【解釋】 做了一件不容易做到的事，十分有價值。

【出處】 蘇軾·荀卿論：「此三者，皆天下之所謂難能而可貴者也。」

【例句】 他以乞討爲生，卻能慷慨解

囊，實在是「難能可貴」。

雨部

雨後春筍（ㄩˇ ㄏㄡˋ ㄔㄨㄣ ㄙㄨㄣˇ）

【解釋】　比喻大量湧現，且蓬勃發展的新事物。
【出處】　續孽海花：「人材是愈用愈多，……好像雨後春筍，叢生並長。」
【相同】　恆河沙數。過江之鯽。
【相反】　寥若晨星。
【例句】　由於大陸人工便宜，臺灣企業界赴大陸設廠，如「雨後春筍」。

雨過天青（ㄩˇ ㄍㄨㄛˋ ㄊㄧㄢ ㄑㄧㄥ）

【解釋】　喻青色，如雨後晴空的蔚藍澄澈。比喻惡劣環境已成過去。
【出處】　五代後周世宗（柴榮）時燒瓷器青如天，明如鏡，薄如紙，聲如磬。相傳當時請瓷器樣式，世宗批其狀曰：「雨過天青雲破處，這般顏色做將來。」
【相同】　風止雨霽。
【相反】　烏雲密布。
【注意】　俗誤作「雨過天晴」。
【例句】　終於熬過了若難的歲月，如今已「雨過天青」，可以過幸福的日子了。

雪中送炭（ㄒㄩㄝˇ ㄓㄨㄥ ㄙㄨㄥˋ ㄊㄢˋ）

【解釋】　比喻在急難中給予最需要的援助。
【出處】　范成大詩：「不是雪中須送炭，聊裝風景要詩來。」
【相同】　雨中送傘。
【相反】　落井下石。
【例句】　當今之世，「雪中送炭」者少，落井下石者多。

雪泥鴻爪（ㄒㄩㄝˇ ㄋㄧˊ ㄏㄨㄥˊ ㄓㄠˇ）

【解釋】　比喻在聚散無常的人生旅程中所留下的痕跡。
【出處】　蘇軾和子由澠池懷舊詩：「人生到處知何似，應似飛鴻踏雪泥，泥上偶然留指爪，鴻飛那復計東西。」
【例句】　這篇遊記，算是我赴黃山的「雪泥鴻爪」了。

雷厲風行（ㄌㄟˊ ㄌㄧˋ ㄈㄥ ㄒㄧㄥˊ）

【解釋】　形容作事猛進，大力推行。
【出處】　唐書·韓愈傳：「躬親聽斷，旋乾轉坤，關機闔開，雷厲風飛。」
【相同】　雷厲風飛。
【相反】　拖泥帶水。
【例句】　掃黑計畫，必須「雷厲風行」，否則成效不彰。

雷霆萬鈞（ㄌㄟˊ ㄊㄧㄥˊ ㄨㄢˋ ㄐㄩㄣ）

【解釋】　形容威勢強勁，不可抗拒。
【字義】　漢書·賈山傳：「雷霆之所擊，無不摧折者，萬鈞之所壓，無不靡滅者。」
【相同】　排山倒海。
【相反】　強弩之末。
【例句】　我軍以「雷霆萬鈞」之勢進擊，敵軍如喪家之狗，逃之唯恐不及。

雷聲大，雨點小（ㄌㄟˊ ㄕㄥ ㄉㄚˋ ㄩˇ ㄉㄧㄢˇ ㄒㄧㄠˇ）

【解釋】　喻聲勢大，實際行動小，虎頭蛇尾之意。
【出處】　景德傳燈錄：「問：『從上

宗來，如何履踐？』師曰：『雷聲甚大，雨點全無。』」金瓶梅二十：「賊沒廉恥的貨，頭裡那等雷聲大，雨點小，打哩亂哩，及到其間，也不怎麼的。」

【相同】 虎頭蛇尾。

【相反】 雷厲風行。有始有終。

【例句】 新政令之推行，首要建立威信，所以萬勿「雷聲大，雨點小」。

震耳欲聾 ㄓㄣˋ ㄦˇ ㄩˋ ㄌㄨㄥˊ

【解釋】 差不多把耳朵震聾了，形容聲響極大。

【相反】 鴉雀無聲。

【例句】 炮聲「震耳欲聾」，至夜幕低垂，始漸沈寂。

霄壤之別 ㄒㄧㄠ ㄖㄤˇ ㄓ ㄅㄧㄝˊ

【解釋】 天與地之比，形容分別極大

【相同】 天壤之別。

【相反】 伯仲之間。

【例句】 她倆雖是雙胞胎姐妹，然而性格卻有「霄壤之別」。

青部

青出於藍 ㄑㄧㄥ ㄔㄨ ㄩˊ ㄌㄢˊ

【解釋】 比喻弟子勝過師父，或後人超越前人。

【字義】 藍：藍草，可做青色的染料

【出處】 荀子：「青，取之於藍，而青於藍；冰，水爲之，而寒於水。」

【相同】 後生可畏。後來居上。

【例句】 他的技藝突飛猛進，連他的師父也自愧不如，的確「青出於藍」。

青黃不接 ㄑㄧㄥ ㄏㄨㄤˊ ㄅㄨˋ ㄐㄧㄝ

【解釋】 舊穀（黃）已吃完而新秧（青）還沒長成一段時期，比喻一時的缺乏，特別是指經濟上周轉不靈。也指人材、物力中斷。

【出處】 通俗編：「詔云即日正青黃不接之際。」

【相反】 源源不斷。

【例句】 每月在月底未領薪水之前，是大家「青黃不接」的艱苦時期。

青梅竹馬 ㄑㄧㄥ ㄇㄟˊ ㄓㄨˊ ㄇㄚˇ

【解釋】 指小兒女嬉戲天眞爛熳的情狀。

【出處】 李白詩：「郎騎竹馬來，繞床弄青梅。」

【例句】 他們原來是「青梅竹馬」的朋友，結成終身伴侶可說是感情自然發展的結果。

青雲直上 ㄑㄧㄥ ㄩㄣˊ ㄓˊ ㄕㄤˋ

【解釋】 直上高空。比喻官運亨通，升遷極快。

【字義】 青雲：指高空。

【出處】 史記：「賈不意君能自致青雲之上。」

【相同】 平步青雲。扶搖直上。飛黃騰達。

【相反】 退歸林下。削職爲民。

【例句】 經受了長期批鬥之後，我才明白那些以批鬥別人爲樂的人是踏著別人的屍首「青雲直上」的。

非部

非池中物 ㄈㄟ ㄔˊ ㄓㄨㄥ ㄨˋ

【解釋】不是久居池塘中的動物。比喻有遠大抱負或資質不凡，日後能成大器的人。

【出處】三國志：「劉備以梟雄之姿，而有關羽、張飛熊虎之將，恐蛟龍得雲雨，終非池中物也。」

【相同】藏龍臥虎。

【例句】該小童精神活潑，天眞可愛，中英語非常流利，將來必「非池中物」。

非同小可 ㄈㄟ ㄊㄨㄥˊ ㄒㄧㄠˇ ㄎㄜˇ

【解釋】並非尋常的小事，意即事態嚴重。

【字義】小可：一般、尋常。

【出處】古今名劇：「慚愧！這一場喜事，非同小可，只等的天晚，卻來赴約也。」

【相同】非同尋常。

【相反】無足輕重。

【例句】身爲法官竟然接受賄賂，實屬「非同小可」，應查明嚴辦。

非驢非馬 ㄈㄟ ㄌㄩˊ ㄈㄟ ㄇㄚˇ

【解釋】形容不倫不類。

【出處】漢書·西域傳：「外國胡人皆曰驢非驢，馬非馬，若龜茲王所謂騾也。」

【相同】不倫不類。

【例句】他歷史一竅不通，竟然充任歷史劇的顧問，結果弄得「非驢非馬」，貽笑大方。

靡靡之音 ㄇㄧˇ ㄇㄧˇ ㄓ ㄧㄣ

【解釋】淫逸的音樂。

【字義】靡靡：淫逸。

【出處】史記·殷本紀：「作靡靡之樂。」

【相同】亡國之音。鄭衛之音。

【相反】雅頌之聲。

【例句】在國難當頭，應該提倡軍歌，怎可一天到晚播放這種「靡靡之音」？

面部

面目全非 ㄇㄧㄢˋ ㄇㄨˋ ㄑㄩㄢˊ ㄈㄟ

【解釋】樣子和以前完全不同了。

【例句】他的寫作能力太差，又偏偏愛投稿，每次都被編輯修改得「面目全非」之後退回。

面有菜色 ㄇㄧㄢˋ ㄧㄡˇ ㄘㄞˋ ㄙㄜˋ

【解釋】形容營養不良或飢餓的人面孔發青。

【出處】漢書：「歲比災害，民有菜色。」

【相同】面如菜色。

【例句】颱風接二連三過境，青菜價格直線上升，吃不起青菜，大家反而「面有菜色」了。

面紅耳赤 ㄇㄧㄢˋ ㄏㄨㄥˊ ㄦˇ ㄔˋ

【解釋】形容著急，害臊或憤怒。

【相反】面不改色。

【例句】他像是小家碧玉，一見陌生人就「面紅耳赤」。

面面相覷 ㄇㄧㄢˋ ㄇㄧㄢˋ ㄒㄧㄤ ㄑㄩˋ

【解釋】相視無言。形容緊張驚怪。束手無策之狀。
【字義】覷：看。
【出處】續傳燈錄：「僧問：如何是大疑底人？師曰：畢鉢巖中面面相覷。」
【相同】面面廝覷。
【例句】聽說今夜敵人會發起全線進攻，大家頓時「面面相覷」，計無所出，只有束手待斃了。

面面俱到 ㄇㄧㄢˋ ㄇㄧㄢˋ ㄐㄩˋ ㄉㄠˋ

【解釋】各個方面都照顧到了。
【字義】面面：各個方面；俱：全，都。
【出處】清・許叔平・里乘：「可謂才人之筆，面面俱到。」
【相反】顧此失彼。
【例句】他們現在所做的工作，就是我們要做的，我們應該多多從工作上來表示我們的歡迎，儘管其它的招待差一點，自然最好是「面面俱到」。

面授機宜 ㄇㄧㄢˋ ㄕㄡˋ ㄐㄧ ㄧˊ

【解釋】當面傳授應付的計謀或對策。
【字義】機宜：計謀，對策。
【出處】官場現形記：「欽差會意，等到晚上無人的時候，請了拉達過來，面授機宜，如此如此，這般這般的吩咐了一番。」
【例句】這位經理早已奉某巨公「面授機宜」，改名換姓，飛往美國去了。

面無人色 ㄇㄧㄢˋ ㄨˊ ㄖㄣˊ ㄙㄜˋ

【解釋】形容極度恐懼的面色。
【出處】漢書・李廣傳：「廣爲匈奴所敗，吏士皆無人色。」
【例句】敵軍得知我大軍將到，嚇得渾身戰慄，「面無人色」。

面黃肌瘦 ㄇㄧㄢˋ ㄏㄨㄤˊ ㄐㄧ ㄕㄡˋ

【解釋】臉色蠟黃，身體消瘦。形容體弱有病，或營養不良的樣子。
【出處】元・楊梓・霍光鬼諫：「覷著他狠似豺狼，意似豬羊，眼欺縮肥模樣，面黃肌瘦形相。」
【相反】大腹便便。腦滿腸肥。虎背熊腰。
【例句】剛一出村，就看見大道邊坐著很多破衣爛衫的窮苦人，個個「面黃肌瘦」，疲憊不堪。

靦顏事仇 ㄊㄧㄢˇ ㄧㄢˊ ㄕˋ ㄔㄡˊ

【解釋】厚著臉皮替敵人工作，不知羞恥。靦顏：厚著臉面。
【出處】晉書・郗鑒傳：「丈夫既絜身北面，義同在三，豈可偷生屈節，靦顏天壤邪！」
【相同】靦顏事敵。
【例句】他雖無經國濟世之材，但絕不會「靦顏事仇」。

革部

革故鼎新 ㄍㄜˊ ㄍㄨˋ ㄉㄧㄥˇ ㄒㄧㄣ

【解釋】除去舊的，建立新的。
【字義】革：革除；鼎：樹立，建立。
【出處】周易・雜卦：「革，去故也；鼎，取新也。」
【相同】破舊立新。推陳出新。吐故

納新。

【相反】抱殘守缺。因循守舊。陳陳相因。

【例句】公司快關門大吉了，再不「革故鼎新」，只好宣布破產了。

鞠躬盡瘁 ㄐㄩ ㄍㄨㄥ ㄐㄧㄣˋ ㄘㄨㄟˋ

【解釋】盡心竭力，爲國爲民。

【字義】鞠躬：敬謹；盡瘁：竭盡勞苦。

【出處】諸葛亮·後出師表：「臣鞠躬盡力，死而後已。」

【例句】諸葛亮雖然「鞠躬盡瘁」，依舊未能復興漢室。

鞭長莫及 ㄅㄧㄢ ㄔㄤˊ ㄇㄛˋ ㄐㄧˊ

【解釋】比喩勢力不能達到。

【出處】左傳：「古人有言曰：雖鞭之長，不及馬腹。」（本指馬腹並不是該鞭擊的所在。）

【相同】無能爲力。綆短汲深。

【相反】力所能及。

【例句】他獨領大軍在外，朝廷「鞭長莫及」，對他莫可奈何。

韋部

韋編三絕 ㄨㄟˊ ㄅㄧㄢ ㄙㄢ ㄐㄩㄝˊ

【解釋】編聯竹簡的牛皮繩斷絕三次。形容學習非常勤奮。

【字義】韋：熟牛皮；韋編：用牛皮繩把竹簡編聯起來；絕：斷。

【出處】史記·孔子世家：「孔子晚而喜（易）……讀易，韋編三絕。」

【相同】穿壁引光。囊螢照讀。引錐刺骨。

【例句】當時太炎先生贈一壽聯：「『韋編三絕』今知命，黃絹初裁好著書。」太炎先生是催他寫書，他卻認爲是譏語。

韜光養晦 ㄊㄠ ㄍㄨㄤ ㄧㄤˇ ㄏㄨㄟˋ

【解釋】指有才學的人，隱居而不被世所用。

【字義】韜光：收斂光芒；養晦：隱居以等候時機。

【出處】孔融詩：「玫璇隱耀，美玉韜光。」宋史·邢恕傳：「使養晦以待用。」

【例句】他告老還鄉，便「韜光養晦」，不問政事。

音部

音容笑貌 ㄧㄣ ㄖㄨㄥˊ ㄒㄧㄠˋ ㄇㄠˋ

【解釋】指人的聲音。容貌和神態。常用爲憶念之詞。

【例句】母親去世的時候，他尚在襁褓。因此母親的「音容笑貌」，早已一點都記不起來了。

響遏行雲 ㄒㄧㄤˇ ㄜˋ ㄒㄧㄥˊ ㄩㄣˊ

【解釋】形容歌聲高亮，可以遏止浮雲。

【出處】列子·湯問：「秦青撫節悲歌，聲振林木，響遏行雲。」

【相同】響徹雲霄。

【例句】她不愧是名聲樂家，高歌一曲，「響遏行雲」，聽衆爲之三月不知肉味。

頁部

頂天立地 ㄉㄧㄥˇ ㄊㄧㄢ ㄌㄧˋ ㄉㄧˋ

【解釋】　形容大丈夫的昂藏氣概。
【出處】　元曲・趙氏孤兒：「我韓厥是一個頂天立地的男兒，怎肯做這般勾當。」
【相反】　不過爾爾。
【例句】　你們雖然是小兵，但是在保衛國家疆土上，你們是「頂天立地」的大丈夫。

頂禮膜拜 ㄉㄧㄥˇ ㄌㄧˇ ㄇㄛˊ ㄅㄞˋ

【解釋】　形容對人極端地崇拜。
【字義】　頂禮：跪伏於地，用頭觸及受禮者之足；膜拜：兩手加額，長跪而拜。以上兩種，都是佛教徒最尊重的跪拜禮。
【出處】　痛史：「這句話傳揚開去，一時轟動了吉州百姓，扶老攜幼，都來頂禮膜拜。」
【相同】　五體投地。推崇備至。奉若神明。
【相反】　不屑一顧。視如敝屣。
【例句】　其所以轟動全國成爲一件大事，就是因爲一個來歷不明的鄉巴佬，赤手空拳而來，怎麼能夠騙得南京袞袞諸公向之「頂禮膜拜」，如奉神明？

項背相望 ㄒㄧㄤˋ ㄅㄟˋ ㄒㄧㄤ ㄨㄤˋ

【解釋】　能看到前邊人的頸項和後背。形容人多，連續不斷。
【字義】　項：頸的後部；背：後背；相望：前後相顧。
【出處】　後漢書：「監司項背相望，與同疾疢。」
【相同】　比肩接踵。摩肩擦背。冠蓋相望。
【相反】　闃無一人。杳無人跡。路斷人稀。
【例句】　江南自強軍，每歲糜巨萬之餉以訓練之，然逃亡者「項背相望」。

順手牽羊 ㄕㄨㄣˋ ㄕㄡˇ ㄑㄧㄢ ㄧㄤˊ

【解釋】　順手把人家的羊牽走。比喻順便拿走人家的東西。
【出處】　黃繡球：「這一天見來的很是不少，黃通理更代爲躊躇，怕爲的是越來越多，容不不去，而且難免有趁火打劫，順手牽羊的事。」
【例句】　店員必須注意，有些顧客會「順手牽羊」。

順水推舟 ㄕㄨㄣˋ ㄕㄨㄟˇ ㄊㄨㄟ ㄓㄡ

【解釋】　順著水流的方向行船。比喻順應情勢行事。
【出處】　歧路燈：「他能順水推舟，開籠放鳥，吾知此公，子孫必然發旺。」
【相同】　順水行舟。因勢利導。因利乘便。
【相反】　逆水行舟。逆風撐船。
【例句】　他覺得這麼條半死不活的老命，竟有人肯花錢來買，自己樂得「順水推舟」，賣了人情又進財，就做了好事了。

順藤摸瓜 ㄕㄨㄣˋ ㄊㄥˊ ㄇㄛ ㄍㄨㄚ

【解釋】　順著藤蔓去找尋長在藤蔓上的瓜。比喻沿著發現的線索去追求根柢。
【字義】摸：尋找。
【相同】尋蹤覓跡。拔樹尋根。沿波討源。
【相反】半途而廢。打退堂鼓。
【例句】在對陳二妮之死一案的深入調查中，更是「順藤摸瓜」，緊緊地抓住了他的狐狸尾巴。

頤指氣使（ㄧˊ ㄓˇ ㄑㄧˋ ㄕˇ）

【解釋】用面部表情示意。指使別人。形容有權有勢人的傲慢態度。
【字義】頤指：用面部表情來指揮人做事；氣使：用神色指揮別人做事。
【出處】漢書：「目指氣使，是為賢耳。」
【相同】目使頤令。目指氣使。
【相反】低聲下氣。低首下心。俯首聽命。
【例句】如果不顧一切，依靠權勢，蠻橫逞強，「頤指氣使」，巧取豪奪，就是所謂霸道了。

頭痛醫頭（ㄊㄡˊ ㄊㄨㄥˋ ㄧ ㄊㄡˊ）

【解釋】比喻做事只臨時應付，而不從根本上解決或缺乏全盤計畫。
【出處】明·張居正文：「頭痛治頭，足痛治足。」
【相同】腳痛醫腳。
【例句】他就知道這個「頭痛醫頭」，敷衍應付的辦法也是行不通的。

頭頭是道（ㄊㄡˊ ㄊㄡˊ ㄕˋ ㄉㄠˋ）

【解釋】形容說話做事有條有理，辦法多。
【字義】頭頭：多方面；道：條理。
【出處】續傳燈錄：「方知頭頭皆是道，法法本圓成。」
【相同】有條不紊。
【相反】雜亂無章。
【例句】你與他談起話來，他也談得滿有興趣，「頭頭是道」。

額手稱慶（ㄜˊ ㄕㄡˇ ㄔㄥ ㄑㄧㄥˋ）

【解釋】形容人們在憂困中獲得嘉許時表示慶幸的喜悅神態。
【字義】額手：手舉放額前，表示慶幸。
【出處】東周列國志：「文公至絳，國人無不額手稱慶。」
【相同】以手加額。彈冠相慶。
【例句】湘、鄂人民，當水深火熱之際，得此福音，藉息殘喘，倒也「額手稱慶」。

顛沛流離（ㄉㄧㄢ ㄆㄟˋ ㄌㄧㄡˊ ㄌㄧˊ）

【解釋】形容生活窘迫，流落他鄉。
【字義】顛沛：跌倒，比喻生活困難、窘迫；流離：漂泊各地、家人離散。
【出處】兒女英雄傳：「你還沒有出土兒，就遭了這場顛沛流離，驚風駭浪，更自可憐。」
【相同】流離顛沛。流離轉徙。流離失所。
【相反】安居樂業。
【例句】我們從他的集子裡可以把握到離亂時代的人民的「顛沛流離」的慘狀，以及悲涼憤激的心情。

顛倒黑白（ㄉㄧㄢ ㄉㄠˇ ㄏㄟ ㄅㄞˊ）

【解釋】把黑說成白，把白說成黑。形容故意歪曲事實，混淆是非。

【出處】詩經：「營營青蠅止於樊。」鄭玄箋：「蠅之爲蟲，污白使黑，污黑使白，喻佞人變亂善惡也。」
【相同】混淆黑白。顛倒是非。指鹿爲馬。
【相反】是非分明。黑白分明。
【例句】『罪狀』之一說他曾反對國王，眞是「顛倒黑白」，無中生有。

顛撲不破 ㄉㄧㄢ ㄆㄨ ㄅㄨˋ ㄆㄛˋ

【解釋】無論怎樣跌打都不會破。比喻言論或學說正確，無法推翻。
【字義】顛：跌，倒；撲：打，敲。
【出處】朱子語類：「性即理也，四字顛撲不破，實自己上見得出來。」
【相同】牢不可破。
【相反】破綻百出。漏洞百出。似是而非。
【例句】多麼老的人都曾年輕過，這總是個「顛撲不破」的眞理。

顛鸞倒鳳 ㄉㄧㄢ ㄌㄨㄢˊ ㄉㄠˋ ㄈㄥˋ

【解釋】比喻男女交歡。
【出處】西廂記：「你繡幃裡效綢繆，倒鳳顛鸞百事有。」
【例句】他性好漁色，不知如何勾搭，竟將她引入寢室，也與她「顛鸞倒鳳」，做些不正經的勾當。

顧此失彼 ㄍㄨˋ ㄘˇ ㄕ ㄅㄧˇ

【解釋】顧了這，丟了那。形容照顧不過來。
【出處】東周列國志：「分軍爲三：一軍攻麥城，一軍攻紀南城，大王率大軍直搗郢都，彼疾雷不及掩耳，顧此失彼，二城若破，郢不守矣。」
【相反】左支右絀。
【相反】兩全其美。面面俱倒。
【例句】像經濟與教育科學，經濟與政治法律等等，都有相互依存的關係，不能「顧此失彼」。

顧名思義 ㄍㄨˋ ㄇㄧㄥˊ ㄙ ㄧˋ

【解釋】看到名稱，就想到它的意義。
【字義】顧：看。
【出處】三國志：「其爲兄子及子作名字，皆依謙實，以見其意，故兄子默字處靜，沈字處道，其子渾字玄仲，深字道沖。遂書戒之曰：『……欲使汝曹顧名思義，不敢違越也。』」
【相同】循名責實。
【例句】走過了那蓋著繡綺亭的小丘，就到達遠香堂，「顧名思義」，不由得想起那愛蓮說中的名句：『香遠益清，亭亭淨直』八個字來，知道堂名就由此而得。

顧曲周郎 ㄍㄨˋ ㄑㄩˇ ㄓㄡ ㄌㄤˊ

【解釋】泛指精通或愛好音樂戲曲者。
【出處】三國志·吳書·周瑜傳：「瑜少精意音樂，雖三爵之後，其有闕誤，瑜必知之，知之必顧，故時人謠曰：『曲有誤，周郎顧。』」
【例句】他有「顧曲周郎」之譽，所以每次唱歌比賽，必被聘爲評審員。

顧盼生姿 ㄍㄨˋ ㄆㄢˋ ㄕㄥ ㄗ

【解釋】形容雙目秀麗傳神，回首（顧）注目（盼），姿態美妙。
【例句】她年輕貌美，「顧盼生姿」。

顧影自憐 ㄍㄨˋ ㄧㄥˇ ㄗˋ ㄌㄧㄢˊ

【解釋】看著影子，自己憐惜自己。形容孤獨失意。
【出處】晉·陸機詩：「佇立望故鄉，顧影淒自憐。」
【相同】山雞舞鏡。孤芳自賞。
【相反】志高氣揚。
【例句】她心懷幽深，姿態天然，隱藏在這幽僻處，「顧影自憐」。

顯而易見 ㄒㄧㄢˇ ㄦˊ ㄧˋ ㄐㄧㄢˋ
【解釋】明顯而容易看清。形容事物極其清楚明白。
【出處】清·李漁文：「此顯而易見之事，從無一人辨之。」
【相同】昭然若揭。一目了然。不言而喻。
【相反】霧裡看花。
【例句】輕微的讓步只能引起更多的糾紛；而接連的重大讓步，更會促成自己的滅亡。不幸他走的便是後一條路。未來的不幸是「顯而易見」的。

風部

風土人情 ㄈㄥ ㄊㄨˇ ㄖㄣˊ ㄑㄧㄥˊ
【解釋】對某地的氣勢地勢、物產名勝、風俗習慣等方面的總稱。
【出處】兒女英雄傳：「又問了問褚一官走過幾省，說了些那省的風土人情，論了些那省的山川形勝。」
【相同】風俗人情。
【例句】她跟我談了一些話，談的只是宜濱的「風土人情」和她自己的近況。

風平浪靜 ㄈㄥ ㄆㄧㄥˊ ㄌㄤˋ ㄐㄧㄥˋ
【解釋】比喻平靜無事或爭執平息下來。
【出處】宋·楊萬里詩：「風平浪靜不生紋，水面渾如鏡面新。」
【相同】風恬浪靜。
【相反】大風大浪。風起潮湧。
【例句】「風平浪靜」，側耳細聽，千里大江沒有一絲聲息。

風行草偃 ㄈㄥ ㄒㄧㄥˊ ㄘㄠˇ ㄧㄢˇ
【解釋】風一吹，草就倒。比喻統治者以德化民，人民自然服從。
【字義】偃：倒伏。
【出處】論語：「君子之德風，小人之德草，草上之風必偃。」
【例句】統治者如果德高望重，自然會有「風行草偃」的效果。

風吹草動 ㄈㄥ ㄔㄨㄟ ㄘㄠˇ ㄉㄨㄥˋ
【解釋】輕風一吹，草就搖動。比喻一點點動靜。
【出處】朱子語類：「凡看山看水，風驚草動，此心便自走失，視聽便是眩惑，此何以為學？」
【例句】有一點「風吹草動」，都以為是敵人攻來了。

風雨同舟 ㄈㄥ ㄩˇ ㄊㄨㄥˊ ㄓㄡ
【解釋】在暴雨疾風中同船過河。比喻共同經歷患難。
【出處】孫子：「夫吳人與越人相惡也，當其同舟而濟，遇風，其相救也如左右手。」

【相同】同舟共濟。和衷共濟。

【相反】分道揚鑣。離心離德。同室操戈。

【例句】合則兩美，離則兩傷，譬如「風雨同舟」，大家都能和衷共濟，就能達到目的地。

風雨飄搖 ㄈㄥ ㄩˇ ㄆㄧㄠ ㄧㄠˊ

【解釋】比喻動蕩不安。現多指時局動蕩不安。

【出處】宋·范成大詩：「死生契闊心如鐵，風雨飄搖鬢如絲。」

【相同】搖搖欲墜。動蕩不安。

【相反】安如磐石。穩如泰山。

【例句】凡是大規模迫害華僑的國家，都是「風雨飄搖」的國家，這樣的國家裡的人民，也必然是不幸的人民。

風花雪月 ㄈㄥ ㄏㄨㄚ ㄒㄩㄝˇ ㄩㄝˋ

㈠

【解釋】泛指四時景色。

【出處】宋·邵雍文：「雖死生榮辱轉戰於前，曾未入於胸中，則何異四時風花雪月一過乎眼也。」

【例句】鴛鴦蝴蝶派，指的是那些作家，專寫才子佳人，男歡女愛，「風花雪月」，無病呻吟，自命爲哀感頑艷的作品。

㈡

【解釋】指男女情愛之事或嫖娼玩樂的放蕩生活。

【出處】元·黏合吉·金錢記：「幾曾見偷香庭院裡拿了韓壽，擲果的雲陽內斬首，香車私走的卓文君……本是些風花雪月，都做了笞杖徒流。」

【例句】他每次上國文課，總得抽出一定時間講些「風花雪月」的故事，大受同學們歡迎。

㈢

【解釋】指寫文章堆砌詞藻格調不高

【出處】清·蠡勺居士文：「使徒作風花雪月之詞，記兒女纏綿之事，則未免近於道淫，其蔽一也。」

【例句】他驕傲地誇說不曾寫過一篇「風花雪月」的低俗文章。

風流雲散 ㄈㄥ ㄌㄧㄡˊ ㄩㄣˊ ㄙㄢˋ

【解釋】比喻分散。

【出處】梁·昭明太子書：「風流雲散，一別如雨。」

【相反】風雲際會。

【例句】大會昨天閉幕，當代最優秀的作家就此「風流雲散」。

風起雲湧 ㄈㄥ ㄑㄧˇ ㄩㄣˊ ㄩㄥˇ

【解釋】比喻新事物大量出現。

【出處】史記：「諸侯作難，風起雲蒸。」

【相反】風平浪靜。

【例句】現在民智已開，民主運動自然很快就「風起雲湧」。

風雲際會 ㄈㄥ ㄩㄣˊ ㄐㄧˋ ㄏㄨㄟˋ

【解釋】比喻人才聚會或人生境遇順利。

【出處】元·耶律楚材詩：「風雲際會千年少，天地恩私四海均。」

【相反】風流雲散。

【例句】大會開幕之日，「風雲際會」，盛極一時。

風馳電掣 ㄈㄥ ㄔˊ ㄉㄧㄢˋ ㄔㄜˋ

【解釋】形容速度極快。

【出處】文苑英華：「忽作風馳如電掣，更點飛花兼散雪。」

【相同】逐日追風。風馳電逝。

【相反】鵝行鴨步。

【例句】乘上高速鐵路，「風馳電掣」，從北到南，只要一小時即達。

風調雨順 ㄈㄥ ㄊㄧㄠˊ ㄩˇ ㄕㄨㄣˋ

【解釋】風雨及時。

【出處】蘇軾詩：「雨順風調百穀登。」

【相同】五風十雨。

【相反】旱澇不均。

【例句】此地一向「風調雨順」，自從核子試驗之後，天氣就反常了。

風塵僕僕 ㄈㄥ ㄔㄣˊ ㄆㄨˊ ㄆㄨˊ

【解釋】形容旅途中奔波勞頓的樣子。

【字義】風塵：在旅途中；僕僕：旅途勞累的樣子。

【出處】清·梁章鉅文：「一年守土未曾來，風塵僕僕愧依樣。」

【例句】她圓滿完成了短期培訓技術人員的講課任務之後，隨即「風塵僕僕」地來和我會面。

風餐露宿 ㄈㄥ ㄘㄢ ㄌㄨˋ ㄙㄨˋ

【解釋】在風中吃飯，在露天睡覺。形容旅途或野外生活艱苦。

【出處】宋·蘇軾詩：「遇勝即徜徉，風餐兼露宿。」

【相同】櫛風沐雨。餐風飲露。

【例句】人們常說，地質工作者「風餐露宿」，工作千辛萬苦，但當我們用地質錘揭開大自然的奧秘，觀賞大自然的各種奇景時，又誰能體會到其中的樂趣呢？

風燭殘年 ㄈㄥ ㄓㄨˊ ㄘㄢˊ ㄋㄧㄢˊ

【解釋】比喻人到老年，所剩歲月不多，就像風中的燈燭極易被吹滅一樣。

【字義】風燭：風中搖晃的燈燭；殘年：殘剩的歲月。

【出處】樂府詩集：「百年未幾時，奄若風吹燭。」

【相同】桑榆暮景。風燭草霜。日薄西山。

【相反】血氣方剛。風華正茂。年富力強。

【例句】有許多像祁老者的老人，希望在太平中度過「風燭殘年」，而被侵略者的槍炮打碎他們的希望。

風聲鶴唳 ㄈㄥ ㄕㄥ ㄏㄜˋ ㄌㄧˋ

【解釋】聽到風聲鶴叫，都懷疑是敵兵追來。形容極其驚恐疑懼。

【字義】唳：鶴叫。

【出處】晉書：「聞風聲鶴唳，皆以爲王師已至。」

【相同】鶴唳風聲。草木皆兵。杯弓蛇影。

【例句】我在光緒二十四年由陝西到上海時已剪掉了辮子，這次又是在「風聲鶴唳」中經過北京，當然相當危險。

風靡一時 ㄈㄥ ㄇㄧˇ ㄧ ㄕˊ

【解釋】形容某種事物在一個時期內非常流行。

【字義】風靡：（草木）順風而倒。
【出處】孽海花：「雖然風行一時，決不能望五丁閣稿的項背哩！」
【相同】風傳一時。風靡一世。
【例句】民初，鴛鴦蝴蝶派小說「風靡一時」，其中當以徐枕亞所著的小說玉梨魂為典型。

風馬牛不相及 ㄈㄥ ㄇㄚˇ ㄋㄧㄡˊ ㄅㄨˋ ㄒㄧㄤ ㄐㄧˊ

【解釋】比喻毫不相干。
【字義】風：放逸，走失。本指齊楚兩地相離甚遠，馬牛走失，也不會走進對方境內。
【出處】左傳：「君處北海，寡人處南海，唯是風馬牛不相及也。」
【例句】我們是討論文學，他卻提出節育問題，眞是「風馬牛不相及」。

飛部

飛揚跋扈 ㄈㄟ ㄧㄤˊ ㄅㄚˊ ㄏㄨˋ

【解釋】形容驕橫恣肆，目中無人。形容意志豪縱，不受束縛。
【字義】揚：放縱；跋扈：蠻橫。
【出處】北史：「神武（高歡）謂世子曰：『……景（侯景）專制河南十四年矣，常有飛揚跋扈志，顧我能養，豈為汝駕御也。』」
【出處】唐·杜甫詩：「痛飲狂歌空度日，飛揚跋扈為誰雄。」
【相同】橫行霸道。
【相反】安分守己。循規蹈矩。
【例句】他「飛揚跋扈」，不守紀律，眞是足以驚人。

飛黃騰達 ㄈㄟ ㄏㄨㄤˊ ㄊㄥˊ ㄉㄚˊ

【解釋】比喻驟然得志發跡，官位上升很快。現多含貶義。
【字義】飛黃：傳說中的神馬名；騰達：馬飛馳、騰空的樣子。
【出處】唐·韓愈詩：「飛黃騰踏去，不能顧蟾蜍。」
【相同】扶搖直上。青雲直上。平步青雲。
【相反】窮途潦倒。仕途坎坷。
【例句】你早已「飛黃騰達」，而我卻潦倒不堪。

飛蛾投火 ㄈㄟ ㄜˊ ㄊㄡˊ ㄏㄨㄛˇ

【解釋】比喻自投死路。
【出處】元·無名氏·謝金吾：「我已著人拿住楊景、焦贊兩個，正是飛蛾投火，不怕他不死在手裡。」
【相同】自取滅亡。自投羅網。飛蛾撲焰。
【例句】敵人的兵力如此薄弱，竟然敢向我進攻，不是「飛蛾投火」，自取滅亡嗎？

食部

食不甘味 ㄕˊ ㄅㄨˋ ㄍㄢ ㄨㄟˋ

【解釋】吃飯沒有味道。形容心中有事，憂慮不安。
【字義】甘味：美好的味道。
【出處】戰國策：「寡人臥不安席，食不甘味。」
【例句】他最近因為情海生波，所以「食不甘味」，臥不安席。

食古不化 ㄕˊ ㄍㄨˇ ㄅㄨˋ ㄏㄨㄚˋ

【解釋】學習古代知識、技藝，不能靈活運用，好像吃了食物不能消化一樣。也作「泥古不化」。
【出處】清·陳撰文：「可見定欲爲古人而食古不化，畫虎不成，刻舟求劍之類也。」
【例句】像這一類問題，大可以不必過於拘泥，以致「食古不化」。

食肉寢皮 ㄕˊ ㄖㄡˋ ㄑㄧㄣˇ ㄆㄧˊ

【解釋】割他的肉吃，剝下他的皮當褥子。形容對人極端仇恨。
【出處】左傳：「然二子者，譬於禽獸，臣食其肉，而寢處其皮矣。」
【相同】不共戴天。視如寇仇。
【相反】相親相愛。關懷備至。
【例句】又一回偶然議論起一個不好的人，他便說不但該殺，還當「食肉寢皮」。

食言而肥 ㄕˊ ㄧㄢˊ ㄦˊ ㄈㄟˊ

【解釋】爲了自己的利益而不履行諾言。
【字義】食言：說話不算數。
【出處】左傳：「是食言多矣，能無肥乎？」
【相同】言而無信。自食其言。
【相反】言而有信。千金一諾。一諾千金。
【例句】他每次「食言而肥」，因此他的信用早已破產了。

食指浩繁 ㄕˊ ㄓˇ ㄏㄠˋ ㄈㄢˊ

【解釋】比喻家中人口衆多，負擔重。
【字義】食指：人口，特指靠他人爲生的人。
【例句】他失業半載，家中「食指浩繁」，實在難以支撐下去。

飢不擇食 ㄐㄧ ㄅㄨˋ ㄗㄜˊ ㄕˊ

(一)
【解釋】飢餓時不挑揀食物。
【出處】水滸傳：「自古有幾般：飢不擇食，寒不擇衣，慌不擇路，貧不擇妻。」
【例句】每當午餐送至，輒分飯與信（韓信），信亦「飢不擇食」，樂得吃了一餐，藉充飢腹。

(二)
【解釋】比喻迫切需要時顧不上選擇。
【例句】這位新來的王大爺刮起地皮來特別的狠毒，硬是像餓虎下山，「飢不擇食」，什麼錢都要。

飲水思源 ㄧㄣˇ ㄕㄨㄟˇ ㄙ ㄩㄢˊ

【解釋】喝水想到水源。比喻不忘本。
【出處】北周·庚信·徵調曲：「飲其流者懷其源。」
【相反】數典忘祖。
【例句】我們如今在這裡受榮華，享富貴，怎好不「飲水思源」？

飲恨吞聲 ㄧㄣˋ ㄏㄣˋ ㄊㄨㄣ ㄕㄥ

【解釋】咽下怨恨，忍住哭聲。形容忍受痛苦，不敢表露、聲張。
【出處】南朝·梁·江淹·恨賦：「自古皆有死，莫不飲恨而吞聲。」
【相同】吞聲忍恨。吞聲飲泣。忍氣吞聲
【例句】如今孩兒「飲恨吞聲」，勤志苦讀。

飲鴆止渴 ㄧㄣˇ ㄓㄣˋ ㄓˇ ㄎㄜˇ

【解釋】 喝毒酒解渴。比喻只顧眼前而不計後患。
【字義】 鴆：指鴆酒，劇毒。用鴆鳥的羽毛浸泡而成，故名。
【出處】 後漢書：「譬猶療飢於附子，止渴於鴆毒，未入腸胃，已絕咽喉。」
【例句】 但是我們仍不能不「飲鴆止渴」，而從生痛苦之愛情中求慰安。

飽食終日 ㄅㄠˇ ㄕˊ ㄓㄨㄥ ㄖˋ

【解釋】 整天吃得飽飽的。指整日什麼事也不做。
【出處】 論語：「飽食終日，無所用心，難矣哉！」
【相同】 無所事事。
【相反】 廢寢忘食。宵衣旰食。
【例句】 他「飽食終日」，無所用心，當然心寬體胖了。

飽經風霜 ㄅㄠˇ ㄐㄧㄥ ㄈㄥ ㄕㄨㄤ

(一)
【解釋】 受了多年的風吹霜打。
【出處】 西遊記：「歲寒虛度有千秋，老景瀟然清更幽，不雜囂塵終冷淡，飽經霜雪自風流。」
【例句】 他鎖好門，彷彿是一尊「飽經風霜」的石獅，威風凜凜地鎮守在門外。

(二)
【解釋】 比喻經歷過很多的艱難困苦。
【字義】 風霜：比喻艱難困苦。
【例句】 遠方的旅客『少小離家老大回』，一別數十年，接船的妻兒已經辨認不出他「飽經風霜」的臉孔了。

養虎遺患 ㄧㄤˇ ㄏㄨˇ ㄧˊ ㄏㄨㄢˋ

【解釋】 比喻包庇姑息或縱容壞人，自留後患及反受其害。
【字義】 遺：留下。
【出處】 史記：「楚兵罷（疲憊），食盡，此天亡楚之時也，不如因其機而遂取之。今釋弗擊，此所謂養虎自遺患也。」
【相同】 養癰遺患。養虎為患。放虎歸山。
【相反】 斬草除根。除惡務盡。杜絕後患。
【例句】 他非常恨陝西地方文武大員的糊塗無用，竟長期不明敵情，而「養虎遺患」。

養尊處優 ㄧㄤˇ ㄗㄨㄣ ㄔㄨˇ ㄧㄡ

【解釋】 處於尊貴的地位，過著優裕的生活。
【出處】 宋·蘇洵文：「天子者養尊而處優，樹恩而收名。」
【相同】 嬌生慣養。
【例句】 這一回，意在諷刺專制政體下的「養尊處優」者的糊塗，看來是出於平民的手筆了。

養精蓄銳 ㄧㄤˇ ㄐㄧㄥ ㄒㄩˋ ㄖㄨㄟˋ

【解釋】 養足精神，積蓄銳氣。
【字義】 精：精力；銳：銳氣，指戰鬥力。
【相同】 休養生息。
【例句】 要打天下也不能急，要往長裡看「養精蓄銳」，精神飽滿的打決定性的仗比零碎仗更有效。

養癰遺患 ㄧㄤˇ ㄩㄥ ㄧˊ ㄏㄨㄢˋ

【解釋】身上長毒瘡不去醫治，勢必留下大患。比喻姑息壞人或壞事，結果自受其害。

【字義】癰：毒瘡。

【出處】後漢書：「養癰長疽，自生禍殃。」

【相同】養癰自禍。養虎遺患。放虎歸山。

【相反】斬草除根。除惡務盡。杜絕後患。

【例句】法西斯國家的瘋狂，它們的力量完全由於妥協主義的「養癰遺患」。

餘音繞梁 ㄩˊ ㄧㄣ ㄖㄠˋ ㄌㄧㄤˊ

【解釋】歌聲的餘音圍繞屋梁旋轉。形容唱腔優美，耐人回味。

【字義】餘音：唱完後遺留下來的聲音；繞梁：環繞屋梁，指在空間回蕩。

【出處】列子·湯問：「韓娥東之齊，匱食，過雍門，鬻歌假食，既去而餘音繞梁欐，三日不絕。」

【相同】餘音裊裊。繞梁三日。餘響繞梁。

【例句】他是國內名歌手，早有「餘音繞梁」三日不絕之譽。

餘勇可賈 ㄩˊ ㄩㄥˇ ㄎㄜˇ ㄍㄨˇ

【解釋】還有未用完的勇力可以使出來。

【字義】餘勇：剩下來的勇力；賈：賣。

【出處】左傳：「欲勇者賈余（我）餘勇。」杜預注：「賈，賣也。言己勇有餘，欲賣之。」

【相同】筋疲力盡。筋疲力竭。力盡筋疲。

【例句】當時我們都是不到三十歲的人，畢竟還有「餘勇可賈」。

饞涎欲滴 ㄔㄢˊ ㄒㄧㄢˊ ㄩˋ ㄉㄧ

㈠

【解釋】饞得快要淌下口水來。形容嘴饞想吃的樣子。

【出處】宋·蘇軾詩：「吳兒膾縷薄欲飛，未去先說饞涎垂。」

【例句】這兒有一個酒徒，一個賭棍，一杯在手的時分，酒徒總是「饞涎欲滴」的。

㈡

【解釋】比喻有強烈的貪得慾望。

【例句】一百多年來，有多少帝國主義國家對我們的祖國「饞涎欲滴」，伸出魔爪，巧取豪奪。

首部

首屈一指 ㄕㄡˇ ㄑㄩ ㄧ ㄓˇ

【解釋】屈指計算時，首先彎大拇指，表示第一。比喻居位首位。

【出處】兒女英雄傳：「千古首屈一指的孔聖人，便是一位有號的。」

【相同】名列前茅。獨占鼇頭。

【相反】等而下之。名落孫山。瞠乎其後。

【例句】炮臺修了二年，才告成功。建築的堅固，在當時的確稱得起全國「首屈一指」的海防工程。

首當其衝 ㄕㄡˇ ㄉㄤ ㄑㄧˊ ㄔㄨㄥ

【解釋】站在最前沿或要衝的地方。比喻最先受到攻擊或蒙受災難。

【字義】首：首先，第一個。當：面對著、承當。

【出處】漢書：「鄭當其衝，不能修德。」

【例句】但到底是旅館，一旦清查人口則「首當其衝」，而又因其小，我們幾個外江佬住在那裡就顯得突出，容易引起注意。

香部

香消玉殞 ㄒㄧㄤ ㄒㄧㄠ ㄩˋ ㄩㄣˇ

【解釋】比喻女子夭亡。

【出處】清·繆良·沈秀英傳：「乃云所不堪爲君告者，秀英香消玉殞，已返方諸。」

【相同】蘭摧玉折。玉碎珠沈。玉碎香消。

【例句】她那時才十七八歲，相貌長得不錯，舉止也很天眞，著實逗人喜愛，誰料，竟一病不起，「香消玉殞」了。

馬部

馬到成功 ㄇㄚˇ ㄉㄠˋ ㄔㄥˊ ㄍㄨㄥ

【解釋】比喻事情非常順利地迅速獲得成功。

【出處】元·無名氏·射柳捶丸：「託賴主人洪福，旗開得勝，馬到成功。」

【相同】手到擒來。旗開得勝。

【相反】一敗塗地。

【例句】別人照他的吩咐一辦，保管順順當當，「馬到成功」。

馬革裹屍 ㄇㄚˇ ㄍㄜˊ ㄍㄨㄛˇ ㄕ

【解釋】用馬革包裹屍體。指戰死在沙場。

【出處】東觀漢記·馬援傳：「男兒要當死於邊野，以馬革裹屍還葬耳，何能卧床上在兒女子手中耶！」

【相同】血染沙場。爲國捐軀。

【例句】與其在朝裡做個有名無實尸位素餐的首輔，何如到前線找個「馬革裹屍」，捨身報國的機會。

馬首是瞻 ㄇㄚˇ ㄕㄡˇ ㄕˋ ㄓㄢ

(一)

【解釋】指作戰時士卒看著將帥馬頭方向前進。

【字義】馬首：馬頭；瞻：向前看。

【出處】左傳：「荀偃令曰：『雞鳴而駕，塞井夷灶，唯余馬首是瞻。』」

(二)

【解釋】比喻依別人的意志或指揮而行動。

【相同】亦步亦趨。唯命是從。

【相反】我行我素。

【例句】現在比國的政治和外交是唯法國的「馬首是瞻」的，所以法國的政治如果沒有什麼大變動，比國的政治也就亦步亦趨，不會有什麼大變動。

馬齒徒增 ㄇㄚˇ ㄔˇ ㄊㄨˊ ㄗㄥ

【解釋】馬齒白白增加。比喻人虛度年華，一無所成。多用作自謙之詞。

【字義】馬齒：馬的牙齒是隨年齡增長的；徒增：白白增加。

【出處】穀梁傳：「荀息牽馬操璧而

前曰：『璧則猶是也，而馬齒加長矣。』」

【相同】　虛度年華。馬齒徒加。蹉跎歲月。

【相反】　不虛此生。

【例句】　夜半，女泣謂生曰：「自妾識君，已四五年矣。蛾眉易老，『馬齒徒增』，尚未能擇人而事，自拔於火坑。」

駟不及舌　ㄙˋ ㄅㄨˋ ㄐㄧˊ ㄕㄜˊ

【解釋】　駟馬追不上說出的話。指說話要慎重，說出的話是追不回來的。

【字義】　駟：同駕一輛車的四匹馬；舌：指言語。

【出處】　論語：「惜乎，夫子之說君子也，駟不及舌。」

【相同】　駟馬難追。

【例句】　一言既出，駟馬難追，和「駟不及舌」的意思相同，都是要我們說話必須謹慎。

駑馬戀棧　ㄋㄨˊ ㄇㄚˇ ㄌㄧㄢˋ ㄓㄢˋ

【解釋】　劣馬留戀馬棚裡的草料。比喻庸人貪圖眼前的小利、權位，不願離去。

【字義】　駑馬：劣馬；棧：馬棚。

【出處】　晉書：「范則智矣，駑馬戀棧豆，爽必不能用也。」

【例句】　才能不足卻又不願讓賢，這就是「駑馬戀棧」。

駕輕就熟　ㄐㄧㄚˋ ㄑㄧㄥ ㄐㄧㄡˋ ㄕㄡˊ

【解釋】　駕著輕快的車，走熟悉的路。比喻對事物熟悉、了解，做起來很容易。

【出處】　唐·韓愈文：「若駟馬駕輕車，就熟路，而王良、造父為之先後也。」

【相同】　輕車熟路。得心應手。

【相反】　初出茅廬。

【例句】　他雖有豐富的科技知識，但領導科研單位還不能「駕輕就熟」。

駭人聽聞　ㄏㄞˋ ㄖㄣˊ ㄊㄧㄥ ㄨㄣˊ

【解釋】　令人聽了惶恐、害怕。

【出處】　鏡花緣：「所上彈章……任聽部下逞艷於非時之候，獻媚於世主之前，致令時序顛倒，駭人聽聞。」

【相同】　聳人聽聞。危言聳聽。

【例句】　這樣的「駭人聽聞」的悲劇，啼笑皆非的趣劇，我們聽得還少嗎？就是你們，哪個說不出幾件來？

騎虎難下　ㄑㄧˊ ㄏㄨˇ ㄋㄢˊ ㄒㄧㄚˋ

【解釋】　騎在虎身上不敢下來。比喻遇事進退兩難。

【出處】　晉書：「今之事勢，義無旋踵，騎猛獸安可下哉？」

【相同】　進退自如。進退自若。

【例句】　他若不來解救，必然要牽累到他的身上，他平生最畏患難，此時「騎虎難下」，哪怕他不從？

驕奢淫逸　ㄐㄧㄠ ㄕㄜ ㄧㄣˊ ㄧˋ

【解釋】　驕縱奢侈，荒淫無度。指作風驕橫，生活糜爛。

【出處】　左傳：「驕奢淫逸所自邪也。」

【相同】　驕淫奢侈。奢侈淫佚。窮奢極慾。

【例句】　金粉世家以一個豪門棄婦做

引子，寫出了這個豪門的盛衰。目的在暴露北洋軍閥卵翼下的官僚們，如何鉤心鬥角，如何「驕奢淫逸」。

驚弓之鳥 ㄐㄧㄥ ㄍㄨㄥ ㄓ ㄋㄧㄠˇ

【解釋】受過箭傷，再聽到弓響就驚慌的鳥。比喻受過某種驚嚇，心有餘悸的人。

【出處】晉書：「贖武之衆易動，驚弓之鳥難安。」

【相同】傷弓之鳥驚曲水。

【相反】初生之犢。

【例句】縱令未死，身邊剩下的今也很有限，苟延旦夕，已成「驚弓之鳥」。

驚天動地 ㄐㄧㄥ ㄊㄧㄢ ㄉㄨㄥˋ ㄉㄧˋ

【解釋】㈠形容聲勢和影響極大。

【出處】唐·白居易詩：「可憐荒家窮泉骨，曾有驚天動地文。」

【例句】我們要歌頌這些年中間數不盡的移山倒海的壯舉和「驚天動地」的奇蹟。

㈡形容聲音巨大。

【出處】元·無名氏·博望燒屯：「火炮驚天動地，施謀略計安排。」

【相同】震耳欲聾。震天動地。

【相反】寂聊無聲。

【例句】大雨聲中忽地摻入了萬馬奔騰之聲，「驚天動地」的咒罵與吶喊聲把大雨響雷都壓下去了。

驚心動魄 ㄐㄧㄥ ㄒㄧㄣ ㄉㄨㄥˋ ㄆㄛˋ

【解釋】㈠形容感受極深，震動心魄。

【出處】南朝·梁·鐘嶸·詩品：「文溫以麗，意悲而遠，驚心動魄，可謂幾乎一字千金。」

【例句】那些生活「驚心動魄」，那些人生龍活虎，都時時激動他，在他的腦子裡擠來擠去，都要他寫，他就憑著他的感受去寫了。

㈡

【解釋】形容場面緊張，令人驚恐。

【出處】老殘遊記：「堂下無限的人大叫了一聲『嘎！』只聽跑上幾個人去，把拶子往地下一摔，霍綽的一聲，驚心動魄。」

【例句】那一場場「驚心動魄」的鬥爭，像走馬燈似地出現在我的眼前。

驚慌失措 ㄐㄧㄥ ㄏㄨㄤ ㄕ ㄘㄨㄛˋ

【解釋】驚恐慌亂，不知怎樣辦才好。

【出處】北齊書：「孝友臨刑，驚慌失措，暉業神色自若。」

【相同】張皇失措。舉止無措。驚慌失措。

【相反】安之若素。鎮定自如。泰然自若。

【例句】蕙忽然醒了，於是開始喘氣，先前的種種病象完全發出來了。衆人「驚慌失措」，商量許久，便要覺新去請祝醫官。

驚濤駭浪 ㄐㄧㄥ ㄊㄠ ㄏㄞˋ ㄌㄤˋ

【解釋】㈠形容令人驚恐的大浪。

【出處】宋·陸游詩：「江水六月無津涯，驚濤駭浪高吹花。」

㈡

【解釋】比喻險惡的環境或激烈的鬥爭。
【出處】鏡花緣：「聞仙姑謫在嶺南，……遍歷海外，走蠻煙瘴雨之鄉，受駭浪驚濤之險。」
【相同】駭浪驚濤。狂風暴雨。風霜雨雪。
【相反】風平浪靜。波平如鏡。
【例句】高夫人接著說：自從高闖王死後，咱們李闖王接住了闖字大旗，兩三年來過的什麼日子，全是「驚濤駭浪」。

骨部

骨瘦如柴 ㄍㄨˇ ㄕㄡˋ ㄖㄨˊ ㄔㄞˊ

【解釋】形容極為消瘦。
【出處】維摩詰經·講經變文：「舊日神情威似虎，今來體骨瘦如柴。」
【相同】形銷骨立。皮包骨頭。瘦骨嶙峋。骨瘦如豺。
【相反】大腹便便。腦滿腸肥。腸肥腦滿。
【例句】她媽媽眞叫做「骨瘦如柴」！不，瘦得像蘆柴棒！

體貼入微 ㄊㄧˇ ㄊㄧㄝ ㄖㄨˋ ㄨㄟ

【解釋】形容照顧、關心得十分細緻周到。
【字義】體貼：設身處地為人著想、關心；入微：很小的地方都關照到。
【出處】二十年目睹之怪現狀：「澄波道：『他說這些燒餅，每每有貧民買來抵飯吃的，重一些是一些。做買賣的人，只要心平點，少看點利錢，那些貧民便受惠多。』我笑道：『這可謂體貼入微了。』」
【相同】關懷備至。
【相反】漠不關心。
【例句】臨走，還「體貼入微」地替我掖了掖被角。

高部

高枕無憂 ㄍㄠ ㄓㄣˇ ㄨˊ ㄧㄡ

(一)
【解釋】墊高枕頭無憂無慮地睡覺。形容太平無事，不必擔憂。
【出處】漢書：「梁足以扞齊。趙，淮陰足以禁吳。楚，陛下高枕，綠亡（同「無」）山東之憂矣。」
【例句】曾經終日為颱風暴雨擔愁的水上居民，現在大概也回到新居，「高枕無憂」了。

(二)
【解釋】形容思想麻痺，放鬆警惕。
【相同】高枕而卧。無憂無慮。
【相反】枕戈待旦。枕戈待命。枕戈寢甲。
【例句】這無異是一次很大的勝利，可是我們還不能「高枕無憂」。

高朋滿座 ㄍㄠ ㄆㄥˊ ㄇㄢˇ ㄗㄨㄛˋ

【解釋】高貴的朋友坐滿了席位。形容貴賓很多。
【字義】高：高貴；座：坐位。
【出處】唐·王勃·滕王閣序：「千里逢迎，高朋滿座。」
【相同】勝友如雲。
【相反】門可羅雀。青蠅弔客。
【例句】自從炮聲頻繁以來，這樣一個地方還是經常的「高朋滿座」。

高視闊步 ㄍㄠ ㄕˋ ㄎㄨㄛˋ ㄅㄨˋ

【解釋】 眼睛向上看，邁著大步走。形容氣概不凡或態度傲慢。

【出處】 隋書：「俄而抵掌揚眉，高視闊步。」

【相同】 高睨大談。

【相反】 低首下心。卑躬屈膝。

【例句】 後者，自己好名，遂以為稍具名聲必都「高視闊步」，得意非常，故常責罵以洩自己無名之怨。

高談闊論 ㄍㄠ ㄊㄢˊ ㄎㄨㄛˋ ㄌㄨㄣˋ

【解釋】 見地高超，內容廣博的議論

【出處】 唐·呂岩詩：「高談闊論若無人，可怕明君不遇眞。」

【例句】 他只會「高談闊論」，從不言出必行。

高瞻遠矚 ㄍㄠ ㄓㄢ ㄩㄢˇ ㄓㄨˇ

【解釋】 站得高，看得遠。比喻眼光遠大。

【字義】 瞻：向上或向前看；矚：注視。

【相同】 眼光遠大。目光如炬。

【相反】 目光短淺。目光如豆。鼠目寸光。

【例句】 我們要頑強地學，要仔細地學。既要「高瞻遠矚」，又要心靈手巧。

鬯部

鬱鬱寡歡 ㄩˋ ㄩˋ ㄍㄨㄚˇ ㄏㄨㄢ

【解釋】 憂愁苦悶不快樂。

【字義】 鬱鬱：苦悶的樣子；寡：少

【出處】 楚辭：「心鬱鬱之憂思兮，獨永嘆乎增傷。」

【相同】 鬱鬱不樂。悶悶不樂。

【相反】 興高采烈。樂不可支。心花怒放。

【例句】 在她給余永澤和王曉燕的信中充滿了悲天憫人和「鬱鬱寡歡」的情緒。

鬼部

鬼斧神工 ㄍㄨㄟˇ ㄈㄨˇ ㄕㄣˊ ㄍㄨㄥ

【解釋】 形容技藝精妙、高超，幾乎不是人工所能製作的。

【出處】 莊子·達生：「梓慶削木為鐻，鐻成，見者驚猶鬼神。」

【例句】 這種編織技術，給人以浪漫主義手法，「鬼斧神工」的印象。

魂不附體 ㄏㄨㄣˊ ㄅㄨˋ ㄈㄨˋ ㄊㄧˇ

㈠

【解釋】 靈魂離開了身體。形容極度驚恐。

【出處】 明·無名氏·牛郎織女：「二仙聞此消息，嚇得魂不附體，面如土色，手忙腳亂，無處逃避。」

【例句】 敵人被嚇得「魂不附體」，一個個像小雞似的被抓起來。

㈡

【解釋】 形容情感受到誘惑，不能自持。

【出處】 醒世恆言：「張藎一見，身子就酥了半邊，便立住了腳，……兩面對覷，四目相視，那女子不覺微微而笑，張藎一發魂不附體，只是上下相隔，不能通話。」

【相同】失魂落魄。魂不守舍。膽戰心驚。魂飛魄散。
【相反】處之泰然。泰然自若。
【例句】他一見到女人便「魂不附體」，茶不思，飯不想了。

魂飛魄散 ㄏㄨㄣˊ ㄈㄟ ㄆㄛˋ ㄙㄢˋ

【解釋】靈魂已飛散了，形容心裡萬分恐懼，不能自持。
【出處】水滸傳：「劉高聽得驚的魂飛魄散，懼怕花榮是個武官，哪裡敢出來相見。」
【相同】失魂落魄。膽戰心驚。魂不附體。
【相反】泰然自若。處之泰然。鎮定自若。
【例句】此言一出，嚇得那些貴人「魂飛魄散」，於是央求醫院派人把他們送到大西門外輪船碼頭，登上日本商船溜到漢口去了。

魚部

魚目混珠 ㄩˊ ㄇㄨˋ ㄏㄨㄣˋ ㄓㄨ

【解釋】魚眼冒充珍珠。比喻以假亂眞。
【字義】混：攙雜，冒充。
【出處】漢·魏伯陽·參同契：「魚目豈爲珠，蓬蒿不成檟。」
【相同】以假亂眞。濫竽充數。
【相反】黑白分明。
【例句】可是這些賣國的老爺們不是也在「魚目混珠」，也在自稱爲愛國憂民的志士嗎？

魚肉百姓 ㄩˊ ㄖㄡˋ ㄅㄞˇ ㄒㄧㄥˋ

【解釋】用暴力欺凌殘害老百姓。
【字義】魚肉：比喻用暴力欺凌、殘害。
【相同】魚肉鄉里。荼毒生靈。塗炭生靈。
【相反】視民如傷。愛民如子。
【例句】官府都是一個樣子，貪贓枉法，「魚肉百姓」。

魚米之鄉 ㄩˊ ㄇㄧˇ ㄓ ㄒㄧㄤ

【解釋】盛產魚和大米的富饒地方。
【出處】元史·九敬先·莊周夢：「都說杭州魚米之地，小生因此一徑的來到杭州。」
【相同】天府之國。
【相反】窮鄉僻壤。窮山僻壤。窮山惡水。
【例句】這樣的鄉村說來眞是「魚米之鄉」，所謂「天堂」了罷！

魚貫而入 ㄩˊ ㄍㄨㄢˋ ㄦˊ ㄖㄨˋ

【解釋】像游魚一個接一個地進入。比喻連續不斷而有秩序地進入。
【出處】古本平話小說·鐘馗斬鬼傳：「次日進場，魚貫而入。」
【相同】魚貫而前。魚貫而行。銜尾相隨。
【例句】他帶著幾十個人分成兩排，「魚貫而入」，有二十多個人留在門外。

魚龍混雜 ㄩˊ ㄌㄨㄥˊ ㄏㄨㄣˋ ㄗㄚˊ

【解釋】比喻好的和壞的混在一起。又作「龍蛇混雜」。
【出處】唐·無名氏·漁父詞：「風攪長空浪攪風，魚龍混雜一川中。」景德傳燈錄：「凡聖同居，龍蛇混雜。」

【相同】泥沙俱下。龍蛇混雜。牛驥同皁。

【相反】涇渭分明。

【例句】因爲發展團體起見，招呼的人太多了，不免「魚龍混雜」。

鱗次櫛比

ㄌㄧㄣˊ ㄘˋ ㄐㄧㄝˊ ㄅㄧˋ

【解釋】像鱗和梳子齒一樣緊密整齊地排列著。

【字義】鱗次：像鱗一樣有次序地排列。櫛：梳子。篦子的總稱。比：並列。

【出處】宋·吳自牧文：「萬松嶺在和寧門外孝仁坊西嶺上，夾道栽松。今第宅內官民居，高高不下，鱗次櫛比，多居於上。」

【相同】望衡對宇。櫛比鱗次。

【例句】我們爬上了布達拉宮的頂端，俯瞰全市。拉薩古城的「鱗次櫛比」的廟宇商店和民房，以及郊區的一些新建築群，清晰可辨。

鳥部

鳥盡弓藏

ㄋㄧㄠˇ ㄐㄧㄣˋ ㄍㄨㄥ ㄘㄤˊ

【解釋】鳥打光了就把彈弓藏而不用。比喻事情辦成，就把出過力的人一腳踢開。

【出處】史記·越王句踐世家：「范蠡遂去，自齊遺大夫（文）種書曰：『蜚（飛）鳥盡，良弓藏，狡兔死，走狗烹。』」

【相同】兔死狗烹。卸磨殺驢。

【例句】辛亥、癸丑之役，大總統注意南方，張作霖坐鎭北方之力。今天下底定，以讒夫之排擠「鳥盡弓藏」，思之寒心！

鳩形鵠面

ㄐㄧㄡ ㄒㄧㄥˊ ㄏㄨˊ ㄇㄧㄢˋ

【解釋】形容體形瘦削，面容憔悴。

【字義】鳩形：腹部低陷，胸骨突起；鵠面：臉上沒有肉；鵠：天鵝。

【出處】歧路燈：「今日道臺大人來了，百姓一時妄傳，說是來摘印的。一傳十，十傳百，個個鳩形鵠面，把隍廟團團圍住，一齊呼喊起來。」

【相同】鳥面鵠形。面黃肌瘦。

【相反】肥頭大耳。腦滿腸肥。

【例句】夏月冊扮大少爺從翩翩少年變成「鳩形鵠面」的煙鬼，一直墮落到最後拉黃包車爲主。

鳳毛麟角

ㄈㄥˋ ㄇㄠˊ ㄌㄧㄣˊ ㄐㄧㄠˇ

【解釋】鳳凰的毛，麒麟的角，比喻極稀少、珍貴的人才或事物。

【出處】南史：「超宗殊有鳳毛。」北史：「學者如牛毛，成者如麟角。」

【相同】屈指可數。寥寥無幾。寥若晨星。

【相反】多如牛毛。比比皆是。車載斗量。過江之鯽。

【例句】像這樣不受賄的官兒，如今是「鳳毛麟角」了。

鴉雀無聲

ㄧㄚ ㄑㄩㄝˋ ㄨˊ ㄕㄥ

【解釋】原指沒有烏鴉、鳥雀的聲音，後形容非常寂靜。

【出處】景德傳燈錄：「於時庭樹鴉鳴，公問師：『聞否？』曰：『聞。

』鴉已去，又問師：『聞否？』曰：『聞。』公曰：『鴉去無聲，又何言聞？』」

【例句】一時敞亮的大廳上，「鴉雀無聲」的悄靜下來，雖然在那裡聚集了不下百餘個貴官大僚。

鶉衣百結 ㄔㄨㄣˊ 一 ㄅㄞˇ ㄐㄧㄝˊ

【解釋】補靪很多，用成百的結子連起來的衣服，形容衣服破爛不堪。

【字義】鶉衣：鶴鶉的羽毛深淺相間，雜有斑點，因稱補靪很多的衣服爲鶉衣。

【出處】荀子：「子夏貧，衣若縣（懸）鶉。」

【相同】衣衫襤褸。衣不蔽體。踵決肘見。

【相反】衣冠楚楚。

【例句】我寄住的鹽業銀行宿舍，問一個貧窮的老婦，終日悶著頭補衣，而「鶉衣百結」。

鵲巢鳩佔 ㄑㄩㄝˋ ㄔㄠˊ ㄐㄧㄡ ㄓㄢˋ

【解釋】喜鵲的巢被班鳩強佔居住。比喻無理強佔他人的居處、產業或位置等。

【字義】鳩：斑鳩、山鳩、雉鳩的統稱。

【出處】詩經：「維鵲有巢，維鳩居之。」

【例句】我們祖傳的遺產，已被日軍「鵲巢鳩佔」了。

鵬程萬里 ㄆㄥˊ ㄔㄥˊ ㄨㄢˋ ㄌㄧˇ

【解釋】大鵬可以遠飛萬里，比喻前程遠大，不可限量。

【字義】鵬：傳說中的一種大鳥。

【出處】莊子：「鵬之徙於南冥也，水擊三千里，搏扶搖而上者九萬里。」

【相同】前程似錦。前程萬里。前途無量。

【相反】日暮途窮。窮途末路。走投無路。

【例句】先生弱冠中舉，如今才三十餘，風華正茂，「鵬程萬里」。

鶴立雞群 ㄏㄜˋ ㄌㄧˋ ㄐㄧ ㄑㄩㄣˊ

【解釋】像仙鶴站在雞群裡。比喻人的身體、儀表或才能明顯地超出衆人

【出處】世說新語：「有人語王戎曰：『嵇延祖卓卓如野鶴之在雞群。』」

【相同】出類拔萃。不同凡響。超群絕倫。

【相反】相形見絀。

【例句】佩珩看玉飛神完氣足，猶如「鶴立雞群」，玉樹亭亭，軒舉中帶一段柔和態度，便料到後來是個必發之人。

鶯聲燕語 ㄧㄥ ㄕㄥ ㄧㄢˋ ㄩˇ

(一)

【解釋】指黃鶯飛燕鳴叫。

【出處】唐·皇甫冉詩：「鶯聲燕語報新年。」

【例句】春天到了，陽明山一片「鶯聲燕語」。

(二)

【解釋】比喻女子輕聲細語，宛轉動聽。

【出處】水滸傳：「宋江聽的鶯聲燕語，不是男子之音，便從神櫃底下鑽將出來，看時，卻是兩個青衣女童侍

立在床邊。」

【相同】鶯啼燕語。

【例句】後花園傳來「鶯聲燕語」，原來是妹妹的同學們在聊天。

鷸蚌相爭 ㄩˋ ㄅㄤˋ ㄒㄧㄤ ㄓㄥ

【解釋】比喻雙方爭持不下，結果兩敗俱傷。

【字義】鷸：長嘴水鳥。

【出處】戰國策：「今者臣來，過易水，蚌方出曝，而鷸啄其肉，蚌合而鉗其喙。鷸曰：『今日不雨，明日不雨，即有死蚌。』蚌亦曰：『今日不出，明日不出，即有死鷸。』兩者不肯相捨，漁者得而並禽之。」

【相同】鷸蚌相持。

【例句】日俄戰爭時，日俄在我國東北「鷸蚌相爭」，惜中國太弱，否則是漁翁得利的好機會。

鹿部

鹿死誰手 ㄌㄨˋ ㄙˇ ㄕㄟˊ ㄕㄡˇ

【解釋】比喻不知誰勝誰負。

【字義】鹿：指爭奪的對象(政權)。

【出處】史記：「秦失其鹿，天下共逐之。」晉書：「勒因饗酒酣，笑曰：『朕若逢高皇，當北面而事之，與韓彭競鞭而爭先耳。脫遇光武，當並驅於中原，未知鹿死誰手！』」

【相反】勝券在握。可操左券。

【例句】這次省長選舉，雙方競爭激烈，尚看不出「鹿死誰手」？

麻部

麻木不仁 ㄇㄚˊ ㄇㄨˋ ㄅㄨˋ ㄖㄣˊ

【解釋】比喻反映遲鈍，無動於衷。

【出處】後漢書：「（班）超年最長，今且七十，……頭髮無黑，兩手不仁。」兒女英雄傳：「天下作女孩兒的，除了那班天日不懂，麻木不仁的姑娘外，是個女兒便有個女兒的情態。」

【相同】無動於衷。漠不關心。

【例句】遇事推諉，怕負責任；承擔任務，討價還價；辦事拖拉，長期不決；「麻木不仁」，失掉警惕。這是不負責任的官僚主義。

黃部

黃金時代 ㄏㄨㄤˊ ㄐㄧㄣ ㄕˊ ㄉㄞˋ

【解釋】指人一生中最寶貴的時期，多指青年時代。

【例句】這是你一生中的「黃金時代」，希望你好好的享受、體驗，給你一輩子做個最精彩的回憶的底子。

黃道吉日 ㄏㄨㄤˊ ㄉㄠˋ ㄐㄧˊ ㄖˋ

【解釋】舊指宜於辦事的好日子。

【字義】黃道：指太陽在天空運行一年所行的軌道；吉日：好日子。

【出處】元·無名氏·連環計：「今日是黃道吉日，滿朝眾公卿都在銀臺門，敦請太師入朝授禪。」

【相同】吉日良辰。

【例句】五月初四按曆書是「黃道吉日」，也是擇定的昭忠祠正廳上梁的日子。

黃粱一夢 ㄏㄨㄤˊ ㄌㄧㄤˊ ㄧˊ ㄇㄥˋ

【解釋】煮一鍋小米飯的時間做了一場好夢。比喻好事落空或妄想破滅。
【字義】黃粱：小米。
【出處】唐·沈既濟·枕中記：盧生在邯鄲旅店中遇見道士呂翁，自嘆窮困。道士就借給他一個枕頭，要他枕著睡覺。這時店家正煮小米飯。盧生在夢中享盡了榮華富貴。一覺醒來，小米飯還未煮熟。
【相同】白日做夢。痴心妄想。南柯一夢。
【相反】有志竟成。志在必得。
【例句】十年浩劫絕不是「黃粱一夢」。

黑部

墨守成規 ㄇㄛˋ ㄕㄡˇ ㄔㄥˊ ㄍㄨㄟ

【解釋】固守舊法，不肯改變。
【字義】墨守：像墨翟（戰國時人）善於守城。
【相同】陳陳相因。
【相反】推陳出新。
【例句】我們如果「墨守成規」，不思改進，怎能和別人競爭？

黔驢技窮 ㄑㄧㄢˊ ㄌㄩˊ ㄐㄧˋ ㄑㄩㄥˊ

【解釋】比喻有限的一點本領已經用完。
【字義】黔：今貴州一帶。
【出處】唐·柳宗元文：「黔無驢，有好事者船載以入，至則無可用，放之山下。虎見之，龐然大物也，以為神，蔽林間窺之……他日，驢一鳴，虎大駭，遠遁，以為且噬己也，甚恐。然往來視之，覺無異能者……稍近益狎，蕩倚衝冒，驢不勝怒，蹄之。虎因喜，計之曰：『技止此耳。』因跳踉大㘎斷其喉，盡其肉，乃去。」
【相同】黔驢之技。
【相反】大顯神通。神通廣大。
【例句】這小賊「黔驢技窮」，實在招架不住，只好使出金蟬脫殼之計。

點石成金 ㄉㄧㄢˇ ㄕˊ ㄔㄥˊ ㄐㄧㄣ

㈠
【解釋】指仙人以手點石或道家之術以丹點石，就能把石變成黃金。
【字義】點：點化。
【出處】晉·葛洪·神仙傳：「許遜，南昌人。晉初為旌旗令，點石化金，以足連賦。」
【例句】還丹一粒，「點石成金」，至理一言，點凡成聖。

㈡
【解釋】比喻通過一定手段使壞的或差的變成好的。多用於修改文章。
【出處】宋·胡仔文：「詩句以一字為工，自然穎異不凡，如靈丹一粒，點石成金也。」
【相同】點鐵成金。
【相反】點金成鐵。
【例句】她教育好的特殊兒童不是幾個，幾十個，而是上百個。人們說她是「點石成金」的能手。

黨同伐異 ㄉㄤˇ ㄊㄨㄥˊ ㄈㄚˊ ㄧˋ

【解釋】偏袒同派，攻擊異己。

【字義】黨：偏袒；伐：攻擊，排斥

【出處】後漢書：「自武帝以後，崇尚佛學，懷經協術，所在霧會。至有石渠分爭之論，黨同伐異之說。」

【相同】誅鋤異己。引繩排根。

【相反】一視同仁。不偏不倚。

【例句】就是段總理自信太深，也不免偏徇阿私，「黨同伐異」。

鼠部

鼠目寸光 ㄕㄨˇ ㄇㄨˋ ㄘㄨㄣˋ ㄍㄨㄤ

【解釋】老鼠的眼睛看的距離很短。比喻眼光短，見識淺。

【相同】目光如豆。一孔之見。目光短淺。

【相反】遠見卓識。目光遠大。

【例句】他是一個「鼠目寸光」的人，竟然敢競選總統？

龍部

龍爭虎鬥 ㄌㄨㄥˊ ㄓㄥ ㄏㄨˇ ㄉㄡˋ

【解釋】像巨龍和猛虎相鬥一樣。形容爭鬥十分激烈。

【出處】元史·九敬先·莊周夢：「奏晉交歡皆爲詐，榮華一筆都勾罷，龍爭虎鬥是非場，圖成四幅丹青畫。」

【例句】那員猛將又取了兵器，也來助戰，這一場相殺，眞個「龍爭虎鬥」，十分厲害。

龍飛鳳舞 ㄌㄨㄥˊ ㄈㄟ ㄈㄥˋ ㄨˇ

㈠

【解釋】龍鳳飛騰起舞。

【出處】西遊記：「一天瑞氣，萬道祥光。……龍飛鳳舞，鶚薦鷹揚。」

㈡

【解釋】形容山川氣勢宏偉。

【出處】宋·蘇軾文：「天目之山，苕水出焉，龍飛鳳舞，萃於臨安。」

㈢

【解釋】形容書法筆勢活潑奔放，揮灑自如。

【出處】兒女英雄傳：「再不曉得你胸中還埋沒著如此的一段珠璣錦繡！只這書法也寫得這等鳳舞龍飛，眞令人拜服！」

【相同】鳳舞龍飛。飛龍舞鳳。

【相反】滿紙塗鴉。信筆塗鴉。

【例句】回北京後，爲我畫了兩幅畫，……他在一大片空白處題上了幾十個「龍飛鳳舞」的行草，更使之生色不少。

龍鳳呈祥 ㄌㄨㄥˊ ㄈㄥˋ ㄔㄥˊ ㄒㄧㄤˊ

【解釋】比喻吉祥的預兆。

【字義】龍、鳳：傳說中的吉祥動物；呈：顯出，露出。

【出處】兒女英雄傳：「內中鳥大爺的令弟說道：『你們只看龍媒今日作了新郎，這兩道眉兒，一副臉兒，益發顯得風流俊俏。這大約就叫做「龍鳳呈祥」了！』」

【相同】熊羆入夢。

【相反】白虹貫日。

【例句】春風一度，暗結珠胎，不到

數日，那位貴人即懷酸作嘔，患起病來，咸豐帝命太醫診視。奏稱熊羆入夢，「龍鳳呈祥」。

龍潭虎穴
ㄌㄨㄥˊ ㄊㄢˊ ㄏㄨˇ ㄒㄩㄝˋ

【解釋】比喻不可靠近，危險可怕的地方。

【出處】兒女英雄傳：「你父親因他不是個詩書禮樂之門，一面推辭，便要離了這龍潭虎穴。」

【相同】龍潭虎窟。刀山火海。

【相反】洞天福地。福地洞天。

【例句】沒想到此處是「龍潭虎穴」之地，各路好漢都集於此。

龍驤虎步
ㄌㄨㄥˊ ㄒㄧㄤ ㄏㄨˇ ㄅㄨˋ

【解釋】形容威武雄壯的樣子。

【字義】龍：龍馬，即駿馬。古代稱駿馬爲龍。驤：昂首。

【注意】本成語中的「龍」，是指駿馬，千萬不可誤爲傳說中的動物，不是古代代表皇帝的龍。又，本成語是形容三國時魏將陳琳，可知是「駿馬」才正確。

【出處】三國志：「今將軍總皇威，握兵要，龍驤虎步，高下在心；以此行事，無異於鼓洪爐以燎毛髮。」

【相同】龍驤虎視。虎步龍驤。

【相反】步履維艱。步履蹣跚。鵝行鴨步。

【例句】他走起路來「龍驤虎步」，依相士說，他將來必定是大富大貴之人。

容易寫錯字的常用成語

在寫作時，若能很恰當地套用成語，會使文章生色，容易令讀者產生聯想及美感。但是如果不小心寫錯了字，那就前功盡棄，成爲他人茶餘飯後笑談之助了。

現在蒐錄幾則很容易寫錯字的常用成語，以饗讀者，盼舉一反三，在引用時，最好勤查成語辭典。

在↓之上爲一般人誤用，在↓之下才是正確的用字。

劍及履及↓劍及屨及

「劍及屨（ㄐㄩˋ）及」本作「屨及劍及」，本句的成語故事是指春秋時代楚莊王報仇心切，聞使者申舟被宋國華元所殺，立即奔跑出去，致使給他拿鞋子的人追到寢宮門前的甬道，才給楚莊王穿上鞋子；拿佩劍的人追到寢宮門外，才給楚莊王佩上佩劍；備車的人，追到蒲胥之市，才使楚莊王登上車……。（《左傳》原文：楚子（楚莊王）聞之，投袂而起，屨及于窒皇，劍及于寢門之外，車及于蒲胥之市。秋九月，楚子圍宋。）

本句成語，出自《左傳》，原文是「屨及」。

又，《說文解字注》中有明確的說明：漢以前，鞋子稱「屨」，漢以後，鞋子才叫「履」。《左傳》的作者左丘明是春秋時代人，所以一定是用「屨」代表鞋。

本句成語，不但一般人容易寫錯字，連不少國文老師、教授也以訛傳訛。原因是國立編譯館所編審的國中國文教科書第五冊第一課《弘揚孔孟學說與復興中華文化》（作者：先總統蔣中正先生），本課課文及注十四，皆誤植爲「劍及履（ㄌㄩˇ）及」。

教科書一錯，影響非常大－全國的國中國文老師到目前爲止，尚無一人向國立編譯館提出更正，並且迅速以訛傳訛，全國的國中生也背錯了，等他們將來爲人師表或爲人父母時，再把「履」傳下去……。

目前，已有在國學界執牛耳的國家文學博士級學者所編的國語辭典竟蒐成語「劍及履及」！

日以繼夜↓夜以繼日

形容工作勤勉，應該引用成語「夜以繼日」，見《孟子．離婁下》：「周公思兼三王，以施四事。其有不合者，仰而思之，夜以繼日；幸而得之，坐以待旦。」

「夜以繼日」，字面的意思是：用晚上（夜以）的時間來繼續做白天沒有做完的工作。因爲古人的作息：白天工作，晚上休息。

如果寫成「日以繼夜」，則字面的意思便成爲：晚上沒有睡夠，白天繼續睡。

在立法委員競選期間，筆者接到某位候選人的文宣，裡面竟有：「日以繼夜」爲選民服務……。

本句成語寫錯的人不少，須注意。

按步就班→按部就班

形容做事情按照一定的條理，遵循一定的步驟。可引用成語「按部就班」。這是一句相當常用的成語，卻很容易誤寫成「按步就班」，連大名鼎鼎的魯迅、郭沫若，都不能例外。

「按部就班」，出自西晉著名文學家陸機《文賦》：「觀古今于須臾，撫四海于一瞬。然後選義按部，考辭就班。」本指寫作的方法：寫作構思時，應迅速把歷史上、世界上有關的資料集中在一起，然後選擇內容，安排章節；研究辭句，依次敘述。

部：門類；班：次序。「按部就班」，原指寫文章應根據內容需要來分段布局，遣詞用句。

如法泡製→如法炮製

形容完全採用現成的方法去做，可引用成語「如法炮製」。見《鏡花緣》：「即如法炮製，果然把陣破了。」

本句成語原來是指烘、炒、焙中藥材的一種方法，所以須用「炮」（ㄆㄠˊ），而不可以用「泡」。但是清代的小說如《兒女英雄傳》及《官場現形記》都用「如法泡製」。也許是借用或筆誤。

古人雖然用過「如法泡製」，但是各位如果參加國文的作文考試，千萬不要寫「如法泡製」，閱卷官如果對本句成語沒有深入了解，一定認爲是您錯了。

好高鶩遠→好高騖遠

「鶩、騖」，兩字音同、形似、義異。兩字都有成語，寫時要特別注意。

馬部的「騖」，有亂跑、不由正路走、不守本分的意思。成語有「好高騖遠」、「心無旁騖」。

鳥部的「鶩」，指野鴨，見唐．王勃《滕王閣序》中的名句：「落霞與孤鶩齊飛，秋水共長天一色。」

鶩的成語有「趨之若鶩」、「家雞野鶩」、「刻鵠類鶩」。

依門賣笑→倚門賣笑

「倚門賣笑」，指妓女生涯，見《史記．貨殖列傳》：「夫用貧求富，農不如工，工不如商，刺繡文不如倚市門。」問題在「倚（ㄧˇ）、依（ㄧ）」兩字的音、義都很相近，由此兩字分別組成的成語，往往容易混淆不清。必須先弄清「倚、依」的字義，倚—斜靠、仗恃；依—貼近、隨從。

「依」的成語有：「脣齒相依」、「依人作嫁」、「依山傍水」、「依阿兩可」、「依樣畫葫蘆」、「依聲託事」等。

「倚」的成語有：「倚老賣老」、「倚門倚閭」、「倚馬可待」（「倚馬才」）、「倚玉偎香」、「倚強凌弱」、「倚翠偎紅」、「倚財仗勢」、「倚門傍戶」、「倚門賣俏」（同「倚門賣笑」）等。

神采弈弈→神采奕奕

「神采奕奕」，指精神旺盛，容光煥發。見《二十年目睹之怪現狀》：「我在底下看著，果然神采奕奕。」

問題在「奕、弈」兩字的外形相似，又都念ㄧˋ，僅字義有別。奕—姿態悠閒，精神煥發。見《詩．小雅》：「駕彼四牡，四牡奕奕。」弈—圍棋、下棋。見《論語．陽貨》：「不有博弈者乎？爲之猶賢乎已。」

既往不究→既往不咎

「既往不咎」，指對已成過去的錯誤，不加責難追究。見《論語．八佾》：「成事不說，遂事不諫，既往不咎。」

咎—責備。

「咎、究」兩字同音，「究」有追究的意思，如果沒有背熟論語，便很容易混淆不清了。

因爲「既往不究」無出處，不能算成是成語，不用比較好。

垂手可得→唾手可得

「唾手可得」，指極容易得到。「唾手」，往手上吐唾沫，比喻極易。本作「唾手可取」，見《新唐書．褚遂良傳》：「但遺一二愼將，付銳兵十萬，翔旝雲輣，唾手可取。」又，《三國演義》：「韓馥無謀之輩，必請將軍領州事；就中取事，唾手可得。」

「垂手可得」在正規的成語辭典中不蒐，各位讀者不用比較好。但清．李海觀《歧路燈．三八回》中卻用了「垂手而得」：「那個資性，讀不上三二年，功名是可以垂手而得的。」

雖然《歧路燈》中有「垂手而得」，各位讀者還是不用爲妥。

華陀再世→華佗再世

華佗（？—公元二〇八年）是東漢末著名醫學家，精內、外、婦、兒、針灸各科，尤擅長外科，對麻醉方法及外科手術已有驚人的成就。惜因不從曹操的徵召而被殺。

由於華佗是我古代的名醫，所以「華佗再世」便成爲頌揚某醫師醫術高明的贊語，並書於匾額或錦旗，供人懸掛，可惜誤書爲「華陀再世」的匾額相當不少。而且竟有某家出版社以「華佗」爲名的書，卻誤印成「華陀……」。

雨過天晴↓雨過天青

「雨過天青」，本指雨後初晴的天色，蔚藍澄澈。現今多用來比喻情況由壞變好。

五代後周世宗（柴榮）時所燒瓷器，青如天、明如鏡、薄如紙，聲如磬。相傳當時有一位瓷器師傅請示顏色，世宗批曰：「雨過天青雲破處，者般顏色做將來。」

因此如果要比喻情況由壞轉好，應引用有出典的「雨過天青」才好。

附記：《三俠五義》七八回中描寫政治形勢由黑暗轉爲光明，便是用「雨過天晴」。但不如「雨過天青」有動人的出典。

交待↓交代

「交代」雖然不是成語，但非常常用，且又常寫錯成「交待」，所以值得注意。

本指前後任官，前者卸任，交下職務，後者代接職務。見《漢書·蓋寬饒傳》：「及歲盡交代，……衛卒數千人皆叩頭自請，願復留共更一年。」又，《後漢書·傅燮傳》：「初，郡將范津明知人，舉燮孝廉，及津爲漢陽，與燮交代，合符而去，鄉邦榮之。」

「交代」，已擴大意思，可指把自己經手的事情，移交給別人；吩咐清楚。「交待」無出處，是一般人誤寫。《李登輝先生言論集》第六冊第四四九頁，有「向歷史交代」，誤爲「向歷史交待」。再版時，盼能更正，以免以訛傳訛。

固步自封↓故步自封

故：舊時、從前；封：限制在某個範圍內。

「故步自封」是成語「故步」加非成語「自封」而構成的一句新成語，見梁啓超的《愛國論》：「婦人纏足十載，解其縛而猶不能行，故步自封，少見多怪，曾不知天地間有所謂民權二字。」

「故步」與「邯鄲學步」（比喻倣效別人不成，反而喪失了原有的本領。）出處見《莊子·秋水》：「且子獨不聞夫壽陵（燕邑）餘子之學行於邯鄲（趙都）與？未得國能，又失其故行矣，直匍匐而歸耳。」（《太平御覽》引《莊子》，「故行」作「故步」）又，見《漢書·敘傳》：「昔有學步於邯鄲者，未曾得其髣髴，又復失其故步，遂匍匐而歸耳。」

容易念錯字的常用成語

熟背了很多成語的人，在言談、寫作時，如果能夠無斧鑿痕跡，自然恰當地引用幾句成語，可收畫龍點睛之效，使人回味無窮，足令聽者、讀者，對您的出口成章、字字珠璣，佩服得五體投地。

但在大庭廣眾之前演講時，引用成語，如果念錯了字，當然會使聽眾懷疑您的國文程度，爲此，特地蒐集了非常常用，且又容易念錯字的成語，集結成篇，供讀者參考，同時也可充作中學國文老師出試題之題庫。

筆者學淺，尚祈方家不吝賜正爲禱。

自怨自艾

問：「艾」，應該念ㄞˋ，還是ㄧˋ？

答：「艾」，通「刈」，原指割草，現喻改正錯誤，所以應念ㄧˋ。

解說：「自怨自艾」，本指悔恨自己的錯誤，自己加以改正。見《孟子．萬章上》：「仲壬四年，太甲顛覆湯之典刑，伊尹放之于桐。三年，太甲悔過，自怨自艾，于桐處仁遷義。」

以後，只有悔恨之義。見茅盾《呼蘭河傳序》：「都是些甘願做傳統思想的奴隸而又自怨自艾的可憐蟲。」

大腹便便

問：「便便」，應該念ㄅㄧㄢˋ ㄅㄧㄢˋ，還是ㄆㄧㄢˊ ㄆㄧㄢˊ？

答：「便便」，作肥大貌，所以要念ㄆㄧㄢˊ ㄆㄧㄢˊ。

解說：「大腹便便」是形容肚子肥大的樣子，見《後漢書．邊韶傳》：「邊孝先，腹便便。」又見清．姚鼐《王君病起有詩見和因復次韻贈之》：「室如懸磬待遺秉，大腹便便乃空洞。」

「便便」音ㄆㄧㄢˊ ㄆㄧㄢˊ，除了表示「肥大」以外，尚有表示很會辯論、閒雅的樣子。

不待請命而自行處理，稱「便宜行事」，「便」音ㄅㄧㄢˋ。

心廣體胖

問：「胖」，應該念ㄆㄤˋ，還是ㄆㄢˊ？

答：「胖」，指安泰舒適，須念ㄆㄢˊ。

解說：「心廣體胖」，廣，指開闊、坦然。謂內心無所愧疚，體貌自然舒泰安詳。見《禮記．大學》：「富潤屋，德潤身，心廣體胖，故君子必誠其意。」又，宋．陳亮《與應仲實書》：「古之賢者，其自危蓋如此，此所以不愧屋漏而心廣體胖也。」

本句成語的末字「胖」，不但易念錯，而且也容易會錯意—肥胖。

朋比為奸

問：「比」，應該念ㄅㄧˇ、ㄅㄧˋ還是ㄆㄧˊ？

答：「朋比」（合伙勾結），此「比」應念ㄅㄧˋ。

解說：「朋比爲奸」，指合伙勾結做壞事。見《新唐書．李絳傳》：「趨利之人，常爲朋比，同其私也。」

其他，如「比比（到處）皆是」、「鱗次櫛比（接連著）」，以上成語中的「比」，都應念ㄅㄧˋ。

又，「坐擁皋比」中的「比」卻要念ㄆㄧˊ。皋比—虎皮。宋朝張載曾坐虎皮講學，所以「坐擁皋比」比喻講學授徒者。

文過飾非

問：「文」，應該念ㄨㄣˊ，還是ㄨㄣˋ？

答：「文」，此處作遮蓋、掩飾解，須念ㄨㄣˋ。

解說：文過飾非，指用各種藉口來掩飾自己的缺點及錯誤。見《論語．子張》：「小人之過也必文。」《莊子．盜跖》：「辯足以飾非。」

「文過」、「飾非」連用，見《史通．惑經》：「斯則聖人設教，其理含宏，或援誓以表心，或稱非以受屈，豈與夫庸儒末學，文過飾非，使夫問者緘辭杜口，懷疑不展，若斯而已哉！」

玩世不恭

問：「玩」，應該念ㄨㄢˊ，還是ㄨㄢˋ？

答：「玩」有兩種念法，指遊戲、玩要，念ㄨㄢˊ；表戲弄、輕忽、玩賞、古董時，念ㄨㄢˋ。

解說：玩世不恭（玩—戲弄），指以不嚴肅的態度對待現實社會的一切。見《漢書．東方朔傳贊》：「依隱玩世，詭時不逢。」

其他如「玩物喪志」、「玩歲愒日」、「玩人喪德」等成語中的「玩」，也須念ㄨㄢˋ。

大相逕庭

問：「庭」，應該念ㄊㄧㄥˊ，還是ㄊㄧㄥˋ？

答：要念ㄊㄧㄥˊ，不可念ㄊㄧㄥˋ。

解說：大相逕庭，亦作「大有逕庭」。本義是偏激，見《莊子．逍遙遊》：「大有逕庭，不近人情焉。」逕庭，指激過，過差，也是直往不顧之貌；另外一種解釋是：逕—門外路；庭—家裡的院子。比喻兩者相差甚遠。

逕庭，又作「徑廷」，只指偏激。見《文選．辯命論》：「如行仁而無報，奚爲脩善立名乎？斯徑廷之辭也。」

垂簾聽政

問：「聽」，應該念ㄊㄧㄥ，還是ㄊㄧㄥˋ？

答：「聽」，指處理，「聽政」即處理政事，所以須念ㄊㄧㄥˋ。審理訟案，稱「聽訟」，也須念ㄊㄧㄥˋ。

解說：古代，太后、皇太后臨朝處理政事時，不方便和臣子面對面，須坐在簾子後面，所以稱「垂簾」。歸還政權，則稱「撤簾」。

「垂簾聽政」，指女后臨朝管理國家政事。我國歷史「垂簾」的有：唐代的武則天、宋眞宗的劉后、宋英宗的高后及清代的慈禧太后。

身無長物

問：「長」，應該念ㄔㄤˊ、ㄓㄤˇ，還是ㄓㄤˋ？

答：「長」，指多餘的，須念ㄓㄤˋ。

解說：「身無長物」，指除了自己的身體以外，再沒有其他多餘的東西了。比喻非常貧窮。

成語中還有一個「長」也不太好念，就是「一日之長」中的「長」，有兩個讀音：指才能比別人強一些，即「長短」之「長」，念ㄔㄤˊ；若指年齡比別人稍大，或資格比別人稍老，即「年長」之「長」，此義時，念ㄓㄤˇ。

衣錦還鄉

問：「衣」，應該念ㄧ，還是ㄧˋ？

答：「衣」，當動詞用，指穿衣服的「穿」，所以須念ㄧˋ。

解說：「衣錦還鄉」，穿著錦繡衣服回鄉，形容富貴後榮耀鄉里。見《周書．史寧傳》：「觀卿風表，終至富貴，我當使卿衣錦還鄉。」

同樣須念ㄧˋ的成語有：「衣錦食肉」、「衣錦榮歸」、「衣錦夜行」、「衣繡畫行」、「衣紫腰金」、「食租衣稅」。

泥古非今

問：「泥」，應該念ㄋㄧˊ，還是ㄋㄧˋ？

答：「泥」，指固執、不知變通，是動詞，須念ㄋㄧˋ。

解說：「泥古非今」，指拘泥於古代的成規或說法，否定當今的新理論。見宋．劉昶《自訟》：「泥古非今，不達時變，疑滯少斷，勞而無功。」

同理，「泥古不化」（指拘泥於古代的成規或方法，不去改變。）中的「泥」，也念ㄋㄧˋ。

曲高和寡

問：「和」，應該念ㄏㄜˊ，還是ㄏㄜˋ？

答：「和」，指隨著別人唱（做），須念ㄏㄜˋ。

解說：「曲高和寡」，比喻言行卓越不凡，知音難遇，或作品艱深高妙，有能力欣賞者甚少。見《文選．宋玉〈對楚王問〉》：「客有歌于郢中者，其始曰《下里巴人》，國中屬而和者數千人……，其為《陽春白雪》，國中屬而和者不過數十人；引商刻羽，雜以引流徵，國中屬而和者不過數人而已。是其曲彌高，其和彌寡。」

須念ㄏㄜˋ的常用成語有：「一唱百和」、「隨聲附和」。

須念ㄏㄜˊ的常用成語有：「和盤托出」、「和衣而臥」、「和衷共濟」、「風和日麗」、「地利人和」、「和顏悅色」、「鸞鳳和鳴」。

虛與委蛇

問：「蛇」，應該念ㄕㄜˊ，還是ㄧˊ？

答：「委蛇」，隨順貌。「蛇」，須念ㄧˊ。

解說：「虛與委蛇」，出自《莊子．應帝王》：「鄉（向）吾示之以未始出吾宗，吾與之虛而委蛇，不知其誰何。」本義指無心而隨物化。後，轉義爲假意敷衍應酬。

「蛇蛇」（淺薄，自大），也念ㄧˊ。見《詩．小雅．巧言》：「蛇蛇碩言，出自口矣。」

又，成語「畫蛇添足」中的「蛇」，則念ㄕㄜˊ。

如法炮製

問：「炮」，應該念ㄆㄠˋ，還是ㄆㄠˊ？

答：在火上焙烤中藥，稱「炮製」。「炮」，須念ㄆㄠˊ。

解說：「如法炮製」，本義指依照成法炮製中藥材。比喻完全採用現成的方法去做。見《鏡花緣》：「即如法炮製，果然把陣破了。」但同清一代的《兒女英雄傳》及《官場現形記》都作「如法泡製」，也許是借用或筆誤。各位讀者如果想套用本成語時，千萬不可寫「泡」製。

又，把獸整體包裹起來用火燒，稱「炮」，也須念ㄆㄠˊ。如形容菜肴豐盛珍奇爲「烹龍炮鳳」。見元．戴善夫《風光好》：「座上若無油木梳，烹龍炮鳳總成虛。」

三思而行

問：「三」，應該念ㄙㄢ，還是ㄙㄢˋ？

答：「三」，指多次、再三、反復解時，須念ㄙㄢˋ。本句成語的「三」，即是此義。

解說：「三思而行」是說經過反復考慮然後才採取行動。見《論語．公冶長》：「季文子三思而後行。子聞之曰：『再，斯可矣。』」

另外，「三復斯言」中的「三」也須念ㄙㄢˋ。指多次反復地體會這些話。見《論語．先進》：「南容三復白圭。」朱熹注：《詩經．大雅．抑》之篇曰：『白圭之玷，尚可磨也；斯言之玷，不可爲也。』南容一日三復斯（斯：此）言。

輕車簡從

問：「從」，應該念ㄘㄨㄥˊ、ㄗㄨㄥˋ或ㄘㄨㄥ？

答：本成語中的「從」是指跟隨侍候的人，所以應念ㄗㄨㄥˋ。

解說：「輕車簡從」，指行裝簡單，隨從人員也很少。見《老殘遊記》：「他就向縣裡要了車，輕車簡從的向平陰進發。」法律名詞的「從犯」、「從刑」，也須念ㄗㄨㄥˋ。

念ㄘㄨㄥˊ的常見成語有：從一而終、力不從心、言聽計從、從善如流、從井救人、從長計議……等。

啞然失笑

問：「啞」，應該念ㄜˋ，還是ㄧㄚˇ？

答：「啞然」，笑聲。須念ㄜˋ。「笑語啞啞」中的「啞」也念ㄜˋ。

解說：「啞然失笑」，指情不自禁地笑出聲來。見漢．趙曄《吳越春秋》：「禹濟江南省水理，黃龍負舟，舟中人怖駭，禹乃啞然而笑。」又，《聊齋誌異》：「王子安方寸之中，頃刻萬緒，想鬼狐竊笑已久，故乘其醉而玩弄之，床頭人醒，寧不啞然失笑哉？」

附記：念ㄧㄚˇ的人非常多，大陸學者編印的成語辭典，讀音注ㄧㄚˇ，而說明舊讀ㄜˋ。

強詞奪理

問：「強」，應該念ㄑㄧㄤˇ、ㄐㄧㄤˋ，還是ㄑㄧㄤˊ？

答：「強」，指用力量約束，應念ㄑㄧㄤˇ。

解說：「強詞奪理」，指本來無理硬說有理，見《三國演義》：「孔明所言，皆強詞奪理，均非正論，不必再言。」

「強人所難」（強；勉強）、「強死強活」（十分勉強地被人強制著非做不可。）「博聞強識（ㄓˋ）」（形容知識豐，記憶力強。）「強顏歡笑」，以上的「強」，皆須念ㄑㄧㄤˇ。

注意：強（ㄐㄧㄤˋ）顏，指不知羞恥、厚臉皮。

「強（ㄑㄧㄤˊ）弩之末」，比喻氣衰力竭，已經沒有威勢了。

忍俊不禁

問：「禁」，應該念ㄐㄧㄣ，還是ㄐㄧㄣˋ？

答：「禁」，指自制，「不禁」，即不能自制。須念ㄐㄧㄣ。

解說：「忍俊不禁」，又作「忍雋不禁」。本指熱中於某事，而不能克制自己。後來轉義爲：忍不住發笑。見唐．趙璘《因話錄》：「尚書省二十四司印，故事悉納直廳，每郎官交直時，吏人懸之于臂以相授，頗覺爲煩。楊虔州虞卿任吏部員外郎，始置櫃加鐍以貯之，人以爲便，至今不改。櫃初成，周戎時爲吏部郎中，大書其上，戲作考詞狀：當有千有萬，忍俊不禁，考上下。」

「弱不禁風」、「情不自禁」，都須念ㄐㄧㄣ。

表示耐用，也須念ㄐㄧㄣ，如「禁穿」、「禁用」。

度德量力

問：「度」，應該念ㄉㄨˋ、ㄉㄨㄛˋ，還是ㄉㄨㄛˊ？

答：「度」，指估量、推測，應念

ㄉㄨㄛˊ。（但大陸印行的成語辭典注明念ㄉㄨㄛˊ）。

解說：「度德量力」，指估量自己的德行和能力。見《左傳．隱公十一年》：「度德而處之，量力而行之。」又，《三國志．蜀書．諸葛亮傳》：「孤不度德量力，欲信大義于天下。」

「念ㄉㄨㄛˊ的成語尚有：「揣情度理」、「謀度而行」、「量入度出」。

念ㄉㄨˋ的成語有：「大度容人」、「置身度外」、「芳華虛度」、「度日如年」、「二度梅開」。

枕戈待旦

問：「枕」，應該念ㄓㄣˇ，還是ㄓㄣˋ？

答：「枕戈待旦」中的「枕」當動詞用，「枕戈」是指把戈（一種兵器）當作枕頭，頭靠在上面。應念ㄓㄣˋ。

解說：「枕戈待旦」，字面意思是說：晚上睡覺，枕著兵器，等待天亮。形容殺敵報國心切，一刻也不敢鬆懈。見《晉書．劉琨傳》：「吾枕戈待旦，志梟逆虜。」

類似的成語「枕戈寢甲」（比喻隨時保持警惕，準備迎戰敵人），其中的「枕」也念ㄓㄣˋ。

又，成語「枕石漱流」（也作「枕流漱石」，比喻隱居山林。）其中的「枕」同理念ㄓㄣˋ。

處心積慮

問：「處」，應該念ㄔㄨˇ，還是ㄔㄨˋ？

答：「處」字當動詞用時，應念ㄔㄨˇ。「處心」是「存心」。

解說：「處心積慮」，指用盡心計，蓄意日久。多用來表示千方百計地策畫謀算做壞事。見《穀梁傳》：「何甚乎鄭伯，甚鄭伯之處心積慮，成于殺也！」

又，「處之泰然」（指在各種情況之下，都能沈著鎮定地對待事務。也指無動於衷。）、「養尊處優」（處在尊貴的地位，過著優裕的生活。）以上兩句成語中的「處」，也都念ㄔㄨˇ。

將伯之助

問：「將」，應該念ㄐㄧㄤ、ㄐㄧㄤˋ，還是ㄑㄧㄤ？

答：「將」在本句成語中是「請求、祈望」的意思，所以要念ㄑㄧㄤ。

解說：「將伯之助」亦作「將伯之呼」（伯—長者），用作請別人幫助的客氣話。見《詩．小雅．正月》：「其車既載，乃棄爾輔，載輸爾載，將伯助予。」本義指車欲墮，而請長者幫助。又，見《聊齋誌異．連瑣》：「將伯之助，義不敢忘。」

春華秋實

問：「華」，應該念ㄏㄨㄚˊ、ㄏㄨㄚˋ，還是ㄏㄨㄚ？

答：本成語中的「華」同「花」，所以應念ㄏㄨㄚ。

解說：「春華秋實」的意思很多，最初是比喻文采與德行，見《三國志．

魏書·邢顒傳》：「私懼觀者將謂君侯習近不肖，禮賢不足，采庶子之春華，忘家丞之秋實。」又比喻事物的因果關係，多指因學識淵博，而明於修身律己，品行高潔，見《顏氏家訓·勉學》：「夫學者，猶種樹也，春玩其華，秋登其實，講論文章春華也；修身利行，秋實也。」

山名、地名、姓，都須念ㄏㄨㄚˋ，如「華山」、「華陰」、「華佗」（東漢名醫），稱人醫術高明，可說「今之華佗」或「華佗再世」。

間不容髮

問：「間」，應該念ㄐㄧㄢ，還是ㄐㄧㄢˋ？

答：「間」指物相隔的空隙，應念ㄐㄧㄢˋ。

解說：「間不容髮」，比喻情勢、時間非常緊迫，沒有喘息餘地。見漢·枚乘《上書諫吳王》：「墜入深淵，難以復出，其出不出，間不容髮。」

又，成語「疏不間親」中的「間」（離間）也念ㄐㄧㄢˋ。是指關係疏遠的人不離間關係親近的人。見《管子·五輔》：「夫然，則下不倍（背叛）上，臣不殺君，賤不逾貴，少不淩長，遠不間親，新不間舊，小不加大，淫不破義，凡此八者，禮之經也。」（間，古文作「閒」。）

瑕瑜互見

問：「見」，應該念ㄐㄧㄢˋ，還是ㄒㄧㄢˋ？

答：必須念ㄒㄧㄢˋ，因為此處的「見」通「現」字。

解說：瑕—玉上的斑點；瑜—玉的光彩；見—呈現。瑕瑜互見，是指有優點也有缺點，見清·平步青《霞外捃屑·升庵文選》：「升庵論文，瑕瑜互見。」

這是因為在古代還沒有發明「現」字，只好用「見」字來兼代「現」字，所以在古文中的「見」字，必須先揣摩文義，然後才能斷定，是念ㄐㄧㄢˋ（見），還是念ㄒㄧㄢˋ（現）。

成語「圖窮匕見」及《敕勒歌》末句「風吹草低見牛羊」的「見」，都必須念ㄒㄧㄢˋ（現）。

美不勝收

問：「勝」，應該念ㄕㄥˋ，還是ㄕㄥ？

答：要念ㄕㄥ。意思是盡、完。

解說：美不勝收，是指美好的事物，多得看不完。見《孽海花》：「……諸人寄來的送行詩詞，清詞麗句，美不勝收。」

另外，勝任愉快（勝：能力足以……）（勝，也須念ㄕㄥ），指能承擔重任，且令人滿意地完成任務。見《史記·酷吏列傳序》：「當是之時，吏治若救火揚沸，非武健嚴酷，惡能勝其任而愉快乎？」

指不勝屈（勝：盡，也念ㄕㄥ），形容數量很多，扳著指頭也數不完。見袁枚《小倉山文集》：「凡此之類，指不勝屈。」

毋忘在莒是指田單復國嗎？

民國五十三年十一月，金門國軍首先發起「毋忘在莒」運動，自此以還，運動如火如荼展開，並強調典故出自田單復國。軍中有莒光日、莒光周、莒光連隊……；而軍眷子弟，更有名「在莒」者。

由上可知，除非是對中國文史細心下過功夫者，幾乎全國的軍民都被誤導。

因為誤導了三十餘年，要想糾正，相當不容易，必須細分四項來說明：（一、如何鑑定典故出處？二、「毋忘在莒」出自齊桓公的故事？三、為什麼不可能和田單復國有關？四、為什麼容易混淆？）

一、如何鑑定典故出處——常見的成語是四個字（當然也有兩個字、三個字，及超過四個字以上的）。各位只要攤開成語辭典，閱讀出典的古文部分，則四個字的成語多嵌入文章中，偶爾會有少許的變化，但很容易看出成語的影子。如成語「瓜代可期」，略為「瓜代」，見《左傳·莊公八年》：「齊侯使連稱、管至父戍葵丘，瓜時而往。曰：『及瓜而代。』」

原文雖把「瓜代」拆開，但依舊如雙胞胎，一眼就能認出。一般常見的是把成語完整地嵌入古文中，所以非常容易看出。

二、「毋忘在莒」出自齊桓公的故事—齊桓公的哥哥齊襄公，就是前舉「瓜代」成語的主角（齊侯），他常常說話不算數，曾對戍守邊境的連稱、管至父兩位大夫說：「明年此時瓜熟，我便派人接替你們。」可是時間到了，齊襄公（齊侯）食言而肥，兩位大夫怒而政變。鮑叔牙早就看出齊襄公這種出爾反爾的作風會使國家大亂，便保護小白（以後的齊桓公）到莒去避難。齊襄公被殺後，才回國取得政權（西元前六八六年），次年拜管仲為相，在一次歡宴時，鮑叔牙向齊桓公、管仲、寧戚的祝福和勸告，原文（見古書《管子》）是：「鮑叔牙奉杯而起曰：『使公毋忘出入莒時也，使管子毋忘束縛在魯也，使寧戚毋忘飯牛車下也。』桓公避席再拜曰：『寡人與二大夫能毋忘夫子之言，國之社稷，必不危矣！』」

又，新序（漢．劉向撰）也有近似的記述：

（齊）桓公謂鮑叔：「姑爲寡人祝乎？鮑叔奉酒而起曰：「祝吾君無忘其出而在莒也，……」」

從以上《管子》及《新序》兩書的節錄中，不難看出「毋忘在莒」明顯地嵌入文章中。

三、爲什麼不可能和田單復國有關？

我們不妨細讀《史記》的田單列傳及樂毅列傳，根本找不到和「毋忘在莒」有絲毫關聯的影子，換句話說，「毋忘在莒」或「在莒」根本沒有嵌入田單列傳及樂毅列傳的文章中。

又，田單復國，是以即墨爲基地，整軍經武，打敗燕軍（西元前二七九年）。退一步說，如果是指田單復國，則本成語應該改成：「毋忘在即墨」，決非「毋忘在莒」也。

四、爲什麼容易混淆？

可能是因爲田單的火牛陣具備聲光效果，給人印象深刻，巧的是齊被燕將樂毅攻下七十餘城，只剩下「莒」及「即墨」，更巧的是剛好有「在莒」現成的成語，偏偏又都是齊國的莒（雖然一在春秋，一在戰國，相隔四百零七年），一不小心，便張冠李戴。再加上，專攻文史的人並不多，或者好讀書不求甚解，並沒有留意到，遂使一錯再錯，竟無人提出糾正。

筆者爲了寫本專欄，特地廣蒐資料，卻在日人編撰的「中國成語故事」上發現指出臺灣誤將田單復國說成是「毋忘在莒」的出處。筆者深感遺憾，中國的典故，中國人自己竟然搞不清楚，卻被東鄰日本指出。

本成語的意思是指：現在雖然復國了，但是別忘了曾經流亡在外的苦日子，應該不斷地整軍經武，使國家更富強。所以根據含義看，「毋忘在莒」運動應該在打回大陸光復神州之後，再推行，才恰當。

由於政府策畫「毋忘在莒運動」人士之無知，竟使臺灣無數學者所編撰之國語辭典以訛傳訛，舉其犖犖大者有：商務印書館的《重編國語辭典》（教育部重編國語辭典編輯委員會編）、三民的《大辭典》、五南的《活用國語辭典》、新學友及旺文社的《國語辭典》等。

（本文原載中央日報）

趣談竊玉偷香

本省印行的《國語辭典》及《成語辭典》，幾乎百分之百都錯了（包含《辭海》、《辭源》在內），對「竊玉偷香」竟作如下的解釋；喻男子有狎邪行爲者；男子以詭祕的行爲，暗中接近女子；男子誘拐女子。

綜觀以上的注釋，一言以蔽之，就是男人是陰險的色狼、女人是溫馴的羔羊，專門被男人玩弄！

某本權威的成語辭典，揮其神來之筆，作出大膽的引伸：香、玉指女子，「偷香」就是和女子幽會、私通。可是原書卻引了賈充女偷奇香給美少年韓壽的故事——明明是懷春少女主動出擊追求美男子，竟說「香」、「玉」是女子，編成語辭典時，未免太大意了！

「竊玉偷香」本來是「竊玉」和「偷香」兩條成語合而爲一的常用成語。原指女子主動找男子幽會、私通。（我國古代、唐以前，女子比較熱情洋溢、大方、主動，各位不妨翻閱一下《詩經》裡的愛情詩，就知道了。大概到宋明時代，女孩子受理學的約束，才開始冷若冰霜、小氣、被動，中國社會一下子變得毫無生氣，缺乏樂趣可言）晉、唐時出現這種成語，可說司空見慣，不足爲奇。

「竊玉」——根據楊妃外傳的記述：楊貴妃偷寧王的一隻玉笛，送給一位美少年鄭生。「偷香」——即賈充女故事。

文字語言會隨時代而起變化，成語當然也不例外，目前「竊玉偷香」固然不少人都誤認爲是「男子誘拐女子」，不過編國語辭典、成語辭典的學者，應該注明典故、本義，及以後之轉義等，才不致於貽笑大方。

（本文刊於《國文天地》八十五年一月號）

注音符號索引

ㄅ

ㄅㄚ

ㄅㄚˊ

ㄅㄛˊ

ㄅㄞˊ

ㄅㄞˇ

ㄅㄟ

ㄅㄟˋ

ㄅㄠ

ㄈ

ㄉ

ㄉㄚˊ

ㄉㄚˇ

ㄉㄚˋ

ㄉㄜˊ

ㄉㄞ

ㄉㄞˋ

ㄉㄠˋ

ㄊ

ㄐ

ㄓ

ㄔ

ㄖ

部首檢字索引

一部

丨部

丿部

乙部

亅部

二部

儿部

入部

大部

女部

子部

宀部

心部

支部

曰部

月部

木部

欠部

止部

歹部

殳部

毋部

比部

毛部

氏部

气部

水部

火部

白部

皮部

皿部

目部

見部

角部

言部

谷部

豆部

豕部

豸部

貝部

實用成語辭典

編著者◆左秀靈
發行人◆王學哲
總編輯◆方鵬程
美術設計◆謝富智

出版發行：臺灣商務印書館股份有限公司
台北市重慶南路一段三十七號
電話：(02)2371-3712
讀者服務專線：0800056196
郵撥：0000165-1
網路書店：www.cptw.com.tw
E-mail：cptw@cptw.com.tw
網址：www.cptw.com.tw

局版北市業字第 993 號
初版一刷：1999 年 7 月
初版四刷：2006 年 7 月
定價：新台幣 450 元

ISBN 957-05-1590-2

實用成語辭典 / 左秀靈編著. --初版. --臺北市：臺灣商務，1999[民88]
面； 公分.
含索引
ISBN 957-05-1590-2(精裝)

1. 中國語言 - 成語，熟語 - 字典，辭典

802.35 88007076

讀者回函卡

感謝您對本館的支持，為加強對您的服務，請填妥此卡，免付郵資寄回，可隨時收到本館最新出版訊息，及享受各種優惠。

姓名：________________　　性別：□男 □女

出生日期：_____年_____月_____日

職業：□學生　□公務（含軍警）　□家管　□服務　□金融　□製造、

□資訊　□大眾傳播　□自由業　□農漁牧　□退休　□其他

學歷：□高中以下（含高中）　□大專　□研究所（含以上）

地址：□□□________________________________

____

電話：（H）________________（O）________________

購買書名：________________________________

您從何處得知本書？

□書店　□報紙廣告　□報紙專欄　□雜誌廣告　□DM廣告

□傳單　□親友介紹　□電視廣播　□其他

您對本書的意見？（A/滿意　B/尚可　C/需改進）

內容______　編輯______　校對______　翻譯______

封面設計______　價格______　其他________________

您的建議：________________________________

____

____

臺灣商務印書館

台北市重慶南路一段三十七號　電話：（02）23713712轉分機50～57

讀者服務專線：0800056196　傳眞：（02）23710274・23701091

郵撥：0000165-1號　E-mail：cptw @cptw.com.tw

網址：www.cptw.com.tw

部首索引

疋 ⺪	三二四
疒	三二五
癶	三二七
白	三二八
皮	三三一
皿	三三二
目	三三三
矢	三四〇
石	三四二
示 礻	三四四
禾	三四五
穴	三四八
立	三五一
六畫	
竹	三五二
米	三五四
糸	三五六
缶	三六〇
网 罓 㓁 罒	三六〇
羊 ⺶	三六二
羽	三六四
老	三六六
而	三六八
耳	三六八
聿	三七〇
肉 月	三七一
臣	三七五
自	三七六
至	三八一
臼	三八二
舌	三八三
艮	三八五
色	三八五
艸 艹	三八六
虍	三九五
虫	三九七
血	三九九
行	四〇〇
衣 衤	四〇一
襾 覀 西	四〇三
七畫	
見	四〇四
角	四〇六
言	四〇七
谷	四一四
豆	四一四
豕	四一五
豸	四一五
貝	四一五
赤	四一八
走	四一八
足	四二〇
身	四二一
車	四二二
辛	四二五
辵 辶	四二五
邑 (右)阝	四三〇
酉	四三一
里	四三二
八畫	
金	四三三
長 镸	四三八
門	四三九
阜 (左)阝	四四二
隹	四四五
雨	四四八
青	四四九
非	四五〇
九畫	
面	四五〇
革	四五一
韋	四五二
音	四五二
頁	四五三
風	四五六
飛	四五九
食	四五九
首	四六二
香	四六三
十畫	
馬	四六三
骨	四六六
高	四六六
鬯	四六七
鬼	四六七
十一畫	
魚	四六八
鳥	四六九
鹿	四七一
麻	四七一
十二畫	
黃	四七一
黑	四七二
十三畫	
鼠	四七三
十六畫	
龍	四七三